陆逊湖故事

戴源正 著

上册

水玫瑰

团结出版社
UNITY PRESS

图书在版编目（CIP）数据

陆逊湖故事／戴源正著. -- 北京：团结出版社，
2023.6

　ISBN 978-7-5234-0131-6

　Ⅰ．①陆…　Ⅱ．①戴…　Ⅲ．①小说集-中国-当代
Ⅳ．①I247

中国国家版本馆 CIP 数据核字（2023）第 075855 号

出　　版：团结出版社
　　　　　（北京市东城区东皇城根南街 84 号　邮编：100006）
电　　话：(010) 65228880　65244790
网　　址：www.tjpress.com
E－mail：65244790@163.com
经　　销：全国新华书店
印　　刷：成都兴怡包装装潢有限公司

开　　本：170mm×240mm　1/16
印　　张：47
字　　数：648 千字
版　　次：2023 年 6 月第 1 版
印　　次：2023 年 6 月第 1 次印刷

书　　号：ISBN 978-7-5234-0131-6
定　　价：180.00 元

社会、人生的艺术再现与表达

——戴源正小说系列序

曾纪鑫

源正兄又要出书了，不过呢，离上次出版《花朵盛开的过程》已整整十年。

十年时间，说长也长，说短也短，角度不同，说法不一。当我们回望过去，十年时间如白驹过隙，一晃而过，于人类群体而言，简直可以忽略不计；而生活着的每一天，一分一秒地过，于那些底层挣扎的个体生命来说，可真不容易，大有"度日如年"之感。

十年前，戴源正先生出版的《花朵盛开的过程》有个副标题——《中学班级工作管理》，是他教学工作、学校管理的叙述、概括与升华，一部教育实践与理论相结合的实用读本。

而这次出版的则是文学作品——小说，且一出手就是三部——中篇小说集、短篇小说集、小小说集各一，构成了他透视社会、体察人生的系列三部曲。

从教学到文学，看似互不搭界，对源正兄而言，却有着一条清晰可寻的脉络与线索。

想当年，我们相识之时，他还不是校长，而是公安县斗湖堤中学的一位语文教师。与普通教师不同的是，除教学外，他还爱好文学。正是共同的爱好，将我们之间的距离拉近。作为一名高中毕业班的语文老师，他的主要精力还是放在了教学，在他人眼里，戴源正是一位一丝不苟、严谨认真、勤勉负责的好老师。因为教学成绩突出，他升任教导主任，尔后又担任副校长、校长。记得我调离湖北南来厦门之前，专程前往他任校长的车胤中学，作了一番"走马观花"似的采访。一个最深刻的印象，就是素质教育开展得有声有色，特别是美术教学，成效十分显著。在他的领导下，不过短短几年时间，就将一所三类高中打造成省级示范高中，成为湖北省唯一的一所不是重点高中升格为省级示范高中的学校，在湖北省教育史上创造了一个奇迹。

回望源正兄的精彩人生，我以为源于他的三次跳跃：第一次，鲤鱼跳"农门"，从老家裕公乡周场村走出，考入公安县师范学校，实现了从一个农民、乡村裁缝、民办教师到公办教师的转变；第二次，从教学第一线，"跃"到教育行政管理；第三次，于2005年创办公安县第一所民办中学——博雅中学，出任校长兼董事长。

他格外勤奋，总是审时度势，不停地思考、行动。每到一定阶段，便开始总结、反思，以便继续前行。源正兄三次人生历练，积淀为十年前出版的《花朵盛开的过程》。

我每次回故乡与他见面，或是电话聊天，他对自己的现状十分不满，说是工作太重，琐事太多，无法静下心来读书写作。哪怕教育功成名就了，可他痴心难改，念念不忘的仍是早年的文学。我宽慰他，《花朵盛开的过程》既是教学工作、教育管理的回顾与提炼，也可视为一部生动流畅、可读性强的教育随笔——教育为里，文学为表。可他追求的不是这种"杂交品种"，而是纯文学，要写真正文学意义上的小说、散文等体裁的作品。于是，他不禁叹道，看来只有等退休之后再说了。我在《花朵盛开的过程》序中写道："希望这本书既是源正兄过去教学工作的总结，也是一个新的起点与开端。"算是为他的"文学梦"留下了一个"悬念"。

不久，他退休了，仍是忙。私立中学扩至五所，分布在公安、石首、沙市、潜江乃至河南省南阳等地。他担任五所私立中学的董事长兼校长，人们常说四处奔波，他则成了"五处奔波"，哪里静得下心来构思创作？

一晃，五六年过去了，源正兄没有任何"动静"。他见到我，总是不好意思地说，现在太忙，今后要写，一定要写的！其实我什么也没说，但我这种"无声"，可能比"有声"给他的压力更大，正应了白居易的"此时无声胜有声"。

只要心中有梦，就像一粒种子，一旦播下，就会发芽、成长。若有合适的环境与土壤，便能长高、茁壮，长成一棵参天大树。我想，源正兄的文学种子已播下近半个世纪，一旦冲出地表，当不可小觑。

我期待着！

三年前的一天，我接到他的电话，说是私立中学"缩身"，只剩公安、潜江两所，可以腾出时间来了，刚写了一篇小说，让我看看。

也许是期待过高的缘故，我对这篇作品并不满意。毕竟，从早年的文学梦想到如今的"朝花夕拾"，搁得太久，笔头生疏，语言不足以表达他丰富的人生，尚需打磨、锤炼、提高。

他不气馁，又通过校务人员发来第二篇、第三篇小说。

而我也是一个认真之人，朋友归朋友，作品归作品，须达到一定的质量与标准，才会认可。

我与他反复沟通、交流，终于，短篇小说《一袋救命米》在我主编的《厦门文艺》2020年第1期发表。这也是他"复出"后刊发的第一篇作品，高兴之余，将我的编校稿与他的原稿逐字逐句地比对、揣摩，认真总结，不断反思，以利提高。

紧接着，他一发而不可收，又在《厦门文艺》刊发了《厨子张师傅》《中标之后》《调动》等小说，还有《超级神童》《等待枪响》《动力》《永远微笑的父亲》《生命的最后阶段》《血浓于水》《狗与祸福》《楼外楼》《情未了》《靠山》《野人秘》《夺冠之后》《重度受害者》等数十个短篇小说、小小说在《影视文学》《今古传奇》《中华文学》《泉州文学》《江河文学》《文学百花苑》《渤海湾》《丰泽文学》等全国刊物发表，更有《再到桃花渡》《裂变基因》《双面人物》三个中篇小说被香港《文学月报》选中、刊发，可谓遍地开花、硕果累累。

三月前，源正兄剔除以前那些稚嫩的"练笔"之作，将发表的、没有发表的汇编在一起，仿佛变魔法似的，一下子就给我邮箱发来三部小说集，六七十万字，构成"元正小说系列"，洋洋大观，令人惊叹不已！

小小说集《水玫瑰》收入《回笼阵》《门当户对》《楼外楼》《金牌月嫂》《金牌老师》等八十多篇。每篇末尾，都有百字左右的"与你共品"，约请十一位中学语文老师予以点评，可谓别开生面。

短篇小说集《情未了》收入《一袋救命米》《永远微笑的父亲》《情未了》《陆逊湖的故事》《种豆得豆》等三十多篇。源正兄发表最多，深得编辑认可、读者喜爱的也是短篇小说。

中篇小说集《双面人》收入《再到桃花渡》《生日礼物》等八部。中篇小说一般短则一二万字，长则四五万字，不仅考验作者的文字技巧，也是作者驾驭题材、展示主题、呈现内涵等综合能力的体现。

短短三年时间，源正兄竟创作出如此之多且具有一定水准，不少堪称佳构的小说，简直创造了一个奇迹。

我了解到，除必要的学校管理外，创作成了他的"主业"。他几乎每天都在构思，心有所系，灵光一闪，可以不分任何场合，不受外界干扰，随即写在纸片上。构思成熟了，篇幅短小者，往往一挥而就，一天最多可写四个小小说。他不习惯电脑打字，创作之时，铺开稿纸，刷刷刷地写个不停，一天最多可达两三万字。完稿后请人打字，然后在电子文档上修改。

源正先生的创作，之所以出现这种"井喷"现象，我以为是他不懈追求、辛勤耕耘的回馈，是他生活、情感长期积累、沉淀后的大爆发。他发表作品时署名"元正"，读者不知作者何许人也。记得公安县一位认识戴源正的朋友看过他以"元正"为笔名发表的小说，发现小说背景、内容都是他所熟悉的，于是打电话问我，这位"元正"，莫非就是博雅中学校长戴源正？他购置了大量书籍，订阅了好几种文学名刊，不分白天黑夜地阅读、揣摩、创作。在文学边缘化的今天，不少杂志举步维艰，难以开出稿酬，即使有，也微不足道。可见源正兄的文学创作，既非图名，也非谋利。他如此全身心地投入，实缘于他早年的"文学梦"，将文学作为精神追求与生命支撑，一种不是宗教的"准宗教"。

实在难以想象，年近七旬的源正兄，深居简出，焕发出比年轻人更加激昂、灿烂的青春。他拼命地写啊写，不只是圆梦，更是为了记录大半辈子丰富多彩的人生，反映改革开放几十年来的社会变化与发展，不为名利，只为见证。那伏案挥笔真实再现、艺术表达的过程，便是他人生的高光时刻与最美享受。

对应人生的三次跳跃，戴源正的文学创作，也有过三次转型：第一次，从生活到作品，真实地记下身边人、身边事，这些人物与故事都十分精彩，简直无须加工，就可铺排成篇，但也不可避免地存在拘泥现实、平铺直叙之不足；第二次，以诸多原型、事迹为素材，进行综合加工处理，并加以合理化的想象与虚构，创作成篇；第三次，将生活的真实，升华为艺术的真实，融真实与虚构、生活与想象、个体与社会于一体，谋篇布局，精心构撰，既源于生活，又高于生活。

源正先生作品所写，多为农村农民、教育教师、市井百姓，涉及爱情、亲情、友情、风土人情等。既有吃喝拉撒的日常生活，也有生老病死的人生转折；既有贪恋钱财、巧取豪夺、攀附权贵的卑劣阴暗，更有舍生忘死、无私奉献、报效祖国的高尚情操……人生诸种，世间百态，社会万象，一一纳入笔端。有的篇章取材类似，但不雷同，可起到互补作用。戴源正既是作者，也是作品中人，他时而化身其中，时而超乎其外，令人感同身受；人物形象栩栩如生，故事情节曲折动人，俚言俗语随意拈来，由生涩到熟稔，渐次得心应手。当然，欲进入化境，还得精益求精、继续攀登。好的作品，读者不只是阅读，应参与到创作之中，与作者一同享受创造的乐趣，这才是一位真正艺术家所追求的化境与至境。

　　教育与文学，是戴源正一辈子的工作、事业与追求，文学滋润教学、推动管理，教育反哺文学，二者相得益彰。

　　源正兄爱好广泛，他懂《周易》，修《礼记》，达《中庸》，研究面相术，对神秘文化颇有心得。当然，这些特长，包括娱乐与应酬，都是他创作的素材，予他灵感与启发。比如公安县流行花牌（俗称"十七个"），他是个中高手，这一题材就被他写成短篇小说《柳氏花牌》。丰富的社会经验、人生阅历，都或明或暗、或显或隐、或多或少地对他的文学创作产生过一定影响。

　　那么，三部小说系列之后呢？源正兄告诉我，他正在创作一部散文集，不久也可告竣。

　　小说与散文，有着不同的笔墨与追求，散文语言崇尚诗意、典雅。其实，戴源正的散文写得比小说更早，语言相当优美，比如《迟来的寒冬》曾在《经典美文》发表。请看作为卷首语刊于《厦门文艺》2022年第1期的散文《春来了》选段，多少可以领略一下他的散文"风采"：

　　春来了，带着微风细雨，在广袤的田野上玩耍，将万种风情撒向大地。先知先觉的迎春花率先用花喇叭唤醒还在沉睡的花草树木，于是小草探出了嫩绿的小脑袋，将灰黑色的泥土铺上了一层绿毯。枯槁的树枝开始泛青，接着枝条上长出了黄而带绿的嫩芽。微风牵着春哥哥四处视察，所到之处，植物世界整体躁动起来，它们举起了多色彩旗欢迎春哥哥的到来。一时间，大地绿了，树木绿了，花儿举着色彩缤纷的花朵，在绿丛中召开誓师大会。整个大地变成了绿的海洋，花的世界。大地处处散发出一股强烈的青春气息，彰显出无穷的繁殖力。人们抓住时机，耕田播种，让农作物跟上季节的潮流向夏天进发，去占领丰收之季——秋天。

……

春来了，电光闪闪，春雷阵阵，描绘着一幅巨大的宏伟蓝图：峰峦峻岭，江河湖海，青山绿水；网状高速公路四通八达，高铁动车穿梭于九州华夏，美轮美奂的机场遍布全国各个地区；高楼大厦，鳞次栉比，商场超市物品精美、琳琅满目，菜市场鸡鸭鱼肉应有尽有，各种蔬菜摆满摊铺；网上购物快速方便，乡村城镇化，城市社区化，春风细雨润中华。

那么，散文集之后呢？源正兄是一个闲不住的人，还要创作一部长篇小说。

我则建议，无论如何，也要留下一部自传或回忆录，书写自己的精彩人生，为不平凡的时代留下一个见证。

戴源正先生一直在路上，永远在路上。

2022 年 12 月 10 日于厦门园山堂

作者简介：曾纪鑫，1963 年生于湖北公安县，当过农民、教师，1990 年毕业于湖北师范大学历史系。曾任黄石市艺术创作研究所副所长，武汉市艺术创作中心、湖北省艺术研究院编剧，2003 年作为重点人才引进到厦门市工作。系国家一级作家，《厦门文艺》主编，世界华文创意写作协会理事，中国作家协会会员，福建省传记文学学会副会长，厦门市作家协会副主席。中国当代最早写作文化散文的代表性作家之一，享有实力派作家、学者型作家之称。出版专著三十多部，主要有文化历史散文《千秋家国梦》《历史的刀锋》《千古大变局》，长篇小说《楚庄纪事》《风流的驼哥》，人物传记《晚明风骨·袁宏道传》，选集《历史的面孔》等。作品多次获国家、省、市级奖励，进入全国热书排行榜，被报刊、图书广为选载、连载并入选《大学语文》教材，全国媒体广泛关注、评论，辑为《荆楚情怀与现代精神·曾纪鑫作品研究》《被照亮的历史·曾纪鑫历史文化散文研究》等五部专著、评论集出版。

目录
CONTENTS

陆逊洲故事

他喜欢喝酒，经常喝得酩酊大醉，被厂长给他挖了个大陷阱。

纸片的故事

从监狱里传来一张纸片，上面写着：我在江州第三监狱——大哥。

田方正收到这张纸片，心中充满了狐疑：大哥犯了什么法？被关进了监狱。

他请了假，搭上去江州的车，一路上都在猜测中：莫非是误杀了人，或者把人打成了重伤，或者走私贩毒，或是……他越猜越离谱，到了江州城第三监狱，问大哥的名字，问了几处都没有人知晓，于是才想起那张纸片。

门警看了，琢磨了一会，想起来了：就是那个奸淫幼女的田方中。

他一听"奸淫幼女"四个字，顿觉脸面全失，像自己做了缺德事的无颜。门警问他："你是他什么人？"他恨不得钻进地里，一下子体会到了"无地自容"的真正含义。

"他儿子长得十分帅气，上周给他送来了衣裤及行李，前三天他老婆要他在离婚协议书上签字，你今天来是为何事？"门警十分健谈地告诉他并询问他的来意。

他不好意思说是他弟弟，什么法不好犯？偏偏犯这种缺德丢人的法。

他向门警咨询：能不能见到他？

门警说："不能！有事可写在纸条上。若送钱，送吃的喝的，我可以帮忙交给他。"

他用一双狐疑的眼神看着门警，没吱声。门警觉得他不太相信自己，便十分认真地说："你放心，我这人不会做缺德事的，明天轮班我到里面去，就把东西交给他，不会误事的。"

田方正看他说到这份上了，就将手中的一千元和袋中的两条白沙烟一并递给他。血浓于水，大哥出了事，唯一的弟弟不关心他，谁管他呢？在狱中没有钱是会受欺负的，他烟瘾特大，给他两条烟可陪伴寂寞，消减忧愁。

将钱和烟给了门警，他还是不放心，便对门警说：能不能打张收条？

门警很爽快的就答应了，还说，交给他，我也要他打个收条，明天跟你换。

准备离开时，突然想起嫂子跟大哥离婚的事，他俩平时夫妻关系就十分恶化，俩人经常吵架，打架是家常便饭，离婚自然，但他还是想问问具体情况。

门警说：田方中做这种猪狗不如的事，比畜生还畜生，哪个女人能够原谅！不过我看他丝毫不像是那种人。生得堂堂正正，这里面说不定有冤情。你不能说是我说的！

门警的这番话，折磨了田方正大半年。他总觉得大哥平时的为人处事不可能做这种伤天害理的事。为了搞清此事，他不惜代价请了私人侦探。历经半年时间，终于真相大白：大哥是个刚直之人，喜欢说实话，与厂长搞翻了，逢人就宣厂长一些见不得人的丑事坏事。厂长恨死他了，一直在伺机报复他。他喜欢在同事家喝酒，每次喝得酩酊大醉。厂长抓住他这个弱点，给他挖了个陷阱。

厂长首先买通了同事夫妇，又买通了法医。有一天大哥喝醉了酒，厂长将同事八岁的女儿脱得只剩一条小短裤，放在大哥的怀里，将小短裤抹上血，还拍了照。

等大哥酒醒后，已被脚镣手铐关进了看守所。不由分说，几天后移到了第三监狱，很快就通过法院判了个无期徒刑，关押期间不准任何人接触。大哥在嫂子家做上门女婿，在那里举目无亲，几位好友都觉得丢人，不便出面。

事情的来龙去脉搞清楚了，但要翻案无从下手。田方正咨询了很多人，关键是那法医出车祸已死，女孩岂能让你随便验身！大哥在牢中生活得不比外面差，此事就一直等到那女孩成婚之后，再来想办法洗刷大哥的冤情。

十五年过去了，此女找了个军人结婚。田方正托人找到那个军人，军人十分有正义感，答应做妻子的工作。

军人夫妻俩写了证明，并在法庭上证实了当时的阴谋，女孩的父母还受到了判刑 5 年的报应，那个黑心的厂长已离世。

大哥在牢里待了 15 个春秋，终于走出了屈辱的牢笼，迎来了灿烂的阳光。

与你共品：

文章通过一起冤案，反映了社会生活的复杂，人心的险恶。重点展示了亲情浓于水，人心不可测的社会特质。也刻画了"我"追根求源，锲而不舍的可贵品质。

（张昌雄老师）

女儿凝视着婚纱照中爸爸那高大英俊的形象。

婚纱照

　　家里墙上挂着一幅婚纱照，男主人公显得是那样的高大英俊眼神充满了自信，微笑着望着前方；女的紧靠着男的，尽管一米六四的高度，但在一米八五伟岸身材的映衬下，显得是那样的娇小依人，婉丽绰约。俩人刚柔相济，阴阳天成，不得不令人产生一种羡慕之感。

　　女儿芸芸刚满五岁，妈妈便告诉她"爸被单位派到远方去执行一项特殊任务了，要好长一段时日才能回来。"女儿十分想念爸爸，经常回想着爸妈带她到游乐场骑木马、坐碰碰车、坐小火车、乘游艇、钓鱼、用枪打气球，到海里坐游艇冲浪，到沙滩上堆野人晒太阳……好玩极了。这些年了，爸未回家，妈也很少带她去玩，偶尔来了两次，可妈缺乏游玩的心境，没了往日的激情和笑声。妈不高兴，女儿也高兴不起来。

　　女儿那和爸妈一起游玩时的快乐已经成为历史，只能在梦中重现。但女儿经常想，妈这些年像花朵绽放的笑脸不见了，她那正处于风华正茂的脸上爬满了丝瓜纹。妈为什么会成这样呢？一定是为爸的事而愁苦。爸几年不回，是什么特殊的任务让他几年不回？难道他就不想念他的宝贝女儿和他那美丽漂亮的妻子吗？女儿越想越觉得爸一定在外面出了事。但每次问妈，妈那双月亮般的大眼睛总是充满着自豪地告诉她：爸在执行一项特殊的任务，她便开始彷徨了，半信半疑的进入梦乡，在梦中与爸妈在一起游玩嬉闹，幸福极了。

　　近几年，她妈总是背着女儿抹眼泪，几次跑到丈夫的单位——公安局去问消息。领导告诉她失联近两年了。她听了领导的回复，像天塌下来一般，天昏地暗，满脸泪水，跌跌撞撞的回到家里。望着婚纱中那英俊高大的丈夫抹眼泪，深情地对他说："亲爱的，你在哪呀！……"朋友们经常有人来关心她，给她介绍男人，她都一一地婉言谢绝。

女儿不在家的时候，她经常望着婚纱照发愣：她依偎在丈夫高大英俊的怀中，披着一头垂到腰际的黑发，配着粉红色花饰，那甜蜜的笑靥在洁白婚纱的护卫下，绽开得妩媚幸福。八年没有回家，近两年音信全无，她推断丈夫一定是出了问题。

几位闺蜜提醒她："你等了他八年，还要等下去吗？你已经 40 岁了，再等下去就成黄脸婆了！"她心里也着急，她必须让女儿上大学之后再考虑自己的事。

女儿已考上大学，马上就要离她去省城。家里只剩下她一人，丈夫再不回家，她这日子怎么过啊！闺蜜们以前只是提醒，现在可在催促："李督察与你丈夫是战友，而今还是单身，对你十分有好感，你是否可以考虑考虑？"她其实对李督察也有好感，但她怕丈夫万一哪天回来了怎么办？她委托李督察去打听丈夫的消息，其实整个公安局的领导同事都在明里暗里打探着，两年过去了，一点音信也没有。

一天，女儿回家，家里来了两位客人。她看到女儿回家，像小偷似的，十分紧张地起身，问女儿："饿了吧？妈这就去弄饭。"客人们应声而走。女儿看出了一些端倪，她推测该不是有了爸的消息？于是赶到厨房问妈："妈，是不是爸出了什么事？"她脸色突变，有几分羞赧地低着头小声地说："芸芸，有件事我瞒了你两年，怕影响你的学习，而今你考上了大学，可以告诉你了。你爸是一名警察，这是第二次被派去贩毒集团卧底。第一次去了两年才回来，这一次已经八年了，前六年与公安部门还有联系，近两年同公安部门已失联。至亲好友均说你爸一定是出了事要给我介绍男人。以前你在读高中，我正好推掉。这下你考上了大学，要离开我到省城读书。我一人在家，确实有些孤单。想征求你的意见：你若不同意，我就想办法去说服他们；你若同意，此人也不是别人，就是你爸的战友——李督察。他离婚多年现还是孑然一人。这几年没少帮衬咱们。"

女儿望着满脸泪水的妈说："您自己看着办吧，女儿不反对。"

女儿心里十分难过，她跑进房间，望着婚纱照中的爸爸，爸爸那高大英俊的形象，像山一般地矗立在她的心中谁也替代不了。

几天后，女儿上了大学。女人和李督察想去拿结婚证，但前夫是死是活还没弄清楚，民政部门就是不发结婚证书。没有结婚证，俩人只有姘居在一起。李督察多次去找局领导申述。局领导觉得没有准确的消息，是不能出具失踪证明的。但若长期拿不到失踪或死亡的证据，他俩长期这么言不正，名不顺地耗着也不是一件事？于是局党委讨论了多次之后，便给他俩出具了前夫失踪三年的证明，拿到民政去换结婚证。民政按规定还是不行，无论他俩怎样哀求，民政就是不发。

一年过去了，他俩又拿着前夫失踪四年的证明去换结婚证。经过民政领导的多次讨论，最后给发了结婚证。

拿到结婚证后，他俩喜出望外。照了婚纱照，择了良辰吉日，婚礼在一家大宾馆里举行，婚纱照挂在宾馆的大厅里，参加婚礼的人挺多，十分热闹。婚礼仪式刚开始，她前丈夫却从天而降。当他在大厅里看到婚纱照，心中顿时升起一股醋意：在大厅里沉默了片刻，准备将此婚纱照踩在地下，但转念一想，十年音信全无，她这样做也无可厚非。便大踏步地走进婚礼大厅，至亲好友们一片愕然。婚礼大厅的氛围一下子从炎热的酷暑降到了冰点……

与你共品：

丈夫卧底八年，失联四年，将年轻美貌的妻子扔在了家里。前四年妻子还能从丈夫单位——公安局里听到丈夫存在的消息，可后来的四年，丈夫竟然失联。失联后，推测丈夫出事的传闻在社会上传得沸沸扬扬，妻子一下子成了紧俏的商品，不少人争着来抢购。但妻子心中早有了太阳，不想这么等下去了，可又怕丈夫突然从天而降，搞出幺蛾子来。事情就是这么巧：越担心，就越发会发生。就在妻子再举行婚礼时，丈夫真的从天而降，惊得所有人目瞪口呆。收到了意想不到的奇效。

（小清老师）

她感到回医院的难度，必须过三关，说服"三将"。

告　别

看到医院发出的紧急通知，琼芳有点按捺不住，四个月的产假，还有半月到站。现又值大年初一，疫情这么严重，整个武汉市已经封城，说明有不少人已染上瘟疫，医院一定缺人手。不行，琼芳觉得应马上赶回医院。

虽然主意已定，但看到摇篮中的还不满四个月的宝宝——小丰，她感到了要回医院的难度：必须过三关，说服三将。首先要过丈夫这一关，说服了他，才有可能过第二关第三关。

她将丈夫叫进房间：亲爱的，你看看这条微信！丈夫像早已知道，瞟了一眼她手中的手机说：不就医院的紧急通知吗？丈夫的脸突然间变得铁青起来，挺严肃地说：琼芳，你不要头脑发热，小丰还只有 3 个半月，需要吃奶，需要妈妈。再说这大过年的，你的产假还有半个月……

望着丈夫这张雕塑似的脸，怪吓人的。琼芳沉默了半晌，但决心已下，无论如何也得说服丈夫。平时丈夫都听她的，今天此事特别，她相信他是通情达理的。于是走近他，把头靠在他的肩膀上，压低声音说：亲爱的，我们都是共产党员，作为一名医务工作者，在疫情这么严重的情况下，我能无动于衷吗？你在家好好照看小丰，我说不定十天半月就会回来的。等疫情下去了，我们将家搬到武汉去。

丈夫果然有大局观念，在她的百般恳求下，勉强同意了她。

说服了丈夫，从房间里出来，公爹公婆早已守在客厅里。见到她，公婆便单刀直入：琼芳你万万不能去呀！小丰还不到四个月，你产假未完，又在过大年，你这么积极干嘛？这疫情厉害呀，传染性极大，听说武汉市已死了不少人。

爸，妈，我是一名医务工作者，医院缺少人手，救死扶伤是我的职责。妈，您不是信佛教吗？救人一命胜造七级浮屠。我这一去，可以救不少人的命呀！

公婆被她这么一说，望着琼芳哑然无语。公爹便开了腔：琼芳，你总得把年过完了去吧！产假还未到站，医院是不会责怪你的。爸呀，疫情如火场，去迟了还有用吗？

爸，妈，小丰就拜托给您二老了，说着便下跪谢恩。起身进房在熟睡的小丰脸上亲了两下：小丰，妈对不起你了！说完背起丈夫为她准备的背包，冒着顽皮的雪花，踏着冰雪丞丞向武汉奔去。

与你共品：

关键时刻方显出英雄本色。琼芳作为党员医生，在国家需要时，舍小家顾大家，克服阻力，迎难而上，彰显了一个共产党员的坚定意志和博大胸怀。

（张昌雄老师）

帮忙转告杨县长，说我需要他本人来！

自家的故事

阳春三月，春暖花开，阳光灿烂。杨副县长开着他那辆吉利小车，心情舒爽地从父母家中出来，行驶在乡村公路上。远远地就看见前方有一位女子躺在路中，他不得不停下来，下车询问那年轻女子："你怎么啦！""我肚子疼得厉害，麻烦您将我带到县医院去！"那女子恳求着。

他有些为难，不带，他没法开过去；带吧，又怕惹出麻烦来。作为一位政府官员不能见难不理呀。他将年轻女子搀扶起来，坐进了车内。

一路上，那女子哼哼唧唧，到县人民医院。她的声音更大了，疼得大汗淋漓。他不得不下车将其搀扶进医院，让那女子坐在长条椅上，帮她去挂号，才知道她叫关小蔓。

挂完号后，他赶紧跟办公室小袁打了个电话，要他赶快过来顶替自己。

小袁过来后，他才抽身离开医院，有点如释重负的感觉。

小袁将那年轻女子搀扶到门诊室，年轻女子告诉他，说自己可能是动了胎气。问到丈夫时，她居然对医生说：孩子是杨副县长的。看完病后，要住院。小袁又将他搀扶到住院部，好不容易才将其安顿下来。

小袁准备离开时，那女子说："你帮忙转告杨副县长，说我需要他本人来！"

小袁从她说肚中小孩是杨副县长时起，就感到惊愕和不可思议：杨副县长什么时候在外面养了小三？他哪有时间？再说，保密工作做得好啊！

他赶快离开医院，将此话告诉了杨副县长。

杨副县长一头雾水，对小袁说："绝无此事！我平生第一次见到她。与我何干？"又对小袁说："此事给我保密！"

他赶到医院，一定要与那女子说清楚，青天白日下，不能凭空陷害人啦！

那女子一口咬定是他的。若不认账，可以做 DNA 亲子鉴定。

做 DNA 亲子鉴定，他求之不得。于是满口答应，并积极配合。

DNA 亲子鉴定的结果出来了，居然与他有关联。他百思不得其解，勾起了他很多回忆。但他怎么也想不到这上面去。

小袁告诉他，此女子她早就认识您的大公子。杨副县长这才若有所悟。

晚上，他有些愤然地找到了儿子。

与你共品：

文章通过多个偶然的情节，连缀成一篇故事，看似荒诞不经，但细细想来又令人可信。重点在于，领导干部除了要严格要求自己外，还要树立良好的家风，管好子女。

（张昌雄老师）

华师当时没有本科，高老师纠正说："我当时就读的就是本科！"

楼外楼

詹德上老师是"文化大革命"后华师的首届毕业生，在 A 校的几十年可以说得上功勋卓著顶天立地。他带的班级是全市最牛的文科补习班，每年为国家为学校培养出近 100 名大学生，支撑着 A 校的生存和发展。

退休后，被民办高中聘请来当把关教师，年薪 20 万元。他有点祥林嫂似的习惯，但性质迥然相异：一个是悔恨交加，一个却是炫耀不凡的人生经历。他经常在教师面前说自己 1977 年考进华师，虽说是个专科，但全市仅只 3 人，其他的都只考了个分校或地市级的鳖子专科，又说华师首届没有本科。这些光荣的历史，他周围的人耳朵早已起茧，到了民办高中又添异彩：他是如何将北师大毕业的伍老师击败的。

伍老师不仅德高望重，教学功底深厚，教育经验丰富，而且恪尽职守，对学生极为负责。从 1977 年起就一直把关补习班，校长书记都让他三分。他说出的话，在 A 中就是圣旨。

每年高考 A 校考 50 个大学生，他班上至少占 2/3。收的学生来自湖南湖北两省五个县市，都是些书流子——回火生。年纪参差不齐，跨度之大，令人咋舌：16 岁到 30 岁；复读的届数也不等，一届至十三届。复读的学校一般都在 5 到 10 所之内。他们见识广博，考学心诚，鉴别能力强。一般老师在他们眼里就是白痴。

有个复读生，手中攥着 6 道语文题，考倒了五所学校的语文老师。到 A 校来，不敢拿出来考北师大毕业的伍老师，因为伍老师名气太大，加上那威严的相貌，让学子们望而生畏，不敢冒犯。于是便拿来考詹德上老师，詹德上老师不到五分钟便将那六道——核武器全部卸掉，令这群复读生佩服得五体投地。居然舍弃补习班而进了詹德上的应届班。那一届詹德上的班上大超历史，与补习班平分秋色，而他带的语文，有效分个个子居然翻出伍老师3倍，令伍老师大失颜面。向学校申请，以身体不好为由，辞去补习班。学校领导惊恐万状，轮流来给伍老师做工作。伍老师态度十分坚决，并推荐华师毕业的詹德上顶替自己的位子。这样他凭借过硬的实力登上了 A 校补习班的宝座。

补习班到了他手上，他给科任教师提了些要求，又给"孙猴子们"制作了紧箍咒。第一年，他班上 90 名学生有 81 人考上了大学。A 校补习班名声大振，五湖四海的学子潮水般涌来。学生多了，收不下，只得采取笔试加面试，精挑细选，收定了 95 个精英。第二年这 95 人全部考上了大学，其中有 4 个北大，武大华科级的大学占了半数。A 校的补习班在他手中达到鼎盛……

办公室里的老师起初都对他敬仰有加，后来他经常炒现饭，对他开始厌恶起来。他炒现饭的内容是两个方面：一是自己的光辉历史，二是评价国家领导人。

大家开始皱眉头，有的连办公室也不进了，有的干脆把办公桌搬走。偌大的一个办公室本来有十五人的，现在只有新来的连同他一起四个人。

乱评价国家领导人曾受到领导的批评：我们当老师的管好自己手中的事，特别是我们搞教育的，您可称得上教育家了，要对国家负责，不要让我们的下一代受到负面影响。

这之后有一段时间没有评论国家领导人了，但自己的光辉历史还是挂在嘴边。

民办高中从全国各地聘请了一批教育精英，绝大部分都是有着七色光环的退休特级教师。有一天詹老师讲在 A 校带补习班的事，从 1986 年开始，一直到 60 岁退休离岗，为 A 校抒写了光辉灿烂的不朽篇章，几次被评为全国劳模……又讲到他上华师的光荣历程，说当时华师没有本科，有本科的话，他一定上了本科。新来的高老师更正说："詹老师，您这话有点偏颇，我就是华师 77 届中文系的本科生。"说完还拿来了毕业证和学士学位证书。他像看无字天书一般，将毕业证、学位证看了若干遍，便满脸通红地跑到自己的座位上，口中念叨着：有本科生……有本科生……

自此之后，詹老师不再讲他那光辉的历史，特别是问他：您是华师的首届专科生，高老师是华师的首届本科生。他连连点头。开会前，那个六月的知了成了冬天的蚕蛹。会场上那种活跃欢快的氛围不胫而走不翼而飞。那个新来的高老师，平时少言寡语，只有在发言时才滔滔不绝，江河奔涌，言之凿凿，语惊四座。会后，老师们说：本科生就是本科生，专科生只会吹嘘炫耀。他听了无地自容。第二年辞职回家养老去了。

前几天遇到他女儿，问起他爸的情况，他女儿沉默了良久，含泪小声说：我爸去年已过世。过世前像得了老年痴呆症，整天念叨，华师有本科生……

与你共品：

詹老师本是个勤劳向上、精明凝练的优秀教师，但有个心理疾患，总担心别人不了解他，看不起他。因此一再表白，忘记了"桃李无言下自成蹊"的古训，以至于受到挫折后一蹶不振，终成悲剧。

（张昌雄老师）

（此文发表于《今古传奇》2022年第7期）

你还不服气，我要用事实说话，让你口服心服。

感 悟

前三年，B 中的高考大获全胜，任课教师都得了大奖——人均 5 万多元。祝老师用这笔钱买了辆高大帅气的摩托。一天，他满面春风，带上老婆和 3 岁的儿子，一路凯歌回老家。去时艳阳高照，转身时却倾盆大雨。大雨过后，路上泥泞，摩托打滑。出门不多远，就撞到了一棵大树上。人背时，还殃及池鱼，偌大的一棵樟树，青枝绿叶地歪在路边，身上撞去了一大块皮，露出白色骨质。祝教师倒在大树前方，半天才将头抬起来，感觉还正常。想爬起来，找儿子和老婆。但发现右腿负了伤，裤腿上全是血。他开始大声地呼叫老婆——琼芳——你在哪？喊了几声，又喊儿子——亮亮——你在哪？

祝老师喊了一会，才感到右腿在剧烈地疼痛，脚尖却转了向。他这才清楚地知道自己的腿断了，躺在地上动弹不得。老婆在焦急地四处寻找儿子。儿子亮亮却被抛进了稻田，浑身是泥。

老婆跑过去把儿子抱起来，这时儿子才哭出声来。琼芳在儿子身上摸了几遍，才确定儿子没摔伤。

一会儿，路上便围满了家乡人，便将他用板车拉到了乡镇医院。后转院到了县人民医院，在那里动手术，将腿接上。住了十来天，挂着拐杖回到家。在家里只能整天躺在床上拉腿，十分寂寞。

祝老师是县里有名的才子，平时文章写得文采飞扬。

好友田老师每天都要去看望他。见他愁眉不展，便劝慰他：塞翁失马，焉知非福！你应该利用这段时间看看书，写写文章。凭你的文笔，说不定中国从此就多了一名作家呢！于是给他找来了书报杂志，走时还将自己写的千字散文拿给他看。

祝老师看完后，连连摇头说：这像什么散文，一点文采也没有！太真实了，文章应该源于生活，但必须高于生活呀！

田老师经常在报纸杂志上发表文学作品，只是用的笔名，世人不知。祝老师如此贬低自己的文章，心里感到十分不服气。便对祝老师说：你姑且将我写的文章内容作为素材，任凭你怎样修改都行。写起后，将两篇文章寄到同一个编辑部去，让编辑去选择。祝老师心想：你还不服气，我要用事实说话，让你口服心服。

祝老师满怀信心，改写后，放了十多天，再拿出来细细斟酌。修改好后，叫一学生将两篇文章投到了同一编辑部。

祝老师每天都在牵挂着此文，而田老师交给他后，自己却一直在工作之余看书写作，忙得不亦乐乎，没时间过问此事。一天，田老师无意间在省教育报的副刊上发现了自己的那篇文章，居然一字未改。田老师不好意思将报上文章拿给祝老师看，更不好将此事知会于他。

祝老师很快就在报纸上看到了结果。令他百思不得其解：无论是文笔还是结构安排，田文怎么也比不过自己的，为什么编辑就选中了他的呢？感叹了好几天，暗悟了好些日。心中郁结着一块榆木疙瘩，愤愤不平得厉害。他总觉得这里面一定有蹊跷，将那篇文章找出来，从文字到结构，从头到脚地修改了几遍，再将此文章寄到了《中国教育报》《湖北日报》大地副刊。

从寄出的第一日起，他就开始做梦：梦见两个编辑部在同一天将他那篇大作登在了两个报刊上，还引起了追责……一连几天、几个月均在做如此大同小异的南柯梦。但时间过去了五个月，泥人入海，他终于失望了。这期间，田老师又在其他刊物上登了两篇。这下，祝老师内心深处才彻底服了输，又琢磨了一段时间，终于得出了一个结论：而今官风民风都在变，看来文风也在变，朴实无华内容丰富的文章成了好作品。

田老师来到他家后，他才高兴地恭喜田老师的大作见报，表示以后要好好向田老师学习。田老师心里泛起一丝甜意，便戏谑地说：我的那条骨瘦如柴的小狗嘛，那纯属是瞎猫子碰上了死老鼠。脸上洋溢着荣耀之光。只要祝兄瞧得起，以后咱俩互相切磋，互相学习吧！

与你共品：

文章通过对比手法，终于使祝老师感悟到，文章不在文笔的华丽，而重在内容的实在。

（张昌雄老师）

他发的定位是三袁国际大酒店后面的物流快递公司，可怎么也找不着！

真　相

　　妻子将母亲请到家里照看两岁半的儿子小刚，说自己要到城里去打工。母亲来后，她将家里的大小事情全交给了母亲，骑着踏板车，直奔县城而去。到了县城，她上哪儿去找丈夫杨光德？

　　她停下车，给丈夫打电话："喂，光德，你在哪上班？"对方迟迟不接电话。她有点惶恐起来，该不会在和哪个女人约会吧？她这么想着，心里越发地忐忑不安起来，觉得如若是这样，自己迟早会当寡妇的。她有些不甘心，又认为杨光德不会真像她想象的那样吧？她不相信杨光德是这样的男人。于是又拿出手机打了过去，手机接了："打电话干吗？有事吗？"对方十分温柔地问她。她说："我想出来和你一道打工，孩子已交给了母亲大人，你告诉我，你现在哪上班？"

　　"我和老板在与外商谈生意咧！晚上我告诉你具体地方，好吗？"说完，光德便将手机挂了。她无奈地在街上盲目地走了一圈，无奈之下，只得打道回府。

　　晚上，她又向丈夫光德要公司地址，光德说："在三袁国际大酒店的正对面，公司大楼上悬挂着'互联网物流总公司'八个鎏金大字，十分醒目，特别好找。我的办公室就在 15 层。你问保安，他们会告诉你的。"她在推想，听他那口气还是老板的助理，工资一定很高。他怎么每月就给家里这么点钱——有时就几千元钱，偶尔才给一万。他一个老板助理，少说一年至少也有个二三十万，还有这么多钱干什么去了？他每天忙得连喘气的时候都没有，公司上班只在白天，早晚这么多时间他在干什么？她越想越不对劲。第二天，她又骑电动车向县城驶去，直接到了三袁国际大酒店，但对面哪有什么"互联网物流总公司"。她拿出手机给光德打电话，可光德就是不接。搞得她怒火中烧："这个光德在干什么呢？连电话也不接。"她推着车，站在马路上，用目光将马路两边高楼大厦上的招牌搜索了一遍，什么招牌都有，偏偏就没有光德说的那个公司。

时间过去了半个小时，再给光德打电话，光德这下接了："干吗呢？我还在开会。"说完，便关了机。她没有办法，一边骂着光德，一边无奈地往回骑。

回到家里，想来想去总觉得光德不对劲。告诉的地址根本就没有，电话不回，连他人影也找不到。她越想越觉得光德在故意躲着她。她断定：光德一定在外面鬼混，生怕自己找到他。她觉得他越是不想见她，她就越要去见他。不管他躲在哪里，都必须找到他。决心已下，晚上给光德打电话，要他给她发定位。他弄了半天说自己发不好。"明天我学会了给你发行吗？"第二天一大早，她又给光德打电话，光德给她发了个定位。她认真地研究了半天才搞清楚，在三袁国际大酒店的后面有一个物流快递公司。

吃过早饭，她再次骑上电动车用手机导航向终点驶去，很快就到了那里。下车一问，说光德送货往一中去了。

她对县一中比较熟，在一中读了三年高中，周边的地理位置她一清二楚。于是向县一中方向驶去，隔老远就看见光德踩着一辆三轮车，车上放满了货，他十分吃力地踩着三轮车。转弯进了一小巷，要上坡，光德踩不上去了，只得下车拉，拉也拉不上去，几次差点连人带车滑下来。他央求着两位过路的给帮忙，但人家未理会他。他无望地将车刹住，站在路上等待好人来帮忙。她十分心疼地骑过去，将电动车停一旁，帮光德将车推上去。光德一看帮忙的是妻子小英，便笑着说："你怎么来了！""你不是说在给老板当助手吗？怎么在送货？别死要面子了，在当送货员就是在当送货员，别忽悠我呀！以后，我来帮你，咱俩一块干。看你这可怜的样子，真让人心疼！"他俩将一车货送到一家代销店后，她想到他寝室里去看看，帮他收拾收拾房间。但他哪有什么房间，为了节约开支，买了一张折叠床，一直睡在仓库里。小英看了痛哭流涕，心中像打破了五味瓶。

与你共品：

　　社会生活中，常有这样的场景，人们感觉某个生活画面可能是什么样子，因而猜忌、怨恨，而实际情况却大相径庭。因此要了解生活的真相，必须要深入到生活之中，这样可以避免很多矛盾的发生。文章的结局还是很令人感动的。

（张昌雄老师）

他妈希望他在学校受受憋，能够健康成长，考上大学。

并非娇生惯养

我和雷校长到餐厅巡查，发现一新生将肉包子逢中一掰，吃掉了里面的肉心之后，两只手各拿着一半剩下的包子，像玩魔术般地两手一放。我和雷校长将他夹在中间，接住了他扔掉的包子。

将他叫到办公室，问他为什么要扔？他有点满不在乎地说：吃下去了我会很不舒服，有可能会吐掉，扔掉比吃下去好。问他每餐吃几个包子，他说一餐吃五到六个包子心。

我有些奇怪地问，你怎么就只能吃包子肉心呢？在家里吃什么？在家里我也只吃肉不吃其他的。有一次我妈逼着我吃了一些蔬菜，我吐了一地。

那你妈每餐给你都弄瘦肉吗？里面还不能加蔬菜之类的食物？是的。

你知不知道光吃鱼肉对身体不好，特别是对成长期的青少年不好，这样会引起便秘，增高血压血脂。老天在创造人类时，就做好了安排。人一般有 28 颗牙齿，吃肉类的牙齿只有 4 对，也就是说，吃肉类食物顶多只能占 1/4。你这样不仅浪费了食物，而且会吃坏身体。你家里条件很好吗？

他低头不语，半天不说话。你叫什么名字？是哪个班级的学生？他这才赶忙回答："我叫任小飞，是高一（6）班马老师班上的。"

我用电话将马老师叫来，详细问清了他家里的情况：他爸妈离异，他跟着妈妈。妈妈没有工作，靠打零工供养他读书。现在家具店打零工，每月 800 元工薪，日子过得紧巴巴的。任小飞由于只吃肉食，长期便秘，花去了他妈不少钱。

读初中开始，经常逃学，上网日夜不回家。因此他妈才把他送到这所学校来。在这里不能出校，一月只放一次假。

他恼怒无比，整天想跑出去玩，但跑了几次均未成功。因此他十分恼恨学校，三天两头地打电话给妈妈，说学校里的饭菜不好吃，要他妈接他回去。

他妈一是没有时间，二是希望他在学校受受憋，能够走上正轨，还希望他能考上大学。他读书的钱还是向他舅舅借的。

听完班主任的讲述，我问他，你今年多大了？他说："十六岁了。"十六岁了，你是不是觉得自己还很小？十六岁已是准公民了，大人了，应该懂事了。你妈打零工供你上学，你有何感想？你爸爸到哪去了？谁知，我一提到他爸，他便恼羞成怒起来，大声地吼起来，"你给我别提他！"我不解地望着他，为什么？他沉默了片刻，抬起头来，满眼是泪，一下子像变了一个人，声音柔和起来，"我还只有两岁，他就抛弃了我和我妈，十几年了杳无音讯。"

你妈妈一人带着你辛不辛苦？你只吃瘦肉，她那点收入供养得起吗？他的泪水像瀑布般地往下流淌。泣不成声地说："我以前不知道光吃瘦肉会便秘，便秘花去了我妈不少钱！以后我再也不那样了。"

我心里有些高兴："孺子可教也！"任小飞，你现在懂事还不迟，要好好读书，让你妈妈舅舅从你身上看到希望，让他们高兴才是。一个人生活在社会上首先要有责任心，周总理从小就想为中华的崛起而尽一分力量，而我们不说为国家为民族，但最起码也要为家庭为对我们的成长付出了心血的人而努力，让他们放心开心。他们不为回报，而我们要对得起他们啦！任小飞连连点着头走出了办公室。

在以后的时光里，任小飞不仅没犯以前的错误，而且在各方面均严格要求自己，学习上更是刻苦用功，成绩从最后几名跃入了前20名。半年后遇到他，他红着脸喊了声校长，还给我鞠了一躬。

一晃三年高中流水般地过去了，任小飞考上了他自己理想的大学——华中科技大学计算机系。

与你共品：

本文看出了一个教育工作者的良苦用心，能体察详情，因势利导，打通了孩子的心结，收到了比较满意的效果。再次证明了教师是人类灵魂的工程师。

（张昌雄老师）

他各科成绩猛升，使老师惊愕得合不拢嘴。

小悟空

他长得矮小羸瘦，像只小猴，同学们都叫他小悟空。

班里迟到的现象比较严重，班主任整顿风纪。他经常衣着不雅，将扣子扣斜。还有几次只穿一只袜子，被同学取笑——小悟空遇妖精，狼狈不堪，丢袜斜扣，眼屎可人。

班主任看好他，还十分同情他，把他父母找来，说他猴精儿子是个人才，希望家里人看重他。他虽然瘦小不雅，与长期没早餐吃有关，希望家里人重视。

他父亲说：就他这猴样，初中毕业后，就回家去放牛。他生来就不是个读书的料，他家祖祖辈辈就没有人会读书。孩儿看极小，您就别编了，夸他没用。

无论我怎样夸他聪明，他爸妈就是不相信。

离中考只有一个月了，我从作文中窥出了奥秘。一篇《等车》，他写得极好，用词十分精当，场景描写得真实感人，心理活动描写拿捏得十分准确。我又一次认定他智商高。高智商的学生，成绩的提升，不能用时间来衡量。凭我的经验，哪怕只有一个月，他的成绩一定会像江河之水暴涨起来。

科任教师会上，我要求各科老师找该生谈一次话，谈话中只准鼓励，不准批评和挖苦。我断定，在这一个月里，他一定可以出奇迹。

无论我怎样说，大家就是不相信。特别是数学老师，说他经常连作业都不交，考试长期倒数第三名。三年都过去了，一个月，临时抱佛脚，能出奇迹？我和你打个赌：他的成绩上到前十名了，我请你三次客，达不到，你请我三次。

我欣然应战，化学老师也要跟风，我都一一答应。

我说，你们只要按我说的去做，奇迹就一定会发生。

半个月过去了，小悟空像变了一个人，各科成绩猛升，特别是数学。数学老师说："也真出神！这几次测试都是满分。"他百思不得其解。

英语老师也惊愕得合不拢嘴：太不可思议了！他单词都背不到几个，怎么可以全对？

中考揭晓：他居然总分居全校第二名，数学拿了全校第一名。

数学化学两科老师隔三岔五轮流地请我的客，还有几位沾了光，拿到高额奖金的科任教师也来跟风请客。

大家都说我看学生神——入木三分，精准奇妙，不可思议！

小悟空通过那次考试，进了中专，跳过了农门，成了工薪阶层。

父母亲见了我笑得合不拢嘴。

与你共品：

文章刻画了一个倾注爱心，因材施教而获成功的教育工作者的形象，说明在教育过程中，爱是第一位的，有了爱，自然能找到适当方法。文章描写生动，对比鲜明，虽是奇迹，却令人信服。

（张昌雄老师）

迷信"福气",违背了天道酬勤的道理。

福气创造纪录

　　女家长领着儿子来我校报名,拿出分数条:吴小江,中考分 335。此分数刚好够今年的起分线。我说,运气真好!刚好踩线。女家长说:"老天保佑!我这孩子成绩虽然不好,但蛮有福气的!"

　　吴小江进了班,虽然成绩在班上倒数第一,但十分自信。跟同学们说,算命先生说他福气特好,学习上不需要太用功,考试起来一样可以上线。因此他在学习上按部就班,不急不躁,没有一点少年应有的朝气与激情。本来成绩就差,这样一来,节奏总是比同学们慢半拍。

　　班上实行的是小组学习制,特点是一荣俱荣,一损俱损。要求合作共进,步调一致。他这种慢半拍的行为,不仅影响了小组的成绩,而且影响了小组的节奏。有时连作业都不能按时完成,全组同学要陪伴他,成绩考差了要补考,全组同学人人均要守着他,平时还要帮他补差。对此他不但不领情,就连一点愧色都没有,总认为自己有神灵保佑。

　　小组同学开始排斥他,讨厌他,不断地向班主任反映。

　　班主任找他谈话,提醒他:这样的小组学习制是目前最先进的学习方式,要求颇高。每个小组成员必须达成三个共识:小组同学均要有奉献精神(为小组和班级做贡献的心态);有合作共进的思想(互帮互学);有美好的共同愿景(一致的奋斗目标)。吴小江,你与同学达成了这三个共识吗?显然没有。同学们都精神饱满又信心百倍地在努力拼搏,一心一意在为小组增光添彩。而你呢,却在拖后腿,给小组抹黑都不说,总还觉得自己的做法正确,存有一种侥幸心理。

知不知道天道酬勤？老天保佑的是勤奋之人。

算命先生说你有福气，你就可以不努力不刻苦了吗？你中考踩线纯属偶然。

天行健，君子以自强不息。你是高中生应顺应大自然的发展规律，应当激情满怀、自强不息，将来才可以厚德载物。

怎么像个老头子待在组里给小组班级抹黑，让同学们为你受罚挨批评！同学们不要你，你一旦离开这个学习小组，互帮互学的环境就没了，美好的共同愿景也没了。同学们的愿景是一本二本，而你的目标了不起就是一个专科挂边。如果你还不赶快调整心态，抓紧时间与小组同学同步发展，否则，就会出局。

一旦出局离开小组，你的成绩会落下去很远的。成绩落下去远了，福气再好也不可能有踩线的可能。

班主任的这番话竟然没有打动他。他坚信自己的福气好运气好，不需要拼死拼活地刻苦学习，到时候一定可以考个本科挂边。

他从小组中独立出来，坐在一边，远离了小组的学习讨论，刚开始还觉得自己的坚持是对的，悠游自在地学习着，遇到不懂的内容想去问同学，但又觉得不好意思，心里总是想着自己福气好，做不到的内容高考一定不会有的。这样很快就到了月考，成绩出来后，他少了最后一名66分。

老师找他谈，他却说："高考不会是这样的！"

班主任无奈，将他家长找来，建议他留级。因为他老说自己的福气好运气好，已经跟不上班级的进度了。

家长征求他本人的意见，他要求转学。家长经过多人的帮忙，还交了不菲的借读费，才将他转到一所差校去借读。那里不搞小组学习制，学习上比较轻松。

很快三年过去了，一年一度的高考成绩已经揭晓。吴小江专科仅差两分名落孙山。创造了我校十八年以来第一个未考上专科院校的记录。

与你共品：

文中的吴小江顽固地迷信"福气"，而不愿努力吃苦，最后被"福气"所抛弃。这对社会生活中各种人生境遇，都有很大的警示和启迪作用。

（张昌雄老师）

龙虾价格急骤下降，从 50 元一下子就降到了 5 元，但也必须出手，不然，饲料已无款购买。

跟 风

老茂退休了，待在家里闲得无聊，跑出去与朋友们玩牌，一个月下来，工资输掉了一大半。老婆极为不高兴。

有一天，吃过早饭，老婆告诉他一好消息：田方胜在老家租了一块地，养龙虾，两三年时间赚了几百万。老茂听了不置可否。过了早，老婆又和他谈起田方胜，以前穷得叮当响，长期住在分洪房子里，家里乱糟糟的。如今发了，在城里买了房，还买了车。

老茂一听，来了兴致：真有这事吗？老婆说：今天天气好，我们到他那儿去转转？他在哪？你知道！老婆说：老袁前天去过，就在伟星小区里。老袁将他的电话号码都给了我。

那好，去转转。

老茂欣然遵命，开着他那辆丰田老车，找到了田方胜。

田方胜住在伟星楼房里，26 层，高着呢！见她两口子来造访，极为热情。谈到养龙虾，老田更是眉飞色舞，津津乐道起来：这几年，养龙虾赚了点钱，自己买了房子买了车子，给在武汉的孩子买了房子买了车子，手头上还存了几个。谈着谈着，已近中午，老田是个有名的铁公鸡。这下发了，真是"仓廪实，知礼节"呀，他居然要妻子上街去买菜，热忱地留他俩在家吃饭。

饭桌上还拿出了飞天茅台，还夸耀说：这酒呀，2003 年的，现在一瓶要六千多元咧！咱们多年不见，谁教我老田发了呢！你两口子还记得我老田，我们这是缘分啦！

酒过三巡，老茂红光满面地向老田求教了：老田呀，我们今天来，是想拜你为师的，你养龙虾发了财，能不能帮老兄一把？老田一听格外兴奋：好哇！你老兄说说，怎么个帮法？是借钱，是帮你们租地养龙虾？老茂说：老田真说对了，告诉我们养龙虾。好嘞！你说说，准备多少钱来养龙虾？

老茂朝老婆看了看，老婆也朝他瞧了瞧，都未及时回话。

老田说：我第一年找人借了 20 万元起本，你们就拿 20 万元起本吧？

老茂望着老婆说：要得！他老婆也微笑着点头。

老田说：我今天给我外甥打个电话，给你租赁十亩地，你们在家等我电话。

翌日上午，老田打电话来说十亩地已谈妥：租赁十年，每年 8 千元（也就是 800 元一亩），租赁合同签十年，租金 8 万每年一付。你开车过来，我们一起去办。

老茂和老婆跟着老田很快就办妥了养龙虾的土地，接下来是按养龙虾的要求改造农田。老田轻车熟路，找来了当地改造农田的专业队伍。先谈好价——5 万，两周之内改造竣工。

养龙虾的池子改造竣工后，那就是买小龙虾。老田给他们反复计算，需要 5 万只幼苗，花钱 6 万元。20 万元只剩下 1 万了。这 1 万元拿去买饲料，小龙虾从放养到出售大约需要准备 5 至 6 万元。一上市，就可以逐步回本了。

老茂两口子喜出望外，高兴得不得了。在池子边上搭起了一生活棚，住在那里精心地按老田的要求严格地喂养着水中的龙虾。每天望眼欲穿地看着龙虾一天天长大。

四月底龙虾基本上成熟了，个头都较大，每个差不多一两多。

找老田去摸行情，前一批龙虾卖到 50 元一斤，近半个月急骤下降，从 35 元一斤降到了 20 元一斤，市场上到处是龙虾。老茂跑到县城菜市场去看，满市场全是龙虾，每斤只卖 8 元。他返回龙虾地，和妻子商量：8 元一斤，也得出手，不然，饲料已无款购买。找了一辆大卡车，将龙虾打捞上来，装车，拉到县城的菜市场去销售。由于龙虾成灾，人家只出 5 元，但没有办法，5 元一斤也在所不惜，将其卖出。一大车龙虾仅卖了 5 万多元，除去人工费、车费，净赚了 4 万元。这 4 万元又拿去买饲料。

老田告诉他：不要慌，坚持就是胜利，再不要低价出售了。等这大批的龙虾风潮过去之后再卖，价格就会提起来的。他俩也只得听老田说的，等待风潮过去，龙虾价格高起来。但一个多月过去了，如若再等下去，天气一冷，龙虾这鬼东西就会钻到泥土里去冬眠，就难以捕捉到了。

但等来的则是价格越来越低，龙虾价格一路下坡，从35元降到了3元。

老茂两口子辛苦了近一年，风吹雨淋，日晒夜露，吃尽了半生未吃之苦，将30万的本金换回了两个龙虾池。一脸辛酸泪。

老田鼓励他俩：不要灰心，今年亏本来年赚。他俩苦笑着点点头，心里早已做好了十年抗战的打算。

与你共品：

盲目跟风危害不浅：老茂夫妇想要发大财，于是向田方胜取经养起了小龙虾，可是事与愿违，小龙虾的价格一跌再跌，他们只能含泪卖掉。折腾近一年，风吹雨淋，日晒夜露，吃尽苦头，30万的本钱只换回了两个龙虾池，一把辛酸泪。小说的结尾处，老茂夫妇并未认识到盲目跟风的危害，毅然决然地做好了十年抗战的打算，撞了南墙也决不回头。本文语言平实，但叙写的故事十分有趣，读罢让人忍俊不禁，叹服于作者的诙谐幽默。

（徐收业老师）

喝养生酒，伤了脑神经，可迎来了人生的契机。

超量之后

秦老头从乡下来了，老伴走后，儿子早在 20 年前就将他换成了城市户口，为了让他六十岁后有可靠的生活保障，还给他买了 10 年的社保医保。

已经在社保局拿退休工资 10 年了，开始每年只有 1000 零，这几年每年都在上涨，就像长江六月里的水，现在居然每月可以拿到 2450 元了。据说，还会往上涨。秦老头十分高兴，每天哼着小曲过日子。

秦老头平时不需要钱。儿子早在 15 年前就在县城郊区买了块地，为他修了栋 260 多平方米的两层小别墅。别墅四周是菜园地，地里种的菜除了供儿子一家享用，还多得吃不完，经常往左邻右舍送。因此，左邻右舍的大娘幺婆都来帮他种菜。他还喂养了 50 多只鸡，围在右边菜地外。还喂养了两头猪，每年杀两头。他喂的猪未吃一粒饲料，全吃田里的蔬菜和苕滕，长得腰肥体壮。人家的猪吃饲料，四个月就出栏。他喂的猪吃菜食，喂养一年零 4 个月。重量 200 多斤与四个月的猪体重相差无几，猪生长的时间越长，肉的味道就越淳厚隽永，每年知情者都纷纷来此订肉。

他给儿子一头猪，他自己只腌制 20 斤，其余的全卖给了至亲好友。

秦老头虽然忙点，但小日子过得十分滋润。社保卡上的工资，手机上看得到：10 年下来，他的卡上居然有了 20 多万元。

对他知情的七大姑八大姨都跑来亲近他，大哥大叔地喊得十分亲热，还经常帮他洗衣做饭。秦老头四十六岁就没了老婆，习惯了一个人生活。有美女陪伴自己，他有点高兴，又有点不安宁。他怕给儿子惹出麻烦，尽可能不让她们来帮忙。经常一大早吃了早点，就到菜园子里去割猪草，到鸡窝里去捡鸡蛋，让她们难以找到自己。

七大姑八大姨们看到秦老头喜欢喝点酒，就商量着给他推荐养生药酒。每天中餐晚餐到他家里来聊天，他一边喝酒一边听她们讲药酒如何好。喝了既可强身健脑，又可治百病，说得秦老头口水都往外流。第二天，她们便给秦老头搬来了一件六瓶药酒，告诉他这是药酒，不能贪杯，一餐只能喝一两。

七大姑八大姨走后，他开始喝养生酒。开始是严格按要求喝的，但喝了一周之后，觉得一餐喝一两，喝得不痛快，有点吊味。于是不管三七二十一，每餐喝二两，剂量增了一倍。喝了近一个月，一切都正常。他又觉得喝二两也不止瘾，于是乎每餐喝到了三两。但三两只喝了一周左右，身体就出了毛病。首先是头晕，紧接着走路打晃，再就是眼睛只能看到正前方，左边右边都看不见。他急了，惊恐万状地找到了儿子。

儿子一看老爸身体成这样了，赶忙将老爸送进了医院。

家里的鸡、猪、菜园由一位平时十分仰慕秦老头的寡妇钟大妈主动地担起。秦老头的身体出现了毛病，钟大妈并不知道。她是听推销药酒的七大妹说的，钟大妈从乡下赶过来看望秦老头。她来的那天，秦老头刚走，钟大妈进门，钟大妈便留了下来，帮忙料理家务，管起了秦老头的鸡猪和菜园。

秦老头在医院里检查完身体后，才想起家里的鸡和猪来，儿子便要媳妇回去照料。

儿媳妇一到家，发现有人在管理这个家。刚好钟大妈与儿媳妇是转折亲，早就认识。钟大妈告诉儿媳妇，听说你公公病了，来看看，不料家里无人，便留下来帮忙。儿媳妇非常感谢，便将钟大妈照看家的事告诉了公公。

公公早就对钟大妈有好意。近几年，钟大妈死了丈夫，也是一个人在生活。秦老头十分想和钟大妈一起生活，又不好向儿子儿媳妇开口。俩人心中都装有对方，这次他病了，可能是个契机。但秦老头在心里反复叮嘱自己，身体如果不好，那就等下辈子了……

家里有钟大妈打招呼，秦老头十分放心，心里有一种莫名的高兴。

检查出来了，身体一切正常。医生说："这就奇了怪了，这些症状，明明是脑中风的前兆，怎么就查不出一点问题呢？"

接着又将秦老头弄去做核磁共振，还是没有毛病。几位医生在一起商量了半天，先观察两天，再做一次核磁共振，看能不能找出点毛病来。

第三次核磁共振的结果出来了，一点毛病也没有，最后几位推断：一是吃了有毒的食物，伤害了脑神经；二是喝了有毒的酒，对脑神经造成了一定程度的伤害。这二者中应必有其一。

儿子赶紧问老爸："爸，近几天吃了一些什么东西？"

老爸说："什么也没吃？都是一些平常的蔬菜，每天炖点肉萝卜，再没有什么。"

儿子又问："您最近喝酒没有？"

老爸说："你跟我弄的20斤高粱酒，我只喝了一半，最近喝的药酒。"

"您把药酒瓶拿出来我瞧瞧！"

于是儿子按照老爸说的地方，跑回家里拿来了药酒。医生看了看，此药酒应该没有毒，一定是喝多了，上面规定一餐不能超过一两。

儿子再去问老爸："您每餐喝多少？"老爸不敢说话，吞吞吐吐了半天，才说："每餐喝二两。"

医生说："喝多了，伤害了脑神经所引起。"

医生笑着对儿子说："你爸没事了，以后不喝或少喝这种酒，会慢慢恢复正常的。"

儿子将老爸送回家里，老爸看到钟大妈十分高兴。当着儿子儿媳妇的面，把自己心中的话全说了出来。儿子儿媳明白过来后，举双手赞同，并鼓掌庆祝老爸找到了一位称心如意的老伴。

与你共品：

《老子》有言："祸兮，福之所倚；福兮，祸之所伏"，坏事可以引出好的结果，好事也可以引出坏的结果。儿子孝顺为他买了10年社保医保、修建了两层小别墅，秦老头退休工资年年涨，卡上有了20多万积蓄，日子过得很滋润，这是福；七大姑八大姨推荐秦老头喝养生酒，秦老头喝养生酒超量以后，脑神经受到伤害，头晕、走路打晃、视力模糊，被儿子送进了医院，这是祸；秦老头住进医院后，钟大妈进城看望秦老头并主动料理齐家务，秦老头出院回到家后说出心事，最终互有好感的秦老头、钟大妈得到儿子儿媳的诚挚祝福，喜结连理，这又是福。本文情节一再突转，用简单的故事阐释深刻的哲理，寄寓普通人对美好幸福生活的追求，读来饶有趣味。

（徐收业老师）

如若走司法程序，赔偿损失是小，恐怕会引起众人群起上诉，说不定你爸会有牢狱之灾?!

平息风波

六月初，我回到工作过的学校，好友李德瑛病了，我到他家里去看望他。他躺在床上喊腰疼。

见我来看望他，想从床上坐起来，但努力用手撑着身体，试了几次均未成功。

我赶快靠近他，要他躺着不要动。

国庆节前两天，家里打电话过来，要我赶快回来一趟，说家里出了大事。

我急慌慌地赶回家，看见母亲躺在床上，说是被李德瑛的妹妹打伤的，还拔下了一指头发。我听后怒火中烧，可怜我年过花甲的母亲怎么能被他妹妹打伤呢?

我刚一到家，两位老弟也赶回来向我讲述前天李德瑛一家十几个人跑到我家，摔盆毁灶，还打伤了母亲，更为可耻的是李德瑛还躺到医院里，要大队干部上门来要医药费，说是老弟打伤了他。

老弟向我反映，他压根就与李德瑛没见过面，他的腰疼病本身就犯了几个月，一直躺在床上。前几天，拄着拐杖来学校，听说老弟在与张家秀谈恋爱。龚道凤以前与他老弟是同学关系，谈过恋爱，说是老弟夺了他老弟之最爱，就坐在学校办公室里发动了一场战争，组织了十几人闯进我家，干出了这样伤天害理的事。还坐在大队部告状，说是老弟打伤了他，还要我家邻居干部逼着我老实的父亲要去了 20 元的医药费。其原因是李德瑛的父亲是我家邻居的干爸，在大队综合厂任厂长。

我将事情的前因后果弄清楚后，跑去找大队支书。

大队支书是我以前在大队办学校教书时的校长，为人正直，处事比较公正。

他听后，无奈地笑了笑，将管治安的副书记找来，要他陪同我一起去镇医院。

一路上，我向他陈述事情的原委，他总是冷笑不作声，最后以对抗的态度说："你说的不是事实，李德瑛不被打，他们怎么会组织十几人闹到你家里来嘛！此事的起因就在于你弟弟，为什么要夺人所爱呢？天下少了女人！"

我知道对方之所以敢明目张胆地冲进别人家里，打伤老人，还反过来倒打一耙，都是有原因的。农村是个法律盲区，天高皇帝远，还处于弱肉强食的阶段。

到了医院，我直奔李德瑛病房，未理睬那个副书记。

李德瑛躺在病床上，我将搜集来的证据给他看，并对他说："我老弟这几天和你根本未见面，他是如何打伤你的？衣服上的那个脚印是你们刻意伪造的。你的干哥昨天早晨还找我父亲要去了 20 元，说是给你的医药费。"

李德瑛瞪着一双大眼，朝我不怀好意地看着。

我本来只想就事论事的，但看到他这种眼神，便说：你父亲学过行武，打遍天下无敌手。又是大队干部，这几十年来，一直横行乡里，制造了不少冤案。你我两家应该无仇吧？平时也没得罪你们。就说我老弟和张家秀谈恋爱，关你家什么事？就是以前张家秀与你老弟好，即使谈个恋爱，但她现在未和你老弟谈了，你们要找，也应该去找张家秀。为什么要找我老弟呢？你们还纠集了十几人打到我家里，打坏了我的桌椅板凳，还打伤了我 60 多岁的母亲。我母亲被你妹妹抓掉了一指头发，脸都打肿了。我母亲没有去住院，没有找你们要医药费，你却住在医院里，派人来我家要医药费。你们真是欺人太甚，天理难容啊！

看在你我曾经是挚友的份上，你好自为之吧，将 20 元钱退还给我。我可以不上诉，否则我会坐在法院里告你们一家人的状。

你好好考虑考虑，还有一点我要提醒你：如果走司法程序，你们赔偿我家损失是小，恐怕会引起众人群起上诉，说不定会给你父亲带来牢狱之灾。

听了我的这番话，他从口袋中掏出 20 元钱递给我说："对不起！对不起！"

副书记和医院的院长在门外听完我的陈述后，院长说：此事就此了结吧，你的腰疼病回去静养！

副书记接着对李德瑛说：我帮你去结账！

与你共品：

本文先是顺叙，写"我"探望李德瑛，李德瑛病重无法起身，揭示出下文李德瑛说是"我"的老弟打伤了他并借机讹诈 20 元医药费的行为的荒唐可耻；接着使用倒叙手法，"我"被告知家里出大事了，回家看到被李德瑛妹妹打伤躺在床上养病的母亲，情节顿生波澜。紧接着，我找到村干部伸张正义，为人正直的大队支书也只能无可奈何，副书记更是歪曲事实，文章继续蓄势，为下文"我"智斗李德瑛张本。高潮部分，"我"有理有据，动之以情，晓之以理，最终收回被讹诈的 20 元钱，平息了这场风波。本文颇具匠心，情节曲折生动，寓理于通俗的语言之中，揭示出人性中丑恶的一面和农村法治的缺位，读来颇有感触。

（钟情老师）

所长仔细瞧了两遍：这根本就不是什么美式步枪，是一把地道的双管猎枪。伍小刚拿回猎枪，给所长作了个揖，便哈哈大笑起来……

找　枪

正值年关，春寒料峭。路上行人熙攘。上午九点多钟，几位后生小辈领着一群年轻人正向北头奔跑着，说南头有条疯狗咬伤了好几个人。疯狗咬了人非同小可，人就会变成疯狗般的症状咬人之后抽搐而死。

人们一听说"疯狗"两字，就谈虎色变，吓得毛骨悚然，惊魂飘浮，比遇到瘟神有过之而无不及。

邻居伍小刚从家中拿出一杆猎枪，说是他那援朝老爸留给他的唯一遗产。他扛着猎枪向南头跑去。向北奔跑的人群惊呆了，都停下脚步，把头伸起，目视着伍小刚扛枪的背影。想象着他爸抗击美国人的英雄形象，期待他能够将那只害人的疯狗击毙，为民除害。

人们以路为中心，一下子围上了百十来人。人人都翘首张望着南方，看不到伍小刚那扛枪的英雄背影，但心里都期待着能早一点听到伍小刚的枪声，听到那只疯狗的悲哀声、惨叫声。

约莫过了十几分钟，人们像等了半个世纪。突然响起了"砰砰"两声，静望的人群像开闸的潮水向南头涌去。跑在最前面的已经瞧见了那只瘫软在菜田里的满身是血的疯狗了。

下午3点多钟，乡镇派出所来了四位民警，找到了伍小刚，要将他那支击毙了疯狗的猎枪收走。伍小刚说什么也不答应。老头子留给他的唯一遗产，他视为珍宝，岂能交公！四位民警说这一定不是猎枪，猎枪怎么能两枪就将偌大一只疯狗击毙呢！应该是一支美式步枪。这国家有明文规定，必须无条件交公，不然作私藏枪支罪论处。伍小刚一口否认，就是支猎枪。民警要他拿出来看看，他不同意。我这宝贝不能随便给人看！最后，民警请示所长，将伍小刚带到了乡镇派出所。

到了派出所，伍小刚一言不发，喑哑不语。所长只得将他关押起来。

晚上有人来看他，劝他将枪交了回去。菜地里的包心白已经卖完，地要翻耕、上肥，再种其他蔬菜。时节不等人啊！何必蹲在这里受罪呢！他老婆看到别人家的菜地翻耕了在上肥，急得直跺脚，还在哭鼻子呢！

伍小刚灵机一动，想出了一个鬼点子。于是对邻居田老四说："其实我那杆枪就埋在菜地里。"又反复叮嘱他不要向别人告密，他们找不到枪，自然要放我回去。

田老四是个精明人，胆子特小，怕背知情不报的罪名。于是将此秘密告诉了派出所所长。所长一听，来劲了，逼着伍小刚回去取。伍小刚大喊肚子疼，睡在地上不起来。所长无奈，派出十几人到他菜地里去挖。挖了几个点，觉得有点大海捞针似的。后来所长想出了一个办法：用犁耕。耕一犁，便将土翻到一边，如发现有浮土，就深挖，若未发现，就一犁一犁地耕下去。结果三亩多地的菜地犁完了，也没有发现枪的影儿。

所长十分气恼地将伍小刚押到现场，大声说："枪究竟藏在哪儿？快说！"伍小刚心里在想，南山边还有一块菜地也需要翻耕一下，于是便说：枪么，你们想啦，我伍小刚这么聪明的脑瓜，怎么可能将这么好的枪放在这么近的菜地呢？我放在了南山那边，你们到那边去找吧！

所长本来就气得要爆炸了，听他说南山那边，知道他一定又在忽悠，便厉声说："伍小刚，你个兔崽子！再若骗老子，看老子不剥了你的皮！"

于是大队人马开到了南山那边菜地里，又采取了先前的办法，先四下去找新土，没找着，再用犁翻，五亩地翻完，还是没踪影。于是所长气急败坏地将伍小刚押到现场，伍小刚哈哈大笑。感谢所长，帮我翻耕了两块菜地！边说边向水塘边走去，将猎枪找了出来。

所长仔细地瞧了几遍：这根本就不是什么美式步枪，是一支地道的双管猎枪。

伍小刚拿回猎枪，给所长双手作了个揖，便哈哈大笑起来……

与你共品：

伍小刚的父亲是抗美援朝战士，给他留了一把双管猎枪，这是父亲留下来的唯一的遗物，小刚十分宝贝，当听说村里有疯狗时，伍小刚第一个站出来想像父亲一样为民除害，伍小刚还真的没有让人失望，一下子就击毙了疯狗。后来又利用派出所的搜查给自己家的田耕了地，十分机灵，人物形象十分鲜活生动。

（朱盈老师）

这是一个农夫与蛇的故事。

渔民与蛇蝎

　　山坡下坐落个小渔村。小渔村面朝大海，住着一百多名渔民。几十年来，他们过着世外桃源的生活，生活得十分和谐富有幸福。

　　一天，父女俩打鱼回来，看见海滩上躺着一位中年男子。女孩海鸥走近他身边，蹲下身子用手探了探他的鼻孔，扭头对父亲说："爹，这个人还活着!"

　　老爹姓王，是个好心人，听女儿说"还活着"，便走近那男子，蹲下身去看了看，发现腿部受了枪伤，肩部也受了枪伤，小肚子也受了枪伤，三处枪伤都还渗着血水。

　　老爹对女儿说："三处枪伤，流血过多，不知还能不能活过来?"

　　海鸥说："我们不能见死不救?"老爹有些犹豫了。

　　女儿说完，就去扶那个男人。男人因个子太壮实，她根本扶不起来，老爹来帮忙也无济于事，女儿便高喊李三过来帮忙。

　　李三将王小明也邀来了，两个年轻人才将那男人从地上搀扶起来。那人在昏迷之中，根本迈不开脚步，凭搀扶走到村子里有些困难，海鸥便找来一辆手推车。

　　村主任赶过来了，对老爹和海鸥说："来历不明，不知底细的外人不要带到村子里去，这里祖宗传下来的规矩。"

　　海鸥向村主任说好话："我们不能见死不救? 他的伤好后，让他马上离开村子。"

　　村主任沉默了片刻，想到了村子东头约两里路有一间小屋，你们可以将此人弄到那里去，那间小屋离镇上也近，看医生方便。

海鸥十分高兴，于是用推车将此人送到了那间小屋。

到了那间小屋，老爹说：关键是要找医生将子弹取出来，不然生命难以保住。

父女俩连晚饭也未来得及吃，就去请医生。找个中医不难，要找个会取子弹的西医就难了。他俩跑遍了小镇，才找到了一位刚从国外回来的医生，出了高价才把医生请到小屋来。

医生很快就将三颗子弹取出来了，但此人流血过多，要马上输血，不然会永远醒不过来。可这里没有设备，必须连夜将其转到镇医院。父女俩求两位年轻人，费了九牛二虎之力才将此人送到医院。要输血，没有血源，只得在他们四人中想办法。说来也巧，父女俩的血型与此人的刚好相配。

父女俩毫不迟疑，救人要紧，马上为此人输血。经过近两天的抢救，此人奇迹般地醒过来了。

此人野性十足，身体刚好一点，便对海鸥动手动脚，说一些粗野污秽之语。

父女俩觉得救了个野蛮低贱之徒，一定会招来灾祸，于是逃出医院，不再理会。

两年过去了。

一天，风和日丽，村子里突然闯进来一伙海盗。大约有五六十人，手中都拿着"家伙"，将村里的所有男人（包括老男人和小男人）全抓了起来。

老爹一眼便认出那个带头的就是他父女俩倾其所有救活的那人，那家伙也认出了他的救命恩人。

等他将所有男人分开宰杀完后，将老爹带到身边说："你应该知道农夫与蛇的故事吧，应该不得好死，说着将老爹的头砍了下来。"

回头又将村子里的女人组织起来，对他们说：从此你们便是我们大家的，只要你们好好地伺候我们，我们一定会善待大家。"说完又从众人中将海鸥找出来，"对海鸥说："你是个好心肠的女人，我感谢你救了我。从今天起，你就是我的老婆！"说着将海鸥抱起来，当着众人的面，剥去她的衣裤，强暴了她。

海鸥心里在流血，趁海盗得意之时，抽出他小腿上藏着的匕首，刺向了海盗的心脏，接着抹掉了自己的脖颈。

与你共品：

本文堪称《农夫与蛇》的中国版。农夫与蛇，渔民与蛇蝎，读来让人咬碎满口牙。农夫好心救了被冻得奄奄一息的蛇，并把它放在胸前捂暖，蛇苏醒后将毒牙咬向农夫的心窝，农夫中毒身亡；海鸥父女俩好心救了性命垂危的男子，并为他请医生、输血，身为海盗头目的男子两年后亲手将老爹的头砍下，当众将海鸥奸污。善良的人呀，一定要分清善恶，只能把援助之手伸向善良的人。对那些恶人即使仁至义尽，他们的本性也是不会改变的。

（钟情老师）

"何老师，对不起你！为了不让你离开初中部，五年前和李书记一道，做了一件见不得人的事！"

书 迂 子

一年一度的初中升学考试到了，初中毕业班的任课教师都被派到各乡镇中学监考，我却十分幸运地派到了县一中担任巡视员。

晚上躺在床上，感到蹊跷：别人为什么都在监考，我却在当巡视员？巡视员一般都是由领导担任的，而我一介教师，怎么就当起了巡视员？此事，令我百思不得其解。

几天之后，组织部来了两位同志，找教师们开座谈会。

会后，听说是为何老师的提干而来。当时，学校除我外，还有一位家门，是北师大毕业的，一直在高三补习班任班主任，是学校的顶梁柱。我猜想，家门何其慰老师提干本身就是情理中的事，没有什么好值得惊奇的。值得惊奇的是：家门却仍是普通教师？

此事过去五年了，管初中部的江主任得了癌症，从武汉回来，说只有一个月阳寿了，在县人民医院住院。

一天，我忙完了琐事，到医院去看望他。回想着在江主任手下工作的十年：开始五年我们之间有些矛盾，经常意见不合，吵得面红耳赤。还因为初中部是他自己的责任田，长期把我圈在初中，我心里恨死他了。但后来他像变了个人，对我宽容起来，处处依着我，初中部的好多事情基本上是我说了算。

躺在病床上的他见了我，努力想坐起来，我赶忙去帮他，让他坐着。

他用一双浑浊无光的眼睛望着我，双眼很快就噙满了泪水。有点哽咽地对我说："何老师，对不起你！为了不让你离开初中部，五年前和李书记一道，做了一件见不得人的事。"

我感到诧异，默然不语地望着他，听他叙述下文。

042

组织部已经下文，你任学校副校长的通知书已到教委。李书记听到后十分紧张，大家都认为你是个非常有能力的人，品德纯正，人脉关系又好，他怕你威胁到他的地位。邀我一同去组织部反映：说你是个书迁子不适宜当干部。我和李书记连续三天在那里找领导反映情况，直到领导同意派人下来调查才罢休。

座谈会是我找的五位高中教师，要他们按李书记的意思发言，将你是书迁子的主题做实，后来组织部才收回成令。

江主任说完，又说了几个"对不起"。在他弥留之际，见人就说："何老师慢走！"别人都以为是说的家门何老师，潜台词只有我一人知道。

江主任走后的第三年暑假，学校一分为二：高中部搬到新区，初中部留在原地。因为江主任走后，我上了高中，第二年便接替了家门的那个补习班，坐上了学校的第一把交椅。

两年后，组织部再次让我当上了高中学校的副校长，那个李书记分到了初中。据说还在组织部反映我是"书迁子"，但已鞭长莫及。三年后，曾经的书迁子当上了高中学校的校长兼党委书记。

那个李书记还在逢人便讲："那个何方胜书迁子居然当上了校长，真是蛇吃了人！"

五年后，我所在的高中学校被评为全省唯一的非重点高中的省级示范学校。

那个李书记因渎职被削职为民，但还在讲我的故事——现在的事真是不可思议——书迁子居然成了名校长！

与你共品：

"我"的经历虽然坎坷，但总归是应了那一句"是金子总会发光的"。在前进的道路上，有阻碍是再正常不过的事情了，我们要学会冷静看待。你的经历都会成为你成长过程中的养料，"我"不会因别人的闲言而减损自身的能力或水平，别人说我是"书迁子"，但事实如何时间自会证明一切。汪主任对"我"心怀愧疚，是啊，人是有感情的动物，做了亏心事心里自然会不舒服啊！

所以，做好自己，守住正道，对于他人的毁谤，有则改之无则加勉，提升自己的能力才是最重要的。

（黄晓燕老师）

（此文发表于《中华文学》2022 年第 7 期）

第二年春季开学，高老师两口子双双回到学校，心情十分压抑，以前的那种工作精神荡然无存。

恍然大悟

高老师武大英语系毕业，人厚道笃志经学。老师们个个敬仰佩服，任英语教研科长。在语数外三门主科中，英语一直独占鳌头。学校领导十分器重他。老婆与他是武大同班同学，还是安徽老乡。自从孩子出生后，请假在老家看孩子。前天突然从家里打来电话，说孩子病了，病得很重，已在省人民医院治疗，要高老师赶回去。

时间已是古历的腊月12，离放寒假仅只一周。高老师觉得这是一学期的关键时刻，考前不能没有人指点督促。妻子不断地打来电话，说孩子有生命之危，要他马上赶回去。高老师连夜开了班干部会、科任教师联系会，布置了复习备考的内容并规定了学习流程，又拜托两位同年级的英语教师到班上打招呼，才忧心忡忡地离去。学校派车送他到火车站。

高老师人刚到医院，孩子就夭折了。小两口极度悲伤。

学校在放寒假前三天，安排李副校长及德育干部小黄带着学校5000元慰问金，代表学校及董事会前往安徽看望高老师两口子及他们两头的老人。

第二年春季开学，高老师两口子双双回到学校，心情十分压抑，以前的那种工作精神荡然无存。田校长感到十分纳闷，怎么高老师像换了个人似的？小孩丢了，也不至于颓废到这种地步！放暑假前夕，两口子双双向学校递了辞职申请。学校还未来得及找他俩问情况，李副校长也递来了辞职报告。田校长对此十分重视，推想着这里面一定有蹊跷，先找李副校长谈谈。李副校长笑着说，在一个地方待长了，有点厌烦，就想换个地方呗！找高老师两口子谈，他俩一言不发，只是怪怪地望着校长面无表情。后来打探到李副校长和高老师两口子均准备到贵州一所新办高中去。德育处的小黄也递上了辞职报告。

高老师两口子走后，田校长安排与他相好的杨老师和他俩保持联系。了解他两口子在那边的工作状况，要想办法把他俩请回来！杨老师经常谈到田校长在老师大会上宣传他俩的事迹，说他俩的离开，对学校声誉来说是一种打击；在英语的教学教研上造成了难以弥补的损失。高老师两口子听了，苦笑着说，后悔今日，何必当初。

此话校长听了更加怀疑自己在哪方面做得不够好。晚上认真回想着自己当校长以来对高老师两口子的关照，应该说是无微不至，关怀有加。他们怎么会说出这种话来呢？一定是李名富（李副校长）从中搞了鬼。

一年后，李名富在贵州因贪污之事被老板开除。高老师两口子被田校长亲自接回来。

过了好长一段时间，高老师才将李名富去看望他两口子时说的一番话讲出来：田常青（田校长）不是个东西，为富不仁，现代的资本家，良心被狗吃了！老师家里出了这样的惨事，他说放假在即，人手不够，说什么也不让我们来。这三千元是我个人的一点心意……

与你共品：

小说的结局既在意料之外又在情理之中。高老师两口子回到学校后的状态让人不禁猜测不已，究竟还发生了什么让他们变化如此之大，况且从田校长的角度来说更是不解。而在最后真相揭开之后，我们不禁感叹：有时候，切记不可听信一面之词。相处已久的校长，因为李名富的一句话就全然相信了，自己不去辨别判断，不去想是非真假。最后也是田校长接了他们回来。李名富本性暴露，而田校长也终于"沉冤得雪"。

（黄晓燕老师）

传销哪有每天分红的？分红至少可以保证本金不缺角。15万元的股票，人家是大公司，在美国上市，现在在申报中，不是还差点业绩，哪有这么好的发财机遇！

帮　忙

春节期间，在城里的妹子打电话告诉他：哥，有个发财的好机会，告诉你，和嫂子商量商量！

他一听说，有能发大财的好机会，马上激动起来。

妹子，你快告诉我，是怎么回事？哥，你别激动！我慢慢告诉你：前天我一同学邀我们，我和你妹夫将手头的一点积蓄全投进去了，仅三天，就分到了上万元。

李望贵一听说三天就分到了上万元，更是急不可耐：妹子，你快说是怎么回事？我可不可以也投点资？

哥，你别急嘛！我慢慢讲给你听：你手中不是有15万吗？你先将这15万投进去，从投进去的当天晚上开始，就可以从手机的微信上分到1500元。

这1500元是15万元的百分之一，连续分一百天，本金就回来了。那15万投进去了可以买到15万的股票，这15万元的股票你千万别小觑它，三个月后一上市，少则翻十倍，多则几十倍。我们就按翻十倍来计算，15万元就变成了150万元，另加上本金15万。

你想想看，你们就可以在城里一次性买两套房子了。到时，就可以离开农村，到城里来生活。

李望贵听得热血沸腾，心里痒痒的，早已跃跃欲试了。妹子，怎么个投法？哥，这不难，我来帮你们。

他一听这么简单，还是怕上当受骗，便问：该不是以前社会上说的"传销"吧？哥，这与传说中的传销完全不同，传销哪有每天分红的？分红至少可以保证本金不缺角。15万元的股票，人家是大公司，在美国上市，现正在申报中，不是还差点业绩，哪有这么好的发财机遇！哥，话又说回来，我来告诉你，不是想你投资，你和嫂子商量商量，商量好了，愿意投就投，不愿意，我是不会勉强你们的。

李望贵发财心切，赶忙说：妹子，你帮忙投，我没有想法，更没有顾虑。哥，你必须和嫂子商量，不商量，此事不成。

李望贵急火火地跑出厨房，一把拽着妻子的手说：老婆，小菊有话对你说。他将手机递给妻子，妻子只听到能发大财这句话，就连连说：小妹呀，家里的大事一直都是你哥说了算，这事听你哥的，我没意见。

李望贵骑上摩托车，揣着15万的存折向妹子家驶去。

李望贵积攒了三年的15万元，求着妹子给投了，投得十分潇洒。投后，正如妹子所言：晚上收到了1500元。收到这1500元像捡到了天上掉下的馅饼，两口子在家里欢呼雀跃。第二天吃了早餐就走出家门，四处招摇炫耀，引来了不少至亲好友。

每天都有不少人来他家刺探军情：每天1500元准时到账。已经过去20天了，发财心切的人们挤破了他的大门，都想早点投资买股。

他向妹子通报军情，妹子领来了五名大将，满足了村民发财的心愿。

每天分红的事，在最后一批股民进去后的一周，突然停摆，股民们惊慌失措，串到城里去打听消息。得到的消息令他们气歪了鼻子：股票成了废纸——美国上市彻底失败。找到他妹子，妹子两手一摊说，我是给大家帮忙！我也是受害者。

与你共品：

一句发财，能勾得多少人心里痒痒，可赚钱又哪里是那么轻而易举的事呢！文中的李望贵夫妇，人如其名——"望贵"，在一听到有财可发时，心里热血沸腾只想快点投钱赚钱，开始害怕上当受骗的担忧也在金钱的诱惑下烟消云散，无知却又想得美。但这其实也非常符合当下很多人的心理，想轻而易举的发财，总觉得幸运会降临到自己身上。

生财有道，而李望贵在第一天收到 1500 元后第二天就去村里招摇炫耀，村民们也跟着"热情地"投钱进去。而反观帮忙的妹子，能怪她吗？她也是好心帮哥哥发财；不怪她吗？不排除妹子也是骗钱的人之一吧。

所以，凭空的钱财不牢靠啊！放到现在，不禁想说一句："快去下载反诈 APP！"

（黄晓燕老师）

（此文发表于《今古传奇》2022 年第 7 期）

消息一经传出，前来相亲的挤满了小区大院。多事者做过统计，说每天来相亲的至少有 200 多人。但离异者居多，大家都在说同一句话：这么好的男人，而今这世上打灯笼火把也难找一个。

老陈选妻

老陈的妻子前 40 年就得了红斑狼疮。那时她生下儿子不久，脸上长出了一块蝴蝶斑，找医生确诊，说是红斑狼疮。

老陈带着妻子四处求医，先后到过北京、上海、武汉的各大医院。结论是目前国内外还没有治好的先例，就和癌症差不多，但死亡率没那么高。

为了给妻子治病，他政府办公室主任退下来后学会了打针熬药。妻子在他的精心呵护下，奇迹般地度过了 40 年。最后一次发病，妻子已过 64 岁的生日。在医院里住了四个月，在这四个月里老陈天天守候着妻子，安慰她，劝导她，给她讲生死轮回的故事。让她的心情每天保持日朗星明。

妻子十分满足，像她患这种病的人少则几年，多则十几年。她遇到了个好丈夫，在他的耐心陪护下，足足活了 40 年，她已如愿以偿，心满意足了。

临走前的两天中对自己的遗体——骨灰做出了令人难以置信的决定——撒入长江，一粒也不留存。其理由是给子孙后代减负，让他们好好地享受人生，免受逢年过节车马劳顿之苦，祭拜之累。写完了遗书，便躺在老陈怀抱里十分安详地走了，脸上还挂着笑容。

妻子走了，老陈悲痛欲绝，守在家里三个月未出门。至亲好友劝慰他，邀他出去散散心。他总是泪流满面不肯出来，至亲好友十分担忧。他妻子生前的闺蜜琼姐给大伙献上了一计：找个美女来侍候他。让他慢慢地从悲痛中走出来。

此计一出，至亲好友均赞同。但老陈的个性大家都知道，此事必须先和他本人商量。琼姐说大家同意了，余下的事包在我身上。

第二天，琼姐带来个五十出头的妇女，叫王淑芬。虽然五十多了，但看上去还是那样风姿绰约，青春犹存，美女一个。来后给老陈收拾房间，打扫厅堂，为他烧火做饭，陪他聊天说话。前三天，琼姐一直陪着，第四天王淑芬便一人来了。

老陈对她说，我妻子周年之后，我才能走出家门，这段时间你帮忙做做家务，我不反对。但不要整天待在这里，特别是晚上必须离开，不能让人说闲话。王淑芬连连点头，只得照办。琼姐知道后，感叹道：这世上居然还有这么痴情的好男人。

王淑芬每天在他家里服侍他。但由于他过于严肃沉默，她本来是个十分活泼、说话幽默的女人。但在他面前也显得十分拘谨起来，偶尔说几句家常话，不敢扯远，生怕他不高兴。每天默默地来，默默地去。

这样不知不觉就到了妻子的周年祭日，撒完了妻子的骨灰，回到家里，至亲好友都要求他重新组织家庭。说他已经66岁了，不会做家务活，生活自理能力差，找个老伴是时候了。他提了几点要求：一是年龄在56—68岁之间；二是知情在理，温柔会体贴人；三是身体健康；四是丧偶的，离了婚的不在考虑之列。

消息一经传出，前来相亲的挤满了小区大院。多事者做过统计，说每天来相亲的至少有200多人。但离异者居多，大家都在说同一句话：这么好的男人，而今这世上打灯笼火把也难找一个。因此都想来试一试运气。老陈的至亲好友家里每天晚上都挤满了说亲的。老陈的手机接二连三地叫着，令他头疼心烦。

那个侍候他近一年的王淑芬有点丈二和尚摸不着头脑——近一年的服侍怎么就没能感动他，还引起了他的反感——"离异的不在考虑之列"。她听了这话，一病不起，没来他家上班。老陈这才想到服侍他的王淑芬。

琼姐问老陈，你说话太伤人，没好感就算了，也不能说离异的不在考虑之列！

老陈连忙解释，我确实不知道。她听了你的这番话，一病不起，两天不吃不喝，怎么办？人家侍候你近一年，你把人家气病了，你能不能去看看人家？

老陈觉得王淑芬在做家务活、特别是厨艺上和前妻相比还不在一个平台上。

琼姐解释说：你们的口味不同，其实淑芬的厨艺应该不在你前妻之下。为了你，还专门去学过两个月厨艺，人家还是大学毕业生，文化水平高，知书达理，温柔美丽，善解人意，你到哪里去挑？

050

老陈沉默了片刻，十分惭愧地跟着琼姐去了王淑芬家。

见了王淑芬，赶忙解释说："我确实不知道你的具体情况，对不起！无意间伤害了你。今天专程来给你道歉。"王淑芬听后，脸上马上露出一丝笑容，病好了一大半。赶忙说："不知者不为过。"答应明天继续到他家上班。老陈不好意思拒绝。他家里王淑芬未来的当天下午就来了两位年轻漂亮的女士，抢着侍候他。

琼姐在送老陈回家的路上告诉老陈："王淑芬为了你，在新区买了房，现已快装起，目的是想让你离开悲痛之屋，重新开始新的生活。你看看人家为你多用心，你在王淑芬心里该有多重要，你好好想想：能遇到一位一心一意为你上心的女人真是你几辈子修来的福气。不要选花了眼睛，看走了真情，错失了福缘！"

老陈有些感动，对琼姐说：我家里已经来了两位年轻美丽能干的女士，加上王淑芬有三位。我又不是过去的皇帝，总不能将三位全纳为妻子吧？琼姐你帮忙考虑考虑，从我的幸福出发，不要有所局限。琼姐："你先将那两位的大致情况告诉我，我来帮忙分析分析，比对比对。"

一位还只有 35 岁，未结过婚，大学生，家庭条件特好。这几天赖在我家里不肯走；另一位刚 50 岁，死了丈夫，大学生，十分能干，是位县级干部，还在职，一个小孩在读高中。王淑芬没来的当天下午，她俩就顶替了她的工作。

琼姐："你艳福不浅！全是才貌双全，出类拔萃的少女少妇。你自己心里在怎么想？说来听听。"

"第一个我已坦然拒绝，她比我儿子还小；另一个，如果没有王淑芬，我是准备答应她的。现在我已六神无主，方寸已乱。请琼姐支招！"

琼姐十分真诚而耐心地说："王淑芬的情况我就不分析了，先谈那个县级干部。你现在已经67岁了，人家最起码还有五年退休。这五年，你怎么过？她得上班，还有一个小孩要管。你和她结合，与单身汉有何区别？选王淑芬，她现在就可以一心一意地陪着你，侍候你。论经济实力，王淑芬不会比那位县级干部差。你想未来的日子过得舒坦，你自己想好，选谁？你心里应该有数了。如若你想风光，当然你可以选县级干部，你自己定吧！"

老陈听了琼姐的话，已经有了定论。

与你共品：

在作者平淡的叙述中，我们读到了一个一波三折、让人出乎意料的故事。这个故事里有婚约、有爱情、有利益、有现实，一切都让人深思。文章开头描写的老陈，有担当、会照顾人、对妻子不离不弃。后又话锋一转到"选妻"这件事上来了，故去的妻子应该是希望老陈的余生可以幸福开心的生活下去，老陈也是基于现实考虑后有了自己的答案。

怎么看待婚姻，不同的人有不同的看法。有的认为夫妻不过是搭伙过日子，利益为先；有的认为婚姻一定要基于爱情之上，有了爱才有婚姻。不管是何种观念，初衷一定都是想过得开心过得好！

（黄晓燕老师）

我整天在想，怎么偌大的一个中国就没有能人聪明人？

父亲的嘱托

1958 年的秋季，我考上了省专科师范学院。就像过去考中了状元一般喜庆，至亲好友均来贺喜。家里杀猪宰鸡，大宴宾客几日。村里的支书、村主任带来了好几位村委也来道喜——这是我们村解放后的第一个大学生，支书还代表村民说了很多寄予厚望的话。

刚进学校，学校就召开大会。动员全校师生积极投入到亩产万斤粮的热潮中去。接下来就以班为单位给每位同学分了一垄田——据说是 3 分地。为了能实现亩产万斤粮的高产目标，要求将田地深翻埋上大粪，一周后，用锄头钩出一条锄头宽的沟，将近百斤麦种撒下去。与其说是撒，不如说是堆。按每亩 300 斤的麦种密密麻麻地铺在小沟里，再用土盖实。

回家后，将此事讲给种了一辈子田的父亲听。父亲听后，琢磨了片刻，便勃然大怒：这简直是胡闹！种厚了，能有收成吗？还说什么科技种田，亩产万斤粮——狗屁！那是想把鸡变成猪，那可能吗？我看亩产 1 斤粮都难啦！

到了学校，我们几乎每天都要跑去看麦苗的长势情况。起初几个月，麦苗绿茵茵的像地毯一般长势十分喜人，同学们均激动不已。我更是觉得这么长下去，一定会比往年的麦子产量高得多，至于能不能亩产万斤，还说不定。怀疑父亲是老思想，老经验已经落后了，看问题缺乏判断力。

寒假回家，看到逃荒的人群一队一队从南边过来，晚上在各家各户讨歇讨吃的，第二天一早逃荒的队伍继续向北，留下了一批妙龄少女少妇，让一批单身汉捡了便宜。我将学校麦苗长势喜人的消息告诉了父亲。父亲听了，叹了口气说：还过段时间你就会知道我的话是真是假了。我今天把话撂在这里——越是长势好越会颗粒无收。我用疑惑的眼光望着父亲：觉得父亲的话有点不靠谱——任着性子，说过头话。

翌年春季开学，我离开家乡去武汉上学，父亲送我到路边，语重心长地对我说，现在种植这块很乱，很多地方饿死了不少人啦！你能不能弃教从农？农村这一块需要有文化的人来把脉弹线。不然还会有人饿死！父亲望着我，双眼充满了期待。但我对亩产万斤粮还有些半信半疑，我们种的小麦长势这么好，不可能不增产。对父亲的偏极思想有些反感！

到了学校，放下行李，就迫不及待跑去看麦苗。麦苗长得比年前更好，已经有了一米出头，家乡的小麦还只有一尺高。我心里十分欣慰，在想：父亲说了这么多过头的话，小麦丰收了，父亲的面子往哪里搁？但从小到大，父亲从不说空话大话，更不说过头话。但父亲毕竟只是个农民，对于新生事物，说点过头话也是情理之中的事。

到了仲春，小麦开始抽穗了。可几天的阴雨之后，麦苗全倒塌在地，扶也扶不起来，麦梗开始腐烂。一看麦子出了问题，预估没有收成了，学校将其嫩梢割下来煮粥吃了，剩下大块麦子全烂在了田里。验证了父亲的预言。

全中国的小麦绝大部分出了问题，学校也跟着栽了跟头，此事对我本人的打击特大。我整天在想，怎么偌大一个中国就没有能人聪明人？父亲一个老农都能看透的问题，怎么这么多高层干部就相信亩产能打万斤粮的屁话？就连农村出生的毛主席也相信这种屁话。我觉得父亲的建议是对的：粮食是立家之本，是立国之本，手中有粮，心中不慌。我毅然决然地向学校递交了弃教从农的申请，要求到农业专科学院去学习。

两个月后，我走进了农业专科学院的校园。肩上背负着父亲的嘱托，内心深处感到任重而道远。

与你共品：

小说中的主人公原是省专科师范学院的学生，却在一次深刻的实践课后，遵从父亲的嘱托，走进了农业专科学院的大门。为的是要改变农业种植方面的现状。

为了能实现"亩产万斤粮"的高产目标，全校师生将近百斤麦种堆入了土地里，结果颗粒无收。其实，种田和走路一样，既需要走正确的道，又要能踏实地走，两者兼具，方能行稳致远，因此，农业也需有文化人的把脉弹线，才能"敢做禾下乘凉梦，静闻十里稻花香"。

（许莉莉老师）

"众女嫉余之蛾眉兮，谣诼谓余以善淫。"

老 校 长

都认为老校长发了财，在他手里进了200多正式教师，临时工200多人。这其中可以捞多少钱财！还有一块可以捞大钱：在他手中修了十栋校舍，新修了国家级标准400米跑道的运动场。这在任何人看来都会觉得他至少是个千万元大户。

他退居二线后，纪委住在学校查了一整年。建房子没有沾半点油腥，据包工老板反映，过年过节烟酒都送不进去，平时只要是老板们请客吃饭，他会躲得远远的，从不参加；在进教师方面，找了几位新来的大学生，都说在他们心目中没有送礼这个概念，甚至连校长的办公室都没去过，更不用说家里了。即使校长想要礼物，我们也绝不给这个机会。

纪委的调查搞完之后，学校内部几位副校长感到不可思议：将初中调上来的两口子找来座谈。这是老校长手中唯一从乡镇初中进的教师。他们认为这对初中教师，虽然是华师的本科毕业生，听说他两口子没有任何关系，当初才被分到乡镇中学去的。这次一定破了不少费用，不然，绝不可能调到A校高中的。

新任校长虽是老校长推荐并担保才当上校长的，但由于老校长威望太高，新校长接手后，工作推动不像以前那么顺畅。有一部分干部教师阳奉阴违，暗地里不太配合。

新校长觉得是老校长的余威在起反作用，便想笼络一批人，联手对付老校长，想将老校长的真面目揭开，让那些崇拜老校长，反对自己的那批人看看。

对初中来的两口子一是采取拉拢给好处，把重点班的班主任给他，将他老婆提成女工委主任，把一套较好的房子换给他；二是施压：将他两口子分开轮流审问，采取一哄二骗三吓唬。这么折腾了一个月。

他俩始终说同一句话：我们对不起老校长！最后他老婆实在是太累太心烦了，才讲了下面一段话：我和李楠调到这儿来，要感谢两个人：一个是初中的黄校长，一个是老校长。

我们开始给老校长包了红包，被老校长的一番话给收回来了：你们在乡镇学校收入少，又刚成家生小孩，哪里有钱送红包。再说我的情况比你们好，应该我给你们红包才对。收起来，以后好好工作，做出了成绩，我给你们发奖金发红包。

逢年过节也不准我们带一丁点礼物进他的大门。我公公放寿，老校长还上了500元人情。

这番话说得几位怀疑者目瞪口呆，大失所望！在心里更加佩服老校长了。

有一工头是其中一位副校长的亲戚，将他找到询问。他说："我做了二十多年的包工头，还是头一回遇到这样廉洁奉公的领导。钱他不要，给他买了套西装，送了3次均被拦在了门外，后来我自己穿了。过年，我提了两瓶酒，两条烟过去，他从门缝里瞄见了，硬是不开门。"

听了他的话，那位新校长从内心深处受到了感动，激动地说：这真是我们心目中真正的好校长啊！

与你共品：

众人都认为老校长发了财，就连由老校长推举并担保才当上校长的新任校长也想揭露老校长的真面目。可查来查去，最终查无所获。在这个"天下熙熙，皆为利来，天下攘攘，皆为利往"的社会中，"廉洁自守"虽稀但有，唯愿我们每个人都能像小说中的老校长一样：廉洁奉公，不怕查！

（许莉莉老师）

这一次没有麻烦儿子看合同，心里蛮有把握的，应该不会上当受骗。

合 同

三十年了，我们一直住在这套房子里。这套房子是单位上分的，面积不足百平方米，格局极为不合理，只有一个卫生间。

儿子媳妇过年回家，挤成一团糟。

特别是上厕所，孙儿孙女大哭小叫，都不肯用便盆。平时过年还可以下楼到公共厕所去，今年疫情期间上公共厕所还会受到限制。

两位保安严肃认真地守在楼下。不准上下楼，更不准下楼上公厕。疫情又特别长，他们在家一待就待了近三个月。我和老婆累得够呛，儿子一家也在这里活受罪。

他们一家走后，我和老伴商量，决定将手中的积蓄拿出来买套大一点的房子。一定要是三室两厅两卫的，免得再老戏重演。

手中的 100 万元，买套新房显然有点吃紧。去摸了摸房子的行情：一套 130 平方米的房子要近 90 万，还剩 10 万元装修显然不够。据有新房子的人讲：装修带家具电器一起要近 30 万元，装得差一点也不少于 20 万元，还缺十几万。

老伴说：先将旧房子推到二手房公司去，有人要我们就去租一套房子，等到新房子装修好后再搬进去，不就圆满了吗。

从此，我和老伴开始了买房卖房的非常时期。

儿子打来电话：小心合同陷阱。说几个同事的父母买二手房均上法庭打官司呢！老伴说：先去摸摸行情看。

二手房公司的小罗告诉我俩：民达公馆有套毛坯房，138 个平方米，开价 78 万，15 层，电梯房。找懂风水的朋友来看了看说：风水在此小区属一流，格局特好。我和老伴十分满意，马上找对方见面签协议。

儿子电话中反复强调：买二手房，特别要注意合同的公正性合法性。

我和老板反复跟二手房公司的小罗说，帮忙在合同上把把关。小罗说没问题，合同上出了问题我负责。

对方开价 78 万元，一毛钱也少不下来。小罗告诉我这房子当时开价低了，是因为此房是还建房，现在要涨价，又像不好意思，不涨就算了，降价对方不会同意。

我算了一下，只在 5 千多元一平方米，比现在新开盘的房子要低一千元（一平方米）。

将合同书传给儿子看。他找了几位当律师的同学咨询后回话说："可以签，没问题。"

一周之内就将全部手续办完：一手交钱，一手交钥匙；办过户手续，交了契税，办了不动产证。

房子买定之后，要找人装修。装修公司有几家，我俩去碰碰运气，随便找了一家。

此家公司是全国连锁店，做全屋定制。所有的材料都是品牌，颜色自己选。但地板砖是复合性的，打柜子的板材也是复合性的，厨房是欧派的，灶不是集成灶。

我们又去找了第二家。此家也是一家全国连锁店，比先一家生意做得灵活一些，也是做全屋定制，材料可以自己选，颜色可以自己订。搞设计预算的那位年轻人十分过细，一项一项地解释说明，不厌其烦。告诉我俩一共需要 22.5 万元，将部分家具打 7 折后，需要 20.2 万元。

由于此数目在我俩预算之内，当场就签了合同，交了 5 万元订金。

这一次没有麻烦儿子看合同，心里蛮有把握的，应该不会上当受骗。

找人选订好了开工的日子。开工那天，到底是全国连锁店，来了十几人，拉起横幅，搬来了几张桌子，还买了苹果、香蕉、橘子等水果及矿泉水。水电工、瓦工、木工齐刷刷地，热之闹之，开工大吉。

我和老伴心里高兴，觉得今年开始走大运：买的房子风水好，价格便宜；装修房子又找对了公司。

打电话将此事告诉儿子儿媳妇，让他们同喜同乐，孙子孙女更是欢呼雀跃。

儿子突然又打来电话询问，装修之前，一定要将合同签好，这比买二手房还重要。比如材质、价格都要在合同上锁定，不然也有吃亏的可能。我和老伴相视一笑，觉得儿子太低估我们老伴的智商了。

开工之后，一切按合同推进。我和老伴每天均要跑到那里去，监工谈不上，主要是看看材料是否与合同上的一致。

乙方负责人很负责地对我和老伴说：您二老放心，我们会按要求进行的，材料都是总公司发过来的，不会有假。再说，这么大的公司如若不守诚信，还怎么发展呢？我和老伴觉得说得有道理。从此，我们改为十天半月来看一次。

经过两个半月的装修，业已竣工。表面看上去豪华美观，色泽鲜亮和谐，美不胜收。我和老伴喜滋滋地。

几天后，才发现我们特别强调的地方均改了：地板砖改成了复合性的，柜子的板材由香杉改为了复合板材，厨房也改成了欧派，集成灶改成了分体式灶。

打电话过去问，乙方说："我们严格按合同施的工，没有一项有改动。"等老伴将合同书拿出来看时，才恍然大悟：在签完字后，他们将合同书拿回去用订书机订好后才交给我们，在这过程中换了中间的两张。

与你共品：

小说通过老两口买房、装修签订合同展开，讲述了老两口前后两次合同签订的不同，文中儿子的那句："小心合同陷阱"一语成谶，说着小心提防，最终还是在装修合同上栽了跟头。小说反映了社会中存在的一些商家通过非法手段获利的社会现实，呼吁人们能以诚相待，少一点套路，多一点真诚。

（胡艳霞老师）

（此文发表于《厦门文艺》2021年第4期）

二老给了我及我的几位弟兄这么多，岂能用金钱来换算？二老在生活上遇到困难，我倾囊相助，理应自然，无需理由。

无需理由

我家身处异地，举目无亲。几位走得近的亲戚均属爸妈的朋友。其中一位的老婆与我家同姓，我们叫他俩为姑爷姑妈。姑爷姑妈在镇上食品单位工作。

小时候，我们弟兄几人逢年过节均要吵着到他家里去玩。

他俩没有子女，对我们可好啦！每次我们弟兄去玩，总会拿出许多饼干糖果给我们吃，走时，还要抓糖果放进我们的口袋里。

回去后，撩得周围的小朋友流口水，瞪着馋猫眼望着我们几弟兄。在我们弟兄眼中从来不怀疑姑爷姑妈不是嫡亲的，甚至认为是世界上最好的姑爷姑妈。

姑爷姑妈每次到家里来玩除了带些好吃的糖果饼干外，总要带来几斤猪骨头。这猪骨头对于农村的孩子来说，那简直就是山珍海味，是难得的奢侈品。用它炖萝卜，那骚萝卜味变得是那样的醇厚而微甜，好吃极了！特别是那骨头萝卜汤更是鲜美味长，吃几回，几十年过去了，至今只要提及便会馋得打欠嗝流口涎。小时候，肚子饿了，打瞌睡做梦总是在喝骨头萝卜汤，醒来后都会兴奋好一阵子。

后来，我读书出去了。每年回家，都要去看望镇上的姑爷姑妈。

有一年年底回来，见到二老。二老均愁云满面，只一年的光景，二老都苍老了许多。姑爷消瘦得脖颈的皮打起了皱褶；姑妈那张年轻漂亮的脸变成了黑色的苦瓜样。见了我，二老均老泪纵横地告诉我："食品垮了，单位半年未发工资，日子过不下去了……"

我一边听二老的哭诉，一边想着小时候来二老家中玩时的幸福感受——在小朋友中炫耀城里的姑爷姑妈是怎样的了不得。如今二老生活没了着落，怎么办？

我想到了手提袋里的"毛爷爷"（那时最大的票面还只有 10 元的），躲进厕所里数了数，刚好三千元。为了公平起见，将三千元分成两叠，分别给二老。

二老拿着这一大沓毛爷爷，激动得浑身打战，连连说："谢谢，谢谢……"

离开二老家，我专程到财政局找同学咨询相关方面的政策，得到了可靠消息——财政资金已筹齐，春节前发给垮台单位的正式职工。

这下我才放心。转身告诉了二老。二老脸上露出夕阳般的笑容。

二老没有子女，50 多岁时，到老家那边抱了位堂兄的孙女。孙女现在已成家立业。

十年后，姑爷姑妈均已仙逝。我回家探亲，二老的孙女孙婿找到我，要我解释当年为什么要给二老三千元？那时的三千元应该不是个小数目。并质问我是不是得了二老什么恩惠，收了二老多少钱？

我十分坦诚地向他们解释：钱，一分钱也没有收，不是我不收，而是二老压根就没给！我读大学时姑妈给了我两包烟——一包新华一包游泳。当时两包烟市场上买要 5 毛 2 分钱。

因为和二老是亲戚关系，我知晓了农村孩子听不到看不到想象不到的城镇生活和城镇风貌，增长了见识。比一般的农村孩子在心灵深处多了一个农村以外的城镇世界。

我晓事后，绝没有在二老家里吃过一顿饭，包括我的几个弟兄，因为我们与姑妈同姓，但属于姑爷的客人。听爸妈讲，二老经常为来客吃饭扯皮吵架。二老吃穿花费方面一直是 AA 制。有人说"AA 制"是欧洲人美国人发明的，我说在中国应该是二老创造的才对。

在我的心里梦里姑爷姑妈就是我们家的唯一亲人。我们家并没有得益于二老在经济上的支助。

买姑妈的一块钻石牌手表，姑妈戴了一年，卖给我戴着手表去上学，给足了我面子。父亲给了姑妈 115 元，国家牌价是 105 元，但买不到。父亲说这是你姑妈的心爱之物多给 10 元钱算是弥补心损吧！

和二老的交往不仅填补了异乡孩子心中亲情的空缺，而且是在亲情上的一种靠山式的精神层面上的支撑。这种支撑给我们几弟兄在成长中提供了足够的信心和勇气。就和学生心目中有一位德高望重的师长一样，也就是一种偶像，一种新的生活目标，做梦都想和姑爷姑妈一样能到城里去工作。

二老给了我及我的几位弟兄这么多，岂能用金钱来换算?！二老在生活上遇到困难，我倾囊相助，理应自然，无需理由！

他俩听完我的解释，好像若有所悟，但脸色一下子阴暗下来。

我望着他俩大失所望、悻悻不语的样子，不得不摇头感叹！

与你共品：

没有亲近血缘关系的亲情，始于物质，长于引领，终于感恩。彼此真诚、纯粹，没有世俗理由。

（龙厚玉老师）

情急之下，亮出了撒手锏：你不签字，我今天就离开此屋，和你离婚！我今天就到娘家去。

撒 手 锏

国家要修一条贯通湘鄂两省的高速公路。湖东那边早已开工动土，湖西这边却迟迟难以开工。有几户村民不肯拆迁，做了半年的工作，还剩下三户。

据说这三户人家中有一户是位高官的亲属。市县的主要领导不好出面，只好派下面的官员去做工作。

几位手下每天住在那里给他们一家讲拆迁政策。男主户说话粗蛮，狮子大开口：没有 400 万，谈都不谈！他老婆还算明理，每天都在劝老公：别人都已搬进城里，住着高楼大厦，比这荒野地里强多了。签个字，搬走算了！若老这么僵着，一定会影响我哥的名声。

她老公一听说她哥，就怒火中烧：你那哥，他当他的省长，关我们屁事！这么多年，他帮过咱们吗？军子读书他管过吗？军子分配工作找他，他理过咱们吗？咱们凭什么管他的名声！拆迁的事，就是他来了，也必须达到我的要求！达不到，阎王老子也休想让我搬走！

政府的负责人员都拿他没辙。上面催得紧，这样拖下去，把湖西人的脸面都丢尽了！就这样僵持了两年，两头的公路均修好了。他住在那里，接合不上。来来往往的人们走到这里均要指责一番：省长的妹子，应该带头搬迁，怎么这么仗势？蒋省长一定不知道！听说蒋省长多年不理他家里人。这次他妹夫是故意为难政府的。但也太没大局观念了，要报复大舅子也不能影响国家大事？搞得我们湖西人没面子，难堪。湖东人一定会说咱湖西人不开明不明理，缺乏大局思想……

此时，换了位县委书记。听了汇报，笑着给拆迁办的工作人员支了一招。工作人员心领神会，再到他家给他讲拆迁政策，一项一项地讲。讲修高速公路是国家之大计，是国家的重点工程。所到之处，自然的，人为的都不可挡道。无论是修铁路还是修公路都是逢山开山，逢水架桥，遇到建筑物，不管是公房民房都得拆迁。公房民房一律严格按国家修路拆迁的补偿标准，任何人不得搞特殊化。你们这样不听政府的话，影响高速公路的贯通，延迟通车时间。那两户看干部把话说得这么透彻，不再坚持向省长妹夫看齐了，当天晚上按政府的安排搬走了。

省长妹夫死活不签字，只得单独找他妹子个别谈了。告诉她，此事搞得蒋省长颜面已失。再拖下去，社会影响不好。每天都有不少人在此骂娘。你作为省长的妹妹，横在这里背骂名不说，人家会说你们仗势不明理的……

省长妹子心里十分着急，虽说大哥没给自己家里帮什么忙，但家里人甚至整个家族在面子上均沾了不少光。

这拆迁的事，如果自己不是他的妹子，早就拆迁了。丈夫一直使横，搞得大哥当省长的没面子，那怎么行！情急之下，亮出了撒手锏：你不签字，我今天就离开此屋，和你离婚！我今天就到娘家去。丈夫虽然有些蛮横无理，但一听妻子要离婚，紧张起来。马上打电话找拆迁办的负责人：同意签字拆迁。

很快，一条贯穿湘鄂两省的高速公路竣工了，每天南来北往的大小车辆在上面穿梭般地奔驰着。

与你共品：

小说的标题妙趣横生。撒手锏，初读不知道是什么独门武器，后来发现是指逼迫拆迁的方式，而这个方式居然是离婚，这就是"杀手锏"，令人忍俊不禁。

小说触及的题材是当今很普遍的现实。拆迁令下，各路人马登场，各种方式用尽。在军子爸爸"迁"与"不迁"的对峙中，我们看到了很多似曾相识的情节，也会心领悟到了人情百态，正所谓"小小说，大世界"。而最后改变军子爸的居然是妻子提出的离婚要求，看似不合理的"撒手锏"让人会心一笑，也让人若有所思。

（喻道军老师）

九月底的一天，天气异常闷热，太阳被黑压压的乌云遮蔽，大地昏暗而没有一丝风儿。钟明焕领着四位伙伴，怒气冲冲地闯到田家院子，田新礼刚回家，见来者不善，便拿着一把篾刀，拦在大门口，厉声对钟明焕说：你们想怎样？黄芷茜她愿意和你谈，我田新礼绝不干涉。

失 智

钟慧芳与田新华是小学到高中的同班同学，两人青梅竹马，读高中时就成了恋人。十七岁那年，田新华在学校考上了飞行学院。两人虽说分开了，但书信不断，情意绵绵。

田新华家里三个弟弟，没有姐妹，母亲年纪偏老，身体不太好。钟慧芳受田新华的委托，隔三岔五地来帮他母亲洗衣做饭，家务事样样都抢着干。他母亲十分喜欢她，常在信中告诉田新华，田新华也十分感谢她对母亲对家里的照顾。

钟慧芳要田新华在学院里好好学习，好好训练，家里的事由她顶着。田新华无忧无虑地在学院里，各项成绩都十分出色，毕业后便当上了副连长。

春节期间回家来，由大队干部出面，两家的父母同意，为田新华与钟慧芳举行了订婚仪式，准备年底回来结婚。

田新华走后，钟慧芳每天扳着指头数着田新华回家结婚的日子。

田新华的大弟田新礼在大队办的学校里当教师，与刚从高中毕业回乡当教师的黄芷茜谈上了恋爱。年轻人谈恋爱本来是十分正常的事，可谁知黄芷茜与钟慧芳的大弟是总角之交，早在升高中时就谈上了恋爱。而黄芷茜一回乡，就与田新礼谈上了，令钟明焕（她大弟）暴跳如雷。钟慧芳几次出面给大弟钟明焕做工作，劝他世上无处不芳草，强扭的瓜不甜，可大弟钟明焕鬼使神差般地要去找田新礼理论。钟慧芳又去找黄芷茜，黄芷茜态度十分强硬：不承认以前和钟明焕有恋爱关系，说那是他一厢情愿，与她一点关系都没有，她非田新礼不嫁。她左右为难，望着自己的大弟，她一点办法也没有，搞得田新礼还以为是她在从中作梗。

九月底的一天，天气异常闷热，太阳被黑压压的乌云遮蔽，大地昏暗而没有一丝风儿。钟明焕领着四位伙伴，怒气冲冲地闯到田家院子，田新礼刚回家，见来者不善，便拿着一把篾刀，拦在大门口，厉声对钟明焕说：你们想怎样？黄芷茜她愿意和你谈，我田新礼绝不干涉。你应该去问黄芷茜，跑来找我有用吗？钟明焕拿着一把大斧头，指着田新礼大声吼道："从今天起，你再不能靠近黄芷茜！否则，你小心老子杀了你！"

田新礼本来十分通情达理，但服软不服硬。喂，钟明焕，你这是十分屁话，我为什么不能靠近她？"你跟老子还不服周，上！"四个人同时冲上前去，将田新礼打翻在地。他母亲赶出来，你们别打，跑上去拉，被钟明焕一掌推倒在墙角处。此时，外面来了几名女人，冲进院子。钟小芳（钟慧芳的妹妹）一把抓住倒在地上田母的头发，扯下了一指。田母被打昏了，田新礼被打断了腿骨，大腿被砍了几刀，鲜血流了一地。钟慧芳赶过来就站在旁边，她没有上去劝架，默默地看着眼前发生的一切。她傻了！田家的两个弟弟赶回来，钟家的人才离开。

田家人报了警，打电话叫了救护车。

田母由于头部伤势较重，经抢救无效，半夜里撒手人寰。田新礼由于失血太多，躺在医院里半年才好。左腿得了残疾。

钟家人有两人被判刑，赔付医药费50多万元。

田新华从部队里赶回来，了解了事情的前因后果。母亲的过世，他不能原谅钟慧芳在母亲被打时的冷漠和无视。

请大队干部为证，解除了俩人的婚约关系。

田新华回部队的第七天，钟慧芳带着愧疚之心跳进了清澈的母亲河。

与你共品：

小说的情节一波三折。钟慧芳与田新华的爱情本应该是水到渠成、瓜熟蒂落，然而因为家人的恋爱纠葛而最后鸳鸯两分，钟慧芳甚至跳进母亲河而死。家人间的恩怨纠葛又错综复杂，亲情、爱情、面子、性子的冲突交织在一起，情节跌宕。

小说的主旨发人深省。读者在扼腕叹息之余，都在深思：解除婚约、群殴致死、入狱、轻生……缘何如此？而小说的题目"失智"无疑是最好的答案。它在提醒、告诫读者，不要冲动，不要意气用事，不要以情压理。生活需要智慧，处理矛盾更需要智慧啊！

（喻道军老师）

但现在看来，留是留不住的。流水不腐，户枢不蠹嘛，让他走吧！

调　动

一中是教师们向往的天堂。学生听话好教，教师地位高待遇好，在社会上颇受尊重。

刘平安老师有几位师范同学在一中，他经常到一中去串门。一中教师的生活条件、工作环境令他垂涎三尺，做梦都想进一中。每次从一中回来，都要唉声叹气好几天。

老婆总是劝他，人都是有命的。一中再好，是人家的一中；B 中条件虽然差点，但你在 B 中多受抬举，我跟着你也感到脸上有光。就不七想八想了，好好把自己的本职工作做好！本职工作做好了，学生高兴，家长尊重，学校抬举，何乐而不为呢？俗话说宁为鸡头，不做牛尾。就安心在 B 中工作吧！

话虽是这样说，看了一中教师住的房子，气派高档，各种设施齐备，还不需自己花半分钱；再回头来瞧自己的小窝，面积小都不说，到处破败不堪，几处开关连螺丝也铆不紧，烂垮垮的，还存在着安全隐患，经常短路，有时还火星四溅，令人胆战心惊。北面墙壁长期渗水，房屋长出一层绿底透出的白霉。看了一中的房，B 中的房简直连狗窝都不如。刘平安老师做梦都想进一中。20 多年过去了，终于等来机遇，同班同学当了一中的校长，同意他调过去。但要 B 中校长签字放行，教育局那边他可以出面。

刘平安老师大喜过望，跑去找 B 中王校长说情。王校长一直十分器重他，一听说要调走火冒三丈：我校的条件虽然不能跟一中相比，但我王某是怎样对待你的。年年的先进、劳模都是你的，连评特级教师你也优先。你怎么还要跑呢？刘平安被王校长一顿霹雳大火，连同带去的两条高级香烟一并逐出家门。

怎么办？这么好的机会，不能就这么放弃。想了一晚上，决定去找副校长田德善帮忙从中斡旋。田德善自己也一直向往一中，可自己身份使然，不能有此非分之想。因此十分同情刘平安，决定去现身说法说服王校长放行。

第二天，王校长一进办公室，田副校长便赶过去，对王校长说：水往低处流，人往高处走。这是人之常情。您不当校长，能到一中去，您不去吗？如果不是您培养我当副校长，一中要我，我也会去的。再说，刘平安想到一中去，您不放行，他还能像以前那样工作吗？他一旦带情绪工作，这种情绪有传染性，会产生不可估量的负面影响。还不如做个整人情，放行让他去。他的班主任及课我来承担。等来了新教师再说。

王校长沉默了片刻，等田德善将话说完，王校长心中的火气又开始膨胀起来。放行！放行！几位能干一点的教师会走光的，B 中还要不要生存下来，还要不要发展！我年纪大了，快上头了，B 中还要不要办下去？你们这些人以后还怎样维持大局……话还未说完，便拂袖而去，连头也未回。

田德善劝刘平安，可以先到一中去上班，调动手续等开学之后办，班主任和两个班的语文课我来承担。

过了三天，王校长突然将田德善叫到办公室，劈头盖脸一顿削：你怎么能够吃里爬外当汉奸呢？你跟我说说，刘平安上哪里去了？！真是岂有此理！！赶快叫他回来！不然我明天到教育局找局长！

田德善一听，慌了神，他已在那边上课两天了，刘平安能回来吗？不回来，依老校长的脾气那是说一不二的。但必须去找刘平安让他暂时回来，那边的课尽可能兼着。田德善又去找了几位和老校长相好的老师和老校长谈心。之后，相好的几位老师说王校长还十分生气，但到教育局找局长反映的可能性已不大。依王校长的个性，他绝对不会做过激的事，再说他不喜欢向局长反映学校老师的情况。

刘平安就这样两边兼着，两边跑着，生怕出门遇到了老校长。

一个月过去了，王校长脸上像有了亮光。田德善跑去找老校长说，您晚上在家吗？我想到您家里坐坐！王校长居然欣然点头。

去时，刘平安要田德善将那两条烟带着，田德善说王校长从不收礼，带去了会惹麻烦的。但刘平安强人所难，硬是将装烟的带子塞到田德善的手中。

王校长语重心长地对田德善说：我今年已经58岁了，马上就要离职，在B中工作了35年，我生命中的大好年华全部都给了B中。对B中的优秀教师如惜珍宝，刘平安老师是珍宝中的珍宝。我焉能放行！但现在看来，留是留不住的。流水不腐，户枢不蠹嘛，让他走吧！你通知他明天上午将申请书拿来我签字，走时，硬是将那两条烟强行揣在了田德善的怀里，便快速将门关上。田德善朝他望过去时，王校长眼中噙满了泪水，将脸面扭向里面做手势让田德善走。

田德善的内心深处冒出了一丝汉奸的感受，觉得对不起老校长，对不起B中！

与你共品：

"水往低处流，人往高处走"，"流水不腐，户枢不蠹"，王校长深谙此理。但为了B中的持续性发展，多次对刘平安老师的调动之事怒火中烧。小说情节曲折，其间运用的对比手法、语言描写、细节描绘，凸显了人物内心世界。

（龙厚玉老师）

（此文发表于《中华文学》2022年第7期）

信息在传递过程中总会有偏差，误传之后会对事件有影响吗？读完你就知道了……

误传之后

杨承举是一中的特级老师，人们都称他杨特。杨特的儿子是清华大学毕业生，被公司派往非洲管理工程，年薪 500 多万元。杨特一直引以为荣，并以此来激励学生努力学习，力争考上一类大学。

有一天，秋高气爽，艳阳高照，天空中飘着几朵棉花云。有经验的老人说：天上起了炮台云，三五日内雨淋淋。

果然，三天后下起了倾盆大雨。

这时，两个年轻人一人提着行李包，一人抱着个花瓷坛，全身上下被雨水淋湿。

他俩推门闯进了杨特的家，一进门便跪在杨特面前。

杨特觉得情况不妙，一眼就看到了年轻人怀中的花瓷坛。

俩年轻人泪流满面，泣不成声，将花瓷坛放在了杨特面前的桌子上。

杨特已猜到一定是儿子出事故了。

两位年轻人从地上起来，告诉他：“我俩是您儿子杨长清生前的同事，去年到您家里来过。杨长清在井下施工中，由于塌方，被埋到了里面。经过几天的抢救，才将尸体挖出来。”

杨特听到此噩耗，当场就昏厥过去。送到医院抢救，才慢慢缓过神来，但像得了精神病一般，大声地呼喊着儿子的小名——小溪——大喊之后，便开始自言自语地讲述小溪读书时是如何如何吃苦，如何如何努力，考上了清华大学，年薪 500 多万元，是多么地了不得呀！此话一遍又一遍地重复着，成了十足的祥林嫂。

这样，重复了半年之久，突然哑然失语，不知是讲累了，还是得了什么病，头发一下子全白了。

又过了一段时间，他突然大笑不止，说要去非洲找儿子，要将儿子接回来过年，要给儿子找个好媳妇，还要儿子马上结婚，给他生个大胖孙子。

这样折腾了一段时日，突然一下子疯了，见到谁都要喊小溪：你是我的小溪啊，你是我的小溪！小溪呀，赶快跟我回去，你妈在家里等你嘞！

他到处说疯话，走到哪都会围上一大堆人。人群中有他的学生，走近他，对他说："杨老师，我是您班上的桑云程，您不认识我了！"他朝桑云程看了看说："你是我的小溪，我的杨长清。"一把抱住他，要拉他回家去。

桑云程便笑嘻嘻地说：我是您的杨长清，我们回去，好吗？于是桑云程才从人群中将他搀扶回家去。

第二天，他又跑出来，寻找儿子杨长清。他走到一条大沟边，望着沟水大笑，说：儿子，你怎么能躲在沟里嘞，找得爸爸好苦啊！说着，便跳进了大沟里。

第四天，人们才发现杨特的尸体，将杨特尸体运往了火葬场火化时，杨长清从非洲赶回来了。说他在井下作业时，在塌方前出来去处理一宗敌特分子搞破坏的案子。处理案子中，又被敌特分子绑架，作了人质。所以误传他死了。

半年后，他被解救出来，才匆匆地赶回来见父亲。

与你共品：

杨特引以为傲的清华生儿子死了，突如其来的噩耗摧毁了杨特的身心，最终使他一命呜呼！荒谬的是，在将杨特尸体火化时，他那死去的儿子竟然回来了，原来一切都是误传，可在这场误传之中，终究有人殒了命。

在这个言论自由，表述自由的年代，或许我们最大最纯粹的善良就是：求真谨言，非真不言。

（许莉莉老师）

聪明而敏感的丈夫，已察觉到了妻子内心的变化，往日那种深爱与热情变得冷漠而生疏起来。

插　曲

小两口结婚 16 年，家庭生活过得和谐幸福。两个孩子天真可爱：男生涛涛已上初三，各科成绩前茅，长得十分高大帅气；女生咪咪也上了初中，成绩在班上一直是凤毛麟角，长得文静漂亮。两口子望着这对儿女，心中充满了喜悦，两头的爷爷奶奶更是欣喜自豪，逢人就夸，见人就扬。

丈夫经营着亿万资产的大公司，妻子在事业单位上班，经营着全家的日常起居，精心地培养着俩孩子的成长。一切都是那样的正常和顺。

那年的春天，天气突然变冷，北风卷着寒气，将温度一下子降低了十多度。妻子从单位请假回来，给俩孩子送寒衣。不巧，发现丈夫的手机丢在了家里，顺手将手机装进手提袋中。在回家的路上，打开手机，看到了一则微信："亲爱的，曾有一首深情的老歌，唱醉了天边的风月，唱醉了红尘中的你我。无论岁月怎样流失，都流不去你在我心中的爱意。——永远爱着你的人"

看完这则微信，她瞬间崩溃了，昏昏沉沉地回到家中，坐在沙发上发呆。时间过得很快，俩孩子快回来了，得赶快去弄晚餐。中饭在学校里吃，晚上的饭菜一直都弄得比较丰盛。今天她为了那则该死的微信，足足耽误了两个小时。去冰箱里看了看，里面的菜，昨晚已用完，得马上去购买。

等她回家做饭时，丈夫也到了家，一进门，她本想忍着到晚上找丈夫的，但此时实在是无法忍耐，见到丈夫便大声地责问："我这样尽心尽力地维系着这个家庭，你却在外面玩风流，做对不起我对不起家庭的事。"一边数落一边泪流满面。

丈夫被这突如其来的诘责搞得莫名其妙，望着哭闹的妻子，十分冷静地说："老婆，你今天是怎么啦？谁对不起你了？谁背叛了家庭？你能不能声音小点，有证据吗？"

你自己做的事，难道还不清楚吗？还来问我！

"我做了什么对不起你的事？怎么就背叛了家庭！"他隐约感到一定是手机上出了问题？手机上有余小艳的微信，这姑娘喜欢胡扯，发一些肉麻的段子。

于是向老婆解释："那是余小艳疯子发的微信，她喜欢痴心妄想，本来我以前是和她相好过，你不是不知道，自有你后，从未理过她，不信你看微信，她发来了，我也很少看，看了也只是笑她还在自作多情，不知今夕是何年？"

她沉静下来，觉得应赶快去做晚餐，不然俩孩子回来就来不及了。

晚上，躺在床上妻子还在生丈夫的气，丈夫耐心地向她解释："我们生活得这么幸福美满，你给我生了这么好的一对儿女，我内心深处十分感激你，怎么可以做对不起你的事呢？以后，我们好好过日子，这几年是我俩一生中最忙碌最辛苦的时段，我俩稍有懈怠就会影响俩孩子的正常成长……"

丈夫为了让妻子放心，将手机拿过来当着妻子的面删去了所有女性的微信，妻子表面上满意了，释怀了，但在独自一人时，总是想着那魔幻而充满暧昧的微信，往日情意绵绵，和谐快乐的家庭渐渐地笼上了一层冷淡的色彩。

聪明而敏感的丈夫，已察觉到妻子内心的变化，往日的那种深爱与热情变得冷漠而生疏起来。他试图挽回往日和谐中的那种喜悦和满足，但他作了多次的努力，就像电饭煲中的米饭，一旦冷却后再加热，要回到当初的状态已是不太可能了。但他想尽可能地维系家庭这表面上的和谐，等待俩孩子上了大学再说。

她对丈夫的表现说不出有什么不满，但总是对他热情不起来，她也在努力地维系着家庭表面上的和谐，尽可能不让俩孩子察觉到什么，不影响俩孩子的正常成长。

时间如缓慢流动的江水，好不容易等到俩孩子都上了大学，丈夫将妻子拉到房间，跪在妻子面前，语重心长地对她表白，对天发誓：与她结婚二十年，从未做对不起她的事，绝对没有背叛家庭！希望妻子相信他。如果妻子不相信他，对他冷漠仇视，他同意离婚。

妻子看到丈夫如此真诚，赶忙跪在丈夫面前，向他发誓……

与你共品：

平静的生活被一个小小的"插曲"而激起了涟漪，一则"饶有趣味"的短信给一直甜蜜的家庭蒙上了一层阴云。彼此坦诚应是人与人之间的相处之道，可是越描越黑的解释却造成了彼此的隔阂，结尾的留白给人无限遐想，我们禁不住疑惑：小两口的婚姻之路还能继续走下去吗？这不仅是小说想要探究的，更是我们每一个人都要深思的问题，如何经营好婚姻是人生的必修课。

（胡艳霞老师）

他含着泪，无奈地将几件衣裤收拾到行李箱中，流着心酸的泪水，在喜庆的鞭炮声中，十分凄冷地离开了自己为之奋斗了一辈子才换来的富丽堂皇的家。

过　年

丈夫头部长瘤子，需要手术。

为了稳妥起见，与北京 301 医院联系并在网上挂了号，告诉在深圳带孙子的妻子。

妻子说："我实在抽不出身，要你的两位弟弟到北京去陪护吧！"

丈夫无奈，只得求救于两位弟弟，一同到北京。

手术进行得十分顺利。虽然是开颅手术，但只用了三个半小时。在那住了十天院，医生便对他说："手术十分成功，比预估的情况还要好，可以出院了，回去调养两三个月，就会一切正常。"

回到家里，已是冬月上旬，考虑到过年，妻子儿子儿媳妇孙子都在深圳，想到那里去过一个团圆年——庆祝一下大难不死所带来的特有喜庆。打电话咨询医生，医生说："坐飞机嘛，为了保险起见，过两个月再坐。"

儿子知道后说："没问题，坐不了飞机，可以坐高铁，坐高铁安全有保障。"

时间如白驹过隙，悄悄地就来到腊月中旬，儿子打电话问他："什么时候过来比较好？"因为单位上放假比较迟，年终事比较多，想晚一点过去，便将日子订在腊月二十七。

当儿子在网上购票时，票早已卖光，怎么办？最后儿子打电话告诉他：只有华山一条道——坐飞机了。

他考虑了几分钟才答应儿子买飞机票，但心里还在琢磨：两个月就只差一周时间，应该没问题。

飞机由于晚点，原本晚上九点钟到的，延迟到了九点四十五分，接到家已是晚上十一点，儿子回了自家，他和妻子孙子在自己装修还只有半年的房子里。

妻子问他："你头部动了手术，让我看看。"妻子让他坐在凳子上，认真仔细地查看了一拃多长的刀口。看完后便说："这毛病居然都可以治好！你良心这么坏，老天应该惩罚你才对！"

他由于长期被妻子奚落谩骂惯了，如在平时，他会觉得无所谓，但在此时此刻，这个一生都不曾流过半滴眼泪的硬汉子，双眼噙满了可怜的泪水。他觉得自己在这个小县城应该可以算得上是个较为成功的人士，唯有家庭是失败的。但家庭对于男人来说是决定成功的第一要素，家庭失败，人生就全军覆没了。

妻子喜欢吵架，不理解他，对他十分的尖酸刻薄，动不动就跺脚谩骂，诅咒他的祖宗八代。开始两年里，他挥起拳头狠狠地揍过她，两人还分居过半年。

由于心太软，觉得自己的女人孩子在外面受折磨，其心不忍。在别人的劝说下，将妻儿接回家。从此，他便成了沙漏锅，"妻管严"。

他急于想在事业上干出一番成就，还有整个家族都望着他。他不能和妻子再一般见识了，全身心地扑在事业上。

事业成功，整个家庭兴旺起来了，但自己的家庭是家不是家。妻子越来越霸道，越来越不讲理，尖酸刻薄得像魔鬼。

晚上回来早了，看会儿电视，她会一边骂一边将电视关掉：一回来就跟老子看电视，到厨房去搞卫生！不看电视，在沙发上躺躺，她便高声大骂：家里不是旅社宾馆，要睡跟老子滚出去！他怕影响不好，哪敢滚。只得从书房里找一本书来看，她气汹汹地跑过来大骂：看，看什么看！于是将他手中的书抢走，你跟老子去做饭。他就低着头去做饭，饭做好后，端在桌子上喊她过来吃，她朝桌上瞄了瞄，大骂道：你跟老子浪费粮食，饭菜搞成黑糊糊了，吃什么吃！把碗一推，便大骂起来，骂得楼上楼下都不得安宁。

他经常楼上楼下的挨家挨户给人赔礼道歉，还千万不能让她知道。

晚上回来迟了，一超过十点半，便被关在门外，无论你怎样喊，她不会理睬。他曾经下雪天在楼道里度过了三个晚上。

后来，他很少回家吃晚饭，中饭在单位吃，早晚在面馆里，长期在外也吃不起，只能吃面条。可能是营养不良，瘦得像只老猴子。

近两年来，又升了级。妻子见了他像见了瘟神似的：说他驼起个背，眯着个眼，肿脸泡皮的，像个死人，和他在街上走，她总是将他丢在老后面。

这次回深圳，不是看在儿子一家人的份上，打死他，他也不会过来的。

上午赶时间，没吃午饭，以为飞机上有晚餐。可谁知，飞机晚点，飞机上除了白温水什么也没有。回到家里，妻子数落他一顿后，也没问他吃晚饭没有，他头疼得厉害，又不好主动讨饭吃，随便洗了个澡就上床了。头疼、饥饿，哪能入睡。早上六点半实在耐不住了，起床洗漱。

妻子也起了床，厉声对他说："大姐中风了，在这儿我要服侍她，早餐你去弄！"

由于昨晚未睡好，他有点发晕，于是叫来孙子："向向，楼下有早餐吗？"向向说："有啊，蛮好吃的！"你去将奶奶、姨奶奶邀下楼，我们一起去过早。

过了早，他进书房，一边看书，一边弥补昨晚的睡眠。

妻子跑到他跟前，指着他的脸问道："荆州的官司打赢了，听说对方给了你三百多万元？这三百多万元哪里去了？马上将钱转到我账上！"

他瞟了眼妻子说："这三百多万全是找别人借的，都还了账，只剩下一百五十万。如若你要，将你我手中的积蓄拼在一起，搞个二一添五，怎么样？"

"那不行，绝对不行，全给我！不然，老子吵翻天！"妻子发狠地说。

她手中至少有五百多万元，怎么会同意二一添五呢？全给她，手中无钱了，遇到她这种妻子，余生就没有经济保障了。

"不给，你给老子滚出去！你个没良心的，快给老子滚！"她像有切骨之仇似的大喊大叫起来，还不断地跺着脚，震动了整栋楼房。

他本来是来过年的，现在要他马上走，他心不甘。此房子他花了八百多万，连装修过千万。此房装得金碧辉煌，中心地段，四通八达。但妻子这么闹下去，会殃及池鱼——楼上楼下的邻居怎么过年？

他含着泪，无奈地将几件衣裤收拾到行李箱中，流着心酸的泪水，在喜庆的鞭炮声中，十分凄冷地离开了自己为之奋斗了一辈子才换来的富丽堂皇的家。

上了飞机才给儿子通电话。

与你共品：

过年本应该是阖家团圆、喜庆祥和、其乐融融的，然而文中的"我"却倍感无奈和辛酸，令人唏嘘。

结尾"我"收拾行李离开家的那一幕的悲怆，得益于小说前面的层层铺垫蓄势。自己生病以后无人照料，回家后妻子的冷言冷语，讨要钱款的嚣张跋扈……细腻的人物描写，多处的蓄势渲染，使得小说的主题愈发厚重与沉重。

（喻道军老师）

（此文发表于《中华文学》2022 年第 7 期）

晚上，他回想着这几位医生的诊断，说法均差不了多少，但医疗费却从五万元降到了五千元，要住院到不需要住院，这是怎么回事？

红 肿 块

王琦美小腿上长出一个红肿块，奇疼无比。他平时懂点养生，觉得此红肿块不一般，必须马上找医生。

清晨起来，忧心忡忡，没心思吃早餐，和妻子打了个招呼，便奔向定点体检的三甲医院。

因为去得太早，医生还未上班，他在医院大厅里坐立不安，来回走动着。心里一直在琢磨此红肿块有两个可能：一是血栓形成，一旦堵在脑部就会出现脑梗，堵在心脏就会出现心梗；二是肿瘤，怕癌变。这两个可能，无论哪一种都会让人致命。

这么想着想着，整个人便四肢无力起来，开始头昏眼花，走不动了，只得坐到大厅的条椅上，像打霜的瓜叶，恹恹欲睡。

好不容易等到了八点，他去挂了个外科专家门诊号。

专家门上贴着专家的照片和简历，是个老专家，65岁了，叫王美扬。此名字取得好，怪不得名气这么大。但他无心去考虑红肿块以外的事。对于王专家的了解只是像流星一般，在脑子里一划而过，担心的是腿上的红肿块。

他排队第三号，好不容易听到里面叫了他的名字："王琦美——"他应声而入。

王专家朝他瞧了瞧，说，哪儿不舒服？他撸起裤筒，将红肿块露出。王专家用手捏了捏说：你这比较麻烦，要动手术，明天就是国庆节，等国庆节过了来住院。

他用一双祈求的眼光望着王专家说：这红肿块不会走动吧？王专家笑着说：不会。他又问：会不会癌变？专家说：这说不定。国庆节过后一检查就清楚了。大概需要多少钱？准备10万元，你有医保吗？有。医保报一半，准备5万元。具体什么时候来住院？王专家说：9号来，10号检查。

他从医院里出来，心情极为不好：如果癌变，等到10号，那不要延迟十一天。这十一天会长出多少癌细胞……他有点不寒而栗。

回到家里，整个人就瘫了，勉强支撑着走进房间，鞋都未脱，就倒在床上喘起了粗气。

老婆见他像只落汤鸡，跑到房里去问他：老头子，你这是怎么啦？见他不吱声，用手摸了摸他的额头，有汗水。再将手伸到他背部，哎呀！衣服都汗湿了。王琦美平时有个毛病：低血糖，早晨不吃，就会全身流虚汗，四肢发冷，两眼冒金花。

老头子，你早晨未吃吧？我去弄点吃的来，自己有这毛病，应该按时吃早餐呀！

他吃了一碗鸡蛋面条后，人一下子好了很多，从床上爬起来。心里一直在琢磨那个王专家的话："说不定会癌变。"但他所知，红肿块疼痛应该不会癌变？想到其他医院去咨询咨询。

老头子，你今天是怎么啦？心事重重。我出去下，回来告诉你。

他叫辆的士，到了另一家三甲医院，挂了专家号。李专家对他说：国庆节之后来住院，没多大问题。一不会癌变，二不会造成脑梗心梗，但需要准备8万元，有医保吗？有。有医保准备4万元就够了。听了李专家的话，心中舒坦了许多。但心里在想怎么两个专家的话有如此大的差别？

晚上，他将腿上的红肿块告诉了老婆。老婆听了，像天要塌下来似的，眼泪扑簌簌地往下淌。

他赶忙去劝慰老婆：你哭啥啦！我又未死。不然，我本不该死，都会被你哭死的，快别哭了。

翌晨，老婆跟着他又去了另一家医院。专家对他说：国庆节过了，9 号来住院。小手术，一周就可以出院。你准备 3 万元就够了。他说我有医保。专家说：只需准备一半——1.5 万元。

他心里踏实了许多，1.5 万元，对他来说无伤大雅。他心里悬着一个"?"：怎么医疗费会越来越少？不如再到省人民医院去咨询咨询。时间已是下午 3 点，他急慌慌地去挂专家号，但已停摆，只挂了个普外号。

钟医生告诉他，你这红肿块不需住院，国庆节过后，动手术割除就行了，非常小的手术。他望着钟医生，有点惊愕。钟医生望着他半信半疑的神情，便补充说：别不信，这种红肿块十分常见。小手术，做完就可以行走，不需住院。问到手术费，钟医生说：大约四五千块，不会超过五千块。

老婆的脸上有了笑容，他悬着的心，像一粒谷子进入仓库，踏实了。

晚上，他回想着这几位医生的诊断，说法均差不了多少，但医疗费却从 5 万元降到 5000 元，要住院到不需住院。这是怎么回事？

翌日清晨，他跑到一家国家级大医院，尽管医药费报销较少，但必须去咨询，看看与市级省级医院有无差别。

这家医院人山人海，根本挂不到专家号。等了 3 个小时才挂了个普外。

看病的是位十分年轻的医生，娃娃脸，看上去顶多二十四五岁。他从内心里瞧不起这个娃娃医生。但娃娃医生对他说：您这是血栓红块，根本不需要动手术，您回去，用热毛巾敷，敷之前抹点盐在红肿块上，敷个七八天就会好。他惊愕地望着娃娃医生，双眼充满了疑惑。娃娃见他不相信，又补充说：您先回去试试，不散，您再来找我！

我给您开点药，按时服用，红肿块消散了，您就停药。但您以后要多吃蔬菜，少吃肉类，多运动，每年定期体检。王琦美半信半疑地去交了 26 元药费，取了药，径直回到家里。按照娃娃医生的吩咐，每天热敷、吃药。只有三天，那红肿块就消失得不见了踪影。他又坚持了三天，揉捏都无疼痛感了，他才停药。

老婆喜出望外，他也如获新生，精神面貌一下子年轻了二十岁。

按照娃娃医生的要求，调整了饮食，每天走 1 个小时的路。三年了王琦美身体安然无恙。

与你共品：

这篇小说选材源于生活又高于生活，看似荒唐又十分真实，深刻地揭露了医疗体制改革的弊端，呼吁医疗工作者医德的回归和医术的精湛，切实解决人民群众的疾苦，解决好就医难、就医贵的问题，体现社会主义国家人民至上、生命至上、健康第一的医疗公益性和制度优越性。

（朱大法老师）

（此文发表于《厦门文艺》2022 年第 7 期）

她在医院住了两个月，那天秋高气爽，艳阳高照。丈夫来看他了。他俩已有两年多未见面。今天突然不期而至，令她始料不及，感到不安。她深知丈夫是个无利不早起的人，怎么会没有所图专程来看她呢？

人性的弱点

女儿上了大学，她退休了。其实她才满50岁，身体状况良好。看上去风韵犹存，年轻貌美。有位闺蜜邀她到省城去做化妆品生意，她喜出望外，欣然同意。

离开家庭，到省城和闺密合伙开了家化妆品店，生意十分火爆。5年下来，赚了两百多万元。正准备在省城买套住房时，感觉四肢无力。

到医院去检查，医生说她得了子宫癌，已是晚期，癌细胞已扩散到了肝肾上。并向女儿透露，说她只有三个月的生命期。

她还要继续去上班，女儿迫不得已把医生的话告诉了她。

她十分绝望地走进了住院部，请了位护工照看自己。

女儿向单位请了假，整天守候在她身边，强装笑脸，哄她开心。并把她得癌症的情况告诉了丈夫。

她在医院里住了两个月，那天秋高气爽，艳阳高照。丈夫来看她了。他俩已有两年多未见面。今天突然不期而至，令她始料不及，感到不安。她深知丈夫是个无利不早起的人，怎么会没有所图专程来看她呢？

丈夫来后，一改以前那种冷酷粗暴的情绪，变得温存体贴起来。第二天并征求她的意见，辞退了护工，又要女儿去上班。每天守在她身边，为她洗衣端茶，和她聊天说话，讲一些有趣的故事让她开心。还想方设法买一些她喜欢吃的食物，陪她到医院外散步。还为她洗澡擦背，真可谓无微不至。有时抱着她流眼泪，弄得她好生感动。

她在疼痛中回想起与丈夫生活的这二十多年。

那年她才十九岁，一天在李家镇上经过，丈夫一眼就看中了她，追了她五年。

她对他的所作所为不太认可。他每天缠着她，直到生米煮成熟饭，才同意和他结婚。

结婚后，他一反常态，露出了狰狞的面目，每天吼天吼地，动不动就粗野地骂她。她只要一反击，他就会拳脚相加。她要离婚，他总是不理她。她没有办法，后来怀上了女儿，离婚的念头断了，把爱心和希望全寄托在了女儿身上。任丈夫怎样虐待怎样家暴，她都逆来顺受。

丈夫在外面鬼混，她一概不理。她不想管，也惹不起。更有甚者，他经常将女友带到家里来要她侍候，还不能有半点情绪，否则粗野地辱骂，有时还会加以拳脚。好不容易熬到女儿上了大学，自己也退了休。

闺蜜邀她去省城做生意，她求之不得，未告知丈夫，离家出走。丈夫知晓后，也懒得理她，让她去。

开始两年，春节回来，丈夫总是吵骂不绝，拳脚不断。年还没过完，她就被迫离家，带着女儿回到省城。她最怕这样下去影响女儿的婚事。还好，女儿大学毕业在省城找到了工作，还谈了朋友。在她的帮助下，买了房子，两年后结了婚。结婚时，丈夫来了，见面后，未说上两句话，看到丈夫那鬼样子，她逃避了。现已两年过去。

这可就奇了怪了，居然在她生命的最后时期，他突然造访，来到身边，态度来了个一百八十度转变。变得极其温存，还十分体贴人起来，为她花钱居然未向她要。她疼痛时，反复找医生想办法，还抱着她泪流满面。人确实会变好吗？她在心中反复地问自己。

手中的积蓄原准备全给女儿的，看到丈夫变好了，想一分为二，一人一半。但觉得还为时过早，等到她要走了才能给，以防万一。她眼前不断浮现出丈夫结婚前后的情形，让她心中发怵。

这几天突然疼痛加剧，她扳着指头算三个月的生命期还有 15 天，她已无信心坚持到最后了。

女儿来了，看到她疼得满头大汗，心疼不已，泪流满面。丈夫比女儿更为伤心，她流汗，他流泪，找医生开杜冷丁，一切是那样的真诚，实在。她虽然疼得厉害，但心里却十分慰藉。

终于坚持到了最后一周，当她从昏迷中醒过来时，觉得自己马上就要走了，于是将女儿和丈夫叫到自己身边，从裤带中抽出两张存单，每张各100万元，分别递给了女儿和丈夫。

丈夫拿到钱后，马上就冰失了；女儿十分不高兴，噘着嘴，铁着脸："妈，您不是反复说，钱是留给我的吗？怎么给爸一半？这是为什么！！"她无力回答，也不想回答。觉得女儿不近情理。

女儿因生气也离开了医院，她一个人躺在病床上。在最后的五天里，身边居然没有一个人陪护。死后竟无人收尸。

在太平室里放了两天，闺蜜过来才帮她了结了后事。

与你共品：

还记得法国大文豪巴尔扎克的名著《高老头》吗？还记得伏盖公寓和高老头的三个女儿吗？还记得那个遭三个女儿遗弃只有住公寓的穷大学生拉斯蒂涅为其置办后事的富翁高老头吗？读了这篇小说，你就会想起他们，你会想起金钱的罪恶，你会想起人性的丑陋，你会想起亲情的冷漠。其实，这些只是那些拜金主义者的"人性的弱点"，也是他们"人性的悲剧"，只是人性阳光下的阴影，与社会主义国家的"人性的光辉"是格格不入的。

（朱大法老师）

（此文发表于《中华文学》2022年第6期）

两天后，妻子回来了，查清了他晚上去她家的时间是九点半，他下班的时间是五点半，就算六点，这中间三个半小时在干什么？

考　察

冬天来了，天气一天天在变冷，妻子要到省城去给读大学的女儿送棉衣。走时，交给他一项任务：给住在另一个村的岳父母维修一氧化碳报警器。他估计可能是没有电池了，便去买了一对 5 号电池。

在赶往岳父母家的途中，被高中时的女同学（而今的新寡妇）拦在了路上。说她三层小楼房突然熄灯了，要他帮忙去看看。他碍于面子，不去不好，去了又怕世人说闲话，于是他将电工小兵叫来。

小兵来后，到她家里查了多处，未发现问题。他推断一定是被大风吹断了杨树，杨树将电线扯了或者砸断了。于是他和小兵到外面去查找，查找了多处，才在较远的地方查出了原因：确实是电线被杨树砸断了。天黑了，又大风呼呼。小兵说，只能明天了。

他俩才离开新寡妇家，与小兵一同往岳父母家赶。不料，五组田六指的破房子被风掀了顶，他和小兵又去帮忙。他作为村支书，不能不管，直到将田六指一家四口人安顿好了才又往岳父母家里赶。

到了岳父母家，推门进去，见岳父母都倒在了地上。他和小兵一道将俩老扶起来，一边将门和窗户打开，让煤气——一氧化碳消散，一边拨打 120。

俩老终于苏醒过来了，但还需要住院。

两天后，妻子回来了，查清了他晚上去她家的时间是九点半，他下班的时间是五点半，就算六点，这中间三个半小时在干什么？

他说的都是事实，但妻子就是不相信。

跑到新寡妇那里去调查，新寡妇直言不讳，承认王文武昨晚确实是在她家。

他妻子气得泪流满面，决定要离婚。等到父母从医院里回家后，便将离婚协议书呈在了王文武的面前。王文武不知所措，每次吵架，闹点矛盾，从未像今天这么认真，今天还动真格的了。他赶忙当着妻子的面给小兵打电话，只有小兵来了才能说清昨晚的行踪。

小兵赶过来，证实了他昨晚的一切活动。

他俩前方的路突然洞开，露出了前所未有的曙光。

与你共品：

诚信和信任是衡量感情基础和检验感情基础的试金石，妻子对丈夫不信任，是基于丈夫言行的不诚信。小说借家庭间的夫妻生活，以小见大，见微知著，揭示了诚信和信任在人际交往、和谐家庭乃至和谐社会中的重要作用。

（朱大法老师）

夫妻之间只有爱没有理，当丈夫的绝不能和妻子讲理，即使妻子要同你讲理，你也只有在幽默中道歉，让她意识到你在让着她。

爱和理的哲理

我和妻子昨晚为一丁点小事争论了一宿。第二天上班，精神状态极为不佳。有人问我："你怎么啦！一大清早就打瞌睡？"

我打着哈欠，说："昨晚看了一夜的足球。""你们这些男生就喜欢足球，还一宿未睡，比我家老公瘾还大！"一女生说。

其实，她哪里知道，为了芝麻大点事，折腾了一宿，真划不来。

好不容易熬到中午，连饭也不想吃，就伏在桌子上睡着了，还做了个十分真实的梦：

爸告诉我：我与你妈在一起生活了 45 年，从未争吵过。当你妈想对我发难质疑时，我这个老公就拿下架子，坦诚礼让，不要和她向对外人一般地讲道理。夫妻之间只有爱，没有理，当丈夫的绝不能和妻子讲理。即使妻子要同你讲理，你也只有在幽默中道歉，让他意识到你在让着她。

醒来后，醍醐灌顶，一下子明白了其中的奥秘。

下班后，赶忙跑回家去，欲给妻子赔礼道歉。

妻子见了我，笑吟吟的，昨晚的气早已消散，脸上阳光灿烂。

我走近她，诚恳地对她说："亲爱的，昨晚的事，十分对不起！"说完给了她一个拥抱。她笑着说："谁跟你怄气？早就原谅你了，我今天看了一则微信，上面有一句话：夫妻之间的感情，就像揉好的面粉，绝对不能掺水，一旦加水，不说做饺子皮，就是做包子馒头也难以做成。"

我激动地说："我们昨天均违反了这条铁规，在往里掺水，幸好我俩均心知肚明，没让水掺进去。"妻子望着我开心地笑了。

吃晚饭时，我将梦中父亲的话告诉了妻子。妻子说："是这个理。夫妻之间只有爱，没有理。说得太精辟了，太有哲理了！他俩老在一起生活了45年，从未绊过嘴，其原因就是吃透了这六个字。"

我说：是啊，记得有一次爸妈为送人情的事，意见相左。爸坚持要去50元，妈却说去多了。但爸比长比短地讲送50元的理由，妈听后笑着说：还是老公考虑得周全，依你的，依你的！

爸当场就表扬妈太通情达理了，感谢妈的理解与支持。

还有一次，妈说去买三头小猪来喂养，爸说买多了，有经济压力，还怕走猪瘟，妈反复陈述买三头的原因。爸听完后，马上赞同妈的想法。

爸妈一生中都是在相互理解，相互支持的基础上，才保持了全胜的记录。

妻子感慨地说："现在的夫妻，很少能做到像爸妈他们那样，一辈子不红脸，不争吵。而今离婚率这么高，有两个原因：一是婚姻观念发生了变化，二是两地分居带来的后果。"

我说："什么距离产生感情？完全是胡说八道。"

妻子说："那是三四十年前的事，那时两地分居的夫妻比较多，那时没有离婚这一说，夫妻之间很少有出轨的现象。夫妻经常不在一起，彼此心中都想着对方，才有了久别胜新婚的说法。现在的夫妻天天在一起都有出轨的，离婚像儿戏。"

我有些兴奋地说："确实是这样，我俩应像爸妈学习，夫妻之间只谈爱，不讲理，绝不在揉好的面团中掺水。"

妻子望着我会心地笑了，还竖起了大拇指。

与你共品：

都说千万不能和女人讲道理，尤其是另一半，那样可能会赢了面子，输了爱情。小说通过日常的小事，运用通俗、平实的语言为我们揭示了一个永恒不变的哲理：家是讲爱的地方，不是讲理的地方，只有双方彼此有爱，互相包容才能成就家庭和谐。

（胡艳霞老师）

（此文发表于《中华文学》2022年第7期）

我朝他点了点头，表示佩服。随后，我告诉他：我俩是上面派来为他平反复议的。

他听了有些惊喜："20多年了，终于等到这一天了！"他自言自语道。

修自行车的小老头

我和吴同事在五孔闸的十字路口，找到了一位饱经风霜的修车老头。说他老头，但算起来，他的实际年龄还不到45岁，所以只能称他为"小老头"。

我用十分同情的口吻问他："这么冷的天，你怎么没选个避风的地方修车呢？"

他抬起头来，朝我十分友好地笑了笑说："这地方是通往四个乡镇的交汇之处，车多人多。"

"这也太冷了，怎么修车呀！你的手没冻僵吗？"我关切地问。

他有点自豪地说："这点冷，还不至于冻僵吧？"说完，他将一双粗壮的大手伸给我瞧。这哪是一双手呀，这分明是一对机器的抓手，铁色而充满了钢质。我相信没有什么寒风冰冻能将这双钢铁般的双手冻僵。

我朝他点了点头，表示佩服。随后，我告诉他：我俩是上面派来为他平反复议的。

他听了有些惊喜："20多年了，终于等到这一天了！"他自言自语道。

他起身收拾工具，又将工具箱放在一辆锈迹斑斑破旧自行车的后架上，推着自行车，邀我俩一同到他家去。

到了五孔闸的桥上，有门朝着桥面，他推开门，里面露出一间小屋子。说它小，是因为里面不足二十平方米，被一张窄床占据了大半个江山，剩下的被一小衣柜和两个椅子全占有。墙上挂着一张折叠的小方桌，门外左边放着个煤炉子，煤炉子未生火，上面放着一铝制水壶；右边墙上挂着一口小铁锅和一小锅铲。

我问他："你平时就住在这里吗？"他点头苦笑。

"非常对不起！今天去早了，开水也没烧。你们坐吧！"他边说边指着两把椅子要我俩坐，他坐在床沿上。

"你能给我们讲讲你打成右派的全过程吗？"他说："我等今天，等了22年啦！"他激动得浑身在打战，说话有点不连贯，两眼冒着金星，但没有一丝泪水。

那是一九五六年的秋季，天高云淡，蓝天上飘着几片白纱巾。我怀着一腔热血，从江州师范毕业，来到了县立第一小学任教。与龚道仁、凡成邦三人共住一间寝室。

前三个月，我们相处融洽，彼此尊重，经常在一起喝酒宵夜。三人在一起都无戒备之心，无话不说，心中毫无隐私。

学校里因为我是中师生，又是预备党员，经常将一些中心工作安排我去做，领导十分重视我，准备培养我担任教导主任，话都谈了。

他俩当面恭维不已，脑子里满是妒忌，从他俩的眼神里就可以察觉出来。

由于经常要开会，有时忙得不可开交，早晨六点起床，他俩还在梦游天姥；中午为了完成中心工作，在办公室里加班加点；晚上回寝室，他俩早已进入南柯。和他俩像以前那样开心的时间就少了，又加之我被学校如此器重，对他俩又是如此的冷落，他俩早就妒忌满脑了。

就在我信心百倍地冲刺目标，准备担任教导主任之际，我一堂叔在乡镇工作，突然间以身殉职，被一特务所害，区委书记当众答应让婶婶顶替叔叔之职。

可半年过去，婶婶顶职之事却石沉大海，杳无音信。婶婶找我帮忙写申请催催区委书记。

我本来对此事就有想法，心中有一股无名之火，于是将火气诉诸笔端。此申请不但没为婶婶顶职起半点作用，却惹怒了区委书记，找到校长，要找我算账。

校长将此申请反复研究，觉得未超出申请本身，更谈不上有反党反社会的言论，但饱含着怨气是真。

人要下地狱了，就会遇到蒋干。反右之风吹到学校，还给学校分了两个右派指标。第一个右派已定，那是一个出生地主家庭的老教师，还缺一个。大家都是贫下中农和贫下中农的子女，报谁呢？

校长书记一时乱了方寸，脑子里悬着大大的"？"。

在教师大会上传达了上级的指示精神，鼓励大家要敢于揭发身边的右派分子。

和我同寝室的两位幼师生，心中的妒火找到了喷发口，便起了害人之心，精心导演出一幕莫须有的悲剧。他俩相互印证：说我在梦中说了反党反社会的话。将我告发。

我有口难辩，梦中即使说了梦话，我本人岂能知晓！

后来组织上将我关起来要我写自查。我对此莫须有的罪名，怒火中烧，不予理睬，抵触情绪极大。

审讯人说我态度极为不好，给我戴上了一顶极右的帽子。押到派出所关了半年，后又被押到劳改农场改造。"文化大革命"后期，说我的表现不错，将极右换成一般右派被送回老家农村。回到农村之后，由于缺乏谋生的本领，过着比农场还差的生活。

后来一同学父亲在闸上工作，介绍我住在他这里，帮蔬菜队里种菜混口饭吃。后来，听说好多人自行车坏了没有地方修理，我因在农场干过修理自行车，于是在十字路口摆起了修理摊。

"你们今天来了，给我平反复议，告诉我是否还可回到学校里工作？"我俩笑着对他说："我们只管复议，跟你平反，安排工作的事上面应该会考虑的。现在国家正是缺人之际，你等着吧！"

他十分高兴地送我俩离去，双眼充满了期待。

与你共品：

小说以真实的笔调，表现了"文革"后的平反昭雪，追述了那个时代的特征，具有伤痕文学和反思文学的鲜明特征，于冷峻之中透露出睿智的光芒。

（朱大法老师）

拿到地址，我和老婆均相信这一定是真的，准备去北京领取。老婆反复强调，即使没有此事，我们本来就要去的，我侄儿那里今年必须去一趟，他已接了多次，正好一搭两便利等我们到了北京，到处找那个公证处，找了一个下午，可就是没有这个地方。

侄儿将此地址拿到公安部门去核实，说这是伪造的，北京海淀区没有这个公证处，更没有这个地方。

领　奖

我在网上购了一件波司登羽绒服，还按要求抽了奖。

第二天，对方告诉我中了特等奖，奖金 10 万元。

对方怕我不相信，还将中奖号码告诉了我，又将北京海淀区荣达公证处的公章及两位公证员的身份证传给我看。

要我在三天内，用微信转 2000 元所得税给他们。过了三天将失效。

我和老婆揣摩着这是真还是假呢？

为此我去找在公安局工作的两位学生，让他们来帮我验证。

可他们说，表面看上去像不会有假，但要先交 2000 元所得税有点不合流程。但所得税的数字是准确的。

于是我向对方提出用 10 万元奖金抵押。

对方说那不行，必须先交所得税才能领奖。

我又将此事向几位见多识广，比较有头脑的朋友请教咨询，他们都说，其他的都像是真的，唯有先交所得税有点违反程序。

对方又在发微信催我将 2000 元打过去，不要怀疑误了日期。

老婆说：将 2000 元打过去，看他怎样？还说：钓鱼也得用诱饵呀！

我还是觉得不妥，哪有先交所得税再领奖的呢？再说要交所得税可以从中扣，何必紧催不舍呢？

老婆建议，现在高铁方便，干脆我俩到北京去一趟，当面去领。

我俩考虑了一晚上，第二天早晨起来便将去北京领奖的事告诉了对方，要对方发来具体的地址。

对方很快就发来了北京海淀区荣达公证处的具体地址。

拿到地址，我和老婆均相信这一定是真的，准备去北京领取。老婆反复强调，即使没有此事，我们本来就要去的，我侄儿那里今年必须去一趟，他已接了多次，正好一搭两便利。

等我们到了北京，到处找那个公证处，找了一个下午，可就是没有这个地方。

侄儿将此地址拿到公安部门去核实，说这是伪造的，北京海淀区没有这个公证处，更没有这个地方。

与你共品：

骗术再高，也瞒不过有心之人。伎俩频出，终会现出原形。小说叙述的是一个抽奖高中的日常骗术，展现的是一对夫妇之后的将信将疑，这中间的谨慎小心在当今网络诈骗日渐蔓延的今天，还是具有很强的警示意义。

天上不会掉馅饼，这是小说对我们的告诫。

（喻道军老师）

俩人坐了不到一个小时，本来答应留在他家吃中饭的，由于话不投机，我慌说家里来了几位朋友，必须回去。

性格使然

　　有个十分要好的朋友，性格特别犟，特别自我。他儿子找媳妇，他知道后，先调查，后阻止。媳妇个子不高，他觉得儿子个头本来就不高，找个媳妇也矮，以后生的孩子会更矮。

　　他把儿子找来谈话，不让儿子找矮媳妇。如果儿子不听话，他就和儿子断绝父子关系。

　　为儿子找矮媳妇的事，他变得比以前更加粗暴。经常和老伴拌嘴，只要一提到儿子，他就暴怒异常。

　　由于长期的情绪亢奋，导致身体出现了毛病，加上他从不吃药。他老伴告诉我，几次看医生开的药，他一般不吃，即便吃，吃不上两三天，剩下的药就给丢了。还说药吃多了，不得病都会中毒——是药三分毒。他不吃药还有了理论依据。

　　三年前见到他是那样的健康强实。长期坚持洗冷水澡，每餐喝半斤酒，见到我总是炫耀身体如何如何棒。没有三高，更没有其他毛病。每年体检，其结果比年青小伙还好，项项指标都正常。因此，他认为这是不吃药，少吃药的一个重要原因。

　　这次见到他，他比以前衰老了许多。看上去脸上有些浮肿，猪肝色。凭我多年看人的经验，觉得马上会脑中风，建议他马上到医院去检查。他听后，十分恼火："我们三年多未见面了，一见面，你不说点好听的，尽说些瞎话，我又没有高血压，怎么会中风呢？"

我反复强调我是学中医的，观面相测疾病是我的强项。你身体明显有大问题，我能见危不救吗？你上有老——母亲还在，下有小，儿子还没有结婚，你的身体不能出半点毛病啦！你不愿听，只当我未说。

两人坐了不到一个小时，本来答应留在他家吃中饭的，由于话不投机，我谎说中午家里来了几位朋友，必须回去。走时，我回过头来，大声对他说：明天一定得去医院检查检查。

第二天晚上接到他老伴打来的电话：说他在我走后两小时去上厕所，倒在了厕所里。现在刚过危险期。医生说：还好，来得及时，暂时左边身子有些麻木，按常理，出院后两三周内就可以恢复正常。

我赶过去看他，他笑着说：你就是神仙啦！我说，这是不幸中的万幸，以后要按时吃药，慢慢就可以恢复正常。

在医院里住了半个月院，出院后找了个按摩师，每天进行一次按摩，慢慢地可以行走了，老伴督促他按时服药。

后来行走方便了，服药就不按时了。每次服药总要老伴递到手中，端着温开水逼着他才服。他老婆向我求援，要我抽时间过来一趟，说他现在最佩服的就是我。我接到电话，赶过来。

两人谈起小时候的故事，他十分开心。对我说：健康比什么都重要。这几个周，行走不便，十分痛苦，最烦的是每天两次服药，后悔当初未听你的话，少喝酒，多运动，也不会搞成今天这样子。我说，现在已从死神手里逃出来了，只要按时按量服药，每天走路一小时，不要一个月，你就可以完全康复。但吃药是终生的事了，每天都要吃，不可断链子。如果吃药断链子，就会出现第二次中风。第二次中风即使不去见阎王，也会偏瘫躺床上，你再不能任性了。儿子的事别管了，那不是你管的事。他的态度十分好，说一切都听我的。

我回去只有半个月，他老伴打来电话，说他走了。

等我赶过来，他老伴说他有一周未吃药了，说他的身体完全康复了，走的那天还喝了半杯酒。他老伴说完，便泪流满面，说他是犟死的。

与你共品：

俗话说："性格决定命运"。小说中的"犟牛"，由于固执己见，不相信科学，讳疾忌医，结果丢掉了性命。所以，做人性格不要太犟，不要太固执，要善于听取别人的良言，也要学会改变自己。小说伏笔照应恰到好处，主人翁的结局看似意料之外实则情理之中，这都是性格使然的缘故。

（刘志国老师）

俩人一见面，对方就拿出一堆照片，照片全是他与云竹云雨交好的内容。"先生，您说这应该怎样处理？"那人狡诈地朝他笑着说。

照 片

　　妻子单位统一到三亚观光，五天后才能回来。

　　小姨妹大学毕业，正在选择单位，今天突然闯进他的家。

　　他对小姨子一直充满了好感，认为她比妻子更优秀，更青春活泼，浑身上下四溢出万种风情。一双会说话的大眼睛勾人心魂，走路跳舞似的，嘴里还哼着小曲，歌声动听极了。只要听到小姨妹的歌声，他心中的小兔便会蹦跳不已。

　　这么漂亮的小姨妹，肥水哪能流外人田？云竹（小姨妹）啊，是来陪姐夫的吧？你姐到三亚去观光了，五天后才回来，这几天陪陪姐夫！

　　云竹笑了笑，像有些害羞，沉默了片刻，便抬起头，一双笑盈盈的大眼诡秘地望着他说：姐夫，你胆真大，姐知道了，不揪掉你的大耳朵？

　　他笑着说：你不说，我不说，她能知道吗？

　　他从小姨妹的语气中听出了契机，于是走拢去，用手摸摸她那头飘逸的秀发。小姨妹便靠在了他的怀中。

　　妻子回来了，一切安然无恙。

　　小姨妹云竹到他家的时候多起来，在家里不方便，俩人经常跑到宾馆去开钟点房。

　　一天，他接到一个陌生电话，说想和他见面，说对他有好处。俩人约好了在一家酒吧见面。

　　俩人一见面，对方就拿出一堆照片，照片全是他与云竹云雨交好的内容。"先生，您说这应该怎样处理？"那人狡诈地朝他笑着说。

　　他开始紧张起来："你这是怎么拍到的？专门干这种缺德事！"

　　那人说："您干了缺德事，我只是把这些缺德做了一客观的记录。您不想将这些缺德记录毁掉吗？"

他说："毁掉你手中这些全部的记录，需要多少钱？你开个价！"

那人说："给点辛劳费吧，一万元，我将所有的记录全毁掉。"

他说："太多了，我无能为力，你看我一个工薪阶层，每个月就这么点钱，一万元，我半年都赚不回来，三千元吧！"

那人说："你也太还狠了吧！五千元，我们成交！三天后的这时，在这里一手交货一手交钱。"

他赶快找到了云竹，告诉她这一切。云竹也十分紧张，怕姐骂她，于是帮他出了两千元。将那些记录全毁掉了，还保证以后再不跟踪他俩。

事后半年，他妻子青风黑脸地要找他算总账，他不承认，他妻子还拿出了他和云竹玩耍的照片。他无言以对，只得投降，写检讨，跪地求饶，请求妻子原谅他。从此他在家里的地位降为奴隶。他十分苦恼，和云竹再也不敢越雷池半步了。

一天，他十分气愤，拿了一把水果刀，找到了拍照片勒索他钱的家伙，责问他为什么不守信用？怒火中烧地掏出了水果刀将对方杀伤。还好，只捅伤了手臂和大腿。

那人住进了医院，他被刑拘了三个月。

他从看守所出来后，妻子更加没有好言语，他觉得婚姻走不下去了。正在苦恼中，突然收到一封快递，打开看时，是妻子与一男人的风流艳事。照片都有些发黄。

与你共品：

人世间最美好的回忆与纪念莫过于相机拍下的最美瞬间，而那些青春靓丽的照片，也见证了人生轨迹的无限美好；可时过境迁，随着西方生活观念和生活方式对中国人的逐渐渗透，有些人的道德观念开始滑坡，最神圣最美好的爱情和婚姻开始变成儿戏，开始变味，而那些专干拍人隐私的照片就成了这些人背叛爱情和婚姻的铁证，也成了敲诈当事人的一柄利剑。小说作者敏锐地捕捉到了这一社会现象，深刻犀利地讽刺批判了这些人道德的坠落、灵魂的扭曲、人性的异化、人生的悲剧，给行走在婚姻危险边缘的人们敲响了警钟。

（朱大法老师）

邻居小甘过来劝导她，红姐你别着急，林老师说不定不在车上呢？她这时才手足无措，觉得有可能。但他为什么还不回来呢？她在客厅里走来走去，不时地望着外面屋前场地上轻轻摇曳着的树梢，树梢上挂满冰激凌，发出嗞嗞的响声。

100

连衣裙的故事

新年伊始，寒风呼呼，大地还结着一层薄冰。丈夫林中仁因为事情特殊必须去趟省城，她鸡叫头遍就起了床，给丈夫下了碗鸡蛋面。丈夫吃完就匆匆地去赶车了。

原计划一周内必须赶回来，学校初十要集中开会，十二正式开学。可今天初八了，还不见丈夫的踪影。晚上七点，电视晚间新闻里播放了一则新闻：从省城到 A 县的客车，在过江时，由于路滑，掉进了长江，整车 45 人，加上司机售票员一共 47 人全部遇难。

她听完之后，悲痛欲绝，她认定丈夫一定在那客车上，出了大事。于是在家里号啕大哭起来。一边哭一边想着丈夫对她的好。

邻居小甘过来劝导她，红姐你别着急，林老师说不定不在车上呢？

她这时才手足无措，觉得有可能。但他为什么还不回来呢？她在客厅里走来走去，不时地望着外面屋前场地上轻轻摇曳着的树梢，树梢上挂满冰激凌，发出嗞嗞的响声。

她感觉到丈夫一定出事了。这么寒冷的天气，路上一定很滑，掉进江中也在情理之中，丈夫坐在里面，也一定在劫难逃。

她望着屏幕，无心看电视。想着与丈夫的第一次会面：那是八年前的一个春暖花开的日子，林中仁刚从师范大学毕业分到县一中当教师。她回母校给邻居李妈帮忙，将她大儿子转学一中，学校将她大儿子分到了林中仁班上。

每次见到林中仁，她都说他白面书生一个，与表哥相比，男人的阳刚气质要逊色一些。但人十分和气，在几次交往之后，他便对她产生了好感。其实在她内心深处早已藏着她表哥，从读大学开始，她就与表哥有了故事，尽管表哥一介农民，长得帅极了，是女孩心中的理想王子。遗憾的是高中毕业未考上大学，在农村里受尽煎熬。这些年被风霜雨淋失去了光嫩华美，实在令人心疼。

与林中仁交友之后，心中一直处在极度的矛盾之中。回农村与表哥结缘：一是亲表兄妹不宜结婚，结婚后对后代不利；二是因回农村心有不甘会被世人特别是同学耻笑，父母还会不依不饶。

与林中仁结婚之后，一切均好，林教师这人除了醋意重点外，什么都好。家务事几乎是他总揽，每月的工资全交，她说给他多少就多少，有时还不要。密友们十分羡慕她福气好，找了这么个十全十美的丈夫。

可美中不足的是，结婚6年了，肚子还不见动静，以前和表哥，偷偷摸摸地，肚子经常鼓起来，五年刮了三胎。可与林中仁结婚后，一次也鼓不起来，这其间表哥也没少帮忙，但总是水波不兴。

这下可好，丈夫这样走了，她觉得十分对不起他，没有给他留下后代，就是名义上的也没有。

外面北风还在呼呼叫着，街面上小摊贩已在吆喝着招揽生意，近处学校里响起了悠扬的歌声。她从床上坐起来，走到东方的窗户边，望着天边大红色的圆圆的太阳，几只喜鹊在树梢上欢快地叫着，她心情比昨晚好多了，但总把这几只喜鹊当成乌鸦，她在心里说乌鸦清早就在屋前叫，这可不是什么好兆头！

家里的电话响了，她赶忙跑去接，是表哥打过来的，问丈夫回来没有？她把昨晚新闻内容告诉了表哥。显出十分高兴的口气，她对表哥说：这下咱们自由了，再不必偷偷摸摸的了。

表哥没有吱声，便将电话挂了。

她坐在沙发上，觉得自己还年轻漂亮，表哥也刚30出头，以前说与表哥有血缘关系，上次妈讲，表哥是赝品，他们可以名正言顺地生活在一起了。她那激动的胸部起伏着，她觉得有一种从未有过的幸福感向她走来。她可以将表哥安排在自己的公司上班，把"农民"两字去掉，把他脸上被风雨抹黑的一层釉去掉，让他呈现出帅气的阳光。她要好好地爱他，给他生个大胖小子。

邻居大妈站在她客厅对面从东边的窗口，窥探她的动静。见她不再悲伤，便放心进屋。

她弄了点早餐吃，打开电视机，欲看"朝闻天下"。

她多么希望丈夫就在那趟客车上，永生永世不再回来。她在纵情地梦想着和表哥将来的生活情景。兴奋极了，高兴得唱起了那时和表哥常唱的《敖包相会》和《刘海砍樵》，但她怕被邻居听到，只得小声地哼唱。

邻居以为她在哭泣，推开了她家的大门。

就在这一刻，她的胸口突然疼痛，她知道又犯心绞痛了，疼得她在沙发上滚动。

邻居大娘张罗了救护车，将她送到县人民医院。

林中仁因为欲给妻子小红买一件十分漂亮的连衣裙，一是因为年头买比较便宜，二是因为这件连衣裙太漂亮了，他当时只是想给她买一件衣服，到底买一件什么样的衣服，一直拿不准，看到一年轻女子在买连衣裙，那女子与他妻子小红个子胖瘦都差不多，于是就买了一件，将连衣裙买好后，再去赶客车，车已开走。要等明天才有客车到A县了。

他回到家中，听说妻子小红住医院了，急忙赶往医院，赶到急救室，小红已被推进太平室。

医生说她是死于心脏病，说他是因为极度的悲伤和极度的兴奋才导致死亡的。

与你共品：

这篇小说的精妙处，一是精巧的构思，二是精深的讽刺。小说以新年伊始丈夫去省城遭遇车祸为线态，将女主人公红姐内心变化刻画得致入微又合情合理，可到结局却又出人意料又在情理之中。这样精巧的构思既塑造了鲜明的人物形象，又深刻地揭示小说的主题，可谓一箭双雕叹为观止，以连衣裙的故事为题，既巧妙地点出了丈夫林中仁因对妻子的爱买了一件连衣裙而错过车祸捡回了一条命，又深刻地讽刺了对爱不忠，薄情寡义的妻子小红命归黄泉的悲惨命运，对现象丑陋人性的揭露入木三分。

（朱大法老师）

在家里无论我对他再好，他横竖不领情。要就不理睬，不说话，一说话不是挖苦就是顶撞抬杠，搞得人心情不悦。我几次想和他离婚，但儿子不同意。看在儿子精明强干知情在理的份上，我不好给儿子脸上抹黑。

门当户对

以前我一直对门当户对不太理解，觉得婚姻就是两个人的事，与家庭没有多大的关系，考虑多了会失去机会。

我五岁就没了母亲，父亲又一直在外工作，我就是个孤儿。好的是还有两个大我许多的哥哥呵护我。长大后，就想找一个比我大点的像我哥哥一样的男人，终生呵护我。后来经人介绍：我第一次见到周厚成，他生得有些老成，厚厚的嘴唇，浓浓的眉毛，大大的眼睛，颇有点佛道的味道。和他结婚之后，才发现他表面厚道老实，但他属牛的，犟死一条牛。特别喜欢与人盘八经，顶牛。

人太老实厚道就没有出息，这是常规理论。再加上他倔强不通人性，难以与人搞好关系，更难以与人合作共事。一个人不能与人合作共事，哪来的出息？

在家里无论我对他再好，他横竖不领情。要就不理睬，不说话，一说话不是挖苦就是顶牛抬杠，搞得人心情不悦。我几次想和他离婚，但儿子不同意。看在儿子精明强干知情在理的份上，我不好给儿子脸上抹黑。

儿子开始不理解我，总是说我不尊重他爸爸。后来他与他爸那头的几位兄弟姊妹接触了几次后，有了新的认识：他觉得是我和他爸小时候生活的环境差异太大，形成了性格上的差异。这种差异会使两人在一起产生隔阂，不能融通。不能融通就必然会产生矛盾，这就是门不当户不对的必然结果。我想了很久才想明白，觉得儿子分析得特别对。

儿子的分析十分正确，为了维护家庭的完整，主动答应我去做他爸的工作。儿子的这一举动令我十分感动，灭掉了离婚的念头。不离婚了，但日子总得要过下去，还要过得和谐幸福。我不断地调整心态，想和老公好好谈谈。

找了一个极好的机会：他生日那天，我将他的兄弟姊妹请来为他过生，他知道后火冒三丈，说我无事找烦恼。话虽是这么说，但兄弟姊妹一走，他便有了笑脸。我抓住这个难得的机遇，想跟他谈谈我俩今后的日子。我语重心长地说：厚成，我们夫妇三十五年了，虽然时常磕磕绊绊，但过得也还算幸福。我们的儿子能干精明，而且十分的知情在理，找的媳妇也十分不错，孙子都上幼儿园了，还没有要我们去照看，我已经很知足了。老公呀，你对我有什么意见，今天就说出来，是我的问题我一定改正。但看在儿子孙子的份上，我俩结束战争，握手言欢，行吗？

老金，我什么时候和你发生了战争？你这人就喜欢夸大事实，胡说八道。

还说没有发生战争！你一开口就伤人，损人！

你又在胡说八道，谁伤了你，损了你！

好，没有，没有，以后我们改变说话方式行吗？

他瞪大眼睛，像看陌生人一般地看着我说："改变说话方式，要改你改吧，我是没有改了！"

我和他根本讲不到一块去。

把此事向儿子做了一次完整的汇报，儿子说：爸爸从小就生活在一个互相不理解的环境，又因为太穷，兄弟姊妹之间都各顾各，心胸狭隘，自私自利。时间长了，就成了习惯。现在要改变他，您还不如改变自己。爸顶牛，您不接招，不理睬，或者说说笑话，幽默一点让他开心，事情不就解决了。

儿子这么一说，我一下了豁然明白。便试了几次，两人之间的矛盾真的让幽默诚意赤化了。

从此，我和周厚成生活得十分快乐幸福，儿了儿媳妇发微信过来祝贺。

与你共品：

婚姻即使有了门当户对，结婚之后也许会出现危机，比如性格不合，三天两头吵闹，就有可能把家吵散。那咋办？这篇小说就给性格不合的夫妻支了一招，那就是"理解"和"改变"。理解对方，改变自己，如果做到了相融相通，这样夫妻也会和谐幸福的。小说情节一波三折，如夫妻之情，看似破裂无疑，突然峰回路转，和好如初，令人唏嘘！

（刘志国老师）

父亲一下子矮了许多，背都有些驼了。我用一双怜悯的眼神望着父亲，心里在说：再也不要找父亲买圆珠笔了。

一支圆珠笔

每当看见陀螺旋转的身影，我就会想起那支陪伴我十二年的圆珠笔。

我家弟兄多，家境贫寒，父母均是异乡人，在那乡下举目无亲，加之父亲的历史不清，在当地颇受歧视。家里长年累月均是吃了上餐无下餐，野菜萝卜是主食。

父亲一年中有一半的时间被派往外地守江堤。母亲做裁缝，经常出门给人家做上工。家里四弟兄，我是老大。尽管早已过了上学的年龄，但家里每年均喂有两头猪仔要伺候，还有一家四口人的两顿饭（只吃两餐）。我四岁就开始搭台烧火做饭，侍候两头猪和三位弟弟。

9岁那年，队里的同龄孩子均读三年级了，父亲才领着我到队里的小学去交了学费，领了一套二年级的课本。白天没有时间读书，晚上父亲一边剁猪菜，一边教我念书。父亲本是位私塾先生，由于历史问题，被剥夺了教书的资格。但教我念书比较苛刻：我跟着念，一遍念完就要我自己去读，一旦读错了，他就凶神恶煞地停下来，用他那双冰冷的手指揪我的眼皮。眼皮揪得生疼，但绝不能出声。开始几个晚上，我的两只眼睛红红的，肿得像灯泡。

因此，跟父亲念书，要特别用心。后来几天，我学乖了，白天再忙，都要先预习几遍，将不认识的字记下来，父亲一遍读下来，我便能准确地读出来。

由于平时没有时间上学，只能参加期中期末两次考试，家里的事由母亲顶着，我去参加考试。考试只能考好，否则会受到父亲的严惩：打屁股，揪眼睛皮，吃"钉公"——用中指弓着敲打脑壳。

家里穷，买不起钢笔，就连圆珠笔也买不起。平时做作业用的是铅笔，参加考试也是用的铅笔。每次老师总要对我说："考试不能用铅笔！"回家告诉父亲，父亲笑着说："用铅笔有什么不好？只要做得对。"后来老师不再提及此事，因为那老师曾经是我父亲的学生。

老师虽然不说了，但我总觉得低人一等。同学们大部分用的是钢笔，只有少数人用圆珠笔，唯有我用的是铅笔。

10岁那年，我和父亲在过年时回了趟老家，伯叔姑姨给了我一些压岁钱。在回家的途中，我祈求父亲给我买一支圆珠笔。父亲有些为难地答应了，可到了文具店里，父亲领着我先问了问钢笔的价钱，最便宜的也要1.5元。父亲将口袋的钱掏出来开始数了，我的心里开始有点欣喜起来。可父亲数着数着又踱向圆珠笔的柜台处，我心里本就只想买支圆珠笔——毕竟不能一步登天。可父亲却转过身来，抚摸着我的头，把我带出了文具店，并十分为难地对我说："还过两年，给你买支好钢笔！"

我心里十分难过，但我理解父亲的苦衷。流着泪水，把头低着。此时，我猜想父亲此时一定比我还难受——父亲一向都要一言九鼎的。到车站时，我抬起头来看父亲——他一下子像矮了许多，背都有些驼了。我一双怜悯的眼神望着父亲，心里在说：我再也不要您买笔了。

回到家里，我将两支铅笔削得尖尖的，做作业时十分爱惜，生怕买笔把父亲为难。

开学一个多月了，这时的天气春暖花开，和煦的风儿撩拨得小伙伴们心花怒放。课外活动时，女孩子踢着毽子，男孩子鞭打着陀螺。在几位同学的倡议下，学校准备举行一次陀螺比赛。此消息一经传出，三年级的一位同学跑来告诉我：学校在下周三的课外活动举行陀螺大赛，在大赛上得了冠军的陀螺可以拍卖。去年大的就卖三角，中等的卖两角，小的也能卖一角。你没有钱买笔，这次可以卖陀螺，搞得好，买一支圆珠笔肯定不成问题。

听到此消息后我忙活了一整个晚上，觉得必须用结实的木头做，结实的木头只有橡木、栗木和桃木，但这几种木头用刀砍不动，用锯子都锯不动，怎么办？第二天一大早，我同学告诉我：用墨水瓶做。我将墨水瓶灌满沙子，瓶口用木头堵上。堵之前，将木头尖上钉一颗钉子，再将钉子拿到石头上磨光滑，之后再将瓶口堵上，一定要堵紧，但又不能太用劲，太用劲有可能会将瓶口堵破。开始就破了两个瓶子，后来将木头削得比瓶口小一圈，再用布缠着，按进瓶口中，直到木头紧了，长度也符合标准了才算成功，然后用鞭子去试验。此陀螺比木头陀螺踏实，不起蹦，转速快。但不美观，还担心瓶子不结实，被鞭子抽打破。于是把旧课本上的彩页封面裁下来用糨糊围粘在瓶子上，这样既美观又较结实。

在家里连续鞭打了几次，觉得比赛百分百的可以夺冠。三年级的同学来了，为我的成功欢呼雀跃。他十分神秘地对我说：必须保密，暂时不让外人知道。外人知道了有可能前功尽弃。

好不容易等到了星期三的课外活动，我要二弟帮我做晚饭，喂猪食，我去参加陀螺大赛。

三年级的同学唐伟帮我参加大号比赛，三弟参加小号比赛，我带中号出马。经过三轮较量，我的大中小三个号子的陀螺均获得冠军。比赛还没结束，三个陀螺均被几位小同学买走。唐伟一手经办，三个陀螺一共卖了六角五分钱。

这六角五分钱拿去买了一支粉红色的圆珠笔，花了四角五分钱。为了感谢唐伟给他买了个小笔记本花了一角钱，给二弟三弟各买了两支铅笔。

有了这支圆珠笔，我做起作业来像着迷一般，半个月便将一学期的作业全做完了，一学期下来，我便学完了下一学期的内容。在期中期末的两次考试中，我参加两个年级的语数考试，成绩下来，均在前三名。就这样，我在家里学习，连跳了两级。

可好景不长，十一岁那年我生病了，得了淋巴结核——那时叫九子阳，整天像打摆子一般的忽冷忽热。但一直坚持学习，圆珠心用完了就去用鸡蛋换，我在病中的两三年里学完了初等数学，写了五万多字的心得体会。这支圆珠笔为我的学习立下了汗马功劳。在我九年的缝纫生涯中，它每天均陪伴我。记账，抒发心里的梦想。圆珠心换了一茬又一茬，直到有一天大队学校需要老师，我斗胆毛遂自荐，当起了中学教师。尽管到中学里有了钢笔，但这支圆珠笔我一直将它收藏在家的抽屉里。十年后，父亲去世了，母亲在路边开了个小代销店，又将它找出来记账了。

这几十年过去了，只要我心中忆起陀螺旋转的身影，我就想起了那支为我立下汗马功劳的粉红色的圆珠笔。

与你共品：

此文反映了那个年代生活的艰辛。家里穷得买不起一支圆珠笔，这可能是 20 世纪 60 年代农民家庭的普遍现状。"我"想有一支圆珠笔，想父亲能从至亲给的压岁钱中抽出一点来实现心愿，父亲一向是一言九鼎的，可在买笔上失言了。失言后的那种无可奈何的窘状令人心疼怜悯。懂事的儿子没有埋怨父亲，而是下决心自己想办法来实现心愿。文章写得入情在理，感人至深，读后令人震撼，更令人惊喜。

（小清老师）

（此文发表在香港《文学月报》2023 年第 3 期）

张奶奶腰腿好了，在家里喂了四头猪，养了上百只鸡，还有几十只鸭，每年的收入达到了两万元。

精准扶贫

县委高书记在下面走访，对精准扶贫工作进行调研，在湖区里有一家特困户，这家特困户长期特困，无法脱贫。家里的男户主姓李，女户主姓张。都已年过六旬，带着两个孙子：一个十岁，一个十二岁。

儿子十年前在外面打工，回家的途中车祸身亡。媳妇在家里待了三年，离家远嫁，至今杳无音信。

三年前，张奶奶得了腰椎病，起初还能拄着拐杖操持家务，近一年来，躺在床上起不来了。李爷爷今年也得了一种浑身无力的怪病，不能下地干活。经医生诊断，需要千年的野人参做药引才能治好，试着吃了几副中药，因药引是园参，药效不佳。虽有些好转，但仍拖腿不起，无法下地干活。

家里烧火弄饭洗衣，全靠两个孙子。大孙子小学未毕业，就待在家里侍候爷爷奶奶。

高书记看了此家的状况，认为首先应将两老的病治好，让大孙子去读书，不然这么拖下去，即使将病治好了，但年纪一大，也难以维持生计。必须想办法尽快治好两老的病，听说李爷爷的病只要能找到千年野人参就能治好。

他突然想起他老爸手中有一支千年野人参，于是脸上的愁云顿消，露出了喜悦的阳光。

马上打电话给老爸："爸，您从长白山带回来的那支野人参还在吗？""在，在！谁需要？""您就别问了，舍不得给我呀？""放在这里好多年了，是谁这么有福气？你爷爷生病时，我都舍不得拿给他用，你需要，拿去吧！

什么时候要?""我马上要小姜(司机)过来拿。"

高书记送来了千年野人参,但心里还在想必须为张奶奶把病治好。于是打电话满世界找专家良医。功夫不负有心人,终于咨询到莲花镇医院有一个专治腰椎病的良医。

征求了下李爷爷张奶奶的意见之后,叫来救护车。张奶奶住进了镇医院。

110

高书记对千年野人参还有些不放心,反复叮嘱医生之后,又将小姜留下来侍候李爷爷,帮助煎药。走时小姜跟李爷爷说:"这千年野人参价值连城,您老要好好服用。"李爷爷心领神会,连连点头。

此药服下去后,感觉确实不一样,浑身开始发热,人一下子就有了精神,吃饭口味好,晚上不流虚汗了,睡得十分香。慢慢地精气神全上来了。下地干活比以前还有劲,一下子年轻了十几岁,每天陪着太阳起落,在八亩责任田上精耕细作,一点不觉劳累。

张奶奶到了镇医院,经过医生一番推拿按摩,一会儿工夫就可下地行走了,真是病来如山倒,病去如抽丝。第三天便自己搭车回了家。

张奶奶腰腿好了,在家里喂了四头猪,养了上百只鸡,还有几十只鸭,每年的收入达到了2万元。

在高书记的亲自关照下,已经脱了贫。两个孙子均上了学:一个读小学五年级,一个上了初中。

日子就像春天早晨的太阳,温暖和谐,充满了希望。

与你共品:

扶贫是现在社会上国民们都关心的一个问题。文章的前半部分着力介绍了李爷爷家的情况,让读者对他们的家境有了了解。后写道书记为了给这家脱贫到处打电话想办法,甚至拿出了自己家价值连城不舍得用的千年野人参,来治李爷爷的怪病。李爷爷的怪病是否真的是怪病,是否真的需要那千年的野人参,这都不重要,重要的是我们看到了干部们帮助村民脱贫的热心,对村民的事就像自己的事一样上心。为人民服务,不求半点回报,确实让人感动。

最后,医好的不单是李爷爷张奶奶身体上的病,更重要的是医好了"穷病"。

(黄晓燕老师)

她将丈夫请到房间里语重心长地对他说："亲爱的，在家里好好照看儿子，我作为一名党员医生必须听从党的召唤，必须去履行救死扶伤的职责。二老的工作你帮忙去做！疫情一过我回来好好补偿你和儿子，好好孝敬二老！"

赴疫路上

正月初一早上 8 点，李小玉接到武汉医院的电话，要她马上赶回医院，参加新冠疫情的救治工作。

她和丈夫商量，丈夫死活不让她去。丈夫理之凿凿："小孩还只有 6 个月，要吃奶，你是学医的，孩子至少一周岁后才能断母奶；今天是大年初一，一家人在一起就图个吉祥，图个团圆；再说离武汉 300 多公里，没有车接怎么去？即使有车接，高速公路已关闭，走乡镇公路，因为封城之故，到处设有关卡，你根本寸步难行。和单位领导说说，不去了。"

婆婆在一旁帮腔："你去不得呀，去了咱孙孙咋办？"

公公听了，也对李小玉说："小玉呀，这次疫情厉害得很啦！传染性极大，你有理由不去嘛，干吗去！听高强的，在家里好好带孩子，好好过个年！"

李小玉心里在琢磨：医院里病人多，差人手。我不去，其他人也可以不去。家在武汉的只占 1/3，1/3 的在外省市，1/3 的在本省的县市，都可找理由不去。在疫情阶段，对医生来说，通知就是命令，军令如山，谁能违抗！救死扶伤是医生的神圣使命……想到这里，她将丈夫请到房间里语重心长地对他说：亲爱的，在家里好好照看儿子，我作为一名党员医生必须听从党的召唤，必须去履行救死扶伤的职责。二老的工作你帮忙去做！疫情一过，我回来好好弥补你和儿子，好好孝敬二老！

丈夫被她的一番话感动了，同意她去，还找来一辆单车。她含着泪水和六个月的儿子告别，跪下将儿子托付给了婆婆。

老天像在挽留她，下起了中雨。她穿着绿色雨衣，带着装有换洗衣裤的粉红色手提袋，骑上单车向武汉方向驶去。

经过近两小时的行程，来到长江大桥处。由于高速公路关闭，大桥两头均有人防守把关。问明她的情况，并由单位打来电话才同意放她过桥。但桥上不准机动车辆通行，只得将单车留下，徒步上桥。

北风呼呼地吹着，像一双死人冰冷的手在脸上抓挠不已，雨水和泪水融织在一起从红赤赤的脸上往下淌。过了桥，只能下高速公路走乡镇公路上国道。湖北省内早上 7 点封城到处设有关卡，根本无法通行。不管她怎样解释，就是"秀才遇到兵"，无法沟通。有一女孩去武汉参加演唱会，也被卡住了，两人相视一笑，心有灵犀，便一同离开公路走小路向武汉进发。

她俩用手机查了下距离，到武汉还有 210 多公里。我的天啦，还有 400 多里！每天走 100 里也还要 4 天。她俩都只带了两天的干粮，怎么办？小姑娘满眼泪水，想往回走。李小玉说，回去过不了长江？再说，既然起了身，哪有回头箭？走，我们只能前进不能后退！天色已暗，路边有一排民房，灯火闪烁，她俩走近去敲门。老太婆开门，望着她俩，听完她俩的陈述，这才让她俩进屋。将她俩安排到一间十分整洁豪华的房间里，告诉她俩：儿子媳妇今早 3 点开车回深圳了，刚才打来电话才到家。又给她俩端来了热气腾腾的饭菜。

第二天一大早，她俩吃了老太婆的鸡蛋肉丝面后，继续向武汉方向前进。

老天露出了笑脸，东方红灿灿的一片，只是温度很低，手冷得疼。小姑娘接到电话：演唱会取消了。她一下子像穿洞的车胎，走不动了。

李小玉问她，不开演唱会了，你就不走了，但也回不去啊！你学的什么专业？她说她学的护士专业。护士专业到武汉去不是专业对口有用武之地吗？小姑娘眼泪汪汪地说："我从小就热爱唱歌，不喜欢当护士。"那你为什么学护士？"我文化成绩不好，只考了个专科，父母反对我学音乐，就逼着我报了护士专业。"说完号啕大哭起来。

你哭什么？哭能有用吗？我们算是有缘，跟我到武汉医院去上班，先当义工，表现好一些，争取毕业了留在武汉医院工作。人生在世，当医生当护士，救死扶伤是积德行善之举，是世界上最有意义的职业，也是最能体现人生价值的职业。现在疫情严重，患者多，我们必须铆足了劲，尽快地赶回医院。那里有很多病人等着我们去救治呢？

小姑娘那双漂亮的眼睛早已没了泪水，露出明镜般的光亮；嘴角微微上翘，脸上充满了笑容，跟着李小玉一个劲地往前赶。

心里有了阳光，尽管脚上打起了血泡也全然不知疼。

李小玉一路上给她讲红军长征中那些女前辈在过草地翻雪山的动人故事，我们走走路，锻炼锻炼身体，那是难得的好事。

说得小姑娘腿都不觉疼了，笑嘻嘻地跑到她前面去了。"大姐，还不知你的大名，我们彼此留个电话，加个微信吧？我叫林小玲。"现在要赶路，等会休息时我们交换！

她俩一个劲地往前赶，计划将 4 天的路程缩减到 3 天内到达目的地。老天爷也露出了灿烂的笑脸，笑得她俩心里激情满怀，充满了斗志。

与你共品：

仰视这道"风景线"，我们看到了充满忠诚、闪耀担当的光芒。

（朱盈老师）

他是我生命中的贵人，是我最敬重的良师益友。

田老师

我从华师进修回来，学校委以重任，让我担任高一重点班的班主任兼语文教师。

高一年级一共有 540 多个学生，分六个班，每班平均 90 人，为保证重点班出成绩，我班只挑选了前 60 名学生，科任教师也由我精挑细选组成。

其他五个班平分秋色：学生每班 95 人，教室里只能坐 72 人，走廊里、讲台上到处都是学生，根本就无法上课。

田德亮刚从 A 中调到 B 中，他带的班搞法新奇，他将 95 人分成 10 个小组，不要讲台。以小组学习的形式，让学生互学互教，教师只当评委，仅在 10 个小组都弄不懂的情况下才开讲。开讲时，全体同学都站着听。

这种教学形式，学生们劲头十足，科任教师也乐于此种方式。

第一学年结束，考试成绩总分均高出我班 10 分。第二学年，由于其他班级搞不下去，乱成了一锅粥。学生纷纷向往田班，家长们弯人托人找领导要求将小孩转到田班去。

领导顶不住，只得将学生往他班上转，学生一下子增到了 110 多人。教室里站也站不下，学校便将小礼堂给了田班。

第二学年结束，田班居然各科成绩均超越了我班。

紧接着学校便动员有门路回家顶职的学生提前一年毕业，学校发高中毕业证。

这样走了一批，留下 70 多人。学校才又将田班搬回原处。

高三这一年，田班不知道使了什么魔法，学生教师个个斗志昂扬。三次质检各科成绩均是我班的两倍。我三天两头被领导找去谈话，搞得脸面尽失，学生个个都向往田班。家长们经常向我反映孩子学习情绪极其低落，要求家长出面调班。搞得我心力交瘁，自然在内心深处有几分恨他。但转念一想，田老师人家有错吗？自己能力不济，能怪谁呢？

据说田老师在 A 中也是这样，届届令同行们下不了台。得罪了书记的老婆——重点班班主任，才被调到 B 中的，我真倒霉，遇上这么个奇人！

高考成绩揭晓，田班上大学的人数是我班的三倍：9：27. 令我无地自容。暑假期间，我被迫调离 B 中，到一所中专学校任教。三年之后，中专倒闭关门，我又被迫调回 B 中。我老婆在回到 B 中一周后，为区区小事将田德亮教师大骂了一顿。田老师只当未听见，后来还特意找我，当面向我赔礼道歉：说三年前他不是有意要得罪我，说他就这么个德性，搞工作喜欢拼命。说他的行为对我全家造成了伤害，在此深表歉意。以后，每次看到我总是笑吟吟地和我打招呼，像欠了我什么似的。他越是这样，我越是觉得自己渺小，羞愧难当。

这次我和老婆在武汉儿子家里，双双均染上了新冠肺炎。老婆死在了医院，我从重症监护室出来，身体一直不太好。

田教师每天通过微信向我嘘寒问暖，令我十分感动。特别是我老婆走后，我经常看见她的身影，令我神志恍惚，悲痛不已。我每天以泪洗面，无法从悲痛中走出来，只有看到田老师发来的充满关爱的问候和劝慰才让我那灰暗的心房里有了一丝亮光，让我有了活下去的勇气和信心。

从武汉回到家里，尽管我身上已无病毒感染源，但连至亲好友都像躲避瘟神一样躲避我，只有田老师两次来家里看望我，那些掏心掏肺的贴心话令我终生难忘。几次邀我出去到人少的地方走走步，散散心，十分真诚地希望我早日从悲痛中走出来。

他是我生命中的贵人，是我最敬重的良师益友。

与你共品：

"我"是见证者，更是亲历者，小说通过"我"的所见所感，全方位地展现了田德亮老师的优秀品质：教学能力出众、关心同事、为人善良……这些美好的品质无不感染着我，激励着我。同时也肯定了"我"能欣赏他人，能自知，"我"从一开始的对他颇有微词到后来由衷地赞美，均体现了人性的美好。

（胡艳霞老师）

（此文发表于《青年文学家》2021 年第 10 期）

为了侄儿的生命，要离就离吧……当时，我只有一个信念：一定要将侄儿从死亡线上抢回来！

血浓于水

父亲还不过六旬就匆匆地过世了，母亲只过了两年也随之而去。将我和弟弟孤零零撇在这湖乡异地，举目无亲。

学校里放了暑假，我骑着自行车回家看弟弟。由于路途遥远，道路坎坷不平，挨黑才回到家。

弟弟在棉花田里打药水，按往常早就回家了，可今天还没回来。我顺着弟妹指的方向向棉田深处走去。棉花齐腰深，青枝绿叶，其间结满了饱满的棉桃，在棉桃炸裂绽开吐絮之时，若不出现梅雨天，应该是个丰收年。快靠近横沟处，发现弟弟扑在药水桶上睡着了。我赶忙将他叫醒，他微微睁开双眼，望着我，用微弱的声音说："哥，你怎么来了！"他想站起来，撑了几下未成功。他全身软绵绵的，一点力气也没有。我以为他中了毒，赶忙将他背起。到家之后，用自行车送到村卫生所。

经过两个多小时的输液，他才醒过来。医生说：只是轻度中毒，主要是太疲劳所致，让他在家休息两天自然就没事了。

我走时，反复叮嘱他两口子，听医生的话，在家里好好休息。这几天一定不能开手扶子（拖拉机）！

等我刚到家，救护车便将他拉到了县人民医院——出了车祸。我望着弟妹，大声吼道：让他在家好好休息，一定不能开手扶子！怎么我一走他就开手扶子出了事故？弟妹哭着对我说：你一走，邻居的谢大哥要去卖余粮，逼着他去！弟妹边解释边转换话题：大哥，你们是亲弟兄，家里还有两个小孩，我必须赶回去……

弟妹走了，弟弟躺在医院门口，一是没有一分钱的住院费，二是没有人看护。我一个人毫无办法，只有跑回家，向老婆求救。没有住院费，医院住不进去。只得去找学校，用工资担保，借出一张支票来，才将弟弟抬进去。医生进行了一番检查：说肝部受伤，在出血。耻骨骨折，要马上动手术止血。由于他身体太虚弱，要先输血。把血输了，再次检查，觉得肝部受损不太严重，还要观察一晚。第二天早上再检查，肝部基本稳定，未出血了，不必动手术。但耻骨骨折，身子不能动弹。在医院躺了二十五天，才勉强出院。

住院期间，我除了上课，均守在弟弟身边。好在学校与医院是紧邻，从小门出入，不到80米远。我晚上在病房备课改作业，他住了二十五天，我就坐在椅子上睡了二十五个晚上。他出院我用自行车拉着板车将他送回家。上百里路程，夏日炎炎似火，路上不像现在的柏油路平整结实，那时柏油被太阳晒化，粘着车轮嗞嗞地响。将他送回家后，我连夜骑着自行车带板车回学校。由于天气太热，太劳累，第二天阑尾炎发作，第三天在医院做了手术。此事未告知弟弟弟妹。

弟弟伤好后，有好几个月不能搞重事，他鬼使神差地开始埋怨死去的父母。说他俩偏心，只保佑哥哥，不保佑他。每年三十初一到坟上上亮，他不去了，就连清明节扫墓他也不去。别人家的祖坟均修整得高大浑圆，长满了青草；我父母的坟上满是构树。他住在附近，却毫不履行做儿子的义务。每年都是我带来砍刀和柴油，先将构树靠土砍掉，然后淋上一点柴油，柴油可以使构树根烂掉。但由于平时无人看管，杂物经常堆满坟头。为此事，我发过弟弟的火，但他丝毫不买账。说父母不保佑他，他为什么要管呢？

十八年过去了，他们一家从未去过父母坟上，连他儿子女儿也和他同流合污，一样仇恨早已死去的爷爷奶奶，莫名其妙地不理睬我们一家人。我们每次来祭祖，他们都会闭门不开，大有势不两立之架势，完完全全把我们一家看成了仇家路人。我们俩弟兄十八年未来往，即使在祭拜途中遇上侄儿侄女，他们也会避瘟神一般地逃走。

前年下半年的一天下午，天气十分晴朗，他儿子突然给我打来电话，语气十分柔和亲切。说他得了肺鳞癌，可能活不长了，在武汉协和医院住院。

接完电话，我赶忙和老伴商量，将学校的事安排妥当之后，第二天带上50万元的农行金卡，开车直奔协和。

侄儿看到我，泪流满面。告诉我，在这里住了两个多月的院，现在病情有所控制，只是需要钱，医院已在催款了。我赶忙去交了20万元，并当着侄儿和老弟两口子的面表态：钱，你们不用愁！要多少我都有，只要能治好侄儿的病，我会在所不惜的。侄儿有些疑惑地问我："您有多少钱？"我告诉他：我办有两所学校，可以值3000多万元，随时可以将股本转给合伙人。侄儿脸上顿时泛起一片红光。

下午，我找主治医生摸了一下侄儿的病情，医生告诉我：可以注射干细胞，虽说不能治愈，但可以提高身体的免疫力，抑制癌细胞的生长。一年要50多万元。于是，我返回县城，与老伴商量。老伴知道我的个性：决定的事，九头牛也拉不回来。怕我把家底败光，第二天便和我闹离婚。为了侄儿的生命，要离就离吧！按老伴提出的要求，第三天上午离了婚。当时，我只有一个信念：一定要将侄儿从死亡线上抢回来。话虽这么说，但侄儿三年后还是走了。

我卖去了一所学校的股权，为侄儿花去了二百多万元。侄儿走了，弟弟两口子悲痛欲绝。之后，是对十八年不上坟扫墓的深深忏悔。

与你共品：

小说中的弟弟被生活的刁难和妻子的挑拨迷了心，将自己生活的不幸归咎在死去的父母以及亲哥哥身上，就连弟弟的孩子们也被影响对亲情淡漠。可当厄运降临，倾尽心血施以援手的只有哥哥！我们应该相信：纵使心被生活万千琐事扰，血脉终让我们心归一方。那流淌在身体里血液，就是指引人们心归一处的启明灯。

（许莉莉老师）

钟书记赶忙伸出手来，握住戴老二满是机油的黑手，笑着说："果然是高手！"

高　手

　　大雨倾盆，日夜往下泼洒，一连二十多天。湖水猛涨，堤防危在旦夕，随时均有溃堤之危，堤内上百顷稻谷还在灌浆结实。

　　内涝十分严重，眼看就要漫过稻谷头顶。柴油抽水机老狮般突突地吼叫着，冒着黑烟，突然间熄了火。

　　队长急得团团转，怎么办？财经队长赶忙过来，帮帅儿子找原因。儿子朱小三吃力地摇了数遍，就是打不着火。对着父亲摇了摇头，示意父亲赶快去找大队部油场的黄师傅李师傅。

　　黄师傅李师傅赶到后，检查了半个小时，摇着头说：未见异样。又叫朱小三摇了几次，还是喑哑不语，像头困水的老水牛，就是不起来。

　　黄师傅突然想到了一个人，兴许能解决此问题。其实财经队长早就想到了那个人，但他琢磨着：肯定请不动。队长望着财经队长说，此人只有你出面才有可能请得来。财经队长将头摇得像个拨浪鼓。

　　这样下去，一个晚上不抽，积水就会漫过稻谷，这么热的天气，稻谷一旦被淹没，就会颗粒无收。

　　情况紧急，由不得大家多想。黄师傅说：我同队长去找戴师傅。

　　于是，他俩急慌慌地跑到了戴师傅的家里，队长和他都不好去敲门，在门外打转。

　　话得从财经队长的儿子朱小三高中毕业回队说起，朱小三下学了，朱财经队长觉得当个技工师傅比当农民要轻松一些，老子心疼儿子年纪尚小，干农活有些吃力，会伤身子。就将儿子派到公社去学习技工之术，回来后，把当了十多年的技工师傅戴老二换下来了。

戴老二本身就是个天不怕地不怕的硬汉子，找队长评理，队长无话可说，躲着他不见面。找财经队长，财经队长挑了他很多毛病，说他抽水睡觉，但抽水睡觉是每个技工师傅的正常行为。机子开动走正常之后，师傅当然只能睡觉，候在机子旁边，一旦机子不正常马上采取措施。

戴老二打从当了技工师傅，柴油机从未出过毛病，就连小毛病都没出过。

朱队长挑睡觉这毛病，被戴老二抓住不放，如果你儿子开机后不打瞌睡，不睡觉，机子不出毛病，算你狠。如果哪一天被我抓到了，你不说我戴老二搞得出来：我会到大队，到公社告你的状！

没过几天朱小三在开机抽水时，躲在席子上睡着了，戴老二知道后去质问朱队长，朱队长无言以对。他又去找王队长，王队长也无话可说。戴老二跑去找大队书记，找大队长，他们也无话可说。后来朱小三跑来向戴老二赔礼道歉。戴老二根本不吃这一套，跑到公社去找书记主任。在那里放话：书记主任不解决，他就到县委县政府去找县领导评理。后来在公社领导的协调下，将戴老二安排到知青点上去当会计。戴老二才偃旗息鼓。朱队长还差点将财经队长的帽子搞丢，在全公社得了个通报批评。

这下可好，要去请戴老二出面解决这燃眉之急。王队长怕开口，黄师傅平日里与戴老二关系还算不错，在门外踱了一阵子，觉得不能再迟疑了，就去敲门。

戴老二的老婆开门，外面雨下得很大。哎呀，是黄师傅啊！快进来！快进来！王队长也跟了进去。王队长呀，你不是在湖堤上吗？怎么有空到我家来？黄师傅进去没有坐，急忙问，戴会计呢？他已睡了，说有些不舒服。原来，戴老二从知青点上回来，听说朱队长去找黄师傅李师傅了，他猜想一定是机子出了毛病。于是一回来，就三下两下洗了澡，上床睡了，还交代妻子说自己身体出了毛病。

黄师傅赶忙奔向房间，果然在床上躺着。于是便将机子坏了的事详细向戴老二讲，王队长也赶忙进去说好话，请他看在这几百顷即将成熟的稻谷上，看在三百多户乡亲的份上，帮忙去修修柴油机！戴老二从床上十分吃力地缓慢地坐起来，微笑着说：黄师傅、王队长，不是戴某不帮忙。戴某已经有两年没有摸机子了，俗话说：三天不用针，手也生。何况我两年没碰了呢？再说，您二老德高望重，如果我能修得好，我就是再病也会一定前往的，但我确实没有这个能力。黄师傅您都没有办法，我一个丢了两年以前就不称职的小技工师傅，怎么能有这个能耐呢？说得黄师傅、王队长无言再语，只得另谋高人。

两位一走，他老婆进屋。老戴，你真的眼睁睁地看水流舟，这么大一片稻谷，过 10 天半月就可收割了，不看在这些师傅干部的面子上，可也要看在这与咱们有关的份上，看在这么多乡亲父老的份上，你一定得出面，修不好，大家不会怪你，可你躺在床上不去，那就是大家的罪人啦！老婆说着说着哭起来了。这下戴老二赶忙从床上爬起来，老婆你不哭行不行？我去。就在他正准备出门之时，大队的钟书记带着两名干部敲门了。

戴老二一见钟书记来了，赶忙同钟书记向湖堤奔去。雨还在大一阵小一阵地下着，大有把大地下沉的趋势，弄得人心惶惶。

一路上，钟书记问机子突然熄火一般是哪儿出了毛病？戴老二说，一是机油没有了，二是油管不通畅，三是开的时间久了水的温度太高，也会引起机子休克。

戴老二去后，将整个柴油机进行了一番检查，很快查出了原因。机油太少，幸好机子停机，不然早拉瓦了。于是加满机油，再启动。机子十分听话，"突突突"地运转起来，抽水机隆隆地将稻田里的积水排向湖堤外。稻田得救了。

钟书记赶忙伸出手来，握住戴老二满是机油的黑手，笑着说：果然是高手。

与你共品：

戴老二当了十多年的技工师傅，柴油机从来没出过任何毛病，但是因为朱队长的儿子朱小三要上位，便以戴老二抽水睡觉为由把他换了下来，换谁谁估计都不乐意，但是戴老二也没有办法，最后只能妥协。一场大雨让稻谷内渍严重，众人都犯了难，这个问题只有找戴师傅才能解决。在关键时刻，尽管戴师傅起初犹豫不决，但为了父老乡亲，为了眼前上千亩即将成熟的稻谷，最终不计前嫌。

（朱盈老师）

（此文发表于《中华文学》2022 年第 6 期）

我知道他不便回答，便对他说："好好学习吧，不要把此事放在心里！"他脸上终于有了笑容，连忙说："谢谢老师！谢谢老师！"

难以做到的包容

有个西装革履的小伙子，提着一袋礼品，彬彬有礼地朝我走来，隔老远就大声对着我喊："黄老师，我是李小军——那个染黄发的淘气学生啦！"我这才惊奇地抬起头来望着眼前曾经让我下不了台的李小军。

我简直不敢相信自己的眼睛：迎面走来的小伙子长得帅气极了，那一头蓬松的黄茵茵的卷发变成了小分头黑发；那长期眼角充满血丝丝的双眼而今变得清澈而闪烁着睿智的光芒。"黄老师，您一定还记得我吧！我是那个令您下不了台的李小军淘气鬼呀！"

我赶忙接着说，怎么能忘记你呢？我望着小军那噙满泪水的双眼，伸出了手背上青筋如蚯、手掌有些枯燥的右手。

他赶忙伸出双手握住，虔诚得像基督教头见了耶稣上帝一般，激动而忏悔地说："黄老师，我那时太不懂事了，让您扭曲了平日的威严！"

那是十二年前的事了。那年李小军读高三，我带两个班的语文课，除了自己班外，还兼另一个班的语文课。那天，我接班去上第一节课，刚走进教室，就被李小军一头卷卷的黄发所激怒。

平日里我最瞧不起那些有殖民倾向的金发女郎——本来就是黄种人，怎么能够改变人种的本质形象呢！女人无知也就罢了，一个男生，堂堂的中国男子汉怎么能够追求这种有损祖先的行为呢?！

我怒火中烧，向他大声吼起来："你叫什么？把头发染黑了再来！"然后，对全班同学大声地说："同学们，做人要有骨气，不要崇洋媚外！我们中国人黄种人本来就是黑眼睛黑头发，这是祖先遗传下来的血统，怎么能够改变呢？"

李小军被我赶出教室后，一连三天没来上学，班主任正邀我去他家。他爸找到学校来了。

见了我，脸色铁青的，但讲话的声音压得极低，小声对我说："我儿子小军宁可不读书，也不肯去染发。我做了几天的工作，他始终不答应。今天来，是来求您——您就让他来上课吧！"说完便双膝跪在了我的面前。

我赶紧将他扶起，十分为难地点头答应了。答应之后，又有点后悔：这样，我在学生面前还怎样维系面光呀！如果不答应，该生就会因头发之事而辍学。自己的面光与一个学生的前途命运相比孰重孰轻？那种宁为玉碎不为瓦全的做法我黄理成可不能干啦！

晚上想起了孔夫子的"知其不可为而为之"令我有点惶恐。对于这种有伤风化有悖校纪校规有辱祖先的行为，作为一名教育者，一名优秀的教师怎么能够忍让如此地"无为"呢？一想到无为，就想到了老子的"无为而无不为"，欲从这句话中找到一丝安慰。但如果要从无为达到无不为，当然只有让他继续存在下去，也只有继续存在下去才会有所为！老子替我解了围，我这才勉强释怀。

第五天，李小军来上课了，坐在原来的座位上，低着头，不敢看我，我也没去惹他。

一个星期过去了，我将李小军叫到办公室。李小军颤抖着，我估计他此时一定攥紧了拳头。

但我用十分柔和的语气对他说："掉了一周的课，跟不跟得上？"他听到我的问话，紧张的心才松了口气，缓缓地说："没……没……跟得上！"我这才问他："李小军呀，这黄头发，怎么看得这么重？你跟老师说说！"

他犹豫了片刻，欲言又止，只是微微笑了笑，没有正面回答。

我知道他不便回答，便对他说："好好学习吧，不要把此事放在心里！"他脸上终于有了笑容，赶忙说："谢谢老师！谢谢老师！"

李小军的那头卷卷的黄头发一直陪同他走进人民大学，但在人民大学只留了一周时间，就被人民大学的校规强行染黑了。

"黄老师，我一进人民大学，就觉得十分对不起您，作为一名德高望重，在学生中享有至高无上权威的老师居然能够忍让一个无赖学生的荒唐之举，那是何等的胸怀啊！黄老师，我对不起您啦！我现在也是人民大学的一名老师了，对您的这种包容学生的品格和胸襟，我才明白您当时的忍让和宽容非一般老师所能承受！黄老师，您是我永远的榜样，是我永远永远敬重的老师啊！"

与你共品：

因为包容，大海才浩瀚无边；因为包容，天空才云彩绵绵而美丽动人；山峰因为包容，汇集细土尘沙才巍峨耸立；人因为包容，才有了理解与和谐。淘气学生李小军把头发染成了黄色，黄老师平时最瞧不起崇洋媚外、有殖民倾向的人，免不了训斥李小军。但是为了学生的前途考虑，黄老师还是选择了包容。因为包容，黄老师也成了李小军永远的榜样，心中最敬重的老师。

（朱盈老师）

"董事长您放心！我王某受人之托，一定会忠人之事的。我安支架的事不要告诉老师们。"

老校长的精神

王校长在武汉协和医院做了7根支架手术，步履沉重地回到了学校。

老师们跑来看望他。他说：我好好的，来看什么？

老师们个个面面相觑，都以为是听错了信息。但王校长看上去，还真不像是个安了7根支架刚从医院回来的病人。

下午，王校长召开了教师大会，在会上还辟了谣：说有些人不认真教书育人，把心思用在传谣上。你们大家看看——我哪里像个病人？

会后，那些始作俑者羞愧不已。但心里实在是弄不明白：明明是他夫人打电话告诉他表妹时，他们在一旁听到的。应该说是清清楚楚的事实，怎么王校长不承认，还要辟谣呢？但单从王校长的状态看来，的确不像安了7根支架的病人。

老师大会开完后，王校长又将主任以上干部留下来汇报近一周的工作情况。听完大家的汇报，王校长还特别强调了疫情防控工作。先谈了疫情工作的重要性，然后逐项加固：消毒工作从一日两次增加到一日三次；严把大门关：凡是进校门的人员必须进行体温检测，外来人员必须出示七日之内的核酸检测报告，取消学生的月假，需要的日常用品及衣物由家长送到门卫，统一消毒后再给学生；快递物件一律放在消毒室里消毒；对于请假外出的学生，一律凭核酸检测合格证进校；老师学生一律不得外出，一定要出校门的，回来时必须凭近日的核酸检测报告……王校长讲话时充满了激情，句句字字掷地有声，铿锵悦耳，令听者确信：王校长的身体极其健康。

会后，陪他一同到医院的李副校长对此感到犯疑，有点丈二和尚摸不着头脑——如此隐瞒病情的原因何在？是怕失去这份校长工作？他今年可是七十周岁的老人啊！李副校长对王校长的家庭情况可是大葱拌豆腐一清二白。他儿子儿媳在疫情阶段双双失去了工作，孙子刚进大学，家里全靠他一人维系生活。可怜这个七十岁的老校长硬是咬着牙关在支撑这个家庭啊！

董事长来看王校长了，听说他安了 7 根支架，有些心疼地望着王校长，双眼充满了怜悯之情，关切地说：您怎么不在家休养几天呢？

王校长解释说：我身体比以前好多了，再说不能因为我的身体给学校带来损失。董事长您放心！我王某受人之托，一定会忠人之事的。我安支架的事不要告诉老师们。老师们的思想稳定，学校才会稳定。

董事长听了王校长的话十分感动：俗话说"人为财死，鸟为食亡"。一个七十岁的老人，怎么如此不爱惜自己的身体？为了学校的稳定，他是在用生命工作啊！他这种心脏病，随时都有可能离开这个世界。

王校长的父亲是个十分出名的老中医，他应该明白自己的病情。如果说他是单纯为了钱的话，在董事会上，早就定了，还写进了章程——离岗后依然享受在职的工资待遇。想到这里，董事长若有所悟——为了保住学校第一名的光荣传统，还有全校师生在疫情防控阶段的安全。

董事长未征求王校长的意见，召开了校级干部会。会上，指定李副校长在近一个月里全权负责学校的工作。王校长和董事长一同前往华东地区考察，时间一个月。学校重大的事情电话与董事长本人联系。

王校长理解董事长的意图，未说二话。董事长陪同王校长回到了自己家里，把王校长托付给了王校长的夫人。反复叮嘱：要好好关照，让他在家好好调养身心。一个月后，我来接老校长到学校上班。

董事长走后，王校长便将学校的近期工作做了详尽的安排，用微信传给李副校长，还发了四个字——仅供参考。

与你共品：

　　王校长身患重病，身体里安了七根支架，尽管这样，他心里想的依然是学校，牵挂的是全校师生的安全。王校长燃烧了自己，照亮了他人，"春蚕到死丝方尽，蜡炬成灰泪始干"。他把鲜花奉献给他人，把棘刺留给自己，这种奉献、牺牲精神，无疑是我们每个人的榜样。

（朱盈老师）

清晨六点五十分，骨灰从火葬场里出来，坐了近一个小时的车，来到了生他养他的宜昌宜都一个古镇上，将骨灰撒入了清江及两岸的山丘之中。让他好好地在这安息吧！

讳　病

有一忘年交，与我感情深厚，在一起共事多年。他退休后，举旗办了一所雅思出国培训部，邀我和另一名挚友张凡参加。

出国培训部在袁老的管控之下，运转得风生水起。我和张凡基本是坐享其成，跟着沾光。每年开年会，不仅有好酒好菜，还有20%的红利。我和张凡都十分感激他。

一天，培训部的钟校长打来电话，说袁校长得了胃癌，还不肯就医，要我过去劝劝他。我起身前打电话给他，他说他在玩麻将，要我不要过来。

后来，我问钟校长。钟校长告诉我：他上周到武汉协和医院检查，结果是胃癌中晚期，医生要他动手术，他却摇头。理由是自己已经74岁了，基本上活到了男性的平均年龄，不需动刀子剪子了。要他住院，他却说："我没有病，让我高高兴兴地玩几天。"还对钟校长讲："以后培训部有事，你就找田校长，他会帮你的。"还反复叮嘱钟校长，不要说他得了癌症。

他得了癌症，只有钟校长和我知道，连他老伴也不知情。

我虽然知道了，但每次问他，他都说我没病，正在牌桌上。弄得我不知道是真是假。

半年之后，我刚好出门在外，钟校长打来电话，说袁校长在医院里住院，快不行了，要我赶快去见他。他好像有话要对您说。

我急急忙忙从外地赶到医院，看到他已经西装领带穿戴得周周正正。躺在病床上，我走到他跟前说："袁校长，小弟来迟了！您还好吧……"

他老伴赶忙告诉我，他在前三个小时已驾鹤西去。刚刚给他洗了澡，换了寿衣。咽气前还在问你来没有，他有话要对你讲。

我才恍然大悟，泪流满面地哭泣起来。"有事要对我讲"，我心里明白，是因为雅思培训部的事。

钟校长走过来对我说："袁校长住医院近两个月了，他一直不让我告诉您，也不准我对任何人讲。就是张凡校长也不知道，他咽气之后才告诉张校长。"

我问钟校长：他讳疾忌医的原因是什么？小钟说："他说他年纪大了，没有必要去折腾自己了。得病之事，不准我跟任何人讲，包括他老伴和儿子，怕至亲好友知道后逼他就医。搞得他不痛快，得了癌症，已到晚期，治疗有用吗？只能白白受折腾。还有另外一个原因，自己得了病，何必干扰别人的生活，搞得至亲好友都担心，都受折腾？"

小钟转告了袁校长交代的事，还将他临终前写好了的"遗骨安置"的遗嘱交给我，要我同他儿子老伴商议：务必按他的遗愿去办。骨灰撒到他家乡的山川之地，不要留半点骨灰。不设墓，不立碑，不设牌位。免得给后人添麻烦，不占用国家有限的土地。

他儿子老伴跪在地上，望着他的遗容，泣不成声，表示遵照他的遗言行事，让他放心地离去。

清晨六点五十分钟，骨灰从火葬场里出来，坐了近一个小时的车，来到了生他养他的宜昌宜都一个古镇上，将骨灰撒入了清江及两岸的山丘之中。让他好好地在这安息吧！

与你共品：

标题"讳病"本身就是一个悬念，能引人入胜，通过阅读，一个爱岗敬业、热爱家乡、重情重义的教师的蜡烛的形象映入眼帘，让人肃然起敬，可真谓是鞠躬尽瘁，死而后已！

（刘志国老师）

后来，我被她拐到了天一。三年后结为伉俪。

缘　份

我刚从美国回来，签约后，中间有两个月的休息时间，我到出租公司租了辆小车，开始了的士的营生。一天在路上碰到一女子倒在路上，我下车看了看：只见那女子脸色苍白，气息微弱，口味白沫。

我想她一定是得了什么怪病，没有多想，救人要紧。将她抱到车上，送到了医院急救室。

进医院，不管病人有多危险，都必须先缴费办手续后才能看病。我搜遍了所有口袋才凑齐了一千元。

进了急救室，她醒了，发出了一声叹息，我觉得问题可能不大。这时，我转身去将车停在停车位上，她手提袋中的手机响了，我迟疑了片刻，打开手提袋，接通电话，告诉对方赶快到华阳医院急救室来。

我再上去看她，她已睁开眼睛能说话了。

医院在为她打针，还开了三种药，我去药房拿药。药拿回来后，交给了她，我便离开医院，继续开出租车去了。

此事过去两年多了。

一天，下着毛毛细雨，我正准备去上班，来了两位三十多岁的年轻人。将我堵在楼道里，十分友好地问我："你是吴昊阳先生吗？"

我有些惊异地朝他俩上下打量了一番，感觉他俩不是坏人，才点了点头。

"我们找了你两年多。"他俩其中一位说。

"找我有事吗？"我有些好奇地问。

"能不能找个地方坐坐！我俩有重要的事找你。"

"好吧，到我办公室里来。"我说着，走到前面带路。

进了办公室，他俩对我说："两年前，你在干什么？"

我说："开过两个月的出租车。"

"这就对了，我们从你交费的单子上才查到了你叫吴昊阳，又到出租公司，说你早就未干了。小妹在网络上才看到了有关你的信息，开始我们都不相信，一个开出租车的，怎么一下子跑到网络公司搞起了软件开发呢？会不会是移花接木，张冠李戴了？"

我才想起两年前的那个晚上，便笑着说："在路上遇到这种情况，谁都会这么做的，你们这样兴师动众干什么？"

"看这样，今天晚上六点在华阳酒店请你吃晚饭，小妹过来与你见一面。"

他俩如此真诚，盛情难却，只得笑而遵命。

在全市档次最高的酒店里，见到了曾经见过面的女孩。她那高雅的气质，配着那高挑亭立的身材，五官像精心雕琢出来似的。那种和谐的搭配，惊艳无比，简直就是一件精致绝美的艺术品。一双会说话的大眼睛，水灵灵地，充满了风情。"你就是我的救命恩人，好帅的哥哥！"她那阴柔的声音有摄魂之功。

我的心房像触电一般的颤抖着，我在努力地镇定着自己，抬眼望着那张惊世骇俗的仙女脸，腼腆地说："哪里，哪里！本人生得粗俗，让你见笑了。"

"这位帅哥哥，我好像以前在哪个大学听到过你的尊名——吴昊阳，一个阳刚十足的名字，你在上海交大待过吗？"

"我在那里待过四年。"

"怪不得，这么耳熟。"

"你也在那里待过？"

"你是什么时候？"我有点好奇地问，希望能够同频道。

她说："我是 2008 年至 2012 年。"

"我比你早了三年。"

她说："你是师兄，在交大，还有点名气，是交大的第一号男神。"

"你过誉了！你后来又到了哪里？"

"我又飘到了美国，在那里待了 5 年半，2018 年底回国，到天一公司搞研发。你离开交大又到了哪些地方？"

"我在美国待了7年，比你先半年回国。在华阳公司签了约，中间有两个月的缓冲期，于是我才有机会遇上你。"

"那真是缘分。"她微笑着，有些激动。

后来，我被她拐到了天一。三年后结为伉俪。

与你共品：

真可谓是"有缘千里来相会""无心插柳柳成荫"，小说选取了两个片段，一个"邂逅"一个"相见"就把两人紧紧地联结在一起了，看似"闪电"实则"心仪"已久，可以说是一段美好的姻缘。文章情节紧凑，内容集中，主要采用对话，干净利落，充分凸显了"缘份"二字。

（刘志国老师）

一连几天辛苦加班身心疲惫，想躺倒在沙发上美美睡一觉，可不知怎么就是睡不着。昨天朋友送我一包"话梅"，顺便尝了几颗，香甜中带着丝丝酸味儿，顿时疲劳全驱散了。

132

秘　密

张国秀与郝建臣青梅竹马，从小在一起长大，一起去读黄埔军校：一个在武汉女子分校，一个在广州总校。

郝建臣在黄埔期间是出了名的才子。一毕业，就被汪精卫招去当了文职秘书，成了汪精卫的密臣。

张国秀在读书期间就秘密地加入了共产党，党组织要求她以恋人的身份到郝建臣身边，其目的是要她去感化策反郝建臣，同时将汪精卫的所作所为及时向组织汇报。

张国秀与郝建臣关系甚好，两人情话绵绵，相敬如宾。半年之后，举行婚礼，结为伉俪。

1938年汪精卫公开投靠日本。

张国秀多次劝郝建臣离开南京到上海或武汉。尽管郝建臣聪明绝顶，却在政治上缺乏大是大非的判断能力。一味地认为日本人势力强大，以后的中国一定是日本人的，并要求张国秀跟着汪精卫干。

张国秀共产党的身份不能有半点泄漏，不能谈政治主张，只能从道义上讲不能帮日本人干，不能当汉奸，一旦当了汉奸祖宗八代要倒大霉的，其子孙也会永远抬不起头。秦桧等人就是一个例证。

郝建臣利欲熏心，无论张国秀怎样苦口婆心地劝诫，他铁了心要当汉奸。

一天，张国秀将郝建臣搂在怀里，语重心长地分析日本人不可能统治中国。一个区区岛国能够统治得了这么一个泱泱大国？别做梦了。中国在历史上从来都是世界强国，从鸦片战争之后才开始衰落。现在大批有识之士正在寻求救国之道，你别跟着汪精卫瞎胡闹了，当汉奸是要付出惨重代价的。

郝建臣表面上被她说服，连连说是。

第二天从总统府回来，却又死灰复燃。告诉张国秀，说自己接受了一项十分重要的任务，明天要陪同汪精卫到日本去签署一项协议。张国秀推想这一定是卖国条款。

张国秀对郝建臣彻底失望了，她的柔情已无力回天。望着两个活泼可爱的孩子眼泪刷刷地往下流。

保姆在一旁看得真真切切，知道家里会出变故。

国家民族的利益大于天，她深知丈夫这一次去日本，一定会给国家、民族带来不可估量的损失。组织上要求她为了国家的利益，必须大义灭亲。

她十分为难，郝建臣虽然是个大汉奸，但对张国秀却十分疼爱，两口子自结婚以来一直相敬如宾。要亲手将自己心爱的丈夫杀害，她有点下不了决心。眼前不断出现两个活泼可爱孩子的幻觉，他们从此会失去父爱，失去十分疼爱他们的爸爸。想到这些，她怕自己动手时心慈手软，完不成除掉丈夫——这个死不悔改大汉奸的任务。如果除不掉，完不成组织上交给的任务不说，还将会给国家、民族带来不可估量的损失。觉得不除掉这个祸国殃民大汉奸爸爸，俩孩子将来怎么在世上做人?! 想到这些，她暗下决心，决不允许行动失败。她眼里浮现出了惨死在日寇刀枪下千千万万的中国人。

在和郝建臣亲热之后，利用洗澡之机，藏起一柄锋利的匕首，等他睡熟之后，望着郝建臣大汉奸，美丽的双眼喷发出仇恨的火光，双手握紧锋利的匕首，刺向了他那"黑色"的心脏。

在组织的掩护下，女扮男装离开南京城。两个孩子由组织暗地接到武汉父母家，她几经周折来到了延安。

这大义灭亲的故事，在她心里埋藏了近 70 年，临终前才讲给子孙们听。

与你共品:

小说叙述张国秀为报效国家民族，大义灭亲令人钦佩，体现了共产党人这种无私的情怀。

今天的幸福生活的确来之不易。

国难时期，无数仁人志士为了民族独立，人民解放，英勇顽强的同各种各样的敌人殊死搏斗。才赢得革命的胜利。勿忘过去，负重前行。

（黄福生老师）

"回龙阵"就是一种迷魂阵，不仅是鱼落入阵中难以逃脱，人要是落入其中，也可能难以走出来。

回 笼 阵

刘老头 70 岁了，本来身体还比较硬朗，但自从老伴走后，儿子就要接他到省城去。

他舍不得这条绿水荡漾的三岔河。他在小河畔生活了 40 多年，从两条内河贯通之后，小河里有了成群的大鱼小鱼，他就从事用竹排插回笼阵捕鱼的营生。

一晃 40 多年过去，现在老了，老伴也走了，一个人在这小河边上确实有些孤单。

儿子在省城里当了官，有了地位，见老爷子在家乡的小河边上孤单地生活，真有点儿大不顾爹的嫌疑。于是下决心说服老爷子，无论如何也要将他接到省城去。

到了省城，走在大街上，他就想起了小河上的竹排回笼，觉得自己像鱼一样游进了这偌大的回笼城市。令他晕头转向，经常找不到回家的路。

儿子儿媳妇告诉他：您找不到回家的路时，就坐"的士"回来，我们这里叫湖滨小区。您只要记住省政府大院旁的湖滨小区就能回家。

他总是记不住，把湖滨小区记成湖边回笼，令的士司机伤透了脑筋。没有"湖边回笼"，只有个"湖滨小区"。好不容易才将他送回湖滨小区。

晚上，他站在阳台上，望着省政府那灯火灿烂的大院。怎样看，那形状都像他在小河里插的回笼阵。他一边看一边在心里进行比对：这就是我摆的回笼阵——回字形，不是很规则，有一方椭得很远……那里面一定有……哪能这么想呢，那里面住的都是些大人物。他摇摇头，否定了自己的想法，回到自己的房间。

睡在床上，他还在想：怎么省政府大院这样像我摆的回笼阵？回笼阵对鱼来说，就是"迷魂阵"，专门迷惑鱼的。各种各样的鱼只要贪吃就一定会进那竹排插的回笼阵。再说，这天下的鱼哪有不贪吃的？

鱼儿只要游到了回笼阵的边沿地带，因为贪吃，就一定会想方设法游进回笼阵。进了回笼阵，就一定出不来。因为回笼阵只要还能退出来的地方，一定有可口的诱饵。鱼儿贪吃只会前进，不会后退。到了不能后退的地带，鱼儿已身不由己，最后一定会游到那个鱼笼子里去。捕鱼者只需用网勺就可以将大鱼小鱼舀起来装进鱼篓子里。他想着想着，就进了梦乡。

他梦见自己变成了一条鱼，已经游进了迷魂阵的尾端，马上就要游进鱼笼子。身边还有好多和他一样的各种各样的鱼，正跟着他游进来。

他心里十分明白：这的确是一条死路。赶忙转身游出去，但三面均是竹排拦着，只能往前游。他不想游进去，拼命挣扎着往后退。但头撞在竹排上，撞得头破血流，撞醒了。醒来之后，琢磨了半天，觉得这个梦比较符合实情——人生的道路，何尝不是如此！自己70多岁了，快到尽头了！

在儿子这里生活了一个多月，他每天都在琢磨着与回笼阵相关的一些事情。看到儿子家里经常有客人来送礼。他就想到在回笼阵进口处投诱饵，就觉得儿子变成了一条鱼，这些诱饵会让他游进回笼阵中去。这一进去就会被人用网勺舀起来送到菜市场去换钱。

想到此，他怒火中烧，跑去对客人吼叫：你们这是在投诱饵，赶快提回去，把客人堵在了门外。

儿子儿媳妇晚上将他请到客厅里来，小心翼翼地用非常柔和的语气对他说："爸，您在家里，不要管事。来了客人您愿意就打个招呼，不愿意就不打招呼。但千万不要将人家堵在门外！"

他十分激动地说："儿子，我这一个多月里悟出了一个道理：我一生靠插回笼阵过日子，才将你培养出来。我全靠用诱饵引诱那些贪吃的鱼儿才有钱。我们村有几人有钱能将子女培养出来的？除了我，没几人嘞！现在你成了才，当了官，但不能变成一条贪吃的鱼！那些人提来的礼品就是采用我当年引诱鱼儿的手段，你可要当心呀！千万不要收别人的礼物，那是诱饵啊，要不得的！我就你这么一个儿子，你千万不要变成一条贪吃的鱼儿！"老爷子声泪俱下。

儿子儿媳妇听了老爷子的话，陷入沉思中。好久好久才望着可怜兮兮的老爷子说：爸，您放心：我们以后坚决不收别人的任何东西。并在门上贴上四个字：拒收礼物！

老爷子还是不放心，每天在家里守着。他在心里发狠地说：我一定得帮儿子守住这个回笼阵的口！

与你共品：

父亲一辈子靠摆迷魂阵捕鱼为生，对它是再熟悉不过了，可到了省城，自己便觉得走进了从未见过的迷魂阵。

父亲到了省城却过不惯大城市里的生活。宁愿回到乡下，守着自己的旧屋，过着平静的日子。

此作品反映了一种社会现象：贪，不会有好结果。因此，父亲怕儿子走上贪鱼的归宿。文章发人深省。

（黄福生老师）

（此文发表于《中华文学》2022年第6期）

强化了党纪国法，规范了各行各业，社会风气正了，还愁 GDP 不上来。

自然法则

政法委书记兼公安局局长的李晓辉这几天十分头痛：龙山集团涉嫌五条命案，不彻查，有悖良心国策；查则必伤筋动骨，令市委书记市长头痛。

这龙山集团是市里的纳税大户——占全市总额的三分之一。江州市近三年来 GDP 能进入全省五强，全靠龙山集团。

如若因查案，影响税收，被弹出局外，市委书记市长不好交账，自己也会脸红。怎么办？

想了一晚上，只得将皮球踢给市委书记及市长，然后拭目以待。

郝书记一边听李局长的汇报，一边毫无表情地看着刘市长。刘市长低着头，脸色十分难看，两眼一直盯着他那双锃亮的皮鞋。刘市长在江州多年，十分重视工业产值的提高及 GDP 的增长，这次一定担心龙山集团的税收因此下降。

郝书记听完汇报，脸色庄重地对刘市长说："老刘，你先谈谈吧！"

刘市长有些激愤地说："杀人抵命，古今同理。违法乱纪之事，依法依规一查到底。"说到这，停顿半晌，又瞧了瞧左边的郝书记才接着说："话虽这么说，龙山集团是我市的龙头企业，大大小小 30 多个公司，纳税大户，每年十几个亿的税收，我们办案要慎重，切不可案情未理清，却伤了企业元气。我个人的想法是从严查实，从轻发落。同时，以查龙山集团为契机，对全市从商办厂及各行各业来一次大规模的整顿，必须依法依规严格考量，力争做到规范有序。这只是我个人意见，一切以郝书记的为准。"

听完刘市长的发言，郝书记站起身来，提高声音说："同意刘市长的意见，我在这里强调两点：第一点是希望老李你们办案时，不要投鼠忌器，要放开拳脚去查去审，不管涉及谁，都要一查到底，包括刘市长和我的至亲好友；第二点是将实名举报信分类处理，够得上公检法着手的案子，交给公检法，不够的交给各部门去查处。马上发通知，对全市的经营行业开展一次大规模的整顿，先依法依规制订出要达到的规范标准。检查时，按章严格考量，过不了关的反复进行，反复之后还达不到的关门停业，吊销执照。"通过这次整顿，一定要使社会风气有一个根本性的好转。老李，这事就拜托你了！

李局长走后，刘市长留下来，找郝书记谈心："我的郝书记，你这么一严查，龙山集团一定会受到冲击，这样会影响税收的，好不容易才进入五强。"

郝书记十分冷静地瞟了一眼情绪低沉而忧虑的刘市长，语气宽慰地说："老刘啊，龙山集团这些年被宠坏了，简直到了祸国殃民的地步，实名举报信就有几百封，已成一方恶霸。"讲到这，他转身给刘市长斟了一杯茶，接着说：老刘啊，GDP固然重要，但民心更重要。你应该比我更清楚：近年来，走的几家企业，我们怎么也留不住，人家宁可舍弃百万千万，逃之夭夭，为什么？如果不压压龙山集团这不可一世的嚣张气焰，其他企业早晚得走。现在整顿还来得及，我们再不能心慈手软啦！我们不能为GDP而不维护党纪国法的严肃性。老刘啊，我说一句你不一定赞同的话：强化了党纪国法，规范了各行各业，社会风气正了，还愁GDP不上来。我们这一次让老李他们依法依规去查处，去整顿，我们决不能当保护伞，有问题你推到我身上，我来顶着。

刘市长听完书记的话，有些感触，走时说了声：你说得对，不好好整顿，他们已忘了王法！你放心，我决不会当保护伞！

李局长从市委大院出来，心中十分高兴。龙山集团不可一世，目无法纪，恣意妄为，老百姓早已怨声载道。他一直不敢放手去查去审，这次有了郝书记的尚方宝剑，他开始部署工作，马上行动起来。

经过近半年的查审整顿，五条命案均已水落石出。当毙的毙，当判的判，当惩的惩。对各行各业的整顿，成效十分显著，社会风气得到了根本性的好转，老百姓过上了安定的生活，全市的 GDP 上升到了第三位。

第二年经商办厂的大户来了三家，走了的几家企业也陆续回到了江州市。

与你共品：

安定团结是搞好经济建设的基础，是社会稳定的奠基石，这是一条自然法则。小说仅用一次汇报活动就成功地塑造了一批以市委书记为代表的有责任、勇担当、敢为先的领导干部形象。令人钦佩，值得点赞，他们就是为改革开放护航的典范！

（刘志国老师）

胡支书拄着木棍和村主任日夜在围堤上巡视,哪里有险情就奔向哪里,哪里的堤段垒得不太结实,他就现场督阵,将围堤加高一米,各小组轮流巡查。

140

管　涌

新冠疫魔的头刚被打下去,还在垂死挣扎,老天爷就清风黑脸地发起疯来,把个生命的救星——太阳给抓走了。

将吸足了雨水的乌云布满天空,于是雨水瀑布般地泼向大地。老天爷也够辛苦的,三十多天大一阵小一阵地很少停歇。

可怜大地上的万物啊,饱受雨水过分的宠爱,在雨水中低垂着头打不起精神。

江河湖港沟渠全被灌满了肚肠,雨水四处泛滥。家园的踏实护卫者——江堤、河堤、湖堤、港堤坚强地挺立着,毫不畏惧地挡住来势汹汹的水龙。

水龙借着电闪雷鸣之势咆哮着冲向堤防线,蛮横地一次又一次,一天又一天,大有不将堤防吞没决不罢休的野心。

堤防线慢慢地被没在了洪水中,只有黑黑的一条背脊露在湖水前。这条黑黑的背脊的另一边是万顷青黄色的稻田。雨还在大一阵小一阵的下着,湖水还在往上升,那可怜的围堤啊,那条黑黑的背脊就会被湖水彻底吞没,那正在灌浆的万顷稻谷就会成为水龙的猎物。

在这千钧一发之际,村支书胡明理组织起在家的青壮年 56 人,组成抢险突击队。带着从各家各户搜集的蛇皮袋,将 56 人分成七个小组,分段立誓:人在堤在!组员们冒着倾盆大雨,开着摩托车将装满泥土的蛇皮袋拉到围堤,垒在堤尖上。

胡支书挂着木棍和村主任日夜在围堤上巡视，哪里有险情就奔向哪里，哪里的堤段垒得不太结实，他就现场督阵。将围堤加高了一米，各小组轮流巡查。

看天气预报，大雨中雨还有半个月。他心急如焚，像这样下去，围堤难以保住。打电话到电排站咨询，负责人告诉他：我们日夜24小时往外抽，不管老天怎样下，洪水漫不了围堤。关键是围堤久泡洪水中，怕溃堤，要多准备些木桩碎石头泥土，日夜细心地排查，发现管涌、鼓泡，要及时地打桩填实。

他在堤上战斗了三天三夜，刚换岗准备回家休息，七组李学兵来报：发现一处管涌，湖水直往上翻涌。他急忙奔向管涌处，查到了管涌的大致位置后，要李学兵用蛇皮袋装碎石子，他跳进湖水中，用脚腿探找渗水处。经过十几分钟地探找，胡书记终于发现了管涌，便用木棍准确地标出渗水洞。要组长快将蛇皮袋子递过来，他接过装满碎石子的蛇皮袋子，放入水中，用脚将蛇皮袋按进管涌中，再使出全身力气将蛇皮袋踩进去填实，一下子就堵住了管涌，堤里面停止了翻水。

堵住了管涌，他向大队长叮嘱了一番，筋疲力尽地往回家的路上走，一路上忧心忡忡。

回到家里已是晚上十点钟了。家里来了位不速之客——妻子的表哥——初恋情人。因近亲不适宜结婚才未成眷属。这次造访，令胡书记很是不悦。因三天三夜未合眼，人已疲惫不堪。吃了饭，洗了个澡，便一头栽倒在床上，呼呼大睡了。

五点钟醒来，发现妻子不在床上——压根就没上过床。他起床上厕所，推开另一间房门，发现妻子和表哥拥抱在一起，连房门都没来得及关严。他心里想着围堤，没精力和时间找他俩的麻烦，便用手机拍了照。他努力压住心中的怒火，反复告诫自己：作为村支书，要以大局为重，必须保住这万顷稻谷……于是毅然决然地开门离家，冒着大雨赶到围堤上换岗。

七个小组各负其责，两班日夜坚守，几处渗水鼓泡均得到了及时地堵死，几处大的管涌也用蛇皮袋装石子堵实。

经过近二十天的战斗，雨终于停了。

太阳喜气洋洋地出来了，是那样的光彩照人。望着一望无际已灌浆结实的万顷稻谷，胡支书心里十分庆幸，但使他更为庆幸的是没有这一次的抢险，家里的管涌对他来说将永远是个谜。

与你共品：

在抗洪抢险中，涌现出了不少英雄人物，出现了不少可歌可泣的感人事迹。小说通过胡支书守大堤，堵管涌，日夜奋战第一线的事例。成功地塑造了一位尽职守责、不怕苦累、身先士卒的英雄形象。小说还运用了对比、衬托的手法，如妻子的表哥到家造访一事，更凸显了胡支书不计个人得失，一心为公的高大形象，值得一赞。

（刘志国老师）

（此文发表于《中华文学》2022年第7期）

程小刚从小就崇拜英雄，学习英雄的品格。考上了大学，却报名到了部队，去寻觅自己的英雄梦。

英 雄 梦

雨还在筛糠般地下着，大堤坝离江水只有 50 厘米。这 50 厘米都是战士们用蛇皮袋装满泥土垒起来的。

战士们都在从一里地的农田里用蛇皮袋装泥土，然后用肩膀扛到堤尖上，搞得人人都像个泥人。

程小刚和战友们连续三天三夜未下火线。大雨一直不停地下着，战士们背着蛇皮袋垒在堤肩上，已经垒起了一米高。洪水还在往上涨，新增的一米已被洪水吃进了 60 厘米，战士们不敢有半点懈怠。

程小刚身体出了毛病，前三天就像是在发烧。他坚持着，没有吭声。但背袋时的吃力样被战友李光鑫看出来，并问他："程小刚，你怎么啦？"程小刚没回答，咬着牙根吃力地背着。到了吃晚饭时，见他只吃了一小碗，又问他："程小刚，你是不是病了？"走近他，见他脸红发烧，像喝了酒似的，摸了下他的额头："好烫呀！"李光鑫便将他发烧的事告诉了排长。排长向连长汇报后，将他带到医院去开了点药。本来是让他住院的，但他坚持要回营房，排长没办法，只得依他。

第二天早晨起来，他昏昏沉沉地又上了大堤。可没背几袋，他就完全背不动了。排长才勒令他回寝室休息，他也确实背不动泥袋了，才无奈跟跟跄跄地回到营房。

刚回寝室，洗去了身上的泥土，换了衣裳，正准备躺下，就听到有人喊救命。声音虽然离得较远，但隐约可以听到。于是他走出营房，循着声音发出的方向跑去。

他一路上跌跌撞撞地跑着，几次摔在了地上，爬起来再跑，终于看到了前面水塘边的小女孩。

小女孩十岁左右，端着洗菜的筲箕，在大声地呼救。

他跑过去，女孩告诉他：和她一起来洗菜的男孩掉到水塘里去了。

他什么也没想，便跳进了水塘中，冰凉的塘水令他浑身发冷，他咬紧牙关在水中摸索着。

原来这码头上，有一块木板搭在水面上的，由于雨水过大；淹没了跳板。塘水又十分浑浊，看不清跳板，男孩一脚踏上去踏空了，便掉进塘中。塘水很深，根本探不到塘底。塘水是静水，他在琢磨，男孩应该就在跳板周围，于是他围着跳板摸索，终于抓到了小男孩。他赶忙将男孩提出水面，时间这么长，不知男孩还有没有生命体征？先将他推到岸边。但由于他浑身无力，推了几下都未成功，最后他使出全身仅有的一点力气将男孩推到岸边，示意女孩将他拉上岸。

男孩被女孩抓到了头发，将他拽到了岸上。

他由于全身无力连抓住跳板的力气都没有，便没入了水中，把年轻的生命永远地留在了水塘之中。

男孩在岸上躺了很长时间，才慢慢地缓过神来。

女孩看到解放军叔叔还在水中未起来，便大声地呼救，直到她的声音嘶哑，都无人来救援。吃午饭时大人们回来了，才赶过来，将他从水塘中捞起来。他却满肚子是水，早已没了生命体征。

程小刚走了，他父母从云南老家赶过来，悲痛万分，将儿子安葬在江州市烈士陵园中。

他父母哭得死去活来，讲述了程小刚从小就十分崇拜英雄的故事：

程小刚出生在云南一户商人家庭，父母做药材生意，是当地的亿万大户。

小刚从小就喜欢听英雄故事，十分崇拜革命英雄。高中毕业考上了一所本科大学，听老师讲可以先去当兵再上大学，于是他报名到了部队。当兵一年来，他时时处处以英雄的高标准严格要求自己。他顾全大局，乐于助人，在业务上刻苦钻研，做任何事都一丝不苟，是战士们心中的活雷锋。他有着远大的革命理想，是一位难得的英雄战士。

他来当兵是为了追求心中的英雄梦。火化那天是他十八岁的生日。

程小刚虽然只活了十八岁，但他的英雄事迹将永远激励着青年人为实现心中的英雄梦而努力奋斗！他将永远活在人们的心中！

与你共品：

"一个有希望的民族不能没有英雄，一个有前途的国家不能没有先锋"，身为富家公子哥的程小刚爱听英雄故事，崇拜革命英雄，以英雄来自勉，投身军营，患病不下抗洪抢险前线，拼尽全力救出溺水男孩，献出了18岁的宝贵生命，他成了令人景仰的英雄，圆了英雄梦。缅怀英烈，致敬英雄，向英雄程小刚学习！

（钟情老师）

从此俩人如胶似漆，成了一对热恋中的情人。那人被寡妇玩得精疲力竭，身体像抽空了的麻梗，手中两万元也被寡妇挖尽心思设圈套算计光了。牛没买半条，连回家的路费都要苦苦向其哀求。

用心计的寡妇

20 世纪 90 年代初期，村上一寡妇开代销店，在南来北往的路口，生意火爆得不得了。

一个春暖花开的日子里，来了位湖南口音，50 来岁的男人，在她那买两包芙蓉王香烟，便和她聊起天来。

她朝那人上下打量了一番，说："您是干什么的？不像种田人？"

那人说："我是做生意的。""做什么生意呢？""你们这边水牛多，想买几条年轻力壮的水牛回去搞生产。""哦，原来你是做生意的，牛我们这里多的是。""您准备住在哪里？""我还没订，哪里方便就在哪里住呗！""你就住在我这里吧！我这里有几间客房，价格便宜着呢。"

那人高兴地问："多少钱一个晚上？"

寡妇说："您住多长时间？住一个月是 150 元，住几天嘞每晚 8 元。"

那人问："有吃的吗？"

寡妇说："有啊，您想吃什么？我这都有。"

那人说："那感情好，就在你这住下来，吃住每天给你 10 元行吗？"

寡妇说："要得，要得！"接着喊帮工的刘嫂下来替自己照看店子，她亲自带那人上楼去住宿。

寡妇心中暗喜，这人手中一定有很多的钱，一头牛至少也得两三千元，买几头牛那就是上万元。觉得发财的机会来了，"大哥，你身子骨不错！这地方一定很雄势!"说着用右手将牛贩子的下身捞了一下。

那人笑着说:"当然啦,雄不雄势,咱们试试不就知道了!"于是将寡妇抱起来,放在了白色床被的床上……

从此俩人如胶似漆,成了一对热恋中的情人。那人被寡妇玩得精疲力竭,身体像抽空了的麻梗,手中两万元也被寡妇挖空心思设圈套算计光了。牛没买半条,连回家的路费都要苦苦向寡妇哀求。

寡妇是个地道的貔貅,只进不出。可怜的那人向寡妇磕头哭求,才给了他10元钱路费。

那人走了,一切都恢复了正常。

寡妇神采奕奕,雄心勃勃,她想干一番大事业,将一楼的几间房子拉通,买了十二张小方桌,挂牌开起了棋牌室。每天棋牌室里热闹非凡,麻将牌的碰撞声,十七个的数牌声,牌友们的说笑声吵骂声传出四方。让人自然而然想起灯红酒绿的闹市。

半年后,一个气温煦暖的晚上,隔壁棋牌室里欢乐一片,寡妇在店子里守生意,从南边进来了两位陌生的中年男人。

"给两包黄芙蓉的烟!"其中一位靠近柜台说。另一位提着一个大包,站在一旁,望着她。她拿了两包烟递给他俩,一张百零的钞票递给她。她转过身去找钱时,那个提包的中年人将一根铜丝套住了她的脖子。她还未来得及反抗,就被勒得没了气,倒在地上。中间只是瘟鸡地叫了一声。棋牌室里有人听见,还以为是哪只鸡子得了瘟疫,都没在意。

棋牌室里照样灯火辉煌,笑语喧天到深夜。

此案过去近二十年了,还不知凶手是谁。

与你共品:

"没肝没肺,活得不累""可反被聪明误",读了小说,突然想起这两句话的深刻启迪:用心计的寡妇,心中想的是算计他人,到头来却被别人算计,搭上了性命。小说以犀利的笔触,揭示了害人害己的因果关系,深刻地揭露了这种劣根性,令人深思。

(徐收业老师)

丈夫小五突然失踪，一走六年，她与婆婆和儿子相依为命，坚守着家庭这块神圣的阵地。

李秀英的故事

　　黄小五家里穷得叮当响：三间茅草屋，破壁漏顶，烂桌椅；三张床脚土砖码成三字墙，墙上搁上一块较宽的木板，就算是一张床了；厨房里黑黢黢的，没有碗柜，土灶上到处是碗，干净的，不干净的都是一样脏，一口黄色的大水缸立在厨房右中间，显得耀眼出格。

　　李秀英嫁到黄家，那简直就是金凤凰落到了牛屎坑里。她一过门，就想凭自己勤劳的双手，加上超常的智慧，将这个破破烂烂的家彻底改造升级。但丈夫黄小五是个十足的土混混：好吃懒做，不务正业，整天和一伙流打鬼混在一起，干些伤风败俗的事。经常偷鸡摸狗，欺负没有男人的女人，还不时打群架。有一次把对方打成了轻伤，被派出所抓去要判刑，她公爹托人，花了一大笔钱才将他保释出来。可正值壮年期的公爹突发脑出血身亡，从此便无人管他，母亲的话他根本不听。

　　李秀英和黄小五是娃娃开亲，父母主张和黄家悔婚，李秀英不同意。理由是现在的年轻男人中没几个不顽皮，不混账，但一结婚，有了老婆孩子，后来都走了正轨。她相信自己可以将黄小五这个土混混改造过来，没要任何彩礼，就十分廉价地嫁给了黄小五。

　　新婚之夜，李秀英就对小五进行了约法三章，不服周，她立马走人。黄小五没有办法，只得点头同意。秀英拿出早在娘家就写好的协议书，让小五一条一条地学习，学习后签字，不然，就签离婚协议书。

　　黄小五心里明白，这么好的媳妇到哪里去找？如若不答应签字，失去了，以后可能要打一辈子光棍。尽管表面上不高兴，还是勉强签了。签了协议后，在要行夫妻之事时，秀英说，光签了，如果做不到咋办？现在不能，等你彻底改好后，我们再来行鱼水之欢。

黄小五没有办法，只得依从秀英。

秀英早在娘家就想好了，找好了赚钱的路子。于是逼着小五和她去陆逊湖摘菱角，船是她从娘家借来的。小五从未搞过事，高中毕业后，一直在与小混混们一起危害乡民，哪里干过正事，但在老婆面前他不敢说个"不"字。

第一天，秀英手把手地告诉他怎样撑船，怎样摘菱角。小五本来就不笨，一会儿工夫就会了。

他俩每天起早贪黑，小五这才明白了什么叫披星戴月。这样早上将菱角摘回来，母亲在家里剥菱米，母亲未剥完，他俩进行突击，将菱米磨成菱浆，再做成菱米豆腐。第二天一大早，便将打好的菱米豆腐挑到镇上去卖。这种豆腐十分抢手，尽管价格不菲，但稀者为贵，一餐饭的工夫，百十来斤菱米豆腐就销售一空。

经过一个半月的拼搏，他俩在母亲的帮助下，赚了两百多元。

她十分高兴，准备添置新碗柜、新床、新方桌、新椅凳。

就在高兴之际，发现自己怀孕了，要小五带去医院检查，其结果令他俩兴奋不已。她在心里发誓：要让小宝宝来到这个世界，第一眼看到的就是全新的家具，不让他内心深处有那破败不堪的记忆。

丈夫小五突然消失，两天没回来了。她到处去寻找，几天下来，连踪影也没找到。

秀英回到家里，坚信小五一定会回来。等她打开她从娘家带来的皮箱，箱底藏着的那两百多元钱不翼而飞，她明白了丈夫的去意。

她每天等着丈夫回来，直到孩子要出生了，小五还是不见踪影，公婆每天陪伴她的左右，骂着她那不成气的儿子。

儿子满月，抓周，丈夫小五不在家，亲戚朋友来了，她总是说小五出门做生意去了，马上就会回来的，亲朋好友都信以为真。

她和儿子公婆相依为命，艰难地度过了五年。儿子要上小学了，可丈夫还是杳无音讯。

媒婆像牵线一般地拥向她家，劝她再走一步，毕竟自己还年轻，不能一辈子这样等着小五。六年无音讯，一定是在外出了事故，可她坚信小五不会出事故，而且会回来。每天都有男人来打她的主意，但都被她劝走了，有几个癞皮狗，被她打得头破血流。她心里只有小五，任何人都别想占她的便宜。

她对婆婆比对自己的母亲还好。儿子上完了小学，秋季上学就要去读初中了，可儿子打出生就没有见过他爸。晚上她避开儿子和婆婆，偷偷在厕所里流泪，他甚至恨自己对小五管得太紧，没有给他足够的空间，把他给逼走了。她一遍遍回想着与丈夫小五相处的那段时光，她坚信他是爱她的。他一定是到外面去赚大钱了，等他赚够钱一定会回来看儿子和她的。他不能不要他母亲，她几乎每个晚上都要这样想着丈夫小五入睡。

婆婆知道她的心思，经常劝她别想小五了，有合适的找个男人嫁过去，孙子跟着你我放心，我一个人过没问题的，逢年过节带着孙子来我这坐会我就满足了。

婆婆说是这么说，如果她真走了，留下婆婆一个人，她不忍心。她也不会那样做，人要凭良心。当时她怀儿子时，是婆婆整天地陪着自己，为自己弄好吃的。生了儿子，一个月不让她碰冷水，不让她干一丁点家务活。现在婆婆年纪大了，身体也一天不如一天，她就是遇到了如意郎君，也不会离开婆婆的。

黄小五走了八年，突然衣锦还乡，开着奔驰车回来了。

回来后，他没有急于回家，而是住在了镇上的旅馆里。对李秀英这几年的所作所为进行比较全面的调查了解，了解之后，被李秀英的表现感动得热泪盈眶。时间是位刀斧手，将他身上的斜枝歪杆修整得心正形美，他是一家大公司的董事长法人代表。

第三天一大清早，他便开着奔驰车回到李秀英的怀抱。一个月后，全家人去了深圳，开启了新的生活。

与你共品：

俗话说：娶妻娶贤不娶色，嫁人嫁心不嫁财；女人最珍贵的是安分守己，男人最珍贵的是独守一女。李秀英有主见，原则性强，坚决不悔婚，廉价嫁给土混混黄小五；婚后与丈夫约法三章，辛勤劳作赚钱养家；丈夫离家出走后，忠诚婚姻不改嫁，上养婆婆下养儿；最后，是大团圆式的结尾，黄小五衣锦还乡回到李秀英的怀抱，全家人奔向深圳开启新生活。本文文笔细腻，将黄小五家境的贫寒、李秀英摘菱角做菱米豆腐、刘秀英尽心赡养婆婆等场景描写得极为详尽，有很强的感染力。人物有血有肉，形象鲜明，读后难忘。

（钟情老师）

他筋疲力尽的身躯被江水卷走，冥冥之中，他想到了女朋友小芳。

心中的玫瑰

吴向东大学毕业后，留在省城。

父母想儿子回到身边工作，吴向东一直不同意。因为他心中有牵挂，等了三年，他才勉强答应。

参加了本市的公务员考试。经面试，分到了市教育局。由于上班时间还有两个多月，他想利用这段时间将近视眼矫正，摘掉这可恶的镜子。

矫正手术十分成功。他在家里休息，可时不时地想到小芳。一想到小芳，他心中就有些坐立不安。

过早时，听妈讲：长江公园开放了，十分漂亮美观，值得去看看。

他也想出去透气，活动活动下筋骨。医生说：要想视力恢复正常，必须经常在开阔的视野，放眼世界，可去钓鱼，将视力点推向远处。

正值春暖花开，阳光灿烂，他迎着和煦的春风，来到了长江公园。他一边走，一边观察着往来的游客。

公园依江而偎：一边是荆江大堤，一边是高高的围栏。围栏用松木制成，漆得古朴光亮，十分壮观。围栏边长满了葱郁的小草，如绿毯一般，毯子中间点缀着牡丹花、玫瑰花。

牡丹花硕大而雍容华贵，气质高雅，真不愧为我中华之国花；玫瑰花朵凝练而艳丽，象征着火热的爱情和坚贞的节操。想到此，他的内心深处有点羞愧难忍。他给心爱的小芳送花，想给她一个惊喜，独出心裁，精心挑选了三朵色彩不同的牡丹花。万万没有料到小芳接过牡丹花，恼怒地将牡丹花扔到了楼下，将他赶出家门，从此不再理他。无论他怎样努力，小芳发誓：和他一刀两断。

他一会儿瞧瞧玫瑰花，一会儿又看看牡丹花，琢磨着这其中的奥秘，慢慢地他似乎悟出了其中真谛：牡丹花体态雍容华贵，应该是少妇的象征，也是母亲的象征，代表我中华母亲；玫瑰花精致而红艳，象征着纯真的少女。难怪小芳生气，好像我辱没了她的贞操，送牡丹花等于是在骂她。

152

他想马上给她发微信，但微信早被她拉黑发不出去，电话不接，只能给她写信，向她赔礼道歉。告诉她，自己是太浅薄无知，又想标新立异给她一个惊喜，才无意中伤害了她。古人云："不知者不谓罪。"求她原谅自己。

围栏下有人在长江里钓鱼，前面有一群小朋友在码头上玩耍——这该有多危险啦！他在内心感到担心。

他从小就对钓鱼充满了好奇，想利用这半个月，尝试一下钓鱼的乐趣，让视力尽快恢复正常。先去摸摸行情，看他们用的什么诱饵，是不是一竿一钓，都能钓到一些什么鱼，钓竿有多长等等都必须搞清楚，明后天就来实践实践。

刚走到两位垂钓者的身边，就传来了"快救人啦！快救人啦"的呐喊声。他赶忙跑过去，脱掉那双笨重的皮鞋，就纵身跳入水中。

江水在流动，小孩已不见踪影，咋办？只能顺水往下游寻找。果不其然，在他的前方，小孩露出了黑黑的头发。他急速地游过去，一阵摸索，终于抓到了小孩的头发，将小孩提出水面，再将小孩的腰部抱着。小孩吐出了几口水，睁开了双眼。他对他说：抓紧我的衣服。小家伙真乖，于是将他的上衣牢牢地攥着。他想奋力往岸边靠拢，可江水流速较快，根本无法靠近，只得顺江水而下。下的同时，往岸边推进，好不容易靠了岸，但岸边太徒，水又深，他不敢松手，不得不寻找希望之地。下方不远处有一棵青草，他赶紧将小孩拽过去，"快抓住青草"！小孩有救了。

就在小孩抓住青草的一刹那，他那筋疲力尽的身躯被江水卷走。冥冥之中，他想到了小芳。他一定要求得小芳的谅解，他还不能死。他在水中挣扎，他要马上给小芳写信，一股力量从心中发出。他从江水中冒出水面，吐出了几口江水。隐隐觉得前方左边有一浅滩，小时候在那玩过，于是他奋力游向浅滩。

到了浅滩，他再也没有力气爬起来，只能躺在浅水中。

小孩抓住青草，哭泣着寻找着他，有几次差一点放手去找他。

那群小伙伴终于发现了他，在两位垂钓者的帮助下将小孩救上了岸。

傍晚时分，吴向东才从浅滩中站起来，他踉踉跄跄地向家里走去，他要马上给小芳写信。

与你共品：

　　本文补叙部分的情节令人捧腹大笑，也极为重要，向读者交代了小芳发誓要和吴向东一刀两断的缘由，也衍生出下文吴向东想要给小芳写信求得原谅的情节。正是这股力量支撑着他战胜疲惫，战胜江水，奋力游向浅滩，顽强地活了下来。结尾处，死里逃生的吴向东决定马上要给小芳写信，这样的结尾水到渠成，毫无突兀之感。围栏边的玫瑰，花店里的玫瑰，现实中的玫瑰，心中的玫瑰，象征着热烈爱情的玫瑰，带给人无穷力量的玫瑰，彼此交织，互相点缀，相映成趣。

（钟情老师）

（此文发表于《中华文学》2022 年第 7 期）

小刚十分高兴，一下子抱住女老师大声地说："我有妈妈了，我有妈妈了！"

寻找妈妈

元宵节的鞭炮声还在耳边震响，各所学校就在春节佳肴的香气里忙碌起来。

爸爸检查完王小刚的寒假作业，将他叫到身边，耐心地告诫他：做作业要细心，做完后要认真地逐题检查。你看这几题如果你稍加检查就不会把单位写错，以后做题要按流程进行。做题先审题，审准了题，再动笔做，做完后再检查，这样就可以得高分。爸爸明天就要走了，在家里要听爷爷的话。

王小刚连连点头，并用狐疑的眼神望着爸爸说："爸爸，别人家的孩子都有妈妈，我为什么没有妈妈呢？"小刚说着便流下了眼泪。

爸爸抱起小刚，安慰他说："你不是还有爸爸，有爷爷吗？有爸爸有爷爷就够了！爸爸对你好，爷爷对你好，你不是很幸福吗？"小刚一边点头，一边说："别人家的孩子，有爸爸，有爷爷，还有妈妈咧！我怎么就没有妈妈呀？"

爸爸抚摸着小刚的头，告诉小刚："妈妈到很远很远的地方去工作了，要过很久很久才能回家。等你长大了，就会明白。"爸爸说着说着，眼眶里便噙满了泪水。

小刚明白了爸爸的话，不再向爸爸追问妈妈了，但心里十分不是滋味：他想妈妈，他要妈妈。

第二天清晨，太阳刚从地平线上冒头，爸爸就带着行李箱，踏上了去深圳的路。

小刚醒来，从床上爬起。

爷爷大声地催促他去洗脸刷牙，准备吃早餐，吃了早餐要到学校去报名上学。

小刚四处寻找爸爸。爷爷告诉他："爸爸在太阳刚冒头，就踏上去南方的路。"

小刚想爸爸，知道自己永远也不会有妈妈了。他坐在门角处流眼泪，小声唱着："有妈的孩子是个宝，没妈的孩子是棵草……"

爷爷端来了热气腾腾的鸡蛋面，把面碗放在桌子上，便大声喊："小刚，快来吃早餐啦！"转过头来，看见小刚在门角弯里流眼泪哼歌。

小刚跑过来，抱着爷爷的双腿，哭着说："我怎么没有妈妈呀！"

爷爷弯腰将小刚抱起来，对小刚说："你妈在生你时，就去世了。你七岁了，你妈走了七年咧。"说着，也流下了泪水。

小刚想妈妈，晚上就梦到了妈妈。妈妈是那样的年轻漂亮，好像后老师。醒来后，他也觉得奇怪，后老师，怎么像梦里的妈妈咧？他百思不得其解。

吃了早餐，爷爷带着他去学校报名。报名时，学校要收校服费、班费……合起来是 210 元。爷爷手中没有那么多，只得回家去想办法。小刚不肯离开，他想看看后老师。

爷爷说："走，小刚，明天把钱凑齐后再来。"

俩爷孙刚走到校门口，就遇到了后老师。小刚一见后老师，就跑上去，叫了声"后老师好"，差一点喊成了妈妈。后老师，一把将他搂在怀里对他说："王小刚，作业完成了没有？"

小刚高兴地说："全做完了，爸爸给我检查了几遍。"

后老师抚摸着小刚的头说："报名没有，9 点钟进教室。走，跟我进教室！"

爷爷对后老师说："要交校服费还有什么费，一共要 210 元，我没带这么多钱，明天来。"

后老师赶忙从手提袋中拿出 210 元给爷爷去报名。爷爷不好意思接，后老师说："没关系的，您下次来还我就得！"

爷爷这才去报了名。

小刚跟着老师进了教室，教室里坐满了学生。他也找了个地方坐下，一双大眼睛黏糊糊地望着后老师，后老师从小刚的眼神里察觉到了小刚有话要对自己说。好不容易等到了下课，后老师对小刚说："到我办公室来！"

小刚十分高兴地跟在后老师的身后进了办公室，后老师关切地望着小刚说："小刚，有话跟老师说！别怕。"

小刚含着泪水对后老师说："我没有妈妈，你能做我妈妈吗？"说完就靠着后老师身边。后老师抚摸着小刚的小平头说："我当你老师不是很好吗？""老师是大家的老师，当我妈妈，才是我一个人的妈妈。"

"小刚，你说得对，我是大家的老师，但还是你一个人的妈妈！"后老师哭了，小刚也跟着哭了。

后老师想到自己早已失去了做妈妈的资本。十五岁那年，得了肾炎，拖了两年，失去了生育能力。也就是这个原因，男人们都避瘟神般地躲开自己，造成自己至今没有成家。这孩子一出生就没了妈妈，这么粘着自己，她确实不好伤害这孩子，就悄悄地对他说："在没有人的地方可以喊自己为妈妈。"

小刚十分高兴，跳起来抱住了妈妈，还大声地说："我有妈妈了，我有妈妈了！"

晚上把这个消息告诉了爷爷，要爷爷打电话告诉他爸。他爸喜出望外，又和后老师彼此加了微信。

半年之后，在小刚努力地撮合之下，后老师走进了小刚的家中，成了他名副其实的妈妈。

与你共品：

这篇小说饱含温情，读之潸然泪下。小刚是个苦命的孩子，打出生就失去了妈妈，爸爸又常年在深圳务工，平日里只能和爷爷相依为命；小刚又是个幸运的孩子，后老师为他垫付学费，听他吐露心声，允许他喊自己妈妈，给他母亲般的关爱和呵护，并最终成为他名副其实的妈妈。后老师身上散发着人性的光辉，明亮而不刺眼，如此灿烂温暖，改写了小刚这个不幸孩子的命运，最能打动人心。

（徐收业老师）

有一天，艳阳高照，微风煦暖。我抱着 6 个月大的女儿，从杨厂堤上下坡，走到半坡中，看见了刘家大儿子。我十分高兴地喊了声"刘厂长"，他把头抬起来见是我，没有回应。我以为他没有听见，又大声地叫了一声，还是没有回应。

后来听几位同学说他是这德性，比他差的人他一律不理睬。村里人都在议论他：说他小人得志，蹦跶不了几天。

无地自容

20 世纪 70 年代初我在一家农户家里做上工（做缝纫）。这家农户家里有个大儿子比我大一岁，在一家轧花厂工作，听说是亦工亦农出去的。那个时代能够在城镇里上班，本身就高人一等，等于一只脚已经迈出农村进了城市，是令人十分羡慕的事。

吃中饭时，他大儿子回来了，原来我们在同一学校读书，他高我一个年级。后来，复课闹革命，合成了一个班。我们彼此认识，见到我，用十分鄙视的口吻对我说："你怎么做起裁缝来了呢？"我苦笑着说："身体出了毛病，干农活干不起，就只有做手艺这一条路。"他不再和我说话。

吃完饭，他问他母亲："他衣服做得怎样？"他母亲笑着说："他是这一带顶尖的裁缝，做出的衣服不仅合体，而且样式时尚，像从城里买来的一般。因此，接他做衣服的人特多，找他缝衣服，还得提前半月订嘞！"

他转身来到我身边，对我微微地笑："看样子，你手艺还不错呀！"

以后，我在他家做上工，经常碰上他回家。回家后，我俩聊得挺开心的。

沧海桑田，斗转星移。我到大队办学校教书两年后，上了县师范学校，毕业后留在了县里一所高中学校任教。听说刘家的大儿子刘名洋当上了油脂厂的大厂长。把几个弟兄带到了县城，父母亲也跟着到了县城，乡民们都惊羡不已。

有一天，艳阳高照，微风煦暖。我抱着6个月大的女儿，从杨厂堤上下坡，走到半坡中，看见了刘家大儿子。我十分高兴地喊了声"刘厂长"，他把头抬起来见是我，没有回应。我以为他没有听见，又大声地叫了一声，还是没有回应。

后来听几位同学说他是这德性，比他差的人他一律不理睬。村里人都在议论他：说他小人得志，蹦跶不了几天。

我心里一直在想，家乡人遇到了彼此打一下招呼，有必要拿架子吗？你官当得再大，又没有人找你的麻烦，何苦这样呢？

时光似流水，一晃又过去了十多年，听说他早就不在油脂厂了，调到县工业中专当校长。但校长未搞几天，就被双规，后来免职在家里闲玩。

一天，我一老同学跑来找我帮忙，说是刘名洋委托他来的。我说我们是老乡，还是同学，熟得不能再熟，他怎么自己不来，要你来当媒婆！他说与你不熟我才来的。

我把他的故事讲给老同学听，老同学好笑。说他那时当个大厂长，权力膨胀，不可一世。家乡人中除了两个比他地位高的之外，一律不理睬，眼睛长在额头上。

我说请你转告他：找我帮忙，必须自己来，我会给他面子的。

刘名洋在一个雨过天晴的日子里，来到我的办公室，刚进门就大声喊："老同学，你好啊！"

我抬起头来，朝他笑了笑说："欢迎光临！请坐请坐！"说着我从座位上起身，指着沙发椅，示意他坐。

办公室里小李为他泡茶，他尴尬得有点坐立不安。

我先开口问他："刘厂长大驾光临，有何指教！"

他赶忙说："还是什么大厂长，早就是闲人一个，喊我老刘，或是老同学就好。"

我说我俩不仅是老乡，还是同学，虽然你高一届，后来不是在一个班里待了半年啦，应该说是同班同学也无偏差。他赶忙说："就是，就是！"

"父母亲还健在吧?"他说:"母亲已去世多年,父亲还在,身体还好,可以自理。""这就好,他老人家以前对我是格外看重的,见我就说:你不会久居乡下的,做裁缝只是权宜之举。还真让你父亲说对了。"

　　老同学,我们那个乡镇出来的人据我所知好像不到一桌人,别个乡镇有上百人的。他们都十分团结,互相帮衬,发展得也非常好。我们这边本来出来的人就少,切不可互相排斥,彼此轻视真不是明智之举呀!应该互相尊重,彼此支持才是呀!只要不是违反原则的事,不要搞得如此僵化,今天你来得正好。我来打电话将其他几位老乡请来一聚,以后和睦共处,互相帮衬,彼此关心,把工作搞好。你的事,我帮你完成。你放心,不违纪也不违规,举手之劳。

　　他望着我不知所措,沉默了片刻才说出"谢谢"两字。

与你共品:

　　得意而不忘形,位尊而不骄纵,这是这篇小说告诉我们的为人的道理。小说中的"刘厂长"与"我",都经历人生起落,但彼此对待对方态度截然不同。孰优孰劣,谁高谁下,读者自有明判,难能可贵的是"我"能以德报怨。小说标题"无地自容"言简意赅,意蕴深厚。

　　立困顿而不绝倒,处低谷而求攀登,这是这篇小说告诉我们的面对生活的态度。"我"从"做裁缝"出身,一步一步考取师范,走向讲台,成为校长,这是一部励志的人生。从这个角度说,每个辜负美好日子的人,那也是另一种的无地自容!

(喻道军老师)

生活有时候过于平静如水，也会觉得乏味，不知是谁在平静的水面上扔下一颗小石子，顿时有了波澜，生活也就有了情趣。

三毛下岗记

文三毛这名字一听便知是个绰号。他头顶上的长发像野草被锄后的幸存者，三根趴在发亮的头皮上，像三根细长光洁的粉丝，可怜兮兮地随时都有可能被主人粗壮的指头划出局。但像三个坚强的战士，守卫着辽阔的版图，一年又一年。它们不但没有丝毫的退缩，还长长了许多，企望用长度来圈住自己的领地。

文三毛有个嗜好——牌瘾特大。据说与这三根长发有关。只要有人陪他玩牌，他可以七天七夜不下火线。其目的是想将这三根长发玩掉。起初他那满头的青丝密得每次理发师傅都要用剔剪打掉一些才能梳得动。但几年日夜的玩牌，大批的动摇份子纷纷地离开了头顶，唯有这三根不弃不离还长出了老长。

前些年老婆不准他昼夜玩牌，其目的是要他保住这三根长发，还给他取名叫"三毛"。可近些年来，不知什么原因？老婆却忘了夙愿。据老婆的闺蜜透露——那是他每次玩昼夜牌后，均要给老婆掐红。

单位放了寒假，文三毛和几位牌友躲进王单身家里玩了五天五夜的牌，直玩到腊月30的早晨，文三毛掏光了口袋里的人民币弹尽粮绝才收兵回朝。

牌友们均走了，他闷闷不乐，悻悻然从王单身家里走出来。尽管有些恍惚，但始终记得手中没了钱。既没有食材提回家，又没有钱给老婆掐红。空空地回家那是万万使不得的。

他高一脚低一脚地向朋友家走去。到了朋友家，将朋友叫出来，十分为难地向朋友借了250元钱。便飞快地向菜市场奔去，几次撞到电杆上。脑壳躲得快，将膝盖撞青了一大块，疼痛难忍，但丝毫没有减慢速度。

他必须赶在菜市场收摊之前买到老婆叮嘱几遍的食材。他买了只大母鸡，大母鸡炖板栗，那是老婆的最爱。板栗家里还有。要团年，必须买条一斤多重的鲤鱼——去做菩萨鱼。还得买几斤猪肉。

他知道必须抓紧时间赶回去，搞迟了老婆不好安排，还会将团年饭推迟。团年饭太迟了会给来年带来不吉利。

他提着两袋食材一边想一边跌跌撞撞地向家里奔去。

尽管天上飘着白花花的大雪，可在他眼里却是淡黄色的，甚至还嗅到了炒鸡蛋的香味。他昨天晚上就没有吃晚饭，现已饥肠辘辘。他张着嘴巴不断地翻卷着舌头，吞着冰凉的口水，像嚼食物一般嚅动着嘴巴。

老婆正准备上街去购买还缺的食材，口里正骂着他：这死东西还不回来！他笑嘻嘻地回来了。老婆望着他责骂道："你还没死在牌桌上！"他马上说："过年了，怎么能说不吉利的话呢?"老婆望着他手中的食材，没再作声。

他便向老婆说："本来只玩三天三夜的，这段时间手气特好，赢了他们好几千，他们硬是不肯放手，耐着玩到今天早晨，把赢的钱基本上"还"给了他们，他们才肯罢休。五天五夜就只赢了500元，真划不来！老婆给你掐红100元。"

老婆一听说赢了500元，脸色一下子晴朗起来，接过文三毛递过来的100元，更是眉飞色舞，高兴地说："我初二回娘家，可以给二老买两件新衣了！"

文三毛走进房间，此时饥饿感已没了，瞌睡来了人困马倒，一头栽倒在床上，连鞋子都没来得及脱，便鼾声如雷起来。

团年饭时，却怎么也喊不醒他。等他醒来，已是正月初二的早晨。

老婆已骑上自行车，带着100元掐红买来的新衣，兴高采烈地回娘家敬孝道去了。

他上了厕所，洗了把脸，把头伸进镜子前瞧了瞧，那三根长发不知什么时候下了班。他摇了摇头，感叹地说：老婆呀，老婆！什么保护三根毛，那都是扯淡，喜欢掐红才是真！

与你共品：

三毛爱打牌，会哄老婆，还会安排生活，使得小日子过得苦中有乐，酸中有甜。生活中充满酸甜苦辣，这就是人生。

人们把吃香的喝辣的，看成是最幸福，最理想的生活。其实像三毛一类人也不少。

平淡的生活过久了，人就不免会去寻找刺激，在一定范围内大众都能认可，能守住底线的就是智者。

（黄福生老师）

钱这玩意儿，能引发人的很多很多的歪心眼。坑、蒙、拐、骗无所不用其极。即使是几十年的老朋友，在金钱面前也会出幺蛾子。

挚 友

我和李大安是小学中学师范的挚友，几十年的交往，感情十分深厚。李大安前两个月退居二线了，在家里闲着，听说我在武汉办美术培训班，想来帮我管点事。我答应后，他满心欢喜地过来了。

我将整个培训部委托他全权负责。

整个培训部192个学生，5个班，食宿均在培训部的大院里，校舍是租赁的，钱已给了何老板。何老板打了收条，但未签合同。我走时，委托李大安代签。

半个月后，接到他的电话，要求提高生活费。在原来每月每生400元的基础上还要加收100元。在当时400元就比较高了，再加收100元可能会引起风波。

他给我算账，这半个月已经亏了5000元。按这种生活标准下去，一学期至少要亏3万元。不加可以，你准备贴3万元。

我慌忙赶到武汉，我说你缺乏食堂管理的经验。像这样，我可贴不起呀！你将食堂这块拿出来，只管培训部那一块，工资不减，怎么样？他说，如果拿食堂，我就回去算了。

我知道他只对食堂感兴趣，明摆着只想捞钱。望着他离去的背影，心里在说，谢天谢地，半月里居然亏了5000元？真是岂有此理！

晚上他给我打来电话，说要找我借3万元，说什么投资10万元还差3万。

我向他解释：我因为办学校办证受阻，赔了80多万元，现在办培训部都是出于无奈，哪有钱借你呀！

你不借是吗？你不要后悔！

我有点丈二和尚摸不着头脑，他在搞什么名堂？一时半会，我想不出……

到了下午，租赁房子的老板通知我，说此院内的房子已租赁给了别人。我赶过去见何老板，何老板将合同书呈到我面前，你自己看。我一边看，一边在想，老李居然在代我与何老板签合同时，签的自己的名字。

何老板说，既然签此合同的李大安与你培训部不是一起的，那你马上离开此地。我想向何老板解释解释，何老板态度十分强硬。限你一天时间，明天上午将学生老师撤出我这里！何老板，我当面不是给了你2万元租金，你不是还写了收条吗？我是写了收条，但合同是李先生签的，再说他已从财务人员那里将收据拿在手中。我这才恍然大悟。

我给李大安打电话，电话关机。怎么办？搬家，谈何容易！再说一时半会到哪里去找新地方？没办法，我通过另一同学才打通了他的电话。他十分得意地说：后悔了吧？马上将3万元汇在我账上，一切都好说。

事已至此，不得已只得答应他的要求，但你向何老板说好，将合同书上的签字改为我的才行啦！他说这不难，你给何老板重签一纸合同，将3万元给他就没事了！

事完之后，他打电话说，老田，你不要怪我，世上哪有这样的事？你自己吃大餐，就不给手下一口汤喝？哈哈哈哈！

与你共品：

小说中李大安虽然和"我"既是同学，又是几十年的挚友，当他恳求在"我"这里谋职时，我真诚地给了他机会。可他也没少挖空心思坑"我"。

人啊就是这么一种难以琢磨的动物。

现实生活有时会伤害到你，但也能让你长见识，长才干。所以人不要去抱怨现实。要的是长见识。

（黄福生老师）

（此文发表于《中华文学》2022年第6期）

早上起床，先漱口，再洗脸，到办公室，先倒杯开水，再打开电脑查看文件。天天如此年年如是，也就习以为常。

惯 性

老苏手中捧着 A 公司发给他的大红本——法律顾问证书，觉得沉甸甸的，心里在琢磨：既然正式成了 A 公司的法律顾问，就必须弄清他们的运作方式。不然就难以确保 A 公司不触碰法律这条红线。

应吴经理之约，先到公司里去转转，了解了解情况。中午吴经理还专门为他的到来备好了酒席。

公司生意兴隆，来贷款的客户络绎不绝，公司人员都在忙着与客人签合同，发放资金。

酒席上，吴经理介绍，发贷容易收贷难。好收的只占一半，要费周折的占一半中的一半，最后收不上来的占五分之一。

正说着，吴经理的手机响了："不好意思，接个电话。"吴经理准备起身，却突然坐下来说："苏主任，你现在已是我公司的法律顾问，让你知道好。""喂，吴经理，他家里一无所有，怎么办？""把他带回来，放在老地方。"

老苏听了，赶忙说："吴经理呀，怎么能带回来还关起来呢？这是涉黑呀！不能这样！不能这样！"

"十年来，我们都是这样做的。"吴经理说，"像这样的无赖，不给他点颜色看看，他有钱也不会还！"老苏摇了摇头说："这么下去，迟早要出问题的。"

吴经理苦笑着说："你看怎么着？""等我先摸清楚运作方式，结合现有的法律，再来权衡利弊，规避风险吧！"

过了两周，老苏根据相关的法律条款，针对 A 公司目前的运作方式，搞出了一整套新的运作方略，并将此方略交给吴经理，让他去征求股东的意见。

吴经理还没来得及给股东们看，就彻底否定了此套方案。问题出在门槛抬高了很多上：要抵押，要担保。这样一变，和银行贷款一个样，谁还来此贷款。因为银行的利息比小额贷款公司的低得多，小额贷款之所以能够生存，就是贷款没门槛，只要想贷款，签合同就可以贷到位。

方案被否定，老苏觉得在这儿当顾问缺乏安全感，于是请求辞职。吴经理听了大发雷霆："老苏，我们之间是签了合同的，即使要走也得把两年合同期干完！"老苏说："你们这样，触犯国法，要坐牢的！""我们这样干了十多年，都没有出什么大事，你一来，就要出事了?!"老吴铁着脸，气愤地说。

看来，辞不了职那就只能消极怠工，公司里的事不管不问，发不发工资无所谓。但吴经理早已看出他的心思，抓住他不放，大事小事都找他咨询商量，还不断地将他带出去讨债抓人。

刚好他有一辆小车，每次去收款就要他当司机，给他高额报酬。他习惯了，每次与其说是跟着出去，还不如说他是领队准确。

刚开始他十分厌恶那些黑道上的年轻人，手背手腕上都绣满了龙头、老鹰，看到他们，心里就砰砰地发跳。时间一长，他也就习惯了。收不到钱，将人强行带回来，关在地下室里，严刑拷打。他虽然没有亲自出面，但他十分清楚，也知道这是犯法，但早已习以为常。又没有其他办法，只得睁一只眼闭一只眼让其成为常态。

一天，将一女人强行抓来关了两天。此女人是一高官的亲戚，高官知道此事后派人一落实，惊恐万状：如今还有人敢私设公堂，真是目无王法！一纸诉状将 A 公司告上了法院。

法院经过三个月的调查审理，吴经理被判有期徒刑十年，老苏被判了八年。

老苏的家属不理解，跑到法院查案底，发现每次抓人关人逼款都有老苏参与的证人证词。传给老苏听，有一半数老苏自己均不知晓，但人证物证俱在已成铁案。他只得认命了。

与你共品：

法律顾问学法，知法，懂法。但在利益的诱惑下也会干些知法犯法的勾当。这的确也是现实的写照。

所以企业家与他们打交道，每时每刻都得多长个心眼。

小说以"惯性"为题，反映社会现实，揭示社会生活。表现人性的真实。

（黄福生老师）

有500元，请科任老师在酒楼里搓了一顿。说是张思贵的家长给的500元，委托我请大家的。老师们听了十分高兴，觉得此家长还比较够味。喝酒时，大家十分庆幸，认为老师是天底下最好的职业。

看到老师们高兴，我也高兴……

请　吃

司马书记笑吟吟地跟我说：晚上到一学生家里去喝酒，你把课安排好。

我好奇地问：哪位学生？

书记告诉我：就你班上的张思贵。

我更加感到惊奇。我班上的张思贵，考上了中专是值得请客，怎么要书记来接我？这是何道理？我的那些改变了张思贵命运的科任教师呢？

下午上完了最后一节课，已是5：40，书记又来邀我一同去。

走在路上，我前后看了看，全是领导，只有我一个"枯皮"（老百姓），这是怎么回事？难道张思贵家长只请领导？又怎么要来邀我呢？

到了他家里，酒席早已摆好，"书记校长请上坐！"张思贵的爸爸大声地说。我站在一旁，脑子里还在嘀咕，全是领导，我在这干吗？于是我说，大家都是领导，我走。说着便迈出门外。

他爸赶出来，对我说："你不是团委书记吗？"我说不是。张思贵的团组织关系是我帮他办的。他爸听我说不是团委书记，便转身进了屋。

在回家的路上，我一路小跑，感到一种莫名的愤怒。像无辜的被人扇了几个耳光，我想骂娘，骂世上一切不公平的人和事。

回到家里，我居然流了眼泪。平生第一次流眼泪，不是为了这餐饭，而是为了那些尽职尽责、辛辛苦苦为学生无私付出的可亲可敬的科任教师寒心，抱不平。

记得刚接这个班级时，张思贵是班上倒数第 5 名，数学李老师为他辅导数学，耽误了半年的星期天；英语老师为他背记单词连自己的小孩都未接过；物理老师每天下了晚自习都要辅导半个小时；我给他辅导作文，为了提高作文水平，一篇作文给他改过八遍，他的字写得潦草，歪歪扭扭，我手把手地教他握笔，告诉他把字写工整，写快，督促了好长一段时间。像这样差的学生，是老师们用心血汗水浇灌培育出来的。前几天，老师们都在讲：张思贵的家长不接老师喝酒就太不够意思了。

如果今天的事让老师们知道了，他们应做何感想？他觉得此事不仅不能让科任老师知道，也不能让任何人知道。

晚上躺在床上，想和老婆商量，但又怕老婆骂他憨逼。家长不请，你班主任请，算哪方神圣！你还在这世上做人，还当班主任！不同老婆商量，手中羞涩，去哪里找"哥哥"去？终于想到一个钱袋子——妹妹手中有钱。

第二天，我避着老婆，找妹妹借了 500 元。反复交代，不能告诉她嫂嫂。妹妹说：哥，你也太可怜了。你这班主任当出了水平，妹支持你！

有 500 元，请科任老师在酒楼里搓了一顿。说是张思贵的家长给的 500 元，委托我请大家的。老师们听了十分高兴，觉得此家长还比较够味。喝酒时，大家十分庆幸，认为老师是天底下最好的职业。

看到老师们高兴，我也高兴。

与你共品：

小说的前半部分令人忿恚。家长的世俗势利，官员们白吃白喝的理所当然与习以为常。小说的前半部分巧设悬念，中间情节反转，凸显了"我"的傲气，也揭示了世态炎凉，发人深思，耐人寻味。

小说的后半部分让人鼓舞。傲气的"我"又是"慷慨"的我，在自己经济拮据的情况下不惜借钱请真正该吃的人吃饭，还假说是家长的委托，解气，豪气，霸气！

（喻道军老师）

张芷薇跟着钟老师五年，成了 A 校的英语骨干教师。钟老师因得了孙子，离开 A 校带孙子去了。走时，对老校长讲，两个复读班就让小张去带，没问题的，比我强。

厚　颜

白天在超市里上班，晚上学习英语。她一边听录音，一边背记单词，录音磁带都换了两三盒，五年下来，学完了《许国璋英语》全册。又找来了初高中的英语教材，觉得自己完全可以当中学英语教师了。但没有大学文凭，谁要？她十分苦恼。

一闺蜜帮她在市场上弄了两个假本本——江州文理学院的本科毕业证及中学英语教师资格证。望着这两个红本本，她既高兴又心有余悸。

但想到学校里去工作，让她不得不铤而走险。她毅然决然地想去试试运气，但只能去民办学校找福星。

前两次均失败了，招聘人员一眼就发现她的毕业证是假的，她像个小偷，低着头，满脸羞涩地悄悄地逃离回家。

过了一段时间，听人说 A 市新开办了所民办高中，她觉得可以去试试。

她期待有好运气，能遇到好人或愚人。

周一，天气晴朗，艳阳东升，她心中充满了阳光。一路上，她回忆着上两次失败的经过，觉得是自己缺乏底气所致。当时，她拿着毕业证手就在发抖，心也在怦怦直跳。让招聘员看出了破绽，今天必须理直气壮一点。她反复地鼓励着自己，把两个拳头攥得紧紧的。

到学校，门卫问她干什么的？她底气十足地说：来应聘当教师的。到了招聘办公室，她说她大学毕业五年了，一直在家里照看中风的妈妈，现在老妈可以生活自理了，她便出来找工作。

她一边介绍自己，一边将手提袋中的两个红本本递给招聘主任。

招聘主任见多识广，一眼便看出本本是假的。但由于英语教师紧缺，没有点破，将一套高中英语综合试卷递给她，要她在两个小时内完成。然后便走出办公室，打电话将假本本的事向校长做了汇报。校长说：让她做完试卷后，再说。

很快，两个小时就到了，她将试卷呈上来，招聘主任要她明天上午在家等通知。

她忐忑不安地回到家里，整夜难眠地期待着明天的太阳是圆的。她反复琢磨着成功的关键应该在试卷上，她觉得自己答题时，虽然遇到了几道难题，但总的看来是比较顺利的，打个120分应该没问题。于是他开始有了信心。

第二天，圆圆的太阳从地平线上升起，格外的红艳，映红了她的心情。她感到了好运的到来，她就要成为一名高中教师了，她有点欣喜若狂。但毕竟没得到成功的通知，她悬着的心还没有落下来，悬在中间，像七上八下的吊桶，搞得她吃饭都没有一点胃口。

手机响了，是学校打来的，通知她到学校去签合同。她喜出望外，提起手袋，蹦跳着往外跑，像一只可爱的小兔，更像一只从笼中出来的欢快的小鸟。

到了招聘主任办公室，按要求签完了劳动合同，主任要她到校长办公室去面试。

按常规，应该先面试再签合同的，校长刻意为她做了调整。

她的心又小兔般地蹦跳着，特别厉害。她有点承受不住了，去厕所里缓冲了一下，努力地镇定着心跳，慢慢地从厕所里出来向校长办公室走去。

在敲门时，她要求自己面带微笑地进校长办公室，给校长一个好印象。

校长是位年过六旬的长者，慈眉善眼。

一进办公室，校长起身对她说：你是张芷薇老师吧？她微笑着，连忙点头。

请坐！不要紧张。我们来谈谈，是你自我介绍，还是我问你回答呢？

张芷薇有些腼腆，低着头，不敢直视校长，未及时回答。

还是我问你答吧！小张啊，你没上过正规大学吧？这不要紧，只要有真本事。我也没上过正规大学。

她听到校长这样说，赶忙回答：我只读完了高中，下学后，一直在自学。

没当过老师，没上过讲坛吧？

没有。

不要紧，现在离正式给学生上课还有二十多天，我给你找了位师傅，让她来教你，你只要谦虚好学，珍惜这梦寐以求的工作，就可当好英语教师。

说着起身打电话，请一女教师过来。

女教师40多岁，蛮有气质的那种。

一进门，校长便对她说：钟老师，我给你找了位徒弟，从今天起，你就是小张的师傅。又对小张说：好好跟师傅学习，师傅本事大着呢！好好学，名师会出高徒的。扭头对她说：你到外面等一下，我和钟老师还讲几句。

小钟呀，小张交给你。她没有上过大学，是自学的，你不仅要教给她知识，更要教给她当教师的规矩和经验，把她带出来，我有重奖。

张芷薇跟着钟老师五年，成了 A 校的英语骨干教师。钟老师因得了孙子，离开 A 校带孙子去了。走时，对老校长讲，两个复读班就让小张去带，没问题的，比我强。

张芷薇带了两届复读班，红遍了整个县市教育界。

就在她名声雀跃之时，A 中步入良性循环之际，她丈夫跑到学校向校长请假，说她病了，马上要到省城去看医生。

校长十分关心地询问她得的什么病？

她丈夫说：是妇科方面的，比较严重，还怕是癌。

校长不好多问，要他将检查的结果告诉学校，费用方面学校可以承担，学校可以派人过来看护。如不方便的话，自己请人，学校付工资也行。

她丈夫说，不需要。

张芷薇的突然辞职，把校长急得团团转，四处弯人求人才找了位退休教师给顶上。

半年之后，老校长才从老师们口中得知她辞职的真正原因：贵州一所民办高中出两倍的高薪将她挖了过去。

老校长十分沮丧，愤慨地说：这小姑娘，狼心狗肺！

两年后，她从贵州被辞退回来，在周边几所学校谋职均不成。又来 A 校，老校长望着她沉默好久才说：你回去照照镜子吧！

与你共品：

自古以来，衡量人才的标准是"德才兼备""真才实学"，二者缺一不可。虽然学历是入职的敲门砖，但"人品"与"水平"才是职场有为的垫脚石。张芷薇职场起伏就很好地诠释了这个真理，它关乎事业的成败，更关乎人生的起落。

（朱大法老师）

黄主任最后向我摊牌："不管你们学校有无责任，她孩子在你们学校读书，得了青光眼，花了好几万，你们学校尽点人道主义义务，给八千元，了事！"

青光眼

民管办主任打电话过来：说有家长投诉，要我马上过去。来迟了，怕家长到市政府去上访。

我急慌慌地跑过去，家长已离开。说等会再过来听结果。

黄主任怒火中烧，望着我大发雷霆："你们是怎么搞的？搞得家长四处告状！"

"黄主任您息怒，究竟是怎么回事？"

"近一个月内，就有三起家长上诉，说你们学校管理混乱。混乱都不说，学生出了事情，学校不承担责任。这么下去，你们学校还办得下去吗？"

您具体说说有哪三起？都是什么事？

"你学校管安全的张主任没向你汇报？前两起就不谈了，但这一起，家长的态度特别强硬。说她孩子光医药费就花去了一万五千多元，还有误工费、营养费、精神损失费以及交通费算下来不少于八万元。这么大笔数额，你们都不理不睬，是什么态度？"

我有点哭笑不得：黄主任，您了解事情的来龙去脉吗？"我怎么不了解？孩子的眼睛是飞起来的一粒石子砸伤后引发的。"黄主任十分肯定地说。

我压低声音，十分柔和地说：黄主任，石子砸伤，为什么没有外伤？砸伤了哪个部位？"砸伤的眼睛。"黄主任肯定地说。

您知道她小孩检查结果是什么？"是什么？是青光眼嘛。"黄主任有些得意地回答。

外伤与青光眼之间有联系吗？此时，黄主任沉默了片刻说："医生说是由外伤引起的青光眼。"

黄主任，本来我们都不是学医的，石子砸伤眼睛，眼睛一定会红肿或破皮流血。她小孩眼睛红肿了吗？破皮了吗？均没有。这是家长杜撰的，检查的结果是小孩的青光眼是天生的，先天性的青光眼。即便有外伤也不能造成青光眼！

174

黄主任低着头，沉默了片刻，才说："家长是这么讲的，看家长这么理直气壮，我也没有多想。她要八万元，我还和她讨价还价，最后她说八千元一分钱也不能少，少了她会到市政府去放骗，我才打电话要你来。"

我有点气愤地说：她一分钱也没有理由要。

黄主任有些愕然地说："为什么？"

我说：她孩子的青光眼与学校有半点关系吗？

黄主任十分肯定地说："怎么没有关系？石子砸伤眼睛不是诱因吗？"

您听她家长的话，石子砸伤，还砸伤了眼睛？有人看见了吗？全是她家长胡说的，您听她的话。

黄主任最后向我摊牌："不管你学校有无责任，她孩子在你学校读书，得了青光眼花了好几万，你学校尽点人道主义义务，给八千元，了事！"

我十分气愤：黄主任，您是管学校治安这一块的，您这么不凭事理处理问题，以后全市的家长都会来找您上访。这八千元我学校不会出半分钱。

黄主任抬高嗓音，拍着桌子说："不赔付这八千元，学校给我关门！"我说：如果出了这八千元，学校就真的办不下去了。黄主任，学校关不关门，也不是您说了算。此事不劳您费心了，我去向分管局长反映，看局长怎么说吧！

分管局长听了我的反映，打电话将黄主任叫过去，要我回避。

不一会分管局长笑着对我解释："我和黄主任找家长谈谈，如你所说，此事就算了结了。"

第二天，分管局长打电话要我过去，家长也在场。

家长当着分管局长的面对我说：本来，我们压根也没想找学校的麻烦，黄主任建议我们找学校要点支助费，同情我们家里困难支付这大一笔医药费，才要我们告学校状的。此事我们不找学校了，但孩子还要在您学校读书，希望您大人不见小人过，还像以前一样关心爱护我小孩。

与你共品：

  这篇小说截取校园安全治理方面的一个横断面，形象生动的表现了政府部门有些领导干部的官僚主义作风，切中了党风廉政建设中正在整治的庸政、懒政的社会弊端，呼吁政府要从实际出发，切实保障人民群众的合法权益。这些思想认识对于法制社会建设具有重要的启示意义。

（朱大法老师）

校长笑着调侃："我有言在先哪，今天欠主席一个面子，以后找机会来还，还请主席海涵！"校长抱拳送客。

欠　情

一位家长，一大清早带来了 40 多个民工闯进学校，要找校长。

保卫科的五位同志都没能拦住，科长急慌慌地去敲校长的门。校长赶忙起床，洗了把脸，口都未来得洗，就跑到了校门口。一群拿着武器的民工围着校长，校长十分冷静地说：大家少安毋躁，选一代表来谈。

里面走出来一个高个中年人，自我介绍说："我叫卢德旺，是政协的。我儿子刚从柳中转来你这里，昨天半夜里，翻墙摔折了大腿，现在医院里。学校必须派人去看护，还要交住院费。""说完没有？"校长说："你带这么多人来干什么？你是政协的！政协的就可仗势欺人！先要这么多人离校，我们再来谈。"校长瞪着卢德旺高声地说："卢德旺，要不要政协主席来！"卢德旺被校长的气势压着了，才挥手要民工们退去。

校长将卢德旺带到办公室，让他陈述他儿子昨晚翻墙的经过。陈述完后，校长估计学生已出寝室，才将卢德旺带到他儿子的寝室看案发现场。

寝室管理员讲：寝室里十点半熄灯，他可能是在十一点半翻出去的，他先将窗网四周的螺钉扭下来，再推开窗户翻下去的。

寝室员介绍完后，校长高声地对卢德旺说：学校的责任在哪里？你儿子刚转来还只有三天，不懂校规。再说他已是高三的学生，最起码也有 17 岁了。出了这样的事，你家长应该反思。你一个政府官员，不懂法律，请这么多人来学校打架，成何体统！

校长的一番话，说得卢德旺无地自容。

卢德旺走时还大言不惭地说："你们学校总得派人去看看我儿子吧！不管

怎么说，你学校在管理上还是有责任的！"

校长理直气壮地说："你先去照看儿子，我派人随后就到。"

卢德旺走后，校长要保卫科做证人笔录，准备家长打官司。

卢德旺有两位发小在教育局当副局长。一位叫王六，一位叫张五。他一进门便碰到了王六，便将儿子摔伤之事告诉了王六。要王六出面找学校要经费，他已找了几位律师朋友，帮他算好了账：医药费、手术费、营养费、误学费、误工费……这样算下来不低于 10 万元。

王六一听便说："这样算太多了，学校不可能承担这么多，但最起码手术费、医药费，也就是住院费必须由学校出，我来找校长谈！"

王六专程打电话要校长到他办公室来一趟。王六对校长说："卢德旺是我的总角之交，他儿子在你学校摔伤了，不管怎样讲，学校多少是有责任的。既然有责任，住院费你学校应该出吧！其他费用，我跟他说，那就算了。"

校长笑着说："王局啊，你真是会断案！像你这样处理，我这学校办不了几天就会垮掉。要给，你局里给吧！"说完拂袖而去。

王六觉得十分没有面子，对卢德旺说：这些大校长，只买一把手的账。我给你支一招，走司法程序，律师我来帮你请，在法律面前我看他还有没有这么鸟！

卢德旺又找到张五，张五认真分析了他儿子的所作所为：认为学校无责任，责任全在你儿子，你官司打不赢，学校不可能给你赔付的。我跟老钟关系还可以，学校以慰问的形式，给个三五千就可以了。

卢德旺大失所望，转身又去找王六。王六坚持要他走司法程序。

学校收到传票后，告诉卢德旺，不打官司，学校同意给你五千元慰问费。若打官司，一切按法院裁决行事。

经过半年的拉锯战，历经了三级法院，最后裁定：学校胜诉。

卢德旺搬来政协主席，校长笑着调侃："我有言在先哪，今天欠主席一个面子，以后找机会来还，还请主席海涵！"校长抱拳送客。

与你共品：

为了学校的利益，置多位领导的面子而不顾，是一位有魄力、不畏权势、相信法律、有人道主义精神的好校长。

（龙厚玉老师）

办完老妈的丧事，她像冲了凉水澡一般，全身清爽极了。每天带着爱爱在大道两边的人行道上溜达，来来往往的人们，均用惊羡的目光望着他。她心中充满了幸福感，老妈的离去，在她心里早已淡忘。

狗与老妈

护士李芳向张医生紧急报告，506病房的病人马小英没有生命体征了。请张医生赶快过来。

张医生过来后，问家属在哪？护士回答说，她女儿回去喂狗食去了4个小时还没来。老人已经走了多时，马上将遗体推到太平室去！

老人的遗体推到了太平室，女儿李淑芳第二天上午9点才过来。跑到太平室，望着母亲的遗像，没有一丝痛楚之悲，反倒有如释重负之喜。现在老母亲走了，再没有人干扰她一心一意地和狗爱爱过日子了。

李淑芳今年50多岁，未结过婚，一直拒绝谈对象。一生酷爱养雄性狗。在税务局工作了三十多年，养过七八条狗。开始养的是国产狗，后来是小洋狗，再后来是中等的洋狗。近十年来，先是一条外国狼狗，十分彪悍，和她关系亲密无间，可以说是两小无猜，她亲昵地称它为"小弟"。

五年前，她老父亲过来做客，刚进门就被狼狗小弟咬伤了，后来在医院住了几天便一命呜呼。

在社会的巨大压力下，她才忍痛割爱将小弟处理掉。她整天以泪洗面，不知是哭父亲，还是那狼狗小弟？

后来她几经周折，到武汉狗市场买了条全身雪白的比狼狗还要高大帅气的牧羊犬。此犬性情十分温顺，特通人性。

她特别喜欢这条牧羊犬，还给它取了个充满爱意的名字——爱爱。尽管花了 4 万多，现在看来还挺划得来的。爱爱来家后，她买来了精良狗食，还每天早晨在菜市场排队买新鲜猪肉、鸡肉。她知道爱爱不喜欢冰冻的，剩下的骨头肉鱼它也不爱，因此，每餐弄了好吃的肉鱼鸡鸭，都要先从钵里分一大半出来给爱爱吃。爱爱不吃的，或吃剩的，才是给母亲送过去的。爱爱吃饱了，要去活动活动筋骨，锻炼锻炼身体。

晚餐后，她均要带着爱爱出去溜达溜达。爱爱那雪白而伟岸的身躯，将行人的眼光吸引过来，还有好些女人把羡慕的眼神投向她。她顿时感到脸上充满光彩，内心幸福极了。于是越发地喜欢爱爱了。

一个半小时的溜达回家，先是自己漱口刷牙洗澡，要爱爱为自己叼衣裳叼鞋子和浴巾。之后，放水为爱爱洗口刷牙，再洗头脸，换水洗爪子皮毛，再换水洗尾巴，洗肛门，最后换水洗生殖器。洗完后和爱爱拥抱抚摸亲吻玩乐。玩腻后才抱着爱爱入睡。

老妈在时，不是病重，一般不会给她打电话。老妈想女儿给她洗洗澡，洗洗脚，剪剪脚趾甲。但女儿至今没空，主要是没有那份孝心。

后来老妈觉得女儿身上的狗气味太浓，她不希望女儿靠近自己。女儿身上那股浓烈的狗气味，老妈见了她就要作呕。她提来的饭菜，老妈在她一走就都给倒了。还一个劲地嘀咕：狗味太浓，怎么吃得进去！

老妈病了，病得很重，需要住院。她正准备带爱爱去宠物中心看病，接到了老妈打来的电话。她说上午没空，下午过来。

老妈无法，打电话找侄儿将自己送到医院住上了。下午她找到医院，陪老妈坐到吃晚饭，老妈什么都吃不进去。她喂了几勺子，老妈就摇头不吃了。她给护士打了下招呼，就带着肉和骨头赶向爱爱，把爱爱喂饱后，才返回来。她想把爱爱带进医院——打听说不行。她找了几个熟人说了半天情，还是未达到目的。她只得和爱爱分开，在医院里陪了母亲两个晚上，她连眼皮也未眨一下。她每天抱着爱爱睡惯了，离开爱爱无法入睡。两晚上未睡，她困得不行，看老妈已人事不省，陪在这里作用也不大，于是以喂狗食为由，向护士说了声，便逃之夭夭，回家抱着爱爱睡觉去了。

老妈走了，手指甲脚指甲长长的，身上已有一个月未洗澡了，给她换寿衣的几位老人均捂着嘴和鼻孔，心内在说：身上比五保老人都还要臭！

办完了老妈的丧事，她像冲了凉水澡一般，全身轻松极了。每天带着爱爱在大道两边的人行道上溜达，来来往往的人们均用惊羡的目光望着她。她心中充满了幸福感，老妈的离去，在她心里早已淡忘。她的内心世界里全是爱爱那雪白高大英俊的狗形象。

与你共品：

读完小说，不由得让人悲叹：这些养狗人是怎么了？他们是什么心理？竟然爱狗甚于爱自己的父母！同时，我们也要反思自己："百善孝为先"，我们尽孝了吗？我们是以怎样的方式在尽孝？是掩人耳目，还是按自己的意愿，还是遵从父母的需求？

（龙厚玉老师）

在岳母的反复审问一下，她无言以对，低着头准备逃离。

金牌月嫂

黄秋月生了一男一女（龙凤胎），双方父母均十分高兴，一周后从医院转到月子中心。

在月子中心待了一个月，俩小宝宝长得十分可爱，像十个月的样子，两眼晶亮有神，都会笑了。为了保证宝宝健康成长，小两口决定请月嫂看护三年。在月嫂中心请了信誉度高价格高的双高月嫂来看护俩宝宝，双方父母轮流来给月嫂当下手，实际上是对月嫂起监督作用。

宝宝三个月，长得像罗汉，胖乎乎的，十分喜欢笑，偶尔哭几声，十分听话好看护。也不知什么原因？俩宝宝一反常态，最近整天都处在睡眠中，没以前爱笑了，愚笨了许多，黑白分明的大眼睛呆滞了，就像一坑不流动的水。

晚上丈夫对妻子说：俩宝宝像得了病似的，整天均处在昏睡中，该不会得了什么病吧？建议将小孩弄到医院去检查检查，不然心里不踏实。妻子解释说：小孩都是在睡眠中长大的，睡觉是孩子的天性。丈夫说：不对！小孩应该有醒来的时候，醒来后应该哭笑自如，不可能长期处在昏睡中。不管正常不正常，明天都必须到医院去检查检查。

第二天到医院进行了较为全面的体检，结果出来后，一切正常。

丈夫看到俩小孩，就觉得缺乏应有的灵性。逗他们，没一点反应。还不如两三个月时喜欢笑，大声地哭。现在一不笑二不哭，三不爱活动，像个脑瘫。

又将岳母找来，对岳母细细地交代，要岳母在小孩喂奶前后，注意保姆的行为，特别是对奶粉的监管和用开水冲奶粉时的监督。

丈夫交代岳母后，岳母脚跟脚地陪在保姆身边，一刻也不离开。冲奶粉时，她帮忙提开水，倒开水，让开水凉到 60 度时再冲对，喂奶她也寸步不离。第一天一切正常，第二天也一切正常。说来也怪，俩小孩开始有了哭声。到了第三天，岳母还是这样盯着，终于在小孩的水杯中发现了秘密——她将水杯带到厕所里放感冒药粉。岳母在外面发现保姆在厕所里半天不出来，出来时将水杯揣在胸口处。岳母走上前，指着她怀里的水杯说："你在里面忙活这半天，在搞什么秘密活动？"说着，从她怀中搜出了水杯，感冒粉还在杯中。岳母厉声问月嫂：这是什么？月嫂说：这是感冒灵，我这几天有点感冒。你怎么用宝宝的杯子喝感冒灵呢？在岳母的反复审问下，她无言以对，低着头，准备逃离，被岳母打电话四处通报并要求小两口赶快回来。

小两口赶回来时，月嫂已逃之夭夭。

经公安部门查处：月嫂用镇静剂让小孩昏睡的事，早已不是首创。月嫂被罚款五万元，在看守所里待了 6 个月才出来。

与你共品：

"双高"月嫂，金牌月嫂，尚且如此带孩子？那一般月嫂呢？"月嫂用镇静剂让小孩昏睡的事，早已不是首创。"那到底谁是首创？又有哪些月嫂或陪护人员正在效仿？会不会还有更多领域的护工干这等昧良心的事？相关企业要加强培训与管理，提高员工素质，建立台账，健全奖惩机制；管理部门要从严从重整肃，切实协助和尽力保障小有所养、病有所助、老有所依。

（龙厚玉老师）

她拿到了一百万，心情十分亢奋，躲在医院里，整天戴着口罩。

生 意 精

住院第一天他发现了两年前与他做生意的那位女子，原来是一位护士长。从他发现她是护士长的那刻起，他就感觉到自己上了当。

很快护士长也认出了他，但刻意地回避他，像从来就不认识似的。他心里一下子就明白了自己的上当受骗，但他自身难保，过去了的事，让他过去吧！

她很忙，自从发现他在这住院开始，她就开始计划做第二单生意了，首先必须找到两年前从这里走到另一个世界的郝先进的儿子。在忙活了一周后的一天晚上，她终于找到了，他儿子叫郝精明，接替了他的职位，当上了长城公司的董事长。

他应邀见面时，她告诉郝精明，你爸和我是朋友，你爸临走前告诉我，说他是被光胜公司的吴先发害死的。吴先发是你爸的仇家，你对光胜公司的董事长吴先发有什么想法？想不想为你爸报仇？

郝精明对她的问话感到愕然，莫明其妙地说："光胜公司的吴董，我们认识，我爸走时提到过他，我妈也经常在家里提到他，这家伙是有些坏，但我能把人家怎样呢？"

她说，你不恨他？也不想为你爸报仇？

郝精明有些无可奈何地说："我不会去找他的，更不会去谋害他！"

我替你报仇，怎么样？

他开始上下打量她，怎么也看不出此女人能替他去杀人！于是他摇了摇头说："就你！你能替我去报仇？不可能，不可能！！"他十分惊讶地说。

她朝他轻蔑地笑了笑，你门缝里瞧人！我俩打个赌：我帮你去报仇，让吴先发在六个月内从地球上消失。我只要你一个承诺，同意我去行动。行动前，不要你一分钱的押金，也不和你签协议。成功之后，你给我100万人民币。

郝精明十分谨慎，不放心地说："如果你出了事，把我扯出来怎么办？吴先发是我爸的仇人，也是我现在最强劲的对手，但我做梦也没想到要除掉他。你既然可以替我除去仇家，但不可将我牵扯进去。"

她微笑着说：不会影响你的工作，即使有闪失也绝对不会将你扯进去。因为我们之间只有个口头协议，无凭无据，扯不上你！

郝精明说："既然如此，你成功之后，我会兑现的！"

但我有一个要求，这段时间不可和吴先发往来，更不能去摸他的情况。郝精明连连点头，表示赞同。

时间如白驹过隙，不知不觉就过去了六个月。

郝精明已经在五天前得知光胜公司的吴董已驾鹤西去，早已准备了一百万元，只等她的到来。

她拿到了一百万，心情十分亢奋，躲在医院里，整天戴着口罩。

与你共品：

　　小说中的人名运用谐音，增添讽刺意味，郝精明（好精明）被骗，更加凸显护士长利用工作中寻获信息便捷、及时、准确而谋取不义之财的生意"精"的形象。郝精明的故事告诉我们：与对手作战，要时时知彼。护士长的结局告诉我们：为了钱而失去自由，不可取！

（龙厚玉老师）

不管老王怎样解释，老李总觉得自己的想法，即使不合法，也合情理。我们俩老家伙勤勤恳恳为单位工作了十年，就多发一个月工资难道还需要很多道理吗？老王默然，望着手机说："你先去吧，我等会到。"

情理之中

按照董事会章程上的规定：高管也只能上到七十周岁。

老王老李今年均已过了七十周岁，应该告老还乡，颐养天年了。年底放了假，单位为他俩开了欢送会，喝了饯行酒。

在回家的路上，老王心里总觉得有点不圆满，于是同老李坦露心声——李兄呀，今天是 2021 年的元月 16 日，我们不是跨了年度吗？我们本来是年薪制，以年为单位结算工资。2020 年的工资拿完了，但 2021 年我们工作了 16 天。按理说，超过半个月应该算一个月。

老李一听，豁然开朗，开悟般地激动起来：是啊，我怎么就没有想到？还是你老兄厉害！

回到家里，他俩将此事讲给老伴听。老王的老伴是位退休公务员，政策观念十分强。把事情的原委弄清楚后反驳他说：老王，你拿的是年薪，一年的工资领完了，即使元月份工资未领，也应该说没有了。不可能超过年薪再拿工资？老王一听，是这么个理，头都大了一圈。赶忙打电话将此理告诉老李。

老李的老伴却认为：2020 年的工资已领完，但 2021 年元月份你上了 16 天的班，再领一个月的工资也说得过去。老李觉得老伴言之有理。正准备打电话给老王，却接到了老王打来的电话。老王和老李在电话中嚷嚷了半天，俩人越说越糊涂，越说越没有主张。于是俩人约好出来找一茶庄坐坐。哥俩边喝茶边讨论此事。

两人在茶庄里，开始双方都压低声音在议论，说着说着便扬起了嗓门，把左邻右舍的几位茶客都惊扰走了。茶庄老板赶紧出来调解。他俩陈述了好一会，老板越听越一头雾水。

两人回到家里，躺在床上均在为此事绞尽脑汁。老王在推想：老伴说得在理，此事关键是看董事长的态度。董事长老陈，平时喜欢做好事，为人十分和善。照理说，只要有一丁点的理由，董事长不会阻拦。

老李在床上琢磨，董事长老陈，去年钟先锋的三儿子骑摩托撞断了腰腿，和他无牵无连，但他每年均要给钟家送去两万元生活费。凭董事长的为人，我和王兄在单位工作了十年之久，没有功劳有苦劳，开荒打草不容易，即使没任何理由多领一月工资也不理亏！再说，董事长还过两年也就要退休了，我和王兄开道，到时他就可以顺理成章。此举一石三鸟，何乐而不为呢？老李信心满满，准备明早邀王兄一道去找董事长。

晚上还做了一个美梦：天上掉了块金饼，差点砸到了他的脑瓜。

翌日清晨，老李激情满怀地给老王打电话，将美梦告诉老王。说此事董事长一定会成全自己的。

可老王相信老伴的分析：年薪制，是以年为单位结算工资。我们国家特别是私企、学校均是以农历为计年单位，以春节为一年的起点，春节应该在元月尾二月头。新的一年的开始，是从阳历2月份，结束是在阳历的元月份。你一年的工资从2月份领到了元月份，年薪的总数领完了。即使月份没完，工资也没了。既然领完了，怎么好去找董事长要工资呢？

不管老王怎样解释，老李总觉得自己的想法，即使不合法，也合情理。我们俩老家伙勤勤恳恳地为单位工作了十年，就多发一个月工资难道还需要很多道理吗？老王默然，望着手机说：你先去吧，我等会到。

老李去了，抑制着内心的激动跑到董事长的办公室。心里的一大堆话，突然间没了。脸憋得通红地望着董事长说：老王有一想法，要我转告董事长。

董事长听了，笑着说：虽然你们对公司有贡献，但我们办事总得依法依规吧！怎么可以完全凭想象乱开口呢？老王他本人怎么不来？老李无地自容，灰头灰脑地从董事长办公室出来，连连地说：不近情理呀！对毫不相干的人

186

都给生活费，对我们这些开荒打草的就这么过硬！我们这是在为以后的退休高管包括你董事长在内的人员铺平道路呀！

董事长听了赶出来解释说，好事可以重复做，这种违纪违规的事咱一件也不能干啦！

与你共品：

国有国法，家有家规，单位有单位的规矩。应该要的当要，不该要的不能要。君子爱财取之有道。不可从人情的角度乱要、胡要。文章反映了社会上的一种世俗观念。

（小清老师）

在成功者的词典里，根本上没有"忤逆不孝"这四个字。

回　报

当今社会什么行业的发展前景好？林志飞琢磨这个中心议题很久了。

一天晚上，他躺在床上，突然悟出了真谛：现在是互联网的时代，有发展前景的行业都离不开互联网。互联网有两只大翅膀：一只是快递，另一只是物流。

快递行业块头小，成本低，容易创办；而物流是只巨型大翅，不像快递只需一两间小屋就可开办，它需要宽敞的货运场及藏货仓，需要车队：一个车队少则5至8台，多则十几台几十台。也就是说，创办物流公司，没有雄厚的资金，是没有办法开办的。

改革开放几十年，林志飞虽说没排在富人榜上，但也是当地数一数二的巨富。

他琢磨深透了，便毅然决然地选择了物流。

选定之后，先是要去进行一番认真地考察，这是他办事的一贯风格。他到各个中等城市考察物流公司的运作情况，再去拜访几家物流公司，和老板们研讨了物流的走势及发展前景。

随着实体店的逐渐萎缩，物流行业必然会逐步兴起。

考察之后，他满怀信心地回到了本市，选择了四通八达的集汇之地，租赁了场所，新建起了场房，购买了50台货车，聘请了六十名A级驾照的货车司机。想从这几十人中挑选一名德才兼备的总经理。六十名司机中无一人能胜任，他只得向社会公开招聘。

应聘者中有位原市交通局的车辆调度员向德贵，让他来担任此职，可谓轻车熟路，小菜一碟。

物色到了向德贵，但他先不急于和向德贵签劳动合同，让他在家里等待十天，他却悄悄地对向德贵的过去进行了一番考量。

向德贵仰仗父亲副县长的余威进的交通局，后来当上了副总经理，安排管调度工作。工作能力强，工作上除了生活作风上有些瑕疵外，其他的还好。单位改制后，他被广州一家公司聘去工作了好几年才回来。

林志飞对向德贵的过去基本认可，但他还想了解一下他的为人处事，于是到了向德贵的出生地。

向德贵的父亲是位南下干部，山东人，解放时留在了本市。他母亲是位渔村姑娘，比他父亲小十多岁。结婚后，父亲在市里工作，母亲一直在农村生活。六十年代末，父亲就得病离世。他对母亲十分不孝，很少回去看望母亲，过年过节偶尔回家，便破口大骂母亲，骂得不堪入耳。母亲病了，他小妹将其弄到市中心医院住院，他知道后，竟当着母亲的面大骂小妹，小妹被他骂得狗血淋头，令母亲心如刀绞，当晚用纱布条吊死在医院的厕所门把上。

林志飞知道向德贵是个不孝之子后，毅然决然地放弃了他。

向德贵十分不满，觉得这个职位十分适合自己，要求林志飞马上和他签劳动合同书。

林志飞用一双轻蔑的眼光望着他说："你不适应在我这工作！要一定问清原因的话，我可以提示你：你在成功者的词典里去找找，看有没有一个是忤逆不孝的?！"

向德贵一把抓住林志飞的胸口，气势汹汹地说："别以为你有几个臭钱，就可以任意毁谤人，诬陷人！"

林志飞气愤地说："把手松开！"向德贵这才松开手。

林志飞瞪着一双大眼十分鄙视地说："我毁谤你了吗？我诬陷你了吗？你母亲是怎样死的？你是怎样骂你母亲的？邻里乡亲谁人不知，谁人不晓？"

向德贵可万万没有想到，林志飞对他的不孝行为搞得如此清楚，只得自认倒霉，这下才垂下头来。

与你共品：

《世说新语》有言："德成智出，业广惟勤，小富靠勤，中富靠智，大富靠德，小胜靠智，大胜靠德"。诚如斯言，小的胜利凭的是聪明，也就是我们说的小聪明；真正要在大事方面得胜，靠的是德行，历来成大器者都是靠德取胜的。向德贵因为工作能力强、工作经验丰富而进入林志飞的视野，自信满满要出任总经理一职；最终因忤逆不孝、品行低劣而被林志飞弃而不用，垂头丧气，懊悔不已。本文言简义丰，将深刻的为人之道寄寓于平实的语言之中，令人称奇。

（徐收业老师）

（此文发表于《中华文学》2022 年第 7 期）

女人向警官反映：说丈夫出门办事一个半月才回来。回来得很迟，吃了晚饭，说去洗个澡。她还在厨房里收拾碗筷，就听到丈夫一声大叫。他赶快回来，只见一个蒙面人拿着匕首翻窗逃走了。

戴鸭舌帽的矮男人

乡邻们已记不清了，不知猴年马月，搬来了一对冤家夫妇。三天两头闹得鸡飞狗跳，把乡邻们整得够呛。乡邻们个个怨声载道，多次找警方来平息此事，每次调解没几天，又像弄堂里的狗，没完没了地狂吠起来。

终于有一段时间，吵架声停止了，大家耳根像息了一阵风。

大家猜想：一定是丈夫出门去了。于是都担心丈夫回来后会老声重弹。

可没过几天，来了一位个子矮小的男人，穿一件灰色的夹克衫，戴一顶鸭舌帽，脚上穿一双黄色的军用大头鞋，走起路来"踏踏"震地，生怕乡邻们不知道。

邻里们看到这位矮男人，立刻就明白了她和丈夫总是吵架的原因。

每次这位男人来她家，乡邻们总是十分敏感地将目光追过去，直到他窜进门才罢休。

矮男人总是隔三岔五地到她家里来，有时手中还提着蔬菜和肉鱼。但他那身穿着总是老样子，到了她家门口，头总是低着，双眼决不斜视。乡邻们好奇的目光总是扫不到他那张神秘的脸。

他拿出钥匙开门，开门是那样的娴熟，像一个老手，让人想到他就是这个家的主人。

一个多月过去了，在一个大雨倾盆的半夜，乡邻们在梦乡中听到了"杀人啦！杀人啦"的呼喊声。

喊声惊醒了乡邻们，乡邻们赶忙从梦中爬起来，推开她家的门：只见她丈夫一丝不挂地倒在浴室里，胸口和腹部有多处刀伤，还在往外渗血。

警察来了，勘察了现场，说作案的人是位老手，未留下任何蛛丝马迹。

女人向警官反映：说丈夫出门办事一个半月才回来。回来得很迟，吃了晚饭，说去洗个澡。她还在厨房里收拾碗筷，就听到丈夫一声大叫。她赶快过来，只见一个蒙面人拿着匕首翻窗逃走了。

警察到窗户处去查看，的确有人翻过的痕迹，外面的脚印已被雨水浸没。

乡邻们向警官检举了女人的不轨行为。

女人供认不讳，说经常来找她的，是她的初恋情人，在她这玩了几天，马上要出国去了。

警方封锁了所有的交通要道，一周过去了却一无所获。

一乡民在破窑洞里找到了那双大头军用皮鞋和一顶鸭舌帽子，还有沾满血污的外套，湿漉漉的上面均找不到一丝指纹。

乡邻们整天在一起议论此案，有人推导出了杀人凶手，但缺乏事实依据。

十五年之后，那个女人又以同样的手法，杀掉了自己的丈夫，被警方破获。

与你共品：

此篇开头从夫妻讲起，到后文读者会越看越疑惑，男人到底是怎么死的？难道真的成悬案了吗？看到最后"女人又以同样的手法杀掉了自己后来的丈夫"，回头细想，才恍然大悟，原来这个凶手竟就是这个女人。文章其实已经有了暗示："村民没见过矮男人的脸"，"他开门娴熟的就像个老手"，"像主人一样"，"作案也是老手"，"准备出国的初恋情人在封锁交通要道的情况下一无所获"，直看到结束，才让人想到，戴鸭舌帽的矮男人应该就是那个女人，就是她杀死了丈夫。

（黄晓燕老师）

（此文发表于《中华文学》2022 年第 7 期）

俩学生硬是将 10 分工改成了 8 分工，还讨好师娘要酒喝。

俩学生的故事

"文化大革命"期间不仅"走资派"受到了学生的冲击，就是很多老师也同样受到了伤害。

父亲由于被国民党抓去当壮丁，在国军部队当了五年兵。历史复杂调查不清楚，被剥夺了教书育人的资格，45 岁被迫回队参加劳动改造。

他从小读书到教书，中间在国民党部队干过几年文职工作，从未干过农活。回队参加劳动改造，成年人每天可挣 12 分工，可父亲只能挣 8 分。这 8 分还有两位学生的人情。

一天，天刚黑，母亲做上工（裁缝）从外刚回到家里，邻居吴小祥——父亲的得意门生来到家里，一进门便说："师娘，老师教书顶呱呱，可干农活却比小孩都差。锁眼神（扶秧田边沿）都锁不好，确实令人摇头。队委会讨论给他多少工分时，我和黄秋成（另一位学生）站出来力保老师从 6 分提到了 8 分。"

母亲听了十分高兴，要请他俩到家里做客。父亲既不赞成，也没有反对，他心明眼亮。但他现已虎落平阳，随她去请吧！在酒桌上父亲一直保持沉默。母亲一边给他俩斟酒、夹菜，一边拜托他俩对老师多加关照。

他俩红光满面，脸上洋溢着得意之光，应着母亲，连连点头。

时逢大队修建综合厂，要将父亲抽去挑水管理伙食账。小队里求之不得：一是可以捞到大队工分，大队工分比小队工分值钱，达不到平均数要赔付资金，超额了会收到钱财，因此各小队都抢着推荐人选到大队去挣工分；二是父亲在小队里不会干事，令他们头疼。

挑水管理伙食账,听起来一般般,但干起来确实是一项难以承受的工作,在父亲前就经历了三位,父亲是第四位。管理伙食账比较容易,但挑水却很折磨人。每天需要挑一百担水,来回一里路。也就是说:每天挑着 120 斤的担子走五十里,挑着空桶走五十里。每天都要披星戴月的工作。

大队里的人看到这繁重的工作任务,每天给开工 14 分。

可这 14 分工到了小队,队长却在为此 14 分犯难:是给老师记 14 分,还是按小队干活的工分记?

晚上开队委会,会上队长将此 14 分抛给了六位干部。大家对此基本上没有异议:开过来多少,就给记多少工分,到目前为止还没有打折扣一说。此事商定后,俩学生要求队长留下来。他俩态度十分坚决地说:"只能按小队干活的给,如果我们不让他去,他每天就只能记 8 分,去了也就相当于在小队里干活,14 分最多按比例给个 9.5 分就相当不错了。"

队长左右为难:上次 10 分已成定局,也是他俩站出来发言,硬是将 10 分改为了 8 分。这次已定案,他俩又站出来反对,还会上不说,会下说,没有办法,队长只得晚上继续开会讨论此事。

会上,财经队长第一个发言,此事昨天已定了,今天不必再议。再说,大队开多少回来就记多少,这是天经地义的事,还讨论什么?

他俩学生站出来,与财经队长针锋相对,两人一唱一和,最后只得举手表决。

表决的结果是 4 票对 3 票,他俩学生的意图得成。

第二天早上,那位邻居学生对母亲说:"昨晚在队委会上我和黄秋成力保老师,将八分提到了 9.5 分。"

母亲感激不尽,还连连说:"还是有学生好。"

母亲是个知恩图报的人,觉得此事让他俩出了力,父亲得到了他俩的关照,一定得请他俩来家里做客。晚上和父亲商量,父亲智商比较高,对他俩的表现心知肚明。便对母亲说:"要接就将队委会的七个人全接来,特别是财经队长李保家,此人的品格不错,大公无私。上次的误会,当面向他赔礼道歉才好。"

母亲筹备了酒宴,将七人接到家里做客。酒过三巡,母亲便说:"我家先生满腹文采，现在说什么历史不清，不让他去教书了，到小队里干农活。他一生未干过，还请大家多多关照。至于工分，在小队干活每天记8分，还要感谢他两位学生的关照。但现在我先生在大队上工，开回来的工分如果要打折扣，他明天就不去了。每天挑一百担水，来回一百里地。你们说，这个劳动强度该有多大，14分工回来打折只记9.5分，这不在情理之中吧?"

母亲的一席话，说得满桌的人无地自容。队长马上站起来表态："开来的工分按实际数记工，一分也不能少! 老师明天还是照常去大队那边上工，不然，大队干部会找我们麻烦的!"

他的俩学生，酒席还在进行中，便悄悄地溜之大吉。

与你共品:

本文的故事发生在"文化大革命"那个特定的历史时期，文中父亲作为一名教书先生，被迫回队参加劳动改造，在两个学生带头欺压之下，却连正常的工分都拿不到，母亲还被蒙在鼓里，还两次感激请客，读来令人气愤不已。本文独具匠心，以小见大，小故事，大背景，鞭辟入里，入木三分。

（徐收业老师）

人是一颗会思想的苇草。人如"蚍蜉"寄于天地，他很脆弱渺小。但他可贵的是拥有智慧与思想。

196

思　想

父亲与儿了在院子里散步，院子中间有一块大石头，十分霸道地躺在院子中央，影响着院子里的人出进。

父亲对儿子说："愚公可以移走挡住前面道路的大山，我们可不可以将这块霸道的大石头移走呢？"

儿子说："我没有这个能力。于是他跑去蹲下身使劲全身力气去搬那块大石头，大石头却岿然不动。儿子摇了摇头说：这叫蚂蚁撼大树。"

父亲说："只要动动脑筋就可以将它移走。"

儿子不解地问："动动脑筋？脑筋有能力搬动它吗？"

父亲说："脑筋是可以搬动它的，世界上的事，只要动脑筋都是可以解决的。"

儿子惊愕地望着父亲说："脑筋的力量在哪里呢？"

父亲神秘地说："脑筋的力量在思想，思想就是脑筋的力量。你知道有一种思想可以战胜世界上任何强大的事物。这块大石头，之所以强大，是它凝聚了无数个小石头，将自己变成了一块大石头，一块比较强大的石头。如果我们动动脑筋，用思想将无数人的力量组织起来，就可以战胜这块大石头——这块较为强大的石头。"

儿子有点莫名其妙，望着父亲，回味着父亲话的意思，慢慢觉得父亲的话像有些道理。大石头是凝聚了无数个小石头才成为大石头，成了大石头就变得强大了。人要是学小石头一样，将无数个人的力量凝聚在一起，不就可以将大石头搬走了吗？儿子突然豁然开朗。

他去邀伙伴，将无数个伙伴组织起来，几十人，到院子里来搬大石头。面对光秃秃的大石头，他们摩拳擦掌，跃跃欲试，一个个蹲下身用力去搬那块大石头。大石头稳如泰山，几十人望石兴叹，一点办法也没有。

儿子望着父亲说："我将无数个人的力量组织起来，把大石头还是没有办法，这是为什么？"

父亲望着有点失望的儿子说："光组织起来还不够，还必须针对大石头的特点，找出能够移动他的办法。"

儿子将几十个伙伴召集起来想办法：其中有个伙伴根据大石头大半截埋在地里，露出一小部分，人再有力量都抓不住它，只有用铁锹将周围的泥土挖去，让它全部裸露在地上，我们就可以用绳索将它套上，这样拉的拉，推的推，就可以移走它了。

这个办法果然奏效。大家拉的拉，操的操，推的推，终于将大石头从院子中移走。

父亲为儿子的成功拍手叫好，儿子却陷入了深思中。有些不解地问父亲："天下的难事都可以动脑子，让脑子产生一种思想，这种思想就可以战胜世上所有的难事？"

父亲笑着对儿子说："新中国成立前中国人民头上有三座大山压着，压得人人都喘不过气来。后来毛主席就是先动脑子，从脑子中产生了一种思想，也就是这种思想将全国人民团结起来，移走了头上三座大山。人们将这种思想叫毛泽东思想。毛泽东思想是战无不胜的法宝，是战胜任何强大敌人的核武器。"

儿子终于醍醐灌顶明白其中的真谛，高兴起来，欢呼雀跃般地大喊起来："我终于运用思想战胜了大石头！"

与你共品：

小说儿子在父亲的启示下，见证了成功，也增长了知识才干。

这就是传承。无论是历史经验，还是思想文化，要发扬光大就需要传承。

一个人和他的原生家庭有着千丝万缕的联系，这种联系可能会影响他的一生。

（黄福生老师）

班长将学生们召集在田头，由副班长将右边那块地分给各小组。班长提了两点要求，各小组开始行动。不到十分钟，各小组均已完成。

效　果

甲乙两班学生在一起搞劳动——在豌豆田里扯草，甲班扯左边一块，乙班扯右边一块。

甲班老师行动十分迅速，带着全班学生下田开始扯草了。由于老师一马当先，带头弯腰在豌豆田里，急风暴雨般地扯起草来。一眨眼工夫，就扯了一大块。

学生也开始扯草，学生干部和老师均扯到了前面，均弯着腰，吃力地扯着。于是有学生开始往厕所那边跑去，紧接着后面的十几位学生也跟着溜之大吉，只有七八个班干部靠近老师，不好离开。甲老师埋头苦干，已是满头大汗，无暇顾及学生。

乙班学生跟在甲班后面，老师端着一杯茶，不时地还呷一口，将班长副班长找来耳语了几句。

班长将学生们召集在田头，由副班长将右边那块地分给各小组。班长提了两点要求，各小组开始行动。不到十分钟，各小组均已完成。老师抿了口茶水，团支书牵头去和班长副班长检查评比各小组的质量。五分钟之后，班长一声令下：全体集合。学生们分小组齐刷刷地站在了班长面前，团支书宣布评比结果：各组均得到了表扬。

在回家的路上，乙班老师捧着那个早已饮尽的茶杯，迈着胜利的脚步，满面春风地跟在学生队伍后面向学校走去。

甲班老师身边只有两位同学跟着，还有一大块未扯。甲老师正扯得腰弓背驼的，想撑起歇歇，听到一群学生在田头那边打起架来了。他来不及多想，赶快跑过去处理，在校外劳动最怕的就是打群架。他刚跑到，跟前一位男生被一块砖头砸伤了脑袋，鲜血直喷。他赶快打救护车，将学生送到医院。学生到了手术室，进行了缝合包扎。学生没事了，他却心力交瘁地倒在了救护室里。

与你共品：

  小说采用对比手法，通过甲乙两组扯草之事说明了一个道理，即不讲究方式方法，只顾埋头苦干，是不会取得好的效果的，文章结尾也暗示了这个主旨，小说给人以启示，令人深思。

（刘志国老师）

稻田里有一颗秧苗与众不同，又高又壮农人见了，是根异类，认为它抢了其他秧苗的肥料，要把它拔了，袁老（袁隆平）见了，植株粗壮，根系发达，品种优良，于是培养出了杂交水稻。

爸爸的眼光

80 年代中期，参加高考，先要过预考关。

范春霞喜欢画画，接近预考了她还沉溺在绘画中。

老师提醒她，预考比高考还重要，过不了关，就得提前离开学校，高考就和你拜拜了。

话虽这么说，但她的心被画笔俘虏了，囚在画中出不来。

要搞预考，她还在那里琢磨透视效果，研究画的立体感，甚至手中拿到了预考卷，她的心还在画中把玩。

姓名和考号写对没有，她都没一点印象。她将绘画的过程和技巧全写进了作文中，完全牛头不对马嘴，怎样交的卷，她全然不知。

一出考场，她就直奔画室，完成她未完成的心愿。

有人问她考得怎样？她不置可否，木然如痴。她的画，令老师赞不绝口。这么下去，不得了，悟性极高，像凡·高转世，张大千附体，就在几位美术老师大加赞赏之时，预考揭晓，成绩下来有如晴天霹雳，炸得她粉身碎骨。

她的语文未过关，被淘汰出局，高考的大门给严严实实地关上了。

从明天起，这个绘画天才就要从这个画室消失，老师们为之惋惜，她却若无其事。片刻的沮丧过后，便一切正常。

安慰老师说："离开师长损失极惨，但我绘画意志力不减，白天在家里画，晚上来找老师指点。"她心中有一个十分美好的梦想——当一名出色的画家。

回家后，爸妈问她：你怎么不去上学？她坦诚地说：预考未过关，离开了学校。

她妈怒火中烧：你跟老子平时抓得这么紧，怎么就预考都过不了关。看人家燕子玩玩打打，预考就过关了。你跟老子辱门败户，丢人啦！她妈一边数落她，一边泪流满面。你明天不画画了，跟老子去卖布！你赶快把房间收拾干净，不能参加高考，画室还有什么用？把这些相框全扔了，跟老子去卖布！说后，指令她爸将这些鬼东西全收起来，丢到垃圾堆里去。

她望着失常的妈妈，无言以对。

她爸看了看她，不忍心将女儿三年之久的画室毁掉，他知道女儿热爱绘画，高考未过关，也是太热爱绘画了，忽视了文化学习所致。不能参加高考了，但画室还在，女儿还可画画。这对失败中的女儿来说也是一种慰藉。便转头对妻子说："这画室不能拆！拆了春霞还怎么活！"

她妈接着说：她不争气，学校都不要她了，高考也没资格参加了，画画还有用吗？

她爸说：话不能这么说，不能参加高考了，就不能成才？齐白石大画家，读过大学吗？世界上好多好多名人大家也没有上过大学。不上大学成功的道路崎岖一些。我们春霞不仅有执着的绘画精神，还有画家的风骨。春霞，我和你妈支持你。这个画室不仅要保留，还要将各种设施配齐。你就安心地去画，去钻研。要请老师，你说请谁我们就给你请谁。

范春霞喜出望外，她做梦也未想到爸爸会如此地支持自己。

一个暑假即将过去，她突然向爸爸提出要求：要爸去求田校长给自己找所大学！她要去上学。她爸应声而去，田校长当面打电话，联系了一所美术大学。由于她未参加高考，只能读自考。她说，自考就自考，只要能够画画，无所谓。

她爸为了支持女儿读书画画，同时打两份工，维系她的学习；她妈受她爸的影响，也努力地支持着她，经常给她送衣服鞋袜过去。看到女儿如此刻苦，十分后悔当初对女儿的态度。

爸妈将她送到武汉工业大学，缴费报了名，她便投入战斗。在那里埋头苦学了两年，她自考本科就毕业了，插班考上了中央美术学院，两年后硕士毕业。被画院聘请去当了专职教师。她的画价值连城，堪比齐白石、张大千。

三十多年过去了，人们一直夸赞她爸的眼光，看准了女儿的潜力。

与你共品：

知女莫若父，不仅仅是父女情深，也许还包含父亲的基因和无限的期许。父亲尽全力支持女儿考大学。我想普天下的父亲都一样。

望子成龙，望女成凤是做父母的夙愿。文章反映了父亲的眼光，反衬出了母亲的渺小与自私。

八十年代的青年有无限的求知欲。女大学生的生活，那是一首多么美妙的抒情诗啊！多少人魂牵梦绕，说明希望在于奋斗不止。

（黄福生老师）

我原本是江州市的一名刑侦人员，我不叫李三。在云南窝点端掉之前我才打入进去，我舍生救你，是为了取得你的信任。

预料之外

毒枭芈天从云南移居内地，每次交易都功败垂成。他百思不得其解。

第一次和内地石首市的毒枭杨小六接头，只有芈天和杨小六俩人，定好了交货的时间和地点，不知为什么？在交货时，遭遇到警方的追捕，差一点丢了小命。回来后，他琢磨了好几天，还是不知东西。

第二次和内地油江县的张光武接头，他带去了李三。李三不仅人精明，还十分忠诚可靠。

从云南移往内地时，被警方打伤，多亏了李三舍身相救，背了他几里路，送到医院抢救，住了两个多月的院，李三服侍他两个多月寸步不离。对这么忠诚的人岂能怀疑！是不是对方出了问题？因此同张光武接头，他事先不约定地方，采取临时通知，中途又变换了几个地方，但在交易时，还是遇到了警方的追捕。

这之后，他不敢轻易地与人做生意，躲在家里琢磨，怎样做才能躲过警方的耳目？

第三次交易之前，他做好了精心地布置，除了李三外，他谁也不相信。要李三带着八个兄弟，在外围警戒，他只身与对方进行交易。谁知，对方刚把钱箱子打开，露出整箱的红色毛爷爷，准备辨真假时，李三按响了报警铃，不是跑得快，就有可能被活捉。

芈天经过三次的失败，变得十分颓唐。将此事向海外贩毒集团反映，贩毒集团头目认定他身边有内奸。

他琢磨了半天，觉得此事不可思议，他身边只有李三，但他一提李三便连连摇头，绝对不可能！但他再也不敢出门与人谈交易了，只得派手下兄弟去零卖，让他们去各显神通。

他怕手下人反水，只能东躲西藏地每天换地方，出头露面的事均由李三去做。这样下去，终究不妥，他的团队会散。他只得向海外求援。

海外老板让他与江州毒枭吴智光联系上了，经过近两个月的考验，才让他进入团队。

他和李三在团队中十分卖力，慢慢得到了吴智光的信任，让他代替吴智光去进行交易。

前两次都十分安全顺利，第三次，是一次上千万的交易，他和吴智光都参加了，李三在外围警戒。刚等到吴智光、芈天进入交易场所，三百多名警察包围了他们。在逃跑中，芈天被李三捕获。

在审讯中，芈天提出一个既无理又在理的请求：告诉我这其中的原委！

芈天啦，我跟你鞍前马后地跑了三年，告诉你，让你死得瞑目：

我原本是江州市的一名刑侦人员，我不叫李三。在云南窝点端掉之前我才打入进去。我舍生救你，是为了取得你的信任。在石首市油江县的几次交易中被警方追捕，是要让你在走投无路之后，投靠江州的吴智光。跟着你，是想跟你融入江州贩毒集团，你融入了贩毒集团，我跟着你就会摸清一切情况。一旦时机成熟，就可以一举端掉江州这个贩毒大窝点。

芈天听完后，仰天大笑，咬舌而亡。

与你共品：

小说通过一个化名为"李三"的刑侦人员成功打入贩毒集团内部，并最终一举端掉"窝点"的故事，看似预料之外，实则情理之中。警醒世人：要走正道，同时也告诫违法分子"多行不义必自毙"。小说多处运用了悬念、伏笔的手法来激发读者的阅读兴趣，如"每次交易都功败垂成"。这样就达到了引人入胜的效果。

（刘志国老师）

听完老婆的分析，我确定吃了刘德贵的药，精神不正常，刘德贵也精神不正常，吃了那个美女的药。

吃 药

总角之交的刘德贵来了，赖在我办公室不肯走，中午陪他去搓了一顿，喝了点酒。他还赖在这，红着脸说他有个女朋友在做保险生意，要我无论如何看在一起长大的份上，帮他做笔生意——买份人寿保险。无论我怎样推脱解释，他就是不依：每年就2200元。不买，他会隔三岔五地来撮一顿。不说花钱，就是时间也搭不起。

看到他不达目的誓不休的样子，我只得投降：为了女朋友，就来整男朋友。从兜内掏出2200元扔给了他。

第二天，他领着个风姿绰约的女朋友来，给了本宣传资料，资料中有合同。那纤纤秀指按着上面要我签名。我什么也没看，就提笔挥就。那女人要我记住三条：一是每年的9月5日前交款2200元；二是一直交到2014年的9月5日；三是结账在第二年即2015年的9月5日之后。

光阴如梭，一晃十年已过。2015年9月6日，我到保险公司结账，对方仅给了我1.98万元。我感到不可思议：22000元的本金，11年的时光，存在银行里，不说翻倍，至少也会多出上万元来。

经理过来解释："马先生，感谢您对本公司的支持！今天我代表公司祝贺您：您还好好地活着，您赚大了，本公司也赚大了！"

他这番话说得我一头雾水：我还好好地活着，跟买保险有关系吗？不买这保险，我就会"光荣"了！

经理看我疑惑不解，便笑着说："您买的是人寿保险，是50—60岁10年的人寿保险。在这期间，您如果不存在于世，本公司就要赔付您家属 20 多万，您还在世上，每多活一年，您就会多赚一年的工资，每年少说也有个五六万吧，您活个 20 年、30 年，您算是多少？所以说，本公司和您是双赢。"

晚上躺在床上，回想经理的话，怎么也想不转，老婆比我聪明。她分析说：你还活着与买保险根本就没有关系，有关系的是你交的保险费。你算算，22000 元前后十一年，应该相当于 22000 元存了五年半，如果在银行里存 5 年半，应该有多少利息？你现在利息未有，连本金也少了 2200 元。如果你在这期间走了，保险公司要赔付 22 万元。

买保险就是在赌博，保险公司赌你不会死，你在赌自己会死，买这种保险的人都是担心自己会在这期间死的人。像你这个年龄买这种保险叫精神不正常！

听完老婆的分析，我确定吃了刘德贵的药，精神不正常，刘德贵也精神不正常，吃了那个美女的药。

与你共品：

上当受骗喻为吃药，形象、生动，文中不乏幽默之语。小说通过买保险上当之事告诫人们：现在挖坑之事，比比皆是，要擦亮眼睛，头脑清醒，以免"吃药"。

(刘志国老师)

虽然四年大学专业不对口，但受到的教育却是终身受益的。我绝对相信，小禾在教育这条道上不会再有半点退缩，应该也算是天意。我戴氏家族后继有人啦！

后继有人

深秋校园的早晨，太阳红红的十分温柔美丽，像个大大的鸡蛋黄悬在东方湛蓝湛蓝的半空中。我望着没有一丝云彩的天空，心情格外灵空爽朗，慢步向学校走去。

刚进校门，保安就十分高兴地祝贺我有了接班人。我有点丈二和尚，一头雾水地望着保安那张笑脸。保安走近说："董事长，您还不知道：您那不愿当教师的侄儿戴小禾，来学校当教师了。"我有点不相信，还以为听错了。怎么啦？戴小禾来当教师了。保安高声地重复："是！上学期就来了。"这学期才正式上班，还在当班主任咧！

我心里在想，太阳怎么从西边升起来了呢？想当初填志愿时，小禾死活不填师范专业，搞得他爸妈要捶他的人。这家伙特倔，尽管当时在爸妈的反复强调下，说我们戴家是教育世家，你一定要继承祖业！当教师有什么不好？在高压之下他极不情愿地填了个师范专业，但最后交上去时，还是将专业改为他特喜欢的机械专业。

这个倔家伙，不听话，自我意识太强，我也懒得去管他。四年的大学，我从未过问。道不同，问之何用？每次暑假碰到他，他总是躲着我，生怕我问他的情况。几次从远处观察他：个子长高了许多，我估摸着，比他爸高出了一个头——1.75米以上。小伙子还挺帅的。我万万没有想到，是受哪路神仙的启迪，跑回来当教师了。但他那死活要当工程师的初心不是改辙了吗？跟老子没出息！我在心里骂着。

吃午饭时，遇到了他爸——我的么弟。

他告诉我："儿子小禾一直不想当教师，想去当工程师吗？但读大三实习时，到工厂里搞了两个月，就改变了主意。还说：当工人太累，充满了危险，随时都有可能受伤，还不受人尊重，经常被老板骂，待遇特低，正式工人一个月才三千多块。在那里实习不到两个月，快累得不行，发放的工资，才刚够糊个嘴巴。遇到了前几届的几位校友，见他们生活的情景，还不如回家当农民。八人住一个寝室，脏兮兮，乱糟糟，上厕所要跑到楼下去不说，还臭气熏天，令人作呕；洗澡挤在一个澡堂里，有时洗着洗着就没水了，极为无奈、无助。"他万万没有想到："现在这个时代，居然还有这么脏乱差的地方，如果习总书记看到了一定会将扶贫队伍调到那里去扶贫。饭菜也差得很，8元钱一顿，饭还不到三两，糙黑的米饭，菜叶几根，荤菜也只有一小勺，一桶纯盐水的神仙汤。在那里一到两个月，就拉了好几回肚子。他怀疑那黑糙米饭可能是霉米所做。硬是熬不下去了，两个月不到就跑回了家，瘦了一大圈。在家里洗了个舒服澡，吃了几大碗，觉得家里的饭菜比山珍海味还好吃。那拼死拼活要当工程师的夙愿早已九霄云外。"

回到家里，跑到母校来玩，才发现当教师这个职业好，起码人格高贵，到处受人尊重。

他肠子都悔青，当初未听大伯的话，读师范专业就好了。读了四年大学，学的是机械专业，与当教师一点也不搭界。

怎么办？他每天跑到学校找校长要在学校里搞实习，想教物理。在实习时挺卖劲的，还报了心理学、教育学，准备一年之内拿到教师资格证。大学里有事，他去了马上就回到了学校。

尽管在实习，但特别认真。积极听课，主动要求上课，当班主任。实习期间，表现得特别顽强，敬业精神一流，受到了学生教师的好评。

他还经常叮嘱我，不要跟大伯讲，怕你不让他当教师。我说你大伯哪能记恨侄儿呢？尽管我反复宽慰他。他还是怕你不让他在这里教书。还要我出面，请求校长不要将此事告诉你。但你还是知道了。

我笑了笑说："也好，这样他会更加热爱教师这个职业。但我还得找他谈谈心，解除他心中的疑虑和恐惧。"

小禾来了，面对我这个曾经对他寄予厚望的大伯，他有点不知所措，像个小姑娘似的，半低着头，眼睛看着脚尖，喊了声大伯好！便默然无语。我笑着望着他，觉得他真像棵打了霜的小禾。

小禾，大伯有几个问题想咨询你，他才微微抬起头说：您问！我说当初死活不填师范专业，为什么现在跑来当教师了？小乐说：我以前不知当工人这样没有社会地位，生活环境极差，工资待遇也低，跟我以前想象的相距甚远。

你在国企还是在私企？

我们整个班的同学均在私企。

现在还有多少人在当工人？

除五人以外，全在那里上班。

别人都可以在那上班，你为什么不干了呢？怕吃苦，怕工资低，怕社会地位低？那么多成功人士开始都是从艰苦的环境中走出来的，你既然要当工程师，再差也要坚持。袁隆平以及那么多的成功人士，开始都吃过苦，而且随时随地都有掉脑袋的危险。他们都没有退缩而是坚持干下去，直到成功。你在那里先当工人，慢慢地就可以升为工程师。袁隆平，开始分到湖南黄山农科所当技术员，开始连住的地方都没有，打地铺，生活环境极差，人家经过艰苦卓绝的努力，才能为人类的吃饭问题作出巨大贡献的。做人不能随便就改变初衷。

大伯，我错了。但我并不是怕吃苦，也不是因为工资低，而是觉得毫无前途。在老板手下打工，老板有点横，喜欢骂人，在他的工厂里打工，哪辈子可以出头，可以当个工程师？所以我才跑回来，经过了那番折腾，跑到学校来，就觉得您当时的话千真万确，我才觉得您是对我好才这样关心我。您大人不计小辈过，我会好好珍惜这份工作的，一定把教育教学工作搞好，尽快拿到教师资格证书，当一位好老师。

我暗自高兴，虽然四年大学专业不对口，但受到的教育却是终身受益的，好多金钱都难以买到。我绝对相信，小禾在教育这条道上不会再有半点退缩，应该也算是天意！我戴氏家族后继有人啦！

与你共品：

"做人不能随便就改变初衷。"但一旦发现初衷实在于自己不适合，及时调整人生目标，并继续带着执着、热情、努力上路，不失为一种变通、积极人生的智举。

（龙厚玉老师）

（此文发表于《江河文学》2022年第8期）

一出校门，就开始酝酿战事，决斗往往是两队中的强悍男士，两人扭打在一起，堪比打擂台，两边队友呐喊助威：××加油！××加油！喊声惊天动地。打赢的一方，可以在输的一方中挑选女生，女生不得不离开自己的团队，到对方团队去陪男生玩，但无邪念，绝不做出格之事。要等待下一次比武，赢了才能回原队。

210

转折点上

清明时节，料峭的风儿携着微微的寒意，在花草丛中玩耍，和煦的阳光似快乐的闺友，用热情驱散了心中的阴冷。

程新与方芸芷行进在上学的路上，他俩是同一个班上的毕业生。每天形影不离，说着悄悄话。

学校偏处一隅，坐落在第11小队。从1小队到学校，足有五里之地，走得快点，也需一个小时。

学生上学以队为群，结伴而行。男生护着女生，女生跟着男生。一路上打打逗逗，说说笑笑向学校出发。早晨怕迟到，步履轻快，尽管追打逗闹，但脚步不停，径直奔向学校。

放学时，时间尚早，还只有4点多一点。

一出校门，就开始酝酿战事，决斗往往是两队中的强悍男士，两人扭打在一起，堪比打擂台，两边队友呐喊助威：××加油！××加油！喊声惊天动地。打赢的一方，可以在输的一方中挑选女生，女生不得不离开自己的团队，到对方团队去陪男生玩，但无邪念，绝不做出格之事。要等待下一次比武，赢了才能回原队。在回家的路上到处都能见到这样的场面。

一队学生每天都在七点过了才到家。

程新和方芸芷本是一个小队，还是邻居，他俩洁身世外，无论学友们怎样疯闹逗打，他俩始终是局外人，俨然一副凤立鸡群的高雅派头。

一路上，他俩心无旁骛，眼不斜视，微微低着头，说着私密话，不紧不慢地往家里走。

他俩在说什么呢？程新一心一意想搞好学习，力争考上市立初中；方芸芷成绩前茅，只因家里穷，又是女生，毕业后，她将回家帮助母亲操持家务，喂养鸡鸭猪兔，心情不免低沉。

程新希望方芸芷继续陪他一起上初中，他从不求当支书的父亲为自己做点什么，但为了方芸芷继续读初中，他豁出去了，一定要缠着父亲，让父亲到她家去做工作。但他怕事情搞砸，先拉母亲进统一战线。他母亲平时格外喜欢方芸芷，说她与别的女孩子大不一样，长得漂亮不说，特别的知书达理，少言寡语，做事能干，读书成绩又好。如果将来做自己的儿媳妇，那一定是哪辈子程家烧了高香。

母亲打头阵，便吹起枕头风来。他父亲也十分喜欢方芸芷，两人一拍即合。他还没来得及找父亲，父亲先找上了他。他说希望和方芸芷一起上市立初中。父亲说：上市立初中，那要成绩，你别让父亲丢人。方芸芷考上市立初中不难，你考不取咋办？程新说，您放心，我会努力考上的。

第二天晚上，父母亲双双来到方家，母亲找母亲，父亲找父亲。方家由于出生上中农家庭，尽管他父亲读书甚多，但难以受到重用，只在小队里当个记工员，一直认为自己大材小用，有生不逢时之抑。书记两口子双双上门，他有点受宠若惊。本来对小女的读书就举棋不定，不让读。小女天资聪慧，成绩前茅，继续读书将来一定会有所作为。留在家里务农实在是浪费人才，天理难容啊！让她读吧，家里确实有些困难，主要是她母亲常年身体不好，家里需要人帮忙。

看在书记两口子的份上，便同意让小女升初中，也好给小新作个伴。

方芸芷这下吃了定心丸，离升学考试还有半个月。她对程新说：既然要读初中，就一定要读个最好的初中。俩人互相鼓励，互相学习，最后以全校一二名的总成绩考取了市立初中。

天有不测风云，方芸芷的父亲突然大口大口地吐起血来，抬到医院，医生说是肺结核。那时的肺结核就像现在癌症一样，难以诊好。好在有了青霉素链霉素，可以根治了。但需要钱啦，医生说起码要打半年的针，吃半年的药。

程新的爸妈为了兑现承诺，为了不影响俩孩子的上学，出钱到处买药。经过两个多月的诊治，他父亲不再吐血，只是需要调养，以后不能搞重事了。书记让他当保管员兼记工员，继续坚持吃药打针。母亲说来也怪，父亲一病，母亲的病莫名其妙地全好了。经过近一年的治疗，方芸芷父亲的病痊愈了。

俩孩子双双升到了市立初中。

三十五年后，程新和方芸芷双双成了国内外的著名科学家。

与你共品：

小说写的是20世纪六七十年代的事情，斗擂、选玩伴、记公分……也许这些离我们现实生活已显久远，但是青春的懵懂、初恋的羞涩、人性的淳朴、向上的执着、亲情的不离不弃依然闪烁着诱人的光芒。作者在信手拈来的叙事中，展示的是一段流年往事，也是在呼唤这些美好的回归。

愿我们每个读者的生活里一直有这样的光芒闪烁，愿我们的人生里也有并把握这弥足珍贵的转折点。

（喻道军老师）

何小丽稳坐钓鱼台，从容不迫地坐上高级轿车，被潇洒飘逸的男神带到了国企大企业。

胸有成竹

到大学里，八位女生住一间寝室。寝室里比较狭窄，一个厕所，要上还要见机行事。好在有七位经常外出打游击。

中午时分寝室里最热闹，除一朵含苞待开外，其余七朵竞相怒放，花香四溢充满空间。

何小丽似局外人，心静如水，淡定如磐。七位同学都对无动于衷的她惊疑不已：论长相，她不在一二，也在其中；论成绩她名列前茅。

学习上她毫无压力，别人在花前月下，她却在书中自娱自乐。每天生活得十分有规律。

有同学邀她出去逛逛，她嫣然一笑，十分友好地谢绝对方。

七人都在忙忙碌碌地应付男友：或写情书，或打电话聊天，或被邀去超市商场购物，或去秀暧昧，聊风情。她从不为此而动，衣服老是那几套，鞋子也是那几双。在她身上丝毫看不到半点时髦的影子。

大家怀疑她家境不太殷实富有，后来一打听，令她们惊羡不已：她爸妈开有几家上市公司，钱如江水。但她为什么如此地矜持古朴？

后来有人推断：她眼光一定很高，一般男士瞧不起，或是在家里就被父母锁定了白马王子，或是使命在身——接班当女皇。

还有人想翻看她的日记，但她每天三点式的生活习惯，令她们找不到一丁点机会，慢慢地习以为常。再无人关注她的个人隐私。

光阴荏苒，很快就到了大四，学校统一安排到公司实习。大家都争先恐后地拥向私企，她却选择了一家大型国企。她们学的是互联网专业，国企的实习待遇只有私企的三分之一，只能勉强糊张嘴巴，她却欣然前往。

实习半年后，回校时，找了位英俊高大的白马王子，开一辆宾利的高级豪车，送她进校园，令大家惊羡咋舌。

后来，一打听，此白马王子乃是上两届的男神。毕业后被三家国企追捧，后反复斟酌，选中了其中之一。在那里当上了高管，听说年薪上百万，令人感到奇怪的是：何小丽又是怎样直奔主题，找到他的呢？

毕业前夕，七位同学都在选择单位，都想与朋友携手同进一单位，同居一城市，但就是难以两全其美，最后不得不孔雀东南飞，各奔东西。

分开半年，就像风筝断了线，彼此失控，便改辙易帜，另觅新欢。

何小丽稳坐钓鱼台，从容不迫地坐上高级豪车，被潇洒飘逸的男神带到了国有大企业。

与你共品：

现在的大学生大多比吃比喝，比玩比乐，打游戏，谈朋友，全然卸下了高中时学习的行囊。殊不知：你荒废时间，时间就会荒废你！

何小丽的故事告诉我们：怀揣梦想，时刻准备，才会在工作和爱情面前从容不迫，胸有成竹！

（龙厚玉老师）

她觉得这个梦有很强的预示性，以后一定会出现这一幕，她做好了心理准备，一定要赶在高考成绩揭晓之前结束自己的生命。

时间差

　　龚小芳为了改变命运，日夜刻苦学习，力争考上大学。

　　参加高考的前三天，她日夜亢奋，瞌睡完全未睡好，答题时就像做梦一般，有点恍惚。好不容易考完了三天。

　　同学们都三五成群地在一起对答案，她挤进他们中间，他们的答案好像与她的答案完全不同，觉得自己的答案一定是错的。

　　回到家里，觉得自己落入了家庭这个窠臼。高考一旦落榜，只能嫁给自己极为不喜欢的那个老男人，为哥哥换取彩礼，娶回嫂子。这是三年前她读高中时就说定了的事。

　　晚上，她怎么也睡不着，想着要嫁给那个男人，那个讨厌的老男人，以后该怎样生活？想着想着就进入了梦乡。那个老男人靠着她，她用手将他推开。老男人便恼怒起来：老子出了那么多钱把你娶来，是来为我李家传宗接代的，你碰都不让老子碰？说着扑在她身上，她大喊一声，从梦中醒来。

　　她觉得这个梦有很强的预示性，以后一定会出现这一幕。她做好了心理准备，一定要赶在高考成绩揭晓之前结束自己的生命。

　　高考揭晓的日子是 24 日，她必须在 23 日晚上结束生命。她实在是舍不得这么年轻就离开这个世界，但命运所然，她只得走这条路，这就是前世规定好了的。父母的养育之恩她已没法回报了，哥娶嫂的事，小妹就真的对不起了。她这一死，哥可能要打一辈子光棍了，爸妈一定会痛骂她这个不孝之女。

今天已经是 22 日了，天气变得凉爽起来，南风顽皮地抚摸着她有点凌乱的头发。她在树林中来回地走动，她舍不得去死，但又必须去死。她确实讨厌那个老男人，其实那个老男人每次见到她，对她都十分友好。但她就是讨厌他，只要一提到他甚至一想到他，她就要作呕。

走到河水边，她已选定了这个深水码头，免得跳下去，水浅了恐被人救起。水深，人下去，即使遇到有人救，难度也会大一些，成活的概率就会小一些。

好不容易熬到 23 日的晚上，她最后去看望了父母一眼，他们都准备上床睡了。母亲抬头看着她说："小芳，你怎么还不去睡？"小芳赶忙回答："我这就去睡。"她生怕父母起疑心。

从父母房间出来，又去哥的房间瞄了一眼哥。算是向他们辞行。

父母，哥哥都丝毫未感觉出她的表现反常，都按部就班地和往常一样，关上房门，上床睡觉。

她十分从容地将自己打扮得漂漂亮亮，将自己那双心爱的运动鞋也穿上，最后才轻轻关上房门，走向客厅。又去轻轻地打开大门，走出大门，将大门拉上。

此时，她多么希望有人发现她，阻止她。但夜已经很深了，一切归于平静。她抬头望着满天的星星，月亮已经早早地下了班，夜色沉静而暗淡。她向河边轻轻地走去，以前听说这条路上有鬼，好多人都看到过。但她此时一点也不怕，反倒希望碰上鬼。一路走来，鬼的影子也没见到。

很顺利地就到了河边那个深水码头。她站在码头边，向四周望了望，一切都在暗中。只有河中打鱼船上的灯火格外耀眼，令人遐想。她想起了关于渔火的几首古诗。

她闭上双眼，双手放心中，默默地向父母哥哥告别，向同学们告别，向所有认识她的人告别。最后，她大叫了一声："我的阳间世界，别了！"说完便跳入水中。水中溅起的水花都不多，水波荡漾着，慢慢地一切归于平静。四周没有任何反映。

第二天中午，高考成绩揭晓，龚小芳考了 667 分。这个分数足以上清华北大。

与你共品：

小说结尾仿佛一记重锤，深深地砸痛了读者，也砸向了这个不公的社会。文章前半部分一直在渲染女主人公生活经历的悲惨，让我们对她充满了深深的同情，到了文章最后，这充满了戏剧性的一幕又让读者为之震撼和惋惜：如果能等到成绩揭晓的那一刻该有多好！戛然而止却又意味深长的结局值得我们一再回味。

（胡艳霞老师）

去见世面，去学习人类文明，去学习先进的现代科学，去探索博大无穷的宇宙。

因势利导

中考只有两个月了，学生们阅读写作的兴趣正浓。在《校园文学》《小荷》以及各种文学杂志上报刊上，每期都能看到孩子们的大作。

一时间，校园里文学之潮如钱塘江的潮水有万马奔腾之来势，将一千多名少年学子的心卷入其中。一下子，全校上下均得了文学热病，师生均在谈论此事，小作者们在啧啧称赞声中更是趾高气扬，风光满面。就连教数学物理的理科教师也惊羡不已，看了刊发的文章，都有点跃跃欲试，想一试牛刀。

校长见此现状，心里在想：看点短文章，就是写点诗歌散文都无所谓，不会影响课程内容的学习，但看长一点的小说，特别是写长一点的小说，势必会影响中考。

赶忙开会刹车。会上宣布三不铁律：不准学生读课外小说，不准学生写小说，不准学生教师在中考前谈论小说。会议刚散，几位小作家便逃之夭夭，不知去向。晚上家长到学校要人，学校找我们几位始作俑者——语文教师算账。

我们3人跟在几位家长后面，找遍了整个乡村小镇。24小时过去了，连蛛丝马迹也未找着。我们几位均疲惫不堪，心里在为狂傲不羁的几位小作者祈祷平安，半夜才回到学校。

校长也着急起来，向派出所报案，派出所通过监控四处搜寻。十二个小时过去了，仍不见踪影。

翌日，天刚亮，一群家长及家长的至亲好友，几十人开车到了学校，点名要见校长。校长怕家长不理智身体吃亏，躲着不敢出面。整个学校被围得水泄不通，严重地影响了正常的教学秩序。

我们3位肇事者回学校只睡了五个小时，天不亮又分头去寻学生。

在一家乡下网吧里，找到了7班的两位小家伙。我赶忙打电话要苏小芳老师来接。我们从这两位学生口中得知：那四位狂徒傲女跑到武汉编辑部去了。我赶忙与《小荷》编辑部的李编辑取得了联系，李编辑说：是有四位小作者来过，早已不知去向。我和王芳老师十万火急地开车向武汉赶去。先到《校园文学》编辑部，说他们四人可能到火车站去了。终于在火车站候车室里逮着了四位小家伙。

他们四人上车后，我没有急于开车，狠狠地批了他们一顿。他们这两天受尽了折磨，吃尽了苦头，感受到了没钱的艰辛：饥饿、困乏、无助。想让他们明白：当作家不仅要有生活方面的体验，更重要的是要有知识方面的积累。如果不认真学习各科文化知识，一旦考不上普高，那就只有去读职高职中。你们知道：职高职中是培养什么人才的吗？那是培养中级技工和高级技工的地方，与当作家可不搭界啰！

李小刚一直想当大作家，是个狂妄的小子，他翻了翻那双冷傲的眼皮说：老师的话我不赞成！鲁迅先生就是个学医的，后来不是成了大作家吗？还是文学界的旗手，泰山北斗。胡小凤抢着说：还有莫言，只读了个初中，不是中国第一个诺贝尔文学奖的获得者吗？我们马上就初中毕业了，只要我们坚持读书，坚持写作，到时候我就不相信成不了大作家。其他三位拍手赞成。

面对这四个桀骜不驯的狂徒傲女，我还不能太急，只得因势利导，慢慢来。

李小刚，我问你，鲁迅先生生活在什么时代？我朝另外三人望了望，把眼神转向李小刚，李小刚正在吞吐难言。

我开始解释：他虽然是学医的，但是他读了很多年的书，才凭优异的成绩考到日本留学，后来因为要救国救民才弃医从文的。那个时代，有几人能够到国外留学？鲁迅先生不仅学问高，写作天赋还特好，加之十分勤奋，经过长期艰苦卓绝的努力，才有了这么辉煌的成就。

莫言，哪位说说，他生活在哪个时代？四人面面相觑，不知所措。

　　我扫了他们一眼说：莫言生活在"文化大革命"中，那时候，能读个初中就不错了。年纪大一点的读了个高中，年纪小一点的刚踏进初中就上山下乡当知青了。莫言只读了个初中，他爱好学习，热爱写作，到部队里得到了深造，上过军校作家班。现在的年轻人有几个不是大学生。如果我们还在看老皇历，那就大错特错了。现在的年轻作家诗人中有几人不是上知天文，下知地理，还知现代科学技术的硕士博士！你们登了几篇小文章，就不知天高地大了。你们现在还是井下的小蝌蚪，要长成大青蛙，再从井底里跳出来，去见世面，去学习人类文明，去学习先进的现代科学，去探索博大无穷的宇宙，才有可能成为作家，才有可能对国家社会做出贡献。

　　孩子们慢慢地开始互相点头赞同，终于明白了这些起码的道理。

　　学生回到了学校，家长们还不肯离开。要求学校赔给他们损失（误工费）。我们几位肇事者从中斡旋，经过一个多小时的舌战，才说服家长离校。

　　这几位狂妄的小鲁迅小莫言，冷傲小冰心小铁凝经过这次出走，明白了升学读书考高中考大学对当作家的重要性，开始全身心地投入到了中考的复习备考中，把当大作家的梦想挂在了硕士博士的成功路上。

与你共品：

　　几位想当作家的初中生因为学校宣布的三不铁律离校出走，被老师们找到后以鲁迅、莫言等作家为例反驳老师，好在老师们因势利导，让他们懂得了"当作家不仅要有生活方面的体验，更重要的是要有知识方面的积累"。时代在变，我们看待时代的眼光也应该与时俱进，有梦想是好事，但梦想是需要实力来支撑的。作为学生，用知识武装自己的头脑才是重中之重！

（许莉莉老师）

掌声口哨声还在继续，据说他永远地辞去了老师这份神圣而光荣的职业。

掌 声

有个姓黄的老师，上课总喜欢盯着几个漂亮的女生。男生们警惕性特高：他一进教室，眼神往教室里一望，落眼处却盯在了几个靓丽的女生脸上，男生们就确定他是个"色狼"。

上课时，他一走近女生，男生们便起哄，有的还趁机扔粉笔头和纸团。他根本无法知道这些砸在他身上的粉笔头和纸团来自何方。更有甚者，在他转身时，一张写有"色狼"的纸条粘在了他的后背处。于是全班开始大喊色狼，搞得他莫名其妙，不知所措。

他走上讲台，"色狼"的喊声还在此起彼伏。无论他怎样用黑板擦拍讲桌：一下二下三下之后，喊声还在继续，弄得他只得跑出教室。

教室里响起了热烈的掌声，这掌声堪比观看马戏团里的精彩表演，还经久不衰。

翌日，进教室的是另一位新来的老师。

这位老师西装革履，油头粉面，年轻帅气，一口流利的普通话。

一进教室便自我介绍说自己是 A 重点大学的高才生，曾经在美国留学时，以留学生会长的名义与来访国家的总理合过影。

说完便从讲仪夹里拿出一张与总理的合影照。合影照在讲坛上亮相之后，从一组传遍了全班。等收回来时，令他万万没想到的是：他那双充满精气神的漂亮的眼珠子被钉出了两个洞。他怒火中烧，这是谁干的？真是缺德！下面响起了振聋发聩的"真是缺德"的喊声。望着这情景，他便慌乱地收起那张逢人就炫耀的总理合影照。

这张合影照上的他此时已失去了双眼，平日的那份光彩和荣耀一下子变成了耻辱和永远不可弥补的遗憾！他像一条落水狗，狼狈而落魄地从教室里逃出来。

教室里响起了热烈的掌声。这掌声堪比希特勒演讲时的掌声，掌声中还夹杂着口哨声。

他到了校长办公室，掌声口哨声还在继续，据说他永远地辞去了老师这份神圣而光荣的职业。

班主任来了，同学们：你们将两位老师赶出了教室，还有谁敢来教你们?！你们想读书，还是规矩点！不捉弄老师好不好？

同学们望着可怜巴巴的班主任有些怜悯起来。心里在说，只要老师诚心实意地教我们，我们不但不会捉弄老师，而且还会十分虔诚地尊重老师，感谢老师。

教室里静静的，静得连针掉到地上都能听见。

翌日，又来了位新老师。这位老师年纪偏大，笑容可掬地走进教室，一进教室就说同学们好！那情态真有点巴结讨好同学们的样子，好像在说同学们，你们就饶了我吧！我十分愿意给大家上课，只是希望大家不要像捉弄那两位老师那样捉弄老朽……同学们见老师这般谨小慎微，生怕惹怒大家的样子，同学们谁也不忍心为难这样的老师！整个上课过程，学生们均积极配合，像小河清澈的流水顺畅中还打着花花，老师甚感欣慰。一下子明白了上两位老师被学生捉弄的根本原因。

下课时，老师向大家毕恭毕敬地鞠了一躬，连连说"谢谢同学们，谢谢同学们"！

同学们含着泪水报以经久不息的掌声，就像欢迎凯旋的解放军那般充满无限敬意和感激的鼓着掌，掌声响彻整个校园。

与你共品：

喜欢盯着女学生看的黄老师和一进教室便炫耀自己和总理合影照的新教师都被学生们赶出了教室。唯独最后一位谨小慎微的老教师得到了学生的配合。教育家陈鹤琴先生曾说过"没有教不好的学生，只有不会教的老师"这句话中的"教"并不是指对学生成绩的"提高"，而是对学生"心理"的了解。教师们应适当放低自己的姿态，真心理解学生、关爱学生，只有这样，才能被学生接受，成为一名真正地教师！

（许莉莉老师）

成绩特差，怄了很多气，受到了世人的白眼。

沧桑之变

中考我只考了 240 分，连上高中的资格都没有，好在我父母认识学校的校长，找校长说情，校长只要我补交了 1000 元的补差费，我便来到了这所不太出名的高中。

到了那里，找同学一打听，比我分数低的还有，我才将低着的头抬起来。我要重新开始，将以前的贪玩、玩手机、不爱学习的毛病统统去掉，在我脑子里安装上刻苦钻研各科文化学习的软件。将一切的私心杂念从心中拿掉，彻底地拿掉。

我的英语成绩差，我决心安装上"英语学习软件"，每天早晚打开这个软件，我要将英语提到一个高度。

数学是我的强项，这个软件还要强化更新，必须与第一名媲美，我要超越他。

语文成绩只是个中等，还极为不稳定，忽高忽低，令我头疼。我决心安装作文软件，将作文成绩稳定到 50 分以上。只要作文得了 50 分，那语文总分就会在 120 分以上了。

中考之后，我怄了很多气，受到了世人的白眼。人啦，不能成为弱者，一旦成为弱者就要受气挨打，让人抬不起头。就像一个国家，弱国无外交，挨打也是必然的。人也是一样，弱者无朋友。原来关系好的几位同学，中考比自己的分数高，就瞧不起人了，他们都和我这个差生断了交。殊不知这只是中考，还没有定局，就这样狗眼看人低。我这次怄了气，看出了他们的人品。这样的朋友，不交往也好，免得将来怄气。谁叫自己考差了呢?

以前不懂事，不知道学习成绩这么重要，考差了不仅自己怄气，连爸妈甚至爷爷奶奶外公外婆都会跟着怄气，被人瞧不起。

前天外婆跟我讲，邻居李奶奶以前见了外婆总要问我的学习成绩的，这次居然不闻不问。脸上还露出鄙夷的神色，你说气不气人。

这下，我明白了这些道理，一定不会再贪玩，玩手机分心了，我要给爸妈争光，要为爷爷奶奶外公外婆挽回脸面。

我按老师的要求，认真进行了人生规划，制订了长远计划。每一次考试前都进行了预估，考试后对照预估成绩找距离。找出原因，吸取教训，再定下一次考试的计划，预估出下一次的考试成绩。

老师说了，学习抓狠了，要防止得学习综合征：头痛头晕，晚上做梦，吃饭无滋味。那就要引起重视，它是考试的克星，必须在下了晚自习后进行跑步，一般得跑一千米。跑吃亏了，洗个热水澡，好好地睡上一觉，这样大脑会十分的清晰，学习效率就会提高。

我坚持每晚跑一千米，精神状态超好，大脑十分清晰，记东西特别管用，一个朝读可以背半本书。背完之后还可以像放电影一般地在脑子里放一遍，可以做到一字不漏。以前英语单词总是记不住，现在今非昔比，一早一晚就可以将初中的单词、高中一上的单词在脑子里放一遍。因此，每次测验我都是满分。

我这样雄心勃勃地满怀信心地学习着，成了班上的优等生，好几次总分排到第一名，我在教师们眼里成了准北大清华生。

日子过得真快，一眨眼就到了高三下学期，我的成绩一路领先，成了全校的尖子生，几次考试总分在全县也排在了前十名，我曾以703分的总成绩位居全市第一名。老师们十分高兴，都用期待的眼光望着我，希望我创造奇迹。

老师们要我两耳不闻窗外事，一心只读圣贤书。

高考中老师们陪着我，给我保管准考证、身份证及学习用品。老师校长都向我投来了期许的目光，我心中却十分踏实。晚上我坚持跑到高考完，保持神清气爽。

记得那次期中考试，我一下子由班上的倒数第三，跑到了顺数第三。把此喜讯没有告诉爸妈，让老师讲给他们听，他们会觉得真实些。

放月假我回到家里，爸妈突然对我热情起来。给我弄了好多我喜欢吃的菜，望着他俩看我的眼神，好像全是期待和兴奋。爸对我说："一如既往地学下去，力争考个好大学，为爸妈争光。这一次该没有水分吧？"爸像有点不太相信我，这也不怪他们，这个成绩连我自己也不太相信，我还担心下一次还能不能保持这个高度？

通过质量分析，我又觉得我还有潜力。如果这一次数学不失误，应该是第一名。下一次争取到一二名中去。

我回到学校，信心百倍，上课中我注意力高度集中，课余时间我进行补差，争取各科平衡发展。我知道只有平衡发展，才能得高分。语数外三科不能弱，小科不跛，那就可稳夺前三名，甚至可以冲进一二名。再也不是中考时的我了。

高考结束了，我在家里等待着高考成绩的揭晓。

爸妈邀我去外面走走，我却无心思去玩，在回忆高中三年的学习生活。虽然紧张，但十分充实。我坚信自己这次高考一定会创造奇迹。因为我竭尽了全力，没有留下半点遗憾。

高考成绩终于揭晓，我以705分的好成绩创了全市最高纪录，在全省排名第二。

学校派老师给我家敲锣打鼓送来了大喜报，家门口围满了看热闹的人群。

人群中还在议论中考只有240分，高考怎么就考出了705分，居然全省第二全市第一呢？

我被清华录取了，赢来了众人惊羡的目光。

与你共品：

中考失利遭白眼品人情冷暖，高考状元令惊羡叹沧桑变化；志向计划方法运动多管齐下，落魄学渣三年逆袭成为学霸。本文笔触细腻，长于心理描写，细节描写真实可感，淋漓尽致地描写出"我"中考失利后的心理变化和高中阶段奋起直追的拼搏过程，读后启人心智，颇受启发，让人良久感叹。

（钟情老师）

他组织了二十多位小朋友，把高一年级的五位同学打成了重伤。

细细的竹条

小孩前前刚满月就在外公外婆身边。外公外婆就只有前前母亲一个女儿，把小外孙看得特重，俩老每天轮换抱着，即使是在摇篮里睡觉，也有一人守候在旁，晚上也是轮流看护。有一点毛病，俩老就会紧张兮兮，抱着外孙跑向医院，好在医院就在附近。

小家伙天资聪慧，几个月就什么都懂，只是不会说话。整天要外公外婆抱着，不然就大哭不止。每餐吃东西十分挑剔，这不要，那摇头。俩老必须依着他，将俩老折腾得够呛。

好不容易长到一周岁，可以下地学走路了。外公外婆牵着他的双手，让他一步一步地迈着脚。小家伙身体很健壮，悟性也特高，几天就可放手走了。一天外婆坐在他身边看着他走路，走着走着他就往前跑，一下子被椅子绊倒了，坐在地上发踹。外婆将他扶起来，大声地说："就是这该死的椅子，我们打死它！"以后只要他摔跤了，外公外婆总要从外部找原因，都是别人的错。

两三岁时，不愿意好好吃东西，总是要摔碗筷，外公外婆总是想尽办法地依着他。尿床了，外婆总是对他说是外婆不好，没有早一点抱起来撒尿。他有时无缘无故地发踹，将尿撒在大厅里或房间里，外公外婆总要说是他们俩老的问题，让他受了委屈，赶紧将尿拖干净。

上了幼儿园，经常逃学。说幼儿园里阿姨老师不好，喜欢批评他，说那里的小朋友不和他玩。他总是要去抢别人手中的玩具，不给他就打人，老师要责罚他，他就不去幼儿园。外公外婆就依着他，当着他的面说老师的不对。

在幼儿园的三年里，长期是三天打鱼两天晒网，老师为他伤透了脑筋。

他总是喜欢专横跋扈，经常和小朋友打闹。一次一个小朋友被他用积木砸破了头，家长跑到园里打园长，最后外公外婆赔了一千五百多元的医疗费。他被幼儿园劝退了。

在家里待了半年，才换到另一家幼儿园。在新的幼儿园刚和小朋友混熟，他又开始使性子，抢人家的玩具还打人家。又被幼儿园给劝退了。

外公外婆对幼儿园里的老师极为不满，经常当着淘气外孙的面辱骂老师。

上了小学，由于他个子高大，在学校里经常凭武力征服小同学，要小同学给他抄作业，帮他做他想做的事。给小女生送信，邀约同学组织打群架等等。他心中有一个强大的靠山，那就是外公外婆。闹出了麻烦，有外婆外公出面说情，他在做这些出格事时，丝毫没有考虑后果。读小学五年级时，他就组织了二十多个小家伙，把高一年级的五位同学打成重伤，在医院里住了三个月才出院。因此，他外公外婆赔付了好几万。二十多位家长也跟着赔了不少钱，学校校长被撤了职，他被学校劝退。

在外公外婆的努力下，弯人求人将他转到一所乡村小学读书，外公外婆跟着他租屋到了乡下。

在外公外婆的千叮咛万嘱咐下，才勉强读完小学。小学毕业后，他邀上城里几位小哥们，将乡下一同学打伤。事发后派出所出面处理，堵上了在家乡读初中的路。

父母亲将他接到了省城，暑假期间给他约法三章：教育他必须通情达理，明辨是非，遵规守纪。让他在家里写认识，谈体会，还要结合他以前犯的那些错误谈。晚上他爸又和他分析错在哪，应该怎样做，犯了错误后一定得从自身找原因，不能把责任推到别人身上。

他爸反复地告诫他，人如果没有敬畏感，就会由着自己的性子来，那就会触犯法律法规，轻则受罚，重则就有可能要判刑坐牢。先明白这些道理后，再来谈做人的道理。

这小家伙，在家里待了几天，就想趁机逃跑。在家里到处翻箱倒柜，想找点现金。在家里分文没有找到，可他也顾不上这么多了，便离家出走。

爸妈派人四处寻找，又到公安局报了警。经过两天两夜地折腾，家里人接到了外公外婆打来的电话，说他到了那里。这下惹恼了他爸妈，从江州将他逮回来后，他爸找了根细竹条，将他的衣裤剥掉，双手绑在柱子上，狠狠地抽他的屁股。俗话说：劣牯牛怕打。他下次可不敢敷衍他爸妈。他妈虽然没有动手打他，但在一旁没说什么好话。说他是忤逆不孝之子，不赶快使法教育过来，将来一定会祸国殃民。

他爸听了他妈的这番话，便毫无顾忌地举条狠抽，抽得鲜血直流，也没有停下来的意思，真是恨铁不成钢呀！

他一边写着检讨，一边回忆着爸妈对他的态度。他觉得自己根本就不是他们的孩子，在外公外婆身边时间久了，被外公外婆惯成个不孝之子。他在反省中写道：自己无理取闹，明知不对，喜欢任着性子来。在外面跟一些不爱学习，不求上进的学生在一起，还当起了他们的大哥，带头闹事，打群架，觉得好玩极了。打出事来了，有外公外婆护着，赔钱，赔礼。这所学校不收，外公外婆又去找人为他说好话，求人让他转到另一所学校，小学没读完换了两所学校，最后考试在第三所学校报的名。

到了爸妈这里，自己还觉得爸妈会比外公外婆更宠爱他的。检讨他根本写不出来。爸妈的谆谆教诲他听不进去，心里老是想着他的那些公子哥们。

这一次他才彻底地死心了，爸妈不用语言，而是举起竹条。这细细的竹条威力无比，令他胆战心惊。只要瞄一眼，他就吓得直哆嗦。他怕那细细地竹条，但他热爱生活，不想寻短见。他像明白了做人的道理，他要坚强地活下来，决心改邪归正。他想到了爸说的那番话；犯了错误，只能从自身找原因，男子汉大丈夫要敢于承担责任，要明辨是非，不能胡作非为。胡作非为是要负责任的，要付出代价的。

他写好了检讨，订了保证，就开始站着复习五六年级的数学。开始几天觉得有些难，他反复地研究例题，终于将五六年级的数学学完了，觉得蛮有收获。

他爸妈看到儿子有了转变，搞了一套六年级的数学试卷给他做，他居然做了98分。后来又要他复习语文和英语，一周之后，这两科考下来都在90分以上。

爸妈脸上有了一丝笑容。每天早晨六点钟便将他叫醒，在操场跑三圈后，便进入学习中。给他布置学习任务，要他背《增广贤文》，还要他谈体会。

一个多月的学习，他已经步入良性循环。

上初中时，先要进行摸底考试，他以插班生总分第二名的成绩进入重点班。

三年后，他以全市第二名的成绩作为全免生升入省重点高中。高中三年里，他一直保持高昂的斗志，各科成绩一直名列前茅，以全省第二名的成绩被北大录取。

有人提起那根细细的竹条，他至今仍然谈虎色变，不寒而栗。

与你共品：

"规矩出孝子，溺爱多败儿"，如果只给孩子疼爱、滋养，甚至是溺爱、袒护，而不给孩子立规矩，孩子就没有规矩，恣意妄为，无法无天。本文中，外公外婆的溺爱、袒护害人害己，把天资聪慧的外孙教成爱逃学、爱打架的小混混，两位老人也跟着担惊受怕，赔钱赔礼。细细的竹条，教会了他规矩，让他明白了做人的道理，心中有了敬畏，最终改邪归正，刻苦学习，考入省重点高中，后又被北大录取，成为栋梁之材。读罢这篇文章，我们不禁沉思：棍棒式家教的现实意义。

（钟情老师）

我一高兴就多讲了几句。

金牌老师

向老师从省城风尘仆仆的归来，脸上挂满了荣耀。

学校领导为她的凯旋接风洗尘，备好了酒席。

她满面春风，从手提袋中拿出一个烫金的获奖证书，递给校长。校长接过证书，打开，里面赫然呈现出一行志得意满的大字——第五届全省小学语文公开课大赛一等奖。校长高兴地说："我们的向老师真了不起呀！全省一共才三个一等奖，就被向老师摘取了一个，含金量超高。为我们的学校乃至整个江州市教育界长了脸，争了光啊！"

因为向老师的教学实力超强，学校两个实验班的语文课安排给了她。

这两个实验班，跨两个年级：五年级一个，六年级一个。学生经过4年的学习，上五年级时便将优等生集中在一个实验班里开小锅小灶。

实验班里的学生，个个是神童，自学能力特强。她一声指令，学生们似猛虎下山，所遇猎物尽收囊中。每次考试，满分学生高达百分九十九点九。五年级班上有个超级神童，尽管在强手如云的实验班中，她也是凤立鸡群。她叫张精明，一双大眼睛黑白分明，里面藏满了智慧，眸子溜溜地一转，再难的试题便会迎刃而解。她有一个特点，特别不喜欢老师重复啰唆。

向老师从省城回来，兴致勃勃地给学生介绍那里学生的学习情况，讲得有些啰唆而冗长。张精明有点厌烦，便将一字典弄到了地上，"扑嗒"一声，打断了向老师的讲话。

向老师脸色突变。"张精明，你在捣鬼？给我站起来！"

张精明微笑着，慢慢吞吞地站起来，望着向老师，一双大眼睛明显地露出挑战的目光。

向老师知道讲过了，但这狂傲的张精明也太不像话。向老师忍气吞声等到下课，将张精明带到办公室。

"张精明，你为什么要这样做？"

张精明显出十分委屈的样子，缓慢地说："老师，我怎么啦！不就失手将一本字典弄到了地上！再说，我又不是故意的。"

向老师冷笑着说："你这家伙，虽然聪明，故意给老师使绊，老师还是知道的。"

张精明笑着说："我平时最不喜欢老师在课堂上啰啰唆唆，您在课堂上讲那里的学生如何长如何短，您不觉得讲多了吗？"

向老师说："我一高兴就多讲了几句。"

"您都觉得自己多讲了几句，我将字典弄到地上，不是在提醒您吗？又没挺您的面子。您却没有自知之明，还搞得我下不了台。"张精明小嘴噘起了老高。

向老师向张精明赔礼道歉，说自己太冲动了，伤害了小神童。

张精明也绽开了笑脸，说："老师，我也太冲动了，下次一定改！"

向老师拍着张精明的肩膀，俩人都会心地笑了。

与你共品：

向老师教学能力超强，又在省城斩获大奖，于是志得意满，为学生介绍起省城学生的学习情况时不免有些啰唆冗长。超级神童张精明心生厌烦，故意将字典掉落在地，做出善意的提醒。下课后，师生二人来到办公室，互相赔礼道歉，化尴尬为会心一笑。读罢此文，我们不禁会问：向老师作为金牌老师，"金"在何处？仅仅"金"在超强的教学实力？抑或是"金"在超高的教学质量？我想，向老师对学生独立人格的尊重，对神童的理解与包容，对自身错误的反省和坦诚面对，才是最难能可贵的。"金"就金在这里。

（徐收业老师）

陆逊湖故事

中册

情未了

戴源正 著

团结出版社
UNITY PRESS

目录
CONTENTS

李芳已隐隐察觉到自己太自私，而显得如此渺小。觉得自己的要求有些过分，歉意地对王胜说："我不逼你了，过去的事就让它过去，你去找刘艳复婚吧！"

情 未 了

在一个遍地流金的秋天，分别了四十五年的男女知青们邀约甚久终于聚集到了 A 市一个偏远的村落——红旗村，这是他们战天斗地、挥洒青春热血与汗水的地方。阔别多年再聚首，彼此寒暄，忆往昔，青葱的岁月有过理想和憧憬，也有过冲动和彷徨，更多的是对生活的感悟，五味杂陈。

夜幕降临，华灯初上，热闹了一天的大家才陆陆续续、依依不舍地散去。

皎洁的月光下，王胜与李芳终于有了独处的机会。一番嘘寒问暖之后，王胜才斗胆向李芳打探儿子的消息。

李芳堵在心里四十多年的委屈一下子喷涌出来："王胜，你这个负心汉！还有脸打听儿子的消息啊！你知不知道我付出了多大的牺牲？受了多少的轻视和屈辱？因为你，我三次结婚，两次离婚，而今孤孀寡影，受尽了人世间的千辛万苦。你若还有点良知，为了我们母子，你应该与我结伴，给我们母子以补偿，然后让儿子认祖归宗！"

眼见着昔日的恋人李芳神情激怒、满脸涨红，王胜就像一个犯了严重错误的小学生接受着老师的严厉训斥，茫然不知所措，他下意识地将头狠狠地往下埋，恨不得在地上找个洞钻进去。

一阵暴风骤雨之后，稍稍平静下来的李芳才用眼瞟了一下眼前这个呆如木鸡的男人。霎时，自己那段苦涩的知青岁月，一幕幕又在脑海中浮现……

那是一九六九年春天，春寒料峭。小草们争先恐后地从泥土里探出了头来张望这个崭新的世界，一湾溪水在沟涧中欢快地跳跃、奔跑、歌唱；大地开始变绿了，桃花在绿叶中裸露出红艳的姿色，像一把火点燃了春天的情愫。草、花、树，一切生命都在春天里焕发出勃勃生机，显得风情万种。

全国上下积极响应毛主席发出的"知识青年到农村去，接受贫下中农再教育"的号召，省城和 A 市的两支知青，融合成一个知青点，插队落户到 A 市红旗村。

王胜是省城来的男知青，李芳则是 A 市来的女知青。

男知青中最喜欢请假的就数王胜了，他总说自己身体有毛病，却躲在寝室里看小说。

女知青中除了李芳很少有人请假，李芳有个毛病，每次月经来潮时，就会小腹疼痛。来到红旗村后第一次例假，小腹疼痛，实在难忍，只得不停地叫唤来减轻痛感，刚好被请假在宿舍里看小说的王胜听到，他出来看到李芳在地上打滚，背起她朝大队卫生所跑去。

卫生员小赵说："这是痛经，不碍事，等结了婚，有了小孩，会不治而愈。"

王胜在一边红着脸一边抿着嘴傻笑。他只好将李芳又背回女知青宿舍。

回到宿舍，李芳仍然腹疼得不行，便告诉王胜以前在家里每次来例假小腹疼痛时都是她妈妈用热毛巾给她敷小腹才缓解。

王胜听在心里，便去拿毛巾用开水烫热后递给李芳，李芳因疼得厉害，连解皮带的力气都没有，示意王胜帮忙。王胜犹豫了一会儿，在李芳的再三央求下，便转过身体将李芳的皮带解开，拨下内裤，用热毛巾敷在李芳的小腹上。几分钟之后，疼痛果然缓解了。

从此以后，李芳每次来例假，就悄悄地告诉王胜让他来帮忙用热毛巾给自己敷小腹。寒来暑往，日久生情，他们二人便产生了暧昧之情。就在王胜接到回省城的通知时，李芳已有三个多月没来例假，怀疑自己怀孕了，惊恐万状地将此事告诉了王胜，王胜为了不影响自己回城，让李芳暂时保密。

王胜返回省城后，不停地给李芳写信，李芳也及时地给他回信，只是信从发出到收到下一封回信需要半个月左右的时间，那是多么难熬的半月呀！

王胜走了，李芳留在了农村，眼看着肚子一天天地大起来，又不敢对任何人讲，急得六神无主。除了偷偷地哭泣跺脚外，别无他法。为了流掉肚中的孩子，李芳尝试过长跑、蹦跳等方法，但一切都无济于事。肚子像被鼓风机吹，一天天地鼓起来，捆也捆不住。

炊事员黄妈好像早就看出了端倪，一天傍晚，她将李芳叫到一旁悄悄地问："姑娘，你怎么啦？"李芳的泪水霎时就像开了闸的春水哗哗地直往下淌，拉住黄妈妈的手双膝跪下："黄妈妈，您一定要救救我！"

"姑娘，我知道你怀孕了，几个月了？"李芳摇摇头说不知道。黄妈妈就带上李芳偷偷地到镇医院去检查，"我的妈呀，六个月了，只怕引产都难了！"

黄妈妈只得编出李芳得了黄疸肝炎，传染性极大的假消息，急急忙忙到知青点为李芳请了假。随后将李芳藏在她的老家。

黄妈妈家里只有个老婆婆和两个还在读小学的女儿，相对好保密。

李芳住进黄妈妈的家里，赶紧给爸妈写信，告诉他们实情。爸妈收到信后，立即赶到红旗村，一见面，他们就不停地数落李芳，经黄妈妈再三地劝解，他们才同意依黄妈妈的意见行事。

李芳生下了一个男孩，在黄妈妈的帮助下，将男孩送给了邻村没儿没女的刘家。

李芳休假了两个月回到了知青点。在红旗村插队一年之后返回了 A 市，被安排到一家医院做财务工作。临行之前，李芳抑制不住内心的感激与喜悦，来向黄妈妈致谢，并连夜写信将回城的消息告诉了王胜。

王胜自从返城后，每月都按时给李芳写信问及孩子的情况，李芳也及时给他回信，倾诉对他和孩子的思念。

李芳回到 A 市后，诸事都由她爸妈做主。更为出格的是她爸妈拦截了王胜写给她的信，李芳与王胜从此失去了联系，写给王胜的信都泥牛入海。

回城后不久，在父母的精心设计下，李芳与市委副书记的儿子刘雄结了婚。结婚的那天晚上，刘雄发现李芳不是处女，还发现李芳肚皮上有妊娠纹，并严厉地质问李芳是不是生过孩子，李芳拒不承认。刘雄见李芳支支吾吾，就要求上医院去鉴定。无奈之下，李芳只得说出实情。

也难怪，那个时代男人把女人的贞节看得特别重，别说是生了小孩，就是被人强暴了，其名声都会受到影响，被人一辈子看不起。

纸终于没有包住火，刘雄与李芳闪婚后又草草地离婚。此时的李芳恨王胜，恨得咬牙切齿！

离婚了一年，李芳渐渐走出了阴影，在同事的牵引下，李芳嫁给了一位离异的医生。第一晚医生就发现李芳生过小孩，对李芳极其冷淡。结婚两年，他都坚持与李芳分床而卧，李芳受不了再次受到冷落便提出与那医生分手。

第二次婚姻失败，李芳已死心，不想再找男人，发誓一个人过一辈子。她被积怨和仇恨包围着，怨自己的父母，如果不是父母的阻拦，她和王胜结了婚就不会有这么多的无奈和尴尬，也不会被人轻视和冷漠；他更加恨忘恩负义的王胜，恨他一直不来找自己。第二次离婚就像在仇恨的干柴上浇了一桶油，李芳恨不得用愤怒的火焰将自己化为灰烬，但她还不能死，她还牵挂着那个苦命的儿子。

李芳几次到红旗村去找儿子，通过黄妈妈的关系，虽然找到了儿子的下落，但人家只承认李芳是孩子的母亲，却不让李芳母子相认，说除非在养父母百年之后才可相认。

李芳每天以泪洗面，一个人孤苦伶仃，一点乐趣也没有，一点希望也看不到。以前的那种独自生活的决心渐渐被时光消失殆尽。

后来经人介绍，李芳又与一位大十岁的工人结了婚。此时的她什么也不在乎，只要别人不嫌弃就行。这个老男人性格孤僻，寡言少语。结婚后，李芳对他百般温柔体贴，两人生活得还算不错，一年后生了一个女儿。但好景不长，女儿八岁时，丈夫在一场车祸中丧生，此后，李芳和女儿相依为命，日子过得清苦平淡，女儿渐渐长大，后来考上了大学，毕业后留在了省城，成了家，有了外孙。

李芳退休后，帮女儿带了三年小孩，又回到了 A 市老家。

一阵凉风拂过，李芳禁不住打了一个寒战，回忆的眼里满是心酸的泪水，没想到四十多年后还能遇见王胜，她心里又燃起了希望。王胜扶住李芳的双肩，轻轻地为她擦去泪水，然后紧紧地把李芳拥入怀中。

月光如水，大地铺银，此时，乡村的夜晚显得格外的宁静。

王胜的内心也一样翻江倒海，始终不能平静。李芳的训斥犹如晴天霹雳在他的耳边不停地回响：

"王胜，你这个负心汉！"

"因为你，我三次结婚，两次离婚……"

"你若还有点良知，为了我们母子，你应该与我结伴，给我们母子以补偿，然后让儿子认祖归宗！"

王胜感到十分愧疚，觉得对不起李芳，然而他自己也过得不如人意，真是造化在戏弄人啦……

王胜回到省城后，心里装的满是李芳。因担心李芳未婚生子会被男人识破受到欺侮，经常半夜里从梦中惊醒；因梦到李芳被男人打得皮开肉绽，而整夜整夜的失眠，整天的胡思乱想，整个人快要崩溃了。他爸妈知道他失恋了，怕他脑子出问题，就托人给他介绍女朋友。一连找了好几个，可他一个也不理，心里只有李芳，并发誓非李芳不娶。他多次恳求爸妈让他到 A 市去找李芳，开始他爸妈说什么都不同意，最后扛不住他的以死相逼，无奈之下也就同意了他的请求。

王胜满心欢喜地来到 A 市找李芳，找遍了 A 市的大街小巷，就像是大海捞针，一点蛛丝马迹都没找着。后来有人告诉王胜到派出所或者到人事部门去查，一定可以找到李芳。他再次满怀希望地来到了 A 市，果然在知青安置办公室找到了李芳的信息。他太高兴了，立马赶往李芳所在的医院。可是不巧，李芳请了婚假未上班。王胜在医院旁的小旅馆里傻待了两天，才嘬着泪绝望地回到了省城。

父母见到儿子沮丧地回来，又开始张罗给王胜找来媒婆，介绍了一个女朋友，叫刘艳，可王胜仍然没有兴趣，将刘艳悬在空中不置可否，进退两难。刘艳经常到王家帮忙做家务，烧火做饭洗衣裳。但王胜对她时冷时热，一谈到结婚总是用"还等等"来搪塞。这样又过了两年，爸妈实在是忍无可忍了，就强迫王胜和刘艳去拿了结婚证。

婚礼虽是如期举行了，但王胜长时间地不理睬妻子。刘艳特别善良，无论王胜怎样对他，她总是温柔体贴地服侍。结婚一年多，他俩一直分床睡，刘艳心态平和，很有涵养，婚姻状况对外人只字不提。

两年后，王胜胃上出了毛病，一检查是得了胃癌，且已经到了中期，必须马上手术。手术需要费用，王胜因为寻找李芳经常跑 A 市，既耽误了工作，又花了不少钱，手中毫无积蓄。在这紧要关头，刘艳一声不吭地从娘家借来了两万元给王胜做手术。当时的两万元相当于现在的二十万啦！

王胜身患癌症迫不得已住进了医院，切除了肿瘤，刘艳整天整夜地陪伴，鼓励王胜，要他振作起来，每天一勺一勺地喂王胜，又到娘家借钱来为王胜调养。王胜出院后躺在床上三个多月，刘艳寸步不离，无微不至地照顾，还给王胜讲许多开心的故事。可以说，是刘艳用博大的胸襟和深厚的情义，加之细心的关爱和温存的鼓励把王胜从死亡线上抢回来的。刘艳是王胜的恩人。

回忆到这，王胜觉得自己不能和刘艳离婚，即便是不要儿子也罢！

他不能答应李芳的要求。

到 A 市的红旗村聚会后回到省城，王胜变的郁郁寡欢。刘艳是个十分精明的女人，一看丈夫忧郁的脸色，就知道丈夫遇到了难事。

"老王，你从红旗村回来，好像有心事，不开心？你不妨说给我听听！"

王胜不想讲给刘艳听。他知道刘艳为了他，命都可以不要，不能把李芳和儿子的事告诉她。

刘艳追问不止："老王，你说给我听听，天大的事我给你顶着！"

王胜始终闭口不谈。

刘艳便采用了她的绝招——激将法："老王，我们夫妻三十多年，怎么还信不过我？不会是内心深处还在排斥我吧？"

王胜一听刘艳提"排斥"两字，便不好再隐瞒，于是将重逢昔日的恋人李芳并逼他离婚之事告诉了刘艳。

"这有何难？我和你离婚，你可以要回儿子，这也是我求之不得的事。我因为先天发育不足，没有为你生得一男半女，内心深处一直觉得亏欠你。"刘艳温和地笑道。

"你没生孩子这不怪你，是年轻的时候我排斥了你，错过了大好时光，是我的罪过！"

"一切都是天意，既然现在离婚可以去找回儿子，我和你离婚也值得！老王呀，我们离婚之后，你隔三岔五的给我发条微信问候一下我就满足了。这事就这样说定了，明天就去拿离婚证。"

"刘艳，我这条命都是你给的，你现在又要为我做出牺牲，那让我怎样去面对你和你的至亲好友哇！"

"你不要管这些，只要对你有利，我愿意！"刘艳斩钉截铁地说。

第二天，刘艳说到做到，硬拉着王胜去民政局办了离婚证。

转眼又是一年秋满头银丝的王胜，身心疲惫，再次来到了 A 市，将刘艳主动提出离婚的事讲给李芳听，李芳感动得热泪盈眶。她要当面去感谢刘艳对王胜所做的一切，要感谢她的无私成全。同时，李芳也从内心深处察觉到了自己的自私和渺小，觉得自己的要求有点过分，歉意地对王胜说："我不逼你了，我们过去的事就算了，以后你们能经常来我这儿走动，我就很开心了。你赶快回去和刘艳复婚吧！"

和王胜离婚后，刘艳便将王胜的衣裤鞋袜以及日常用品全部清理出来洗净晾干，把家里收拾得干干净净，整理得井井有条，然后把钥匙放在了王胜妹妹家里，顺便留下一张纸条，上面写着：

王胜：

去找回你的儿子，和李芳一起好好地生活吧！房子留给你。你们不要找我，一年后，我会回到这座生活了三十六年的城市。

真诚的祝福你们全家团聚！快乐幸福！

你曾经的妻子　刘艳

二〇一五年九月初

与你共品：

王胜与李芳日久生情，让李芳生了小孩。但王胜为此付出了毕生的代价，令人感动。李芳也为此付出牺牲，结了三次婚，均为悲剧。更为感人的是刘艳。王胜一直排斥她，但她对王胜不离不弃。在王胜得了癌症时，她用温柔和耐心无微不至地呵护着他，给了王胜第二次生命。王胜从排斥到感激，从感激到惭愧，令人信服。当看到王胜左右为难时，毅然决然地成全王胜和李芳，主动和王胜离婚，最后怕王胜对她不舍，便毅然离家。可以说：刘艳为了王胜的幸福，牺牲自己的一切，在所不惜。这种情况世间少有，令人感叹佩服。

（小清老师）

（此文发表于香港《文学月报》2022 年第 9 期）

兄弟也好，夫妻也罢，应该以心换心，将心比心，不然的话，这世界上哪还有真情！

借　钱

在城里教中学的儿子要带准儿媳妇回家过年，金光辉两口子高兴异常，把家里收拾得干净整齐。又到镇上买了许多时尚年货，还为儿媳妇到金店里挑了耳环、项链，准备了5000元的红包。一切就绪之后，在家里恭候儿子儿媳妇的到来。

阳光和煦地照在宽敞的客厅里，客厅里显得高雅气派。茶几上摆满了核桃、猕猴桃、香蕉、葡萄、梨、橙子，还有巧克力，软糖及沙琪玛之类的高档货。两个漂亮的茶杯洗得锃光瓦亮。

先一天晚上就煨好了养颜鸡汤，准备了桂花鱼、北京烤鸭及温补的羊肉羊排，还准备了白酒、红酒及酸奶，只等儿子儿媳妇的到来，就可以开席。他两口子想给儿子儿媳妇一个惊喜，也是为儿子撑面子。

临近中午了，两口子连早饭也未吃，双双在家门口恭迎儿子儿媳妇。

远远地望见一辆天蓝色的小轿车向自家门前驶来，两口子赶忙站在大门外的两边，像迎接外宾的礼仪小姐，笑吟吟地望着这辆既熟悉又陌生的小轿车。

小轿车停在了家门口，他两口子一边一人迎过去，可等车门打开，只有儿子一人。儿子沮丧地从车里走出来，声音带着哭腔说：爸，妈，对不起，小燕她妈不让她来，"说房子不买到手，就别想进你们家的门！"

他两口子心中像六月天突遭冰雹，把美好的心境砸得破败冰凉。

金光辉望着儿子：你手中有多少积蓄？看还差多少？我找二叔去凑凑。

他老婆跑到儿子身边，用期待的眼神望着儿子。儿子脸色有些凄冷地说：我只有 30 万元。他老婆一边用心疼的眼光看着俊帅的儿子，一边在心里盘算着：大学毕业才五年半，买了一辆小轿车，我们只给了 5 万，手中还有 30 万元，已经很了不得了！自己手中还不到 10 万元，回过头来对金光辉说：老金呀，过了年，我和你到城里咨询下房子的行情？顺便到他二叔那里去想想方。

金光辉曾经财大气粗，几千万资产，令世人垂涎惊羡。想不到不出 10 年就败落到如此地步！俗话说：钱是人的胆，钱是人的魂。有钱的时候信心满满，走到哪都光辉灿烂，走到哪都受人尊重。没了钱，就成了一只破球，鼓不起气来，瘫软在地上，成了废弃物，只能进垃圾堆，等着到焚烧厂了。

一家三口均耷拉着脑袋，满桌的大肉大鱼，吃在口里无滋无味。儿子心中想着儿媳妇，老婆心中想着房子，把希望寄托在二弟身上。他老金心里苦闷得很，懊悔着有钱时为什么不存点？他独自一人饮着酒，他想用酒来麻痹自己。他一口一小杯，喝得有些反常。老婆将他手中的酒杯拦下，又将酒瓶收了起来。别借酒浇愁，往日的威风哪里去了！不就差点钱吗？钱算什么，算个屁！我就不相信他二叔不理睬咱们？

吃了晚饭，一家三口围在火炉旁，谈起了儿媳妇的情况：开始不是说好了来家过年的吗？怎么说不来就不来了嘞？把你妈白忙活了好几天，高兴了好几天。连耳环、项链都买好了，还准备了 5000 元红包。

儿子金尚文有些愧疚地说：她妈生怕我们买不起房子，听说我们家这些年做生意做亏了，怕影响我和小燕俩今后的生活。

金光辉满脸羞愧：儿子，爸对不起你！让你被人瞧不起，受屈辱了。老婆接茬：做生意就是做亏了，一套房子还是可以买得起的，外面的赊账就有 500 多万元。你跟小燕讲：要她父母别担心，不会连累你们的，更不会连累她们家。

正月初三了，儿子要回学校给学生补课了。为了买房子，为了找个好媳妇，他没得选，只有靠勤劳节俭。上车时，老婆将年货一股脑地提上了车。含着眼泪，望着儿子上车，又望着儿子和车消失在他两口子的视野中。尽管初三了，过年的喜庆鞭炮噼噼啪啪地还是响个不停。

他俩从场子走回家中，心中满是苦涩。这种苦涩之味使他俩无可奈何，从未有过的无可奈何。回到家中，围在火炉旁，细心地算起账来。

这已是第六次算账了。此账十分明了简单：儿子手中 30 万，她手中 10 万，就这 40 万元。听城里人说，在县城买套中等大小的房子最起码得要 70 多万元。还差 30 多万元，从哪里去借？那些赊账，数量虽然大，但一分钱也要不回来，比没有还坏。没有这些，免得烦心啦！说着说着，老金慢慢地进入了梦乡：

他在和人家签合同，一台翻修过的柴油动力机 50 千瓦的 2.6 万元。此人要急于开工用电，需要发电，50 千瓦刚好够用。那人二话没说就交钱提货。他喜滋滋的，一天做了几单这样的生意，手中一下子就有了十几万元，还有四家签了合同，明后天就有 10 万元到账。从梦中醒来，还在大声地说：我有钱了，我有钱了！夏英，可以给儿子买房子了！

老婆夏英在一旁奚落他说：你真是想钱买房子想疯了！

老金呀，要不，我们明天就到二弟家里去！他听了苦着脸说，这大过年的，去了也不好开口借钱啦！要去，等过完了年，正月十六还是十八的去？夏英虽然心里急，但老金说得对，大过年的，不好提借钱。

时光这东西，本来像流星一闪而过，而此时却是一块烙铁，烫得人心急火燎，坐立不安。时间一分一秒地熬着，如坐针毡，不好熬呀！两口子坐在家里，哪里也不想去，心里郁结着钱和房子。这些年生意塌火后，家里早已无人造访，自己也没心思去串人家的门。两口子像热锅上的蚂蚁，煎熬着盼着正月十五快过去。越是想它快点过去，它越是在你眼前晃悠晃悠地过不去。俩人只得以酒浇愁，夏英平时不太喝酒，这些天却悟到了男人们在苦闷时要喝酒的真谛。喝酒了就什么都放下了，可以蒙头大睡，睡着了还可以梦游神游，痛快极了。

老金又在做美梦了：在梦中大笑，一定又是赚了钱，赚了一大笔钱。不然不会这样开怀大笑的。

老金醒来后，夏英问他，你是不在梦中赚了大钱？老金说，是呀，一笔棉花生意赚了 200 多万元。难怪笑得如此开心！

好不容易熬过了正月十五。十六的一大早，他俩便骑上那辆老摩托车，带了些土特产，往城里到二弟家去。

二弟两口子热情地接待了他俩。他俩将土特产送给了二弟妹，说到街上去转转，便骑上老掉牙的摩托，去造访几家售楼公司。在儿子学校不远的几个楼盘里去摸了摸行情：房子均价在 6 千一平方米左右，楼层高就贵点。夏英对老金说：房子一定不能太小，起码也要有 120 平方米。不然，生了小孩在这里照看孙子要有地方住，至少也要个三室两厅两卫。老金苦着脸点头赞同。照这个标准，买一套 120 平方米的房子，至少也要 70 多万元，还是毛坯房。装修、买家具电器至少不能少于 30 万元。那个售楼员小姑娘讲得够透彻了，但可以分期付款。先用手中的 40 万元搞个首付，以后再按月交。老金高兴起来，这样压力就小多了，今年我们不管怎么着，赚个 10 万元还是有把握的。

两口子十分高兴，到二弟家里吃了中饭，借钱的事一字也没提就高高兴兴地回家了。

晚上给儿子打电话：儿子说，她妈不同意分期付款。那样，婚事就会泡汤。她妈还说，只要我们能够一次性付款买了毛坯房，装修买家具电器的钱全部她那头出。她妈做过调查，大约要拿出 40 万至 50 万来，但前提是男方必须一次性付款买房。

两口子的心情又回到了原点，今天未向二弟提借钱的事，明天又去吗？老金呀，你明天先去找二弟，要他帮忙想想办法。老金从未找人借过钱，虽然落魄了，但骨子里的傲气还在。即使是自己的亲弟弟，尽管以前无偿地帮过他很多，但向他提借钱却十分为难。夏英十分了解自己的丈夫，于是便说，明天我去找弟妹，看弟妹怎么说。老金才如释重负，但心中的那块石头还始终压在心上令他喘不过气来。

夏英找到了二弟妹。二弟妹见到大嫂，表面上十分热情，但昨天来了的，今天又来，觉得一定有事求他们。将大嫂邀进家里坐下，便主动地询问起来：大嫂，你今天来，一定有事吧？夏英说：我这是无事不登三宝殿，确实有事求你们。昨天，你大哥不好开口，今天要我来找你。大嫂，你说，一家人，有什么求不求的，只要能帮得上的一定全力帮。

夏英用期待的眼神望着二弟妹：你侄子不是在一中教书吗？今年都 28 了，找了个女朋友，女朋友也是中学的老师，已经谈了三四年，俩人关系甚好，要结婚了，总得有套房子吧，但我们手中只有 40 万元，本来可以分期付款的，但女方妈妈不同意，要求一次性付清房款才同意他俩结婚。还说，如果男方一次性付清了房款，装修买家具电器的钱全由她们出。现在买一套 120 平方米的房子要 70 多万元，我们还缺 30 多万，想找你们帮忙想想办法，我和你大哥承包的鱼塘，每年可以还个 10 万元。

二弟妹的脸色变得紫青起来，望着大嫂说，我们去年刚给你侄儿小刚在上海买了一套 100 平方米的房子，花去了八百万，花去了所有的积蓄，还欠 50 万外债。本来这 30 万元数字不大，但如果不是在这个节骨眼上，我们帮一下算个啥！想想这么多年，大哥大嫂对我们的帮扶，我们怎么说也得全力以赴地帮。这样，大嫂，你先回去，我和他二叔商量后再回复你们。

夏英回来后，一直在想，城里人不像我们农村人爽快，行就行，不行就不行，一锯两把瓢。但也说得在情在理，毕竟先没打招呼，没和二弟通气。商量是应该的，那就只能等了。

金光辉听了，觉得情况不太妙。他们去年在上海给侄子买房子用去了八百万，他有多少钱？他们一家人的年收入是多少？老金陷入了深深的困惑中，他不好向二弟打听实情，只得等待二弟妹的回复。

在第三天的双休日里，二弟两口子开着小轿车来到了他们家。给他俩带来了好多时尚食材，还给大哥大嫂各买了件时髦的休闲服，说了一堆感谢大哥大嫂的话。但在这节骨眼上，没办法只给你们带来 10 万元呀！对不住大哥大嫂了！

二弟两口子走后，金光辉两口子抱头痛哭了一场，唯一的希望破灭了。他俩上哪儿去借啊，还缺 20 多万元啦！

晚上夏英觉得二弟两口子没有为他们竭尽全力，他们可以为自己的儿子用八百万买房子，当时也向别人借了不少钱啦，怎么就不能为侄儿买房子找别人再借 20 万元呢，即使给利息也是可行的啊。可他们压根就没有想为侄儿尽点绵薄之力。

第二天一大早起床，夏英没有急于弄早餐，而是将保险柜中的借条找出来一张一张地登记清理。当时她从 500 多万的借款中找到了二弟的四张借条，一共有 35 万元。一次是他结婚时，大哥大嫂给了他 5 万元，当时他说要借，而他大哥说，算了，不是借，是给你们的结婚礼品，但二弟还是写了张借条给大嫂；第二次是二弟妹生儿子大出血在医院抢救花了一笔钱，加上二弟妹身体不好半年未上班，家里花销大，二弟来借了5万元，打了张借条给大嫂；第三张是他儿子交换到美国留学，说每年要15万元，还有在美国的生活费用，大哥大嫂借给了二弟10万元，第二年又来借了10万元，第三年借了5万元。

夏英望着这些借条，对金光辉说，他们如果将这35万元如数还给我们，问题就解决了。但他们就拿来了10万元。

金光辉心里十分矛盾，如果二弟他们能像自己对他们一样对待自己，那一切问题都会迎刃而解。但他作为亲弟兄，绝对不会向他们去讨去要。只要他们能够出面借30万元，以后我们来慢慢还都可以。但我们确实是遇到了难题，不得已才向他俩想方的，他俩怎么这样冷酷无情！不说还账，就是帮忙出面借都可以呀，只要渡过了这个难关，以后什么话都好说呀！

二弟两口子回到家里，弟妹还觉得10万元给多了，认为他们现在的情况也不好，10万元掏空了家里所有的积蓄，家里一旦有个三长两短怎么办？

二弟十分羞愧，想当初自己读书，每年高考就差这么一点点总是考不取，就得读，再复读。大哥对我可好啦！每次来学校看望我都会带来好多好吃的，给零花钱。当时的农村，谁能挣得到一分钱，大哥捞鱼挖藕做生意样样行，手中有点钱都给了我。读大学时，父母年纪大了，身体又有病，家里全靠大哥。后来有了大嫂，大嫂也和大哥一样对我好着呢！家里大嫂当家，每次上学她都会想方设法凑学费，还给零花钱。我在大学里，虽然家庭情况没有其他同学好，但手中一直不缺钱，那都是哥嫂从牙缝里省下来的。父母去世了，我一分钱也没出，那时我刚大学毕业分到县城里，一个月40多元。其实哥嫂当时比我还造孽。结婚时，哥嫂情况好了些，给了我五万元。我当时不好意思要，硬是打了张借条给大嫂。你生儿子大出血，用了不少医药费，后来身体不好要吃药，儿子要喝牛奶，你又不能上班，我那点工资，真是捉襟见肘。没有办法又去找哥嫂借，一次给了我五万元，贴补了好几年。儿子到美国留学，一年要二十万，三年向哥嫂借了25万元。

老婆呀，现在哥嫂有困难，你说我们能袖手旁观吗？再说，我哥是个硬气汉，不到山穷水尽，绝不可能开口借钱的。

二弟妹被丈夫说得有些心软了，这样说来，我们是必须为哥嫂解决难题，帮他们渡过难关，不然天良难容。

怎么做才能为他们弄到二十万元呢？二弟说，儿子工资高，让他来想想办法，应该没问题，于是拨通了在上海工作的儿子小刚的电话。

金光辉曾经是十里八乡的几千万的顶顶大款，每天成十上百的手下前呼后拥。在他的眼里，钱算个什么？一个点子，一个异想天开的想法均可抓到大把的钱，哪曾想到如今却掉进了钱的泥沼里，爬不出来。为了区区20万元，在泥沼中呼天不应喊地不灵，像一头野牛被一群狮子死死地咬着脖颈，动弹不得。尽管周围到处是自己的同类，但无一救助。

他坐在椅子上，已经有几个小时没起身了，不是要上厕所，他会长久地坐在那里。想着过去的一些事，当时有钱时，哪里知道钱这么难找。还记得他刚从农村走出来，那时经常给弟弟送东西到城里的学校，每次都要经过一些乡镇工厂。无事时，还到工厂里面去走走逛逛，在里面还认识一些工人朋友。有位朋友比自己大十多岁，会开卡车、大货车，每次给弟弟送东西来，都会给他带来几只油炸的螃蟹。他们一家人十分高兴，还留我在他家里吃饭。有时就教他开车，开那大货车。车开会后，他们厂里有些老掉牙的货车，丢在路边无人管，他告诉金光辉此车维修后还可以开，于是金光辉将此车开到维修厂去修理，修理后便开始拉一些农产品到镇上卖。

几年之后，厂子垮了，那位朋友告诉他，这些好多年未用了的烂机器还可以卖钱，要我去摸摸废钢铁的行情，还给他提供一些线索。摸到了废钢铁的收购公司，于是和那朋友将厂里的废钢铁全拉出去卖了。后来改制，工厂没了，一些能开动的机器，他和那位朋友在外面租仓库，还租了门面，将动力机维修翻新后，放在门市部里卖。价格比新机器便宜一半，十分好销售。

金光辉与那位朋友两年多的时间里，几乎将全县各个乡镇工厂里废机器全拖到他们的仓库里，能翻新的翻新。翻新后，移到门市部去销售，不能翻新的作废钢铁卖给了废品厂。两三年的时间里，就赚了上百万元。

废钢铁废机器收光了，他和那位朋友将眼光投到了棉花市场。那时国有的采购站解散了，他俩便将采购站租赁过来，开始倒卖棉花。每年上半年花天酒地地玩，下半年开始挨家挨户收棉花，每年纯赚上百万元。钱来得容易，花起来那真是挥金如土，怎么着都花不完。因为每年都在向外扩充，开始只有几个乡镇，后来发展到周边几个县市。问题就在眼光老盯在棉花上，以为可以子孙万代长久发展下去的。真是鬼使神差，突然间就想开个大型的轧花厂。

有了这个念想，不管什么人给他建议，有的甚至当面提醒他：鸡蛋不要放在一个篮子里。那个时候，春风得意马蹄疾，谁的话也听不进去。眼中充满自信，心中充满欲望，觉得这个世界上，没有自己做不好的事，没有什么人比自己强。把任何人都不放在眼里，说起话来，掷地有声，斩钉截铁。对属下、对职工一言九鼎，堪比皇帝。

将一个大型的轧花厂几个月里就办起来了，办得红红火火。可就在美好的梦境中，中央已经取消对内地棉花的保护政策，取消了保底价，不再要求内地棉产区的农民再种棉花。说什么内地棉花种植成本高，质量差，棉丝短，不环保，是用农药泡出来的，还种坏了农田。

这个投了3千万元的大型轧花厂，尽管他倾其所有建成的国内一流先进的轧花厂，一下子落入万丈深渊，已是万劫不复。他也跟着落入深渊，此身难以翻身出水。当时区区20万元，稍微谨慎一点，不说20万，就是200万，也不在话下。

夏英想找她的两个弟弟一个哥哥去想方，可认真一想，他们一直过得紧巴巴的，哪里去弄钱来借给她？不过这几年，很少和他们来往，也不知道他们现在的情况。那时有钱，没少关照过他们，3千5千的没少给他们。如果他们有，找他们去凑个10万8万应该没问题。再说，不是找他们还债，而是找他们挪借，以后慢慢地还给他们。听说他们的两个小孩均在大城市，本来他们都在农村，农村里攒点钱确实不容易。但这些年农村的情况比以往好多了，说不定有个3万5万的也属正常。哥哥是个退休教师，也说不定手中攒个5万10万的也正常。

她推想了一晚上，第二天天刚亮，便起床往娘家里跑。

一路上，小鸟在啾啾地叫着，树边的小草开始泛青。夏英心中充满了期待，一路小跑步地向前，十多里的路程，一会儿工夫便到了。

到了大哥家里，他老两口还未开门，她不好意思去敲门，在门前的空地上徘徊。想着那时自己有钱时，未对大哥大嫂有过多少帮助，现在跑来找他们借钱，不知他们的态度如何？这么想着，大哥大嫂起床开门了。见了大妹在场子上踱步：大妹，你这么早过来，一定有急事吧？她进门向大哥大嫂讲了儿子买房子差钱的事。大哥十分为难地说：我手中只有 5 万元。大嫂听到后，赶忙说：我这里也有 5 万元。合起来也才 10 万元，还缺 10 万元，怎么办？

不知道两个弟弟那里能不能凑个十万？大哥说，这不知道。大嫂说，这几年他们都过得挺好的，一家凑个 5 万元应该没问题。

大嫂急忙弄起了早餐。三人吃完，大哥大嫂说我俩一起陪你过去。

到了两个弟弟的家，他们住在一个院子里。大哥大嫂出面，夏英在客厅看电视，等着他们的回复。

大弟十分热情，笑嘻嘻地说，这几年我们手中攒了点钱，准备给小爽买房的，姐急着用钱先拿去，等明年小爽买房子，你们再帮我们。夏英说，那好，明年我们就有钱了。小弟两口子也赶过来，听说姐买房缺钱，便爽快地说：姐，我们这几年存了点钱，需要你拿去，但只有 20 万元。

夏英赶快给金光辉打电话，免得他愁坏了身子。

吃过午饭，就往回赶。大哥大嫂跟着，不知是走太快了，还是什么原因？大哥突然喊头疼，捧着头喊起来。在路边停留下来，拦过往的车辆。好不容易拦下了一辆小轿车，等赶到医院一下车，大哥就像没了气息。抬到急救室，大哥就已驾鹤西去。

大哥还不到七十岁，就这样突然地去了。夏英十分自责：如果自己不去借钱，大哥不是跟着去借钱，不受劳累，也许就不会离世。

在送别大哥的吊唁厅里，夏英痛哭不已，十分自责。过了半个月都未从悲痛中走出来。

金光辉想：虽然大舅哥为借钱之事走了，但他毕竟是位老人，近七十岁，过世是早了点，完全可以活个 10 年、20 年的，这么早就过世了，实在有些遗憾和可惜。大舅哥大舅母的慷慨解囊体现了他们看重亲情，他为此感到欣慰，但认为自己的弟弟与之相比，显得有些虚浮不实，缺乏贴心贴己。就凭 35 万元的借款，也应该竭尽全力想办法，就这样 10 万元给打发了，真有点无情无义。此事，夏英心中一定会觉得金家人没有夏家人淳朴诚心啦！在过去的那些年里，对夏家哪有对二弟那么周全贴心啦！在这关键的时候夏家能够慷慨解囊，体现出了亲情的可贵。而二弟两口子应该反思反思才对，我确实可以将那 35 万元的借条给他们看看。按市场比率来核算那时的 35 万元，现在可以值多少钱？不仅如此，他读了近二十年的书，我这个大哥给了他多少关照，给了他多少帮助和支持？在他有困难的时候，我从未有过一丝一毫的彷徨，一直是倾其所有。可他在我有困难时却表现得如此淡然，不通人情，不晓人情，还是不屑于人情？

人啦，只有在关键时刻才能看出一个人的品质。本来是自己的亲弟弟，不应该这样想，更不应该这样去说他，怪他，但他应该有自知之明啦！

兄弟也好，夫妻也罢，应该以心换心，以心比心，不然的话，这世上哪还会有真情！

金光辉这样往深里想着，越想越觉得自己做人做得十分失败。他觉得生意做失败了，做人应该是堂堂正正的，但怎么就找不到一个知己。在这几十年的生意场上，帮助过无数个朋友，但在最后，尤其是在自己生意失利后，却没有一个朋友。那些酒肉的朋友，确实就不是朋友，但那些出生入死的生死兄弟应该是知心朋友，但在关键时刻也变成了路人，甚至还有不少的人躲在背后讥笑和辱骂。我如果还能够东山再起，也许不会再结识那些忘恩负义的家伙。但话又说回来，自己的亲弟弟应该不在之列，也许他确实无能为力。儿子买房刚花去八百万，借款还未还清，这时找他借钱，也许他确实没有办法，送来 10 万元已属不易了。

夏英送走了大哥，陪着大嫂生活了一周。每天她都在想一个问题：他们俩口子如此仗义，但对大哥大嫂帮得特少，确实没少帮助过两个弟弟，比起老金的二弟来那是碗米与升米之别。但当家里遇到困难时，一方是表表心意，一方却是慷慨解囊。两方对比，真是黑白分明啦！

老金这个人啦，对任何人都好，就是换不回一个真心对他的人。这世上除了她对他真心真意外，再无人对他真心。他就是把肉割给人吃了，别人也会说他的坏话。俗话说，好人有好报。但从他身上看来，恰恰相反，搞他名堂的人比他过得好。她长期说，老天对他不公平啦！他时时处处为他人着想，但没有一个人为他着想。他省吃俭用，把钱给别人救急救困，当时是感激的，但一转身就会搞他的鬼。即使搞了他的鬼，他心里知道，却装在心里不挑明，一有机会，还会帮助那些搞他鬼的人。她常与人讲：我们家的老金，前世一定是个佛徒，善良到家了。

到现在，人老了，还是那个德性。他二弟欠 35 万元，这是打有借条的，你说去讨吧，他宁可自己受难，被逼得走投无路，都不让她去找他二弟讨账，还说都不能说。保险箱里那 500 多万的借据，都成了呆账，由于到期后未去要而过期作废。他总是站在他人的立场上考虑，认为人家也和自己一样，生意做赔了，拿什么还？算了，算了！你说他傻吧，在生意场上，精明得很，头脑灵活得很，要不是缺乏学习国家的政策，也不可能搞成这样。搞成这样完全是天意，大家都操起他开个大型的轧花厂，都说那赚大钱，哪知道成了一大陷阱。老天对他太不公了，对待这样的好人，怎么能让他搞成这样？现在近 60 岁了，再想东山再起，几乎没有可能。但他贼心不死，还在寻找突破口。他这几年一直在研究国家的各项政策，看是否有适合自己的项目。

归根结底，人啦，还是要多读书。老金如果多读几年书，对国家政策看得准一点，一定不会陷到这泥坑里去。生意做失败了，现在十分爱学习。特别是学习党的方针政策，国家的经济走势。他还想从泥坑里爬起来。她是死了心了，不想折腾了。但这段时间，她有了新的认识，觉得老金还有可能东山再起。如若她身体还行的话一定得好好帮帮他……

夏英的两个弟弟均打来电话，马上将钱送过来。俩弟兄均带着银行卡过来转账。银行卡上各有 20 万元，她需要多少就转多少。

夏英听了十分高兴，将此消息告诉老金。老金也十分感谢两位舅子，但心中有些负疚，觉得自己的二弟不够仗义，与舅子相比不在一个层面上。

家门口驶来一辆黑色小轿车，稳稳地停了下来。从里面走出两位中年男士，老金两口子赶忙探头来观看。哎呀！这不是雷家俩弟兄吗？是什么风把你们给吹来了！自从轧花厂倒闭之后，有七年未见面了。当时，雷家俩弟兄家境不好，走时欠有 40 万元。老金对他俩弟兄说：你们欠的这点钱不要放在心上，以后有了钱就还，没有钱就算了。这是叫花子遇到了讨米的。中间七年了，一直无消息，更没有见过面，今天突然造访，一定是有好事。看这做派一定是发了，起水了。老金望着两兄弟，这么估摸着，热情地上前与之拥抱。

俩弟兄说：大哥，我们昨晚才听说你们给儿子买房缺钱。本来准备过几天给你们来还钱的。这么些年，感谢你和大嫂对我们兄弟的关照，这40万元我们欠了十年啦，你们这么为难，从没找我们要过，我们感激不尽。从车上提出两个鼓鼓的手提袋来，对老金说：这是40万元本金，给你们救急。

正说着，老金的手机响了，他和俩弟兄打了下招呼，接通电话，是儿子的声音：爸，小刚给我们从上海汇来了20万元。

与你共品：

小说《借钱》恰切地反映了现时代的社会生活，准儿媳的父母提的要求也可体谅，而且陪嫁丰厚。金光辉的生意起伏，也契合当今的社会发展现状。文章通过细腻生动的心理描写，成功刻画了金光辉夫妇的性格特征，勤劳能干，心地善良，乐于助人，又爱好面子。

500万补偿，无人主动来还，自己又羞于讨债。这是当今冷酷社会现实的真实写照。

但文中人物都不失善良的本性，让我们看到了一点人性闪光的希望。

（张昌雄老师）

（发表于《文学月报》第三期）

我们当老师的，首先要对得起学生，还要对得起家长，更要对得起我们这个社会。不管领导对我怎样，凭良心做事呗！

不可思议

　　姜主任将郝老师叫到教导处办公室，给她传达昨晚校长办公会的精神。安排她继续担任初三重点班班主任，让她在整个初中部挑选科任教师，对现有老师进行更换；若要对班级学生进行微调，可在四个普通班中挑选。郝老师十分高兴，觉得自己受到了学校的高度重视。姜主任最后说一切都按照你的意见行事，但你必须答应我一件事：力争在全县第四名的基础上提高到第三名。郝老师向姜主任提了个要求："找一个有中考经验和高水平的老师来帮辅我！"姜主任满口答应。郝老师说："我要刚从实验中学调来的戴文源老师。"姜主任点头同意。

　　四个普通班的班主任抓阄选班级。我抓到了5班。姜主任将语数外三科老师的名单发给大家挑选。除我之外的三位班主任，对姜主任的做法极为不满。3班的陈老师有点牢骚地说：好生都挑走了，让谁来教都一个样。嘟着嘴，随手钩了一个。另外两位说：听说这个孙沙是刚从教研室过来的，此人平时吊儿郎当，玩世不恭，得罪了领导，被贬过来的。他俩各挑了一个，剩下的就孙沙了。

　　姜主任对我说：孙沙就到你班上去，别听他们瞎说。

　　语文教师是我，他们挑不走。英语老师听说是一位从工厂顶班过来的，叫陈一鸣，他没上过师范，英语是自学的，整天抱着个收录机。三位班主任都鄙视他，是人是鬼都可来当老师，难怪世人这么不尊重老师的！

　　老师定下来后，再分学生。姜主任将重点班挑选之后的205名学生名单，按分数均匀搭配后，分成四份，并编上序码，捏成纸团，要求四个班主任各抓一个。我抓到了51位学生。

一切就绪之后，姜主任把我留下来，对我说："郝老师瞧得起你，要你帮她备课，组织试卷和复习资料，包括刻印。学校每月给你10元的补助。"我心里想：初来乍到，哪有不听安排把关系搞僵的道理呢？再说我自己班上也需要做这些事，这叫屙尿洗筲箕一搭两便利，何乐而不为呢？于是我欣然领命。

我接班之后，按以前的流程，先召开科任教师联系会。在会上，我们互相做了介绍，然后讨论了这个班的定位：高标准高要求。力争向三（1）班看齐，不能有混的思想。我当了十年的班主任，从来没有出现过第二的纪录，请大家配合我的工作，希望大家对班上的同学充满信心，相信他们个个都是潜力无限。只要我们相信他们，重视他们，耐心地教导他们，他们就一定会变得积极向上，激情满怀，就会不断地改变自我，超越自我，变得优秀起来，可爱起来。在这里我对大家上课有四点希望：第一，不要当众批评学生，更不要当众批评班集体；第二上课不谈与上课内容无关的话题；第三课堂上多鼓励学生，不说泄气话，不奚落学生；第四千万不要发脾气，更不能辱骂学生、体罚学生，遇到不听话的学生，下课后带到办公室去处理。

在会上，孙沙未说什么，还积极表示认可我的说法。但会下对我说：在教研室我经常听说你老戴是个奇人，今天一开局，就与众不同，像校长一样给我们科任教师提出了这么一大堆要求。你这人素质高，比我强，经常被领导们当猴耍，都不改初心，难能可贵啊！我对他说：我们搞教育的，首先要对得起学生，还要对得起家长，更要对得起我们这个社会。不管领导对我怎样，凭良心做事。

他用敬佩的眼神看着我说：向你学习！

学生进班后，先告诉学生，我戴文源在班级管理上是个常胜将军。在十年的班主任生涯中还没有第二的纪录。从今天起，不管大家过去怎样，首先忘记过去，面向未来，去掉过去的不良行为，振作精神，找回自我。我们每一个人都要有改变自己的思想准备。首先对自己的未来做一下规划。怎样规划？今天开始思考这个课题，我将班上的这几件事做好之后，引导大家来具体规划人生。下面我将五条班规抄写在黑板上，大家看后，拿出纸笔，一条一条地做修改，从班级管理的实际出发，实实在在地修改。修改后，收上来我们进行归纳整理，拟定后再发给大家去认认真真地执行，任何人都不利外。不修改的，写写不修改的原因。写完之后，班上是团员的同学走出来，到操场去进行选举。其他同学在教室里思考人生规划。

走出来的团员同学有 15 人，我要他们推选 3 人出来任团支委。3 人选出来后，再分工，由年龄大一点李芳任团支书，其他两位分别担任组织委员和宣传委员。

回班后我宣布：在班委会成立之前，由团支书李芳负责班级的日常事务，两位支委协助。再宣布推行小组学习制。何为小组学习制？即 6 人一个小组，自由组合。组合之后，将座位调到一块，6 人中推选一人出来担任小组长。小组长先学习一下"小组长职责"。学习之后，在小组里表态上任，管理好所在小组。每个小组成员之间均要达成三个共识：一是奉献精神，要有为小组，为班级服务作贡献的精神；二是合作共赢的心态，要有互相帮助、互相学习、共同进步、共同成长的心态；三是组员之间要有一个美好的共同愿景，也就是要有一个共同美好的目标。具体地讲，就是要有一个共同的升学愿景。

第二天成立班委会，民主选举产生。班委会由 7 人组成，无记名投票。先发选票，将候选人写在黑板上，确定了候选人后再开始在选票上写姓名。每张票上只能写 7 个人，多出 7 人作废，少则生效。投票结束后，从多票向少票滑至第 7 名为班委会成员，再从 7 人中推选出班长、副班长、学习委员、劳动委员、纪律委员、体育委员、文艺委员。由团支书将预先拟订好的班干部职责发给相应的班干部。班干部看完后签字，不签字者为自动放弃，再从选票中移出第 8 名来补充。

班干部安排每个小组值日一周。班级干部每天除班长抽出来和团支部的 3 人一起考核班干部的轮流值日情况，对他们的行为进行打分量化；班干部对小组值日进行打分量化。每天晚上将全天的值日情况公布在黑板上。班干部及小组的值日情况均每周结账。

班级工作走上正轨后，马上进行人生规划。以小组为单位，先将初三这一学年的目标搞出来，每个小组成员之间均要达成三个共识：一是奉献精神，要有为小组、为班级服务作贡献的精神；二是合作共赢的心态，做到互相帮助，互相学习，共同进步，共同成长；三是组员之间要有一个美好的共同愿景，也就是要有一个共同的美好目标。具体地讲，就是要有一个升学的理想愿景。有了这三点共识，再来拟订人生规划。先从宏观的长远的方面定目标。这一辈子打算怎样生活，奋斗的目标是什么？然后订出 18 岁、25 岁、30 岁人生规划。把这些远一点的目标规划搞清楚之后，再来订眼前的奋斗目标。初三这一年打算朝哪个方向发展，这个目标好像没有商量，必须升学。升一个什么样的学？那就需要我们来思考了。思考之后，订出中考目标。中考目标出来后，再定期中考试的目标。人生规划一般是由远及近，才能将近期的奋斗目标订准，好比我们要到北京去，先就要将北京这个目标悬在心中，再才能确定走哪条道路到北京去最近。如果我们心中没有北京这个远目标，我们就会迷失近目标。大家将人生规划拟订好后，交班长。班级将以小组为单位，将全班同学的人生规划公布在后面的黑板上，让全班同学每天均能看着它，互相监督，互相提醒，努力向所订的方向发展。

人生规划出来后，班级的重点在于强化"四清"工作。所谓的四清工作是堂堂清、日日清、周周清、月月清。重点中的重点在于周周清。这项工作需要科任教师的紧密配合，在科任教师联系会上，孙沙和陈一鸣十分兴奋地说：这项工作的确十分重要，可以将尾巴剪掉，提高班级整体实力，让每一个学生都能引起对学习的重视。我们支持老戴的决策，就是牺牲休息时间也在所不惜。

由于他俩的积极支持，其他几科老师也只得支持配合了。周日休息，周六是抓周周清的最佳时期，那时没有双休日这种说法。先进行周考，将过不了关的同学名单写在黑板上，所有未过关的学生所在小组一并留下来，陪着未过关的学生过关。只有人人过关了，小组才能领到放行证，完不成任务的小组，周日也要来学校补课。第一次结账，有 3 个小组被留了下来，还有一个小组周日补了半天。第二次，再也没有完不成任务的小组了。

在第四周里，我发出了决战期中考试的号召。各小组除了超越自我目标以外，班级还要敢于向三（1）班发起挑战，但不要声张，装在自己心里。我们每个人一定要高度专注，全力以赴地冲击期中考试。期中考试前的每次周考，三（5）班与三（1）班在语文数学两科上差距不大，但英语与三（5）班还有距离。因为普通班一般均差在英语和数学两科上。经过近两个月的努力，让同学们看到了曙光。劲头比前两个月更足了。我倡议开了10日期中考试誓师大会，同学们个个群情激昂，人人斗志昂扬。背单词，演算数学，写作文。小组与小组之间开展竞赛，从不爱学习到拼命学习，从不用心学习到用心钻研学习，小组成员中谁也不能有半点的懈怠。一人稍有迟疑，五人赶忙提醒督促，甚至辅导他去完成。谁想偷懒，就会迎来五双期待的目光。老师们感觉到了前所未有的轻松和愉悦。这么差的学生一下子变得如此可爱，如此优秀，谁也想不到？学生们不仅爱学习，钻研学习内容，还人人懂礼貌，个个尊重师长。和老师讨论问题起来，那种悟性令人惊叹。老师们心中不断地在大喊：这简直太不可思议了！孙沙说：我们这哪里是教书，我们在搞实验，一项改变学生心灵的实验。我这才明白了，为什么说老师是人类灵魂的工程师。这说法在我们班上，我想我们所有老师应该都感到了我们是在做学生心灵方面的工作。由此我还明白了共产党之所以能够打胜仗，应该共产党做了人类心灵的武装工作，彻底改变了人的行为意志，让人有了信仰。

陈一鸣听完了孙沙的发言，像突然开了悟，觉得真是这样。用十分佩服的眼光看着我说：你是哪里学来的，这么科学的做法？

期中考试成绩统计出来了，三（5）班与三（1）班打成了平手。姜主任感到惊讶！校长也不太相信这是真的。后来每次周考，校长主任均要来走廊里转转，观察教室里的考试氛围，推导着此班学生成绩提高不可思议的原因所在。

三（1）班的郝老师感到了压力，将两班的期中考试成绩一科一科地进行比对：语文旗鼓相当。数学（1）班略强一些。英语（5）班已超越（1）班，120分的总分，（5）班115分以上的高分段比（1）班多了5个。她将分班时成绩一对照，秘密全在这里。分班时，这些高分学生竟只有30多分，高一点也就是50分，怎么仅两个多月，就攀到了115分以上，于是把胡老师找来分析。胡老师是全县顶级的英语权威，从未打过败仗。她十分自信地说："期中考试，考试面比较窄，中考绝对不会是这样！您放心，我胡章华不是吃素的！"

姜主任主管初中，又喜又急。急的是郝老师是镇委书记的老婆，如果考败了，不好向吴书记交账。建议郝老师换掉我这个帮辅人，重新找个高手。郝老师说："我的语文并没有输给（5）班，如果换了，戴文源考试中有绝招的，那我就享受不到了。关键是要将英语这科抓起来，数学还要加油，要将（5）班甩在后面，关键是数学。我的语文，学生基础好，我们俩班用的是一样的卷子，不会输给（5）班。"

姜主任在想，这样一个普通班，经过三轮筛选后，几乎就没有像样的苗子了，怎么一下子就能考出这么好的成绩？戴文源这个老师在实验中学也是这样，无论好差的学生，无论好不妥的科任教师，他带的班在一年之内就可以打败任何一个重点班，真是奇人啦！这样下去，郝老师死定了。

期中考试过后，教学重点应该转到磨尖治跛上来。

在科任教师会上，提出了下一步的重点：要求老师们将跛科学生找来一对一地谈话，以鼓励为主；指出应该如何治跛：告诉学生把重心移到跛科上，有不懂的内容找老师。放心，只要每天都用一点时间来抓跛科，跛科就可以变为强科。磨尖之事，找尖子生谈话，鼓励他们摸清自己各科的薄弱环。摸准了薄弱环节，自己能够解决自己解决，不能解决，再来找老师。希望大家将尖子生的学习现状作一个全面的分析，找出他们此科的薄弱环节，结合《考试说明》。学生来找你们，你们就可以十分简洁明了地对他们进行指导。这段时间把大家辛苦，一个月后，我请大家做客。这里我还有事请大家帮忙：有个叫毛传才的学生，这一次周考，我发现他智商一流。他写出的作文，每个字都是从心灵深处流出来，用词精准，独到，非一般智商所能为之。请大家近期找他谈谈话，鼓励他。希望老师们都看好他。

数学孙老师却说："此生班上倒数第五名，数学长期倒数第三名。这样一个学生能在这么短的时间内大有作为吗？我看是没有这个必要！"

物理化学两位老师也一起附和着说："毛传才呀，朽木不可雕也！"

我再次请大家找他一对一地鼓励。凭我的经验应该错不了，还有28天，可以创造奇迹。孙沙玩世不恭的本能表露出来了，他望着我狡黠地笑着，沉静了片刻说：老戴，你的一些做法，我很佩服，但毛传才，你说他是人才，我可不信。我们打个赌：如果毛传才中考总分能够进入班级前十名，我孙某请你三天客。我补充说：我们在座的，如果进不了前十名，你请我们在座的。物理纪竹武说：毛传才中考总成绩进了前 15 名，我请在座的三天客，进不了，老戴请我们三天。化学何老师说，毛传才中考总分进入前十名，我请在座的五天，如若达不到，老戴请我们五天。请黄老师（政治老师）作好记录，大家签字。只有英语老师陈一鸣在嘿嘿地笑着，他相信老戴一定赢了。因为毛传才的英语在班级是前茅。他兴奋地说：中考之后，大家有酒喝了，一共可以喝十一天。

说来也怪，越往后去，每次周考（5）班有几科成绩均在（1）班前面，连数学也起来了。只有语文一直与（1）班旗鼓相当。姜主任则认为语文这科完全是因为我是（1）班郝老师的帮辅老师，不敢将距离拉大。（1）班的英语教师胡章华已无回天之力。次次周考都落后一大截。（5）班召开了中考20天誓师大会：会上每个小组派一人上台发言，个个信誓旦旦，措施具体，目标明确，大有气吞山河之志。结束时，我倡议从今天开始，每天晚自习后每个同学在操场上跑 4 圈后再回家。有做梦、吃饭不香等毛病的自加两圈。

初中毕业考试，（5）班高分段竟然超出（1）班一倍。（1）班的老师学生都惶恐不安起来，好些家长也来学校问情况。觉得这段时间孩子的精神状态不佳，有的睡不着觉，吃不香饭，有不少学生甚至出现了头晕头痛的现象，出现了中考综合征。

郝老师也病了，（1）班全体同学的精神状态已基本崩溃。姜主任要我到（1）班去帮忙指点，但时间太迟，我也无撒手锏。

我一到班上，学生们就向着我诉苦：郝老师太喜欢批评人了，其他老师一样，每堂课一开始老师总要说我们如何如何不争气，说（5）班的学生如何如何的努力，说得我们已完全没有心思学习了。每次老师一说完，大部分同学便开始打瞌睡。期中考试后，特别是毕业考试后，全班同学基本上就雪崩了。心中的理想早被郝老师和其他几位老师批飞，骂飞了！

我极力要求学生们稳定情绪，将心思移到书本中、试卷中去。晚自习后我也要求（1）班学生向（5）班一样到操场上跑四圈后再回家。一直要坚持到中考结束。这样几天之后，基本上稳定了班级学生的情绪。

古人说：兵败如山倒。班级管理也是如此。这么一个好班，这四十多个学生均是经过三次筛选精心挑选出来的精品，怎么一个期中考试就被击打得溃不成军了？

有位哲人说：教书是一门艺术。我说：班主任工作更是艺术中的艺术，是塑造人类灵魂的艺术家、工程师。

距中考只有 10 天了，（5）班的几位科任教师聚在一起议论。孙沙说：老戴真是奇人，毛传才这小家伙确实天知聪慧。二元二次不等式，这么难的题，连数学王子都没做出来，他竟然做对了。物理纪竹武说，近两次考试，他都名列前茅，很少有做错的地方，这家伙思维十分缜密！化学何老师也说：这两次测试他都是第一。教英语的陈一鸣，望着他们幸灾乐祸起来：你们干脆从今天起就开始请客，免得到时候吃腻！孙沙说：估计请客请定了。纪竹武说：这样的客请得，值得！你们说呢！大家哈哈大笑，都觉得见了广，增加了认知。

盼望已久的中考终于到了。（5）班的同学都在相互鼓励，相互祝愿，精神状态特好。（1）班同学个个郁郁寡欢，闷闷不乐，各怀心事。（5）班的同学考完一科就忘掉一科，没有一个同学再谈考过的科目，一门心思地准备下一科的考试。（1）班同学一片叹息声，都沉溺于后悔惋惜之中。

三天的考试很快就过去了，（1）班同学均在对答案，处在极度地压抑之中，心中蓄满了怨气和悔恨。（5）班的同学三五成群地去享受生活的快乐，与家人、与好友在一起谈论着择校问题，憧憬着美好的未来，满怀激情地向往着下一个目标，心里却在说：无论是进高中还是进中专，都得像初三这一年那样学习和生活，只有这样才能有成效，才会有意义，才能实现自己心中的人生规划。

中考成绩下来了，（5）班 9 人考上了中专，9 人考上了一中。（1）班 4 人考上了中专，4 人考上了一中。两个班的其他同学全部够了高中线。毛传才果然是个奇才，数学考了个全年级第一名，总分全年级第二名。几位科任教师对我佩服得五体投地。姜主任深有感慨地说："只有教不好的老师，没有学不好的学生。这句话一点也不假！"

中考成绩一揭晓，孙沙就带头请起客来。我却高兴不起来，无心喝酒。他们不断问是什么原因？我说，我这是第五次了，你们的酒估计喝不完，就会接到调出该校的调令。大家都十分愕然。我说：大家不必惊讶，这是命运所致。比起兔死狗烹时代的那些大将军们已是幸运而活。"身高天地矮，个大难藏身。"

孙沙说：老戴，你太悲观了，谁对你不公，我第一个站出来与他斗！其他几位也异口同声地说：我们为你鸣不平，将你留下来，和我们一道工作。

大家的好心，我心领了。感谢大家一年来对我工作的支持和配合！大家一定不要为了我的事得罪了领导，你们还要在此生活下去。

中考打了个大胜仗，但我依然没有逃脱被学校驱逐出境的命运。郝老师对我十分客气，感谢我这一年来对她的帮助，比实验中学的那位素质高出了许多，我第一次未被骂。据说姜主任还在会上诚心实意地留过我，但人微言轻，我被调到了另外一所初中，以后还不知归宿何处！

与你共品：

这个戴文源老师，是个教书奇才，但屡受排挤，一年一所学校。年年创造奇迹，没有掌声，更没有表扬和奖励，只有流离失所，一年一所新学校，可他却初心不改，愈挫愈奋。该小说反映出在学校领导眼里并不差能人，而是怕能人奇人。能人奇人打乱了他的人生规划，他只得丢卒保帅。他不关心学生的进步，也不管学校的声誉，只关心他的那些关系户。揭露了教育存在着问题的根本原因。

（小清老师）

圆圆的月亮高高地挂在湛蓝的天空，昔日的雾霾已经消散。月光无遮无挡地铺满四处，各种花草树木沉浸在月光的梦幻里。我兴奋地望着淡金色的圆月，心中泛起了昔日朦胧月光下无助的自己。

圆圆的月亮

一

从乡镇街到财管所大约有一里半路，要经过一大片棉花田。那天，我在镇上亲戚家吃了晚饭回来，手中提着一袋水果。太阳早已下山，月亮从云层中出来了。朦胧的月光笼罩着整个田野，呈现一片清灰色。我快步走在棉田中的小路上，心情十分爽快，结婚不到一年就怀上了小宝宝。前天到县医院检查，小宝宝已三个多月。丈夫高兴，我也高兴，两边的父母更是高兴。

我一边走一边哼着儿歌，驱逐着内心走夜路的恐惧感。走着走着，突然看见前面路上站着一个身材高大的男性。我吓得两腿发软，停下来向四周望了望：四处除了朦胧的月光，什么也没有，怎么办？我想回头，但一眼望去，青雾蒙蒙一望无边，离镇街已经有点远了。

往前走，可能会有灾难。我估摸了一下，此地离财管所还有半里地，喊，不可能让人听得见。

我身子有点打战，双腿无力。没有办法，只得向前走。这个男人是谁？他在这儿干吗？我打了个寒战，心里害怕起来：如果是个色狼怎么办？肚里没有小宝宝，还可以与之搏斗。但要照护好小宝宝，不能与他硬来。一边想着一边镇定地向前走去。

走近一看，是那个每天晚上敲我房门的李三。真是冤家路窄，觉得大事不妙。但还得鼓足勇气迎上前去，装着漫不经心地对李三说："李委员，在这干吗呢？"李三十分得意："今天看你还能逃得出我的手掌心？"我又不能跑，喊救命无人听得见，怎么办？我急坏了，但表面上还得沉住气，"李委员，我身体一直不舒服，怀有身孕已经三四个月了。"李三不由分说，迎上来，双手将我抱着，强行将我压在棉花田沟里。我不能反抗，反复说："李委员，咱们回去，床上总比这儿有情调！"李三不管我说什么，硬是按着我，蹂躏了半个多小时，才让我起来。走时，威胁我不准张扬。我吓得要死，这么丑的事，谁敢外扬。进财管所时生怕被人撞见，悄悄地溜进寝室。

回到寝室，换衣裤时，下身开始流血。我赶忙喊隔壁的小杨，要她赶快联系救护车。救护车联系不上。这时李三跑过来，用一辆板车将我拉到了镇卫生院。

躺在板车上，朦胧的月光照在我身上，像是一位十分温柔体贴的妈妈。但我心里恨死了她，为什么今晚升起？如果没有月亮，我一定不会独自一人回来的。

到了医院，孩子流产了，是个男孩。别人问起流产的原因，我只得说在回家的路上摔了跤。此事除了李三和我没人知晓。丈夫心里有疑问：因为李三住在我对面，平时对我垂涎三尺。丈夫一直不放心，怀疑这次流产是李三所为。问了我两次，见我在流泪，便不再追问。两边的父母唠叨了几十年。

二

流产之后，我被组织上照顾，调到了丈夫身边，进了县财政局。

在财政局里，我从会计晋升到了副局长。可就在我即将退居二线的时候，得了一场大病，四处求医不济，在病床上躺了近三年。

一天晚上，我身体稍微好了一些，起来在院子里转，望着天上的月亮。好半天才在云雾中觅到一缕月光。我在想，那次被李三强暴，造成流产，月光就有些朦胧。今天，月亮却被乌云遮蔽，月色蒙蒙的。我从院子里踱步回寝室。丈夫第一次对我细声小气地说："莲蓉，你病了近三年。我陪着你，照顾你上千天。现在你可以行走了，我们是不可以换个方式生活了？"我觉得他话中有话，便问："老张，你说怎样换方式？"老张沉默了几分钟后说："我三年没过男人的生活了。现在还只有五十岁，生理需求还比较强烈，你能不能体谅我一下？"我一听，就觉得他想和我离婚。便说："你想怎样就怎样吧？""你说的。那好，我们明天就去拿离婚证！"我没有想到他会直接提出马上就去拿离婚证的。于是便答应了他。后来一想，我怎么这样没头脑，应该考虑好了再做回答。可是已经把话说出口了。

离婚之后，我被女儿女婿接到上海，一边养病，一边给他们带小孩，直到孙子3岁了才回来。回来没几天，就接到一个电话，是李三打来的。挂断电话之后，我的头有些大。听到那令我仇恨的声音，我忐忑不安地想起三十多年前那晚朦胧的月光。月亮四周是一层浓而黑的云块，今晚的月色比那晚还昏暗。我内心深处泛起一丝不祥的预感：觉得李三一定会来找自己。怎么办？赶快离开这灾难的不祥之地。我马上拨通了女儿的电话，准备近几天回上海。

第二天早上，女儿便发来了返回上海的高铁票。后天上午十点的高铁，到上海还比较早。

中午老乡请客，刚聚一块，还没说几句话，李三来了。当着众老乡的面说："我找莲蓉一点小事！"我本来不想理他，但碍于面子，就随他出去。到了外面，李三说："怎么不认识我了！你流产还是我送到医院的。"我一听"流产"两字，心里的仇恨不打一处来："李三，你个禽兽不如的家伙！"李三望着我，笑吟吟的，"我是禽兽不如！不然你怎么还能记住我呢？"李三说着，就将一只手搭在了我的肩上，我恼羞成怒将他的手打掉。他那双我三十年前就熟悉的色眯眯的眼神，令我发怵。李三一边望着我，一边小声地说："我们不是有过切肤之情吗！那一次后，任何女人在我眼里根本就不像女人……"我看他不正经猥琐的样子，怒火万丈："滚！你这个禽兽不如的东西！"我一边骂，一边逃得远远的，但心里却十分怯懦。李三追过来对我小声说："你如果不识相，我就把三十年前的事公布出去。让你前夫知道，说你现在的小孩都是我的，让他找你算账。"我气得浑身发抖："李三，我就被你强暴了一次，导致流产，何来小孩？你这个不要脸的东西！"李三好像抓住了我怕张扬出去的软肋，继续威胁我："今天不识相，我马上打电话告诉你前夫，不管是真是假，让你们去扯皮！"如果前夫听到此话，那还不闹翻天？更怕殃及小孩！我心里开始发虚，浑身开始颤抖。便问李三："你想怎样？"李三说："这就对了，今晚跟我去开房，继续我们三十年前的故事！"我的头气得发胀，便大声地说："做梦去吧！"李三说："今天已由不得你了，去，也得去；不去，也得去！你已经是个寡妇，就是个公共厕所，谁都可以上。再说，我们是老情人关系，你下身那颗痣，只有发生过那种关系的才会知道。"我已彻底崩溃，欲哭无泪。离了婚，没了男人的保护，加上以前的事，我已毫无抗拒之力。

让李三圆梦之后，我就被他占为己有，一切都要听他的，被他牢牢地控制着。

三

跟丈夫离了婚，但我们还住在一套房里。李三行事不方便，便要我去外面租房。我解释说：不能租房，我一搬出去，房子就会被前夫夺走，再也别想进这个门。李三没有办法，经常将我邀到宾馆去讨论房子问题。我一个月才4000元工资，李三也只有4000元，两人合起来，不说买房子就是租房子都吃力。李三要求我每周开一次房，一个月需要近1000元。他说前年把个小姑娘的肚子搞大赔了20多万元，还差点判为强奸罪坐牢，现在工资还要交给老婆1000元。他吃喝嫖赌，一月网不到一月，经常找我想方。我不给，他就发狂般的骂我臭婊子、娼妓、公共厕所……有时还动手打人。一次，我手中有一千多元钱，他要我给他500元，我说要交水电费，还要买菜买米买油。他不由分说，抽了我两耳光："臭婊子，把500元给我，不给，老子揍死你。"我欲哭无泪，没有办法，给了他500元，他才罢休。每次开房，就是他开了，钱都是我出。我恨死他，从内心深处又怕他。他个畜生，什么缺德事都做得出来。

四

今天下午，李三又打来电话要我去开房。我去后，他跟着去了。要我好好打扮一下，走出去找有钱的男人。因为害怕他，他说一我不敢说二。只得按他的要求去做。他要我到牌场、舞厅去浩。我毕竟是当过几年副局长的人，脸面往哪儿搁？这样下贱地去勾引男人，我没法去做。李三知道后，又是发怒，又是抽我的耳光。被他逼得走投无路，多次想死。但父母亲均在，还有女儿外孙，我难以下定决心去自寻短见。多次想到怎样才能摆脱李三的控制？设想了多条策略：首先想到了走司法程序，先不理他，他定会死缠死赖，就报警告他。但他是公安部门的，人脉关系广，告不了他。我曾经将手机换了号码，让他半个月未找到我。他气急败坏四处寻找，找到我后，狠狠地揍了我一顿，差点要了我的命，现在身上还在疼。他还不知道我要告他，如果知道，他会杀了我的。我想下毒杀死他，但他死了，我要去抵命。本来我本人的生命已不重要，但我死后，我父母谁来管？他们年纪均大了，身体又不好，需要我的照顾。我还不能死啊，我只能在晚上偷偷地哭泣。哭泣还怕前夫知道了嘲笑，特别是那个小妖精。

晚上，圆圆的月亮被云雾遮住，院子里雾蒙蒙的，只能看到树林的黑影。我突然从朦胧的月光中窥出了一丝希望——如果能碰上个有能力的男人就好了，或许可以摆脱李三的控制。那天晚上，我做了个美妙的梦。梦见自己终于找到了一位有权有势的大老板，他妻子走了几年，一个人生活。看到我，他喜欢得不得了，要我做他的妻子。我喜出望外，在梦中反复地说：终于逃出了牢笼，自由了！可醒来，一切均是原样，什么老板也没有。但在我心里，始终存在着一丝梦想：一定可以摆脱仇人的控制。

每天躺在床上，总要这样想：命运怎么这样惨？这么好的社会，人家都过得自由自在，活得堂堂正正。而我怎么这么倒霉，就遇到这么个魔鬼？死又不能死，活着又要受尽耻辱和折磨。霸占了我，还极为不尊重我，动不动就骂，还经常施以暴力。我的身上好多处被他打得青一块紫一块。还让我不得自由，名声也搞得一塌糊涂。老乡们均知道了我是李三的小三。连前夫也知道了。前几天还当面嘲笑我："好一个副局长小三！李三划得来！"

李三每天打电话发微信逼着我去寻找有钱的男人。我没有办法，到麻将铺子里去打晃晃。晃了几天，未见一个像样的男人；又到花牌场子里找，玩了一周，钱输了几千元，连个影子也没找到，都是些小气鬼。晚上李三打来电话，说有钱人都在研究互联网，于是要我到直销行业去捞。哪有开会的，我就往哪里钻。转了半年时光，发现有钱的男人多的是，但怎样才能勾引到手呢？我装出一副高贵的样子，把自己打扮得洁净高雅，大方有涵养，给人一种贵妇人的感觉。当别人问起年龄时，我只是嫣然一笑："保密！"

李三担心我逃出他的手掌心，不准我离开县城，更不能到上海去，要去得他同意。他每天几遍电话，几条微信，还要我及时回应。搞得我十分不自由，难以摆脱他的管控。

五

终于在两年后的一天，我修车时遇上了汽车维修厂的杨老板。他觉得我气质不错，像很有修养的那种知识女性。于是我们相互留了电话，加了微信。杨老板60出头，很有钱，还是个慈善家，每年捐出的钱上百万元，老婆在两年前脑出血去世。我高兴极了，瞄准了杨老板，觉得自己找到了救星。几次请杨老板出来喝茶聊天，杨老板知道了我的身世。十多年前我在财政局和企业界有过接触，年纪大一点的人还认识我。因此，杨老板对我更加喜欢。刚好，前夫两口子出门旅游，我便请他到我家里做客。主动地牵着他的手。他的手掌十分绵软，便对他说："男子手掌软如绵，天天有余钱。难怪大富大贵！"杨老板赶忙说："哪里大富大贵？只是吃穿不愁罢了。"那天晚上，我将杨老板留在家里过夜。终于迈出了第一步。

和杨老板生活了一周时间，他确实是个"精腿"。他觉得我身边还有男人，便问我："你跟我说实话，你身边还有几个男人？"我朝他笑了笑说："您多虑了，我离婚8年，一直未被男人碰过！"杨老板因为我们相处时间不长，在感情上还有些仗不住，于是笑了笑，便未往下问。

日子过得真快，转眼十天过去。这十天的功夫，杨老板看出点其中的蹊跷，便对我说："你有事瞒着我——你心中至少藏着个男人。我俩就此打住，算了吧！我这条老命，不能死得不明不白。现在艾滋病泛滥。如你得了艾滋病，害了自己，也会将我搭进去的，还会连累家人和子女。"我反复解释："您不要乱猜，确实没有。"杨老板离开时，还在琢磨此事。

过了几天，我打电话给杨老板，杨老板就是不回应，硬要我交出男人来；不交，就断交。我没有办法，赶忙将情况向李三汇报。李三说："你就将我交出去，表面上和我绝交。我写一份断交保证书，以后绝对不再和你来往，让他相信。以后，我俩十天半月见一次面就行，他怎么会知道呢？"

第二天，我将李三的保证书拿给杨老板看，说李三是我的旧情人，67岁了，已力不从心，为了我的幸福主动退出来。杨老板开始确实相信了，因为杨老板十分喜欢我。我为了获得杨老板的开心，专门找闺蜜学了床上功夫。尽管57岁了，把个杨老板玩得神魂颠倒，喜欢我喜欢到骨髓里，整天围着我团团转，几个小时不见就像丢了魂似的，坐立不安。但杨老板毕竟是个久经沙场的老将，他怀疑这里面有"猫腻"。于是对我说："对女人只有一个要求：'忠诚'。做我的女人在情感上、精神上都只能有我一个；否则，拉倒。满足了我这一条，什么条件我都可以满足你，直至和你拿结婚证。"我喜出望外，马上表态："您说的我一定做到。"于是杨老板用手机转账四万元。我高兴极了，就像年轻时得到了订婚礼一样。杨老板还补充了一句："你以后所有的事只能找我杨某，不能背着我去找其他异性！"我连忙点头说好。

这几天的月亮比以前明亮多了，周围的云块也渐渐变得稀疏。

六

时间过去还只有五天，李三又打电话找我，要求陪他一晚。我本来极不情愿，但又害怕他发怒，还是勉强满足了他。

杨老板那天晚上发现我未给他回微信，打电话多次未接，我回话时也有些慌乱。杨老板觉得不正常，认定我与李三在一起。我只得发毒誓，杨老板才没有追究下去。

没过几天，李三又打来电话。我痛恨他到了极点，过了好半天，才给李三发微信：杨老板太精，再和你发生关系，他定会知道。李三看了微信，肺都快气炸了，大骂了我一顿。我索性把他的电话微信拉黑。李三联系不上，便四处寻找我的小车。终于在小区里找到了我，便将我按在床上，用手掐住我的脖颈。我喘不过气来，差点窒息。在紧要关头，我急中生智，用膝盖顶向李三的裤裆。李三"哎"了一声，才放开手。我才乘机逃出房间。刚好，

上门维修水管的师傅来了，才逃掉一劫。

　　杨老板发现这几天，我的脸色不对，估计是李三找了我，便主动跟我谈。我告诉他："没有的事，李三没找我，这几天身体有点不舒服。"

　　李三下决心与我过不去。现在我要顾及杨老板，把他丢在一边。他怕我把他甩了，要和我拼命。本来，我们之间就只有仇恨没有感情。现在我如果不理他，怕他不理智，杀了我。因此，我一边要和杨老板保持情人关系，一边又要瞒着杨老板应付李三。杨老板是我手中唯一的救命稻草，要牢牢地抓紧。想等到和杨老板感情深一些之后，将李三的所作所为告诉杨老板。但现在告诉他，他会离我而去的。因此，我只得等待时机，将李三甩掉。

　　一天，杨老板给我打了无数个电话，手机一直在通话中，杨老板有些纳闷。第二天将我手机拿过来一看是李三。我只得死不承认与李三有长时间通话，只承认与李三说了一句："找我干吗？"杨老板为此事大发雷霆："你只要将真实的情况告诉我，我就不会怪你，你为什么要瞒着我？"在杨老板的反复追问下，我才将李三前几天因打电话我不接而将我的车牌撬坏了。杨老板推断：我和李三一定是给他下了套，那个保证书是用来忽悠他的，因此李三一直不肯放手。我又不敢将真实情况告诉他。于是杨老板提出就此了结，让我和李三继续。我在和杨老板的交往中，觉得他才是世上真正的好男人，跟他做人踏实。但我又摆不脱李三的纠缠，以前我不敢将实情告诉杨老板，是怕失去他。现在既然知道了，就索性将实情告诉他。但我又怕李三这个无赖去找杨老板的麻烦。思前想后，最后觉得还是自己想办法面对。

　　杨老板这几天彻夜难眠，想试探一下我俩的阴谋。第二天一早，杨老板对我说："你到底用了李三多少钱？你今天去找他谈谈，看他要多少钱才肯放过你。"

　　我找到李三。李三十分得意，想了想，盘算了几分钟："本来我没给你多

少钱,但他夺我的真爱,夺人真爱值多少钱?莲蓉,你跟老子说说:值不值30万元?这几年我对你的付出,青春损失费至少也能值过20万元吧?你跟姓杨的说,要我不再纠缠你,给50万元,我和你两清,以后绝不再纠缠!"我对李三狮子大开口,冷笑了一下:"李三,你比我大10岁,被你霸占玩了3年之久,还要付给你青春损失费20万元,亏你说得出口。'夺我真爱',平心而论,你真心爱过我吗?何来夺我真爱!杨老板跟我好,关你什么事?30万元从何说起?"两人争吵了一阵,我十分气愤地要离开。李三赶忙拦住,对我大声说:"跟老杨讲,不拿50万元来,老子李三不会善罢甘休!他老杨不是有钱吗?跟老子大方点,把钱交了,你给老子滚蛋,老子再去找年轻的。哈哈哈!"

我把李三的话原原本本告诉了杨老板。杨老板十分气恼。对我说:"那我退出你们这个圈子。从明天起,你我分手互不相欠。你和李三去玩吧!"杨老板确定我俩给他下了套。杨老板越想越气,下定决心不再理我。

我只得赖着杨老板,向他发毒誓:与李三早就没任何关系了,就因为将他手机微信全拉黑才引起李三发怒。请杨老板相信。老杨是个十分重感情的人,从不冤枉人。一听我解释,心早就软了。一天,杨老板到我家里见面,突然手机来了微信。杨老板拿过手机,要求我解密码。我一时大惊失色,接过手机利用解密码之机将微信删掉了。杨老板大为诧异,既而愤怒:"你怎么能当着我的面删掉微信呢?我反复说过,无论什么事,只要把真相说出来,我就不会怪罪你。你说,为什么删掉?这是一条什么微信?"我一直看着老杨,一句话也没说。老杨铁青着脸,转身便离开。在途中就将我的电话微信全部拉黑,下决心再不惹我这个充满阴谋的贱人。

我因为怕李三,手机微信表面上是拉黑了,但实质上用了另外的名字,一直信息畅通。听微信铃响,知道是李三发来的。昨天就通知我,今晚在宾馆与我见面。这个微信是告诉我的具体房间。这怎么能够让杨老板知道呢?杨老板走后。我知道杨老板不会回来了,我将失去一位好男人,失去一次能跳出火海的机遇,这是此生中最大的遗憾!我咬了咬牙豁出去了,决心不再理李三,不去应约。电话、微信全被拉黑。

第二天清早,李三就跑到我家里。我不在家,李三恼羞成怒。

七

　　我与杨老板联系不上，躲在妹妹家里哭泣。突然小区里传来砸车的声音，我心里知道是李三干的。赶忙要妹夫下去看看，如是我的车，赶紧报警。妹夫下去一看果如其然。于是报了警。小区的门警将李三带到门警室里，问他为什么要砸车？他说："这是老子自己的小车，为什么不能砸？"态度极为不好。"老子就是公安局的，你们能怎样？老子砸自己的车，犯法？！"派出所里来了两位干警，将他带到派出所。一进派出所，有两位认识他："李队长，您有多大年纪了？"李三嘿嘿一笑，"老子比你父亲还大，今年67岁。""您说，这么大年纪，怎么跑到小区砸别人的小车呢？脑子是不出了毛病？""老子没毛病，老子不仅要砸车，老子还要把它焚烧了心里才痛快！你们知不知道，这是老子小三的车。车是老子给她买的，不信把她找来一问便知。""您的小三叫什么名字？多大年纪？""老子的小三叫王莲蓉，跟老子几十年了，现在57岁了。""57岁，是您小三？""你别看她57岁，外表看起来顶多40岁。"所长问我妹夫："王莲蓉现在不在你们小区？"妹夫觉得很没有面子，但还是如实回答了问话："王莲蓉是我姨姐，就在我家里。"

　　我来到派出所，下定了决心要把李三三十多年前强暴我让我流产的事向公安部门讲清楚，还利用三十多年前强暴的事要挟我，霸占我，折磨我3年多的罪行向政府反映，向法院上诉。见了所长，我要求与所长单独面谈。谈后，我对自己的口供签字按了手印。所长再找李三对质。李三大发雷霆："老子当公安的时候，你们还没出生，现在要录老子的口供，门都没有。"所长微笑着说："您资格老，是老资格；您砸了别人的车，还霸占别人3年多。您不配合，我们只能交公安局了。"李三沉默了半晌，说："那你们说应该怎样处理？"所长说："您说应该怎样处理？李队长，您是个明白人，砸坏车子应该赔偿，是帮人家把车修好，还是赔给人家钱？您自己定。"李三说："我帮她去修。"所长又问："您说王莲蓉是您小三，是真的吗？"李三笑了笑，有点得意地说："她呀，三十多年前就是老子的女人，中间有三十年没见面，3年前遇到她，再次成为老子的女人。说她小三那是抬举她，应该是老子第三十二个小三。"说完哈哈大笑。"老子今年 67 岁，那方面还不减当年。她跟老子翻脸，不理老子的，老子才砸车。""李队长，您有家室，怎么能够强迫别人，再说您都 67 岁了，就不怕别人笑话？""如今这个社会，男人搞女人怕哪个笑？""您想，一个近 60 岁的老太婆怎么还愿意干这种事？""她不愿意老子愿意。她躲得了今天，躲得过明天？老子要纠缠她，除非她给老子一笔钱！""您怎么越说越不像话，如果您坚持要纠缠王大姐，我们就只能让她去找局长。""她跟老子敢去找局长，老子就对她不客气。"李三边说边将拳头扬起来。所长拨通局长的电话，王局长在那边听电话，所长把李三的所作所为汇报给了王局长。王局长要求将李三带到公安局。

李三到了公安局。王局长看着李三："你怎么这么不长记性？五年前将一小姑娘肚子搞大，赔了 20 多万元。不是这么多人跟你求情，估计现在还在监狱里。你又在为非作歹，祸害市民。真是公安战线的败类！到审讯室去，好好交代自己的所作所为。李书记员笔录！"

李三态度还算老实，但只交代强占我，隐瞒了棉田强暴我致我流产一事。

我将三十多年前被李三强暴致流产一事告诉了王局长。王局长对此十分恼怒：这个败类对王大姐造成了多大的伤害！不但不忏悔，还利用此事要挟对方，强行霸占 3 年之久，还纠缠不休。行为极其恶劣。建议我到法院起诉，追究李三的刑事责任。

我觉得事已通天，豁出去了！要把李三告上法庭，我要结束这种提心吊胆、受尽屈辱的生活，要向法律讨回公道。

法院开庭审理，李三供认不讳，判决很快就下来了：李三被判有期徒刑三年，缓期两年执行，赔付经济损失 10 万元。

八

圆圆的月亮高高地挂在湛蓝蓝的天空，昔日的雾霾已经消散。月光无遮无挡地铺满四处，各种花草树木沉浸在月光的梦幻里。我兴奋地望着淡金色的圆月，心中泛起了昔日朦胧月光下无助的自己。突然间，我想起了杨老板。此时，手机铃声响了，是杨老板的电话。真是心有灵犀！我喜出望外，向小区的大门走去。

杨老板踏着月光赶过来。我俩一见面，在月光的沐浴下拥抱在一起，两行泪水江河般地从脸颊上淌下来，湿润了脖颈和心田。好久好久，杨老板兴奋地说："莲蓉，你了不起！终于走出了这一步。"我激动地说："都是李三逼的！当然还有你这位靠山。我心中才有了希望，才有了底气。"杨老板笑着说："后面有追兵，前面有召唤。你才鼓足勇气上了我这个'梁山'啊！哈哈哈！这大概就是人们常说的天意吧！"

月亮圆圆的已移向西边，东边已泛起红艳艳的朝霞。我和杨老板紧紧拥抱着，周身感到了太阳般的温暖。我俩手挽着手迎着霞光向美好而幸福的家走去。心境是那样的爽朗，道路是那样的平坦。

与你共品：

"满纸荒唐言，一把辛酸泪。"《红楼梦》的不朽就在于它真实而深刻地描绘了那个特定时代的人间百态画卷。本小说作者以深邃而悲悯的情怀，用细腻的笔调，表现了跨度长达三十多年的中国乡镇寻常百姓的历史转型，突出了小人物"人"与"命"，"情"与"法"的抗争给人们精神上带来的巨变。故事曲折传奇而且又具有浓郁的时代气息，读来令人叹为观止。

（朱大法老师）

040

初恋是什么？可能是甜蜜又酸涩的，却总会在人心中留下浓墨重彩的一笔。但有的人，在年轻时候遇到一个惊才绰艳之人，那便就心中只会有她，非她不可了！

迟到的春天

天雾蒙蒙的，飘着麻麻细雨。汉林院小区的楼盘即将竣工，现要从总电房拉一条电缆线将小区内几十栋房子的电路连起来。由于旧房子碍事，院墙边不好用机械挖沟，只能用人工挖槽埋线。

一位40出头的妇女身穿雨衣，正十分卖力地站在只有一米宽的小沟里往上掀土。小沟虽然只有一米宽，但要往下挖1米深，电缆线埋下去才保险。这位妇女因丈夫前两年出车祸去世，去世前是位包工头，欠了农民工50万元。她本可以不理此事的，但她认为农民工都是造孽人，那是血汗钱啦！不理那良心揪着她摔打个不停！逼着她站出来向农民工表态：钱我来还！但我手中没钱，先给大家写张欠条。当给大家的我一分钱不少地给大家，每年力争还5—8万元。每月领工资就还，请大家按时到我打工的单位去领。

处理完丈夫的后事，戴红梅就来到了丈夫包工的施工队当起了农民工。可以去厨房的，可工资少一半，她选择了工地。每天和男同胞一道搬砖、下货、提灰桶、拖钢筋，甚至砌墙挖沟无所不干。每月6000元全部用于还债，每天将生活费压在10元以内。平时她打两份工，白天在工地上，晚上做家政，每月2000元。给儿子1200元，自己留800元做开支。年底有奖金什么的，她每年都力争凑到8万元。两年过去，她已还16万元。

王毅二十岁那年，戴红梅曾经是他海誓山盟的未婚妻，却成了别人的老婆。他心里一直耿耿于怀，谁叫自己命苦，生在农村呢？家里贫寒，娶不起老婆。一直到了二十七岁，同龄人都结了婚，生了小孩。父母开始为他着急，求人四处说媒。但他一个也瞧不上。到了三十岁，有个小姑娘长得与海誓山盟的戴红梅很像相，他俩交往了半年，还是分了手。说那个小姑娘与红梅相比内涵却有天壤之别。这几年他搞房屋装修兼防水，成立了公司，公司虽规模不大，但办得风生水起。买了豪车，在城市里买了住房。一大群少女跟着他转悠，但他一个也看不中。

母亲住院近一个月，已经快不行了，将他招到身边，对他说："王毅，你……你40岁了，赶快找个媳妇，为王家续香火，你……爸走时，死不闭……眼哪！"刚把话说完，就咽气了。

在办母亲的丧事中，有个发小告诉他："戴红梅的老公出车祸走了，她在老公的工地上打工为老公还债咧！"他心里还想着红梅，将丧事一办完，就赶往戴红梅的工地上。

找到了戴红梅，但红梅对他却十分冷淡。对他说："我已经对不起你了，怎么还能第二次对不起你呢？我儿子读大二，今年19岁。他爸走时，欠了农民工50万元。我是他妻子，得给他还债。"

王毅望着她十分恳切地说："我心里一直想着你，这些年光棍一人，攒了一笔钱，帮你还债，买房子、过日子都不成问题。"

戴红梅低着头，有点难为情地说："我不配做你的老婆，死了丈夫，还有个儿子。虽说还只有40岁，但已老得不成人样了。你男子40一枝花，完全可以找个20多岁的小姑娘，不要在我身上浪费时光了！"

王毅靠近红梅拉着她的手。红梅说："我这双手像魔爪，完全不是当年那双红润纤美之手了；我的这张脸已经是黄脸老太婆了，和你在一起，人家会笑掉牙的。"

王毅听她这么说，感觉上确实是这样，便对她说："这笔债务怎么该你来偿还呢？包头没了，应该由建筑公司来还吗！你太善良了，一个女人家管这种事干吗！"

戴红梅说，话已经说出口，必须兑现。你就别掺和了。

和王毅见面之后，红梅一直躲着他。红梅为了还账，连个手机也没有，王毅很难和她联系上。

王毅没有办法，只得找工地上的老板说情，来工地上与红梅一起上工。红梅对他说："你前世欠我的！耽误了你二十年光阴，现在又来为我做牺牲。我不值得你这样，回去吧！陪着我，会影响你大事的。"

王毅望着她，泪水在眼圈里打转，深情地说："红梅，你和张托只生活了20年，我和你，如果活90岁，我们可以在一起生活50年。一大头在后面咧！我还想你给我生儿育女，你就不要排斥我了。时间不等人啦！"

红梅从内心深处是爱王毅的，但她却十分内疚，把王毅害苦了。为她打了二十年光棍，现在她只要一答应，他就会为前夫还清债务。自己40岁了，还能不能为他生儿育女，还得打问号。她越想越觉得对不起他。

王毅却认为，一个人为爱情而生，为爱情而死值得。红梅还不会要我去死吧。即使为她去死，我也会心甘情愿的。为她还点债务算什么，钱是身外之物。结婚后，再去赚。有什么了不起的！

王毅每天缠着红梅，让她没法拒绝。他想先逼着她拿结婚证，再来帮她还债务。但红梅就是不吃他这一套，经常玩失踪。王毅开着车满世界寻找。只有在上班时才能见到她，一下班她就消失了。虽然在一个工地上，但工种不同，下班的时间有时也有区别，即使同一时间，他也难以逮着她。

王毅好不容易找到了她，要她辞去钟点工。她说什么也不干，丈夫的债务她既然当众承诺了，就必须按时还清。她不会让任何人帮忙。

王毅是个会想办法的聪明人。直接去找债主，把债务账本拿过来直接帮她还上。这办法果然奏效。公司通知她自己来领工资，她知道是王毅替她还了账，她内心深处感激不尽，但更加觉得太亏欠了王毅。她觉得这辈子已经无法还清这笔情债，只能来生了。自己40出头，对女人来说已经老了，特别是丈夫死后，她把自己折腾得已经不像个女人。一双柔美的手现已皮粗得像癞蛤蟆一般。他想握她的手，她不好意思，只得将手缩回来。觉得自己特别是身体方面对不起王毅。自己还有妇科病，人家一个童郎，未婚男人。她这样一个黄脸老太婆，怎么能和他相匹配！她越想越没有脸见王毅。现在他又为自己还了债务，令她羞愧得无地自容，怕见到王毅。

王毅为她还清了债务，劝她回去和他一起过日子，她再也不好推辞。

回到家乡，他俩拿了结婚证，走到了一起。但戴红梅身体有些不舒服，特别是下身。到医院检查，得了子宫癌。还好没有扩散，在医生的建议下做了切除手术。王毅一直陪伴在左右。为王毅生儿育女的想法彻底泡了汤，她内心深处种下了一粒自尽的种子，她想只有死了才能让王毅去另找媳妇。这么好的人，不能没有后代?!

手术很成功，在医院里住了半个月，回到家里。她望着王毅泪流满面地说："我们离婚吧！你去找一个年轻一点的女人，为你生儿育女传宗接代，我已经彻底不能了。"王毅说："现在的社会，有小孩无小孩都一样，国家有养老金，没有小孩无所谓，你好好地养病，想那么多干吗！"

红梅看离婚离不掉，只有华山一条路。王毅每天陪伴左右，一时半会找不到机会。她从商店里买了剃须刀片，准备割腕自尽。但她怕割腕不成，又要给王毅添麻烦。她希望王毅出门，一两天不回家，她就有了成功的把握。

做完手术都快三个月了，按照医生的嘱咐，明天就要去复查。

第二天上午8点不到，王毅就带着红梅到了医院。复查完后，他俩均舒了一口气，一切正常。王毅这一段时间老觉得胃不舒服，医生建议做胃镜检查。不检查还好，一检查发现有肌瘤。通过切片活检，王毅得了胃癌，已是中晚期了，查了一下其他方面，还没有扩散，要马上做切除手术。红梅这才将寻短见的念头彻底打消，她感到了身上担子的重量。

手术将胃切去一半，病人在三个月内只能吃流食。红梅在心理上找到了赎罪的机会，她要好好地调养王毅。这个好男人为她付出的太多太多，她要用真爱去好好地疼爱他，照顾他，让他好好地享受爱情！

王毅的手术十分成功，躺在医院里，由红梅跑前跑后地应付着关照着他。她向医生询问饮食的要求，又询问护士和病友胃手术后的保养和调理。她带着一颗感激之情为这个好心的丈夫做好力所能及的事情，让好心人有好报，也为自己的良心尽一份责任。

在王毅精神好的时候，她就抚摸他的手，回忆她俩读书时在一起的情景。在高中快毕业的一天晚上，他俩跑到北湖边上，憧憬着美好的未来，手牵着手，小声唱着《莫斯科郊外的晚上》《年轻的朋友来相会》，他俩时而拥抱时而亲吻，激情满怀，快乐无比，充满了幸福感。但始终未突破情感的底线。

还有一次，他俩到湖滩上去摘莲蓬，要游过一条宽而深的大沟。那次红梅只游到沟中心，就没入水中，连黑色的头发都看不到了。在这千钧一发之际，王毅刚游到岸边，一看红梅不见了，马上转头游过来，一把抓住了红梅的上衣。将红梅从深水中捞起，移到岸边。抱起她时，被她那柔美的身姿所震撼，忍不住亲吻了她，还触摸到了她那两个敏感区域。从那次起，他俩的感情加深了。每次两人见面，只要身边无人，他们都要拥抱亲吻，但每次王毅想突破底线，均被红梅压制住了。

王毅被红梅这么一回忆，精神好了许多。他也讲了个让红梅脸红而笑破肚皮的故事。

那还是读初中时，有一天他俩约好了去湖里打猪草。王毅先去，站在湖堤上等红梅。红梅风风火火地从家里出来，老远就喊："我来了，我来了!"等红梅走近王毅，王毅发现她裤子上有红色的血印。王毅以为是她身体哪个部位破了皮呢："红梅，看! 你身上的血。"红梅才低头看，顿时满脸通红，腼腆地避过脸去，好一会才抬起头来，望着王毅。王毅说："你看是哪里破了皮，赶紧按着止血!"红梅才羞涩地说："你到远一点地方去，给我放哨!"王毅跑到50米远的地方，向反方向站着。红梅第一次来月经，未带那方面的东西。将裤子脱下来，蹲在堤下坡弄了半小时，最后将里面的娃娃服脱下来，缠裹住下身，将有血的裤子用水洗了洗，便对王毅喊："我回去了，等会再来。"

红梅听完，笑出了声："当时，我俩都不知道是怎么回事。"王毅说："后来一直在想，女孩子真娇嫩! 破了点皮，算个屁! 还跑回去?"

王毅望着红梅："还记得我俩私订终生的那个晚上吗?"红梅说："那怎么能忘记呢?"我俩在村里的水杉林中，望着金色的满月，我抱着你激动地说："在这个世上，我王毅只爱红梅一人，只和红梅结婚，谁也不要!"你说："我只爱王毅一人，除了王毅，神仙也不嫁!"

红梅十分愧疚："我没有遵守诺言，对不起你!"王毅说："我理解你，那是你母亲逼的，我不怪你!"红梅说："老天应该公允一点，我得癌症，是罪有应得，而你不应该得癌症。老天不公正! 老天不公正!"红梅有些激动，她替王毅抱不平。王毅说："老天是公正的，我们虽然得了癌症，但都没有扩散，可以治疗，可以治愈呀! 只要我们两人彼此关照，互相体贴，真心相爱，我们都会长命百岁！"

时间过得真快，王毅出院都六个月了，身体被红梅调养得容光焕发，精神饱满。他笑嘻嘻地说："红梅呀，你说，哪个神仙能比我王毅快活呢？"红梅的心情十分好，总算可以弥补一下自己对王毅的愧疚了。看王毅高兴，她就高兴。

有一天晚上，红梅问王毅："你喜不喜欢小孩？喜欢小孩，我们去福利院里抱一个来行吗？"王毅说："喜欢是喜欢，但小孩蛮难带的咧！我们的身体都在恢复期，不宜带孩子。"红梅想了想说："也是，那就先调养好了身体再说。"

八年后，他俩牵着个四五岁的小女孩，在公园里散步。

与你共品：

《迟来的春天》令人动容，最美的初恋二十年后也能修成正果，但其中更感人的却是红梅和王毅二人的人性之美。红梅遵守承诺，在丈夫死后，一人扛下了债务，让我们看到了一个既勤劳善良，又信守承诺的好形象。我想也是她这种独有的人性之美，才能让王毅二十年来非她不可。而王毅的品质也一样十分令人钦佩，他对爱情忠贞，性格善良，勤劳能干，能凭借自己的双手改变曾经的贫困生活。

读完《迟来的春天》，我们对文中男女主人公的人性之美所感动，也欣喜于二十年后她们终成正果。"没有一个冬天不会过去，没有一个春天不会到来。"愿你我在历经严冬后都会迎来自己的春天！

（张昌雄老师）

就在她悔恨地扭转板车之时，附近厂区下班的广播响了，传来的又是熟悉的二胡独奏，仍然是赛马，不过这时是舒缓的有韵律地回旋着。她想起了母亲身边的茜茜，孩子一定饿慌了。她翻腕看了看表，五点半了，她无可奈何地又扭转板车，向娘家拉去。

调　弦

二胡《赛马曲》旋律，激越、豪放，"哒哒哒哒"像战马奔驰，从小河那边闯入了装卸队的住宅区。田芳望着前方那奔涌流畅的河水，平心静气，享受着这旋律的和悦之美，心底那复杂烦闷的思绪，在逐渐被一种眷恋之感所代替。

突然，"赛马曲"走神变成了"赛牛曲"，声音杂乱刺耳。她急忙用手指头塞进耳门，她怕那烦躁焦虑带有恐惧的情绪缠住她那颗伤痛的心。

"还不调弦再拉，人家耳朵要化脓了！"她嗔怪起那位不顾听众情绪的演奏者。她要极力使自己的心飞过河去，可是她失望了。

母亲怕死了那激越欢快的琴声，怕它攫取她的财富，将女儿的心掳走。琴声停止了，她幸灾乐祸，浑身一爽。可女儿田芳的话，在母亲心底打起了漩漪。她懂话里的内涵——一种同自己生活过的男人的眷恋期盼。这是所有女人的共性。只是一旦有了新的男人，那种藕断丝连的恋情才会门槛上砍萝卜——彻底脱落。

她要尽力发挥她那三寸不烂之舌的魔力，使女儿折服。她要用这酝酿了好长时间的醇酒，让女儿醉倒在她的脚下，如她的愿。

小河那边的演奏者在调弦，田芳的心里也在调弦。她和丈夫李沙分居两个月了，她吃够了在娘肚子都没有吃过的苦。每天骑上自行车像个织布机上的梭子，在十五里的鹅卵石子路上一去一来，往返三次，几个回合，累得她腰酸腿软，眼冒金花。但她毕竟是生活的强者，顽强地坚持着。

她不敢去向厂领导要住房，那管住房的厂长陈丰，五年前在她面前掉过底子。曾叫他癞皮狗，说他没有男子汉性格，缺乏志气，还说他见了领导，就摇头摆尾，像条小花狗；碰上了大姑娘就成了条挨挨擦擦的癞皮狗；遇到了平头百姓就眼光向上，抬头亮额，像条大猎狗。她的一番刻薄的比喻，令陈丰气得差一点跳河。后来陈丰改了，抱得美人入怀，成了家，还当了副厂长。她和丈夫分了居，想找厂里要房。不说去求他，就是他知道了，不耻笑掉牙才怪哩！

要笑，就叫他去笑吧。她带着九个月的茜茜，每月从李沙的工资中获得二十五元生活费，加上她三级工的薪水，七十来元，生活较为富足。如果单从经济的角度评判，分居对她来说，不是一件坏事。然而，人生存在的价值，不仅仅是为了吃饭穿衣，生理上的平衡，感情上的依托，对于一个二十五六岁的女青年来说，绝不比吃饭穿衣次要。要么不结婚，一旦结婚了，要分居可不是件容易的事哩！当然他们之间有矛盾，但有什么大不了的矛盾呢？既不是男的嫖赌逍遥，也不是女的偷鸡摸狗。赌气是一回事，但双方的感情并没有破灭。

其实田芳知道，李沙是个很不错的青年，在师范就入了党，毕业后分到县一中任教。他工作很出色，领导看法好。不料竟被校长罗云暗暗选做乘龙快婿。他女儿罗小芹也来向李沙祖露了真情。谁知李沙却不喜欢她那风风火火的轻佻性格，而和条件差得多，但很文静的田芳谈上了。气得那罗小芹抹了几场眼泪。校长对这不识抬举的李沙却恨而在心，怒而难言，慢慢地给李沙穿上了小鞋，原来每每受表扬者，现在回回挨批评。无瑕的白玉成了锈迹斑斑的废铁。一时期，行动上无所适从，动辄得咎。他哭笑不得，只得横下一条心，默默地走向讲台，又默默地走向办公室。

拿了结婚证，却和别人同住一个寝室。一学期上头，他顶着无数个莫须有罪名，灰溜溜地到了此所镇办中学。

结婚后，房子半间（周围没有一个邻居，后面半间是化验室，左右是教室，前面是操场，后靠公路），家具就像春节间车站售票口拥挤的人群，件件紧靠码两层，客人来了坐床上，晚上住宿跑旅社。起初田芳同情他的处境，小两口日子还过得和睦，慢慢地田芳觉得他身上有一种与时代潮流相逆的犟气，不懂得一点关系学，每天走他的三角形路：寝室、办公室、教室，反过来是教室、办公室、寝室。工作算得上兢兢业业，对学生的教育更是耐心细致，整天扑在教育教学上。

田芳多次发愁地开导李沙："你还是要活络点，和领导关系要融洽。得罪自己的上级是最愚蠢的人。你是党员，可以找领导谈谈心。我知道你是在用实际行动打动领导，可眼前的实际困难，你得找领导反映，当领导的哪里管得那么多……"

李沙比田芳更懂得这些道理，可他有什么办法，该校书记是罗云培养起来的，那后勤主任是罗云的侄儿。他沉默地望着善良的妻子，一句话也说不上来，心里充满了惭愧和恼怒。但他没有失去信心——对他的事业。他喜欢他那群蓬勃向上的孩子。

房子得不到解决，田芳由同情到了怨恨，回娘家住了几天，心底的牢骚暴发了。李沙无奈，一筹莫展，抱歉而伤心地说："我算害了你，我们离婚!?"

田芳失声地哭起来，她哪有这层意思。但孩子七个月了，她不能长期在家看孩子不上班啦?

晚上李沙照样十一点多钟才从办公室奔回来，满肚子装的全是作文本和他的学生们。

翌日中午，岳母来了。

昨天的风波再一次掀起来。李沙照样说了昨天的话，激怒了岳母。岳母第一次破口骂了他，逼着女儿去同他离婚。田芳不动，她怒火中烧，连女儿也骂了一顿，最后恼怒难遏而走。

田芳脸色铁青，七窍生烟。她恨李沙不讲感情，怨母亲不体谅她。她第一次开始悔恨。她哭着，愤怒地指责着李沙。

李沙这人软起来如棉条，硬起来像钢铁。对田芳的指责纹丝不让："算了吧！目前，我没有能力解决任何困难，你回去住吧！"

田芳泪眼望着他，心想："回去住不等于离婚吗？爱是双方建立的，实在要离婚，也得由他了！"于是，她心中迸出了仇恨的怒火："你这个骗子，你这个贼，我今天算是真正认识了你。走，我自己走，不要你送半步。孩子留给你！"说完她收拾起行李来。

050

李沙瞧着在枷椅中左跳右蹦的茜茜，又望着就要离去的妻子，然后用恳求的语言向妻子说："茜茜还小，你就吃亏带起吧！我每月给二十五块钱。你对孩子的好，孩子会知道的。"

就这样田芳离开了李沙。

她虽然口头上称他"仇人"，可默默思念地还是他。就在她最后跨出校门的第一步，就开始后悔了：你这个糊涂虫，他是出于无奈呀！你怎么能这样对他。她回头深情地望着他的家，望着他的教室，多么想再见他一面，可他在顶头那间教室，一点也不知晓。

一路上，她想着他的好。他是个地道的善良人，对她好。生茜茜后，他喂了她一个星期的饭，足足两个月没要她沾一滴冷水。他每天圆钟后睡觉，早上四点半起床，煮蛋、杀鸡、烧饭、买菜、洗尿片，再走向教室（或办公室）。每天如此，就活像个机器人，永远也不知道疲倦。他学习工作矜持不苟，晚上改作业，或写下水作文，一闹就是转钟，有时是通宵达旦。他身上有一股蛮劲，永不倦怠。她经常为他想不通，这样的好人为什么要受到歧视？她把他不幸的根源归结到她的身上，支持他把工作搞好，让领导从内心受到震撼。可两年过去了，有谁为他说过一句公道话呢？相反得到的是不冷不热的风凉话——同年级老师的嫉妒。她每每替他鸣不平，他总要说："人活着就是为了工作和学习，决不能受环境的顺逆而支配。三中全会以后，党的各级组织都在着手医治这些社会病态。"因此他越是受了批评，挨了打击，越是不要命的工作学习。开始她还以为他是怕调到下面去才这样工作的呢？

去年初夏，蚊香厂在子夜一点钟失火，高音喇叭里传来了救火的声音，刚上床的他，一骨碌跳下床，提着桶子，把相好的同事叫了几个，还有几个知晓的学生，逾墙而去。四点钟，他回来了，湿淋淋的一身，硫黄气味熏人。

后来据学生说："李老师昨天受了批评——朝读时，班上有几个同学迟到了。"可他没有去分辩一句。他说："一个人的最大缺点是在领导面前表露自己。"真替他气死，除了他，世界上再没有第二个傻瓜了。

她恨他，恨死了他。要别人主动去认识你，倘若别人永远不去认识你，老对你熟视无睹呢？……真是个傻瓜，痴人！

她的感情由感激、同情转到了怨恨。她不再流眼泪，悔恨自己没有眼力，找这么个神经病。她吃力地拉快了板车。

没走多远，心里又和搓绳子那样回搓起来，脑子里闪现出一个问号：他这种性格到底有哪些不好？你不是要找个有骨气的男人吗？现在为什么又怨他吃不开呢？他是怎样入党的呀？脑子里突然跳出一个情景：

那是她第一次到一中去。七八年秋天的一个晚上，李沙寝室未关，里面坐着个穿淡黄色腈纶衫的姑娘，年纪不过二十一二岁，鸭蛋脸形，白里透红的肌肤。一对婴儿似的大眼，水灵灵的，放射着少女那种特有的羞涩之光。一见她进去，她那漂亮的脸上略略露出一丝难得的苦笑，起身让座。

她疑心地瞅着她，心底产生出一种同性间固有的嫉妒之感——太漂亮了，她是谁？

"我来给你们介绍介绍吧！"李沙站起来分别介绍道，"这位是我们校长的女儿，罗小芹同志；这位是我的……女朋友田芳！"

罗小芹用一种敌视的目光扫了她一眼，那红润的脸儿突然变得苍白起来，眼圈开始潮湿，上牙关紧紧咬着下嘴唇，匆匆地不辞而归。

李沙的倒霉，能说与自己无关吗？板车终于拉不动了。她懊恼地站在路旁，回头朝远离的方向眺望。

此刻，她真恨不得扑到他的怀里痛哭一场。她骂自己无情，她觉得李沙需要她的爱。"这个世界除了我，还有谁能理解他，恋爱他？他太孤独了。我走了，他会怎样想呢？"她不想往前走了，觉得小孩托在别人家里看管还是可以的。

就在她悔恨地扭转板车之时，附近厂区下班的广播响了，传来的又是熟悉的二胡独奏，仍然是赛马，不过这时是舒缓的有韵律地回旋着。她想起了母亲身边的茜茜，孩子一定饿慌了。她翻腕看了看表，五点半了，她无可奈何地又扭转板车，向娘家拉去。

回娘家后，每天吃过晚饭，她总要痴痴地望着九分像他，一分像她的茜茜，心里急切地寻找着返巢的理由——一块遮羞布。

日子一天一天地过去，她的思恋一天一天地增长。她每天扳着指头数着下月的十号——李沙发工资的日子。星期六的晚上，她总是抱着茜茜走出院子，来到黑黝黝地流水边，呆呆地望着那茫茫的河对岸。

"十号"像流水那样，默无声息地从她身边过去了。李沙托人搭来了二十五元，却连话也没带来一个。她急得直哭。她知道他是个硬汉，但孩子没有得罪他呀，连孩子也不来看看！

这孩子也怪，十个多月就会喊爸爸了，谁也没教过她。田芳惊异地凝视着女儿，右手摸着左手腕，把靠近手掌的表，往上托了托，发现自己消瘦了许多，不禁无名火陡起，"喊么事罗？你爸爸死了！"说完，眼泪又溢出了眼眶。

等呀等！一日三秋，终于等来了不堪设想的麻烦。这天母亲突然对她说："芳芳，我上次给张姨讲的事，张姨今天来回话了。"

田芳一惊："你跟她讲的么事？"

"你忘了，我叫她给你找婆家的事。"

"什么，跟我找婆家？我要几个婆家？李沙又没和我离婚！"她完全惊呆了。

这几年来，母亲觉得女儿掉了她的面子。邻居张姨的莲英，黑不溜秋的，又没有一点文化，找了个股长。家里热热闹闹的，三室一厅内摆满了现代化。去年得了个外孙，张姨把家也搬到女婿那里去了。可她呢？女儿眉清目秀的又有文化，却找了这么个倒霉的老师。

"这是个难得的机会啊，他自己提出来的。"

听完张姨的回话，母亲那枯涸的心底引来了一股河水，喜欢得连连说了几声："难为你郎，难为你郎！……"

田芳在一旁，听完话后眼冒金花，两耳轰响，一时完全失去了知觉。

母亲见她在沉默，又滔滔不绝地讲下去："这人是县银行人事股的股长，姓王，同张姨女婿是姨老表。去年春上，他爱人难产死了，一直未找。他家里可好着咧，存款都有一两千（改革开放前这是个天文数字）。前天张姨介绍你，那王股长说，好像看到过你，对你很感兴趣。张姨跟他约定明天晚上来家里见见面。"

"芳芳，你怎么啦！感冒了？到床上去睡。我姑娘造孽，三个月来，消瘦了一圈。"母亲擦着老泪，心疼地望着她。

朦胧中她觉得正躺在李沙的怀中，要他拉"赛马曲"给她听。"赛马曲"是李沙的拿手戏，每星期六的晚上无论再忙，他俩都要蹑到那小河边，一个尽情地拉，一个静心地听，快活得像那悠悠流畅的河水。母亲把她从梦中惊醒，吓了她一大跳。

"芳芳，明天你就不上班了，打个电话去请假，好好收拾收拾。晚上，王股长和张姨要来。"母亲又真诚而执着地重复告诉她。

"妈，我的事，你郎就别操心。我的心里只有李沙！"

"你跟老子没有骨气，你跟李沙，就跟老子一刀两断！"

母亲是个顶硬性的人，家里谁都怕她。她不敢和母亲顶撞，只得忍气吞声，等到明天来了再想办法。

四月的夜，远处传来了青蛙的鼓噪声，一切都显得平常。十个多月的茜茜，双手顽皮地抱着圆圆的头，那平平的额，青青细长的眉，微微闭着的睡眼，端端正正的鼻梁，月亮弯弯的小嘴，多逗人欢喜呀！

田芳望着好玩的茜茜，眼泪像小河的流水在汩汩流淌，似乎要把心中的苦涩流尽。觉得自己是最苦难的人，如果没小茜茜在她身边，她一定要自缢的。她盼望天亮。天亮了，她要带着茜茜飞出这个笼子，到李沙身边去。

天亮了，她又失去了勇气。得到了母亲的同意，方才去上班。

她渴望小河那边的琴声，简直到了无以复加的地步。

母亲麻利地擦亮桌凳，摆整齐后，瞅了瞅田芳那张复杂忧郁的脸，然后出门走向大路伸长脖子，向西边很远的地方望去，心里像十五个吊桶打水，七上八下的。终于她自信地蹑回来，坐在女儿身旁，轻言细语地对女儿说："芳芳，人家是股长。来了，你就大大方方和人家打打招呼，别被人家瞧不起！妈妈是为你好啊！"她张了张嘴，想把什么"发财"啰，"富贵到老"啰，"比张姨的莲英要强"等等高谈雅论出来，又怕女儿不好意思，欲言又止。

田芳抬起头来，把眼睛睁得大大的，眸子滚动了一下，一股鄙夷的光直扫向她的脸面，她在雪亮的灯光下全身抽搐了一下，预感到了骑虎难下的场面。十分紧张地等待着。

股长来了，骑着辆崭新凤凰牌自行车，后面驮着的是张姨。

田芳的敏感性强，未等自行车到门前，就进了房门。

母亲的两眼喷射着银色的光，望着女儿这肆无忌惮的行为，恼羞成怒。可又有什么办法呢？只得无可奈何地把嘴边的话往肚里压。

"田姨妈，来稀客了！"张姨人还未下车，就张罗开了。

母亲笑盈盈地迎出来，"真是难得的稀客啦，王股长屋里坐，屋里坐！"于是，她拿出上午买的过滤嘴香烟，客气地给王股长递过去。可股长摆了摆手，谢绝了。她感到愕然，哪有当干部不抽烟的？只怕这烟还是差了，或是这烟不合口味。但她最怕的是股长瞧不起她这个家……

田芳在房内听得极真切，她在反复地深思：如果不出去，母亲要急死的，最怕张姨使她难堪。出去吧，又该怎样应付呢？倘若他提出要一同去看电影，或是上堤散散步，又怎么办呢？去吧，今天星期六，假使李沙来看电影，或是来探听情况，若是发现了，又该如何解释？李沙会怎样看她呢？谢绝吧，这些老婆子能让她自由吗？

几分钟后，她终于起床走出门来，强装笑脸地喊了声张姨。张姨满心欢喜地迎上来携起她的左手，朝她上下打量了一番说："闺女都这么大了，跟老子还像个大姑娘，白白净净的，眉清目秀。"她那张折皱的老脸笑成了一朵花。转过脸来，冲着王股长高声地说："进华这下该喜欢吧！？"

王股长带着考究的眼光笑着，目光凝集在田芳俊俏而带有一丝淡淡忧郁的脸上。

母亲在偷偷地观察着王股长的神色，脸上堆起了满意的笑。

"张姨，你说什么咧？"田芳有些害羞地嗔怪道。

茜茜醒了，在摇篮里"妈妈、妈妈"地喊着。她先同王股长打了个招呼，才把茜茜抱起来。

小茜茜在妈妈身上跳呀蹦呀，一点也不懂得今天是个什么日子，嘴里还不时地喊着"爸爸、爸爸……"

"这孩子多大了？'爸爸'两字的发音还挺准哩！"王股长试探性地发问了。

"她呀，十个多月的时候就会叫爸爸了，可惜她爸爸是个教书的，又是个书迷，忙得连答应的时间都没有！"田芳很有意思地回答。

"是呀，当老师的是比较忙。就我们当小干部的，还不挺忙！如果有孩子喊我爸爸，再忙也会不忙的。"王股长顺势心怀叵测地套了个近乎。

田芳有些慌了，觉得这人难以对付，像条癞皮狗。可当她眸子转动了两下，急中生出一个计来，做出一种娇嗔埋怨的样子道："她爸爸今天星期六，都不来看看我们茜茜！""明天星期日，她爸爸肯定会来的！"王股长到底还敏感，抬手看了看表，说是要回去开会，便独自告辞了。

王股长走了，母亲全身在颤抖，脸铁青，两眼迸着火，凶形毕露，虎视眈眈，大有要吞噬女儿的架势。几分钟之内，一句话也说不上来。

田芳的心脏在怦怦地跳得厉害，双腿弹起老高，眼皮一蹦一跳地扯着闪。她害怕得要死，泪水在扑簌簌地往下淌，眼前呈现出一幅惨状：

八年前，她父亲和母亲闹了几次小口角。一天，父亲的同事买回了很便宜又新鲜的鲫鱼，可她父亲却未买。于是母亲就为此同父亲吵了起来，当然把老账也算进去了。直吵到半夜，左邻右舍都怨声载道。有的居然敲门大喊："你们别吵了，还让不让人睡觉！"父亲多次求饶，可母亲哪里依。父亲上了火，破口骂了一句，母亲当时就露出了这么个凶相，后来趁她父亲不备，操起一条板凳腿，朝她父亲头顶扎下去。可怜父亲那铜一般的头被扎破了，鲜血染红了半边屋。亏得医院近，当场就输了二百毫升血，才勉强保住了性命。从那以后，父亲以老虎之称的大力士成了头晕体弱的病夫。次年八月在一次拖砖下坡时，倒在了车轮下……

她伤心地大哭起来，不是为自己，而是在哭死去的父亲。

这次母亲没有操起板凳腿，却被女儿的哭声牵动了心肠，呜呜地和田芳对哭起来。不知是恨是怨，还是想起了老头子？

张姨过来，劝了母亲几句，离去了。

小河那边的琴声，随着青蛙"呱呱"的伴奏，激越、欢快的琴声在田芳的耳际回旋。这下她心里真像喝了凉药后，再喝蜂蜜那种甜蜜。她为自己突如其来的智慧而骄傲，也为李沙祝福。

只有母亲还在心烦意乱，调着她那不和谐的弦。夜里母亲回到了青年时代：在她三岁时，父亲就给她定了亲。十五岁那年，她却看上了在田老五家帮工的田辛午。不巧，被父亲知道，狠狠地揍了她一顿，逼她嫁到张家去。在一个漆黑的夜晚，她和田辛午逃出来成了家。57 年听说张家那小子当上了副县长，可田辛午还在那里当了搬运工。她摇着头说："人是个怪物，不可屈成啊！是福是祸，也难以预料。"

第二天清晨起来，田芳的精神显得特别好。母亲走近对她说："你既然心里还有李沙，今天中午就主动回去，明天来接茜茜！"田芳高兴得张开双臂拥抱着母亲，反复地说着："谢谢母亲大人！"转身向李沙奔去，耳边响起了激越奔腾的《赛马曲》……

与你共品：

小说以一首二胡《赛马曲》为线索贯穿全文，二胡演奏需要弦，而弦的松紧是否合宜又关乎着演奏是否动听，所以在发音有问题时需要调弦。而此时的弦不单指二胡的弦，文章运用比兴的手法，从二胡演奏写起，引出人物心里的故事，娓娓道来，令人为田芳的心事动容。文章用大量的语言描写和内心独白，为田芳的矛盾痛苦而纠心，也为最终她调好了心中的琴弦而感到欣慰。

（刘婉婷老师）

（发表于香港《文学月报》）

在一段特殊的历史时期，我们都在面对无常变化，在变化中寻求自己的内心解答。为了自己心中的义，为了自己心中的情。但无论是因为什么，坚定自己的内心，勇敢地选择，总是没错的。

一袋救命米

1959 年的下半年，饥荒之年，连路上的草根都挖光了。萝卜、白菜以及菜园里的各种蔬菜还未长出头，就被连根挖去做饭吃了。红薯、南瓜、冬瓜一类的也早已吃完。逃荒的人群从南边过来一拨接一拨。听说湖南那边饿死了不少人。我家住在陆逊湖边，后面还有一条上通北闸下连南闸的内河，就连河里湖里的水草都被人们捞起来充饥了。湖里有莲藕的地方，每天都有成千上万人在那里挖。家父在镇上教书，母亲是个裁缝，这些挖藕打草的事都不会。眼看着家里连野菜都没有了，几个弟弟饿得哭吵不停，母亲望着我们四弟兄，泪眼涟涟。领着我和老二到湖堤上去捡藕结巴，去堤脚下挖野菜根、草根，回来煮着吃。队里分口粮，我家由于没有劳动力，只有别人家的一半，还要受到侮骂——吃冤枉的，怎不跟老子死了算了！

我们四弟兄由于长期吃不饱，营养不足，都长得精头吊颈。队里管财经的袁队长看到我们四弟兄，抚摸着我的头说："孩子，有几天没有吃带米的饭了？"我望着他说："有一周未吃带米的饭了。"他又问："天天吃的什么？"我说："吃的草根、菜根。"二弟说："连草根菜根都没得吃。"财经队长望着我们四弟兄，眼睛里充满怜悯之情。

晚上，我们已经睡了，突然听见有人敲后门。我和母亲赶忙起来，问："是谁？"财经队长回答说："是我。"母亲一听是袁队长的声音，赶忙将门打开。袁队长便将一袋米拖进屋，小声对母亲说："这是 100 斤大米，给孩子们煮点粥吃。"说完便轻悄悄地从后门离去。

父亲因为家里人快饿死,第二天清晨赶回来。拿着钱买不到粮食,就是红薯萝卜也买不到。母亲便把送米之事告诉了父亲。父亲亲自上门道谢。说起感谢时,袁队长只是说:"帮助你们这样忠厚老实的人家我乐意,不需言谢,别人听到不好。"过了几天,袁队长亲自上门和父亲谈了一个多钟头,又将我喊到房间里,袁队长对我说:"以后就是我女婿,也是我儿子!"我父亲赶忙要我喊"爹",还要我给"爹"下跪。我刚跪下,就被"爹"抱了起来,那年我才6岁。

这袋米真是救命米,父亲将这一袋米算到小麦豌豆成熟的日子,共有一百八十多天,每天只能在这一袋米中用小陶瓷杯子舀一杯,细水长流,才能渡过难关。我们一家六口人就因为有了这一袋米,度过了半年人生中最艰难的时光。从那以后,每年过年父亲总是带着我去走"仗佬"。

我十岁以前有神童之称,村里下象棋的高手联手都下不过我这个十岁小孩。但我十二岁那年,得了淋巴结核,当时叫"九子阳"。每天下午一点开始发热、发烧,像打摆子。每天如此,开始做摆子治疗,越治越厉害。三个月后就吃什么呕什么,倒床起不来了。四处求医,当时的大医院都治不好,我父亲放弃了,只得等死。母亲在外做衣服,听人说湖南安乡县城有个老中医可以治好此病。于是父亲带着我奔往安乡县城。安乡县城离我家住地有一百三十里。我们早上六点钟出发,带着干粮,中午时分一边走一边吃,吃完后再喝水。晚上七点才到安乡那老中医家。我勉强走到了,但坐下去了,就难以站起来,两条腿疼得厉害。父亲像没事一样,与老中医谈我的病情,谈得十分投机。在老中医家吃了晚饭(我因为吃什么就吐什么,只是喝了点汤)。饭吃完后,老中医姓胡,我喊他胡爷爷,他十分喜欢我。给我"爆灯火",在我颈部用火烧去一块皮,然后用黄豆大一颗药丸的1/4粘在黑膏药上敷。敷上去后疼得十分厉害,四肢疼痛得不能动弹,敷的颈部火辣辣的,肉水不停地往下流,一会儿就烧出了一个小洞。我被这小药丸敷了三年,敷出了400多颗淋巴(阳子)。说来也怪,以前未敷药时,吃什么呕什么。但一敷上药丸子,第二天就吃什么都有味,还吃得相当多,人的精神状态十分好。当时,我14岁1米74的个头,体重只有74斤,瘦得像根电线杆。人人见了都惊讶害怕。

有一回我买膏药要过河到对岸的医院去，遇到岳父渡船，我给了他伍角钱，当时只需要一角，他收了钱却未找我。我不便要就上岸了。回来时我手中一是没有钱，二是因为先伍角钱未找我，我就未再给。上岸时，岳父发了火：说我不懂规矩，过河不给钱，连话都没一句。当时我十分委屈。我知道岳父以前十分喜欢我，每次都是他先给我打招呼，这次太反常，是不是因为我得了病才这样的？

父亲对我说："你应该说，'这伍角钱您就不用找了，等会我还回来的！'这样他就不会说你未给钱了。"

后来我的病好了，但在颈部留下了一道很大的疤痕。听人传言：岳父不仅在乎我颈部这个疤痕，更怕的是我的病未好断根，怕连累他的女儿。其实，三年下来了，病好了，体重长到了120多斤，精神状态也非常好。

1974年上半年割资本主义尾巴，我和母亲做裁缝，被算了一千七百多元，把家底赔光了。两条船、两台缝纫机、六匹老大布、一头400多斤的年猪，全抵了债。那年本来是准备结婚的，但这样一赔，结婚就只能往后推。

下半年我一气之下，将一把大裁剪扔进了河里，发誓不再做裁缝。又赶上村学校缺老师，我报名当起了老师。那年的八月十五日，父亲准备了好久的物资，要我用箩筐挑着到岳父家去报期。我一担挑过去，挑得满头大汗，到了岳父家里，岳父却说："我女儿年龄还差五个月，要等到明年。"要我把东西挑回去。我将箩筐扁担丢下之后，听也没听岳父讲完，就回来了。

父亲分析说："不管你岳父怎样对你，你都要忍着，毕竟人家对我们有救命之恩。那袋米情深义重，我们绝对不能说什么。"后来，父亲托人去摸岳父的意思，问题还在我的身上，怕我的病未完全好。想往后拖一拖，看看我的身体到底是不是全好了。

国庆节之后，国家来了政策，要推荐一批有文化的青年上大学上中专。我被选中"社来社去"，到了县师范学校读书。岳父开始担心我变心，主要是怕我记他的恨。我去前父亲要我给岳父提了两斤大曲酒及两条游泳牌的香烟。向岳父表态：我们李家一定牢记您的大恩大德，与年春的婚姻牢不可破，两年毕业回来结婚，请岳父大人放心。岳父微笑地看着我，脸上露出满意的在师范学校，同学们都在找自己的另一半。唯有我在班上在学校公开宣布，我在农村有女朋友，并且女朋友的父亲对我们一家有救命之恩，我必须回去娶农村的媳妇。因此，不跟任何女生往来，生怕对不起农村的媳妇。

虽然公开宣布了我在农村有媳妇，但喜欢我的女同学依然不少。我饭量大，长期吃不饱，有两个女同学每餐都给我分饭，她们本来就吃的完，为了心疼我，意思我非常明白；还有两位偷偷给我粮票。有个叫伍艳芳的女生家里又不是城里的，不知哪里来的粮票，一年半的时间给我送粮票近600斤，还想一切办法和我单独相处，毕业的那晚，陪了我一晚上。我因为农村有媳妇，不可能与任何女人结婚。她对我太好，我像捧着一件古玩，生怕让她受损，连手也不敢去牵。她要我村里的电话号码我当时也没留，怕她因为心里牵挂我耽误了婚姻，影响了她的美好青春。

很快就毕业了。当天我就兴冲冲地赶回去，找到了未婚媳妇年春。晚上去大队会计那里开结婚证明。在回家的路上，月亮很亮，白昼一般，我对年春说："我们在拿结婚证之前先到医院去检查检查身体，再去拿结婚证。"她十分生气地对我说："为什么？"我说："看我们双双有没有要注意的地方，现在医学发达了检查一下，心中有数些。"哪知第二天一大早，年春和岳母一起上我家门。一来便不由分说，就要求解除婚约。岳母说："以后一个半边户，女人会遭罪的。再说一个教书匠，就是个臭老九，谁要？前天，黄家的媛媛，人家做介绍，要她嫁给县城的一个教书匠，她硬是没有同意。现在谁瞧得起教书匠？"岳母这么瞧不起教书匠，我只得答应了她母女俩的要求，同意解除婚约。但一定要在她的家里，当着她父亲的面谈此事。父亲反复叮嘱我，年春提出来要解除婚约，也要告诉她父亲。她父亲不同意，你不能答应。

到了她家里，我做了一些解释。半边户不会很长的，我会在站稳脚跟后，想办法将年春带到县城里去。但岳母和年春死活不干。岳父最后发话："这都是我的罪过，不然早就结婚了，哪有今天解约之说。但事已至此，你们娘俩又要解约，态度这样坚决。小李啊，这不是你的问题。但有一事我要说明：我们两家开亲今年已是18年，你们来我家的东西也不少，算都难以算清。那就用那一袋米抵账吧。我们两家从此两不相欠。小李你说好不好？"我当时就跪在地上说："您的大恩大德，我们一家人永生难忘，我们永远欠您这份无价的人情。"

我回到学校，同学们都各奔东西，特别是那些对我有好感的女同学都不知去向。我十分后悔没有留伍艳芳村的电话，但她家住哪我都不知道。到学校人事处去查，查到了她所在的村，但苦于路途遥远，没有时间。写了一封信到她家里，但此信一般要二十天才能收得到。我每天焦急地等着回信，连做梦也在期盼。但半年过去，还是杳无音信。后来听同学说她刚结婚。

为了那一袋救命米，我似乎失去了很多很多。但我一点也不后悔，因为在我生命里得到的比失去的更多更重要。两位老人高兴的在梦中对我说："这不是你的错，是缘分问题，一切都是天意啰！"

与你共品：

作者用极其细腻的笔触描绘了主人公在其环境中面临的种种事情和种种纠结。在日常生活中有为人处事的道理和自己家的温情，并在主人公的内心世界的描写更加让人体会这份人物的内心活动。

作者很擅长于写乡土风俗之类的事情，让人感觉十分亲切自然。仿佛回到那个时代，与主人公共同经历这所有的故事。

（钟情老师）

（此文发表于《厦门文艺》）

请哥嫂放心：迟迟一定奋发图强，努力学习，决不辜负全家人的期望！

为了弟弟

夏叔只有 60 岁，就早早地离开了人世；夏婶带着 12 岁的迟迟，母子俩相依为命，维持了一年。

这天早晨妈妈没有照常喊迟迟起床吃早餐。迟迟起床后，觉得有些奇怪：大门还未开，厨房不见妈的踪影。再来妈的房间，房门关着。迟迟喊了几声，无人应答。他觉得有点不妙：妈一定是病了，这几天收麦子太累。又大喊了几声，还是没有回应。他抬起脚来踢开门，可妈睡在床上没有反应。迟迟跑到床边，看妈两眼闭着，不像是睡着了，用手探了下鼻息，像没有了气息。迟迟大叫了声"妈，你怎么啦"，摸妈的脸部，没有热度。迟迟觉得妈"走"了。

赶忙跑出来喊左邻右舍的两位大婶。大婶过来看了看，说已经走了好长时间，手脚都已冰冷僵硬。迟迟赶忙用妈的手机给在县城工作的哥哥嫂嫂打电话。

哥哥嫂嫂回来后，嫂嫂当家，在亲戚朋友及乡民们的帮助下，将妈火化上山，又将一切后事处理停当，把小叔子带回家。做哥哥的表面上没作声，但心里对妻子的表现充满了感激之情。

迟迟 13 岁了，小学还差一个月毕业。哥哥是实验小学的教导主任，安排他进毕业班学习。

但家里没地方安排迟迟住。嫂嫂只得到实小周围去找房租住。租好房后，将迟迟带去看，房子有近 30 平方米，一个人住比较宽敞。问迟迟满不满意？迟迟说一切听嫂嫂的。迟迟情商比较高，一句话让嫂嫂心里舒坦。

将房子上下打扫干净，接通了水电，才带着迟迟去旧货市场买床和桌椅。迟迟喜欢的，嫂嫂才拍板定音。

回房间后，清理了一下日常用品，将差的物品嫂嫂用手机记着，下午带着迟迟先补充日常用品。乡里带来不好看的，陈旧破乱的全部扔掉：几件小衣服扔了，袜子也甩了，鞋子只留了一双。然后去服装超市买衣服，还到综合超市去买袜子和内衣内裤。回到租房处，嫂嫂突然想到有件大事被忽略了，要迟迟将买来的东西先放在床上，把自己带来的东西一并拿过来，嫂嫂去买柜子和床上用品。

嫂嫂实在是能干，等迟迟将东西拿过来，安排在书桌里时，送柜子的已到，随后嫂嫂提来了新买的被子床单。嫂嫂说这些内衣内裤包括新换的被套和垫单都需先洗洗后才能用。今天你先跟哥哥睡一晚，明天过来过独立生活。外衣三天换一次，内衣内裤一天一换，把要洗的衣裤用塑料袋提过去，放在柜子里，再洗漱吃饭。一个人在这里，不要让其他人进来，包括要好的同学。在这里认真地搞学习。

哥哥夏奇对妻子为弟弟做的一切感激不尽，他万万没有想到妻子不但对弟弟好，而且方方面面为弟弟考虑得周全，又都井井有条地落实到位。弟弟失去了一个农村母亲，可找到了一个体贴入微、关心备至的县城嫂嫂。俗话说长嫂如母，嫂嫂比母亲考虑得更周全，更有欣赏水平。

嫂嫂为迟迟安排好一切，又对7岁的女儿说："小叔没了妈妈，很可怜的，你要多关心他。他吃饭来迟了，你就去叫他。好吗？"女儿夏红雨虽然只有7岁，什么都懂，对小叔很好，没有半点抵触情绪。并将夏红雨带到迟迟的住房，要她记清路，离家只有500米地。红雨笑着对妈说："妈，红雨记住了，我会对小叔好的。您放心！"

嫂嫂王先凤心里一直在琢磨：迟迟来了，多了张嘴巴吃饭，还要供他读书，开销大多了。这几年，公爹公婆放寿，也用了不少钱，靠俩人拿点死工资，不行啦！还要想办法赚钱买房子，再说迟迟老租房住在外面也不好。经常听人说：搞推销能赚钱。她想去试一试。

嫂嫂长得漂亮，十分能干，做事敢作敢为。家里她当家，任何事都是她说了算。一边在单位上班，一边还做着推销方面的小生意。她深知生意之道，商机不可泄露。这次准备到武汉的汉正街去摸下行情。

档次高一点的挂历批发价 5 元一套，档次低的 3 元一套。要批肯定只能批档次高的。于是她和批发部的老板协商好了，先按批发价买 10 套回来，到各单位去推销。单位上年终发福利，挂历既需要又喜庆，又经济，和单位上领导一谈便成。合同签了 800 套，她有点着急，怕别人知道商情。她无心再去推销，先将挂历搞一批回来后再去推销。

她再次到汉正街，一下子购来 2000 套。回来送到签了协议的单位，一下子销去 800 套，钱来得快，赚了一万六千元，她喜出望外。另有一家大单位订了 500 套，一把手不在家，签了协议，手下也不敢收。还要等两天。她只得等，在等的当中又去找新单位。新单位有些不好推，关键是不认识人，领导们想要但最后还是不拍板，跑了两天推了 100 套。

那家大单位的领导回来了，她跑去见他。此人叫鲁大洪，是一个三甲医院的院长，权力大得很，手下的人都为他马首是瞻，唯命是听。他不回来谁也不敢接受，工会主席怕他怕得要死。他回来了，那个主席跟王先凤讲：“不说是我告诉你他回来的消息。”王先凤心里有些紧张：这个大人物要去见他，心里小兔在跳，但转念一想：“不就这点小生意吗，怕啥！”她敲开了鲁的办公室。鲁仪表堂堂，坐在上面，颇有大将军的风度。“您是鲁院长吧？我等了您几天。”鲁院长将王先凤上下打量了一番，便笑眯眯地说：“找我何事？”“您单位工会的找我订了一批新挂历，说要等您回来签字。”“新挂历，我怎么不知道？”“您真是贵人多忘事！当时，王主席给您通电话，数量都是您在电话里拍的板呀?!”“哦，我想起来了，没问题。”“这是协议，收据我已带来了！”王先凤将手中的协议递过去，鲁大洪眼直直地看着她，瞟了一眼王先凤那柔美白嫩的手。色眯眯地笑嘻嘻地说：“这么一笔生意，你打算怎么感谢我呀？”王先凤知道他不怀好意。便说：“收据我已带来，我只按谈定的价格结账，至于收据怎么开都可以。告诉您一个行情，其他十几家结账我每套收 25 元，开收据 30 元，您看怎样开？”鲁大洪很严肃地说：“我不需要你多开一分钱，价格是你和王主席早已谈定了的事，谁敢多开！我现在问你，做这么一笔生意，你怎样感激我？”鲁大洪说着起身走向王先凤，“你回答我呀！”王先凤赶忙站起来，“院长，虽然数量 500 份，但利润少得可怜。您就高抬贵手，帮帮忙，我王先凤会记住您的恩情的！""好，你说说怎么个记得法？"说着，将一只手已搭在了王先凤的肩上。王先凤往里移，想移去搭在肩上的手。鲁大洪色眯眯的两眼盯着王先凤的双眼说："此笔生意做成之后，我会帮你推销，在县里十几个单位的一把手都是我的哥们，你赚大钱在后面呢！"说着又将另一只手搭在了王先凤的另一只肩膀上，两个人面对面地站着。王先凤心里的小鹿在乱撞乱跳。她被他的话吸引住了，她急需要客户赚钱，能增加客户？她心里开始动摇起来：赚钱的机会来了，不赚太亏。她知道自己若将眼前这个男人推开，强行逃走，就会失去赚钱的大好机遇。但一旦投入他的怀抱，自己的名声就会抹上污点，还不知后面还会发生什么声名狼藉的故事，家破人亡的故事。首先是对不起自己的丈夫。但此时由不得她多想，一双有力的大手已将她拉入男人的怀抱，一张略带酒味的大嘴已吻住她的红唇小嘴。

在生意上正如鲁大洪说的那样，在鲁的帮助下，她在阳历 12 月里销完了 15000 套挂历，纯赚了 30 万元。

虽然赚了 30 万元，但与鲁的关系搞得极为复杂。她想尽可能地少和他见面。但姓鲁的被她摄去魂魄，整天想着她，不停地发微信，打电话，烦死人了，还十分霸道。要求她三五天见一次面，还要她和她丈夫离婚。每次见面后就舍不得让她离开，逼着她答应和他结婚，还要她先离婚。但王先凤知道错了，要想办法甩掉姓鲁的。但一时半会不可能。她是不会和夏奇离婚的，她爱他，爱女儿红雨，爱这个家，还心里挂牵着小叔子。离婚了他们这些好人均要遭殃。她是不会的，无论鲁怎样逼自己。她想把内情告诉夏奇，看夏奇的态度后再作打算。

夏奇家境贫寒，结婚后，家里连连出事，父母双双先后去世，花去家里仅有的积蓄。小弟弟成了孤儿，妻子王先凤二话没说，就把他领回家。没地方住租房，一日三餐，买衣买鞋，浆洗衣裤，督促学习，教育做人，胜过母亲。俗话说得没错，长哥长嫂胜爹娘。夏奇这个当哥的倒没为弟弟做什么事。因此，夏奇从内心深处感激妻子王先凤。在经济上妻子比他会赚钱，家里这么多钱，全是妻子给赚来的。工资只够全家人的开支。她白天上班，兼顾买菜做饭，洗衣搞卫生，晚上给孩子看作业，讲故事，安排第二天的工作程序。双休日还要去做推销。他觉得老天对自己特好，给他这个造孽人找了这么个能干、贤惠、漂亮的仙女。

　　每当看弟弟迟迟穿着干净整洁的衣裤，脸上透着幸福笑容时，他就为弟弟感到荣幸而高兴。弟弟只有 13 岁就成了孤儿，应该是件凄惨的事，但遇到了这么贤惠能干的嫂嫂，真是三生有幸。长大了对这个哥哥可以怠慢点，可对嫂嫂决不能疏忽！夏奇每天都带着感激妻子王先凤的心态生活在这个家庭里。

　　妻子王先凤看到丈夫夏奇这么愉快的心境，不好意思对他坦述自己的所作所为。他哪里知道，这个她努力维持的家庭正在走向十级地震般的灾难。她不能再做对不起丈夫的事，她每天都在忏悔自己财迷心窍，失身毁誉的罪过，而今色魔缠身，不知怎样开口与丈夫说？她是个内心十分坚强的女人，她想哭，但流不出半滴眼泪，一切都是自作下贱，引火上身，罪有应得。

　　鲁大洪打电话要她过去。一见面，就要她回去向丈夫摊牌，提出离婚。王先凤苦苦解释：要离婚，也应有个过程。她不得已向鲁大洪表态："三个月内定成效。离得成离不成都三个月内搞定。但有个要求，不要三天两头地打电话逼她，她俩现在还只是情人关系，要注意保密！"鲁大洪勉强答应。

　　晚上，女儿睡了，她将夏奇喊到自己跟前，跪在地上，十分抱歉地向他认错。将和鲁大洪发生关系的来龙去脉原原本本地向夏奇坦白，求他看在她这些年对家庭的用心和付出上，原谅她的过错。夏奇沉默良久，眼睛直直地看着她。她低着头："我真该死，财迷心窍，财迷心窍……"一边说一边抽自己的耳光。夏奇走过来，拉着她的手："算了！算了！起来，起来！"说着把她从地上拉起来，拥在自己的怀里。两人紧紧地抱住，彼此均没有说话。

　　第二天早晨，夏奇出门之前，停下来问王先凤："你可以跟鲁大洪断吗？"王先凤斩钉截铁地说："能，以后再也不理鲁大洪了！"

　　下午，鲁大洪又给王先凤打电话，王先凤对他说："昨天你不是答应了，三个月内吗？""你不是承认我们还是情人关系？既然是情人，可以约出来亲亲吧？""我今天没有时间，再说这几天大姨妈来了。""什么？大姨妈来了！""哎，你这人，我月经来了！""什么时候离开？""说不清楚，离开了才知道。""你这个骚婊子，赚了钱就忘了老子。""喂，鲁大洪，你是院长咧！怎么这样粗鲁？谁是骚婊子？这不都是你逼的吗？"鲁大洪十分气愤地关了手机。

晚上，王先凤将鲁大洪纠缠不放的事告诉了夏奇，要求他和她一起想办法对付鲁大洪。夏奇考虑了一会说："你写一份鲁大洪逼你的材料，先送给他的局长，如果还不放手，再送到信访办，再到法院起诉，告他利用职权要挟强奸罪。他的院长顷刻就会灰飞烟灭。"王先凤一想，这样做有点过，毕竟我们赚了些钱，不能害他。夏奇表示同意：先礼后兵。于是将上诉材料用微信先传给鲁大洪，看他识不识相。

鲁大洪收到微信，火冒三丈，将他与王先凤的风流照片发给了王先凤，想吓唬吓唬她。王先凤回话："你发吧，我是个女人没有权力和地位，无所谓，我丈夫早就原谅了我。""你识相的话，我们河水不犯井水，各走各的路；如果不识相，我会把材料送给你局长，再不行，交信访办，再不行，到法院起诉：你利用职权要挟强奸罪。我这里还有你讲话录音，可以佐证。你想想吧，我们应该互不相欠，我用肉体和声誉作代价赚了点小钱，你玩弄了我几个月没有任何损失。我们以后应该相安无事，各保平安，从此彼此成为路人。你看着办吧！"

王先凤十分内疚，将赚来的钱在校内买了一套二室一厅。房子小用来烧火做饭，做餐厅，洗浴室，书房及学习间，把小叔迟迟安排在家里原来的书房睡觉。

迟迟在哥嫂这里一晃三年了，初中毕业，成绩还不错，考了 482 分。可以上一个二类高中，也可以上职业中专。夏奇考虑到家里负担较重，准备让迟迟去读职业中专。王先凤却另有想法："让迟迟去读职中，毕业后只能当个工人，一个月两三千元工资，连自己过日子都困难，以后成家立业怎么办？他没有本事成家立业，我们不能看水流舟，让他去受苦造孽吧？他成绩还可以，让他读高中，三年后考个好大学，说不定会有大的出息。像我们几个亲戚的小孩，现在深圳广州上海北京的，年薪几十万甚至上百万。"夏奇看妻子王先凤考虑得这么长远，对迟迟还充满了期望，就同意了王先凤的意见，让迟迟去读高中。

迟迟怕给哥嫂带来经济负担，一心只想去读中专，早点自立。嫂嫂将他叫到跟前对他说："读中专，你一辈子基本上就定格了：一辈子就只能过工人的生活，因为你学的东西只能让你这样。你要去读高中，还要力争考个好大学。我亲戚的小孩当中有个华中科技大学毕业的，分到深圳，年薪快上百万元。你答应嫂嫂一定要给哥嫂争光，好好学习，上一个华科大那样的好大学，你给嫂嫂表态发誓！"迟迟看着嫂嫂一双认真的大眼紧紧地盯着他的眼睛，让他不敢不表态，但又怕自己做不到。但嫂嫂那双咄咄逼人的眼神使他气都喘不过来，额头上渗出了豆大的汗珠。他抬头望了一眼嫂嫂灼人的眼睛，吞吞吐吐地说："能！我一定按嫂嫂说的去努力，决不辜负嫂嫂的期望。""好！我跟你纠正一下，决不辜负我们全家人的希望！"迟迟领会了嫂嫂的一片苦心，欣然去上了高中。

夏奇十分感动，利用业余时间给人家编写资料，支持妻子搞推销。由于前车之鉴，经常和妻子一块去联系业务，两人配合得十分默契，小生意也做得风生水起。一家四口人小日子过得红红火火，其乐融融。迟迟在高中三年里成绩不断攀升，从年级的300多名跃到前五十名，又从50名跃到了前10名。最后，高考考出了648分的好成绩，填了华中科技大的电子专业，圆了嫂嫂的梦——全家人的梦。红雨也以优异的成绩考上了重点初中，一家人兴高采烈。嫂嫂高兴得逢人就讲："我家小叔子考了648分，考取华中科技大学。"收到大学通知书后，全家人开车到父母坟上去告慰在天之灵的父母。全家人跪在父母坟前，嫂嫂说："公公，婆婆，您的小儿子迟迟考上了重点大学，明天就去上学，您的孙女红雨也考上了重点初中。您二老放心，我们全家人托您二老的福都平安健康！"迟迟跪在二老坟前，向哥哥嫂嫂表态，还没开口说话，便号啕大哭起来："这六年来，感谢哥哥嫂嫂的抚育之恩！特别嫂嫂像妈妈对迟迟关怀、体贴、无微不至，迟迟有今天的成绩，感谢嫂嫂的教诲和鼓励！迟迟将终生不忘！"嫂嫂将迟迟扶起来："迟迟好样的，大学五年我和你哥将拭目以待！"迟迟大声地说："请哥嫂放心，迟迟一定奋发图强，努力学习，决不辜负全家人的期望！"

五年后，迟迟大学毕业后，分到了上海某国企，年薪80万元。一年后找到了漂亮有本领的媳妇，年薪100多万元。四年后他俩在上海有了自己的楼房和车子。结婚时，专程请哥哥嫂嫂去当他们的主婚人。

哥哥在回家的路上，对妻子感慨地说："如果当初不是你坚持要迟迟读高中，迟迟就是再努力，也不会有今天这么灿烂的人生啦！"

与你共品：

小叔子成了孤儿，嫂嫂将其接县城里来照顾，供小叔子读书。为了赚钱，嫂嫂失身，后在哥哥——丈夫的帮助下，脱离魔掌。小叔子在嫂嫂的关照和教育下，考上华中科技大学。后来有了好工作，成了家。小说故事情节感人——嫂嫂像母亲般的抚养教育小叔子的言行，十分感人，令人赞赏。

（小清老师）

面对苦难，人生就此而变化。但如何面对是每一个人的思考命题，或许是笑对，或许是消沉。当我们见证那些从峥嵘岁月中走过来的人生，或许可以给我们现在青年一个答案。

永远微笑的父亲

父亲走了，那瘦得令人恐惧的形象就是一具骷髅，脸上那张蜡黄的皮上还带着一丝微笑，令人难以置信。

父亲的离世，应该说是十分冤枉的：肝上长了个瘤子，医生说只需两百元将瘤子拿掉就没事了。但父亲考虑到不给我们四弟兄添经济负担，硬是从医院里强行跑出来。本来我们四弟兄均身无分文，但可以找亲朋好友借。父亲有个至交，积攒了数年，手中有两百元，是准备买棺材的，但知道父亲得病要钱动手术，毅然决然地将钱送过来，可父亲死也不要，几次将两百元退了回去。

父亲心里特明白，那时的两百元不是个小数目，当时农村一个上等劳动力一天只能赚8分钱。我们四弟兄均处于水深火热之中。我是老大，刚从学校毕业，每月37.5元，还未成家；二弟在家务农，1979年的农村，正是早春时节，处于黎明前的黑暗期，饥饿缠身；三弟被逼无奈，到崔家去倒插门了；四弟在路边摆个修理摊，生活无保障，有一餐无一顿的。父亲深知我们的处境，宁可去死，也不给我们添负担。

父亲知道自己的时日不多了，利用我们看望他的机会，给我们讲国家的形势，预言国家将有大的变革。要我们做好思想准备，静观其变，不要乱说乱闯，好好守住现有的日子。尽管日子过得艰难，也要挺着，挺过这阵子，好日子就会来临。对生活要有信心……

十一届三中全会开了，父亲尽管在死亡线上挣扎，但他为人民即将迎来好政策而欢呼雀跃，对来看望他的学生朋友讲：国强民富的时代就要到了！他还反复强调：从 20 世纪 80 年代中期起，国家有 60 年的大发展期，这一次的大发展可以赶超世界强国，可以达到唐朝时贞观盛世那种繁荣富强。国家衰败了一百多年，要崛起了！遗憾的是我看不到了。但我高兴，为我们这个民族这个国家高兴，更为你们能生活在这个时代感到欣慰。以后大家不会再这么穷了……

当时，我听了父亲的这番话，觉得父亲是不是脑瓜子出了毛病，怎么要谈这些不着边际的话呢？但父亲在讲这些话时，尽管中气不足，但那浑浊的双眼睁得大大的，十分认真十分虔诚。讲时还激动不已，浑身在颤抖。记得"文化大革命"期间，一位学生的奶奶去世后，请父亲看下葬的日子。父亲因此被押上批斗台批斗了五次，原因是那位学生的叔叔当了区委书记。这位区委书记曾经是父亲的挚友。他当时初中未毕业，在小队里当记工员，想出来教小学。在父亲的担保下当上了小学教师，得到了父亲多方面的指导。用他的话说：戴先生就是我的良师益友。在那个时代，不说是朋友老师，就是父子之间也常发生告发之事。从那几次批斗之后，父亲便成了封建迷信的代名词，不仅世人鄙视父亲，奚落父亲，就连我们几弟兄也不理解父亲，觉得有这样的父亲实在丢人，我们几弟兄在外面均抬不起头，在心里恨死了父亲。

父亲的学生中，有人知道父亲来到公安这个僻静的小村庄，当时穿着国军服，猜想父亲一定是国民党潜伏下来的特务。于是便上升到了敌特分子的高度，把父亲关了起来，还进行了严刑拷打。

父亲在关押拷打中讲述了一段鲜为人知的遭遇：

父亲 1941 年就在沙岗教私塾，校友涂一鸣是地下共产党，多次来要求父亲参加共产党。父亲秘密地为共产党做了许多工作。但父亲后来目睹了国民党特务残酷杀害地下共产党以及他们的至亲好友。父亲胆子特小怕事，迟迟没有正式加入地下党组织。1947 年的春天，父亲在回潜江老家的途中，被国民党抓了壮丁。后来部队开往武汉，父亲被安排到团部当参谋。一刻也没有停止逃跑的念头，但却无机会可趁。直到部队南下，到了公安这个村子的小学校。父亲知道，长江对岸就是他教私塾的地方，那里还有苦等着他回来的美貌妻子。于是利用吃早餐之际，父亲溜走了。一口气跑出了三里多地，躲在一个潜江口音的老乡家里。

为了澄清父亲的身份，还惊动了当时的涂专员。虽然涂专员亲自出面作了证，但父亲还是背上了历史不清的坏分子头衔。从此，父亲不能从教只能务农。可怜父亲当时已过四十七周岁，对于一个从未干过农活的教书先生来说，对于即将老化的骨骼来说，那就是一场脱胎换骨的深刻革命。

父亲除了能挑起百来斤的担子，什么活也不会。一个正式男劳动力干一天可以得 12 分工，但父亲一天只能得 8 分工。据不少人说，这 8 分工中还有母亲为他们缝衣的人情在里面。不仅如此，父亲因为不会干活经常被人辱骂、奚落，骂得最厉害的还要数他的那些嫡系学生。父亲春耕时，每天佝偻着腰用挡板做眼绳（防水渗漏的泥界子）；夏天被派去守江堤，秋天栽秧割谷他不会，只能干一些杂事：过秤、记账。经常被人骂得狗血喷头，他做事十分认真，过秤实事求是，被那些想多记斤两的人指着鼻头骂。分口粮时，那些被得罪了的人，要老婆用菜刀剁砧板骂：吃冤枉的坏家伙，不得好死的坏分子……

父亲听了不但不发火，还笑嘻嘻地说：吴嫂，分粮食是按工分分的，谁也没有吃冤枉！吴嫂看父亲在笑，骂声更大了：你个坏分子，吃了冤枉还不承认！你个坏分子不老实！

到了冬天，父亲总是挑堤的先锋，在堤上一直干到腊月下旬才回来。

父亲从堤上一回到家里，方圆十里的人均来找父亲写对联。写对联是百分之百的无偿，甚至不需要说"请"或打招呼，只要将红纸拿来，父亲贴笔墨。有特殊要求的，将对联写在纸条上，要父亲照写，没要求的，父亲按照对联书上写。一天，要写对联的人多了，父亲要三弟按先来后到排顺序。副书记的儿子小强来迟了想插队，前面的几位不依，于是写字桌子被掀翻，墨汁泼了一地。小强还骂骂咧咧：跟老子都不写了，坏分子写的对联不稀罕。等小强走后，父亲蹲在地上给人家写，脸上还挂着一丝微笑。后来有人说父亲的字没有×××写得好。我上了大学，学了书法，才知道父亲写的是柳公权的字体，写得十分古朴俊秀，岂是那些乡村俗人所能比拟。但我发现时，只有两幅，已经腐蚀，但还留有清晰的字影，已无法保留收藏。

父亲写完了对联，腊月二十九、三十两天，要跟着地富反坏右一同去镇上扫大街。每次扫大街，回来得都较晚，我们四弟兄等父亲回来吃团年饭，等得天全黑了，母亲都开始着急起来。三弟四弟跑出老远去接父亲，父亲终于回来了，还对母亲和我们几弟兄说：今天买年货的人特多，我手中没有多的钱，给你们每人带回一颗棒棒糖，吃了这颗棒棒糖，明年一年均吉祥安康！我们几弟兄一听吉祥安康，大家心里便咕咚一下，就想到了封建迷信。于是不高兴地跑开了。

吃团年饭时，我们家里从不放鞭炮，一是没有钱，二是父亲是封建迷信的代名词，不敢放。自从父亲带上坏分子的帽子之后，我们家里没有放过鞭炮。三弟四弟不知是从哪里捡来了半挂小子鞭和两个炮筒，想放，朝母亲望了望，母亲说：你们去放吧，别伤着了！于是他俩高兴地去放鞭和炮。

父亲 52 岁那年，大队里要修大队部，工程浩大，需要半年之久，要找个人去管账挑水。此项工作换了三茬，换到了父亲名下。前三位均觉得工作量太大，赖不活，均逃之夭夭。父亲一直觉得亏欠共产党，明知别人干不了的事，他毫不迟疑地就接受了。每天要挑近百担水，来回要走一百路程，一担水有一百二十斤，一般人均干不了。可怜我那父亲，历来均是逆来顺受：批斗、关押、严刑拷打，他从不反抗，心里一丝怨言都没有。六个多月的挑水记账，去时身高 1.72 米，回来时只有 1.56 米，背驼得向下长了，老态龙钟得一下子老了三十岁。可他脸上总是带着微笑。大队里每天给他 14 分工，可回到小队却只给他记 8 分。我们几弟兄十分气愤，要去找队长论理，父亲知道后，教育我们：他们要这样做一定有他们的道理，工分多几分少几分日子总是要过下去的，你们就别去找了。

父亲打从大队挑水回来，身体就大不如从前了。一是因为生活的清苦：我们四弟兄个个都在吃长饭，口粮少，每次吃饭父亲总是最后来。就是来了，站在旁边让我们几弟兄吃得差不多了，才将剩下的残羹剩饭倒入一个大碗里，端起碗来，口沿着碗缘一旋，呼呼地便将碗里的食物喝得干净。见到桌上残留的菜叶饭粒，父亲总是用手粘着往口里放。我经常推想父亲每次均没吃饱。父亲的这种菜汤泡饭的吃法，让父亲得了胃病，反酸烧心。他整个晚上均须坐着睡觉，躺下去就会大声地咳嗽。由于晚上未睡好，白天经常打瞌睡。精神状态比以前差了很多,那满头的青丝现已白了大半。

小队里已分田到户,父亲整天琢磨着将自己家里的一亩三分田种好。就在这时,镇上的郑书记专程来请父亲去当炊事员——厨师。那是在大队挑水期间,郑书记来检查工作,尝到了父亲的手艺。对父亲弄的饭菜大加赞赏,特别是滑藕片,那真是绝了。香气扑鼻,味美如荤,爽口舒胃,尝一回终生难忘。每次郑书记来大队,大队领导务必将父亲请回来掌厨。这一次,郑书记来请父亲,父亲喜出望外。

父亲在那里工作了两年,郑书记调走了,将父亲安排到荆江分洪所里去看管那些老掉牙的蓄洪房。在那里工作了三四年,那是他一生中最舒适的三四年。但好景不长,他开始觉得右肋骨里面不舒服。一检查,发现肝上长了个肿瘤。由于无钱去动手术,父亲又怕给我们增添经济负担,坚持从医院里跑回家。

瘤子在一天天地长大,压迫胃部,慢慢地进食困难起来。父亲想用钢铁般的意志力来战胜肿瘤。每天天刚亮就到树行里去打太极拳,打完后,到菜园里、责任田里去转悠,心里还在盘算着如何将这一亩多地精耕细作,种上能赚钱的作物和蔬菜。之后,到猪圈里去看看,琢磨着如何将猪圈移到南头去,扩大养殖规模。还在吃早餐时,对家里人说:要多孵些小鸡小鸭出来,改善生活品质。无论父亲心态怎么好,怎样坚持锻炼身体,终于控制不了肿瘤一天天地长大。父亲开始吃不进去食物了,但还是每天拄着拐杖在树林里搞一会锻炼。整天还乐呵呵的,饿得皮包骨,连气都出不来,脸上总是带着微笑。

一天,我回去看望父亲。父亲十分疲惫,望着我语重心长地说:你的名字不要写成政治的"政"。你是老大,不用反文可以读"zhēng",正月的"正"。我只希望你做一个正直的人。只要你正直,共产党会用你的。你出生时,我梦到家里降下一团红光。说到这里父亲浑浊的双眼露出了光亮,用期待的眼光看着我,特兴奋的样子,停顿了一会又说:好时光就要来了,可惜我看不到了,但我感到高兴,我会将你们的艰难困苦带走,将你们的灾难带走。我们这个贫穷的国家会富起来,强盛起来的。你们也会随着国家的富强而富有,我虽死而欣慰。以后他们三弟兄就要靠你这个大哥了。听了父亲的话，我感到身上担子的重量。我觉得以后三个弟弟生活得好与坏，与我个人的努力休戚相关。考虑问题时，一定得站在家族的高度，力争家族的兴盛与繁荣。我是属于我们这个家族的，就像伟人们属于这个国家民族一样。

父亲已经三天没进食了。每天早晨都有蛔虫从口腔里挤出来。他已经说不好话。我们四弟兄赶过来站到他的身边。他把一张纸拿出来给我们看……这是他半个月前就写好了的。他说做了个梦：他抱着一根木头去撑一堵墙，墙倒了。他以梦境为依据确定了自己的死期：人抱木为"休"，休在一堆土上，土为"十一"。"男怕子时，女怕午时"，合起来就是本月（七月）十一日子时。我们按照他的推断，在先一天就给他剃了头，洗了澡，换上了寿衣寿鞋。七月十一日的凌晨子时，父亲果然安详地走了。后来，我一直在想：父亲的梦怎么就这么灵验。这真是奇了，令人难以置信！

我那苦难深重的父亲，逆来顺受的父亲，时刻想着我们四弟兄而忘了自己生命的父亲，有着大学问长期不被世人理解的父亲，对共产党对社会愧疚的父亲，没有等到他预言的实现，就带着遗憾匆匆地走了。尽管痛苦万分可脸上始终挂着微笑地走了，永远地走进了我们四弟兄的心中！

与你共品：

在一段特殊的日子里，主人公始终心怀坦荡，乐观豁达，为了自己的理想日子始终不舍自己。面临苦难，他坚强应对；面对责难，他宽容待人。最难以可贵的是在面临人生种种波折后，依旧教导子女乐观，爱护国家，对生活充满期待。这是一种什么样的胸怀啊！

（钟情老师）

（此文发表于《丰泽文学》）

小小年纪，居然不以物喜，从容自如，一切均按计划推进，十三岁不到考上重点大学。

超级神童

我心中有一个精美绝伦而又令人深思的故事。

故事发生在 1998 至 1999 学年度。

那天烈日炎炎，晴空万里，湛蓝色的天空飘挂着几条纱巾云——那是近几天晴天无雨的前兆。已经连续晴了十多天，气温上升到了 40℃，这几天连一丝风儿都没有。老天像斗红眼了的公牛，吐出的热气像火锅一样，把所有物品都烤得炙手，就连躲在办公室的桌椅也冒着热气。

学校里放了假，只有招补习生的几位教师在吹电风扇，电风扇吐出的风也是热腾腾的。我正在琢磨那些在田里劳作的农民会不会中暑？学生们放假在家会不会去长江里游泳？每年这个季节均要溺死学生的……

外面不知道什么时候来了两位不速之客——农民打扮的中年男人，身边还站着个小孩。小孩不到 1.4 米，一对大眼睛，猴精猴精的，看上去 10 岁左右。中年男人一进办公室就用一双祈求的眼神望着我，还未开口说话，便扑通一下跪在了我面前。我以为遇到了乞讨者，赶忙起身搀扶。他一边起来一边示意小孩给我下跪。小孩灵光得很，随之就跪在了我面前，我又去拉小孩起来。中年男人开始诉说来意，双眼噙满了泪水，款款道来。

他是我儿子，快 12 岁了，个子跟我一样，身材矮小。别人还以为他只有 10 岁呢？他没有上过学，一直在家里搞自学。学完了初中高中的全部课程，想参加高考读大学。不瞒您说：我们先到了三中，因为离家近，方便。三中的老师不但不收我儿子，还被他们嘲笑讥讽；我们又到一中，一中的李主任拿了语数外三套试卷要儿子做，我儿子平时做题十分快，今天不知什么原因，第一套试卷做了近两个小时，150分的卷子只得了85分，李主任说什么也不肯收。我们这才来求您，听说您是个十分开明的校长，您就高抬贵手收下我儿子吧！

看到孩子父亲十分虔诚的样子，我心中早就生出一丝怜悯，想尽可能地满足他的要求，但有不少疑惑，我得询问清楚后才能做决定：你孩子叫什么？他父亲赶忙道歉：只顾求情，忘了介绍儿子的姓名，他叫王小仆。我笑着说：这名字取得极为谦逊。但谦逊中饱含着对儿子的厚望，有毛主席的情怀，想儿子将来当人民的公仆。还只是一个小公仆，就冲着这谦逊而伟大的名字，我收下了！但你说说：平时，你是怎样辅导他自学的？

我由于平时太忙，没有时间，他还只有5岁的时候，就买来了小学的全部教材。他三岁就识字三千多，整本整本的唐诗宋词背得滚瓜烂熟，加减乘除基本掌握，口算能力极强。先从语文开始，一天一本，他记忆力惊人，过目不忘，不到两周，就学完了小学十二本语文。学数学，我拿一根铁钉，用锤子一锤，钉子钉到哪，他就必须学到哪。每天除了吃饭睡觉之外，全身心地扑在学习上，十分专注，精力十分旺盛，逻辑判断能力极强。一个月光景，他居然学完了小学数学，就像嗷嗷待哺的小鸟，每天张着嘴要吃。我甚至有些惶恐，这么下去，不出一年，他就会将初高中课程学完。于是我抽时间带他去玩，去跑步，但他每次均会吵着要回家，一回家就躲进房间开始看书做作业。他有一个特点，学过的内容极为不愿意重复。即使遇到了拦路虎，回过头来查查，查过之后，他会将它们摞成一堆，用布罩着，其目的是不想再看它们。

停顿几天之后，找来了小学毕业班的各科试卷让他做，每套试卷只需规定时间的一半，正确率可达90%以上。他始终得不到满分，喜欢出小错，不知是性格使然，还是太做快了所致？

做完试卷，他整天找我，要求我快将初中课本弄来，他已经几天无事可做了，有点行坐不安，只得去写日记，写文章。他写的文章充满了童趣，还富有一定的哲理。我在想他这种能力是从哪里来的？莫非真有前世之说？不管怎样，我尽可能地满足他学习上的需求。于是搞来了初高中的全部课本。

初中三年的课程，他只用了近一年的时间就学完了，各科成绩正确率可以达到90%以上。小仆还不到七周岁，按他掌握的文化知识而言，可以上高中了，但他年纪本来就小，个子又特别矮，看上去像幼儿园的娃娃。没办法，只得让他在家自学。自学什么呢？学画画，学唱歌，学下棋，学打乒乓球，学武术等等之类的。他不太爱活动，我和他妈经常提醒他：要活动，活动量大了，就可以促进食量，食量大了，个子就可以长高，身体就能长棒。他有些固执，没搞几天，他便一头扎进课本当中，把高中的课本从高一的语文开始，十二科课程不到两年时光全学完了。年纪还不到10岁，每天追着我给他想办法，他想读大学，要参加高考，我去咨询了好几所高中，但都说，没有学籍不能参加高考。后来听说社会青年能参加高考，没有学籍应该可以参加高考，跑到招办去咨询，才知道要有同等学历证书。要这玩意，我觉得比登天还难，拖了近一年，小仆想读大学的心冷了一截。他开始看小说，写小说，两年下来，写了五个长篇，二十个中篇，短篇小说和随笔达百篇，但都放在家里未寄出去。这些东西搞厌了，又开始吵着要上大学，还想当科学家，我经过多方打探，才领着他到高中来求学。

听了小仆的自学经历和追求目标，至于学籍问题，凭我多年的校长经验：认为社会青年都可以参加高考，只需要有个同等学历水平鉴定，我堂堂的高中完全可以出此证明，参加高考应该没问题。

小仆父亲高兴异常，早来求您就好了，小仆终于找到了生命中的贵人。10岁那年，高中课程学完之后，由于不能马上参加高考，还不知道能不能参加高考，我将他自学的速度放慢，把重心转移到锻炼身体上来，早晚带着他跑步，白天一有空就带着他去游泳、打乒乓球。这样一边锻炼身体，一边复习高中课本，只有英语这一科，由于我不会，又没有老师指导，好多地方未过关，其他几科均可达到90%以上的正确率。

小仆的父亲一边介绍小仆的情况，我的思绪却跑到另外一个领域：

人的脑子与脑子的差别怎么会有这么大？这孩子就是一个超级神童，不仅记忆力惊人，而且推理能力极强，是个文理全才。我想到了我孙女小苗，她周岁那天，从摇窝里醒来，对我说：爷爷，我做了个中国梦。我感到十分惊讶：刚一岁，就像大人一样，做了个中国梦。两岁时，她在说山东快板，我感到奇怪，问她：谁教的？她十分得意地说：爷爷，这还用人教吗？电视里一放，我就学会了。孙悟空三打白骨精的快板好长一段，她一听便能一字不漏地说出来，可谓天才。三岁时，省高院的三位大法官逗她玩，她口齿伶俐，言之凿凿，驳得三位难以回应，都竖起大拇指啧啧称赞：小神童，唐诗宋词倒背如流。可到了幼儿园，小苗就经常逃学，问其原因，她说：老师讲的那点东西我早就会了，但她还要我听讲，我看其他书籍，她把我的没收了，后来我只得打瞌睡，她又将我拉到前面讲台旁站着。我不去了，在家里看书写作业还自由。到了小学问题更大了，她成了班上的顽皮生：老师都说她不听讲，贪玩，经常被罚站。成绩早就一落千丈，到了倒数第几名。

古人说：千里马常有，伯乐不常有。千里马若用常马的喂养方式喂养，其结果还不如常马。当初，我孙女小苗如若让她在家里自学，适当加之辅导，一定不会出现这种局面！

为什么正儿八经的学校教育却不适合培养高智商学生？我心中还有一个充满惋惜充满遗憾的故事。我学校李医生的儿子，读小学三年级时，我每次到那里测体温，打吊瓶，他做完作业之后就来给我讲故事，他讲起故事来绘声绘色，生动形象，充满了离奇色彩，听故事的学生教师无不喝彩叫绝。可到了初中，他就像变了一个人，沉默不语，闷闷不乐。说是老师经常体罚他，罚站成了家常便饭。他爸也不问青红皂白，经常用竹条狠狠地抽他的光屁股。可怜的孩子离家出走十年了至今杳无音信。

想到这两个孩子的遭遇，我作为一位老教育工作者，心情十分沉重。对于眼前的这位神童，我暗下决心，一定好好保护他的天性，给他营造条件，让其自由发展。

收下王小仆后，我建议在学校附近租一间房便于他学习。要求房东给予特殊关照：督促他按时起居，提供生活方面的服务。房东老婆极其喜欢这个小不点。我亲自参加召开的科任老师联系会，专门讨论如何对王小仆施教。她英语差，要求英语教师按照学校的要求，从初中一年级开始补起，从国际音标48个发音学起，将初高中英语单词分类背诵，要求王小仆完成。王小仆只用了一周的时间就将初中的一千多个单词背得滚瓜烂熟。第二周进入了高中内容，高中三千多个单词，王小仆用了两周时间便已掌握。他对每个老师

080

的试卷评讲内容记得一清二楚，按老师授课的先后顺序将内容叠放在脑子里，一旦需要，他能很快地提取出来，可以做到一字不漏，正确无误。

11 月份的第一次质检他只得了 398 分，原因是他没有理睬这次考试，没有进行复习训练，每科都有一半的内容未复习到。学校准备给他报考少年大学生，但文化成绩需要达到 540 分，他分数不够，再加上没有学籍。为了不让他以社会青年的身份参加高考——怕影响大学的录取，我只得给他想办法补办学籍，从小学初中补起。小学初中各跳了若干级，高中再跳级，直到与他的年纪相匹配为止，终于大功告成。

转眼间到了三月质检，他按照自己的备考方案，根本不理睬什么质检，应复习什么就复习什么。考试成绩出来后，他获得班级第一名，考了 651 分。老师们从他身上看到了清华北大的影子，大家都为此高兴不已。但他小小年纪，居然能不以物喜，从容自如，一切均按计划进行。教他英语的是个年轻教师，哪怕英语基础极好，但每次辅导小仆，小仆均要提一大堆问题，搞得她始料不及，到处打电话求援。王小仆的英语成绩提高迅猛，从 60 多分逐步提高到了 130 分。

在五月的誓师大会上，老师要他发言，他只讲了一句令人费解的话：不管风吹浪打，我自闲庭信步。搞得师生们不置可否。

五月质检已揭晓，他奇迹般地超越了全市第一名，获得了 703 分，英语成绩以 135 分获得全市第一名。王小仆满脑子里全是各科知识点，外面的世界一点儿也休想挤进去。每天 12 点睡觉，中午休息 40 分钟，生物钟从不打乱，生活上很有规律，学习上循序渐进，井然有序。在课堂上喜欢讨论，你别看他年纪小，个子矮，但说起话来逻辑性极强，特别喜欢追根求源，任何难题在他面前均是过路客。他苦思冥想，反复推导验证，就是不吃不喝都得把它们踩在脚下。房东两口子现在还记忆犹新，晚上 12 点了还不肯上床睡觉必定遇到了难题，强行将灯关熄后，他有时打着手电筒仍在学习。早晨难题若未攻克，他连早餐都不吃，直到搞明白后，他才高声大笑起来，还会蹦蹦跳跳，喜不自胜，有时还哼哼唱唱。

五月质检后，王小仆开始超越高中课程，数学进入到微积分，物理化学两科也在钻研大学教材。班主任知道后，找他谈心，要他打住，大学课程等高考之后再去学习，不然会影响升学的质量。他十分倔强，当面要老师放心，背后却我行我素，一路高歌驶入大学范畴。后来，请来了他的父母，将大学的教材搜走，他才不得已停下来。但不愿意重复学习，他说，我已经将高中课程内容搞明白了，并且掌握了，再要我重复学习，我将会感到索然无味，还会将脑子搞混乱。于是要求离开学校，回寝室一边休息一边做做训练题，写写文章。调整调整心态。

王小仆自我意识特强，他的想法谁也阻止不了。他父亲要捶人，他也毫不在意。高考最后半个月，他一直在寝室里看小说，写文章。高考那一天，他坐车到考场参加考试。考完之后，要在上午下车的地方上车，王小仆不知是什么原因，未上车。车子回校清人时才发现王小仆未回来，急忙开车去找。他的新家就在考点学校的左边，不到400米，离学校也只有两里地，但他均不知道路线，既找不到学校，也找不到自己的家，只得在堤下面转悠。我们十分紧张地在堤上找到了他。问他怎么没上车？他说，我考试中失误了，化学我没做起，原因是写了姓名考号后，我就拿着矿泉水，时而喝时而玩，等到广播中说，还有最后15分钟时，我才回过神来，开始奋笔疾书，但由于时间太短，我只做了一少半内容。我十分恨自己，慢慢从考场中走出来，就没有了车子，所以就四处寻找回家的路……

王小仆由于年纪太小，有时有些不照把（管不住自己），需要有人提醒。在后来的几科中，我均请监考老师提醒他，不能再出现化学科明显的失误。

高考完之后，同学均在对答案，王小仆由于化学的失利，跑到教室里站了一会，对估分极为不感兴趣，溜了。回到家里，听他父亲讲，他早就一头钻进大学教材中去了。每天通宵达旦，比高考复习阶段还抓得紧。

6月23日，一年一度的高考揭晓了，王小仆考了628分。这个分数进入了全市13名，但王小仆知道后大哭了一场，几天不肯吃饭。如若化学不失利，可以增加70多分。平时数理化三科化学最稳，三次考试都是150分，数学物理均要扣几分。这次数学146分，物理148分，化学不高出数理就是平齐也可增70多分，那么总分就可达到700分，全省的最高分只有698分。

王小仆此刻还不满13岁，被华中科技大录取。我在想这个学生在学校里走常规流程——从小学初中高中，年龄会达到17岁，成绩还难以达到这个高度。

王小仆在华中科技大学只待了两年，便上了清华，17 岁获得了博士学位。我在想他的理想将指日可待。

与你共品：

文章写了一个超级神童，非凡的聪明才智和独特的个性特征，旨在验证"千里马常有，而伯乐不常有"。昭示人们不仅要善于识别人才，而且要切实做到因材施教，要根据他的个性特征，既要严格，又要包容，要选择适合于他们的教育方法，才不至于埋没人才。

（张昌雄老师）

（此文发表于《启明星》2022 年第 3 期）

春天已到，已是歪树断头，涅槃重生之际。第二天，像打了鸡血一样，亢奋不已，每天睡3个小时的觉，精神抖擞，大脑异常清晰。每天晚上，全校熄灯，唯有公厕的灯亮着。我史可造与厕共灯，孜孜不倦学到两点……一夜之间，我突然间变了一个人：精神抖擞起来，全心扑在教学研究上。

动　力

那时我骑着凤凰牌自行车，感觉就像现在的人开着宝马奔驰一般的酷逼。腊月二十六，尽管滴水成冰，寒气逼人，但太阳的光辉照在人身上，显得是那样的暖和舒爽。我一路上心花怒放，想着两个小时后，就可见到久违的她了。"凤凰"轻悠悠地在平坦的大道上驰飞，蓝天白云，天高地阔。心儿像小兔一样蹦跳着，半年未见早已成熟的花儿，一定在焦急地等待我的到来而为我绽放吐艳。我激动的心儿难以言表。

两年的同窗生活，情谊胜过梁山伯与祝英台。一幕幕令人难以忘怀的往事浮现在眼前。

师范报到的第一天中午，打饭菜的窗口，排着长队。她站在我前面，我紧挨着她。打饭菜的师傅手脚缓慢，长长的队伍缓缓地向前移动，给了我太多的时空观察她：高挑的身材，匀称而丰满，穿一件白底蓝花的连衣裙，十分得体，显得高雅端庄。这是哪个班级的同学？若是我同班就好了。这么想着，端详着，推测着她的脸嘴一定也和她的身材一样，白璧无瑕，惊艳无比。这样猜想着，很快就到了窗口，等她打完饭菜，转身朝我看时，我心中怦然一跳，啊！好精致的一张脸呀！我像捞鱼时见到水中大鱼时一般激动，浑身打战，灵魂出窍似的，被师傅一声大喊：把碗递过来呀！我才回过神来。

下午进教室，她居然坐在我的右边，中间只隔一条半米宽的走廊。给了我欣赏她的方便。

晚上躺在床上，想着她那高雅端庄的体貌，心里在说：在这小地方居然有这么惊艳靓丽的美女！此身若能与之同床共枕，那真是三生有幸啊！该不会名花有主了吧？即便有，我也要拼尽全力去争取。

她的名字也不亚于她出众的相貌——郝德馨。此名一听，就令人感到品格的高贵，像花儿一样花香四溢。与我那绕口的名字相比那简直是臭鼠与美猫的区别。史可造，这叫什么名字？我父亲还得意不已，说我是块璞玉，是可造之才。特别是那可恶的"史"字，那是祖先的血脉之源，无论怎样令人恶心，也不能更改或雕琢。我多次想和父亲商量，将姓改为母亲的姓——"王"。但父亲早就察觉到了，反复叮嘱我，我们的姓虽然不太好听，但史姓出人才，历朝历代均令世人尊重、仰慕，史可法就是一个。哪像你母亲的姓，虽然好听，但王姓出奸臣，王莽就是个典型。母亲听了父亲的一番高论，彻底地失望了。既然是祖先的血脉之源，我只得认命。

名字不好听，但只要有内涵，受人尊重就行。况且郝德馨的名字显示出了品格的高雅，并且芳香八里，完全可以将我那恶心的姓氏进行熏陶冶炼，让其大放光彩，像先祖史可法那样名垂青史！这样想着，我将双手握成了拳头：为了她，一定要将自己重塑。春天已到，已是歪树断头，涅槃重生之际。

第二天，像打了鸡血一样，亢奋不已，从此每天睡3个小时的觉，精神抖擞，大脑异常清晰。每天晚上，全校熄灯，唯有公厕的灯亮着。车胤囊萤苦读，我史可造与厕共灯，孜孜不倦学到凌晨两点。早晨五点半起床，江堤跑步五里，望着日出，朝读至7点半，再跑步回寝。同学们才起床洗漱，无人知晓我的重塑行动。

郝德馨居然是一名党员，担任班上的团支书。我奇迹般地被推选当上了班长。从此，我和她成了工作上的搭档。

凤凰车顺溜溜地驶进了杨潭村，这个地方道路弯曲，是车祸的多发之地。刚一进村，前面就挤满了人和车，近前才知道出了车祸。一辆货车，自行撞到了路旁的大树上，车子一下子横阻在路上。我美好的心境像当头泼了一盆凉水，倏地从回忆中醒来。

好不容易绕过车祸之地，再向目的地奔去。眼前不断浮现出郝德馨热情的笑脸，推想着她一定早已恭候在村口。我又回到了毕业前一天的晚上——那个令人难以忘怀的莫斯科郊外的晚上。不，应该比莫斯科郊外的晚上更浪漫，更有情趣，更让人流连难忘。

毕业最后的那一个晚上，在农场劳动，她刻意安排我和她去湖边捉鳝鱼泥鳅。准备第二天打完牙祭后，放毕业假。她提着木桶，打着三节电池的手电筒，我拿着自制的木钳排叉，在湖边的秧田梗边寻鳝鱼扎泥鳅。发现鳝鱼泥鳅在秧田边寻食，便用木钳夹住鳝鱼，用排叉扎泥鳅，放进木桶内。我俩夹了五条大鳝鱼，几条花泥鳅，足有三四斤。

我俩沿着田埂往回走，我发现田埂边有一个水塘，月光照射，波光粼粼。我手捉了鳝鱼，黏黏的，就下去洗手。郝德馨说她也要洗手，但埂高坡滑，我怕她摔着，于是洗完手，就掬起一捧水来，淋在她的手上，并帮她揉搓。我摩挲着柔软细腻的手指，身上突然像过电一样，竟紧紧握着不想放了。突然，她抽出手指，猛地扑向我怀抱，我被意外的惊喜怔住了，一时也说不出话来，只是紧紧地抱住她，然后把嘴唇凑过去。她闭着眼，张开嘴，伸出滚烫的舌尖迎过去，和我的舌头绞在一起，在她嘴里搅动着。我们紧紧地抱着，身体也越贴越紧，慢慢地她鼻子发出哼哼的声音，腰肢也扭动起来。突然她推开我，抓住我的手说："你真的很优秀，我已心属你了。今天只要愿意，想要什么，我都给你！"我非常感动，又紧紧抱着她，在耳边轻声说："你是上天送给我的奇珍异宝，我一定要用非常郑重的方式来迎接你这份礼物。"

田埂边有一草堆，我们坐上去，互相依偎着。月光斜照，凉风习习，不时还有虫鸟的啼鸣。我们谈了很多，回味了两年来的趣事。憧憬着未来，设想着家庭……

喂，你这人怎么在骑车？我从回忆中惊醒，差点撞到路边的小孩了。赶忙下车道歉。这是哪里？请问：这是太阳村吗？那人望着我，还在生气，没回答我。那小孩却向我指手，从她手指的方向看去，我望到了前方一块木牌上的四个大字——太阳大队。

我推着车向太阳大队走去。心里在想，她一定会在村口等着我。但走到村口，四处张望，却不见人影。我心里在嘀咕：该不会出了什么事吧？走进村子，村子是对面街，只得下车去问。一位近五十岁的大婶刚好出门，见我问路，上下打量了我一番说：郝德馨就住在第三家，并用手指了指。我高兴地向她鞠了一躬，便走向郝家。

进了她家，我便大声地喊：郝德馨，你在哪？喊了两声，她便从内屋走出来，但却失去了往日的热情，冷冰冰地望着我。看了足有一分钟，才说，你来了。我向她瞟了一眼说，这不是我俩订下的日子吗？她慢吞吞地说：我都忘了。说着便跑向厨房。我还以为她给我倒茶去了呢？过了一会，她母亲出来了。朝我微笑了一下，我觉得有股寒气袭人，令人打冷战。那眼神像审强盗一般，看得我毛骨悚然，脸上像芒刺在扎，令我难堪不已。我早已感到情况不妙，她母亲终于开口了：你叫史可造？今天腊月二十六了，来我家有啥事？我说没事。没事就好，郝德馨有了男朋友，男朋友的亲叔叔是地区的书记。我笑着说：那好，祝贺她！但我心里在流血，在骂人，这么个趋炎附势的家伙！我说，我想同郝德馨见一面就走。德馨都跟我说了，你就死了这条心吧，她不会见你的。德馨是只大天鹅，你就别做梦了吧，赶紧走！

我走出她家，又去咨询了那位大婶。大婶告诉我：郝德馨与廖书记的侄儿定了亲，马上就要结婚了。

她母亲赶出来，递给我一张"又"字形纸条，并恶狠狠地对我说，回去看吧！千万不要中途打开！！

我捏着纸条，骑了一阵子，实在忍不住了，停下来，靠着路边的树，打开纸条，上面赫然写着一段话：史可造，我曾经给过你机会，将我宝贵的贞操给你，你这个木脑袋，硬是要等拿了结婚证才接收。我回家后母亲逼着相亲，要是我的贞操给了你，能有你今天的惨局吗？史可造，要怪就怪你自己。别了，史可造！

我苦笑了一阵：后悔吗？不。即使当时突破底线，接收了她的爱，她要改变初心，也会改变。问题不在于接收不接收，而在于她和她母亲趋炎附势，爱慕虚荣。

郝德馨的行为与其名已大相径庭，你改变了初心，先告诉我一声，何必要如此地伤害我呢？

一路上，我在想：回去怎样向父母交代呢？他们还等着我带媳妇回家过年呢？

回到家里，父亲安慰我说：这样也好，比结婚了再去扯皮强。母亲却说：你跟老子一表人才，又聪明又能干，怎么连个媳妇也找不到？还被人家当猴耍。管她漂不漂亮，牵个蹲着屙尿的回来都成，免得别人看笑话。

整个寒假，我一直在悲愤痛苦中，发誓一定要找个绝美的媳妇！但心里却像穿了洞的皮球，一点底气都没有。要想找个与郝德馨相当的女人几乎是没有可能。在师范的两年里，心里有了郝德馨这个目标，信誓旦旦，夜以继日地学习。每天只睡3个小时，两年的时光我学完了课程以外的中文系本科四年的全部教材，还入了党，分到了县城高中。尽管郝德馨附势攀高，跟了别人，但她促成了我的全面提升。现在我必须找到明确的目标，继续发扬以前的学习精神和办事风格，一如既往地去争取更大的成功，彻底忘掉郝德馨。

天涯何处无芳草？可话是这么说，两年的刻骨铭心，岂能说忘就忘！白天还好，可一到晚上，夜阑人静时，她便像魔鬼一般在脑子里浮现。我这才开始后悔，她多次主动地要求我突破底线，我总是刻意回避，还劝说：把最珍贵的东西留到最激动人心时，那才有纪念意义，我们不可赶时髦吃"冷饭"。哪知是这种结局。在未找到新的目标时，几乎每夜都在深深地悔恨中。

第二年春季，到了学校，有人给我介绍对象，我对此没有知觉，就像动过手术的刀痕，整个人完全麻木了。不想去见面，即使见了面，我也只是一味地沉默。年纪一天天变大，已经30岁了，那时的30岁，可比现在45岁，还孤身一人，那不是神经有问题，就必定是性格怪异。我成了世人茶余饭后的谈资。

我只有把精力放在工作上，倾心于我钟爱的教学教研之中。由于我一无任何关系，二无媚骨闲心，被领导压在五指山下。孙猴子一心想从山中跑出来，过大闹天宫的生活，而我既没有孙猴子的通天本领，也缺乏它那柔顺的心境和豁达的胸襟。一味地固守平庸，没有了师范时期的雄心壮志，心里总装着叛徒郝德馨。直到有一天听说郝德馨过得并不开心，丈夫是个浪荡公子，吃喝嫖赌，不顾家，经常闹离婚，我突然心理平衡了许多。晚上冒出一个念头：我必须让她后悔！

一夜之间，我突然间变了一个人：精神抖擞起来，全身心扑在教学教研上。半年内，在国家级报纸杂志上发表了好几篇论文。有一篇《少教多学，相得益彰》还获得了全国特等奖，参加了全国中语研讨会。在会上发表了自己的教育教学观念，得到同行们大师们的一致好评，一下子在全国都小有名气。

人怕出名猪怕壮，拜访的人络绎不绝。其中不乏美女多多，有个北师大的研究生从北京而来，与我一见钟情。她对我的教育理念及做法佩服得五体投地，她成了我教育教学理论的积极支持者和实践者。

我所在的学校这才开始重视我，为了不让我流失，将我推到了教导主任的岗位上。女友一个劲地要我到北京去发展，我觉得好不容易熬到有了施展才华的舞台，怎么能远走高飞呢？她无法说服我，只得屈尊相陪了。

女友的来临，我如鱼得水，教育教学理论得到了充分的推广，学校一下了得到了较大的发展，主管部门将我提到校长的岗位上。

我和女友结婚的前一周，才把她的名字搞清楚。她叫刘心雨，平常我只叫她小雨，小雨不仅人长得漂亮，而且善解人意，心静如水，对我可以说是情有独钟。一位东北姑娘，背井离乡，陪我在这小县城生活，她完全可以留在北京，过上等人的生活，但不知爱我哪一点？我十分感动。为了小雨，我必须将学校办好，将她赞许的教育教学理论推广实施，不然，就对不起小雨。

儿子出世了，还只有八个月，就十分的聪明伶俐。两三岁就能唱歌跳舞，背诗词，给家庭增添了无限的乐趣。我们所在的学校也被评为了省级示范学校。

郝德馨在我心中才彻底地消失。

十七年过去了，我和小雨生活得十分幸福。

开学第一天，阳光灿烂，暑气刚刚被秋风秋雨送走，天气凉爽，令人舒心。家长学生挤满了校园，我在办公室里正在和几位副校长谈事，郝德馨带着她女儿闯进了我的办公室。见了我，十分平静，十分自然地对我说：我女儿被你学校录取了，我送女儿来上学。我一句话也未说，打电话要小雨过来，帮她去安顿好小孩。

事后，小雨告诉我：她早就与丈夫——地委书记的侄子离了，一个人带着孩子。

与你共品：

　　这篇小说谈及的是人生动力。首先主人公在心中确立了奋斗目标：提升自己，争取到心爱的人。因为人生只有走出来的美丽，没有等出来的辉煌。他选择全力以赴，就目标几乎达成的时候，经受了现实的打击。再到后来重新定位，把精力放在工作上，重新放回提升自己上来。在人生的道路上，即使失去了值得珍视的东西，但是只要有希望，就没有理由绝望堕落。你失去的一切，又可能在新的层次上复得，关键是你需要时常审视自己，明确动力。

（陈静娴老师）

手中还有五百元，她要留给两个儿子。把几件旧衣服拿出来补好，一双破鞋子，她补好了，死时就穿它们。她要给俩儿子留点遗产。

微薄的遗产

那天黑云密布，北风吹得像狼群在嚎叫，令人有一种不祥的感觉，孩子他爹到湘南去拖山里的土特产，今天已是第五天，应该是回家的日子。

晚上 11 点都过了，孩子他爹依然不见踪影。外面下着雨，北风还在嚎叫。她坐在灯下，给俩儿子缝补着衣裤。12 点都过了，她开门在外面探了探，黑黢黢的，雨还在下，北风比白天更凶嚎叫声更大，一声接一声令人打战。她赶紧将大门关上，心里忐忑不安。坐在床上，盼着丈夫归来，心里为丈夫不断地祈祷：菩萨保佑我丈夫平安归来。她一边祈祷，一边进入了梦中。

她梦见丈夫在盘山公路上，翻到山谷里去了。车和人全掉到山谷里无影无踪了。她吓出一身冷汗。醒来，觉得丈夫一定出事了。但无从问起。等到俩儿子上学去了，她跑到供销社里去问情况。

供销社的人也十分担心，正在与湖南那边联系。那边回话说：物资在前天就上了车，昨天应该到家。接着就听到那边公安局的通知，说湖北省有辆车连人带车翻到凤凰镇附近的山谷里了。山谷太深，人和车都难以捞上来。

她眼前一黑，晕过去了。被供销社的同志送到医院后才醒过来。丈夫连尸首都捡不回来了，丈夫将俩儿子和这个家全甩给了她。

开始一段时间，她每天泪眼涟涟。但俩儿子还要读书，生活还要过下去。工厂已倒闭发不出工资了，生活完全没有来路，怎么办？她左思右想，为了眼前的生计，只得将父母留给她的唯一遗产——房子给卖了，供俩儿子上学。小儿子读小学，下半年升初中，成绩还不错，十分听话，每天回家先做作业，然后洗澡睡觉。大儿子读初中三年级，下半年读高中了，一直住在学校，放月假才回家，成绩一般般。

有一天小儿子洗澡睡觉了。她忙了一整天，准备去洗澡。刚脱完衣裤，突然有个男人闯进来，将她赤裸裸的身子抱住。丈夫死后，还未被男人碰过。她吓得惊叫了一声，但怕把小儿子惊醒，便镇定下来。当她转身面对那个男人时，发现此男人是经常偷东西的万狗。她奋力地抗拒，但万狗死死地搂着她。她终究无力反抗，被万狗将她变成了万狗的女人。

他俩便住在了一起。开始一段时间，万狗还十分听她的话，后来经常背着她将家里值钱的东西拿出去卖。等她明白过来，家里值钱的东西全被万狗卖掉。

她痛哭了一场后，将万狗赶出家门。这一次已经是走投无路了，遗产花完了，工厂倒闭了，家里值钱的东西没了，怎么办？俩儿子还必须读书！她想了一晚上，将小儿子也寄宿到学校，自己去帮人打零工，捡破烂换钱。

一个月下来，只赚得八百多元。八百多元要维系俩儿子读书还有些困难，不得已又去到沟边开荒种菜，又买了两头小猪，养了十几只小鸡，她要凭自己的智慧和汗水供俩儿子读好书。她要俩儿子靠读书来改变自己的命运。

大儿子高中毕业，未考上大学，跟同学一块到深圳打工去了。临走时，她给大儿子两千元，交代儿子："这是妈的血汗钱，你不要乱花。在外面要好好照顾自己！"她泪眼汪汪地望着大儿子背着行李离开自己，离开这个家。

小儿子上高中，她还有点积蓄，可以供小儿子读完高中。

自己的生活，靠种菜和到垃圾堆上捡能卖出钱来的垃圾，日子勉强能过。

大儿子在深圳传来消息，在那里找到了工作，薪水可以维持吃住。她听了十分高兴，大儿子终于能自食其力了。小儿子还有两年半就高中毕业，能考上大学，她还得坚持供他读完大学。

半年后的一天，深圳打来长途电话，说大儿子出了车祸，住进了医院。她听后紧张死了，慌忙到小儿子的学校，把小儿子安排到学校住宿。第二天一早便坐上了去深圳的长途汽车。

经过一天一夜的颠簸，她赶到深圳的那家医院，见到了儿子。儿子是在下班回家的途中被摩托车所撞。撞儿子的车主溜了，车牌也没看清。小腿骨折，脑壳也摔破了皮。不幸中的万幸，小腿骨折，医生说："打石膏绷带，三个月可以痊愈。"脑壳也没大问题，只是一点皮外伤。医药费暂时是单位出的。她出了一口长气："谢天谢地，不要我拿钱！"

她在那里服侍儿子两天，没有地方住，十分不方便。儿子挂拐杖，生活可以勉强自理。第二天她返回家乡。去照顾小儿子，小儿子听话，每天除了学习就是学习，老师们都十分喜欢他。成绩一直都不错，老在前十名。

光阴似箭，日月如梭，一晃三年过去了，小儿子考上了重点本科。她既高兴又为学费发愁。她将家中的所有积蓄拿出来清了又清，数了又数，一共才三千三百多元。这点钱显然不够。她开始打垃圾堆的主意，觉得那堆山一样高大的臭熏熏的垃圾里面藏着儿子的学费。因此每天天不亮，就到垃圾堆上去挖掘宝藏，中午回家做饭给在工地上做零工的小儿子吃，下午到菜田里去忙活，吃了晚饭，又到垃圾堆中捡学费。这样日夜不停地捡破烂卖破烂，卖小菜；小儿了打零工，母子俩忙活了两个月，终于凑齐了小儿子的学费和生活费。

小儿子上大学之后，她还找别人赊了一头小猪，等俩儿子年底回来过春节能吃上猪肉。

大儿子回单位上班了，她感到无比的高兴，终于将俩儿子送上了岸。

但好景不长，她的身体出了毛病，一是妇科病十分严重，下身坠痛；二是胃病，每天都在折磨着她，疼痛难忍。到医院检查，胃的问题不大，胃炎，吃点胃药就好多了。但妇科检查，得了子宫肌瘤，切片化验，才知道自己得了子宫癌，已是晚期，癌细胞转移到好几个地方。

她回家后，赶快为自己把要办的事办好。手中还有五百元钱，她要给俩儿子留着，寿衣寿裤她舍不得用钱，把几件破旧衣裤拿出来补补，死时就穿它们，鞋子也用旧的，破了补补，总之不能花一分钱。钱是她给俩儿子留下的一点心意——这是留给俩儿子的唯一的遗产。

小猪她还给了人家，人家还给了她五元钱。她再次到医院去找医生，让医生给她推断，看还能活多久？医生说："你心态好，还可活三个月。"她听后紧张起来，三个月她还要一笔生活费和水电开销，从哪里去弄？她身体一天不如一天，她这盏灯油已耗尽，再也撑不下去了。她算了算，要两个儿子提前回来。于是她打电话要儿子在三天之内赶回来，说她要离开人世，只有三天生命了。她一边给两个儿子打电话，一边哭得泣不成声，她怕儿子不按时回来。

她准备在儿子到来的前五个小时割腕离开人世，怕自己没死被儿子救活，给俩儿子添麻烦，因此估计五个小时完全可以将血流尽死去。

　　她觉得对不住小儿子，小儿子还有三年多的书读。这三年多将无人给他供学费和生活费。不过小儿子非常听话。还能吃苦，前几天给她打电话，告诉她，用双休日打工，生活费和学费都可以挣得到，要妈妈不必再为他操心。她听了既欣慰又惭愧。她没有半点能力为儿子们出力了。在她临走前到民政局里为儿子向领导申请助学金，把申请书交给了民政局，孩子在武汉华科读大学，没有父亲，母亲得了癌症，已是晚期，马上就要离开人世，儿子成了孤儿希望政府关照。

　　第3天，俩儿子按时赶到家时，妈妈早已离开人世。她穿着打着补丁的寿衣寿裤及寿鞋，穿着十分周正，头发梳理得顺顺的，还在脚头点燃一盏长明灯。左手腕向床沿偏着，手腕上有很多血迹，右手握着一把锋利的小刀割断了左手腕的经脉，血顺着左手腕流在了下面的脸盆里。她的头发旁留着一封遗书，是写给俩儿子的，遗书上写着：

小风小雨：

　　妈妈等不到你们回来就要走了，妈妈对不起你们！妈妈是多么的舍不得你们啦！但是妈妈没有福气陪伴在你们身边看着你们成长。以后的路，你们要坚强地走下去，俩兄弟要相互支持，相互照顾，妈妈在天上看着你们。永别了，小风小雨！！！

　　遗书下有五百元，这是妈妈最后留给你们的纪念。

妈妈
2008 年 5 月 8 日

与你共品：

　　妈妈的命运多舛，为了俩儿子读书，她拼尽了全力。俩儿子在她的努力下：大儿子已参加工作，生活可以自理了。小儿子也上了大学，还坚持两年，小儿子就大学毕业了。但老天不让她高兴——她身体得了绝症。为了给俩儿子留点纪念，她留下了五百元。故事情节感人至深，催人泪下。可怜天下父母心哪！

（小清老师）

终于功夫不负有心人，大双奇迹般的不头疼了，而且和正常人一样神志非常清晰。半年之后，找到了媳妇，还给她生了个胖孙子。小儿子小双在第六年夏天头痛病彻底根除，还在网上谈了女朋友，找到工作，一年后结婚。

母爱如神

关建小时候得了脑膜炎，头脑有些糊里糊涂。经常找不到回家的路。七岁那年，母亲带着她在周围的几条路上走。一边走一边告诉她：早上太阳在东方（升起），东方有两条路：一条叫黄家路，向南通往小新口，向北通往沙场小镇；一条叫做伍家路，西头通往斗西桥，东头通往横堤镇。下午，太阳偏在西方，西方那边也有两条路：一条路向东南通往藕池镇，向西北通达斗湖堤镇（县城）；另一条路穿越伍家路，向西直达闸口镇，向南穿越黄家路通往黄山头镇。第一天，无论母亲怎么教，关建总是搞不清楚。晚上，母亲又在纸上画给她看。第二天一大早，母亲又带着她，重复昨天的内容。只是以提问为主，不断地要关建回答，错了要她自己找原因更正。这个办法真好，几遍下来，关建就搞清楚了。

平时，关建成绩不好。母亲经常给她按摩，帮她梳头，督促她每天早晨晚上梳头；让她多吃鸡蛋，说吃鸡蛋可以增强记忆力；还每天督促她背古典诗词。

她的成绩从小学四年级起，就在班上出类拔萃了。她从内心深处感激母亲。读中学时成绩一直名列前茅，因此一下学便到村小学担任教师，后又被推荐上了县师范学校。在县师范学校她的成绩一直是独领风骚。

关建毕业分配到县直小学任教，心中充满了阳光。24岁的大姑娘，每天都在做着美好未来的梦：形象高大的丈夫、活泼可爱的小孩、美满幸福的家庭。一分到县直小学，就有朋友牵线，与供销社的齐飞结了婚。俩人相敬如宾，恩爱有加。一年后，关建生下了一对双胞胎儿子。在计划生育管控十分严格的年代，一胎生了俩儿子那是多么幸福的事。双方父母都来帮忙看护：男方那头看护大双，女方那头照看小双。两个小家伙长得十分可爱，乐坏了两家人。

很快，俩小家伙就到了上学的年龄。大双小双同时背上书包在爷爷奶奶外公外婆的陪同下，走进了学校分在一个班上。上课中大双十分喜欢发言，小双有点贪玩。大双总是提醒弟弟听讲。俩兄弟成绩均在班级前五名。

这对双胞胎兄弟一直传为佳话：长得俊俏可爱，成绩又好，像小狗似的活泼温顺。还十分讲礼貌，见人就打招呼，肯喊人：爷爷好、奶奶好地喊个不停。人人见了人人羡慕。都会在内心深处发问：这是谁家的双胞胎儿子？真可爱！这是哪辈子修来的福分啦！

大双小双八岁那年，春雨绵绵，淅淅沥沥的雨下个不停，一下就下了二十三天。凉风习习，不知从哪里传来了"病毒流感"这个瘟神。活泼可爱的大双小双突然感冒，找医生一瞧，说是得了"病毒流感"。高烧到41℃多，吊了好几瓶液都没把烧降下来。最后采取物理降烧，用冰块将俩兄弟围起来，足足八个小时，烧才降下来。

从发高烧之后，大双比以前愚钝了很多，上课不再抢着发言提问，连作业也经常做错；小双也比以前差了许多，上课经常打瞌睡。俩兄弟的成绩均处于下游水平。到了五六年级，就更加不行了。经常无法完成作业，特别是数学，完全搞不明白。关建想起小时候几次迷路走丢的事，多亏母亲不厌其烦地提示、指点，让她对自己有了信心。她不但不迷路了，大脑的清晰度一天比一天好。因此从小学高年级起她的成绩一直名列前茅。现在医学发达了，儿子的大脑一定可以治好。

于是与丈夫商量：马上把俩孩子带到大城市武汉去医治。医生均说："不要逼他们，要慢慢地引导，先让他们慢慢恢复记忆力。记忆力好一些了，再来训练判断推理能力。"

关建老师出身，教育孩子有经验，就把主要精力用在俩儿子身上，齐飞担任家务事。开始的两三年里，两头的父母还经常来帮忙，后来两头的父母死的死，病的病，家里的事就全落到了齐飞身上。齐飞心情愈来愈差，经常在家里发脾气，还时不时地打俩兄弟。关建的心情也不好，看到丈夫打俩兄弟，便十分恼怒地责骂丈夫。丈夫的气正没地方发，于是抓住关建骂人之错，便出手将关建打伤。后来经过双方单位领导多次调解，均无效而离婚。本来俩儿子，应该一边一个的，但关建对齐飞不放心，怕他虐待儿子，便将俩兄弟全要了过来。齐飞因是关建主动要的俩兄弟，不肯出生活费，只是将房子留给了娘仨。关建想起母亲为了她的记忆力好，想办法让她多吃鸡蛋。她也每餐都让俩儿子吃鸡蛋，听人说核桃补脑，就在粥里放核桃。每天给俩儿子梳头，也督促他们自己梳头，互相梳头。

俩兄弟的脑筋在关建的精心调理下，有了明显地好转。生活能够自理，学习成绩大双跃入到中等，小双要差一些，在班级末位。大双高中毕业后，去了部队当兵；小双留在身边继续调理。第三年，小双才基本恢复正常。小双看哥哥当兵，他也要去。关建只好顺从他，让他如愿以偿——去了部队。

大双在一次抗洪抢险中，荣立三等功。但大脑由于长时间地淋雨，开始出现不正常，在部队医院住了一段时间，便被送回原籍。

关建心里十分着急，将大双带到几个大医院去检查看医生，但跟以前一样，均无结果，一句话：慢慢调理。

关建只能将大双带回家进行调理。但儿子的生活无保障，当兵回来，政府应该给儿子安排一个单位。儿子回家两个月了，却无人问津。她不能等神来，必须主动去找政府。先到退伍军人安置办公室。安置办公室给她开一张介绍信，要她去找教委主任。教委主任不理睬她，要她去找孩子爸的单位。她反复解释，他爸的单位早已垮掉了，没单位。她给教委主任磕头。教委主任趁她磕头之机溜掉了。教委主任找不上，她又去找县长，找县委书记，逢领导就给磕头。这样她奔走相求六个多月，终于将大双安排到了自己的学校。大双能做什么呢？又去找校长说好话，安排儿子守校门。她心里十分高兴，终于为大双找了个铁饭碗。儿子守校门，她每天盯着他，一发现大双有问题，马上去帮忙。在她手把手地教导下，儿子终于可以按要求守校门了。

大双二十三岁了，完全可以成家。她到处托人给大双找媳妇，招来了几位如花似玉的妙龄少女，但都因大双的反感而告败。

第二年，小双也因大脑不正常而被部队提前退伍回来。关建的心里乱糟糟的：大儿子刚安排好，大脑的毛病还没有完全好，小儿子又因大脑不正常回来了。要给小儿子找工作必定会比大儿子更难。她觉得小双要找政府安排工作可能性太小。自己去找工作，大脑不正常，谁要。再说他能干得好什么事？……她心中隐隐觉得治大脑比找工作更重要。但为了儿子今后的生活，她只得一边为儿子治病，一边找政府为儿子找单位，觅铁饭碗。白天利用上课之余找领导为儿子安排单位，晚上就在家为小双治病。

　　"明知山有虎，偏向虎山行"。她为了儿子豁出去了。先去找教委王主任，给王主任磕头，王主任根本不吃她这一套。她每天跟在王主任后面，王主任上厕所她在外等着，王主任吃饭喝酒，她站在一旁看着。第二天，她再也找不到王主任了，她只得去找县长。县长开会，她在外面等着，县长走到哪，她跟到哪。一有机会就给县长下跪。县长没有办法，给她写纸条，要她去找教委王主任。

　　第二天一大早，她就在王主任办公室门前守着。王主任一看到她，回头就跑。她一边喊一边追。在王主任上车的时候，她追上来，拉着车门，把县长写的纸条递给了王主任。

　　第三天上班前，她又守在王主任办公室前，一直守到九点钟，王主任没来，打电话不接。

　　第四天一大早，她来到了王主任的住处，守在他的门前。王主任终于出来了，她跪在地上求王主任给小儿子安排单位。王主任说："你起来，后天开党委会，你在家等消息。"她心里觉得有点谱了，于是从地上爬起来回到家里，对小儿子进行大脑训练。还有两个班的课要认认真真去上好。

　　第五天她和同事调好课，又到教导处去打招呼，把课换好。然后，带着几分欣喜地跑到教委会议室的走廊里，候着好消息。

　　分管安置工作的副主任通知她，我们已经给你安排了一个，这个应该去找他父亲单位安排。她赶忙磕头解释："他爸单位早已垮掉了，哪还有单位！"无论她怎样解释，怎样求情，教委始终未安排小儿子。

　　她又去找县长。县长也很同情她，认真分析小儿子的病情，即使安排到单位里，也上不好班。大儿子守门房都有反映，经常不正常，出了几回事。

劝她安排单位的事就算了。写了一张便条，要她去找民政。她拿着县长的纸条找到了民政负责人。负责人问清了小儿子的情况，要她把小儿子的资料申请及脑残证明递给民政。民政按政策，同意给小儿子办低保，每月240元，以后会慢慢增加，医药费每年有一千三百元。

她回到家里十分欣慰，只是觉得低保每月240元，难以维持生活。她到处打听，找吃低保的问情况，别人都不敢说真话，她觉得这里面一定有蹊跷。她又跑去找县长。县长打了一通电话，指示民政负责人要按低保的最高标准。这样每月涨到了540元，还有100元的护理费。她十分高兴，小儿子的吃饭有了保障。但是俩儿子的生活自理能力必须想办法提高。只有生活自理能力提高了，俩儿子才能找得到媳妇。只有找到了儿媳妇，她的任务才算真正完成。

现在好了，关建正在全力以赴为俩儿子拟定调理大脑计划，大双突然喊脑壳疼得厉害。她赶忙打120，救护车刚到家门口，小双在搀扶哥哥上车之时，突然也喊头疼，于是就往墙上撞。车上的两位救护人员赶忙将小双抬上救护车。

一路上，俩儿子均在唱和着，你一声我一声大叫不止，到了住院部，要先交5000元才能办住院手续。她手中未带钱，卡也未带。俩儿子还在大喊大叫，不办住院手续，俩儿子住不进去。再疼，医生不会理睬。她望着俩儿子泪流满面，一时半会走不开。她向办住院手续的同志求情："跑急了忘了带银行卡，能否帮忙先让俩儿子住进去后，我去家里拿银行卡办住院手续？""先交钱是规定，你不能因儿子头疼就坏了我院规矩！"

她别无他法，只能将俩儿子放在医院，自己悄悄离开医院，回家去拿银行卡。等她回到医院，俩儿子在一起，坐在地上睡着了。她心中一惊，以为俩儿子出了问题，用手在俩儿子鼻孔处探了探，觉得正常，才去办住院手续。住院的人多，没有床位，只能在走廊上将俩儿子安顿下来。

夜已经很深了，俩儿子安静地睡着了。她望着俩儿子眼泪涟涟。怎么这么倒霉！有一个儿子正常都好，两个都是这样，这日子怎么过呀！

第二天一早，带着大双小双去做核磁共振。其结果令人不解：脑子里什么也没有，为什么脑子会隔三岔五就要疼一回？疼起来就要撞墙。医生说：

"住在这里没有什么用，回去，疼起来就吃几粒止疼药，没生命危险。"

娘仨回家后，她每天无时无刻不在琢磨俩儿子的头疼病。她去找来《黄帝内经》，又买了一本《本草纲目》，还找中医借来了几部治头疼的医书。她又去找老中医咨询引起头疼的原因及治疗头疼病的药方。经过一番研究，琢磨出头疼，一定是大脑中有风寒，有寒湿。要得头不疼，必须将大脑中的寒湿提出来。

怎样才能提出来呢？她又去找养生馆的养生理疗师咨询：头疼病怎样进行理疗？大脑中有风湿风寒怎样做可以将寒湿提出来？咨询后，自己慢慢地琢磨，终于悟出了一点道理。于是开始给俩儿子进行理疗。

先研究经络止痛法。在头疼时，对应头部，在脚底的对应穴位上各按一百下，看能否止痛。这样做，确实有一定的止痛效果。要俩儿子在头不疼时做，还用热水泡手，水烫手了，就将手拿出来凉一下，再放入热水中，这样连续多次，当手指感到麻木时，头就会不痛；每天晚上用热水泡脚，泡后再按摩脚底对应穴，将炒热的中草药放入两个纱布袋，再将纱布袋敷在太阳穴和头疼的地方，用拔罐法拔头部的相关穴位。在饮食上采取食疗法，每天早晚吃生姜、葱、白粥。后来还在白粥中加大蒜。这样坚持了五年之久，终于功夫不负有心人。首先大双奇迹般的头不疼了，而且和正常人一样神志非常清晰。半年之后，找到了媳妇，还给她生了个胖孙子。

小儿子小双，她一直坚持理疗食疗药疗。终于在第六年的夏天，头痛病彻底根除。但神志还有些不清楚。她四处访名医，每天翻阅大量的医学书。认真研究仔细推导造成神志不清的原因在哪？为什么大双可以痊愈，小双跟大双区别在哪？她每天都在琢磨此事。终于有一天晚上，她躺在床上分析出了不同点：小双头痛比大双要厉害。厉害的原因是小双大脑中的寒湿比大双多。有寒湿必须把寒湿全逼出来，还要将脑神经血管打通，养护脑神经，这样她配了甲咕安、谷维素、维生素B、维生素L等。以前的做法一如既往，加重大蒜木耳的分量。坚韧不拔地坚持每天到位，六个月就开始有效果了。小双原来将手机玩不转的，这几天居然会打电话，还会发微信了。为此，她还专门买了一部智能手机让小双玩。在小双38岁生日时，手机玩出了高水平：用手机可以购买衣物及各种用品，还会用微信、支付宝收款付款转账，超出了一般人的水平。还在网上谈了女朋友，找到了工作，一年后结了婚。

关建兴奋不已，俩儿子终于成了正常人。

与你共品：

爱子心头顾，时时笑语舒。

几多劳累尽，不负岁空元。

本篇小说叙述和描写语言流畅、朴素、亲切，极富表现力。如在为儿子治病时，含辛茹苦，日夜劳作，所用的语言是朴素、流畅、亲切的，塑造了一位有着典型东方女性性格特征的平凡而伟岸的母亲形象。

（张妍老师）

文章处处可见醒目的数字，那些冰冷的数字却蕴含人情冷暖，酸甜苦辣。人须有梦想，但在实践过程中却"乱花迷人眼"，大多失去了初心。

重返北京

一

张媛媛听说李姨邻居的儿子上了个四维学院，有出息了。

在北京工作，今年第三年年薪 100 万。真是不可思议。

她推想 100 万元，如用大提包装至少都有 5 袋。"哎呀，我的妈！那钱用得完。"但北京的房子贵呀，100 万拿去首付都不够。要是拿回来买房子，在县城可以买两套。他在北京呀，那就必须在北京买房。

年薪虽高，没有房子高。10 万元只能买一平方米，100 万也就是 10 平方米。买一个 100 平方米的房子，要工作 10 年。在县城，50 万元就可以买一套 100 平方米的房子。如果年薪 10 万，也只需要 5 年。听一听，年薪 100 万，好喜人，但仔细一算账，还没有在县城里工作年薪 10 万的高。

第二天，北京四维学院的老师来招生。她走近美女曾主任身边对她说："你们说在四维学院毕业后，一般都分到了北上广深这些大城市。刚毕业的前几年年薪一般只能拿个 20 万、30 万。"她算了一笔账：北上广深这四大城市的房价 1 平方米就要 10 万元，县城的房价 1 平方米只要 5000 元。若在县城工作，年薪就是 5 万元也可以买 10 平方米。在四大城市就是年薪 30 万元，一年的工资也只能买 3 平方米。你们说一般的大学，分在县城工作比读四维学院分到四大城市要划算，在县城工作一年要抵在四大城市工作三年半。

曾主任说：在县城工作，除了老师、医生和公务员外，基本上没有高科技方面的工作。特别是专科生一般只能当工人，工资月薪一般就 3000 多元，而且工作不稳定，因为专业更新得比较快，被淘汰的专业每年都不少。在三四线城市工作，学的传统专业，你还没有站稳脚跟，专业就边缘化了，有的甚至被淘汰出局。在四维学院的专业都是最前沿的，科技含量高。分到一线城市，可以主宰大城市的发展，工资涨幅大。三年达到 100 万年薪的比比皆是。再说除了房子外，其他物品，他一百万跟你 5 万谁多谁少？比如买轿车，买一个中高档的需要 50 万，一百万元可以买两台，而 5 万元需要 10 年不吃不喝。

张媛媛心里服了，但嘴巴上还在支支吾吾：那可不可信呢？

曾主任说：可不可信，先到学院去亲自看看。耳听为虚，眼见为实嘛。我们学院有大巴接送，每三天一趟，想去先报名，400 元去来吃住全包。

张媛媛说："等儿子高考之后，我们一家三口都去。高考还有 10 天，6 月 8 日考完，休息两天，11 号去。有车吗？"曾主任看了看车次安排表，刚好有，那就说定了。你能不能先报名交车费 200 元，去时再交 200 元吃住费？张媛媛当场搞定。

二

6 月 11 日上午 7 点，张媛媛同儿子乘大巴车到四维在江苏迁源的职业技术学院分校区。经过 10 个小时，一整天的车程，晚上 7 点多才到。按学院接待参观学生家长的流程，吃了晚餐，住进了学生公寓，一切就绪之后，到学生教室里去走走看看。整个学院灯火通明，大得像在灯火海洋的中央，四周望去都是灿烂的灯火。走进教学楼，可以听到学生老师的讨论声。一走进楼道，从教室的窗户外可以望到学生们聚精会神玩电脑的专注神态。班牌上写着"5G 系男生 1 教室"，走过天桥，与对面平行的也是一溜排教室。第一个教室的班牌上写着"区块链系男生 6 教室"。怕影响学生们，张媛媛和儿子来到了另一栋楼的一楼，教室的班牌上写着"传媒系 1 教室"，往前走是"传媒系 2 教室"。她的心里在想：男生女生还分开来，但传媒系只有 1，没有"男"的字样。也就是说，传媒系有男生也有女生，其他的系男女生是分开的。

走廊的两边挂满了历届学生就业的情况。有某某系某某学生什么时候上学，学的什么专业，几年几月几日被什么单位录用，实习工资多少。张媛媛和儿子都非常惊讶。实习月工资居然都过万元，少的是一万四千元，多的五万多。校园内响起了喇叭声：请参观的家长学生快进寝室，校园内，还有15分钟就要关灯了。

张媛媛和儿子赶快回寝室休息。娘俩心中对这个学校表现出了极高的兴趣度。张媛媛对儿子说：这个院校怎么样？儿子陈雨凡说：抓得好紧啊！10点才下自习，跟我们高中差不多。

第二天，早晨六点，起床铃声响了，张媛媛和儿子赶快起床洗漱上厕所。他们想抢在学生未到教室之前走进教室。学生们的速度令他们母子感到不可思议，俩母子跑出来时，学生们均已以班为单位，喊着口号方队跑步，整齐划一。一万五千人的场面令人震撼。俩母子望着升国旗威武的阵容，觉得这俨然是一所军校，不像一所职校。职校在一般人眼里认为是脏乱差的代名词。在校园里转了半圈，遇到了曾主任。曾主任介绍，这校园面积是1480亩，第一校区500亩，第二校区是980亩够大的。北京是主校区，在上海还有一个校区。全校有6万多人，这个校区还只办了三年，现有学生1.5万人，正在扩展中。

世界上职业教育办得最好的是德国。四维教育引进了德国的教育模式，并在她的基础上做了适合中国国情的专业调整。不惜用高薪在国内外引进了一批世界顶级的专业高手来校任教。

办学体制为公司管理制，没有寒暑假，双休日休息。教师工资直接与学生的成绩和就业挂钩。学生在报名时，签订高薪就业合同，在合同里写明并保证终生不失业，失业后回母校免费重新学习后再就业。就业达不到高薪或者找不到单位就业的，回母校任教，年薪保底10万元。

曾主任边走边将他母子俩带到教学楼的走廊里去观看学生们上课。每天早晨是考试时间，为什么将考试放在早晨其原因是给学生多一个晚上的复习时间，让学生将晚上的时间充分利用到学习上来。学生们都是站着做题，原因何在？他们将凳子提到桌子上，将试卷放在凳子上做。这是为了防止学生作弊，还有利于监考，还有一个好处，让学生不得打瞌睡，能够精神振作地答题。学一科考一科，对每三天学习的内容进行一次考试，内容不多，容易夯实，也好弥补。

学院推行小组学习制，6人一个小组，实行连坐制，同罚同奖。小组中有人不及格，5人帮助督学过关。组与组进行竞争比武。每堂课每个小组都有人上台展示。因此，这里毕业的学生不管男生女生个个落落大方，口若悬河，头头是道，综合素质比较高。不管来的学生有多差，只要学院录取了你，你就会慢慢变成人中龙凤。

我有个朋友的儿子，本科毕业，在江城打工三年，月工资3800元，租房子，交水电费，吃饭穿衣，打手机的费用加起来，每年要从家里拿3万元充抵。三年后，找家里拿20万元开网上购物店，搞了四年，堆积了一仓库的陈货，亏了四十多万元。家里被掏空了，还看不到一点希望，爸妈急得团团转。如果在江城成家立业还要大量的钱。关键是儿子还在泥沼中盲目地跋涉，不知哪里是岸。

就在他儿子找他要钱之时，他听了四维学生残疾青年创业成为老板的故事。没有双腿的北方青年，到四维培训了两年，回家创业赚了几千万，娶了身体健全、漂亮的老婆，生了孩子，成了企业家。

我那朋友第二天就坐大巴来了迁源，到了那里一看一问，他为儿子找到了灿烂的未来，急忙返回。跟我说：确实是你们说的那样。但他心里在犯难：儿子这家伙特倔，他能去吗？我帮他支了一招，他不听，断奶。和他谈判先把话撂在前头，不说让他去读书，只说去看看。

此招果然灵验，儿子同意去，还要把准媳妇也带过去。儿子准媳妇双双去了，待了一天，便商量着留下来读书。征求他老爸的意见："爸，我们觉得找到了希望，想留下来学习，您帮忙建议学哪个专业好？"他爸说："你们自己订，老爸的思维已经快落伍了。"最后他儿子订了互联网购物软件设计专业，准媳妇订的传媒。这两个专业都是他们各自喜欢的。

爱好是最好的老师，他内心深处升起了太阳，终于看到了成长前方的曙光。报名钱没有，打电话找我借，我给他汇了陆万元，才双双报了名。

儿子培训时间是八个月，准媳妇是一年。结业后，他儿子被北京新峰集团录去，实习月工资1.4万元，实习期满月工资为2.1万元。准媳妇实习工资为 1.8 万元，期满月工资为 2.6 万元。但美中不足的事，准媳妇成了她同班同学的女朋友。得失各半，悲喜参半。

张媛媛听了故事后，心情比较激动，在心里已经决定了儿子读书的走向。

下午听完报告，张媛媛对儿子说："想在这里读，找曾主任带我们去报名，听说先要笔试面试合格后，才能报名，见导师。"儿子陈雨凡连连点头，心情还有点激动和担心。故事人物命运的改变令他激动不已，但说要笔试面试有些担忧，怕考不上。

考试非常快，内容不多，一张试卷，一个小时就考完了。成绩优秀。凭成绩条到财务科交钱，再到教务处报名注册。曾主任领着陈雨凡去见专业老师张教授。

张教授是教 5G 专业的，一见面，张教授就喜欢上了陈雨凡，小伙子长得帅，身高 1 米 85，五官端正，说起话来头头是道，语言逻辑性很强。他高中是班长，学生会干部，综合素质较高。张教授问他："毕业后打算到哪儿工作？"陈雨凡说："从小就有一个梦想，想留在北京。"张教授高兴地说："没问题，我们共同实现这个美好的梦想！"在合同书上还特意写上了一笔：要求到北京工作。

三

陈雨凡与妈妈张媛媛从迁源回来，兴奋极了。逢人就说，三年以后，我陈雨凡就可以到首都北京工作，可以成为北京人了。好多粉丝同学都十分羡慕，也相继到四维迁源分校去参观考察，并在那里交了钱报了名。

丈夫陈守源觉得不可信：老婆你想啦，一个专科生就可以留在北京工作，工资还不低，这怎么可能呢？你们的头脑太简单了。一中的那些高才生，他们在重点大学毕业，那工资也不过大几千上万元。他有几个发小在一中当老师，他一通电话之后，理直气壮地说：百分之百的骗局。一个专科生不可能超越重点本科的工资，有都是极个别，整体超越不可能。一个三年制，一个四年制，文化基础和智商一个天上一个地下，绝对不可能。若有可能的话，那四维不是要挤破校门，还到处招什么生？他又打电话到省城在大学工作的发小，发小说："你儿子高考多少分？"陈守源说，345 分。发小说："我们这所院校虽说是专科，每年招来的学生分数均高出一般本科院校，就业情况在湖北省排第一。你儿子 345 分，没办法进我们院校，只能上江城中等偏下的职业专科院校。到时，我给你推荐几所，供你们选择。"陈守源于是发号施令，要老婆赶快找曾主任将报名费退回来。

陈雨凡听了他爸的话，觉得他爸说得不对，他和他妈俩人亲自去看了听了，还询问了好些学生，人家的宣传没有一点虚假，只是他觉得抓得太紧太严，没有寒暑假，晚上自习到 10 点。他心里十分清楚，去四维肯定比去江城强。但他高中三年读得太累，想轻松下，到专科院校去好好玩玩。于是便答应去江城。陈雨凡退了学费，他的一群粉丝也跟着退了学费，只有三个同学爸妈均去过四维，相信四维，不准退。

四

陈雨凡和他的同学均去了江城的 A、B、C、D、E 五所职业专科学校。报名费比北京四维少了一多半，他们觉得划算。国家每年还有 1000 元的生活补贴，那些精准扶贫对象更是实惠。

在专科院校里读书，与高中相比，简直就是两重天：自由空间多，白天上几节课，晚上可去可不去，双休日可以结伴成群地到处游玩。还可以与女朋友单独行动，看电影，开房过夜，无人干涉。可以尽情享受自由恋爱的乐趣，享受男女之间的鱼水之欢。专科院校真是年轻人的天堂。难怪有人说：大学才是年轻人的伊甸园，无忧无虑，吃喝玩乐，嫖赌逍遥，尽情享受。但这些快乐幸福的享受是要用钱发酵的。因此，只有不停地给爸妈打电话，说江城的生活贵，院校里每天都在不断地收取各种费用，要爸妈马上汇钱来。即使爸妈不停地给他汇钱，他的手中总是缺钱。海吃海喝，请客，给女朋友钱，给女朋友买衣服买化妆品，付开房费等等，就是沈万山钱再多，也会花光。半年还没过去，爸妈先后 6 次给他汇来八万多。

很快就要期末考试了，有几门功课他连书本都没翻完，期中考试就有 4 门没及格，下次再不及格，恐怕连毕业都要推迟了。他爸经常打电话要他争气，要他和四维的三名同学竞赛。期末考试后，觉得对不起爸妈的辛苦钱，在寝室里睡了两天。女朋友来劝他，他才起来去吃午餐。他下了两天要振作起来的决心，女朋友一来，他又陷入迷茫之中，他没有办法让自己振作起来。就在他挽着女朋友的胳膊在街上走时，突然有人从他身后追上来，抽了他两记耳光。他有点莫名其妙，一边用手捂着流血的鼻子，一边扭头看那个打他的男生。那个男生正向他大声吼叫着："你个狗杂种，敢抢老子的女人！"陈雨凡两眼喷着怒火："谁是你的女人？""你问她，她以前是谁的女人？"那男生像狮子一样地吼叫着。陈雨凡一拳打在那个男生脸上。那个男生应拳而倒，双手捂着脸，在地上翻滚起来，女生赶忙用手机打110报警。

110民警赶过来，那男生还在地上，双手捂着脸哎呀哎呀地呻吟着。民警将他扶起来时，发现那男生的鼻梁已被打塌。呻吟着，浑身打着哆嗦。一辆救护车将那男生送进了省人民医院。陈雨凡和那女生一并被带到了110办公室。陈雨凡在拘留所待了三天，付了一大笔医疗费及整容费。

狂热的陈雨凡从此跌入了人生的低谷期。每天待在院校里，再也无闲心牵着女生的手逛街了。把浮躁不安的心按在课堂里，按在书本中，按在组装电子产品的操作中。经过一整年的洗心革面，认真学习，终于在二年级期末考试中摘了全校这个专业的桂冠。受到了表扬和奖励。他对此高兴不起来，自己顶多是个称职的高级工人罢了。人家四维培养出来的是工程师，不在一个层次上，没法比。

暑假期间，他留在江城给人家打工。给四维的三位同学打电话，问起他们的情况，他们学得很快乐充实。马上就要到北京总部学专业了。听他们那高兴劲，知道自己错过了成才的好机遇。

他十分痛恨爸爸太主观臆断，不相信新生事物，恨自己当时只想去院校玩，去寻找快乐，特别是找女生谈恋爱，享受自由恋爱的快乐。本来知道到四维才能学到新知识新本领才有前途。但还是被消极的自我给俘虏了，四维学的是最前沿的专业，自己学的是传统的即将被淘汰的专业。传统的专业院校培养的是高级工人，四维职校培养的是前沿领域中的工程师。这些他早就知道。

但经常听老师讲，读了高中，就一定要到大学去转转，那是知识的海洋，也是年轻人自由飞翔的蓝天。海阔凭鱼跃，天高任鸟飞。

有人还透露，那是年轻人自由恋爱，享受快乐生活的天堂。传统大学里有鲜花、美女、自由、快乐、幸福、享受。若不到大学里去混混，那就等于乡下老儿未到城市一样缺乏见识。

他将手中的那块闪着光亮的玉佩扔了而捡了块顽石。他心里明白顽石就是顽石，不管怎样打磨也不可能与玉佩相提并论，他后悔极了。

三年之后，与四维的三位同学比一定存在着天壤之别。他不断地提醒自己一定要在第三年里好好做人，好好学习，把损失降到最低。

谁知，一到三年级，学校开始统一安排去实习，陈雨凡和同学们一道进了一家电子公司。实习时间为三个月，工资每月 1800 元，包吃住。陈雨凡十分努力，工作中积极主动，任劳任怨。他觉得此工作没有半点技术含量，在学校里学的那点知识都难以用上，没有读过书的都能操作。

老板对陈雨凡的看法十分好，实习结束时，老板专门找他谈话，想他留下来。月工资比一般学生多 300 元—3500 元。他无奈之下同意留下来，继续干这种枯燥无味，重复机械的劳动。他内心充满了对自己的鄙视感。读了专科来干这种活，真丢人。

他想打电话问四维那边的三位同学，但心里一直忐忑不安，因为他知道他们的情况肯定会令他惭愧得流鼻血。晚上他实在忍不住了，打电话问黄金华。黄金华高兴地告诉他：黄金华留在了北京一家大公司，实习工资每月 2.4 万元，转正后的月工资还不知道；王刚礼分到深圳一家国企，实习工资 1.8 万元；李远宏分到了上海，月薪 3.5 万元。陈雨凡欲哭无泪，自己的工资只是他们的十分之一。不仅如此，关键是自己三年来未学到有用的知识和本领。

陈雨凡心里痛苦极了，辞掉了工作，跑到了四维。这次他没有和爸妈商量，到那里又找到了三年前的张教授，还是要来当张教授的学生。张教授很乐意收他为学生。他还是要学三年前订的那个专业——区块链。需要从零学起，需要一年半的时间。在北京总部学专业，他向爸妈汇报了自己重进四维的事。要求爸妈汇钱过来报名，他将重返北京，他要将自己耽误的时间赶回来。

与你共品：

陈雨凡心里清楚"四维"是未来可期的梦想，是出人头地的机会，但却没能坚持。因为他也明白"四维"虽好，但却需要刻苦用功。这篇小说将我们代入到陈雨凡与冯媛媛一家中去，以深刻的事实告诫我们勿贪一时之乐，生于忧患死于安乐。"重返北京"重回的是初心，但时光易逝，覆水难收。

（刘婉婷老师）

执着不一定会成功，但不执着注定一事无成。是金子总会发光的，无论山高路长，无论身处何方。

110

执 着

3 月 27 日，美术生校考之后，陆续回校。

年考成绩已经揭晓。高执着连续七年蝉联中南省美术年考冠军。校考是各校组织的，听说他考了七所：中央美院、中国美院、清华大学美术系、广州美院、湖北美院、鲁迅美院、中国传媒大学。这七所大学都来了通知书。这个成绩是他连续七年来的专业成绩。

他复读了多少届，他自己已经记不清了。他侄女陈子雨老师说，她读初二的时候，他小叔就在参加高考；她高中毕业那年，她和小叔一同参加高考；她大学毕业了，他还在参加高考；她分到县第三中学任教四年，他仍在参加高考；去年暑假，她调到湖堤中学任教，他还在这里复读，刚搞完专业考试，进班开始学习文化。她说她小叔算起来已经参加了十二次高考。

陈子雨老师调过来大半年了，今天吃早餐时第一次发现了小叔高执着。

高执着一见到陈子雨老师——他侄女，就无地自容般地躲避起来，惊慌失措地逃进了教室。陈子雨老师追过来问我："戴老师，刚刚跑上楼的那个矮个子男生是不是叫高执着？"

我朝陈子雨老师看了看，有点奇怪地反问道："怎么，你认识他？他可是我们学校大名鼎鼎的高博士、高执着！"

"您说，他是不是叫高执着？"

我说是！她才将高执着的复读史一五一十地讲给我听。本来高执着的复读史我已在同学的口中得知一二。

陈子雨老师用十分疑惑的目光望着我说："戴老师，您说，怎么一个大学对我小叔来说就这么难呢?! 复读了十一次，参加了十二次高考。年年专业考得好，一只脚已迈进了大学的门槛，但另一只脚就是迈不进去! 十几年复读就是博士后也考上甚至都毕业了。您帮他分析分析这究竟是什么原因?"

　　我便将高执着年年高考，年年复读的原因分析给她听：

　　他喜欢搞专业，专业特好。差一点的学校他瞧不起，考的都是全国一流的大学。但文化成绩又特差，每年高考都只能考个 200 分左右。艺术生（包括美术生）考生是两道门槛：第一道是专业门槛，他专业特好，此门槛年年都能过；第二道是文化门槛，本来文化只占十分之三，这一道门槛线，要求并不高，文化生要 500 多分，艺术生只要 278 分。多年未变。他每年最多只能考到 210 多分。我不止一次地找他谈话，要他将专业压一压，用大半年的时间搞文化学习，主攻英语和语文。可他才背了几天英语单词，就感到头快要炸了，学不下去，只得打住；学语文，他不愿意记背，写作文写不出话来。八百字的作文，他怎么写就只能写个四五百字，就没话写了。要他读书，他说读不进去，整天想着画画。因此，他年年读，年年考，年年考，年年读，恶性循环。像这样，他怎么能考得上大学呢? 他考不上大学还有一个重要的原因：他从不作弊。他说参加这么多次高考，从没想过作弊。尽管他的好多同学都考出去了，这其中有比他的文化成绩更差的。但他们十分会抄，有的甚至找人替考，他从内心里鄙视他们：投机取巧、弄虚作假算什么好汉? 他守诚如命，坚持不作弊。同学们讥笑他是新时代典型的孔乙己。品质好有什么用? 老在这里受煎熬。世界上最愚笨的就是高执着。都断定他一直读到老也不可能考得上大学。大家都认为他迂腐、呆板，不会变通得令人难以置信。但在专业上，老师们都说他是个奇才。这些年他过得十分清苦：没有钱，吃得差，经常是面包加自来水。同学中没有人瞧得起他，甚至还欺侮他，冷漠他。已经没有一个真正能够体谅他的同学。他不敢回家见父母见兄弟姐妹，见至亲好友，见所有的家乡人。他的心里过得苦啊! 这一切他只能默默地承受着。他说他今年如果还是考不上，他就去当一名专业的代课教师。已经 29 岁了，他要终生地为之奋斗下去。我一直怕他得抑郁症，和他谈过几次后，才知道他的内心深处有股强大的力量支撑着。他还说，即使当不了专业教师，就是画像也要坚持下去，做一个专业画家。我被他的这种精神所感动。他的这种精神和品格，足以成为一个好老师，一个好画家。但考不上大学，缺乏资格当教师，尽管他可以做教师的教师，但这是一个要资格的时代。

陈子雨对我说："我来帮他补英语，他一定不会同意，您帮我找他谈谈。他考不上大学，对我们家来说就是一种灾难。爷爷奶奶年纪都大了，身体又不好。每天都在为他担心，口里不断地念叨着：说他快30了，人家的小孩都会打酱油了，他还在读中学，怎么得了啊！爸妈心里也搁着块心病，甚至连至亲好友邻里乡亲都在为他着急担心。他成了社会上茶余饭后的谈资，令家人都抬不起头。"

我把高执着找来，给他做了半天工作。他说不好意思要侄女补课。后来陈子雨主动去找他。他说："算了吧，补不好的。我已经是老油条了。"陈子雨看小叔这样，也不好意思勉强他。

由于侄女的原因，他今年的文化学习比往年努力多了。作文奇迹般地可以写到800字，英语以前只能考个30多分，现在每次都在50分以上。陈子雨听了十分高兴，还将他的英语试卷拿来仔细地看了几遍，又去找小叔，当面讲了一些做英语的技巧。

陈子雨几乎每天都要来问他小叔的学习情况。小叔只要有一点点进步，她脸上就会堆满笑容。

我对他的作文也进行了严格的要求。首先是形式上要入格：字数必须达到800字，书写要工整，不准涂改，尽可能地不写错别字，先做到形式上入格；然后是内容上的入格：审题要抓准主题。这是他的强项，标题醒目无病句无错别字，要扣住内容，开头要扣紧主题，中间要绕题，结尾要点题。每天一篇作文，在高考中作文必须达到45分，语文总分就可以达到100分以上。如果英语能够达到80—100分，他上大学就可以成为现实。

我每天除了督促他写作文，还要督促他背单词。一个月下来，高执着瘦了一圈。几次月考，提高幅度均较大。语文几次均突破100分，有时还可以达到120分，英语已多次突破60分。语文和英语这两科只要达到180分，达到278分的可能性就较大。

高考那几天，陈子雨说，比她自己参加高考还紧张。小叔的准考证及考试工具袋都是她给拿着的。三天的考试，她一直陪着小叔。小叔进考场了，她和带队老师们在一起守候着小叔。终于三天的考试结束了，陈子雨的心情十分和悦：她觉得小叔今年一定能够考上大学。估分时，她不断地问小叔，这几题可以打多少分？最后六科成绩加起来，像距278分还有缺口。于是她开始自言自语地说："今年又完了！今年又完了！……"像祥林嫂似的。今年考不上大学，小叔该怎么办？爷爷奶奶会怎么过？爸妈心里会怎样想？陈子雨满面愁云，眼里噙满了泪水。

高考分数终于揭晓，高执着考了265分，比往年多了近70分，但离起分线还差13分。高执着开始着急起来，流着眼泪一下子跪在我面前："老师，只有您能救我了！老师，救救我吧！"我说你快起来，"男儿膝下有黄金"！你先回去等着，我马上就去找校长说情，看能不能把你留在学校当专业代课教师？说好了，我会告诉你侄女的。

校长讲了很多实际情况，首先要向县教育局打报告。县教育局就是批了，还要报编制办报财政局，财政局有了临时编制，才有计划，不然即使能上班当代课教师，如果没有财政拨款，工资到不了位也不成。

我一边向学校说情，让学校向县教育局交申请，一边到广市美校去为之说情。广市美校看了他的美术作品及七所学校的专业通知书。校长最后对我说了句匪夷所思的话："这么好的专业，在我这个中专学校学习，简直是大梁为柴！你们把作品和专业通知书放在这里，等我的消息。"

县教育局说，自新中国成立以来还没有这种先例，不好搞。再说学校里有这么多的美术教师，怎么还要招个代课教师呢？他考不取大学是他自己的事，与学校有什么关系？由于教育局那边不同意，校长和我也无能为力。现在只有华山一条路了。我反复跟高执着讲，要他按着性子，等广市美校的通知。

一个多月过去，考上大学的同学都走了，广市美校还一点消息也没有。我每天打电话过去问情况，校长终于回了话："我已向中南美院推荐了高执着，但老院长不敢挑担子。在党委会上没有人敢出来表态接受，说没有先例，被搁浅了。他们不要，那就只能到我们学校来了，我只是觉得太屈才了。明天发通知书！"

高执着读了十三年的高三，参加了十三次高考，终于考进了广市美校，真是谢天谢地。陈子雨比高执着还高兴。

高执着到了广市美校，没有文化上的压力，真是如鱼得水，如鸟升空。他那雄厚的专业基础及他在美术创新方面的天赋令美校老师们惊叹不已。他在那里左右逢源，得心应手。他的作品在国内外频频获奖。

114

两年后，他被留校任教。

后被派往中央美院进修。在进修期间得到了院长专家的高度评价，被破格留在了中央美院当起了专业画家。

十几年后，高执着来看我，我俩还饶有兴味地谈起了他当年的奋斗史。

与你共品：

"高执着"更像是一类人的象征，他们好似与社会格格不入，他们有自己的原则坚持却被人嘲笑不知变通，他们更像是与时代大潮背道而驰的逆行人。他们也是那些掌握真理的"少数人"，即使"高执着"经历了那么多次失败，但只要一次，仅一次成功就能让金子发光。全文还刻画了热心帮助"高执着"的群像，生动形象展现了一副温暖的画面。

（刘婉婷老师）

"痴心一片终不悔，只为桃李竞相开。"没有一位老师教授知识是一定要
索取回报的。

种豆得豆

一

阳春三月，微风送暖，绿草如茵，百花争艳，鸟语花香。

两只喜鹊在门前树梢上喳喳地叫个不停。我在想：喜鹊喳喳叫，好事要
临门。

下午3点多钟，我接到一个电话："戴老师，我是王云，您还记得我吗?"
我喜出望外，赶紧回答："你是王云呀，你现在在哪?""我在您楼下。"你在
我楼下？你不是在北京吗？

"我这是第二次来看您，上次我问了好多人，他们都不知道您的电话，还
不知道您搬到哪儿去了?"我赶忙往楼下跑，见到了王云。啊！好帅的小伙！
人家说，女大十八变，男孩子也一样，男长三十变。变得英俊潇洒，气度非
凡啦！

我俩紧紧地拥抱在一起，像久别重逢地父子。

"王云，我们有十年未见面了吧？有十年了。"

这十年，你的变化可真大呀！出落得一表人才。

"老师，我现在有钱啦！""你有多少钱?""我有3千多万元！""你怎么
一下子就赚到了这么多钱啦！大学毕业应该是1993年，1993年到现在也不过
6年时光，你就赚了这么多钱！"

进了家门，我一边给他泡茶，吩咐老婆做晚饭，一边听他的发家史：人

民大学毕业，当时可以分到国务院工作。我觉得在那里工作，高层人士太多，我受不了约束。我这人是个野性子，平时喜欢信马由缰，于是选择了经商。我父母亲死活不同意，骂了我几天。但我去向已决。本来当商人从古至今，社会地位都十分低下，而且名声不好的奸商，现在仍然摆在老后面：工农兵学商。

116

父母亲以及至亲好友劝了我好几个月，看我决心已下，只得由我了。可怜天下父母心哪！父亲将家里的所有积蓄7万多元钱给我做本钱。我先是开快餐店，送盒饭，搞了两年。被一场大火，樯橹灰飞烟灭，将7万多元的本钱焚之一炬。为了生存，踏三轮车给人家送货物达一年之久。后来几个在国外留学的同学，将美国德国的啤酒在中国的总代理商给了我。这四年，每年均可以赚到800至900万元。四年下来，赚了三千多万元。这次回来，一是来看看您和师母，二是想在这里找几位品质纯正的同学去帮忙。去年我就来过。老斗中变成了初中，问了几位老师，都只听说过您的名字，但对您的近期情况不了解，也不知您住何处，那天很晚我才回澧县。这一次机会很好，一来就问到了纪老师，他将您的电话号码给了我，我才和您联系上。

我准备将澧县的2个建筑公司升级为省级一级资质后迁到北京去。啤酒代理商我继续做，还准备扩展到天津和石家庄；土建公司进京的手续已办理得差不多了。

这次回家乡，就是想分期分批地将管理人员带过去。还想请您帮忙推荐几个德才兼备的同学过去负责管理。现在摊子大了，每个小公司都必须有一名德才兼备的人去打理，去支撑。

我答应为他找几个品德纯正，有点能力的同学过去帮忙。但你能不能帮我一个忙？"您缺钱，我马上给您打过来！"我说，我现在有钱，吃穿不愁，小孩读书也有钱。但和你同过班的李陈他需要人帮忙扶持，造孽得不可堪也！王云目不转睛地望着我，默默地听我讲。

李陈未考上大学，在农药厂当临时工。结婚后，生了个儿子。儿子在读小学时，得了脑膜炎成了弱智；老婆一夜之间跟人跑了。他独自一人带着个弱智儿子，日子过得十分艰难，还没有盼头。我又没有能力帮他。你能不能将他带到你那里去做点事，给他一个生活平台！他儿子可以交给他父母照管。

二

王云停顿了好一会才开始讲他们之间的故事：

我一进班，您就安排我同他住一个寝室。他十分混账，欺侮我是新来的，又是异乡人。他每天用我的洗脸毛巾擦他那双臭脚。开始我发现毛巾有些臭味，但不知道是什么原因？有一天，我将毛巾带到了教室。他找不到我的毛巾，便上前抖住我的胸口质问我："你把洗脸毛巾藏哪里去了？"他个子比我小，力气远不及我。我将他的手反过来迫使他松了手，便微笑着对他说："我给你一条毛巾，再别用我洗脸毛巾擦脚行吗？"他当时未说什么，此事就算过去了。

过了几天，我的洗脸毛巾又开始有臭气，便去问他：我的洗脸毛巾，你是不是又用它擦了臭脚？他冷笑了一声说："你个野杂种，跑到湖北来撒野！"说着就是一拳打来，我赶忙用手接住，对他说：正因为我是异乡人，不想和你闹矛盾。你硬是要欺侮人，我王云还没怕过谁？我刚说完，他便冲上来，又是一拳朝我脸上打来，我用手挡了一下，便对他说：你如果再缠着来就别怪我不客气。他估摸着我再不会让他，便回到自己的床边，没再作声。晚上他又开始发疯，骂我是野种，到我湖北来撒野之类的说了一大串，被寝室里其他同学听了，便对他说："李陈，你怎么老要欺侮新同学，人家湖南的到我们公安来读书有错吗？你总欺侮我们，我们也没说什么。你怎么要跟一个异乡同学过不去呢……"他跑过来扇了那个同学两耳光。我本来准备出手教训教训他的，但那个被打的同学不再作声。我强忍着心头之火，还是息事宁人吧！后来这个被打的同学王成成了我的铁哥们，这次我准备带他走。后来，我觉得在这个寝室里待不下去了，于是向您申请租房出去住。

在外面住了不到半个月，一天晚上在我回住户的途中，一伙小流氓将我团团围在堤坡处。远处不断传来喊声："打死湖南小兔崽仔！快上，快上！"此声音有点像是李陈。正在此时，男房东刚好从外面回家。手中拿着锯子斧头，一把将我拉过来，让我和他并肩走过去。那些小混混还想向前来阻拦，他一声大吼："谁敢阻拦，老子一斧头要他的狗命！"那伙小混混赶忙逃之夭天了。户主跟我讲："以后，你放学我去接你。我有个堂弟是他们的头，我来和他打个招呼就没事了。别怕!"

三

听到这里，我脑海里浮现出王云当时来我班的情景：

王云是湖南澧县人，1988 年秋季到我班上复读。当时他们一同来了 4 人，但经过两轮考试，那三位被淘汰出局。只有王云一人留下来。王云上进心极强，夜以继日地努力拼搏着。由于外语数学两科成绩一直处于中下游，总成绩上不去。一天他用期待的眼神望着我说："老师，我想到外面去租房子!"我看着他企求的眼神，便问："寝室里有干扰吗?"他不置可否。我猜想他一个异乡人，在寝室里被同学欺侮是常有的事。但随着时间的推移，这种情况会慢慢减少，最后就会融入他们中间去。但他是特别热爱学习的那种，从澧县到公安来的目的性极为明确——他是来这里考好大学的。我当时就破例答应了他。他人生地不熟，还没有去找房子的时间。于是便答应为他去租房子。我出面租房子：一是可以为他选择租住的环境，房东家里不能有年龄相仿的女孩，以免分心，让理想泡汤；二是好管控，要房东每周给我报告王云在那里租住的情况；三是可以利用晚上时间摸摸他的思想状况和学习情况，还可以为他一对一地补课。经过近两天的寻访，终于在学校的东南方大约一里地的地方租到了房子。中午带他去看了看，他十分满意。房东家里只有一个 8 岁的小姑娘，一个 40 岁左右的母亲；小姑娘的父亲是个手艺人，白天在外做工，早晚在家里。王云十分高兴，晚自习后我陪他将行李搬过来，并叮嘱他不要将其他同学带来；还对中午晚上的时间作了具体安排：每天中午两个小时，一个小时睡觉，一个小时搞学习，晚上有近两个小时的学习时间，不准超过 12 点。还叮嘱房东帮忙按时关灯。

王云很听话，每天兢兢业业，努力学习，刻苦钻研。开始进班第 45 名，一个月之后，进到 30 名，两个月之后进到 20 名，一学期下来，他就追进了前 10 名。

我隔三岔五地晚上散步过去，有时还和他说上几句话。叮嘱他无论是在学习上还是在生活上有困难都可以向我反映，我会尽可能地为他排忧解难。但他总是微笑着说："谢谢老师的关心！有困难我会找老师的。"

高三年级一般都是腊月二十七日才放假，正月初三便上学。王云因为家比较远，他干脆就留在房东家里过年了。房东对他像对自己的儿子一般，热情体贴。把家里好吃的都拿出来给他享用，让他像在自己家里一样温暖、快乐。他就是在过年的几天里也没有忘记学习。他下决心要将英语和数学两科赶上来，每天晚上总是学习到深夜。房东阿姨在过年的那段日子里总要给他打一碗荷包蛋端到他的房中来。他从内心深处十分感激房东一家人。房东男主人还利用吃饭时询问他的家庭情况，鼓励他努力学习，叮嘱他不要管其他事情。告诉他前年有个小孩就是住在他家里，也是和他一样刻苦，后来考上了人民大学。

四

以后的几个晚上，均是房东男主人郑叔叔来校接的我。后来跟他的堂弟交代之后，我的人身安全才有了保障。但我的课本和学习资料经常被盗，我估计一定是李陈所为。有一次找您要资料，您应该记得，当时您到处找人讨要，最后在公安一中那里要了一套。我很不好意思，以后我就将课本资料用一个大提包提回房东家。早晨提到学校，有时提多了，还完不成任务。这些都是因为李陈这个混蛋所致。您一直要我把困难告诉您，您会出面帮我解决。但您实在是太忙太累了，我怎么忍心把我的一些乱事告诉您，影响您呢？

有一次您听李老师反应我未交历史作业。您悄悄地问我：我说资料未带来，明天交。您像早知道我的情况一般，二话未说。好，明天带来。我来跟李老师打个招呼。本来一般情况是不会出状况的，是因为地理老师和历史老师换课所致。还有一次，李陈将我语文课本拿到了后排何芳那里。何芳在您走进教室的时候将课本给我送过来。她以为我可能是在看后面黑板上的内容时，无意中将课本丢在了她桌上。您怕何芳对我有意思，更怕我俩谈恋爱影响高考成绩。说来也怪，高考之后，何芳几次到房东家来看我。填志愿时，我们两人均填北京市的学校。何芳因为只考了个专科，未到北京来。这几年

119

断了书信来往。老师，您知道何芳的情况吧？我在卖盒饭时，她给我来信，说想到北京来帮我，因为身边已有了我现在的老婆，我怕她过来，就没有给她回信，直到现在不知道她的情况。

李陈现在的情况，按理说，同班同学，有能力帮帮他也是理所应当的。但他这种品性和行为，带他到我那里去，是万万使不得的。老师，您说了，我总得有所表示。怎样表示？老师，我听您的。

五

何芳专科毕业之后，分到黄石市第二中学教书，结婚比较迟，丈夫是公安局的，小孩快两岁了。听说两口子感情不太好，婚后生活不太和谐美满。

关于资助李陈的事，他品行这么不好。这是老天对他德行的回馈。你就算了吧，他不值得你为他资助。王云说："老师，看这样行不行？给他小孩资助两万元医药费。"说着便从手提袋中拿出两叠毛爷爷，放在了我的桌上。又说："您给他时，不说是我给的，就说北京有个慈善会给的。"我笑着说："钱对他的作用不大，孩子已木已成舟，治不好了。钱在他手里，几下子就花了，看能不能让他用这钱去做点小生意？我来帮他想想办法，让他投资开店。"

王云说："让他去租一块地，种蔬菜卖。这样本钱少，赚钱比较稳定。老师您说行不行？"我十分高兴地说，这个办法好。我要他去租地，一亩地七八百元钱，租个六七亩地，几千元钱，生活上就没有问题了。我只给他付租地款，这样可以付 4 至 5 年。王云说："这个办法好。"

房东郑叔他们一家前年我过来未找到您，找到了郑叔。我将郑叔一家带过去在帮我送啤酒，管北京市场。小妹今年高中毕业，没有北京户口，要回湖北来参加高考，到时可能还得找您帮忙，放在您学校里参加高考我放心。

我高兴地答应了。与王云彼此加上 QQ 邮箱。到时，要他把小妹的个人信息传给我。我来帮她报名。我将五名同学的电话给了王云。他亲自和他们联系比我中转要好。吃过晚饭，王云便开着他的宝马车向澧县方向驶去。

晚霞红艳艳的，映红了整个西方，预示着明天一定是个艳阳高照的好日子。

与你共品：

　　本篇小说用平实的语言讲述了作者与学生相见后而引发的一系列回忆。作为一名教育工作者，最根本的要求是关爱、尊重、赏识和包容学生，这在作者身上体现得淋漓尽致。

（赵丽梦老师）

我从小就极不喜欢老师。中考的最后一个月，我一直在同她赌气，和她捉迷藏，在她眼皮子底下就装模作样地搞学习。最后的半个月里，整天想着怎样才能摆脱我妈的控制，甚至想借中考之机离家出走，不愿意做妈妈手底下的机器人。

我也踏上了这个舞台

一

我从小就极不喜欢老师，特别是中学老师。爸妈每天天不亮就起床去了学校，将我一个人丢在家里，要不是爷爷奶奶，恐怕早就饿死冻死了。我曾经多次发誓：长大了决不当老师！

上幼儿园，一直是爷爷接送，上了小学还是爷爷接送。

好不容易盼到暑假，爸妈均在学校补课，和平时没有两样。一年上头很少见到爸妈，心里时刻想念着爸妈，还一刻不停地猜想着爸妈的样子。每天睡觉前总是见不着爸妈，第二天早上起床，他俩早跑了。

我恨死了教师这个职业。人家的爸妈不当老师，每天陪在孩子身边，孩子那幸福的样子令我羡慕不已。

小刚的爸爸是建筑商，经常带他出去玩，还不时地给他买好多时髦的玩具。什么机器人、宇宙飞船、飞机大炮，上次带他去了北京，给他买了艘航空母舰，令人羡慕死了。还有小荷，她妈妈经常带她去公园里玩，还给她买布娃娃，布娃娃还会唱歌跳舞。我经常在梦里和爸妈在游乐场玩滑梯玩蹦蹦床……

我喜欢爸妈，又十分恼火他们。他们为什么不像小刚小荷的爸妈那样爱我嘞！我经常想不通问爷爷奶奶。

爷爷奶奶总是说：你爸妈当老师，教的又是最聪明的学生，这些学生以后均是国家的栋梁。你爸妈要对他们负责，对我们这个国家负责。孙孙，你爸妈是最喜欢你，也是最疼爱你的。你不要和别人比享受，你看小猪猪的爸妈，他们都是医生，能不能经常带小猪猪出去玩，给他买玩具？因为他爸妈要对病人负责。他们的职业是救死扶伤，不能有半点懈怠。你爸妈的职业是教育学生成才，学生是祖国的未来，不能有半点疏忽……

我对爷爷奶奶的话半懂不懂的，在内心深处对爸妈还是有好多想不通。

每年过年，爸妈还会把火箭班的学生叫到家里补习。特别是爸，长期在火箭班当班主任，三十初一都在给那些准清华北大生补课，却从来未过问过我的学习情况。

我打小学三年级起，数学成绩就处于劣势。他俩从不管我，有时，我做不到，找爷爷奶奶也没办法，只得去找小荷的爸爸。

小荷的爸爸总要调侃几句：这就是全市最牛老师的女儿，居然无人指导！把别人的小孩叫到家里来三十初一进行指导补差，却没有时间管自己的小孩？听了这番话，我回头就跑，回家大哭了一场。爷爷奶奶怎样劝，我总是停不下来。后来妈妈知道了，抱着我流了很多眼泪。之后，帮我讲懂了难题，还告诉了很多学数学的方法。

我才觉得妈妈原来比我们的数学老师厉害。三下两下就帮我理清了思路。告诉我学数学要循序渐进，前面未搞懂的内容一定要回过头来理清楚。理清楚后，再去做题，就会迎刃而解。

我这下彻底明白了什么是名师，什么是火箭班的老师。我从内心深处佩服爸妈，开始向他们学习，下决心不给他们丢脸。

二

从那次妈妈给我补了数学之后，我找到了学习数学的正确方法，成绩一下子跃入到了前五名。但爸妈从那以后就没再过问我的成绩，我开始莫名地怪他们：为什么我的成长还不及他们的学生重要呢？上初三时，我开始胡思乱想，上课都经常跑神。老师三天两头找我谈话，我总是听不进去，把自己完全封闭起来。

一天妈妈突然回来和我谈心，问及我的情况，见我一言不发，将我狠狠地骂了一顿。那天爸爸也回来了，和我讲了很多道理。我昏昏欲睡，一句也没听进去。从那天晚上起，每天我一放学妈就赶回来，要我按照她的套路学习，每天早上 5：30 起床，中午还要学一个小时，晚上 10：30 后还带着我在操场上跑四圈。爸有时代替妈陪我跑圈，提醒我：人的身体要平衡，脑筋用狠了，身体也要跟上来，只有体脑并用了，才不会得中考综合征。爸代妈陪我跑了两个晚上，就再人影全无。

妈虽然是个教师，可女人的天性十足，跑步一停下来，她就唠唠叨叨起来，我稍有懈怠，她就成了老奶奶，那张刀子嘴足以使人耳朵起茧，心脏流血，肠胃流脓，脑袋肿大。我开始恨她，恨死了她。

我不止一次地发誓：宁可当护士，给病人端屎倒尿，也决不去当教师。教师这个职业是天底下最讨厌的职业，整天就是教化人。而今这个时代小孩青少年，谁愿意被人教化，谁愿意被人指指点点。网络这么发达，网上什么都有，一看便知。最恨的就是他们这些教师，居然不准学生玩手机。我妈平时将我手机收缴藏起来，只有寒暑假才给你玩几次，真讨厌。让学生见不到网络，强迫学生听他们的教诲。他们越是封闭学生，学生对他们越是反感。

我妈对我像管犯人一般，那张刀子嘴像理发师傅的剃须刀刮得人心里疼。

中考的最后一个月，我一直在同她赌气：和她捉迷藏。在她眼皮子底下，就装模作样地搞学习，她一走我便开始胡思乱想，想得最多的是恨我妈的高压政策。每天早晨 5：30 起床，你迟疑一下，动作慢一点，她便狮吼起来，惊天动地。上厕所、吃早餐都有时间限制，我成了妈手中的机器人。

本来可以考到一中去的，但我怕我妈那张刀子嘴，必须躲开她，躲得越远越好。

最后的半个月里，我丝毫未有心思搞学习，整天想怎样才能摆脱我妈的控制。有时还想借中考之机离家出走，我又怕遇到坏人，一直犹豫不决。把人搞得精疲力竭，昏昏沉沉，想睡觉睡不着，躺在床上做噩梦，经常梦到我妈逼着将我的手机搜走了。白天在教室里就打瞌睡，老师找我问情况，我懒得搭理他。他可能又打电话找了我妈。我妈晚上回来又发脾气，那"刀子"刮得我心里流血，一心想着逃走或者割腕离世。

三

好不容易熬到了中考，我只考了个二类高中，填报志愿时，我妈逼着我填城区高中，我瞒着她将志愿改到了乡镇四中。上学先一天的晚上，爸妈急得快要吐血，我却有点幸灾乐祸——平时不敬香，急时抱佛脚，罪有应得！

上学时，我妈送我。一路上，她含着泪水，对我说：明儿，你怎么要改志愿呢？跑这么远不说，你将我和你爸的脸面往何处放？你太不懂事了！怎么这么任性？

我望着她有些好笑：心里在说，谁要你平时不尊重我？今天知道后悔了！但她还不明白我到四中来的真正原因。

到了四中，我感觉不出有什么不好。我觉得获得了大半时间的自由，他们不会隔三岔五地跑来教化我了。我有足够的时间思考自己的人生了。

在那里生活了一个月，晚上那浮躁不安的心沉静下来，心情像洗了凉水澡一般清爽。

放月假回家，见到了几位在一中上火箭班的同学，他们告诉我：你这次到乡下去读书，你爸妈脸上失去了那种教化人自信的光彩，师道尊严从此在他们身上大打折扣，你爸近一个月头发都白了一半。

对他伤害最大的是：班上有个叫华强华的同学对你爸的那套教育枷锁极为不满，便拿你来调侃你爸：以关心的口吻问你爸：您女儿怎么到乡下四中去了呢？您也太要面子了，凭您的威望，找领导说说不就回来了吗！我爸平日里在他的那些清华北大生面前都是威严般的圣贤，居然无言以对，那高扬的头却再也无法扬起来，那种教化学生的满满自信从此烟飞云散。他的那种言之凿凿，振振有词的圣人风范也荡然无存。

那一届，破天荒地一中没了清华北大生，从此我爸第一次走进了普通班。据说普通班也教得一塌糊涂。

我到乡镇四中，对我妈的打击也是沉痛的。她当时就辞去了火箭班的英语课，走进了普通班。每周跑到四中一次，看到我眼泪涟涟。我开始有些怜悯她起来，当着她的面，我丝毫没有表露出来。可妈一走，便开始自责起来，觉得对不起爸妈。当时不懂事，只顾赌气，没有想到对爸妈的打击如此之大。

爸的头发因为我的失败，一个月里就白了一半。妈的脸上因为我的淘气，失去了光泽，一下子至少老了二十岁。她那双清澈深邃的大眼睛，开始有了好多红血丝，背部有些驼了，远看就像一位老态龙钟的老太太。回到家里第一次见到了我爸，他的头发确实白了一多半，双鬓已如霜。他曾经充满英雄气概的高大身躯如今像矮了一截，从后面看已驼背。那种状态活像一只斗败的大公鸡，浑身血污，耷拉着头，望着我只是皮笑肉不笑的，像是看透了什么。

我处于深深的自责中，在心里狠狠地揍着自己。

妈也耷拉着头含着眼泪，那张刀子嘴早成了冬天的知了。看了我一眼，脸上连一丝笑容也没有。

四

回到四中，对天发誓：一定要为爸妈争回面子，考个清华北大让他们开开心，换回失去的光彩。

我开始刻苦钻研，把剩下的日子规划到每分每秒。在努力拼搏一周之后，开始觉得精神状态有点毛病，耳边响起爸的话：体脑必须并重。于是我早晚开始跑步。一跑步，晚上就睡得香，饭吃得饱，学习起来精神抖擞，头脑敏捷。第一次质检，我在四中得了头名，但在全市排名却在五百名。

爸妈高兴了，跑来和我谈心。他们改变了以前的教化方式，一般以询问为主，不盲目地说教了。最后，我要求他们下次来将一中火箭班的资料捎来。第二次质检，我居然进入了全市二百名，进入了重点大学的范畴。

我的精神状态特好，每天只需休息五个多小时即可。遇到难题我才打电话询问，他们是有问必答。答完之后还想说什么，我赶忙制止：请老爸尊口暂停，请老妈口下留情！

要高考了，他俩为我保管考试用品，当我的秘书和保镖。两天的高考完了，他俩将参考答案给我，要我对答案。我没有理会他们，但我理解他们的心情。爸、妈，女儿累了，让我休息几天再说。对不对答案，都改变不了成舟之木。

爸妈高兴地说：听女儿的，我们出去玩玩，可以吧？

他俩破天荒地要带我出去玩，还破天荒地征求我的意见。我高兴极了，与他俩一同到了海南的三亚。

在那里我第一次看到了大海，看到了无边无际的大海，难怪古人说：海能纳百川。

我笑着问爸：爸，你在教育界能不能算是海？爸笑着说：傻丫头，爸充其量只能算条小溪。你妈在中学英语领域可能算条小支流。我说，你俩太谦虚了。爸说：你现在还是井底的一只小青蛙，不知道外面的世界。你说宇宙有多大，目前还没有科学家说得清楚，等你到了大学，在社会上混上一段时日，你就会明白这方面的道理。

考试分数下来了，我由于数学考失误了，最后一个大题只做了一半，不知是什么原因，当时死人也算不出来，一出考场就豁然开朗，总分刚好达到660分，北大清华是无望了。

爸妈均十分高兴，有点后悔，没将我留在一中火箭班，其实校长已同意了的。但我心里好笑，你们太不了解女儿了。这次填报志愿，他俩只给我提供前十所名牌大学的基本情况，不左右我。我最后填了所北航，想在航天方面去做一番事业，想去了解宇宙。爸妈十分高兴。

那个曾经英雄气概十足的爸又重新抬起头来，说起话来又是那样言之凿凿，语惊四座。恢复了三年前的威风，重新走进了一中火箭班的讲台。妈那张刀子嘴变得更加锋利了，但针对性比以前强了，当刮的刮，当开刀的才开刀。由于姥姥要人照顾，她还在普通班，但英语成绩屡屡超出火箭班。校长多次找她谈话，下届高三火箭班的英语课已非她莫属，又与爸并肩战斗。去继续扬起一中这艘曾经全省无敌的航空母舰。

五

我在航大学习了 9 个年头，获得了博士学位，组织上安排我留校任教，都说我有当教师的天赋。本来当教师是我曾经十分讨厌的职业，曾经多次发誓决不走爸妈的老路，但经过这么多年的打磨提升，我对教师这个职业有了全新的认识。从踏进大学的第一天起，就开始尊重爸妈教师这个职业。医生能救死扶伤，教师也能救死扶伤，心灵上的病伤比肉体上的病伤更难治，更重要。

我打电话将学院的安排告诉爸妈，请他俩指点，爸妈十分高兴，他俩没有再犯同样的错误，而是把球踢给了我，让我自己去抉择。在校领导的极力劝导下，我欣然地走上了教师这个神圣的舞台。

与你共品：

小说讲述了作者与父母之间的故事。故事的主线是在叛逆之年的作者，将父母的爱当作利剑，但看到父母因为自己失掉往日雄风之时，内心幡然悔悟，决心成为父母的骄傲。在教育的路上缺乏的永远不是爱，而是沟通与理解。

（赵丽梦老师）

老子们搞了三年均无收获，他这么信誓旦旦地推论出了异想天开的大数据——1500 人。

失　算

在六全一次招生大会上，郝奇伟满面春风地登上主席台，用特质的男中音带着磁性而令人感奋的普通话，流畅得像满江春水清澈而大流量地向东滚动，传递着整个团队五个月来的工作历程。

55 所高中，有 3 万多毕业生。这些毕业生，半数考不上本科院校，其中500 多人连专科也没法考上，这 1.5 万个学生是我们招生工作的重点，这 500 多学生是我们工作的重中之重。

团队中新队员多，个个伸长脖颈，聚精会神地听他演戏一般的演绎着。他们百分之两百地坚信这位神奇人物的话一定比神仙还灵验，都在私下里盘算着自己能在郝领队的感召下招到多少学生，能创造多少财富。

老队员王三彪一边听一边在琢磨：老子们搞了三年，均无收获，他这么信誓旦旦地推论，推论出了异想天开的大数据——1500 人。记得去年有位退休的高中校长也这样夸过海口，招个 800—1000 人应该没问题，可最后连半个虾也没捞到。今年这个郝奇伟牛皮吹得更大，简直吹上了天。但只要想起黄院长对他的介绍：这个郝奇伟，和他的名字一样神奇美妙。在当地，一口气办起了三所规模均在两千人以上的高中，每年三所高中招生两千四百人，在办学招生方面有着传奇的经历和丰厚的经验。想着想着，阴暗的心中慢慢地挤进一些阳光。

郝奇伟将六全的办学理念，教育教学的特色及就业优势诠释得清澈明晰，令人信服。如若家长听完，一定不会让孩子坐失良机。他堪比话剧演员阐释就业优势后，果敢而坚定地将招生目标牌悬挂在了众人的眼前："1500 人"。这带有神奇色彩的 1500 人，在视频上像彩虹一般在大家眼中滚动跳跃，令众人热血沸腾。大家不约而同地站起来，鼓起了热烈的掌声。

郝奇伟像凯旋的英雄，志得意满地神采奕奕地从主席台上走向团队。一下子被队员们抬起来，抛向高空，大厅里顿时传颂着 1500 人的口号声，足有十分钟才停下来。

郝奇伟是个百事缠身的三所学校的董事长，每天忙得团团转。摊上这一闲淡事，还得从一次聚会说起：

一同学在酒桌上说到他堂妹在北京一所私立大学工作，这所学校十分厉害，不管多差的学生，只要进校学习三年，出来保准月薪过 2 万。当时，他听后直摇头，一个 985 的本科大学生刚毕业一个月也就五六千块，这等奇事还是头一回听说。但好奇心令他欲探究竟，与同学约定，要当面听听同学堂妹直述，还想到学院去考察考察。果真如此，他要给他的毕业生们找个好婆家。

会晤那天，他邀请三所高中的校长参加。去时，老天还只是在零星地飞雪，等到他们围坐在茶桌品茶时，外面已在北风的鼓动下舞起了满天雪白的花朵。

同学堂妹五十岁左右，看上去年轻美貌，说话像唱京剧，属于女强人的那种。听说郝董事长想了解他们学院，兴致十分高昂。有板有眼地介绍起学院的特色及就业优势。

她一口地道的普通话，声音柔美且抑扬顿挫，极富感染力。听她讲话就像吃米酒一般，令人倍感甘美而陶醉。三位校长精神突增，用惊异的眼光望着这位女副院长。

她叫黄连凤，与歌唱家耿连凤同名。

六全学院把日本德国的职业教育模式与中国的国情结合起来，创造出了一所颠覆传统教育的新型职业大学，融思想品德、文化基础、智力开发、体能训练、团队精神及专业素养六大类。这也是六全学院的名称来历。

学院开设十五个专业，像大数据专业、区块链专业、云计算专业、软件开发专业、游戏专业……这十五个专业均十分前卫时尚，热门实用，专业选择性宽广。即使十分不爱学习的小孩都可以挑到自己喜爱的专业，像游戏专业，大部分都是平时不爱读书，整天泡在网吧里的孩子，他们都天赋超常，一旦进入六全，很快就进入状态。人们眼中的不务正业，不可救药的顽童，摇身一变就成了杰出的人才，三年毕业时，十分抢手，被用人单位高薪聘请；爱文化学习的学生选择空间就更大了。

黄连凤侃侃而谈，声情并茂。三位校长无不惊讶感叹。

六全平时一边抓文化基础学习，一边抓专业实训。学习文化的目的除了提高综合素质外，主要是促进专业的学习。学院强化工匠精神，聘请的导师都是双师型的，既是行业专家，又是技术总监。学生在双师型导师的教导下开展全程实战和系统实训，从六个方面要求学生，全面提高学生的综合素质。建立小组学习制，构建竞争架构。学生互帮互学，小组与小组之间形成 PK，小组成员轮流出组展示，这样既锻炼学生的胆量和口才，又增强了学生的表现欲。因此在月赛中，学生们均踊跃参加，欲一次次地提升自我，超越自我，完善自我。

学生们每天均激情满怀，斗志昂扬，在竞争中成长，在竞争中成熟。一旦遇到困难，就会有几个甚至十几个同学来帮助，直到能举一反三，融会贯通为止。

黄连凤的精彩讲述，六全的传奇令人不得不深感真实可信。

学生就业的好坏，直接与导师工资挂钩。因六全的推荐就业，实质上就是包就业。学生一个不能就业，导师的工资就要打折扣，不仅如此，还有可能下岗走人。学院跟踪管理，学生就业后，保持与导师经常联系。导师会对每一位就业的学生进行全方位的关心指导，并建有就业后的跟踪管理档案，因此学生可以经常得到导师的帮助与教诲。学生一旦遇到技术上的难题，马上会得到导师的指点。有位学生分到上海一家网络公司，该生去了不到三个月，公司技术方面遇到难题，负责公司的经理一筹莫展，召集大家一起来攻关。该生将情况向导师汇报，两天时间得到攻克，该生进公司不到半年就当上了项目经理。像这样的例子举不胜举。

学校开年会，从全国各地回来的学生，年龄在 22 岁以内的项目经理就有 55 人，年薪均在百万以上。真是不可思议。

黄连凤介绍到此，六全惊世骇俗的奇迹，令三位校长无不佩服得五体投地，从内心深处感到不可思议。

郝奇伟听得目瞪口呆，内心深处受到了极大的震撼，一连好几个夜晚不能入眠。他在琢磨，如若将自己办的三所高中毕业生送到六全学习，三年毕业后就可以拿到几十万上百万，那该多好啊！为了将此事办妥，耳听为虚，眼见为实，他从百忙中抽时间到六全去考察。考察是全方位的：从日常管理到教学教研，到学生的学习状况，还跑到多家用人单位去访问，觉得黄院长的话真实可信，才十分亢奋地召集三所学校的招生办主任校长开会，传达六全考察后的体会。觉得一定要向毕业生宣传六全，一定得将学生推荐到六全去学习。他告诉老师们，宣传六全，让我们的毕业生都到那里去学习，三年毕业后就可以为家庭减轻负担，五年就可以使家庭脱贫致富。如果去的人多了，这个地方就可以奔小康了，国家的精准扶贫面就会减少。这既是在为学生家长找脱贫致富的路子，更是在为国家间接地培养人才。他认为做此项工作就是在积德行善，学生读书的目的就是为了高薪就业，既为国家作了贡献，又学到了建设国家的本领，学生们的人生价值就达到了古圣贤所说的修身齐家治国平天下的境界。

在三所学校毕业生的家长会上，他以生动的语言推介了六全学院，要求家长们亲自去感受感受。为了将家长们动员起来，他还安排人员出面组织，并且将来去的路费全由他本人出资。这样，先后去了500多个家长，回来后，没有一个说不好的，内心都十分亢奋。

郝奇伟是个做任何事都必须将其做到极致的人，他觉得此事太重要了，他考虑了好几天，决定向黄院长请示，将本地区的招生代理权要过来，把服务重点从自己的三所高中移到全地区。

黄院长将该地区的招生代理权给了他，他全权负责全地区的招生。很快组织起了一个近百人的招生团队，先是派讲师团到六全去学习，然后回来后到各个县市各所高中去宣传推介。一时间，全地区上上下下都在谈论六全教育。

三位校长中有位李校长向他告急：传统大学早已秘密地和所有毕业班主任私下签下君子协议，已在学生中搞宣传。李校长说他找几位班主任谈话，均遭到抵制，几位班主任态度一致：宁可走人，也不能毁约。在学生中早加大宣传的力度。

他听后，觉得这么好的大学，又去了那么多的家长，他不相信此事会泡汤。等高考一结束，他便组织学生到六全去参观学习，让学生亲自去体会，去感受六全的育人氛围及成长环境。家长去得多，可学生去得少。后来一调查，才知道宣传环节上出了问题，高中教师对六全的反宣传，特别是班主任，他们每年均可从毕业生升大学中捞取一笔不菲的收入，六全的招生涉及了他们的切身利益。因此，他们明里暗里给家长作反工作，给学生讲：你们高中三年辛苦了，传统大学是人生的天堂，可以自由恋爱，甚至可以同居，十分好玩，六全好是好，一旦进去了比高中三年还苦，竞争还强。要去等在大学里玩个三四年之后再去不迟。由于各学校的班主任极为反对六全，还造谣说六全的招生队伍待遇极高，实质上是把你们卖给了六全。六全去一个学生给5000元招生费，你们不要听他们摇唇鼓舌，不能去，那是地狱，传统大学才是天堂。

郝奇伟得知此消息后，犹如六月天里降冰雹，将他美好的心态，热气腾腾的心房砸得血淋淋，冰凉凉的。他竭尽全力想挽回败局，但已无力回天。

他将另外两名校长请到办公室，那两位校长都知道此情况，但暗中做了一些调查，觉得今年已木已成舟，败局已定。李校长气喘喘地跑来告诉郝董事长：应届学生刚进高一，传统大学的招生人员就暗中和班主任签了君子协议。即使中间换班主任，他们便马上补上。六全的招生败局不仅今年已定，就是明年后年也已定。整个招生团队一筹莫展，束手无策，全面崩溃了。找来考察过的家长摸情况，他们均摇头，说孩子不听家长的，家长心里一百个认可，但孩子铁心不去，他们也只能看水流舟，顺其自然了。

真是兵败如山倒。一些以前交钱报了名的学生也纷纷要求退款，说什么也不去六全。家长被吵得无可奈何后，终于跑到六全去退了费。

高考开始填报志愿了，班主任老师私下对学生讲，相信国家，填报志愿上大学上大专，传统的大学大专一样能找得到工作，再说六全这么好，让别人先去。如果是真好，三四年后再去。听说大学毕业后去，只需一年就够了，有的甚至只要八九个月。学生们个个都填了传统大学的大专大学。极个别未考取的被班主任出面找人去读中专升大专，交了一大笔钱。如今的独生子女比父母牛，父母什么都得听他们的。

六全学院在该地区的招生工作全军覆没，一个学生也没招到。郝奇伟成了世人的谈资笑料。

这个一生不说大话不会吹牛皮的神奇人物这下把牛皮吹上了天，而他自己本来有点驼的背更加驼了，连脸也一直朝着地下。几天的时间，脸上像涂上了一层尘土，头发被懊悔全染白了。

郝奇伟说了大话，吹了牛，失去了原有的口碑和形象，但他不会甘心就这样成为僵死的冬虫。他心中正在酝酿着一个万全之策，这么好的学院，能让学生快速成才，咱们中国的崛起在于制造业的强盛，制造业的强盛太需要这样的大学了。他必须全力支持，这是他人生的使命。明年六全的招生一定不会再失算，他深深地感悟到：班主任才是左右学生的神。他将眼光盯准了那些眼里只有蝇头小利的班主任。

与你共品：

　　此篇小说告诫人们：什么事物都不能想当然，说话在任何情况下都不得把话说满；别人未做成功的事，一定有原因。做人做事均不能过于自信，否则搞坏了名声，还受到了经济损失，不值得。

（张昌雄老师）

李小玉说自己身体有病，经不起折腾了。青之源的事，就拜托成大芳了。成大芳心存感激，含泪答应了李小玉的委托。

趋　势

成大芳小孩刚三个月，丈夫就车祸去世了。左邻右舍都说她克夫，婆家更是一片哗然。说她的额头长得像个男人，又是羊年出生的，以后还不知要克死多少个男人。

她在婆家一天也待不下去，只得回到娘家。

到了娘家，还带着个三个月的小孩，父母亲对她也不太欢迎。泼出去的水，嫁出去的女，焉有回家之理！但她只能赖在娘家才有活路。

她有个堂哥在山东一家大缝纫厂里工作，还当点小干部。春节回家过年，看到堂妹这种状况，便与山东那边联系。那边说缺个钉纽扣、绞脚口扁的小工师傅。但每月只能拿到600元左右，问成大芳去不去？

大芳以前做过缝纫，这些活她比较内行，只是工资有点低。她详细地询问600元工资，在那里，带个小孩生活，能不能过日子？堂哥认真地盘算了一下，说可以勉强过得哈日子。

她和堂哥来到山东济山城，在工厂的附近找了个地下室住下，每月100元的租金。安顿下来后，她将小孩背在背后，到厂里去办手续，进行了手工考核。当面钉纽扣、锁脚边。验质员对她的手工还比较满意。于是领了几件衣服回到地下室去做。她每天工作14个小时，每月可以拿到800多元。

日复一日，月复一月，她的身体出了些毛病，颈椎腰椎开始疼痛，特别是腰，有时疼得撑不起来。孩子一天比一天大，背在背上一天比一天重。到菜市场买菜，为了节约钱，每天都在天快黑时才去，买一点收摊货。

一天她佝偻着腰，吃力地向菜场外迈着步。被李小玉看见了，便问她："小妹，你是不是腰疼？"成大芳说："是的。"

李小玉是做直销的，手中就带着治腰的膏药，于是对她说："你在哪儿住？我帮你治疗！"

成大芳紧张地望着李小玉说："我没有钱，算了吧！"

136

李小玉说："我不要你的钱，做点好事！"于是李小玉跟着成大芳到了她家里。

一间地下室，二十平方米。家里十分简陋，一张床，两把椅子，一个摇窝，几样做饭的炊具。

李小玉对她说："前几年，我也和你一样，住在地下室里，日子过得十分艰难。你将小孩放到摇窝里或者放在地上，她会走吗？"

成大芳说："她早会走了。""让她自己走走，我给你治治。"

成大芳伏在床上，李小玉帮她进行穴位按摩，按摩之后，便拿出两张膏药给她贴上。对她说："不要弯腰，如要弯腰先蹲腿下去，几天就会好的。过几天，我来看你。"说完，就离开了。

她起来后，腰确实好多了。两天后，就彻底好了。

她十分感谢这位大姐，可连人家姓名也没问，以后怎样感谢人家？

过了几天，李小玉又来看她了。她告诉她："腰好了，颈椎还有些疼，还能不能给我治治？"李小玉说："上次的两张是我送你的，今天你要出钱了。"成大芳说："多少钱一张？""不贵，2毛5一张。你买两张吧！""好的。"李小玉给她两张，在贴时，也给揉捏了几下之后才贴上，并对她说："这一张留着。"

她俩聊得十分投机，彼此留了电话号码、加了微信。

李小玉看她这样贫困，不好意思要她参加直销。

又过了一段时间，说她们厂里有几位姐妹颈椎腰椎病犯了，要她过去给他们看看。

这一次李小玉过去卖了几十张膏药，心中十分高兴。

本想发展他们为会员，觉得时机还不成熟，她想要成大芳去影响他们。于是将希望寄托在成大芳身上。

她把卖膏药的钱写在成大芳名下，对成大芳说："你还推荐卖五张膏药，就可以成为我们青之源公司的直销会员。"

成大芳一听说可以成为会员，便问："成为会员有哪些好处？"

李小玉便将参加会员的好处告诉她："一是买货可以打折，购 680 元的货，以后就可以 6.5 折买公司产品。如果产品买到 10000 元，就可以打 5 折；第二你可以发展会员，只要是你发展的，发展一个 680 元的会员，可得 100 元的奖励，发展一个 10000 元的会员你就可以得 500 元的奖金，再多奖金会更高。如若你发展的会员销了货，你有百分之三的回扣。"成大芳一听，觉得世上居然有这么好的事，便问有哪些产品可以推销。李小玉将小方巾、毛巾、男女的内衣内裤、小孩子的内衣。这些产品是竹纤维做的，不沾油，抑菌抑臭。小方巾放在厨房用相当好，洗碗不需要洗洁精，可以杀菌、抑臭味，放在冰箱里清香抑气味，还可以拿来护脸美容，比一般的面膜还好。毛巾不沾油是男士的专用毛巾；袜子也特别好，治脚气、抑臭杀菌，不需要天天换，可以 3 天 5 天换一次，一点气味都没有；内衣内裤特好，杀菌抑臭味；小孩的内衣内裤，有利于皮肤的光洁不痒……成大芳听得入了迷，她像抓到救命稻草似的，想去尝试一下。不要本钱就可以做生意。于是她向李小玉一条一条地学习，将产品的用途特性搞清楚之后，她要向所认识的人去推销。

成大芳将手中的一点钱进了青之源的产品，每天背着小孩，提着产品在厂里搞宣传，不少职员试着买了点，她每天都能在厂里卖上一两百元，用过的职员说："此产品确实不沾油，抑臭，好得很咧！"这样一讲，职员都找她买。

她赶快找李小玉进产品，卖了一段时间，她的收入居然超过了在厂里工作的收入，积极性更高了。她又对职员们讲，可以成为直销会员，并讲了成为会员的好处。于是有 5 个姐妹想参加当直销成员。

她将李小玉找来，当场就买单。买单之后由李小玉给他们讲产品的特点，成为会员所享有的优惠政策。

这五个人听懂之后，便开始做两件事：一是推销产品，再就是想方设法地诱导别人参加入会。

这样一来，成大芳一个月居然赚了 1800 多元。她又将自己的投资加到了

10000元，把以前购买的货款算在一起，只需交3500多元。就成了钻卡会员，再拿产品时，只需出一半钱。她每天带着孩子到处去宣传青之源。认识她的人都知道她以前的生活状况，现在只有近两个月，她的变化比较大，觉得她做的这个直销一定不错。便开始关注她，看她一个月赚了3800元，铁了心的便学她出10000办钻卡，半信半疑的则出680元办普卡。她是个细心人，按照李小玉的要求记好账——怕发展的人数多了，自己搞不清楚。将每天买的产品，加单的情况记得十分清楚，每天都在琢磨着此直销生意怎样做才能发展得快。第二个月她赚了5000多元，于是她辞去了厂里的工作，引起了好多人躁动不安，纷纷想加入这个直销行列，找她帮忙进入。

李小玉十分高兴，赶忙过来给他们买单。

她要把成大芳带到总部去学习，成大芳把小孩送到了四川老家，到四川老家也发展了一批直销会员。

从总部回来，她完全变了一个人，可以大胆地给很多人上课了，而且很能说。在总部的支持下，她开始开产品说明会。在说明会上，她口若悬河，滔滔不绝地讲上几个小时，不炒现饭，而且逻辑性非常强，令人佩服。

一场说明会下来买单的人争先恐后，络绎不绝。一次就可以加单几十万元。她把直销的面扩大到全国各省市甚至还深入到了各个县镇。正像毛主席所说的那样，星星之火，现已成燎原之势。

一年下来，收入达到80万元，她买了新房子，告别了地下室。

成大芳买新房之事，在济山城传开了。人们都想见见她，想参加直销发财。因此成大芳从一个缝纫厂的小工，一下子变成了名人富婆。一听说这个女人还是个单身，好多帅男小哥都想尽办法接近她。

成大芳在家里的时间十分少，和李小玉一起走南闯北，四处开说明会，发展下线，推销产品。由于她俩的密切配合，除了白天开说明会外，晚上还积极开展培训工作，告诉下线怎样推销产品，怎么开展体验活动。她俩走到哪里，青之源的直销种子就撒向哪里，加单的人数也急速增长。不到三个月，人数上升到十万。她俩的年收入高达上千万。

就在捷报频传之际，又传来总公司要在美国上市的消息。要她俩加紧宣传，将此消息传给每一个下线，用实际行动支持总公司在美国的上市。开通微信，每天晚上按投资额度的百分之五在手机上分红，按投资的十分之一给股份，同时按半价发产品。会员们无论上线下线欢呼雀跃，将亲朋好友邀来加单投资。一时间，她俩忙得不亦乐乎。好消息一个接一个，机不可失，失不再来。发财的机遇到了，大家一定要把握好发财时机，投资迟了，就会吃亏。要投赶快投，不然等关了网，后悔就来不及了。再说财富不等人，搞迟了，公司一旦不要钱了就会关闭融资网。

十几万人奔走相告，将亲朋好友动员起来抓住发财机遇。家中的钱投光了，借钱、卖房卖车、贱卖一切值钱的财物，想尽一切办法投资。她俩将下线负责人邀来教他们在手机上发信息，如何加单、买单、订产品。她俩日夜奋战，统计人数，统计投资额度，人数一下子增到了二十二万伍千六百多人，投资额攀升到了一千二百五十多万元。仅仅是他们领导的团队，青之源有像这样的直销团队几万个，不到一周就融到了他们想要的数字。融资额度一满，总公司马上将每天分红的网站关闭。

后来的人分不到红了，特别是刚进来的这一大批人刚将钱投进去就关闭了分红网站，一个个像热锅上的蚂蚁，纷纷找介绍人扯皮。但介绍人也是受害者，找谁呢？总公司的接待电话、咨询电话都打爆了，但就是无人接电话。这些人在下线负责人的组织下来到了总公司。总公司的人答应说以前说的话都算数，按投资额的比例给大家相应的股份。让大家回家，股票马上就寄发给大家。听了总公司负责人的话，大家才半信半疑地离开。

成大芳李小玉觉得这里面存在一定的蹊跷，究竟是不是在美国上市，上市的机遇有多大？一旦上不了市，怎么办？她俩找到了总公司领导。公司领导的解释令她俩有了几分踏实。她俩通过短信、微信告诉下线负责人，要他们尽快地将手中产品推销出去。这些堆成山的产品不推出去，有些还是有失效期限的，一旦过期，损失惨重还无法弥补。只有将产品推销出去了，才能换回成本。成本回来了，一切都好说。成本不回来问题就来了，产品减价都要卖，甚至按公司给的价卖都行，只要能换回成本就行。

李小玉说自己身体有毛病，经不起折腾了，青之源的事就拜托成大芳，要求她带领这几十万会员去找总公司。成大芳对李小玉心存感激，含泪答应了李小玉的要求。

成大芳担心的事终于发生了：总公司在美国的上市至今还没有一点消息。有人透露，说已经上不了市了。

于是乎，二十几万人一片哗然，拉着横幅，喊着口号将总公司的大门围得水泄不通。

他们派人向地方政府投诉，说总公司非法融资——欺骗会员融资，要找政府讨回损失。

政府负责人出面接待，要他们选代表，有组织有纪律的反应情况。要求他们留几个代表在这里等回复，其他人员回去。如果不回去，再这么闹，公安部门要抓人了。大家先回去等答复，百分之九十的人员回去了，百分之十的人留下来见政府官员。

政府官员同总公司负责人正在进行磋商，成大芳要求以公司负责人的身份参加。总公司开始不同意，成大芳说：这来的二十几万人全是我们发展的，如果我们不参加，你们研究出来的回复顶用吗？总公司这才勉强同意她参加。

总公司的意见是：第一退产品肯定不行，已经从厂家进来了，产品退不回去，特别是除了纤维类的产品无失效期，其他的产品都有，卖不出去，时间长了就会过期失效造成损失；第二，对于领到红利的不给补偿；第三对刚进来的这批人怎样进行补偿？经过激烈地争论之后，成大芳提出了较为具体的解决办法：第一，产品不退可以；第二，领了十天以上红利的，可以不给补偿，十天不到的，可以按天数补偿；第三，最后批进来的，将原来承诺给他们股份的，按比例补偿给他们。再有问题我来出面做工作。总公司负责人说此事我做不了主，等明天开董事会后，再告诉你们。

董事会已研究决定：一切等股票上市之后再说。现在谁也不能做任何答复。要大家回去跟会员说清楚：总公司不会不负责任，对大家的事一定负责到底。成大芳等人受到总公司负责人的批评，要他们马上回去稳定军心。

她们回去后，那些下线朋友找成大芳谈损失，谈家里的困难。她要求他们去推销产品，不求赚钱，照进价脱手就行，一定要想办法把成本换回来。如果上市了，大家都会发财，有的还要发大财。

请大家少安毋躁！几个特别困难的家庭，成大芳给了一点钱，让他们过日子。在这次融资当中，成大芳也投了两百万元。她在想这些被她号召起来的投资人，一分钱也没赚到，有的却是倾其家里所有。如果股票上不了市，他们该怎么办？有的连房子都抵押到银行，一旦到期没有钱还那该怎么办？有的是借的亲朋好友的，还有的是借的高利贷，到时没有钱那该怎么办？

她觉得自己上了总公司的当，她的那些下线上了她的当，自己成了伤害他们的罪魁祸首。她越往下想越感到忐忑不安。

在以后的日子里，她一直在琢磨着公司上市开始就是一个谎言，现在又在想办法拖延时间。她感到十分内疚。每天都在拿出钱财来帮助那些确实难以生存的下线人员。

一个积极支持她的年轻男士，小伙子十分帅气，还是个大学生，叫尹求缘。

跑来找她，咨询了青之源直销方面的事，还说他是在她的宣传鼓动下，把仅有的一点积蓄5万元也投了资，每天分红分了一万多元回来，还有一大堆产品在家里。如果将这些产品以半价出售，可以赚2万元，如果以三分之一的价格出售都可以保本。

谈完此事后，他突转话锋，说他十分喜欢她，说她不仅长得漂亮，口才好，而且有担当，有爱心，把自己赚来的钱，去扶助那些在生活上有困难的下线会员。他说他特别地喜欢成大芳，但不知成大芳对他的感觉如何？

成大芳根本就没有半点心理准备，听了他的这番话，有点不知所措。

停了半晌，才望着他说："我是个结过婚的女人，孩子都有八岁了。我今年都30了，你一个大学生，年纪比我小，又是童郎，世上多的是少女，别和我开玩笑！"

小伙子认真地说："大芳，你就别推辞了，我今年也有27岁了，俗话说，'女大三，抱金砖'。结过婚，有小孩，我都不在乎！我只要你爱我就行。"

"我们还刚刚认识，彼此相互还不了解；再说，总公司上市的情况还不明朗，万一上不了市，还有一场灾难等着我，到时恐怕还会连累你。要谈等这场风波平静之后再说。"

尹求缘心中喜滋滋的，这场风波应该不会太久。于是他每天跟着她跑，帮她当保镖，当秘书，当参谋，当司机。

总公司那边又传来了不吉祥的消息，说在美国上市的事完全是编造的，是用来忽悠人的。

此消息一传开，成千上万人又奔走相告，赶往长湖总部，将整个长湖城围得水泄不通。

长湖大街上出现了"还我血汗钱"的横幅，指向青之源总公司。

青之源总公司是大骗子。政府官员慌了神，要公安部门维持秩序，找青之源总公司负责人来研究化解这场矛盾的措施。

副市长拿着喇叭筒，向人山人海喊话："青之源的直销朋友们，请大家选派代表，到市政府接待大厅，我们一起商量此事。请大家不要闹不要吵，马上将交通大道让出来！"

代表被推选出来，还有一百多人。总公司负责人说："选十个代表来谈，人多了没法说。"

经过一阵功夫之后，从中走出了十个代表。成大芳理所当然地被推选进来，尹求缘也在内。

大家坐定之后，政府官员主持会议。

先由代表提出要求，由总公司负责人解答。

代表们推选成大芳发言。成大芳将上市一事究竟是真是假，请总公司负责人回话。

总公司负责人说："此事应该是真，但目前为止，上市的可能已不大。"

成大芳说："既然可能性不大，当时是以此事来向会员们集资的，那就应该将此款退还给会员们。"

总公司负责人说："这种说法不准确，不叫集资，更不叫融资。公司给你们分红，给了产品的。"

成大芳说："你们当时对我们说，总公司在美国上市，还差点业绩，请大家帮忙做点业绩，还许诺按投资额的十分之一给股权证，分红是为了促进融资。现在我们可以算算账，将给的产品还给公司，公司把分的红扣出来，把融资款退还给会员们。不然，总公司就是骗子。不能上市，为什么要以上市来忽悠大家呢？"

总公司负责人大发雷霆说："你们本身就是总公司的产品推销员，理应给公司推销产品，哪有退货的道理。再说公司当时准备在美国上市那是事实，哪儿有一丁点的假？"

成大芳说："你们当时为什么要说马上就要在美国上市。按照你们现在的说法只是准备在美国上市，为什么要说马上就要上市，只是还差一点业绩，号召大家全力支持，还说只要一上市，大家都可以一夜之间成为暴发户。这难道不是忽悠大家，不是在欺骗大家吗？"其他9位代表异口同声。

成大芳继续说："我们大家现在不说你们在搞忽悠在搞欺骗，但你们把我们的损失补给我们就行了。总公司可以搞一个方案，经我们同意后，按方案落实到位。否则，将你们通知我们融资的语音带传给国家相关部门。我们十几万人可以到北京去上访，去找国家商务总局。"

总公司负责人却说："你们要到国家商务局去，是你们的权利，要去，你们去吧！"

政府官员马上站起来说："话不能说得太死，你们青之源总公司是有责任的，应该实事求是给予解决，不能总是这样拖着。你们融了大家的资，产品可以按比例留一点给直销员，钱也应该退一点给大家。你们总公司去搞一个退款收货方案来，让大家点头之后，再执行。老谌，你说行不行？"

谌总考虑再三，基本上同意政府官员的说法，马上搞方案。政府官员对大家说："大家也辛苦了，去吃中饭，两点钟到这里来看方案。"

两点钟到了，可总公司的谌总却迟迟未到。政府官员打电话催了几次，谌总就是不来。

二十几万人开始在外骚动起来，政府官员大发脾气："这个谌才明，怎么一去就不来了呢？"

等到下午5点钟，谌才明还未来，政府官员说："他今天不会来了，大家还是回去，我们政府来找他们，当退给你们的一定要退给你们！"说完，政府官员便溜之大吉。

二十几万人把长湖市闹了个底朝天，交通塞死，警察到处驱赶人群无力。人群中不时地发出呼喊："青之源大骗子，还我血汗钱！"二十几万人在这里闹腾了三天三夜，搞得鸡犬不宁。直销会员们闹辛苦了，无可奈何地离开了长湖。

离开之前都在合计准备到北京去告状，组织人员搜集材料：将政府官员说的话，青之源总公司谌总说的话——录制成光盘，与上告材料一同寄往北京工商总局。

成大芳与尹求缘他们也只得跟着大部队回家乡去，尹求缘对成大芳说："现在我们可以谈了吧？我确实喜欢你，你难道就不喜欢我吗？"成大芳心中为总公司言而无信的骗子行为感到可耻，她一点谈恋爱的心思都没有。她对尹求缘说："还等几天，我从这场灾难中解脱出来后再和你谈。"

尹求缘心里在想，要将她从这场灾难中解脱出来，必须将这场灾难告到北京。由国家出面，将直销会员的损失补回来后她才会解脱。怎样才能将此事告准呢？他决定亲自撰写材料，将青之源总公司欺骗下线的罪行公之于众。让二十几万的受害者都团结起来，各尽其能，有人的出人，有力的出力。先将他们的行骗事实发在微信上，让网友们支持，帮助反映。

将材料寄到南湖省工商局，寄到南湖省公安局，寄到省政府。将此骗局阵势搞大，引起政府的重视，引起社会民众的重视。之后再向中央反映，给中央暗访组送寄材料，让中央暗访组的领导知道此事。

一个多月之后，听说总公司的谌才明被政府抓起来了，现在还关在省工商局里。

成大芳脸上有了一丝笑意，她才开始对尹求缘有了一些好感。觉得大学生就是大学生，脑瓜子比一般人就是多几根筋。

谌才明被关起来，就说明一定会有希望。

她高兴地对大家说："只要我们不懈地努力向上反映，上面一定会支持我们将损失给夺回来的。"

"下一步怎样行事？"成大芳问尹求缘。

尹求缘说："再给中央暗访组写信，每天一封。一天没有出面解决此事，我们就一直寄发下去。"

中央暗访组调查清楚之后，督促南湖省政府相关部门查处此事件。经过一个多月的查证，确认反映的情况基本属实，勒令青之源总公司必须无条件地兑现当时的承诺。那就是百分之十的比例兑现股票。股票按照一元钱一股计算，并马上通知所有持股者前来领取。为了怕引起聚众闹事，通知各区域负责人收齐股票将股票额度登记到人，然后统一由区域负责人代领后用微信转发给直销成员。

这样一兑现，基本上平息了大矛盾。但直销会员们还是感到不满，因产品过多，损失虽然补了一点，但还是亏了不少。主要是产品难卖，半价也难以卖出去。

成大芳心里十分难受，都是因为她听信了总公司的话，才去鼓励大家投资的。小尹看出了她的心思，和她商量：这二十几万人脉是难得的资源，如果在他们最无望之时给他们点好处，他们就会为我们所用。

成大芳心里只是想怎样来弥补大家的损失，但没有想到这里面却藏有巨大的商机。

把他们组织起来搞电商那不是一笔巨大的资源吗？成大芳认为首先要去掉上线吃下线的弊端，让大家平等经商。"尹求缘，你是大学生，能不能搞一个方案，让大家在我们的电商平台上搞直销，遵纪守法，公平经商。这个时代是互联网的时代，你能不能在三天之内搞出一套行之有效的方案来？"

尹求缘的方案，首先总结了青之源产品的三大优势——A 是小儿内衣，由于竹纤维它具有杀菌、抑臭味、抑痒、润皮肤等功效；B 是方巾，这方巾是厨房的好帮手，抑菌、抑臭味，打湿后放在冰箱里有一股淡香味；C 是内衣内裤袜子，由于竹纤维抑菌、抑臭味，穿着它舒服、不痒、除脚臭，人们一旦发现它，用到它，就会不可替换。如果将这些产品放在电商平台上去销售一定抢手，这样可以将电商手中的陈货带着销出去。但进货价格不能高出厂价。

尹求缘在拟订方案时，意识到拟订方案前必须先做好两件事：第一与厂家联系，确定价格；第二联系互联网公司，建立电商平台。

成大芳琢磨的是直销会员中，很多人没有本钱。首先要让他们第一次进货有资本。资本从何而来？她考虑了很久，又盘点了家底。如果再一次按投资额给他们百分之十，用这百分之十来进货，他们就没有资金压力。投了十万的就可以进 1 万元的货，依此类推；第二个要让大家知道：电商平台是经商行业的必然走势，将来的电商网商一定会取代店铺商。让大家对电商网商充满希望。于是他俩到杭州去学习电商网商知识，了解一些相关的信息。在那里学习了一个月，将电商平台建立起来；到青之源的几个工厂与老板谈产品订价格，签订协议。

回来之后，一边拟订运作方案，一边将此消息发布出去。因为这二十二万人手中都有大量的货，但没有热销货。当时青之源总公司只将陈货给了会员们。一些抢手货像小方巾、儿童内衣、成人内衣内裤就没有。

这次免费送抢手货给大家在电商平台上销售。这二十二万人上平台不要加盟费，第一次进货按投资额的百分之十给货，进货价格极低，只有 4 折。帮助大家做好第一端生意。只有大家在电商平台上开始做生意了，大家那堆成山的产品才有可能销售出去，才能变成钱。

大伙听了成大芳的话，觉得这还是条正路，以后不搞上线吃下线的勾当了，实打实的 4 折进货，无折销货，无提成，只需交点增值税。大家搞明白之后，纷纷加入电商平台。成大芳、尹求缘俩人忙得不亦乐乎。还找了两个大学生帮忙上平台。电商平台取名"大方电商平台"。

大方电商平台搭建好后，会员们开始进货，进货的关键是质量的把关。怎样把关？一是把好出厂验货关，每个厂里聘请一个老师傅把关并将质量与工资挂钩。进货方在 15 天之内可以换，确保质量关。让广大顾客买得放心，用质量保诚信，用诚信赢天下。

第一批进货结束后，对第二批进货资金的管控显得比较重要。进多少货，打多少款要有明细账。尹求缘帮她出谋划策，有些重要事都会亲自出马。

电商平台搭建起来之后，会员们的积压产品得到了销售，尽管速度比较缓慢，但会员们从中看到了曙光。个个信心倍增，从内心深处十分感谢成大芳。

成大芳心里比以前安定了许多，但她一直在关注市场行情，早已不拘限于青之源的产品了。特别关注的是国内国外的哪些产品好销，哪些产品滞销。对好销的产品，她会想办法联系厂家，以二十二万人的销售团队的巨大优势去找厂家谈。她以原材料加人工及耗损计算成本，把价格压到最低。厂家不会失去机遇。因此，她的进价远远低于出厂价。

她将出厂价给电商会员，电商会员进货均比其他电商低，所以大方电商平台的会员具有很强的竞争力。

那些以外的电商因为进价高，就会慢慢地萎缩甚至倒闭。她又将这些电商拉入自己的怀抱。这样她已成功地拉进新会员十万家。她告诉电商会员将所卖客户的购物情况上网登记，分四季进行发奖，凡是在大方平台上购了产品的，一律按比例发奖，购得多的客户还可以参加摸奖，奖品从纸巾到家电（从几元到几千元）。

这样一来越发促进了在"大方电商"平台上购物的优势。不仅价廉物美，还会定期发奖品。她坚持客户至上的经营理念，计划把赚来的钱去办学校和养老院，为社会做贡献，体现自己的人生价值。

把电商会员安定下来之后，才想起和尹求缘的婚事。

尹求缘向她正式求婚，将一枚钻石戒指戴在了她的手指上，两位拥抱在一起。

她反复地对尹求缘讲："我结过婚，小孩都有十岁了，又比你大3岁，又没读多少书。你一定要想清楚，不要到结了婚再后悔！"

尹求缘说："大芳，我们在一起打拼已经五六年了，你的智慧，你的为人，你宽广的胸怀和正直的人品，还有你的善良，为他人着想的品格以及你的担当，在当今社会能有几人可以和你媲美！大芳，你是我崇拜的偶像，是我心中的女神，令我神魂颠倒，心悦诚服地跪拜在你的石榴裙下！一辈子呵护你、疼爱你，当你的助手和保镖，当你的爱人和男神，一辈子只爱你一人，一辈子只依恋你一人，一辈子内心深处只有你一人，一辈子用忠诚、用生命保护你！让你永远富有、快乐、平安、健康、幸福！成为世人公认的女神——快乐之神——幸福之神，成为世人眼中为人类谋利益的福神！"

成大芳满眼泪水地望着尹求缘，尹求缘张开双臂将成大芳紧紧拥抱。

他俩去看望了双方的父母亲，双方父母十分高兴，热情地接待了他俩。

将小孩继续放在外婆外公家里。他俩返回山东济山，才去拿了结婚证。

在春暖花开之际，举行了隆重的婚庆仪式，此消息只有双方少数的至亲好友知道，但还是来了上十万的电商会员，挤满了济山城的大街小巷。

婚礼之后，他俩的名声远扬，迎来了又一拨电商会员。

与你共品：

此小说，故事情节复杂，主人公的经历传奇：一个死了丈夫的乡村女人，还带着小孩，在走投无路的情况下，来到了济山城，以钉纽扣为生，日子过得十分艰辛。

遇到李小玉，参加直销，奇迹般地发迹了。又遇了青之源公司行骗，坑害了几十万会员。她挺身而出，带头找公司、政府谈判。在谈判中感动了大学生尹求缘，得到了尹求缘的帮助，找到了更大的商机。拯救了十几万受害的会员，也成全了自己，还赢得年轻大学生的青睐和追求。最后促成了电商事业的大发展，同时也获得了爱情的终成眷属。结局完美，令人羡慕。

（小清老师）

厨子本该恪尽职守，只管做好饭菜，可是突然看似老实厚道的张师傅居然变成了"这种人"。

厨子张师傅

张师傅长得矮黑矮黑的，长方形的胖脸。上嘴唇翻卷，下嘴唇厚重，唇色紫红；鼻梁有点塌陷，鼻头不大，圆圆的，齐刷刷的露出两个圆孔；一双小眼睛眯成一条缝，好像永远都在笑。张师傅这副长相给人一种厚道诚实而充满佛身的感觉。

他50岁出头，精力十分充沛。每天为村办学校28个教职员工烧火做饭。他做的饭，虽然是用大甑子蒸的，但在沥饭时，火候拿捏得相当精准，蒸出的饭香喷喷的，硬软度适中。人人都喜欢吃，即使不用菜，也可以吃两碗。蒸饭时，他在甑子中间扒一个坑，将五个鸡蛋磕破并打匀，兑过水之后再搅拌均匀，倒入瓦钵，放进坑里，盖上甑子盖，蒸到饭熟，蛋也就蒸好了。那水蒸蛋豆腐脑般，嫩荡荡的。他的拿手绝活是鱼炉子（鱼火锅）。曾经被城里人请过去当了十几年的专做鱼的大厨。他做鱼炉子，先用料酒去腥，在锅里将鱼两面煎黄起皮，加清水煮上40分钟，再放佐料、盐和青椒，然后煮上20分钟，最后放香菜和葱花。这样做出的鱼炉子，汤白味醇，色美、爽嫩、味鲜。吃了他做的鱼，再吃什么鱼都难有鱼味。他炒的小菜都用独特的手法，比如炒滑藕片：他先将藕切成薄片，把米汤盐细末生姜放入锅中，将锅烧开了把藕片放进锅里，用锅铲擂磨藕片，直到锅里的米汤成糊浆，热气腾腾时，加入葱花，再擂磨几下盛起来。那味道胜过肉鱼，特别是那藕汤更是香气扑鼻，令人口胃爽到极点，回味无穷！

教职员工都十分喜欢张师傅的饭菜，长年累月守在学校里吃饭，即使家里有特殊事，也不愿意离开学校。四十多年过去了，说起张师傅的饭菜，大家还记忆犹新。都说这辈子享了几年的好口福，特别是那鱼炉子，那藕片至今令人难忘难舍难觅！那几年在那里工作的教职员工个个都长得油光面红，比城里人还要滋润光亮。但那几年学校每年均要贴上一千多斤粮食，还真多亏了那十亩湖荒田！

　　1975 年的暑假，学校安排总务刘主任、我和张师傅守校。学校有十亩湖荒水田，五亩棉花地。我和刘主任每天都要下地或下田去打药整枝排水或放水，张师傅除了烧火做饭外，还要兼管大门。

　　我们仨人的生活堪比城里人，每天早晨：一天吃面条，一天吃菜包子。每天出门，刘主任按每人每天两斤米，用秤称好六斤给张师傅。但每天吃完饭后总觉还差那么一点。心里在想，一餐一斤比平时还多了二两，怎么就吃不饱呢？平时有女老师吃得少点？刘主任也在纳闷。但每餐张师傅的碗里比我俩的还少。刘主任和我商量：给张师傅放假，我俩来试试。可张师傅却说："这几天天气太热，看孙子的事，过几天再说。"我和刘主任傻眼了。刘主任便对张师傅说："我和小戴明天休息，学校就拜托您了！"我们在刘主任家里秤出两斤米煮饭，居然多了一碗。我俩认定这个看似老实厚道的死老头居然是这种人！于是赶到学校，期望能将他偷去的米堵在学校，不让他带出去。但学校里一切正常。我俩推想，一定是白天，已带出去了，或者要他儿子给提走了？

　　第二天，刘主任留在学校监视张师傅，看他如何将米偷走？

　　晚上，刘主任告诉我："张师傅可能知道我们在怀疑他，他便将偷米之事主动地告诉了我。"他说他将偷的米给了孤寡老人。说那两位老人是他的表亲，老头叫刘智平，老伴叫吴桂花。五六年前，在抢大堤时，摔断了腰骨，瘫在床上五六年了。老头近几年得了风湿病，腿脚不灵便，不能下地干活。家里经常没饭吃，靠吃菜饭度日子。我想帮帮俩老，但又没有能力。就只好偷学校的米来接济他们，老头挂着拐杖隔三差五地到学校来提米。这事，我做了三年多，平时学校人多，给点米不见形，没人知道。现在我们仨人吃饭，我就抓了两把米，迟早你们会发现的。你们既然知道了，能原谅我，我还愿意为学校服务，不原谅我，我这就走人。

听了刘主任的转述，我有些琢磨不定，不知怎样评判。但觉得就是去给了孤寡老人，也不对。应该跟我俩说清楚，征得我俩的同意后，才能这样做。这样做毕竟损害了我俩的利益。决定晚上就去落实孤寡老人的事。我和刘主任到了两位老人的家里，说是公社扶贫办的。两老住在一间茅草屋里，里面漆黑一片。我们去后，老头才点燃菜油灯。老头十分感动，说他俩原本有两个儿子：老大在20年前带学生到公社学校考试，回来的途中，遇到一阵漩涡风，将船掀翻。十二个学生，均不会游水，我儿子和船工将船掀转过来，将学生一个个放在船里，要学生动手将船里的水浇出船外。十二个学生救上来十一个，有一个学生不知去向。我儿子在水中四处寻找，最后在离船较远的地方找到了那个已沉入水中的学生。那个学生已奄奄一息，为了不让学生再喝水，将学生背在自己身上。当学生被救上船时，我儿子却沉入了水中。船工下去找了几个回合，不见我儿子。后来在太阳落山时，才找到，将他救入船中，却没了呼吸，早已离开人世。大儿子死后，大队里开始报他为烈士，但好多年过去了，却一直查无音讯。开始几年，队办学校还有人逢年过节来慰问，后来时间一长就如同灯灭无痕，再也无人提及我儿啊！

老二在十年前，大雨半月如注，湖水猛涨，围堤危在旦夕。全队男女上堤救危。抬树，扛包，纷纷运往围堤。雨在下，湖水在涨，眼看着湖水快要漫过围堤，围堤内是万亩稻田，稻穗已在灌浆之际。一旦溃堤漫堤，万亩稻谷即将变为汪洋，两岸人民一年的生计就要化为泡影。是丰年还是灾年？全靠两岸人民的斗志。湖水涨，围堤在万众男女的肩挑背扛下，蛇皮袋也在往上增高。三天三夜过去，雨终于停了，湖水停在了蛇皮袋下。我小儿子他带领的突击队，三天三夜未下火线，湖水往下降，可我小儿子的体温在往上升，高烧达41度。将他抬到医院，抢救了两天两夜。围堤保住了，我小儿子却无声无息地走了。我俩老成了孤老。

五年前，夏雨一阵又一阵地，一口气下了二十多天。湖水一下子膨胀起来，抬头伸腰，蹿起吞没了两道外堤，来势汹汹，大有吞噬围堤的架势。两岸男女老少齐上围堤，众志成城，誓与围堤共存亡。全队的男女青壮年齐刷刷地扛袋挑土，将围堤加固加高。老伴，她一个七十出头的老太婆完全可以不参加，但她也和小儿子一样，一腔热血沸腾，毅然决然地加入了青壮年妇女抢险的行列。两天两夜不下火线，顶天立地，直到湖水往下降了她才往回走。在回家的路上，为了去救一位滑入沟中的青年人，她倒在路上，刚好脚下有根木头，挺伤了腰部，造成腰部受损。被抬回来，在家躺了三天仍是起不来，再抬到医院去看。医生说来迟了，我这里已无办法。要到大医院去看有没有办法？家里俩儿子走后，一贫如洗，哪有钱到大医院去看病。这样一躺就躺了五年。她拉屎拉尿均要人帮忙。我这三年来又得了风湿病，走路也有些艰难。家里经常没饭吃，全靠吃菜饭度日子。

这几年多亏小张师傅搭救，给我俩老弄点米来才苟延残喘活到今天。

从老人家里出来，我的心里像海浪翻卷个不停：政府似乎对俩老不太公平，大儿子应为烈士，为了抢救学生而献出了年青的生命；老二在抢险中冲锋在前，带领着突击队员三天三夜不下火线，活活地累死在围堤上，照理说也应该是烈士，是英雄。但那些年国家穷，社会制度还不太健全，两个成了人的儿子都为了人民的利益献出了宝贵的生命。特别是他的老伴，70岁出头了，还像年轻人一般，为了抢救围堤，在奋斗了两天两夜之后，为抢救落水的年轻人而摔损了腰骨神经而瘫痪在床，却无人问津，无分文关照。老伴又患了风湿病，政府应该有点照顾，不然，怎么服众，怎么向后来人解释说明。俩老的悲哀，不是他们家庭的悲哀，而是社会的悲哀，政府的悲哀呀！

我怀着有点不平的心情回到学校。是应该为俩老的生计做点什么，觉得张师傅做得对。

我俩回学校，找到张师傅，要他一如既往。我和刘主任说我俩不但没有意见，还支持他这样做。张师傅赶忙向我俩作揖磕头："我替两位老人感谢两位的大恩大德！"我和刘主任赶忙将张师傅扶起，连连说：这也是我们应尽的责任和义务。

我和刘主任商量两位老人的事，一定写材料向镇县两级政府反映，让两位老人得到政府应有的关照。

与你共品：

文似看山不喜平，一个美丽的误会彰显主人公厨艺高超，心地善良，行侠仗义，敢于担当的性格特征。同时"我"对老两口的遭遇感到"不平"，表现了作者对现实问题的直面与批评，也丰富了作品的内涵。

（陈诗华老师）

（此文发表于《厦门文艺》2021 年第 5 期）

绿水青山是人民群众健康的重要保障，也是人民群众的共有财富。

回乡人的心愿

一

发现菜园旁小沟里的水腐臭难闻，他突发奇想：用这种臭水浇菜地一定会使土地肥沃。于是他将臭水浇泼到菜地里，等到第二天来瞧，泼洒过臭水的几垄白菜全耷拉下脑袋，奄奄一息了。到了下午，全摊在了地上。年轻的他十分不解：这么腐臭的肥水怎么不能浇菜肥田呢？他拔出几株菜来，才知道问题出在根部，根全黑了，未浇过肥水的菜根是白的。到了晚上手指奇痒无比，抹了好几种膏子都不能止痒。怎么办呢？他痒得无可奈何，手指的皮都抓烂了，流着黄水，找了几位医生使尽解数，照痒不止。他没有办法忍耐这奇痒，将手指放在火上烧烤，直到手指烧成烤鸡爪样才稍微好了一点。

翌日他到河里去挑水，发现河水也像有点发臭。他知道了臭水的厉害，再也不敢用手去碰那有点臭的水，挑着空桶回来。到南边老吴的井里打了一担水，在回家的路上觉得这个地方的水系全部污染，不能吃，还不能灌溉庄稼蔬菜了，觉得这里的生命都快完蛋。这么想着，发现路边有不少的老鼠翻在田沟里，几天以后就会发出臭味。这个地方连生命力顽强的老鼠都无法生存了，人还能活下去吗？他想到了搬家，搬到哪里去呢？他内心深处有些惶恐，想再去上海打工。但孩子刚两岁，回到家里孩子又拉肚子，三天两头地往医院里跑。他突然发现罪魁祸首就是那臭水。

隔壁李发贵的孩子生病了，说是食物中毒，上吐下泻，半天就脱了水，翻着白眼珠，好吓人的。他确定那孩子一定喝了那发臭的河水。后来一打听，那孩子口渴了，自己跑到水缸里舀了一杯水喝了，就开始呕吐。他十分庆幸自己没挑那河里的臭水，要不是自己用臭水浇死菜又手痒，一定不会发现河水发臭，就会出问题。

晚上他和妻子商量：他认为人活着，健康比什么都重要。妻子被他危言耸听的话语吓着了，同意和丈夫带着两岁的孩子到上海去，只要能活命就行。

他一家三口到了上海，在车站里过了一宿。尽管寒碜，他心里都十分乐意。第二天找到了以前上班的工厂，老板十分欢迎他回来，工资一月6000多元。租了间地下室，妻子在家照看小孩，守家做饭，日子还算过得去。

二

在上海打工一晃四年过去，孩子六岁了，要回家读书。仅凭他的那点工资维持不了生计，但如果老婆将小孩送去上学，帮人家打零工，做家政，坚持在上海还是可以维持下去的。但四年未回家，想回家去看看，听说这几年几条河流沟港均得到了彻底的治理。一家人合计了一下，第二天坐动车回到了阔别四年多的家乡。

回到家乡，他的第一感觉就是山清水秀，比上海都美丽。他不断地缩着鼻孔，四年前的那种臭气变成了清香的花草香味，再缩缩鼻孔嗅到的是泥土的青涩之味，这种味道还是小时候嗅到过。原来灰灰的天空变得蓝蓝的了，他特意走到河水边，河水碧波荡漾，河边清澈得一眼看到河底，成群的小鱼在水面上游玩，时而泛起银色的光亮。

晚上躺在床上和妻子谈起家乡的变化，他有点惭愧地对妻子说：我们，怎么好面对家乡父老？家乡差的时候，我们带着孩子跑了，家乡建设好了，我们跑回来了，别人一定认为我们滑头。妻子也不好意思地点着头对他说：当时你怕死，怕孩子生病，现在家乡治理好了，我们回来吧！打工再好，生活在外，日子也过得寒酸。开开要上学了，你明天去上海结了账回来。

翌日清晨，在村子上下走了一趟，发现村子里不仅变清洁了，变美丽了，绿树红花，碧草青青，条条渠道清澈见底，太阳一照银光闪闪，还有黄金般的光在晃动。家家户户还和城里人一样吃上了自来水，用上了天然气。到几家亲戚里去看了看：哎呀，家里的设施与城里一个样。洗衣机、冰箱、热水器样样俱全。这仅四年的时光，变化怎么这么大？他简直不敢相信自己的眼睛，觉得一切均在梦里。二爸告诉他，他们一走，政府就派工作队来了，帮助大家脱贫。首先是治理污水，消灭脏乱差。然后是修路。第二年帮助大家养鳝鱼泥鳅、养龙虾，第三年家家户户进行了房屋改造，新添了生活电器，一下子就过上了城里人的生活。

他十分后悔自己的自私自利，一下子落后了村民们许多。四年的打工，除了养家糊口外，一点积蓄都没有，回来要想赶上他们至少四年。可他怎么也想不通，当时确实难以活命，到处臭熏熏，没有一处地方的水可以饮用，就是吃井水，井水也可能不达标，对身体也说不定有害。怎么这么快，简直像变魔术一般，变清澈了，变纯净了，变美丽了，还变富有了。

三

他回到上海，向老板做了下交代，结了账，就匆匆地赶回来。他要将过去的损失夺回来，让妻儿过上城里人的生活。

回来后，他跑到自己的八亩责任田上走了走，看了看。周围的田均挖成了鱼池。他想：这八亩地干什么呢？心里在问自己，一定得好好伺候这八亩地。这辈子就靠它了，尽管手中无本钱，但心中却有雄兵百万。

他知道，要赚钱，首先得选准投资项目。跑了几天，咨询了很多朋友至亲，了解了去年的市场行情。去年的龙虾价钱高，养龙虾的都赚了不少钱，但今年一定有很多人会跟风，一跟风价格就会上不去……养鳝鱼价格比较稳定，但不可能一下子赚到许多钱。养泥鳅可以赚钱，销路一般都在日本和韩国，一旦国际关系出问题，滞销就会赔本。他考虑了几天，与妻子商量来商量去：龙虾不可跟风，鳝鱼可以考虑，但只能过日子，赚不了大钱。养泥鳅，产量高，如果销路畅通，价格也不菲，可以赚大钱。于是他选择了养泥鳅。又跑去咨询了好几家养泥鳅的老板，还通过网络联系上了日本韩国的供应商，开始了养泥鳅的生涯。

先去学习养殖技术，然后咨询请教先养的几户老板，以房屋做抵押贷了十万元。挖池子，修道路，找来了技术顾问，一切按常规走程序。之后，将所有积蓄拿出来买了泥鳅苗。泥鳅有个特点：不缺氧，不怕窒息死亡，可以翻倍养殖，只要多喂食，泥鳅长得快。他发财心切，一下子买了十多万尾苗，照这样计算，八亩池子可以收获三万二千斤。按去年的价格，一年就可以赚到六十至八十万。

他信心百倍，日夜守在池子边的棚子里，晒得像条黑鱼，但心里爽极了。三个月下来泥鳅长到二两多的时候，他一边在网上联系销售商，一边在城市零星销售。一是缓解经济之危，二是减少泥鳅的密度，好让小泥鳅快点长大。5、6月份泥鳅开始产卵，产卵之后销售一批，45天之后又可销售一批，一直销售到9月底。八亩地产泥鳅近五万斤，一年就脱贫致了富。

四

晚上两口子躺在床上谈起了一个话题：老婆你说前几年，我们这里怎么这么穷？穷得连饭都吃不饱。这几年的政策好是个原因，但以前的政策并不差，人还是这些人，地还是那块地，为什么现在可以致富？以前却不能，还连生命都不保，经常害病。河沟渠里的水发臭、地不长庄稼还烂根，到处是死老鼠死猫狗，整个地方臭气熏天。他俩心中悬着一个大大的"？"。

妻子望着他说了一句令他佩服不已的话：人心变正了，变纯了！他连连点头，表示赞同。但他冷静下来一想：为什么人心一下子就正了，就纯了呢？妻子说：干部换好了，这是关键。他越发觉得妻子的悟性比他强，看问题的准确度比他高。他从一年前回家乡看到变化这么大，就一直在琢磨，但一直理不出个头绪来。经妻子这么一说，他觉得有点醍醐灌顶的味道，心里好像知道，但说不上来，妻子这么一说，他就恍然大悟了。

原来的村支书是黑道上的混混，曾经打砸抢被判刑坐了七年牢。一出来，八面威风：像从战场上凯旋的英雄，老子刚从监狱里出来，老子坐牢都不怕，还怕你们这些无用的东西！于是出手十分狠地揍打对方，谁敢反抗？这么一个社会渣滓，出狱不到一年，入了党还当上了支部书记。谁心里服气！但都惹不起，只得让他作威作福地四处叫嚣。到处收保护费，国家下发的扶贫资金，老百姓从未沾腥，村里漂亮的姑娘少妇，有不少被他占有，民风狼藉，人人怨声载道。现在好了，开除了他的党籍，又将他关进了牢房，还将那伙打架帮凶抓了起来。

新来的大学生当上了支部书记，老村长又站出来了。据说，新书记还从科学的角度给乡民们讲保护环境的重要性。说到了水系一旦被污染，人畜饮用了都会生病，土壤也会生病。土壤一旦生病，生长的庄稼蔬菜人吃了就会得怪病。大家明白这些道理之后，就要主动地保护好我们的环境，看到死老鼠死猫狗死猪仔都必须将其深埋，决不能扔进水沟里河塘里，污染了水源我们就无法生存了。我们这里没有化工厂，没有大量的化学污染，只有生活垃圾好治理。县里还搬来了污水处理厂，将污水进行处理。水系得到了净化。大家饮水安全，种出的庄稼蔬菜无污染，吃起来也安全，大家的身体就不会受到伤害。

回家这一年来，经常到村部去开会学习当前的政策，人心得到了净化。再无人欺行霸市，强买强卖，真正才有了人人平等。村民才真正地感受到了党的温暖，人人生活享幸福。

五

卖了最后一批泥鳅，手中有了四十万元，准备去买一辆国产小轿车。要是在前五年，他有钱也不敢如此张扬。还记得刚从上海回家，手中只有八万元，遇到了那个黑社会支部书记，带着两个手下，硬是找他要去了两万元。理由是你老婆这么年轻美貌，你出门在外几年，老子的小兄弟们没有动她一根毫毛，你不应该感谢我吗？两万元只是个小意思。这下好了，我手中这么多钱，要是他还在搞书记，又会捏造理由来要钱。

买了一辆国产吉利的越野车。这在两年前想都不敢想。本来可以买一辆高档点的合资车，但他觉得做人不能轻狂。先开国产车，几年之后情况会更好，到那时再换一辆德国合资的"奥迪"。

他十分感谢政府的政策好，希望一直好下去，水要纯净得像五十年前的那样。父亲经常说，牛脚坑里的水都可以捧起来喝，地里长出的庄稼蔬菜那才叫无公害绿色食品。那时的鱼虾到处是，质量都是纯野生的，比现在纯野生的味道更长。那时的人心纯正得夜不闭户，人与人之间亲如弟兄，没有坏心眼，不存在"算计"两字。前几年老爷子一见面就唠叨：现在的人心被污染了，黑得像河沟里的水有腐臭味。反复说：人心一旦有了杂质，就会污染环境，污染大自然。人类是大自然的污染源，水是大自然的心灵，水不能被污染，就和人的心灵一样，一旦被污染，就会毁掉整个人生。他当时觉得老爷子有点杞人忧天，直到他觉得快生存不下去，选择离开家乡时才觉得老爷子的担心是那样的有必要，是那样的有哲理。他在想一位读书几年的老人，怎么能这样精辟地说出有哲理又深刻的话来呢？老爷子要是现在还在的话一定会十分高兴地说出惊天动地的富有哲理的话来。

他一直在想这么好的环境，一定要坚持保护下去，决不能走回头路。村里统一进行网管改造，生活用水均由一根管道流到污水处理厂去，经过净化后才流入内河。所有沟渠河流均安装了监控器，不允许任何人任何单位排污扔垃圾。

老爷子的话又在他的脑海里响起：关键是人的心要纯正，只有人心纯正了，自然环境才不会受污染，才会出现青山绿水。人们的身体就会无病无灾，生活就会无忧无虑。万物就会健康地繁衍生息……

他想去和妻子商量，将自己手中的余钱为村民们办一件实事——修一条渠道将清澈的湖水引到这大片的池子里来，切切实实提高水产品的质量。为养殖户尽点力，让消费者买得放心，吃得开心！

与你共品：

文学也是可以唱赞歌的。小说通过夫妻俩返乡前后生活所形成的巨大反差，真实而形象地描绘了中国近几年广大农村脱贫致富，扫黑除恶，美丽乡村的历史画卷。

（陈诗华老师）

（发表于《文学月报》2023 年第三期）

如何看待传宗接代？如何对待生男生女？如何教育子女？这些几乎是每个成年人会思考或面对的问题。

160

接　代

李家老爷子是当地读书多，水平高，见识广的一位德高望重的乡绅。

李家三代单传：老爷子的老爷子就是单传还差点断代，老爷子的老爷子的老爷子当时近六十岁了，膝下无子。整个家族十分紧张。找玄学大师来看，说李家不会断代，要马上采取措施。意思是说：已有的几个妻妾老的老，病的病，只得马上纳小妾，要抢在64岁以前。于是托人在乡下找来几个少女，玄学大师慧眼识真金，选了个16岁的小梅。小梅进李家后，才将子嗣继上。到了老爷子这代，也只有老爷子一个男士，到了老爷子的下一代也只生了李华一个。

李家三代单传，单根独苗的，让李家人代代提心吊胆，生怕狂风暴雨，夜袭家园，折断了独苗。李家是望族，新中国成立前是大地主资本家。又因为老爷子的大妹，李华的大姑是共产党的将军夫人，老爷子没少为共产党做事。新中国成立前一年就将土地房屋分给了乡亲们，新中国成立后家庭成分是个中农。在1969年清理阶级队伍中受到冲击，老爷子被拉上台去批斗了两次。老爷子十分生气，对批斗者极为不满：凭什么？老子新中国成立前就是共产党的朋友，为共产党办过很多事，还捐过不少钱粮，你们斗我，就是斗共产党的朋友。后来听说为此事中央还发来了保护老爷子的公函。此后，再也没人敢动老爷子一根毫毛。

老爷子有一桩心事长期梗在心里难受：他的独苗儿子，找了个只会生丫头的媳妇。一连串生了7个，儿子觉得家里负担过重，想就此打住，不再生了。老爷子知道后，火冒三丈，双眼喷着火光对儿子李华说："你知不知道，丫头再多都是人家的，没有儿子，李家的香火传不下去！"儿子李华不解地说："招个女婿，不就解决了吗？"老爷子提高嗓门说："你跟老子读了这么多年书，怎么这点知识都没有？俗话说：女孩是田土，男孩才是种子。只有田地没有种子再多也无济于事。今天你必须跟老子表态：再生，一定给李氏家族生个儿子，传宗接代！"

儿子李华只得将老爷子的话转告妻子张小凤。张小凤生了 7 个女儿，也累得够呛。本来准备去结扎，停止生育的。老爷子不答应，怎么办？老爷子的话就是命令、圣旨，不可异议，更不可蔑视和忽略。李华对妻子小凤说：老爷子发了话，为了传宗接代，你还必须再生，一定要生出儿子来。小凤只得打消结扎的念头。但计划生育政策已经在全国展开，城里已在推行中，政策很严，一对夫妻只能生一胎。也就是说一胎一般就是一个小孩，最多也就是两个。在我们这里还未听说一胎生三个的。李华夫妇已经有了 7 个孩子，还能生吗？老爷子说：农村暂时还没有传达精神，赶快生！说来也怪，张小凤生孩子像母鸡下蛋一样有时间规律，两岁一个。老 8 按规律出生了，老爷子拄着拐杖，到李华家里来探听是儿是女。李华不好说出口，支支吾吾。老爷子问了几遍是个带巴的吧？李华连连点头表示是。老爷子十分高兴，心里在说：这下到阎王那边跟老爷子好交代了。在老 8 满月那天，老爷子硬要亲自看看这个令他高兴了一个月的孙子。李华才不得已，把老爷子喊出来，告诉他也是个女孩。老爷子连饭也未吃，扭头回到了自己的小屋。大孙女送饭过去，老爷子却瞪着大大的双眼走了，在殓棺时，老爷子两只眼睛还睁着。李华用手从头往下摸，摸了无数次，老爷子就是不闭眼。李华拉着小凤，跪着给老爷子表态订保证：请老爷子放心！我俩一定为您生个孙子。生不出来，决不罢休！说来也怪，再去摸他的眼睛，却已闭上。

跟老爷子表了态订了保证，能不能生出儿子来，李华心里没谱。前面生了 8 个丫头，生第 9 个就会是儿子？于是他和妻子小凤商量后，双双到武汉去看医生。医生告诉他俩：生男生女是由男方决定的。要求李华调整饮食结构，少喝酒或者不喝酒，平时多吃些碱性食物，多吃蔬菜，饮矿泉水。他怕遗忘，要医生给他写在纸上。又听别人讲：还要在风水上采取措施；不生儿子，祖坟有问题；床的位置放得不对。李华到处找知名的风水大师，弯人求人从湖南找来了位张大师。张大师从祖坟到床位进行了全方位的补救和调整。如此一番之后，心里想，这下一定可以生个带把的了。

计划生育政策早已传达到每家每户。他家里已经生了 8 个，肯定不能再越雷池半步。怎么办？计划生育负责人天天要张小凤做好结扎的心理准备。张小凤望着丈夫李华，李华也慌了神，怎么能够结扎呢？一定得想办法对付。张小凤有点着急地说："孩子他爹，明天上午 8 点就要去结扎，怎么办？"李华说："我有办法，三十六计走为上计。到姥姥家去。"姥姥在松滋那边，他俩连夜收拾行李，带着不到 1 岁的老 8，第二天还不到 5 点，骑摩托溜出了村子，向松滋方向去了。走时，交代大女儿告诉负责计划生育的同志：说妈有病，昨夜到武汉治病去了。

李华将妻子安排好后，才返回公安。妻子怀孕是有规律的，基本上每隔两年生一个，就是说：老八在过一岁时，她才会怀上孕。

在姥姥家里住了半年，妻子已经怀上三个月，但还不能回家，只得长期在姥姥家里。姥姥的家在山脚下，住户不多，比较偏僻。松滋的计划生育好像没有公安抓得紧，还只在宣传中。李华十分担心，如果松滋也和公安一样，家家户户进行排查，连外来的有生育能力的女人也不放过那就完了。李华俩夫妇度日如年，日子在担惊受怕中熬过。终于妻子马上要生产了，李华又怕是个丫头。本来很想在三个多月时去医院鉴定是男是女的，但又怕暴露目标，到如今是男是女，只能全凭天意。他在想老爷子这么想孙子，应该在天国里赐福。这一次进行了科学方面和传统方面的双重保险。妻子到姥姥家不到十天，请风水先生来调整了房间和床位，菜谱也是按医生的配方。该做的工作都做了，再不是儿子，那老天爷就一定跟咱们李家有仇。老爷子你也就别怪你儿子了。

负责计划生育的同志经常来追问张小凤的下落，到武汉治病必须有医生的医院证明。因此李华托人搞了一张假证明，说张小凤得了肝炎病，传染性较大，怕传染给孩子们，等病好后，马上回家，做结扎手术。

妻子发作了，李华在外面等候。姥姥从房间跑出来，十分高兴地说：这次的确是个带巴的。李华跑进去，妻子高兴地用双手抱着儿子的上身，让李华看清楚。李华高兴得跳起来：李家终于后继有人啦！李家后继有人啦！

李家得了儿子，照常理一定会大操大办，好好庆贺一番的。但在这非常时期，倘若透出一点风，就会有倾家荡产的危险。崔家有两个丫头，想生个儿子，第三胎超生。连房子都给拆了，一家人流离失所，逃荒一般地逃到闸口镇边的分洪房里，靠打零工过日子。李华心里有点乱，他想一定不能让他们知道，但孩子是个私生子，没有户口，以后上学咋办？分不到田怎么办？他和妻子琢磨了好多天，最后他想起了林彪的一句话：不说谎话办不了大事。于是便和妻子商量之后，搞出三部曲流程：第一步，十天半月回家里一趟，到各家各户去露露脸，让他们知道你张小凤除看病治病走亲戚不在家外，其他时间均在家里，现在不像以前，分田到户，各干各的，谁也不管谁，有点印象就得了。第二步编一个拾孩子的故事，把整个拾孩子的过程搞真，请两个铁哥们来做证。第三步申请收养，到民证办一个收养证。

李华的这套假把戏，还真起到了作用，没有人怀疑他儿子不是捡来的。因为都知道他生了8个丫头，就差一个儿子。又刚好别人丢了个男孩，被他俩捡到了。这真是天意呀！乡民们都为他高兴，有些人还向他们讨酒喝。他怕张扬出去后，引起怀疑。便笑着说：捡个小孩有什么好请客的。讨酒喝的乡民便不再好往下说。但社会上还是有人怀疑这儿子是他妻子生的。因为他妻子这两年一直有病，经常跑到武汉大医院看病，好久都不在家里，说不定在哪里生小孩。他们李家新中国成立前是大地主兼资本家，多的是钱，新中国成立后虽然将土地房子给了国家，但金银财宝一定藏了不少。这么多孩子，他家从来就没差过钱。

社会上的传闻，李华听了暗暗好笑，情况确实是这样，孩子再多我李华也养得起。议论归议论，但无凭无据，也只能说说而已。再说李华平时做人处事都显得公平厚道，没有冤家对头。此事过了，就也无人再提出异疑。

儿子取名叫李九兴，意思是李家从他开始兴旺发达。李九兴从小就被父母和姐姐们奉若神灵，8个女孩子一个男孩子真是万绿丛中一点红，众星拱月一般，整天由姐姐们哄着玩。在父母眼里更是定海神针般的神圣，李家的单传独苗，贵如父母之生命。

平时什么都依着他。小小九兴很会看势头，觉出自己是小皇帝，家里每天都给他单独弄好吃的。平时只要喜欢吃的菜，他吃得不要了姐姐们才敢动筷子。两三岁就放任不羁，任何事都得依他，不依便哭闹打骂。爸妈知道了，不问青红皂白将姐姐们大骂一顿，姐姐们谁也不敢惹这个小皇帝。

读小学时，就仗着自己姐姐多，经常打同龄的小朋友、小同学。打了之后爸妈宁可去赔礼道歉，也不会对九兴约法三章。小学未读毕业，在学校里骂教师，打同学，被开除过几次。李华用钱找关系几次将他返回学校。在学校里就是个十足的小恶霸，最后的毕业考试都未参加，因为被他打过的同学，要在考试完后找他算账。李华两口子怕儿子吃亏，把他关在家里未让他参加考试。

读初中时，因为无升学成绩，又有小恶霸的名声，两所初中均不收他。李华四处求人说情，加之九年义务教育，学校不收说不过去，才勉强收下他。进班时，班主任要他订下保证：五条红线不能踩。第一条就是不准打架斗殴；第二条是遵守学校作息时间，不能旷课和迟到早退；第三条是上课不能交头接耳，破坏课堂纪律；第四条是上课认真听讲，必须按时完成课堂作业；第五条是不能欺侮女生。他写完保证之后才进教室，但上了一周的课，他的老毛病就犯了。三天打鱼两天晒网，被班主任老师狠狠地批评之后，他索性不来上学了。和社会上的小混混搞到一起，做一些偷鸡摸狗的事。经常有乡民因腊货被偷找上门来。李华两口子给人赔不是、赔钱已是多次。

李华将儿子带到学校，班主任赖人情不过，看在他老爸诚恳下架的份上，将他收进班去。未过几天，他又逃之夭夭，到外面和混混们玩去了。

从那次开始，李华心里才意识到儿子这样下去的严重性。将儿子找回来，狠狠地揍了一顿，揍得张小凤眼泪汪汪，赶忙跑出来救驾。揍之后，逼着写保证，写了保证带去学校上课。开始因为屁股有伤，在教室里安静了几天。屁股一不疼了，就又跑出学校。

初一期末考试，各门功课都不及格，数学只打了 9 分。升初二时，他要求转学，说了班主任老师一堆坏话，无论如何要转学。李华不同意：你自身的问题，转什么学！报了名，强迫他去上学，但他只读了三天，便不见人影。

每天早上从家里背着书包出来，向学校方向去，中午晚上按时回家吃饭。家里没有人对他的行踪产生过怀疑，学校里班主任以为他转学了。到了开家长会那天，李华两口子来学校参加家长会，班主任感到奇怪："您俩口子怎么来了？您儿子李九兴不是转学了吗？"李华两口子一惊："没有呀！我们不是在学校报了名，把他送进了教室的吗？"班主任抱歉地一笑说："李九兴只在班上晃了两天是三天，就再也没来过。我们都以为他转学了。"

李华回去将儿子关在家里，用鞭子将他抽得鲜血直流。他才说了实话，和几个混混在一起，家里给的钱给混混们买了录像票，每天都在录像厅里看黄色录像。李华两口子感到大事不好，儿子彻底完了。

李九兴被关在家里，被几个混混解救出来，逃得不知去向。李华派人四处寻找，均无踪影。

一周后，两位民警到家里找李九兴。李华两口子才知道儿子和几个混混一起轮奸了一位13岁的小女生。很快被抓到派出所关了起来。李华两口子觉得脸面尽失，没有去管他。因为他年纪太小，被送到了省工读学校去改造教育。

三年后，他从工读学校回来，李华两口子还以为他改造教育了三年，年纪也大了，应该比以前懂事些。但万万没有想到，他依然流氓成性，居然偷看姐姐们洗澡，被李华打了两耳光。后来便离家出走，不知去向。

李华两口子见儿子这样，欲哭无泪。想当初生他的艰难情景，两口子恨不得撞墙。老爷子要传宗接代还死不瞑目，逼着我们生儿子，怎么就生出了这么个孽种，不但难以传宗接代，还败坏了李家的名声。

半年后，李九兴因为参与贩卖毒品，还伴有强奸罪、轮奸罪、盗窃罪，四罪并罚，被判处死刑，立即执行。

李华两口子听到儿子死刑的噩耗，流着泪水追悔莫及。对儿子小时候的放纵和娇宠，以为大一点了可以管束教育得过来的，可万万没有想到这么小，性格就木已成舟，不可改变了。李华号啕大哭：儿子的变坏完全是我一手娇宠出来的啊！我该死呀！我该死呀！李华在半醒半睡中听到了老爷子悲惨凄凉的喊声：还我孙子来！还我孙子来！还我孙子来……

第二天一大早，李华一头撞死在自家的墙柱子上，张小凤扑在丈夫身上已昏死过去。

与你共品：

　　单传独苗李九兴从小寄予了李家兴旺发达的美好愿望，承担着李家传宗接代的神圣使命。可是长大后却因为犯下累累罪行而被判处死刑，父亲李华也因悲悔交加而撞柱自尽。李家的悲剧让人唏嘘，李家的断代让人深思。

（陈诗华老师）

瞎花钱，癌症就是绝症，吃什么药都没有用，白白在甩了十多万。

生命的最后阶段

颜老师当了几十年的老师，培养学生无数。退休后一直在家陪老伴周老师。每天二老在一起练练书法、读读书、跑跑步，日子过得挺舒坦。五个子女早已成家立业，且都有了小孩。平时过年过节，子女们提着烟酒来孝敬。二老每年上十万元工资，给孙辈、重孙辈红包上万。平时哪家有困难，二老总是不动声色解囊相助，一大家子过得和睦融洽。

这几天，周老师浑身无力，咳嗽得厉害。到医院一检查，得了肺癌，癌细胞已经扩散。颜老师每天陪伴左右。第一年，颜老师看护老伴还比较轻松，只是心情比较郁闷，老伴的身体一天比一天差。到了第二年，老伴瘦了很多，更加没有力气，四肢疼痛，特别是背部痛得难受。听说得癌症的人一消瘦，就说明癌细胞在泛滥，在世的日子就屈指可数了。

颜老师找主治医生，要求用特效药。医生说："我们这里没有，要到省医院去弄，但比较贵，一个月要八千多元。"颜老师说："只要有效，您帮忙弄吧，多少钱都行！"医生说："此药叫靶向药，先要将病人的体检报告发过去，依病情对症配药。"医生看颜老师诚恳急切，便答应去弄。

靶向药确实有效，慢慢地可以吃点食物了，精神状态也有明显好转，浑身疼痛减轻了许多，背部也轻松了些，基本上不咳嗽了。

一年之后，以前的那些症状又出现了，且越来越消瘦，背部、腰部疼得大汗淋漓。医生说："靶向药要换代，新药还没出来，要等一段时间。"颜老师心里明白，花钱也挽救不了老伴的生命。他希望子女们多安慰安慰老伴，可他们来得越来越少。老伴的疼痛一天比一天加重，她咬紧牙关忍着不出声，怕影响其他病人。但疼痛实在难以忍受，便喊老颜找医生来。医生说："吃点止痛散，万一还疼，开点杜冷丁。"

吃了止痛药，好了些，但晚上又疼得不行，再服杜冷丁，这才安静地睡着了。

老三夫妻来了，儿媳妇埋怨颜老师："瞎花钱，癌症就是绝症，吃什么药都没用，白白地甩了十多万。对妈有用吗？只能增加痛苦。早走晚走都是走，早一点走对妈好，大家都好！"老二、老四也来了，看看睡着的母亲，兄弟俩都摇头，不行了，可能就在这几天。

三个儿子把颜老师喊到门外说："您不要想办法用钱阻止妈升天，再多的钱也无力回天，妈也痛苦，让她早走早解脱。"颜老师听了火冒三丈："我怎么就养了你们这些忤逆不孝的东西！"越想越觉得自己很失败，搞了一辈子教育，不知教化过多少忤逆的学生成为孝子，不少人还成为国之栋梁，可自己家的孩子却这么忤逆不孝，心里老想着钱！特别是三媳妇，从小就没妈，缺乏教养，平时喜欢搬弄是非，目无尊长，一到关键时候，更是无法无天，蛮横无理，真是家门不幸啊！

颜老师十分沮丧地坐在小凳上，望着他们离去，一言不发。

老大和女儿五妹夫妻也来了，一进门就去母亲床边。颜老师向他们摆手，小声说："刚吃药，睡着了。"

老大将颜老师喊到门外，征求老爸的意见："老妈的日子可能不长了，您有什么想法讲出来，我来落实。"颜老师看看老大，摇了摇头，说："我没有什么打算，你看着办吧！和和气气就好。"

第三天中午，周老师撒手人寰。儿女们得知消息，打电话通知亲朋好友前往殡仪馆吊孝。老三夫妻俩特别积极，将几位做道士的亲戚请来做法事。大哥大嫂一来，三媳妇就主动过来和他们商量，并毛遂自荐，说自己住城里方便，熟人多，好办事，就由她和老三按照大哥大嫂的意思负责接待客人料理丧事。她说："先统计一下四弟兄和五妹的客人数，请大哥将数字报给我，我来统一安排桌席，孝服请老三根据统计的数字去买。妈的寿衣寿鞋，她自己早就准备好了，我已带来，只差盖尸布，该女儿女婿去买。请大哥通知五妹，要红色的。立碑也是女儿女婿的事，大哥你去看安葬的地方，钱由大家平摊。吃饭记人头，五家各收各的账。"

葬礼搞得十分隆重，五个子女的亲朋好友聚在一起，热闹非凡，酒席整了二百多桌。将母亲送上山后，四弟兄坐在一起分账。三媳妇将账目公布给五家成员过目，大家认可后在上面签字。四兄弟每家公摊五千元，来客每人吃饭六十元，母亲的安葬费及补发工资到位后四兄弟平分。颜老师在一旁，没人征求他的意见，心里很不是滋味。女儿五妹掏了一万多元的安葬费，一听分钱没她的份，郁闷极了，就鞋底抹油溜之大吉了。

老三负责落实周老师的安葬费及补贴，总共只有五万多元。三兄弟怀疑其中有"猫腻"，但又拿不出证据。大家对此耿耿于怀，如果确实贪污了，露底是迟早的事。

颜老师回到家里，三年多来陪护老伴太辛苦，这几夜完全没睡觉。老伴离世，对颜老师打击特大，以前吃穿，无须他动手，现在孤孤单单的，谁来关心自己伺候自己？这么想着，脚下一滑，便倒在了厕所里。幸好老大过来将他扶起，但脚腕疼得不能落地。老大找来老三，将颜老师送到医院。颜老师八十六岁了，腿脚受伤，行走不便，就住在了医院里。老大一直陪着，老婆打电话说家里有急事，要他立马回家。老头子腿脚不便，上厕所怎么办？等父亲上了厕所，大儿子才匆匆离开医院，回家的路上给老三打电话，让他过来照看一下老爸。老三答应了，三媳妇说："不行，你老爸又不只生了你一个，他们怎么不去？说什么你今天都不能去！"老三吃了晚饭，以散步为借口跑到医院。一进门，看到老爸滚到床下，裤子、地下到处都是尿。老三赶忙喊护士，他将老爸背到厕所里换衣裤，再背回到床上。他在那里守到十点，媳妇打电话要他快回，他扶老爸上厕所后也回了家。

第二天一大早，老大从乡下赶过来，老爸正憋不住想上厕所，见他来了，像见了救星似的十分高兴。背老爸上厕所后，大儿子打电话通知几弟兄全来。

四弟兄到齐了，老大讲了自己的想法，决定每人看护一天，时间自己定。开始大家都说没时间，后来见大哥认真而严厉，便各自报了一天。

四天很快过去，颜老师出院回家。老大要他用双拐试试，看能不能站起来移动脚步。但脚还没落地，颜老师就闭着眼睛咬着牙关喊疼。这不行，必须找个人看护。老三住得近，于是将他喊来商量，老三犹豫了半晌才说："你们都隔得远，这是实情，但我也不能白干呀！"老大便说："老爸每月工资四千五百元，给一千五百元行吗？"三媳妇接过话茬："老头子躺在床上，又没地方用钱，给两千元，吃喝拉撒我们全包了。"老大稍加考虑，便同意了，但他强调了两点："老爸床上应该有一年多未洗了，衣服还是一个多月前五妹洗了的。先帮老爸洗个澡，把被单被套、衣服鞋子洗一洗。老爸不能行走之前，老弟还要挽他上厕所，估计过几天，他就能挂双拐行走了。一日三餐，你们给他吃的就行。"老三夫妻俩连连点头："没问题！"

三媳妇暗自得意，终于有机会报一箭之仇了。当初老三找对象，硬说老娘不能做颜家的媳妇，差点泡汤。老三拼死拼活非老娘不娶，才得以进颜家大门。

老三一天挽扶老爸上几次厕所，反复交代老爸少喝水，不要吃得太饱，免得经常上厕所。三媳妇给公公送饭菜，少都不说，餐餐是生饭，菜也特别难吃。颜老师心里明白，三媳妇这是借机报复他，于是决定挂着双拐到外面去吃饭。不然的话，几天下来，饿死无疑。他将双拐挂在床下，努力地从床上下来，又慢慢移动脚步，在抽屉里拿了五十元钱，一瘸一拐地移出大门，向街上的小餐馆走去。餐馆里的人均认识他，万分惊讶，颜老师怎么成这个样子了，全身臭烘烘的？但老板还是热情地做了他想吃的饭菜。回家的路上，邻居用异样的眼光望着他，心里在说：颜老师一表人才，为人正直，助人为乐，如今怎么搞成这样子了？

隔壁家的李均山，前几天他老妈来这养老。老太婆七十多岁，身体十分硬朗，十年前儿子李均山买房子曾咨询过他。看到颜老师，都有点不认识了，她试探着叫了声"颜老师"。颜老师迟疑了半晌。"您不认识我了？我是李均山的妈妈，您还帮我写过春联呢！""对不起，想起来了，想起来了，老了，记性不好，记性不好！"两位老人聊了一会家常，老太婆送颜老师回家，帮他把被子床单衣裤全洗了。

此后，老太婆每天早上给颜老师端早餐过来。颜老师感到特别温馨，人逢喜事精神爽，脚一下子也不疼了。李太婆乐于照顾颜老师。早餐搞得很有特色，有时是面条加青菜，有时是豆皮和鸡蛋，有时是油条配豆浆……颜老师好像回到了过去美好的时光。他十分喜欢李太婆，每次李太婆过来，都要情意绵绵地看着她，有一天，她看着颜老师吃面条吃得有滋有味时，便问："您觉得这面条好吃吗？"颜老师连连说："好吃，好吃！""您希不希望长久地吃下去呢？""当然希望！求之不得！"颜老师十分懂行，放下筷子，将一只手按在李太婆的头发上，开始抚摸起来。"李妹子，你今年高寿？"李太婆高兴地回答："七十八岁，老了啰！"颜老师说："妹子，我大你八岁，身体没你好。""老了，男人需要女人照顾，您的身体慢慢就会好起来的。"说着，两位老人拥抱在了一起，彼此喃喃地说着心里话……

两位老人快快乐乐地相处着，心里充满了美妙的梦想，每天的中饭、晚饭，李太婆也陪着一起吃。

颜老师不需要老三夫妻照看伺候，老大知道后，每月给他们的两千元工资便停发了。三媳妇心里很不是滋味，断定是这个乡下老太婆将她的两千元给夺走了，决定给她点厉害看看，用指桑骂槐这个绝招让她知难而退。于是，在老太婆端早餐过来时，三媳妇开始咒骂："颜家的鸡蛋被黄鼠狼给吃了，大家都来看啦，黄鼠狼给鸡拜年，想吃鸡蛋没安好心……"她咒骂的话语太长，还有些绕口，第二天又改了："乡下的黄鼠狼吃了颜家老母鸡的蛋还想吃母鸡！"她感觉还不够狠，又改道："乡下的黄鼠狼不怀好意，想偷吃公鸡啦！"这下她觉得简洁明了，还一语双关嘞！于是每天早晨喊街式的咒骂不已。但李太婆一心想着颜老师，沉浸在美好的梦境中，丝毫没注意她在骂什么。因此，她骂她的，李太婆照常往颜老师家里跑，两位老人沉浸在卿卿我我的快乐幸福之中。

一晃，半个月过去了。一天，李太婆的媳妇在家休息，起得比较迟，听到了三媳妇的骂声。一听"乡下的"就提高了注意力，后面的内容没听明白，但她琢磨了半天，肯定是在指桑骂槐，骂我们家老太婆。于是告诉婆婆再不要去做好事了，人家骂你是乡下的黄鼠狼呢！

李太婆气得浑身发抖，但她心里想着颜老师，每天看他从门前走过，眼光总要偷偷地跟好远，晚上连觉也睡不着，在梦中总是与颜老师在一起。颜老师见不到李太婆，心里像猫爪子在抓，整夜整夜睡不着。一周下来，就躺在床上起不来了。

刚好大儿子到县城办事来看老爸，赶忙将他送到医院。在医院里住了几天，一直是老大照看。颜老师心里惦记着李太婆，想早点回家。回家后，颜老师提出一个请求："我想找个保姆看护，不麻烦你们。"大儿子沉吟道："那找谁呢？"老爸说："可以找李均山的妈妈，她照看了我二十天。"老大把父亲这个想法对几个弟妹说了，三媳妇坚决不同意，她说："肥水哪能流外人田？这钱不能给子女吗？"老大说："老爸的钱，他自己说了算。再说你们也不愿意伺候他，上次答应给老爸洗衣服被子的，你洗了吗？不说了，依老爸的！"于是，老大去找李均山，李均山说："只要老娘愿意，我没有意见！"李太婆当然求之不得，上次没有报酬她都愿意，何况还有两千元的工资呢？于是写成协议，双方签字。

三媳妇无法阻拦，又使出了"绝招"，每天咒骂不已。

李均山的媳妇听到了，坚决不让婆婆继续当保姆，七十八岁了，自己都快死了，伺候别人不说，还要挨骂。

李太婆被迫回家，给两位老人的心理造成了极大的伤害。一周之后，颜老师又病了，这次病得很重。

颜老师是我的启蒙老师，我们之间还沾点亲，是我远房姨父。我从上海回来看他，他躺在床上已经起不来了，问他哪里不舒服，他说："我没有病，肚子饿，心里有病。"养了五个子女，没有一个愿意照顾他，找个保姆，照顾得很好，三媳妇天天骂。人家走了，他两天没吃饭了。我赶忙给他到餐馆里端饭菜。吃了饭，他还能起来行走。于是我给老大打电话，他是我发小，关系还不错。老大赶过来，我对他说："颜老师劳碌一辈子，怎么连口饭都不给他吃？找个保姆，三媳妇天天骂，把人家骂走了，又不安排人伺候，总不能把老人活活地饿死吧！你们到底管不管？你们不管，我这个学生可以管！"老大感到很没面子："你不说了行不行？今晚就将老爸接到我家里去！"

半年后，颜老师驾鹤西去，据说走得十分凄惨。老大两口子去养鸡场了，半月回来一次。颜老师一人在家，无人照顾，等他们回来时，颜老师的尸体已经有点臭味了。

李太婆听说颜老师走了，好好的，突然仙逝……

颜老师走后，留下的钱由五个子女平分。但对每月两千元的保姆费，三媳妇大造舆论，说是老大贪污了。为此，三媳妇抓住老大的胸口道："你说我们没照管好老爸，两千元收回去了！你倒照管得好，老爸死了几天都不知道！两千元，半年，六个月，就是一万二千元，快点拿出来分给大家！"老大对老爸的死十分愧疚，马上同意拿钱。

老大出面安葬老爸，请客就在自己家里。几位弟妹趁政府只准红白喜事请客，于是大请一通，将所有亲朋好友叫来，借老爸之死收人情钱。五个子女请来的宾客上千人，家里摆不下这么多宴席，便分散在附近的餐馆里。

送走父亲，几弟兄又进行了一场经济大战。三媳妇听说老大这次要亲自和老二去落实安葬费及补贴，顿时暴跳如雷，砸烂了老大家的方桌，打伤了二嫂。老二的儿子"果断"出手，打断了三媳妇的腿，让她在医院躺了好久……

与你共品：

俗话说"百善孝为先"，"孝"对众多子女来说就是一面照妖镜。文中的三媳妇尖锐刻薄，自私狭隘，是利己主义者的典型代表。孝不仅是物质上奉养老人，而且还要遵从老人的意愿，心灵上与老人契合，这样才能避免老人抱憾离世的悲剧发生。

（张昌雄老师）

（此文发表于《泉州文学》2022 年第 3 期）

老师都来自各个不同的学校，教法都带有各自的地方特色。要他们突然间舍其传统另搞一套，他们能接受吗？

课　改

在异地买了所学校，这所学校就像浮在云中的楼阁，我心中极为不踏实。在家乡找了几个帮手，想在此校搞教学改革，提高教育教学质量，增加亮点，扩大影响力，赢得社会的好评，慢慢地让其落地生根。

一

此项工作想从家乡人中挑选对象进行课堂改革。有了此种想法，就在他们几个中间遴选高手来进行。是找年轻人，还是找有教学经验的老同志？考虑了好几天。为了稳妥，想先找刚退休的赵一芳老师谈谈。

赵一芳是个曾经在县市两级公开课中获得过一等奖的大师级教师。

她担任七（1）班的语文课，带班主任。

由于她以前在教学方面做出过骄人的成绩，十分欣赏自己的一套教育教学方法，有可能抱家珍金玉不换。

我赞扬了她过去的辉煌业绩，肯定了她深厚的教育教学功底。然后再谈到该校目前的状况，征求她的意见，看有没有好的措施将来自五湖四海的五花八门的教学方法统一到一套规范科学、有利于提高学生成绩的课改方案中来？她笑着说：就是要设计个大杂烩火锅，是这个意见吧。

她是名师，此事就拜托给她了。她当时欣然接受，但我提了几点要求后，她便容颜大变，扭曲的脸庞投来一束不屑的目光，令人寒战。她冷笑着说：

你搞了这么多佐料，我难以保证其味道。你另谋高人吧。

我向她解释了半天，她始终冷冰冰，感觉出她内心深处有股无名火在燃烧，随时都有可能爆发。

我只得悻悻然地离开，后来找了位年轻教师王德胜。

二

王德胜一直在外地民校任教，谈到课堂改革，很有心得。他口若悬河，滔滔不绝地谈起了哪所学校是搞的"3+3"模式，哪所学校搞的是"5+1"的模式，哪所学校又是搞的"6+1"的模式……凡此种种，举不胜举。

我问他，这么多的课堂改革模式，究竟哪种模式科学有效呢？

他说：应该是各有千秋。硬要说哪种科学有效的话，我认为"6+1"的模式棋高一招，效果可能会好一些。

由于时间关系，我没有详细探讨下去，而是开门见山地告诉他，我们学校准备搞一套课堂改革模式，将五花八门的教法统一起来，便于评估检测，想征求你的意见！

他沉默了片刻，眼睛直直地望着我，惊讶而虔诚地说：好是好，但难于推行。

为什么？他说：老师都来自各个不同地方的学校，教法都带有各自的地方特色。要他们突然间舍弃传统另搞一套，他们能接受吗？再说，还有三分之一的退休教师，他们绝大多数都是来混日子的，不可能接受新的改革措施。他们不接受，会影响其他的教师。如若要统一教法，必须先做好这些退休教师的工作，不然，是徒劳。

我觉得他说得有道理，但赵老师的工作怎么去做？像赵一芳老师就是一个钉子户，谁能去做她的工作？

王德胜提醒我，先不要去惊动她们，先搞出具体的方案后，要求他们执行时，他们不愿意再去做工作，现在不能谈，也不好谈。

我赞成王德胜的说法，此方案我拜托王德胜来执笔拟写。王德胜丝毫没有迟疑，答应去拟订。为了不让他做无效工，我还是将上次向赵一芳提出的几点要求提了出来，供他拟稿时将以下四个方面的内容包含进去：一是要体现"面向全体，因材施教"的原则；二是要落实先学后教，学生展示老师点评的教学流程；三是要搭建竞争的架构，营造竞争的氛围；四是要以教材为中心向外拓展。

王德胜办事精神我十分欣赏，他将我提出的四点要求用笔记本记上。第二天的下午课间活动时，他便将方案送到了我办公室。

我仔细地看完了方案，向他提出第一个问题："面向全体"应该怎样体现？在方案里应该写出来。

他望着我，有点一筹莫展的样子。过了片刻才反问我：您有什么办法解决？

我说有呀，小组学习制，这是课堂改革必备的配套措施。如若课堂改革，没有小组学习制做课堂改革的载体，那课堂改革就是空中楼阁。怎样建立小组学习制？你得动动脑筋，查查资料、信息。搞一个方案出来，我俩再来讨论。

王德胜第二天就给我送来了方案。我从头到尾地观看了一遍，提出了两点补充。一是应以寝室分小组，让男生女生不混杂。男生女生不能同在一个组，至于为什么？我暂时不谈此事，你先去悟悟！除了小组学习制是必备的配套，还有一个配套措施也是必需的，十分重要，即课堂评比制。也就是我开始讲的要搭建竞争架构，营造竞争氛围。没有评比制，课堂改革就会缺乏激情和动力，中途一定会名存实亡。

王德胜望着我，眼睛里充满了信服之光，有点醍醐灌顶的味道。

王德胜又去忙活了两个晚上，又将方案送过来。我看后告诉他：执教者必须兼任两个角色：一是要当好导演，以教材为剧本，每堂课均要有一个详尽的安排，上哪些内容，解决哪些知识点，哪些内容占多少时间，布置哪些作业等等，执教者均要安排好；二是要当好裁判，对于各小组的学习情绪、劲头、发言的质量，展示的对错都要有个较为精准的评分。只有执教者无私无畏，公正公平地当好这两个角色，这堂课就一定会让学生收获满满，并且个个激情满怀。

王德胜高兴起来，原来您对整个课堂改革早就成竹在胸，只是在有意地提高我的能力，让我自己去悟去感受。感谢您的良苦用心，我会去认真体会，好好去按您的指点拟订好这个课堂改革方案的。

王德胜将方案重新修改后给我送来，我又在课堂流程上进行了一些必要提醒：文科类老师在备课中需要注意哪些，理科教师需要准备哪些资料。教材中的思考题应该如何解决。

王德胜又经过了近一周的修改拟正：将课堂改革浓缩成六字模式：学研示拨练评六个环节。每个环节均有较具体的要求。

我看完他拟订好的课堂改革方案，十分欣喜。一是觉得此方案是我平生看到的较为科学实用的方案之一；二是我觉得王德胜是个难得的人才。谦虚、有悟性、有恒心、有毅力，以后一定会是成为教育教学改革的精英。我对此校的改革充满了信心。

三

我将此校教科室主任的重担托付给他，他欣然接受。经过协商，制订了推行方案。开教师大会，在会上我先充分肯定了这个方案的科学性和实用性，鼓励大家严格按方案流程去执行，一定可以收到良好的效果。

会上，王德胜详细讲解了课改方案及其配套措施。会上就有人在小声嘀咕：除非有谁比我带的班强，我才信服。

我在上面听得十分清晰，我想王德胜也一定比我听得更清晰。

首先第一步，先成立小组学习制，每班均得按要求组织。可赵一芳公开抵制，并说，如果王主任的班比我班做得好，我就按他的方案做，否则，我不会。如果要强制执行，我辞职走人。

王主任找我，由于手头无备胎，为了稳定，只得让她坚持。但给王德胜无意中施了压，他如果不将他的班级带好，此课改将会前功尽弃。

其他几位班主任，特别是几位退休教师也马上跟着这么说。

晚上王德胜跑到我办公室坐了好长时间，我叮嘱他别气馁，要坚持。但必须马上召集你班上的科任教师开会，统一思想，要求他们严格按《方案》流程去上课。

我亲自督阵指点。

科任教师联系会开完之后，在班上开学生的动员大会，成立小组学习。

学习小组一成立，就引来了不少家长的质疑：我孩子成绩在班上是前五名，凭什么要跟倒数第一名分在一个组，这会将我孩子的成绩拉下去的，如果学校执意要这样做，我孩子申请调班或转学。

王德胜和年级主任搞得晕头转向，我也忙于接待家长及家长委托的关系户。

晚上和王德胜在一起商量，关键是要稳住成绩好的学生，动员他们出面抵制家长的干涉。学生工作比较好做，学生一稳定，思想一通，家长到学校找老师的情况就少了。

班上学生无论成绩好的还是差的，都喜欢这种课改，他们激情满怀，学得十分投入。老师们也慢慢地觉得比传统的教法灵活，有兴趣多了。学生学得轻松愉快，知识掌握得牢靠。教师教得有趣味有感悟，不像以前一个人独自忙碌不已，学生像木偶。这种教法将学生的灵性激活了，这才叫老师，书才教得有味道。看到充满灵性的有求知欲望的孩子们，心情十分的开朗爽快。

可是月考情况，比其他几个班级只稍显优势，区别不太大。

四

王德胜十分着急，分数一统计出来，他马上召开科任教师联系会，认真分析了考试的得失。订了下一个月的措施，学生人人对照上月订的目标找出未达到的原因，制订下一个目标，并且人人发誓表态，一定要达到目标，为父母争光，为班级争光，为老师争光。

王德胜精神抖擞，发誓一定要将这种课堂改革模式推向成功的高潮，让师生在这种模式下教得开心，学生学得愉悦并充满激情，能不断地超越自我，完善自我。

赵一芳心里开始有点感触了，经常跑到王德胜的七（5）班来观察学生们的学习状态，发现了新大陆：孩子们个个像打了鸡血一般地亢奋，个个兴高采烈，人人充满了斗志。她感到不可思议。这样的改革居然能使学生突变，在学生的展示中她发现学生怎么一下子变得如此会说，尽管她站在外面听得不是很清楚，但她觉得这种教育方法，正是她探索了几十年的，期盼已久的，今天她真真切切地感受到了。于是她回到班级开始分小组调整座位，学习起课堂改革方案来。

她一边琢磨着方法，一边又感到茫然，不知该如何往后开展。她想去向王德胜请教，但碍于脸面。她几次想去请教，但总是迈不开脚步。每天一不上课，她就跑去站在七（5）班教室外面观察里面的动静，想学习改革的一些做法。然而，她不了解《方案》的全貌，凭在外面观察那是学不到真经的，解决不了她在班上推行改革所遇到的困难。

小组学习，她表面上已经建起来了，但不知怎样配合《方案》，起到小组学习应起到的作用。她听到隔壁班上学生们在喊口号，她十分激动，但她没搞清楚为什么要喊口号，喊口号有什么好处。因此她不敢盲目的要学生跟着学喊口号。

很快距期中考试只有一周了。

七（5）班在期中考试前一周，召开誓师大会，各组派学生代表上台表态，发誓要全力以赴，达到预定目标，超越自我，为小组争光，为班级争光。学生们群情激昂，气壮山河。

期中考试到了，学生们个个摩拳擦掌，跃跃欲试。

王德胜比学生们更有信心，他心中考虑的是：一定要以优异的成绩让全校师生认可他设计的课堂改革方案的实效性。

期中考试成绩揭晓，七（5）班高出其他班级一大截，高分段是另外三个班的总和，特别是他这个班没有差生，全年级200多名，他班最差的学生也在150名以内。

五

学校召开期中总结大会，分析了推行《方案》的好处，要求全校各班均行动起来，王主任还给各年级订出了日程表。大会开完后，除七（5）班的教师可以离开外，其余的留下来开会，学习推行课堂改革方案的实施流程。

赵一芳老师听得十分认真，还有两位退休老教师觉得不可思议，他不想改革，认为自己年纪大了，学习新的搞法，已没有这个必要，当场离去，要求辞职。

我当时觉得老师一下子难找，让他一人暂时不参与改革，一旦他带的班级落后于所有其他班时，家长学生自然会给他以压力，到那时他不改革也由不得他了，同时，要在网上招聘教师，有教师随时将其换掉。

王德胜的教科室主任当出了名，每天均有不少教师来向他请教。他心情愉悦，但忙得不可开交。

全校各班均在热火朝天地搞课堂改革，师生的状态十分好，家长们也来捧场，教室里坐满来听课的家长，家长一人一张嘴，均是大喇叭，胜过新闻媒体会。

期末考试，成绩一揭晓，我校的成绩综合排名排到了全市第一名，引起了当地教育主管部门的重视，并引来了周边学校的参观学习。

第二年秋季，我从家乡又带过去了十二个教师，将那批退休老师换下来。学校进入了良性循环，曾经的空中楼阁落在了大地上。

王德胜主任出名了，几个学校用高薪请他去，他碍于我的面子，始终未同意。两年后，我在办了另一所学校后将此校全权交给了他。

与你共品：

课改推行起来难，特别是民办学校，教师水平参差不齐，推行起来更加困难。但该校长改革的决心大，改用年轻人，将课改居然推上位，效果特好，取得良好的社会效应，引来了周边学校的参观学习。

王德胜改革成功后，出了名，几个学校用高薪请他去，他却不去。但老校长将学校的大权交给了他，诠释了好人有好报的因果关系。

（小清老师）

180

货比三家，中考夺冠之后学霸辗转择校，却最终花落"待遇"最低的民办高中德昕学校，只为了更好地"成长成家"。

夺冠之后

全胜贵初中毕业，升学考试 750 分的总分，考了 723 分。此成绩翘楚全市，比第二名多了 15 分。这朵鲜艳的牡丹花，香气四溢，誉满全省，引来了省内几所顶级高中的关注。

首先造访的是省级重点高中——华阳中学。此校办学历史悠久，属少有的百年老校，该校出生名门望族——名总理首创，有着独一无二的高贵地位。一百年来业绩斐然，培养的名人荟萃。近几年来每年均有 30 多名华阳学子挺进北大清华；其次是对优等生有你想象不出的优待：学杂费、生活费全免，享受高额的奖学金制度，每次学年考试前十名奖金近万元；考上北大清华，五家国企资助奖学金五万元；宿舍只有两人一间，学习环境，生活条件均属国内一流。

老师分条缕析地讲完之后，拿出一张"就读协议书"，笑吟吟地对家长和全胜贵说："如有意向，请认真看此协议，看完后，觉得可行，就在左角处签上父母双方的姓名，学生在父母栏下面也签个字！"说完，朝全胜贵瞧了瞧，觉得全胜贵比较冷静，望着爸妈未作声。爸妈看了看儿子，都没有作声。此时，招生老师便说："不要有压力，一切采取自愿！今天未考虑好，在一周之内签都行。"

孩子妈心里痒痒的，希望马上签，这么好的学校不去，难道还有更好的不成！孩子爸用膀子碰了她一下，要她别着急，过几天后再说。

儿子全胜贵早在网上了解了省内几所顶尖级高中，他觉得华阳高中只能算个中等。因此，他一直比较沉默冷静。

第二天一清早，省师大附中一位招生老师闯进他的家。此老师50来岁，长得十分精明，一进门便说："全胜贵同学到我师大附中去，我包你上北大清华。这十几年来，我校一直蝉联北大清华生源之冠，近几年还在不断攀升：去年41人，今年45人。到我校去，一切费用全免，包括生活费。班级可以自由组合，三年后考上北大清华，享受助学金六万元。老师讲完，用期待的眼神望着俩家长，还不时地观察着全胜贵的反映。看样子，多么希望全胜贵马上订下来，与他签订合同。"

孩子爸爸走近老师说："我们还想到贵校去看看！"老师赶忙说："去之前，打这个电话给我，我会十分热情地接待你们的。"

老师走后，孩子爸妈都开始由喜转为不安起来：这两所重点高中，一个名气大，一个考得好。选哪一所呢？便对儿子说："选哪所学校爸妈都听你的。"

正说着，又闯进来一位老师，进门便介绍："我是德昕省级民办高中管教学的副校长王敬斋。"望着全胜贵大声地说："恭喜你呀，全胜贵同学！自古荆楚出文才，723分，好成绩呀！欢迎你们全家去我校看看，去时就打这个电话，我会热情接待你们的，学校的情况我就不介绍了。全胜贵就读我校，一切从优，除了生活费，其余费用免交。两人住一间宿舍，同室人任意挑选，每天晚上有宵夜，期中期末考试前十名奖励八千至两万元，考上北大清华助学金6万元。我们德昕是民办高中的老大，在国内外均是一张响当当的名片。真诚地欢迎你们一家人去我校观光做客！"

由于来造访的学校老师太多，孩子爸决定锁上大门到省城去考察学校。

天没亮，东方泛红，他们一家人便开着小车迎着朝霞向省城驶去，两个多小时的车程，一会儿工夫就到了。吃过早餐，便导航到了华阳高中。

向门卫说明了来意，便进了校园。他们怕惹上麻烦，未敢与招生老师联系。这所老牌高中，俨然像所大学。他们到里面兜了一转，花去了两个多小时，转得都有些累了，便走出了华阳高中。

吃午饭时，要儿子谈感想。儿子全胜贵在网上早已熟悉该校，觉得印象还不错。但他对爸妈说："下午去省师大附中看看，有比较才有鉴别。"于是爸妈都点头赞同。

下午两点，他们走进了省师大附中校园，感觉上比华阳高中强。校园面积更大，但校舍比华阳的壮观、气派，文化宣传方面丰富多样。总的来说，省师大附中要好一些。

为了摸清三所学校的情况，他们一家没有当天赶回去，而是在宾馆里住了下来，其目的是私访三所高中，为儿子择校做事实依据。

清晨，太阳作美，喜滋滋地从东方跳出来了，鸟儿在说：快起床，快起床！

他们一家人吃了早餐之后，便导航到了德昕民办高中。

这所民办高中，建校时间不长，校舍色泽鲜亮美观，校门修得别致高雅，像一只鹍鹏展翅，也像一本打开的书卷。走近校门，校门的左边有一尊高大的孔子雕像，他面向前方，瞩目看世界；校门的右边是屈原雕像，与孔子雕像一样高大，他那忧国忧民的目光目睹着社会的发展，他的上方有一块大屏幕。屏幕上滚动播放着校园校舍，解说员正在用浑厚而带有磁性的男中音讲解着校园校舍科学的布局。

他们一家三口听着优美动听的解说词，观看着精美绝伦的校园视屏，内心深处受到了极大的震动，产生了崇敬的心理。从屏幕上得知该校长廊"井"字形建筑是她的一大特色。

进了校门，从左边长廊进去，长廊的开篇提示写在一块心形板上，从上面得知左边的长廊两边的挂画内容是由 39 所世界名校构成。北大清华并行而立，画面充满了立体感，一进入就有一种亲临其境之感。接下来是上海交大与复旦大学，浙江大学、南京大学、西安交大、哈尔滨工业大学、少年科技大学、武汉大学、华中科技大学、南开大学、厦门大学、中山大学、深圳大学、人民大学、北京航空航天大学、北京师范大学、香港大学、台湾大学，美国的纽约耶鲁，英国的牛津和剑桥，日本的东京大学及京都大学等，长廊的尾端还有对 39 所世界著名大学的结论篇，令人大开眼界，受益匪浅。

走完左边长廊，转到六层楼的教室走廊。此走廊两米九宽，一边是教室墙，墙上贴满了名人名言。但仔细观看才能发现那些稚嫩面孔的少年，却是本校学生，占去了名人名言的三分之二。学生的那些感悟虽然稚嫩了一些，但与名言警句相比却是各有千秋，毫不逊色。这种做法，让学生们小小年纪就有了名人伟人的境界及思想，这是一种激励，更是一种提高。令学生们在言行上刻意要求自己规范高雅，在学业上更加刻苦钻研，在思想上力求向上向善，在心态上保持大度宽容，乐观进取，走向名人之道，从而赶超名人。

走过教室，向右边长廊迈进，此长廊的尾部也写有一篇结论，对 39 座世界名城进行高度的评价：这是世界人民的智慧结晶。她从上海北京到天津重庆，从广州深圳到香港澳门再到台北，从武汉沈阳到南京杭州，从美国的纽约到华盛顿，从英国的伦敦到法国的巴黎，从日本的东京到朝鲜的平壤，从韩国的首尔到新加坡……39 座世界名城近在眼底，身处其间，令人震撼惊讶。

走完了主长廊再转向北纬长廊迈进：向东是三层食堂，高朗气派。长廊的挂画内容有关种植粮食的艰辛过程以及粮食的重要性，有"饱汉不知饿汉饥"的小故事，每个小故事都感人至深，还有古人对爱惜食物的诗词，让人看后无不深受教育。

站在东面长廊的观礼台上向东望去：那是广大开阔的运动场，400 米的环形跑道围绕其中，中间是绿茵如毯的足球场。整个运动场均红绿相间，美丽壮观，运动场四周都是观礼台，观礼台是梯形的，南北向的北边观礼台的中央是主席台。主席台高大轩昂，美轮美奂。

观赏完了北边的纬长廊，再转向东边纬长廊。长廊两边的画景青山绿水，极为逼真。广袤的大地绿树红花，美丽极了。你不得不感叹祖国山水之美，引无数英雄竞折腰。万里长城就在眼前，三山五岳全在身旁，不由得惊呼自己怎么就置身于这奇绝壮美的崇山峻岭之中了呢！崇山峻岭被玉水江河环绕其下，仿佛能听到大浪拍崖的啪啪声。到了东边顶头的观礼台上向东北望过去，有座圆形高大的楼房，顶上矗立着四个大字——艺术大楼。

走到西头顶端的观礼台上，放眼西望，那边是一座高大雄伟的室内运动场，里面有篮球场和二十七台乒乓球桌，它的前方是一个室内篮球场，它的北边是一个网球场，用绿色的网围着，与之并列的是两个排球场和两个羽毛球场。

看完了这些，再顺着主长廊到校门处，校门的两边更是精彩纷呈：左边是领袖雕塑群，毛泽东主席正在高声地演讲，他的前方是周恩来、刘少奇、朱德、任弼时、陈云、邓小平等人正在聚精会神地聆听。观赏的人们都能感觉到毛主席的湘音在耳边萦绕。校门的右边是以朱德为首的帅将雕塑群：十大元帅，十大大将，十大上将，30个将帅，个个神采奕奕，毛主席指向哪里他们就能打到哪里，所向披靡。

看完了雕像群，放眼环顾，还能望见散落在校园四周的世界科学家及战斗英雄董存瑞、黄继光、邱少云，还有雷锋楷模，焦裕禄书记等。

全胜贵一家三口从早上的八点到下午的五点半，足足观看了9个小时，忘了炎热，忘了吃午饭。就像艺术家进了法国的卢浮宫，流连忘返。要离开了，全家还是依依不舍，特别是全胜贵这小家伙更是依恋不已，不肯离开。对爸妈说："我一定要来这所学校，环境真是太美了，太令人长知识了！"

爸妈心里也受到了深深地震撼，觉得儿子的选择应该是正确的，但应该回去后再定。让这种内心的感动沉淀之后，再做决定才客观，才理性。

吃饭时，全胜贵还在说："这所学校简直把全世界的名大校名城市名科学家革命领袖民族英雄全聚在了一起，如若每天生活在这种环境中，能不成才都是不可能的。"

他爸听了，觉得儿子长知识了，长见识了，表示赞同。

他妈不作声，心里还有个心结未打开。她一直还在惦记着那两所省级重点公办高中。

在车上，儿子在谈感受，在惊叹，在下决心，在发誓。他爸要开车，只能听着，未作声。

他妈望着儿子兴奋的样子，不知是该喜还是该忧。心里在想：两所名气这么大的省城重点高中，生活费都全免，但这所学校生活费不免，三年要多两三万元咧，一年要近万元。

到了家，刚下车进屋，就来了两位招生的老师，问了问情况，便说："我们是金方高中的，你这种成绩了不得呀！愿意去，我们先给10万元，学杂费及生活费全免，考上北大清华后再奖励10万元。"

全胜贵十分反感，对来者说："给多少钱，我也不去！"

他妈跑出来，十分客气地对来者说："您不要生气，儿子不懂事。您留个电话，我们考虑后如果想来就和您联系！"

两位招生者灰溜溜地走了。

两位刚走，又来了两位。一进门就说："我们是永威中学的，您孩子考得好，准备到哪里去就读？"

他爸说："准备到省城去，已经选好了学校，就别让您费心了！"

那人说："我们给你儿子 20 万元，接到我们永威中学去，三年不收一分钱，考上了北大清华再给 10 万元，你们看怎么样？行，这就签合同，钱在我卡上。"

他爸犹豫了，半晌才说："你们留个电话给我，我和他妈商量后，回复你们！"

他妈听到了 20 万元，十分激动，赶出来说："你们学校在哪里？"

"在省城！"那个招生老师说。

"在省城啦！有资料吗？"

"有。"那人赶快从手提袋里拿出几本资料。

儿子全胜贵对爸妈一心想钱十分反感，但静下来一想又觉得家里虽说不太穷，但也不太富有，能为家里减轻点负担又不影响自己考学，岂不是更好吗？于是他从房间里走出来，问那两个招生老师："您校今年高考考了多少个北大清华？"

其中一人回答说："今年考了 8 个，去年考了 10 个，在我们那个区是排在第一位的。"

"行，你们回去，明后天答复你们，我极有可能去当你们的学生！"

晚上为儿子上哪所学校，开了一个三人家庭会：

他爸主持会议：

儿子胜贵选择学校，我们应该从儿子的前程出发，不能着眼于钱。

他妈发言："儿子成绩好，天赋高，我说他在哪所学校都能考得上北大清华，能够多赚点钱，为什么不赚钱？我认为到给 20 万元的学校去。他们学校每年可以考 8 个北大清华，我儿子还不能占到前 8 名吗？像这样的学校，名气虽然不大，但他们十分努力，儿子去了，他们一定会把他当掌上明珠一样看待的。儿子到这所学校去，既能多捞 20 多万，又可考上北大清华，何乐而不为呢？"

轮到儿子全胜贵发言了："如果不考虑经济问题，我想到德昕学校去，那里太美太丰富多彩了！在那里三年一定可以多学到很多知识，考个北大清华并不难，难的是既能考上北大清华，又能学到这么广博的知识，对以后的成才有辅助作用。如果从钱这个角度出发，就到刚才这所学校去，这样可以为家庭减轻负担。你们放心，我在哪里都能考上北大清华的。在这所学校可以多挣 20 多万元，这 20 多万元，爸妈不吃不喝要工作两年。按妈的要求到这所学校去。"

他爸发言："考北大清华的目的是什么？不仅仅是为了考北大清华而考北大清华，考北大清华的目的是想将来能成才成家。如果让儿子将来有所作为，那就应该到德昕去，到那里受到的影响一定不一样。至于钱的事，三年高中即使到德昕中学也只出生活费，三年的生活费我们出得起，三年三万差不多吧！我估计读大学，只要成绩好：一是国家可以公派不要钱，二是可以获取全额奖学金，家里就一分钱也不需要出。我觉得到德昕去，发展前途大些，别贪小便宜，误了大事，我们不学伤仲永！"

但她妈十分不高兴，他爸还未说完，她便进房间去了。

俩父子互相望着，一言也未再发。

坐在客厅里你看着我，我看着你，一点睡意也没有。她妈在房间里，不时地发出声响。

与你共品：

"为什么我们的学校总是培养不出杰出的人才？"这就是钱学森著名的惊世之问。对此，学霸全胜贵中考夺冠之后毅然决然的抉择，或许已经从某个角度为我们作出了正面回答。

（陈诗华老师）

（此文发表于香港《文学月报》2022 年第 12 期）

在习主席提出重视文化自信的今天，集传道、启智、娱乐为一体，熔书法、绘画、识字于一炉的公安花牌，作为优秀传统文化中的一朵奇葩，正日益绽放出夺目的光芒。

柳氏花牌

清朝嘉庆年间，湖北荆州公安县的黄金口镇（现在是村），有一位姓柳名聪的画匠，开了一家纸扎行。每天用各种彩纸为灵界扎灵屋。晚上忙里偷闲，到隔壁家去打骨牌。骨牌32块，玩法十分单一。柳画匠当时突发奇想：这种骨牌，打得太无意思了，有点像小孩子玩家家，过于简单，不要脑子。像这样打下去，会让人智商减退。当时有一位牌友讲："麻将牌，设计得十分高妙，有108块，也是四人玩，比骨牌有趣多了。"牌友对麻将的介绍，激起了柳聪的兴趣。

当天晚上，柳聪彻夜难眠，他想发明一种比麻将更为高明的花牌，能集启智、娱乐、识字为一体。第二天早晨起来，还觉得不够，要将书法、绘画融进去。到了晚上，他又觉得还差点时代气息，主题方面要配合社会，宣传儒家文化，推动社会的发展。柳聪一连几天不思茶饭，像着了魔似的。将两只眼睛睁得大大的，心灵却飞到了蓝天白云间。妻子一连喊了几声，他的魂儿还在那纷纷繁繁的世外间。妻子以为他中了邪，连拍了他三下肩膀，他都没回过神来。心儿却飞到了学堂里，听到了孩子们的读书声："有朋自远方来，不亦乐乎……"妻子吓出了一身冷汗，重重地在他肩膀上又拍了三下。他才嘘了一口气，回过神来："孔乙己，上大人……"妻子望着他："你这是怎么啦？"他还在重复地念着："孔乙己，上大人……"妻子说：你已经两天没吃没喝，将一碗热气腾腾的鸡蛋面端到他面前，"孩子他爹，你就将这碗鸡蛋面吃了吧！我求求你了！"柳聪才觉得肚子有点饿，便接过碗，风卷残云一般一口气给解决了。吃完面后，他便着魔似的向邻居家里跑去。大声地对牌友们说："我发明了世界上最高级的花牌！"牌友们停下手中的骨牌，围着柳聪，要他讲讲高级花牌。

他说："我前几天受到张兄介绍麻将牌的启示，发明了'柳氏花牌'。柳氏花牌比麻将牌108块还多两块，110块。麻将均用玉石打磨而成，高贵无比，穷人用不起；柳氏花牌是用纸做成，成本不是太高，人人都可以参与娱乐。"牌友们瞪着眼睛期盼地望着他，希望一下子将高级花牌讲出个"子丑寅卯"来。"110块，由22张组成。麻将牌每个字有四块，花牌每张牌五块。麻将用二五八作'将'，花牌用三五七作'精'。麻将牌只求圆就可以和牌，花牌不仅要求圆，还必须设立一道门槛。此门槛，请大家开动下脑筋，想想点子，应怎样设？"

牌友们静下来后，觉得不好回答，于是说："用纸做的110块牌，让我们先试一试后，才能想出来。"

柳聪的确是个聪明人，晚上就用厚纸做了110块牌，用毛笔写上了相应的字。还仿照麻将将三个字连成一句，将三块相同的组成一组。他从梦中在孩子们的读书声中找到了答案：上大人，就孔丘一人而已。于是从中提炼出一句：孔一己；又从孔丘向老子学礼仪，提炼出"可知礼"；孔丘教化出弟子三千，贤人七十二，于是提炼出"化三千"，"七十士"，后因"十"与"士"同音，便将"士"改为"土"。孔丘的弟子八九个中就有一个得意门生，又提炼出"八九子"。这样连句之后，既弘扬了儒家文化，又有了很强的时代气息。再仿照麻将的一二三、二三四、三四五、四五六、五六七、六七八、七八九、八九子、八九十，数字只要是三个顺连均可成句。这样他用毛笔在纸条上写出来。

第二天，牌友们将110块牌拿去演试，提出了两个问题：一、既然是花牌，颜色应该是多色；二、门槛怎样设？大家讨论后，都觉得颜色大致分为黑色字和红色字。具体到哪些字？三五七是"精"，应该是红色字。"上大人，可知礼"这两句应该是红色字，另外的13块应该为黑色。有的提出"孔乙己"应该是红色，不能对孔大人不敬。当时就这样定了。既然是花牌，应该有花，除了牌面有花之外，里面还应该有花。三五七"精"应该有花，但也不能全是花，讨论了半天，柳聪最后说："三五七十五块牌中应将两块画花三块牌不画花，形成两花三皮。三五七中的花应画儒家代表人物。"

第二个问题：设门槛，怎么设？大家讨论了半天，没结果，柳聪心里也没数。

那天夜里，柳聪苦思冥想，在院子里走来走去，心里空荡荡的，脑子里一片凌乱。他坐在一张长条椅上，望着天上闪烁的星星，开始数星星：一颗、两颗、三颗……数着数着，突然来了灵感。为什么不设"颗"呢？"颗"不太得体，设"个"呢，怎么样？他对比了半天，觉得设"个"比设"颗"好。他欣喜若狂，在院子里高喊："我想出来了，设个子，设个子……"妻子以为他疯了，跑出来，望着他，生怕他做出什么出格的事来。

第二天一大早，他便将110块牌摆在大桌面上设计起个子来。

那个有打麻将经验的张牌友想出了一个好点子：我昨天晚上演练了多遍，这花牌只能用三人打，一人坐醒（休息），数牌。麻将四人打各起17张；花牌三人打，手中的牌应该是23块。在个子的设置上，他俩琢磨了好多天，才由15个上升到19个。手中的牌，经过十几人的演试，上升到每人起25块。

花牌的雏形已成。经过牌友们的反复演试，又在演试中订出了许多规则：如，只能"碰"或"对"两次；"精"原先是三家都打一样的"精"，现在改为可以各打各的"精"。和牌可以自己摸和，也可以由别人打来和，可以拿"蹽"。

柳聪这一年多来，连纸扎生意都没做，家里快断炊了。妻子每天为他提心吊胆，生怕他神经出毛病。日夜守候在他身边，泪眼涟涟。观察他的一举一动，觉得怪异，猜想一定是妖魔缠身……

此牌惊动了王家大户的千金小姐王德馨，十八九岁，如出水芙蓉，亭亭玉立，鲜嫩可人。王小姐人长得漂亮，还是有名的才女。她一听说花牌的事，就背着父母跑到柳氏家里来，主动要求帮忙制作花牌。柳聪心里在琢磨：你一个黄毛丫头，能做什么？王小姐先毛遂自荐，说自己写写画画都行，粘粘贴贴也没问题。柳聪便要她画儒家代表人物。王小姐心灵手巧，三下两下不到十分钟就画出五人。柳聪一看，简直不敢相信自己的眼睛。画得惟妙惟肖，心里佩服不已。于是将三五七中的人物画交给了王小姐。

柳聪在纸扎行当中干了十几年，绘画和书法是他的特长，他的字形古拙、怪异，似隶非隶，似篆非篆，又介于行书与草书之间，笔力遒劲，结构严谨，每个字都蕴含着一种神秘色彩，生命气息极浓，活灵活现，像要从纸牌上飞腾出去一般，有趣极了。后人称之为"柳体"。但此柳非彼柳（公权），具有浓郁的地方特色。写完之后，自我欣赏了片刻，邀来牌友们来鉴定。让他们不带观点进行评价，主要是提意见。大家都说好，但也有说字写得太古怪，不好辨认。王小姐刚好送画过来，便走进去说了自己的观点：花牌不仅仅是娱乐工具，更是一种艺术。是艺术，如果写得太正规、太死板，就会缺乏灵性。缺乏灵性就没有艺术价值了。为了证明自己的观点，她还亲手写了一套字。她的书法远在柳聪之上，她的字似碑非碑，似隶非隶，也是介于行草之间。但她写出的字，古朴刚健中透出一种隽秀之气，美丽极了。细细品赏，还有一种立体感，比柳聪的还好。柳聪看后，自叹不如。于是宣布字用王小姐的。自己的那一套字收藏起来。这也是柳氏花牌为什么会有两种字体的原因。

柳聪一向瞧不起人，认为这个小地方还没有人在文化方面能超出自己，没想到这个小女子居然在绘画书法上都胜他一筹，特别是在见解上更使他望尘莫及。

王德馨在研究花牌的同时，也被柳聪的聪明才智所感动。她预计此牌的问世，将是对"牌"史记录的一种刷新，将会大大提升娱乐文化水平，将会风行全国。此人智慧超群。在内心深处充满对柳聪的敬仰。

柳聪遇到了难题。制作花牌需要厚纸、薄纸、糊精，各种不褪色的颜料等等。妻子看到他日夜睡不着，人瘦了一大圈，担心死了。并劝导他："孩子他爹，制牌的事，得慢慢来。你饭要吃，觉要睡。不然身体垮了怎么办？我和小英都指望着你呢！"柳聪唉声叹气。从未怕过困难的英雄，此时已是一筹莫展、束手无策了。

第二天一大早，张牌友跑过来告诉他一个好消息：此牌的个子，设在"17"个比较科学，15个太容易"和"了。和吃食物一样没咬嚼。19个又难和了一些，还要尽量使牌与牌之间能够融通。如，孔乙己的"乙"与"一二三"的一改成一个"乙"，另外将"乙"和"九"各拿出两块来带花。三五七上的花是人物，"乙九"上面的花是"鸟"（牌面上的是花草）。这样就全了。柳聪十分高兴，拱手谢过之后告诉他现在遇到了最大的难题：制作花牌的材料。张牌友望着柳聪笑了笑，这叫什么难题，此事就包在我身上了。

张牌友在离开的途中，想到了众人拾柴火焰高，没有搞不成的事。他马上到牌场上一张扬，惊动了王小姐。王小姐风风火火地跑到柳画匠家，要柳聪将要的材料和工具全写下来，她去办理。

192

第二天上午，王小姐就将所需要的材料全搬到了柳家。柳聪高兴极了，痴痴地望着王小姐，心里在想，这小丫头不可思议，对王小姐更加佩服。接下来就是设计具体的制作方案。将一张大厚纸铺在桌面上，用尺画出每一块牌，将纸画满。王小姐说："柳师傅，字应该先写在厚纸上，然后用透明的丝绵纸蒙上一层，这样既不影响牌底色花鸟人物画的鲜明度，又不会褪色。"柳聪连连点头，王小姐便开始在纸牌上写字，先红后黑。

制牌的工作量十分之大，别人又帮不上忙，只有柳聪和王小姐两人。他们累了就伏在桌上歇一会儿。

柳聪的妻子看到自己丈夫这几天有王小姐的帮忙，像变了个人，说说笑笑，高兴极了。她心中暗想，如果王小姐同意嫁给柳郎就好了。看到他俩说话的情态，特别是王小姐那高兴的样子，再看柳郎的眼神，就是一对情人。李氏有了这种想法，便背起锄头从他俩身边经过到地里去了。

王小姐累了，就伏在桌子上打瞌睡。说来也巧，外面突然一阵冷风吹进来，柳聪怕王小姐着凉，就拿了老婆的夹衣给王小姐披上。王小姐根本未睡着，顺势抓住柳聪的手，站起来就往柳聪身上靠，还索性抱住了柳聪。柳聪没有思想准备，吓了一大跳，过了片刻才缓过神来，赶忙将王小姐的手推开，对王小姐说："王小姐，这怎么能行呢？你一个黄花闺女……"王小姐赶忙抱紧柳聪说："柳师傅，我喜欢你，这就够了，难道你就不喜欢我吗？"柳聪赶忙说："我有家室，这怎么使得？"王小姐说："柳师傅，这怎么使不得？哪个有本事的男人不是三妻四妾的？""我哪里有本事？怎么可以！"王小姐哈哈大笑："你才是真正有本事的男人！谁能发明这么高级的花牌？你一定会流芳千古，做你妻子也会跟着沾光的。"说完在他脸上唇上亲个没完。

第二天王小姐从家里提来了大米和白面，李氏感激不尽。中午吃饭时，李氏反复对王小姐的行为表示感谢。感谢她送米送面，更感谢她对丈夫制牌的支持。说得王小姐不好意思，低着头，红着脸，半晌未说话，李氏又往她碗里夹菜。后来，王小姐等柳聪走了之后对李氏说："制牌的困难还有很多，工程任务还大着呢！"李氏忙接过话茬："王小姐，你干脆就住在我家里，还可以节约许多时间。"王小姐说："不可以，我父母老封建，白天过来，都是张叔到家里与我父母说了好几回才同意的，我每天跑跑没什么。"

柳聪十分高兴，不但发明了高级如意的花牌，还找到了千古难觅的知音和称心如意的爱情。人的心情一好，聪明才智就会泉涌而来。首先要让花牌能开启人们的心智，让每一块牌都蕴藏着玄机；第二，要让古朴、灵动的书法能唤起人们心底的喜爱，让人们对书法艺术产生一种敬仰和崇尚，从而能推动传统文化的发展；第三，要让赏心悦目的人物画、风景画、花鸟画开启人们对绘画艺术的热爱；第四，要让人们在娱乐之中识字，继而将儒家教育观念溶解在花牌中，起到寓教于乐的效果。

为了达到这四个目标，他与王小姐日夜琢磨，失败了又重来。坚忍不拔，反复推敲，反复实践，一次又一次提升。经过近一年时光的打磨，终于将精美绝伦暗藏玄机的柳氏花牌制作完毕。

制作完毕后，他将花牌交给张牌友去体验、去实践、去娱乐。希望他们在玩的过程中发现问题。王小姐本来不打牌，但为了花牌的完美，她也组织一批牌友来玩花牌。柳聪和王小姐还隔三岔五地将牌友们组织到家里提意见和建议。大家提出的意见和建议他俩都十分重视，并及时进行改进。直到提不出意见和建议了他俩才罢休。

柳氏花牌就像一只小鸟，慢慢地长大。已经开始长翅膀了，他希望这只鸟儿翅膀长得像鹍鹏一样大，期待它能飞向蓝天，飞遍大自然有人类的每一个地方。

与你共品：

公安花牌史上确有记载，但寥寥数字，语焉不详。本文却将公安花牌创造的全过程以故事的形式娓娓道来，使作品中的知识性、艺术性、娱乐性完美融合，让读者读后如饮金浆玉醴，回味无穷。

（陈诗华老师）

吴法贵一是没有作案动机，二是没有作案时间，冤情是必定的。怎样才能为他洗清冤情呢？

194

多管闲事

20世纪90年代中期，我在向阳大队驻队，有几位村民向我反映一桩冤案：原大队支书吴法贵涉嫌一起杀人案，被关押在案八年之久。村民们多次为他抱不平，到县市两级政府鸣冤叫屈。

八年了，无人过问。这次您来了，能不能帮忙向上面反映反映，吴书记确实冤枉啊！

我这人最听不得"冤枉"二字，于是点头。

村民将案发当天的情况写好，又将吴法贵不在现场的证人证词一并交给了我。我望着村民们那一双双期待的眼睛，主观上觉得冤情的存在，并暗暗下定决心去一探究竟。

清晨，下着麻麻细雨，我们打着伞，到公安局找到了管刑侦的王副局长。王副局长是我大学的同学。我将此案的材料和证词交给他，要求他重查此案。

王副局长怪笑地望着我说：老同学，老毛病又犯了，上次管多余事，受了处分，降了级，怎就不长记性呢？你这叫狗拿耗子多管猫事。

我苦笑了一下说：我这人最看不得冤情所在。上次他们对我就有点不公正，降级也好，处分也罢，我无所谓，只要能为老百姓解忧办事，就心安理得了。你就帮忙把此案重新查查吧！吴法贵一直关押在案，八九年了，村民们不平啦！如若真像村民们反映的那样，案发当时，吴法贵在大队部开支委会，直到大雨过后，他们七人才一起回家，当时已是转钟2点。据法医推断，案发应在11点至12点之间，照此说法，冤情已定。

这么明显的冤情,你作为分管刑侦工作的副局长难道不应该出面重查吗?王副局长说:老夏,你想想,如你所说,案情这么简单,还会出现冤案吗?老王,不管怎样,村民们的请愿,你们再查查,也好将案情做个了结。这样不是两全其美吗?

回到向阳大队,我详细地了解了案发当天的情况。

那是 1984 年 6 月 26 日晚上:

那天下午三四点钟,天气十分炎热,两位老人坐在大槐树下打瞌睡,吴法贵来到两位老人身边,坐了片刻寒暄了几句,说是要准备晚上开会的材料,就回大队部去了。当时邻居李老头王老头在场,这是他们的供词。

晚饭时分,天降大雨,瓢泼一般,一直下到深夜两点才停下来。

翌日清晨,邻居李大姐从两老门前经过,发现里面桌凳横七竖八的,地上还灌满了雨水。雨水是粉红色的,李大姐感到奇怪,走进门边朝里一看,眼前的惨景令她惊愕得差点摔倒。她扶着门框站了几秒钟,跑到路边就开始大喊大叫起来:杀人啦——杀人啦——

公安局来了一大群人,勘察了现场。由于雨水灌到了屋内,凶手的脚印全毁了。没了蛛丝马迹,怎么办?办案人员四处搜寻,得知吴法贵下午三四点钟来此坐过,于是将他带到了公安局。

根据现场情形分析:凶手杀人的动机应该是为了钱财。两老有一对儿女,儿子在美国,女儿在上海,兄妹俩年薪均过百万。凶手杀人后将大框小箱、床铺米桶均翻了个底朝天。凶手应该是个高手,杀人翻找财物均戴着手套。作案后,又将屋外之水放入屋中,将脚印毁掉。

此案由于没有了蛛丝马迹,八年来没有任何进展。吴法贵下午三四点钟到两老身边坐过片刻。吴法贵本人讲:两老的两个子女均是吴法贵的同学挚友,受其子女委托,吴法贵经常来看望两老,还不时地给两老送一些生活必需品。

我将案情了解清楚之后,想到一个问题:如果此案永远破不了,那吴法贵就会永远地关押在案。吴法贵一是没有作案动机,二是没有作案时间,冤情是必定的。怎样才能将他的冤情洗刷清白呢?

纠结此案,夜难入眠。翌日清晨便找王副局长询问此案,他说:老人出了事，老人的子女当时催得甚急，要求马上破案，严惩凶手。老人的儿子加入了美国国籍，通过美国大使的名义来过问此案，给中方施加压力。省公安厅给我局下死命令：必须三天之内破获此案。还派人来亲自督办。三天之后，杳无线索。为了不造成国际影响，就将吴法贵作为凶手上报。上报之后，由于老人的子女均是吴法贵的挚友同学，不忍将其马上行刑，但也不太相信吴法贵会杀害自己的父母。不但没有追着行刑，还嘱咐办案人员要认真审理此案，以防错杀好人。因此，此案一直关押在案。如果不能找到真凶，吴法贵是难以免除牢狱之灾的。

我这才恍然大悟，原来如此。但我的良心一直在追着问自己，怎么办？其实他们都知道是冤假错案，但对此案王副局长无奈！我一个局外人，能将此案奈何呢？遗憾的是让真凶逍遥法外至今，法律的尊严何在？国家的尊严何在？我们共产党人的脸面何在！那个真凶一定会在内心深处藐视法律，藐视我们这个社会！仅仅藐视还不可怕，可怕的是真凶还有可能再杀人犯命。

王副局长劝我，老同学，你就别再逞能了！搞得不好，不但救不了吴法贵，还会把自己的前程搭进去！

以后的几天几夜里，良心一直在责问我：你这是在明哲保身，见死不救，明知是冤屈却视而不见！可我一个局外人，而且人微言轻，有什么办法能找出真凶救人于冤囚之中呢？

找了周围几位相好的朋友来讨论此案，但他们都要我别管此事。人世间的冤假错案多的是，你管得了吗？不说你不管公检法，就是管，也管不了。此案在省厅早就备案，下了结论的。谁有能力翻案？谁敢趟这浑水？你想管，或者说，你的良心逼着你管，你能管得了吗？算了吧！别引火烧身。上次说真话，吃了亏，降级处罚，还没搞怕……

我在家生了几天闷气，考虑了几天，觉得无论如何，此案必须有人来管。李大钊完全可以离开北京的，但他责任使然，临危不惧，为了真理，为了劳苦大众，视死如归。我为民做点好事，还不至于牺牲生命吧。吴法贵本来是个好人，好党员，好支书，这样的好同志，却被我们共产党人的不负责任而要含冤死在囚中。这是党性不容，良心也不容，天理更不容的事啊！如果是这样，千千万万的烈士就白死了。共产党还怎能立足于人民心中呢？我越想越觉得不能退缩，一定要将此案查清楚，还吴法贵一个清白。

话虽这么说，可无从下手！考虑了半天，觉得去找政法委的高书记，和他谈谈，征求他的意见，看他有何高见。

高书记听了我的陈述，沉默了好一会才说：此案，从上自下都知道这里面有冤情，但找不出真凶，吴法贵的冤情就无法洗白！八年前就没查到一点蛛丝马迹，八年后更是大海捞针啦！真凶不现，何以见省厅领导！

和高书记讨论来讨论去，半天下来找不到行之有效的办法，就连突破口也无从找到，最后只得摇头作罢。

晚上，我坐在院子里，望着天上的月亮，想着此案破解的办法。突然，我想到了当时破案时，大家的注意力全在细节上找突破口，细节上没了蛛丝马迹，就束手无策了。忽略了从宏观上去分析推理，去寻找线索。

半夜里醒来，想到了当时公安部门无人知晓老人家里丢失了三样宝贝，根本不知道凶手从家中抢走了多少财物，更不知道有哪些财物。三样宝贝是事后老人的儿子女儿回来才知道的。那时已定案，上报了省厅。如此推来，觉得有了突破口。于是想出了三点设想：既然凶手是为了谋财才害命的，那就一定劫走了财物；老人家里有值钱的财物，只有熟人才知道；凶手一旦得手，一定会想方设法逃离公安人员的视线——搬家或外出打工；还有可能因杀人谋财而导致心态失常，行为反常等等。

清晨，太阳从东方升起，温度一下子升高了许多。我来到向阳大队开始从这几个方面着手调查：从近几年里搬走的几家中找到两家与老人沾亲带故。于是找到王副局长，又将想法向高书记汇了报。高书记告诉我：老人被杀后，他儿子女儿回来向公安部门讲，他家里丢失了三样古董：一件是宋朝仁宗年间的铜盆，一件是明代末年的青花瓷坛，一件是明朝万历年间的龙形玉石砚盘。这三样古董可以说价值连城，本来老人家里丢失三样宝贝，我早有耳闻，但不太具体，高书记还给我找来了三样古董的照片。

高书记、王副局长两人都十分赞同我的想法，并马上派人查找两家搬走的亲戚。

经查问，这两家搬走的亲戚，是两亲兄妹，均搬到了湖南老家：兄长到了怀化，妹妹去了常德。在当地公安部门的配合下，在两兄妹门前装上了远程监控器。为了引蛇出洞，在常德市开展鉴宝活动，并大肆宣传。终于在鉴宝活动的第三天晚上铜盆出现了，审问其妹时，说是家中祖传，是她的嫁妆，还请来了一大堆亲戚朋友作证，在没有真凭实据的情况下，只得先放其妹回家。此消息其妹一定会告知怀化的哥哥。果不其然，第二天，其妹夫便电话告知了其兄嫂。我们推断，其兄嫂一定会将古董转移出去。

198

就在第三天一个风雨交加的深夜，监控中模糊地摄到了一个挎着包袱的男子，冒着大雨出门了。公安人员一路跟踪，到广州的古玩市场将其抓获。那包袱中包裹着的是明代年间的青花瓷坛，其兄说是祖传之物，又请来一批亲友来作证。但我们考虑世界上哪有这么巧合的事情，将其兄妹分开来审。经过半个月的轮番突审，终于真相大白：

老人与凶手是亲戚关系，平时来往密切。本来两老家里的三样宝贝，从未透过风，谁也不知。有一天，老太婆生病，要去医院住院。走之前，在老伴身边耳语了几句，被其妹瞧见了，于是猜想是让老伴不要离开家，以此推断家里一定有值钱的东西。以后便隔三岔五往老人家里跑，一遇到老人上厕所、做饭、吃饭什么的，她就偷偷地去房间里翻找。

终于有一天，她看到了一个金晃晃的铜盆，后来又在大柜里看到了青花瓷坛，还去瞧了多遍，一看是明代的，琢磨着一定价值不菲。

回去将此事告诉了其兄，其兄是个社会上的混混，平时游手好闲，拉帮结伙，在乡村无所不做。后来年纪大了点，行为有些收敛，听妹妹这么一讲，劫财之心急切，就想马上动手。

邻居家与老人家只有一墙之隔，两家人平时讲话好像在一个屋里，只得等待时机。

趁着大风大雨，他俩觉得可以瞒着邻居了。蒙着面翻墙进屋，老人瞌睡少，听到有人翻墙进了屋，马上起床，查看情况。

其兄进屋后，与老人狭路相逢，老人厉声呵斥：你是谁？深夜到访，想干什么？其兄拿出水果刀，便向老人腹部刺去，老人被刺中，倒在了地上，口中喊救命，其兄抽出水果刀刺向了老人的喉咙。老伴刚从床上起来，见老伴倒在血泊中，便昏厥过去。凶手便将水果刀刺向老人的心脏……

两位老人被杀，其兄妹在家里翻遍了所有应翻的物件，劫走了三件宝物及五万多人民币。

此案破获之后，那块龙形玉石砚盘在湖北家中水塘边被挖了出来。

与你共品：

文中的多管闲事写出了"我"体恤民情，追求真相，宣扬公平正义的善举，这在特殊案情，特殊形势下，是非常难能可贵的。文章从村民鸣冤，官员推卸，案情扑朔迷离，背景又特殊，反映出难点之多。但"我"乃矢志不渝，另辟蹊径，终于使案情大白于天下，还百姓一个朗朗晴空。

（张昌雄老师）

表姐，您说这话就不对了！你是她抚养大的，您的 9 个孩子也是她帮您带大的，自私能说与她没有血缘关系，要赶她出门呢？

200

遗 嘱

一

母亲得心肌梗死抢救过来，眼睛有些异常：直直地，浊浊的，没有往常那么明亮。拉着我的手说：我的时日不多了，你父亲前天夜里报梦：说你们不需要我了，活着是你们的累赘。他说在那边十分孤独凄凉。他的阳寿未尽，肝上长瘤子，没钱动手术，是冤枉死的。死了十五年，阎王还不收他。他不能轮回转世，便成了孤魂野鬼，要我过去给他做伴。

母亲看了我一眼，接着说：我要走了，还有一事托付给你去做。我有个远房的表姨，也就是你们的幺姨婆。新中国成立前在江陵的普济镇开药店，很有钱，是十里八乡的大户人家。幺姨婆和我老家都是潜江竹根滩的，还有点转折亲。她在外乡异地，举目无亲，见到我格外高兴，把我看作亲闺女。

你前面的两个姐姐一个哥哥都丢了。我怀上你后，幺姨婆就为你的平安出生和好养做了法事，还用白银铸了一尊母子相，请法师做了表文。表文上写着：若要母子分开，除非这尊母子相分离。后将母子银相用船丢进了长江中心。果然你出生到长大成人一切平安。幺姨婆对我们一家特别好，特别特别喜欢你！

我记事以来，幺姨婆来过三次。

第一次来，我快六岁。她带来了好多好吃的甜品。见了我，将手中的手提袋丢在地上，将我抱起来打转转说："长大了，老姨婆抱不起了啰！"随后在我脸上亲了几下，才放下我。

第二次，幺姨婆来了，望着我们四弟兄，高兴地说："这才叫梯子坎。"我12岁，二弟10岁，三弟8岁，四弟6岁。年纪是梯子坎，个头更是梯子坎。"戴家后继发人啦！再过10年、20年，个个像将军，谁敢说戴家是异乡人单家独户？谁再敢小觑我戴家！孩子们，好好读书，将来天下是你们的！"幺姨婆回去时，我们四弟兄送出很远，均流了眼泪，幺姨婆也哭了。对我们摆手说："过一段时间，幺姨婆再给你们带好吃的来！"

第三次，是母亲病了，幺姨婆来照顾母亲，还带来了名贵的补药：什么红沙、高丽参、当归等。每次幺姨婆来，父亲总是半夜起床去找人买鱼买肉。那时这些东西都要票，农村人是不在计划之内的，所以买鱼肉都得找闸口食品的姑妈开后门。半夜去排队，赶回来吃中饭。幺姨婆每天都要逗我们四弟兄玩，说三弟是个石灰袋子。三弟小时候非常顽皮，长得蛮可爱的。因此，幺姨婆这样说他。当时我们都不懂，好多年后才搞明白。

那时我们家穷，幺姨婆每次来都会给母亲两块银圆。当时一块银圆兑八块人民币。幺姨婆走后，我们一直念叨着她，希望她经常来。来了我们就有糖果、奶糕、饼干吃，还能吃到香喷喷的肉鱼。

母亲告诉我："幺姨婆快一百岁了，她一生从未害过病，现在脑筋还特别好，只是腿脚有些欠灵便。以前你表姐家里烧火做饭、洗衣搞卫生都是她一人的。现在她干不了了，表姐开始讨厌她，有时还骂她老不死的。上次我去看她。她十分气恼地对我说：'我给她把9个小孩抚养长大，她就不认我了。你带我走吧！'我很为难啦！你们的情况都不好，来了连睡觉的地方都没有。我本人也泥菩萨过河，哪有能力照顾她？我只能摇头，未带她回来。

你幺姨婆是世间少有的女强人。一九三九年日本来的那年，土匪将姨爷爷抓去一个多月。三房姨太太都跑了，她一人顶着，把家里安排得井井有条。和管家带着金银财宝，直闯匪窝，将姨爷爷接回来。回来后，姨爷爷为了感谢幺姨婆，将堂兄3岁的孙女过嗣给幺姨婆做伴。幺姨婆没有生育，孙姑娘来后，她像母亲把全部的爱倾注给了这位孙姑娘。

新中国成立后，姨爷爷又去坐了两年牢，家里由她一人撑着，还为孙女找到了心爱的女婿，为他俩举办婚事。又给孙女婿做工作，让孙女婿学医继承祖业。姨爷爷出来后，高兴得不得了，把自己终生所学全交给了孙女婿。他俩结婚后，孙女就像母鸡下蛋一般，一连生了9个重孙——3个重孙子6个重孙女。幺姨婆心里万分高兴，但也累得够呛。现在重孙们都长大了，你表姐他们就不想要她了，经常不给饭她吃，长期吃些残汤剩饭。幺姨婆欲哭无泪。百岁老人，劳苦了一生，付出了一生，受了她恩惠的人却翻脸不认人，以无血缘关系为由要赶她离开这个她经营了80年的家。他们这么做，天理难容！我要走了，不能去感恩幺姨婆了！就是不走，我也没有能力去为幺姨婆承担点什么！我只能将这个感恩的使命托付给你。希望你经常去看看她，尽力为她去做点什么。估计你去看她，她会提出要跟你来。但你不能带她回来。你现在的情况不允许。但一定要跟你表姐好好说。”

二

带着母亲的遗嘱，在送走母亲半个月后的一天，按着母亲说的地址，在派出所民警的帮助下，找到了幺姨婆居住的房子。表姐一见我便说：“你是幺幺的大儿子，小名叫大乐子的吧？”我说：“正是，我来看看幺姨婆。”表姐赶忙说：“幺姨婆跟你们是亲戚，其实跟我们没有半点血缘关系。这次你来了好，把幺姨婆接回去尽孝心吧！”

我一听，火不打一处来：“表姐，您说这话就不对了。您是她抚养大的？您的9个孩子是谁帮你带大的？怎么能说你们与幺姨婆没有关系呢？人要讲良心！”表姐突然抬高嗓门：“你怎么跟你母亲一个腔调，开口就教训人，你给我滚！”姐夫从里屋走出来说：“虽然我们是平辈，但我们的几个孩子均比你大，你怎么敢来教训人呢？真是目无尊长！”我有些气愤地说：“姐夫，幺姨婆辈分比你们高吧？年纪也比你们大吧？你们是怎样对她的？让她吃剩饭剩菜不说，还动不动就骂她，还要赶她走！”他俩沉默不语，巧舌难簧了。

我进屋见到了幺姨婆。房间里臭气熏天，幺姨婆是个极爱干净的女强人，而今却睡在臭烘烘的被褥中。眼前这个憔悴，疲惫，老而无力，面如黄纸地躺在床上的就是我心目中那个精明干练、精神矍铄说话极其风趣的幺姨婆！幺姨婆高兴地对我说：“你今年都46了。”我说：“是的，您还记得我的年龄?"幺姨婆说:"你的年龄、生日,幺姨婆怎么会忘记呢?生了你那天晚上,我和你父亲,还有两个帮忙的一起到长江边去烧纸焚表,用船将'母子银相'丢在了长江中心。一晃就46年了。"说着她从床上坐起来,想起床下来。我起身去搀扶,她用手示意不要。起来后,对我说:"这腿不争气,疼了三个月,现在像好多了。你母亲好吗?前些天,我做了个梦。梦见你母亲从悬崖上掉下去了。我还天天在担心你母亲呢!"幺姨婆您还真有灵性,怕她老人家伤心,我隐瞒了母亲的去世。说母亲一直躺在床上,病得很重。她不能来看您,要我替她来看望您。"哎呀,我不是腿疼不便,还要去看看她的。"走时,我给了幺姨婆200元。她硬不要。我说:"您收下,买点您喜欢吃的东西。过几天,我再来看望您!您好好保重!"我离开时,她在大门边,双眼噙满了泪水,望着我远去。我走了好远再回过头来望时,她还在大门边向我去的方向望着。

<h1 style="text-align:center">三</h1>

　　从幺姨婆家里出来,我突然想到了福利院。先跑到福利院问了问情况,我想像幺姨婆无儿无女,无依无靠,是可以进福利院的。但福利院老人太多,已经没有床位,而且后面还有上百位在排队。于是我又去了两家养老院,政府办的已经满员,私立的床位基本上住满。听院长口气,还可以挤出一两个床位来,只是费用高点,每年一万多元。我心里在盘算:既然不承认幺姨婆跟他们有关系,但表姐本人及9个孩子总不能否认与她的抚养无关吧?既然有关,每人出五千元的抚养费这不算多吧?考虑到一次性拿五千元恐怕有压力,分五年给可以吧?他们十个人,每人每年给两千元,那就一万元。差的钱我来补,不要他们操心。我的想法表姐居然赞同。但她说:"9个孩子的工作谁来做?"我说:"你是他们的妈妈,工作只能由你来做。"她说:"你给我一周的时间,我来试试。"

　　离开之时,我恳求表姐将幺姨婆的被套床单还有衣裤洗洗!我听母亲在家里经常讲幺姨婆是极爱干净的人,现在睡在臭熏熏的被褥里怎么受得了?表姐说:"我就是想她死,才不给她洗的。要洗你自己去帮她洗吧,我自己都七十了,洗不起了。""您家里有洗衣机吗?""洗衣机有哇,要用电用水,你给 50 元的水电费后去洗吧!"我满口答应:"好的,50 元就 50 元。但幺姨婆要洗澡洗头发,你帮忙洗洗行吗?"表姐苦笑了下说:"不行,臭死人,你给多少钱我都不会跟她洗的。"我有点无可奈何地说:"那怎么办呢?"表姐说:"这前面不远就有个家政公司,请一个人来问题就解决了。"

于是我去请来个 50 来岁的女同志。她看了看眼前的任务,开口要 400 元。我比长比短的给她算账:按市场行情,家政一人一天的工资一般均 100-200 元之间。这点事,你还不要一天,最多 200 元。后来还来还去,300 元达成共识。给表姐 50 元水电费,花了 350 元,给幺姨婆里里外外洗了个透。我的心里也像洗过澡一样的清爽,终于为幺姨婆做了点力所能及的事。

第三周的周日,我再次来到表姐家里。她变卦了。她对我说:"能不能将你补贴给养老院的一万多元给我?老太太还是放在我家里。"我说:"不行,你们我信不过!幺姨婆给你们付出了毕生所有的爱,所有的心血,所有的精力和健康,而你们是怎样对待她的?居然说跟她没有血缘关系!你们这么没良心,我的钱能给你们这些没有良心的人吗?你们差钱吗?你们不差钱!你们只差良心,差良知,差人性!"我愤然离去。

幺姨婆太可怜了,太造孽了!我处于进退两难的境地:若将幺姨婆送到养老院,像太便宜了表姐一家负心贼;不送福利院,幺姨婆还要继续吃苦头。回到家里与妻子商量,她说:"为了幺姨婆一个百岁老人,我们应该尽点孝心。就是与你没有任何关系,我们也要去尽点孝心。管那些负心贼讨不讨好呢?"妻子的一席话,使我茅塞顿开。决定明天去养老院将此事早一点搞定,让幺姨婆早一点脱离苦海,也好告慰九泉之下的母亲。

四

第二天一大早,开车去养老院。沙市的几个养老院均已满额,后面还排着一长条名单。到荆州区养老院,均是这样。返回公安。公安县城的人比荆州沙市还多。我又再次到沙市那家私立养老院,交了 2000 元订金。再到表姐家跟她讲,她以为我要她出钱,大发脾气:"你有良心,将你的幺姨婆接走。别来缠着我们!"我笑着说:"你误会了,你们不养老,我来养。两个月后,将幺姨婆送到养老院去，订金我都交了。出钱的事，你们愿意出就出，不愿意就算了。"

姐夫从里屋出来，高兴地说："这话我爱听，你幺姨婆没有白疼你！"我听了姐夫的话，心里像吃了苍蝇似的，极为恶心。以前他是我心中比较仰慕崇敬的人，居然是这种品质，说出这种恬不知耻的话来！我轻蔑地望着他说："你的9个小孩是谁帮你带大的？特别是你因贪污坐牢的五年里，是谁帮助表姐支撑这个家，你的良心被狗吃了！手中的镜子不能只照别人，也应照照自己，看看自己是个什么嘴脸！"

我进到里屋，到幺姨婆的寝室，一股臭气冲鼻。我喊了声幺姨婆，幺姨婆躺在床上，慢慢地睁开眼睛，对我说："大乐子，你怎么又来了？你母亲是不是过世了？你跟我说实话。我这几天，天天梦见她和你父亲一起来看我。"我笑着对她说："母亲只是在病中，没有走，您就别多想了。""你上次给我的钱，我用不了。现在腿不太疼了，但人没有力气，你把我扶起来，我下地走走看。"我将幺姨婆扶起来，为她穿上鞋子，她居然能站起来行走。我扶着她在屋子里走了两圈后，她推开我，自己走。十来分钟后才坐下来。

我告诉她：还有两个月，我接您到养老院去，那儿的条件很好，专门有人看护，还有人帮忙洗澡洗衣服。到那里后，我会两三天来看望您一次。幺姨婆听后，呆呆地望着我，摇了摇头说："我给他们带大9个孩子，而今要我到养老院去，我不去！"我赶忙解释："不是表姐要您去，是我要您去。"老人摇了摇头："我哪里也不去！死也要死在这里。为他们操持家务带大了9个孩子，在这里几十年啦！我哪里也不去……"我走时，老人家还在重复那句话，"我哪里也不去！"

我赶忙去养老院退了订金，又将订金交给表姐，要她对老太太好一点。表姐对我说："养老院一年要一万多，你就2千元，亏你拿得出手！"我苦笑着说："幺姨婆是你们家的老人，我能出点你还不满意？"表姐说："老太跟你们还是转折亲戚，跟我们一点血缘关系都没有，凭什么说是我们家的老人呢？"我才看到这世界上竟有这么强词夺理，忤逆不孝的黑心人呢！我反驳她说："幺姨婆是张家的媳妇，你是三岁就过嗣给她的孙姑娘，你本来就是她的侄孙女，这难道和你没有关系？她把你抚养大，帮你结婚成家，还替你将9

个孩子带大，这难道不值得你们赡养吗？"我已不屑同这样无良心的人费口舌。便气愤地离开了。

一个月之后，我再来看幺姨婆时，姐夫当着我的面大发幺姨婆的脾气，口中还带着脏话。幺姨婆仅一个月就得了痴呆症，连我也不认识了。我简直怀疑本来就是医生的姐夫是不是让幺姨婆吃了什么药？表姐说幺姨婆将屎尿拉在床上，把整个屋子搞得臭烘烘的。说完便将幺姨婆拉到我的身旁，厉声对我说："你把她带回去，她是你们的亲戚！"我十分气愤地离开了幺姨婆家。心里想着此时的幺姨婆已经没了痛苦，没了心中的愤愤不平，没了她为之奋斗努力支撑张家80年的记忆，没有肉体上的心灵上的感知，没有了一切的一切。

幺姨婆的人生悲剧，时时缠绕着我悲痛的心灵。我每天都在推想，幺姨婆身体比以前还好，但失去了知觉。他们一定不会让她长时间干扰他们的生活的。一定会对她下毒手：是下毒药，还是将其赶出家门？但赶出家门的可能性不大，街访邻舍会将她送回来的。我正在进行种种推测，一抬头，电视上有一条"认尸启示"：一位白发苍苍的老太婆死在一条水沟里，亲属看到启示后，速来沙市东区殡仪馆认领。启示后面还附了一张照片，我认真地看了看，的确是幺姨婆。

我赶忙开车赶往殡仪馆。我到时尸体早已火化。找到了幺姨婆的骨灰，交了火化费，买了个较贵的骨灰盒。

将幺姨婆葬在了父母亲坟的旁边。让父母亲永远地陪伴在幺姨婆的身边吧！

此后，我的心才安宁了一些。我尽管竭尽了全力，但未将母亲的嘱托完成得那么圆满尽人意，还请母亲大人原谅！

与你共品：

文章从母亲的遗嘱入手，写出了对幺姨婆的怜悯和扶助，和对公平正义的伸张。写出了人世间最典型的善与恶的抗争。文章运用对比手法，彰显了"我"的孝道和感恩之心，也揭示了人性中自私狭隘，冷漠卑劣的一面，是社会生活的一面聚焦镜。

（张昌雄老师）

他整夜整夜地想着莎妮，后悔自己不该要莎妮当向导，他要去寻找莎妮。

野 人 秘

王人新 51 岁了，马上就要退居二线。组织上将即要退出政治舞台的科级干部组织到神农架旅游。

王人新听了神农架野人的传说，还目睹了野人那硕大的脚印，产生了寻找野人的念想。这种念想让他夜夜梦到野人，白天逢人便讲野人的故事，成了活生生的"祥林嫂"。

回家后，与老婆儿子在一起，开口闭口都是野人。老婆总是说他"中了邪！中了邪了！"儿子总是对他说："爸，野人有什么稀罕？跟我们有关系吗？"他总是十分执着地说："儿子，你不懂，关系大着呢。"

两个月后，组织上找他谈了话。让他在家里休息，可以种种花草，钓钓鱼，打打拳，运动运动。辛苦了几十年，现在可以放心地养老了。单位上没事就别去了，别跟新领导添麻烦！

回到家里，心里总有些不平。51 岁就老了，国家不要了。其实自己精力充沛，头脑还十分清晰，正处于壮年期。在国外，当省级干部还不够年龄。这个年龄在家里休息，对国家来说是一种人才的浪费，对个人来说是一种精神上的摧残。几十年单位上管理着成百上千的下属，整天前呼后拥，颇有皇帝的风光。这下一落千丈，连老婆也管不了了。成天在家无事干，和几位沦落同仁在一起打点小牌，喝点小酒，还不时地"吹灰面"，发牢骚，偶尔也要谈谈神农架的野人。小日子过得无精打采。

他心里一直在琢磨，51 岁，政治生涯已画上了句号。标志着生命中再无缘出彩，千里马也只能困守马厩，只等西风送行了。现在唯一的希望是儿子，儿子比他幸运，大学毕业，几次考试，连连晋升。34岁便当上市长（正处级），就超越了自己。目前上下关系融洽，升书记指日可待。

天有不测风云，晴天突响惊雷。精明强干，前途无量的儿子出了车祸。在转弯处被一辆外地货车撞翻，当场身亡。

这不知是老天的刻意安排，还是对他的一种惩罚！儿子一走，他已万念俱灰。老婆在家里哭号了两个多月，突然失踪，不知去向。他托人求人四处寻找，最后听人说她上了五台山，去当尼姑了。他去五台山两趟，没有见到老婆。

他望着曾经其乐融融的家，泪流满面，无可奈何，心如死灰。

就在这无助之下，他又想起了神农架的野人。弯人托人变卖了家里值钱的东西，带着所有积蓄，无牵无挂地来到了神农架。

他想在神农架的深山老林中租一间房子，开始他寻找野人的生涯。

经过一周的转悠考察，在深山峡谷处租了一间房子。

房东是位女老板，叫莎妮。前三个月丈夫开车翻进峡谷深处，连尸骨也未找回。莎妮独自守着三间房子，欲打算将房子出售之后，离开神农架林区。

他来了，租房还要求搭伙。女老板考虑了一晚才答应。

从此，他早出晚归，跑遍了神农架周边地区。但不敢往深处走，他怕把自己弄丢。

和莎妮日长夜久，俩人产生了爱慕之情。于是王人新便邀请莎妮给自己当向导。莎妮说：我也怕把自己弄丢。山林太大，易进难出，最怕的是找不准方向，回不了家。

为此，他去买了指南针。莎妮带着他向深山老林进发。

头几次均能顺利地返回。但有一天发现地上有野人的脚印，跟着脚印赶，直赶到太阳落了山，整个山林一片漆黑。山林中寒气逼人令他俩瑟瑟发抖。他俩拥抱成一团，坐在草地上，等待着黎明的来临。

天还没亮，大雾迷漫，伸手难见五指，凌晨的寒气更重。他俩紧紧地拥抱在一起，虽然有些寒冷，但心里却热气腾腾。

太阳出来了，撒下了零星的金子，雾气开始逐渐消散。不远处传来了像人吵架的声音。他俩警觉起来，正欲向声音相反的方向逃离，四周传来了一

208

阵怪笑声。他俩被猩猩群包围了。

他俩抱成一团，不理睬它们。但莎妮吓得四肢无力，站立不住，两人只得坐在了地上。

一头身体硕大的猩猩将他俩分开，一把将王人新提起来，像甩石头块一般地将他扔出了老远，撞到一棵树上，撞伤了腰部。右手抓起莎妮，走了两步，便将莎妮挟在左胁处，离开了王人新。

王人新躺在地上，眼睁睁地看着大猩猩将莎妮挟走，却无能为力。他刚从地上爬起来，想去追赶，但被一只猩猩拦住。他悲痛欲绝，大声呼喊着莎妮的名字，喊声响彻整个山林峡谷。

他在那里躺了两天两夜，饥寒交迫地拄着拐杖，想回到莎妮的小房子中去，但他还没走出几步，就听到前面有猴子的嬉闹声。他想回避，但四肢无力，饥饿难忍。人到了这种境地，还怕什么？索性地走向猴群。猴王一身黄黄的装束，眼圈下有如凤头鸡的一片白毛。他早已认识它，这是神农架特有的金丝猴。

猴王十分惊讶且多有戒备之心。他反复做手势表示友好，猴王慢慢地理解了他的善意，于是要手下的给他搬来了好多好吃的野果。他狼吞虎咽地吃着水果，吃完后，猴王将他留在了猴群中。

一群小猴围着他玩耍。摸他的头，梳理他的头发，捋着他那白白的长长的胡须，叽叽喳喳地叫个不停。来了几位成年雌猴，赶走了小猴，有的抚摸他那花白的长发，有的按着他的肩臂，有的抓挠他的下身。他紧张起来，死死地用双手护着裤子和下身。雌猴们将他的上衣扯破了，露出了他那几十年未见过太阳的肌肤。他的肌肤白皙鲜嫩，雌猴们笑嘻嘻地争抢着抚摸。有位雌猴摸不着他的肌肤，索性从他后面下手，一下子将裤子扯下来，露出白嫩肥硕的屁股。雌猴们疯狂起来，将他按倒在地上……他无可奈何，只得大喊大叫。猴王救了他，大吼一声将雌猴们赶走，他才从地上爬起来，找到了破烂的衣裤，灰溜溜地逃离了猴群。

衣裤烂了，彻底打消了他回莎妮小房子的念头。他只得去扯草藤编织衣裤遮体。人和动物的区别就在于"羞耻"二字。

他每天都在想念着莎妮，不知她在猩猩群里过得怎样？他十分后悔自己

209

的一个错误想法，可害苦了莎妮。他的心在流血，在痛哭，但更多的是绝望，是无助。他想去寻找莎妮，哪怕舍命也要将莎妮找回来。

他返回到莎妮被掳走的地方，向着大猩猩挟着莎妮的方向走去。他喊呀，叫呀，寻找呀，从秋天找到春天。在林子中转悠了六个月，终于有一天听到猩猩的叫喊声。他艰难地走近猩猩群，远远地望见了莎妮。莎妮衣衫褴褛，浑身附满着树叶，腆着个大肚子。莎妮怀孕了？怀上了大猩猩的孩子。他心中的无名火高升：这是人类进化史上的倒退呀！但他毫无办法，只能眼睁睁地让莎妮为其繁衍后代。

他想靠近她，被几只猩猩拦住。他痛怒不已，一边抗争，一边在忏悔自己害了莎妮，他不时地叫喊着莎妮的名字。莎妮转过头来望着他，泪流满面。他一声声地喊着叫着，直到声嘶力竭，才死猪一般地倒在草丛中。

等他醒来时，已被猩猩抬着送到了另一个山林。他两只眼睛红红的，全身毫无力气，肚中饥饿严重。他只得像小羊一般，啃吃身边的野草，又站起来去摘树上的果子。他觉得自己还不能死，一定要将莎妮救出来。

怎样才能将她救出来呢？

他想去找公安局帮忙。一定要救出莎妮，不能让她将大猩猩的孩子生下来。一旦生下来，有辱人类祖先，是一种极为不光彩的事。

但自己这副模样，这副打扮，怎能出去见人呢？出去一定会被世人当作野人看待，说不定还会被关起来。想到这里他有些不寒而栗。

树叶草藤编成的衣裤，难以遮体，头发花白，足有两尺多长，整个头部将额头眼睛遮得严严实实。他要用手分开头发，才能看清眼前的一切。

他在辨识几株野草，身上被蚊虫叮咬，起了无数个红点，奇痒无比，想用草叶汁止痒。试了几次终于将痒止下来。

突然听到有人在说：脚印，野人的脚印。他听得真真切切，离他不远，他本能地赶忙逃走。人们跟着脚印跟踪他一路追来，他赶忙向有草的地方跑去，跑得气喘吁吁。过了好一阵，追赶人员没看到脚印，迷失了追赶的方向。

摆脱了人们的追赶，他躺在丛林中，琢磨着莎妮。

在他的记忆深处好像猩猩与人类结合是不能产生后代的，那莎妮的肚子怎么大起来了呢？这分明是怀了孕。大猩猩是不是人们一直在寻找的野人嘞？

他觉得这几个猩猩太像人了，腿比手臂要长。如若是猩猩，手臂比腿长。他这样琢磨着，慢慢地睡着了。

他想去找莎妮，走了好长一段路，才听到猩猩的吵闹声。他欲靠近，但有猩猩站岗。他只能蹲在近处观察，用眼光扫视着前方，很快就被一猩猩报告了大猩猩，大猩猩气势汹汹地跑过来。直觉告诉他，这次大猩猩一定会对他下毒手，他拼命地逃跑，逃得远远地。

他觉得自己失去了所有，包括出去的希望也没了。为了再能见到莎妮，他必须健康地活着。只要活着，就有希望与莎妮见面。

他开始爱惜身体，不能就这样死掉，他想造一个舒适的窝。在森林深处，找了一块离水源近，避风的地方，在地上用木棍挖了一个地上床，四周用树枝围着，开了一扇门，顶上还铺上了一层遮雨的草席，住在下面比外露舒适多了。

他把秋天的果子埋在土里，等到冬天没有果子时充饥。他靠吃野菜野果度日，开始吃不下，吃进去了，肠胃不舒服，拉肚子。这种现象，半年之后就没了。他想搞点盐来，调下口味，但无从去弄，于是他准备在夜阑人静时，去农户家里偷。这样不雅的事，以前想都羞于想，可现在为了活命，他顾不上这么多。

白天瞄准了行窃对象，等到凌晨两三点，跑到农户的厨房里，将碗筷装了一袋子，还带了一瓶酱油、食盐、大米和一些熟食。有了这些东西，他就可以改善生活。但他的行窃行为，让村民们感到野人的真实存在。但他不经常做这些偷鸡摸狗的事，几个月一次，还打一枪换一个地方。搞得村民们对山中有野人确信不疑，但从未有人真正见过野人。

春去秋来，年复一年，生活在深山老林中，忘了今夕是何年，忘了自己的年龄，忘了自己过去的一切，但始终忘不了莎妮。他时刻都在琢磨莎妮的孩子一定长很大了，是像大猩猩还是像莎妮？莎妮是否为大猩猩生下了几个孩子？

他整夜整夜地想着莎妮，后悔自己不该要莎妮当向导，他要去寻找莎妮。

他凭着记忆向猩猩群居的地方走去，走了很久很久。终于有一天，他听到了好久未听到的那熟悉的吼叫声。他躲在附近，用双眼搜寻着莎妮的身影。

终于在猩猩群外的一个小山坡上，他看到了莎妮。他奋不顾身地跑过去，大声喊着莎妮的名字。叫了好几声，莎妮终于听到了，转过头来，望见了他。莎妮也大步流星地向他奔跑过来。俩人到了跟前，都愣住了。老王，你怎么成这样了？王人新看到莎妮也惊讶不已，莎妮，我漂亮的莎妮，你怎么变成这样了！

212   几分钟后，俩人抱在一起，痛哭不止。哭得山摇地动，儿子在一旁也感动了，在一旁哭泣。

哭过之后，问莎妮：这是不是你儿子？莎妮说，是大猩猩的儿子。王人新将其招过来，仔细端详了半天，才说：像你多一些，除了满身是毛外，跟人没有多大的差别，但比一般人高大了许多，像姚明。于是，王人新更坚定了他的推断。对莎妮说，大猩猩应该就是野人。如若是猩猩，你就不可能怀上它的孩子。莎妮开始不同意他的说法，经王人新反复讲，莎妮才点头。

莎妮告诉他，那个大野人死了，她领着儿子离开了野人群。但儿子没有伴玩，经常跑到那里和野人们玩耍。

他问莎妮：儿子叫什么名字？叫孽儿。他父亲是个孽种。

王人新要求莎妮同自己一道回他的家里去，莎妮十分高兴。同儿子孽儿谈了好半天，儿子留在了野人群。他俩搀扶着走向他那个地道的野人窝棚。

他俩在窝棚里哭笑不得地谈起为了寻找神农架的野人，自己却成了神农架地道的野人。莎妮苦笑着告诉他：小时候，奶奶讲，有个大姑娘晚上从街上回来，在途中被野人抢走，五十多岁了才从山林中逃回来，听说她为野人生了五个娃。王人新说这五个娃就是野人的血脉，它们可以一直繁衍下去，像你和那个大野人又给神农架造了一个。他俩嘿嘿地大笑起来，笑得是那样地开心和无奈。

有一天，他俩遇到了一只大黑熊，大黑熊看到他俩，以为他俩是山中的怪物，远远地看了一阵，又跑到他俩跟前看。想试试他俩的功夫，将他俩一人一掌，把他俩打飞了，撞在树干上。他儿子孽儿一直守候在他俩左右，当大黑熊再次出手时，孽儿扑过去打伤了大黑熊。大黑熊急急地逃走了。

王人新已奄奄一息，不省人事；莎妮的头部撞破，流血不止，孽儿将她抱起，喊着妈——声音大得像牛叫。莎妮脸上没有一丝表情，慢慢地闭上了眼睛。王人新始终没有醒来。孽儿将他俩埋在了他俩的窝棚里，一直守候在窝棚的周围。

与你共品：

　　文章用传奇的手法，剖析了颇具悬念的神农架野人秘。通过王人新和莎妮，追踪野人而涉险的遭遇，写出了野人谷群居动物的特性和活动规律。既梦幻离奇，又有一定的可信度。文章结构紧凑，步步深入，扣人心弦。结局悲惨，使野人秘仍成为一个"秘"。

（张昌雄老师）

（此文发表于《文学百花苑》2022 年第 1 期）

闯到篙箕洼，被土匪蒙上眼睛，带到一个较为偏远的地方，走路、坐船，到了土匪窝的中心，我被关在一间茅草屋里。

陆逊湖的故事

靠山吃山，靠湖吃湖。黄三伯在陆逊湖畔靠打鱼生活了几十年，对湖里的一些奇闻趣事知道得特多。很多人都在他那饱过耳福，不仅能耳熟能详，还会添油加醋，再次加工，将陆逊湖的故事演绎得精彩纷呈，令人兴致盎然。我们几位小朋友听大人们讲湖中之事，更是馋涎欲滴，瘾虫四溅，心中之瘾忍无可忍。

听说黄三伯在林场的小茅棚里，便飞一般跑到黄三伯的住处。我和放牛娃发海率先闯到黄三伯的家里，恳求黄三伯给我俩讲陆逊湖中鳡鱼的故事。黄三伯在讲之前提醒我俩：住在陆逊湖畔，一定要知道陆逊湖的由来。何为陆逊湖？我俩一头雾水，不知所云。黄三伯说：陆逊你们知道吗？《三国演义》你们看过吗？我俩只是听说过这本书，至于写的什么玩意，我和发海均不知道。黄三伯继续调侃我俩：陆逊火烧刘备连营七百里知不知道？不知道。回去把书读了，再来找我，我给你们讲鳡鱼的故事。你们这么大了，却什么也不懂，听我讲有用吗？

我俩兴致勃勃地去却十分扫兴地回。黄三伯说得对，什么都不懂，听什么故事？但到哪里去找《三国演义》这本书呢？

我俩四处打听，谁家里有《三国演义》？问来问去，问出刘二爹家里藏有一部。谁能拿得出来？我俩去找刘狗娃。狗娃说，我爹对这本书如守珍宝，生怕被人偷走，锁在箱子里，钥匙不知放在哪。狗娃有点为难。

有一天他爹妈出门去了，我俩跑到他家里翻找了一通，在箱子中找到了梦寐以求的《三国演义》。我俩捧着书就往外跑，狗娃吓得大喊大叫，我俩头也不回地跑到黄三伯的小棚子里。黄三伯十分高兴，要我将"吕蒙陆逊合谋夺荆州，宰杀关公"一段念给他听。黄三伯一边听一边插话：了不起啊！了不起啊！连说了几个了不起后要我再念"火烧连营七百里"一段。听完，黄三伯说：咱们的陆逊真是了不起啊！那么厉害的关公，曾经温酒三杯斩华雄，为曹操诛颜良、斩文丑，挂印封金，过五关斩六将。青龙宝刀灿霜雪，鹦鹉战袍飞蛱蝶，马蹄到处鬼神嚎……一时威名冲云霄，天下英雄无不闻风丧胆！但被咱们的陆逊略施小计便身首异处，更绝的是那刘备，刘皇叔占据西蜀多年，兵强马壮，又有诸葛孔明辅佐，更是如虎添翼，大有吞并天下之势。但遇到咱们的陆逊元帅以诸葛孔明之手段，还治其身，火烧刘备七百里军营，七十万蜀军抱头鼠窜，一个个鬼哭狼嚎，陆逊元帅大败刘备于夷陵。大长了吴国之威风。

黄三伯讲着讲着两眼放金光，十分得意地望着我俩？你们说陆逊伟不伟大？世人都说诸葛孔明厉害，可哪知咱们的陆逊更厉害！你们说我们的陆逊湖为什么以陆逊命名？因为陆逊当元帅时，曾在这里训练水军，当时的陆逊湖方圆五十多里，与长江相连。现在的崇湖、五湖、扁担湖、黄天湖以及柳浪湖都属于陆逊湖这个大家族。斗转星移，沧海桑田，地势变化，偌大的陆逊湖分成了若干个小湖泊。

黄三伯像位智者，对陆逊元帅的崇拜令我俩肃然起敬。对陆逊湖变小的惋惜，令我们更加叹惜。我俩痴痴地望着黄三伯，对黄三伯充满了敬畏，觉得黄三伯太有学问了。

黄三伯站起身来，望着远处浩渺的湖水，摸着我的头，调侃起来：你们这两个小家伙，不好好去读书，整天缠着老伯讲故事，老伯肚里的故事多着呢！但有个条件，你们每天每人给我讲一个故事，无论长短，只要搞笑或者有趣味就行。你们今天给我读了两段陆逊元帅的英雄事迹，我给你们讲一段鳡鱼的故事，算是礼尚往来，咱们互不相欠。

黄三伯精神有些亢奋，讲起话来一改往日的慢条斯理。

那是民国三十四年夏天的一个晚上，天降大雨，电闪雷鸣，湖面上不时地掀起滔天大浪，我和小弟刚回到湖岸边，知道那是鳡鱼群在围剿翘刁群。

那是一场生死搏斗，就像狮群扑角马，一场力量悬殊的战斗，鳡鱼就是湖里的狮子老虎。它们有着修长鼓圆的身段，像蟒蛇一般，大的有 3 米多长，体重达三五百斤。肉食动物，专门靠吃鱼过日子。不说那些几十斤重的翘刀，就是我们人类一旦遇上鳡鱼群，都有可能成为它们的盘中餐。传说，俩父子在湖面上打鱼，正在收网，激怒了鳡鱼群，一条十几米长三米多宽的大渔船被顶起一米多高，随之翻过身来，可怜俩父子被鳡鱼生吞。

黄三伯心情开始沉闷，半天不说话，我和发海也很压抑。活生生的俩父子就这样葬身鱼腹，那鳡鱼太可恨了。

过了好长好长一段时光，天都快黑了，黄三伯去蒸饭弄菜，还请我俩陪他共进晚餐。我俩听故事成瘾，只好留下来，但对黄三伯提出了个要求，您说今天礼尚往来，给我们讲两个关于鳡鱼的故事，您只讲了一个，是不是吃了晚饭再给我俩讲呢？黄三伯点了点头。吃过晚饭，黄三伯连锅碗都没收拾，便给我们讲第二个鳡鱼的故事。

后来，渔民为了对付那些凶残无比的鳡鱼，弄来了大渔网，二十多人合起来下网捕捉鳡鱼。鳡鱼穷凶极恶，跳出水面与渔民示威。但它们一旦被大网罩住，就会用锋利的牙齿咬网。渔民个个心里清楚，不给鳡鱼时间，网里一旦有鳡鱼冲撞，立马起网。鳡鱼还没来得及咬破网，便被拉出水面。鳡鱼一旦被网网住，咬不破网逃不掉便会马上气死。因此凡是打上来的鳡鱼，无论大小，都是死的。经过渔民们年年的打捞，鳡鱼群已被消灭。只有零星的鳡鱼，顶船之事就再也未发生过。

发海一直都处在沉默中，此时突然冒出一句话来：三伯，您打鱼这么些年，打到过鳡鱼吗？

黄三伯望着我俩，好久好久不说一句话。我有些忍不住了，觉得黄三伯心里有令人感动的秘密。于是，便问黄三伯，您一定打到过鳡鱼？发海也十分急切地问：三伯，您是不是有难言之隐，不便对我俩说。黄三伯几次欲言又止。小棚子里充满了沉闷的气氛。天已全黑了，天上的星星闪闪烁烁，月亮没来上班，整个世界一片漆黑。黄三伯点燃了青油灯，萤火虫一般的亮，黄三伯满腹心思地说：三十多年前的心酸事讲给你们听听吧！

民国三十七年，新中国成立前一年的初秋。一天清晨，我和结婚不到三个月的妻子，打到了一条两百多斤重的鳡鱼，差一点就让它给溜了。它牙齿十分锋利，网刚一下水，便网到了它。它便开始咬网，我俩马上收网，等我俩将网拉到船边，鳡鱼已翻在了网中，这么粗壮的网绳已被它咬了个洞，还好洞不大，它没法溜走。

鳡鱼是浮水鱼，它不仅凶残，在湖中肆无忌惮，十分嚣张，渔民极易捕到它。慢慢地，陆逊湖中的鳡鱼就不多了。我和妻子能够捕到它那是天意。说着说着黄三伯的声音低沉下来，有些语塞像在流泪哭泣。我和发海感到不可思议，刚刚还好好的，怎么这下就哭起来了呢？觉得好戏还在后头。便问，黄三伯，您这是怎么啦？

黄三伯说：这事离现在三十五年了，我还从未对人讲起过。那天上午将那两百多斤重的鳡鱼捞上船，把它分成四大块，我和妻子各挑一担，妻子到周家厂的南街去卖，我挑一担到闸口北街去推销。我比妻子去的地方要远十多里地。我俩打算卖完了鱼，在村子里修建三间茅草房，等妻子怀了孩子就有地方住，一路上有些兴奋。卖完了鱼疾步赶到周家厂南街，却不见妻子的影子。于是我便大声疾呼妻子的名字——秀秀——秀秀——我从下午太阳偏西找起，直找到太阳躲进西山。我已晕沉沉的，像在梦中一般。听到有人说：今天下午，一卖鱼的小姑娘被土匪头子江天法抓走了。听到这里，黄三伯泣不成声，我俩用惊奇的眼神望着黄三伯。心里在想：秀秀一定是美如天仙才被土匪抓走的。黄三伯哭泣了一阵之后，又继续那段鲜为人知的心酸事。

没了秀秀，我哪还有心思打鱼，生不如死地到处寻找土匪的下落，到处呼天抢地喊着秀秀——你在哪？

一天在横堤镇街，遇到了位与我年纪相仿的李先生。他将我邀到酒馆里喝酒，知道内情后，答应一定帮我找回秀秀。

二十多天过去了，李先生高兴地告诉我，说匪窝就在陆逊湖西边的筲箕洼，说我媳妇一定就在那！问我有没有胆量去？我说，只要能找到我媳妇秀秀，上刀山下火海我也敢去。于是他向我交代了几件事情，叮嘱我在心里记熟。我隐约知道了李先生就是几年前日本鬼子悬赏 100 块大洋，要抓的共产党官员。

我闯到筲箕洼，被土匪蒙上眼睛，带到一个较为偏远的地方，其中还坐了船。我猜想这个地方一定是匪窝的中心，到了那里，我被关在一间茅草屋里。

晚上，几个家伙还查看了我的手掌，问我是否玩过枪。我说没有，只是打过鱼，手上的茧是打鱼划船磨出来的。还问我的家庭情况，因为我家是老实巴交的农民兼渔民，之后又关了我两天才放我出来。凶神恶煞般地交代不要到处走动，更不要打听这里的事情，要我到厨房里打杂。可我刚出来两天，他们又将我关押起来，两天之后将我带到刑具房里。一个肥头大耳的家伙拿着烧红了冒着火花的烙铁，在我脸边晃了几下，吓得我差点没命。你是不是共产党派来的卧底？我说不是，我不认识什么共产党。还好，他们只是想吓唬吓唬我，见我还老实，又将我关进了原来那个小屋里。

一周之后，再次将我放出来，回到厨房打杂。

在厨房里与几位师傅混熟了，他们十分神秘地告诉我有关箮箕洼的一些事情：说一个月以前，江头领在村子里掳来了一名年轻漂亮的卖鱼女子，要和这女子结婚。洼里上上下下足足准备了近半月，婚期那天，洼里大摆宴席，把几位厨子师傅忙得够呛。鞭炮放了两天两夜，可第三天早晨起来，新娘不见了。他们到处找，找了几天没找着。想出洼没可能，就是长了翅膀也飞不出去，最后在洼内的鱼塘里浮起来了。真惨啦！那女子据说还不到二十岁。

听了秀秀投塘自尽的噩耗，我尽管悲痛欲绝，心如刀绞，但不敢表露出来，在众人面前必须挂上笑容。不然，一旦被他们看出端倪，自己活不成是小，李先生交给的任务就会泡汤，秀秀的仇也就无法报了。我只得强忍痛苦，装得若无其事，与我无关的样子。

在那里待了两个多月，他们对我的防范放松了。我通过查问观看，基本上摸清了匪窝的地理环境：一面向湖，三面有三米高的围墙。围墙上每隔80米修有枪炮楼，围墙外围是一条宽十米的护城河。表面上看已是森严壁垒，固若金汤。里面还关押着100多名妇女，供他们轮流玩乐。我是给她们送饭才知道的，外人进入箮箕洼，要坐船到墙脚处，过一窄长的通道，通道只能两人并行，据说南北各一个。通道的两边均架着八挺机关枪，匪窝里有300多名土匪，枪炮弹药充实。如不巧取，要强攻，必定会伤亡惨重。这时我才明白李先生要我入虎穴的真正原因。

在一个雷雨交加的深夜，我悄悄地翻围墙出了筲箕洼，泅过护城河。刚上岸，土匪们便举着火把提着灯笼地追赶起来。不知是我福大命大，还是秀秀在暗中帮我。看到火光离我近了，我急中生智，向南边的芦苇丛中跑去，一口气跑到了湖水边。他们以为我会跑向北方围堤，便三股人马朝北方追赶。我躲在芦苇丛中等到看不到火光了，才从芦苇中跑出来，到横堤镇找到了李先生。

李先生按照我画的地形图，进行精心策划后，研究出了两套攻注方案，领着三百多名游击队战士，我引路。战士们每人带着武器弹药，手中拿着一根木棍。深夜两点开始渡河，渡过去之后，用木棍撑上围墙，一举端掉了匪窝。在审问中得知：秀秀被埋在筲箕洼西边的树林中，我找到了秀秀的坟墓，给她立了块碑。每年过年过节我都会捧着鲜花，带着她喜欢吃的食品，到那里和她说说话，一待便是大半夜。

黄三伯说着说着又泪流满面起来。

与你共品：

文章给陆逊湖蒙上了几层神秘的面纱。一是陆逊湖训练水军，大服刘备；二是鳝鱼兴风作浪；三是土匪安营扎寨，欺男霸女；四是游击队剿灭土匪。文章层层深入，紧扣读者心弦。而这些都是黄三伯亲历的，显得可信。文章又从黄三伯妻子被掳，大义赴难，后又剿匪寻尸，使故事情节紧凑，结局凄婉，更蒙上了一层神秘的面纱。

(张昌雄老师)

你心目中老是装着别人？她丈夫还在抢救中，你是不是又想伸出援助之手？儿子有生命之危，你却在半路上做好事！

重度受害者

陈仁举接到妻子电话，说儿子在医院，生命垂危。他十万火急地开着小车赶回家乡。从深圳到江州有一千多公里，需要 13 个小时。他早晨五点半出发，早中餐都在车上啃馒头，喝纯水。

一路上，马不停蹄地以 120 码的速度向江州方向驶去，估计在下午七点半左右可到达儿子住院的医院。

人哪，真是不可思议。平时从深圳回来，中途要休息两至三次，有时太疲劳要在路上过夜，第二天中午才能到家，即使不过夜也会在晚上十点左右到家。

可今天，在儿子住院生命垂危的紧急情况下，他一口气开了 12 个小时，不出意外，还需 40 分钟就可到达医院。

到了市郊，车子速度慢下来，脑子不断浮现出读初中一年级儿子的模样。个子快有他高，小伙子长得挺帅的。生命垂危，还在外科，可能要动手术。这是得了什么病？由于时间紧迫，他没问清病情，老婆也没向他讲清。

夕阳红艳艳的，可比朝霞好看，将西边半个天全染红了，十分绚丽。他心里一边祈祷神灵保佑儿子平安无事，一边望着前方艳美的夕阳，手中的方向盘握得紧紧的，他怕功败垂成，一定不能出半点差池。突然，在远远的公路上，在夕阳的彩照下，公路上有个穿花衣的女人躺在路上。他心里一阵紧张：这公路是单行道，只有一车宽，此女人躺在路中，小车过不去，他又没有将车偏到一边，用两轮子开过去的本领。这下咋办？只得将车开近，下车向女人大声地说："你躺在路中间，还让不让人家开车?!"

女人抬起头来朝他看了看说："大哥，您行行好吧！我就要生了，老公又未回家，离城这么远，没有办法，救救我吧!"

他开始犯难了：不带她上车几乎是没有可能了，带她上车一定得将她送到医院。送医院都是小事，怕就怕摊上意外的麻烦。儿子在医院生命垂危，他心急如焚，已顾不得这么多了，把孕妇扶进了车，向市人民医院驶去。

他告诉她，因为儿子在人民医院住院，生命垂危，他才从深圳赶回来。现在还不知道儿子的病情如何？孕妇疼得大汗淋漓，哼着喊着，十分痛苦。

到了医院，他将孕妇搀扶到妇产科，住院要交钱办手术，孕妇手中没钱，哀求他先给垫上，说她老公在回来的路上，等会还他。他手中只有三千元，是给儿子的住院费，但此时，他没有选择，只得将这三千元交给了缴费处。孕妇坐在椅子上，椅子底下流出了血水。他将孕妇交给了俩护士，便十万火急地向儿子住院的外科住院部跑去。

妻子一见到他，便放声大哭起来。哭了一阵才停下来对他说："儿子被车撞了，撞得很厉害，撞断了一条腿，两根肋骨，头部也受了伤。"说着说着又哭泣起来，停了半晌再说："上午对头部进行了检查，未发现大问题，头脑还比较清晰，两根肋骨断了，内脏还好，右小腿粉碎性骨折，这时在动手术，进去已三个多小时了。"

听完老婆的讲述，他心里的那块石头总算落了地。经验告诉他：两根肋骨只要不错位，养个十天半月就会好的。小腿粉碎性骨折，动手术上位后，也就两个多月，伤筋动骨一百天，小孩子发育阶段恢复起来快。但他担心小腿残疾，心中默默地祈求上帝保佑，不让儿子成残疾。

他在妻子身边坐立不安，妻子便问他："带了多少钱?"

他一脸惶恐，不敢看妻子的眼神，沉默了一会才慢慢吞吞地说："你一电话打过去，说儿子有生命危险，我一听魂都飞了出来，赶快去找领导请假，然后开着车马不停蹄地往回赶，哪顾得上带钱？再说，还没到发工资的时间。"

妻子说："好在儿子福大命大，捡回了条命，住院费嘛应该由对方出。"

他一听，急了："肇事方出钱，天经地义，应该报警，走司法程序，不能私了！"

妻子瞟了他一眼，说："等儿子脱离危险之后再说，肇事方态度还算不错，从出车祸到现在一直守在这，生怕儿子出大事。"

儿子的伤势，他已不太担心，但那个孕妇，现在是否平安？她丈夫回来没有？他想过去问问情况。于是以上厕所之名，跑到了孕妇那里。一打听，麻烦事又来了：孕妇生了一对双胞胎，一儿一女。现在母子平安，但家里没来人，丈夫在回来的路上出了车祸，现在还在抢救中。

他为那孕妇着急，怎么家里还不来人呢？她一个产妇，刚生下孩子，身边怎么能没有人呢？

他一边为那女人着急，一边走回儿子住院处。

等他刚回来，还没来得及坐下，儿子从手术室里出来。医生说："手术很顺利，别担心，不会出现残疾，要静躺两个月。成人一百天，小孩子只需一半的时间。看护好，别让他乱动。"

肇事者是个五十岁左右的中年人，很有素质。见了他们连连道歉："对不起！对你们的小孩造成了不必要的伤害。"并反复地说："你们放心，住院费、误工费以及孩子的营养费，我都会按高标准给的。请你们放心！"说完从手提袋中拿出一万元人民币递给陈仁举，陈仁举要老婆暂时收着。肇事方说："打个收条吧，亲兄弟还明算账呢！"妻子随手写了张便条。

对方走后，两口子怕其中有诈，便讨论了起来：这一万元如若是安定之物，不让咱们报警上法院，准备和我们私了怎么办？妻子说："私了就私了，只要有诚心。但从表面上看，对方不像是狡猾之人。"正谈论着，肇事者的老婆提着一大袋水果进来了，又说了一大堆对不起之类的话。

两口子觉得十分庆幸：虽然儿子身体受到了伤害，但遇到了善良之人。

儿子的麻药醒了，疼得嗷嗷直叫，陈仁举去找医生。医生早已下班，来了两位护士。护士说："疼得厉害都正常，疼几个小时之后就没事了。"他俩问有没有缓解疼痛的办法？护士说："有是有，但对小孩的记忆力有影响，要不吃点止痛片！但止痛片最好不吃，对肾脏有副作用。"

他俩听说有副作用，便达成一致意见：什么也别吃。儿子疼得额头都渗出了黄豆大的汗珠，妻子赶快用湿毛巾擦拭。

慢慢地，儿子像缓解了一些，陈仁举想起儿子最喜欢听他讲故事。便对儿子说："讲个故事你听听!"

儿子说："好呀，讲个精彩的! 我就不会感到疼了。"

"就在你出车祸的昨天，我十万火急地从深圳开车到了市郊的单行道上，夕阳红艳艳的，把整个西天染成了一幅风景奇特的画卷。在这幅画卷中躺着一位孕妇，孕妇在大喊：'好心人啦，救救我和孩子吧!'"

儿子有点兴奋起来："爸，应该怎样做? 是救，还是置之不理呢?"

"爸十分为难，心中担心着你的安危。如若救孕妇，必将要耽误时间，还怕惹出意想不到的麻烦来。我考虑了几十秒钟，不知所措。"

儿子笑着说："爸，你平时不是很喜欢做好事的吗? 见了这样的事，怎能不救呢? 不过我知道，你心里怕。为什么? 因为你怕妈误会你。"

"儿子，你怎么这样了解爸?"

"你平时遇到这样的事，几次都是求我帮你打掩护，做伪证。"儿子说着自豪地笑了，笑得十分天真可爱。

妻子在一旁听着，笑着对儿子说："你俩父子合起来欺骗我，还不跟我从实招来!"

儿子笑着说："妈，你也别紧张，爸没有搞什么歪门邪道，就是做好事呗。前年，他在公路上遇到一老太婆病了，将其送到医院，耽误了时间，怕你追问，就叫我出面，说是带我去游乐场了。你才一笑了之。还有一回，在路上遇到了车祸，肇事方跑了，无人管。爸对受伤者说：我可以把你送到医院，但你要讲良心，不能说是我撞了你。那人满身是血，恳求围观的群众写了证明，还要伤者签了字，才把伤者送到医院，还为伤者交了 1000 元医疗费。爸怕你知道后骂他，就说是为我交了补课费。还有……像这样的区区小事，太多太多了。"

妻子对陈仁举说："你呀，有病哪! 老做这样的好事，现在坏人多，只看哪一天贴钱不说，还会惹上大麻烦的，坐牢杀头都说不定!"

"我们言归正传，儿子你说爸面对眼前这个挡在路中间的孕妇该如何做?"

"送到医院去呀! 依你的性格和做派，还能见死不救!"

"这回与平时不一样，你妈说你躺在医院有生命之危，我怎能弃儿不顾而救陌路之人呢?"

"但你不能见死不救呀!"

"我十分为难。不救,车开不过去;救,又担心儿子你的安危。最后,我不得不将孕妇送到你住的医院。这样既可节省时间,又达到了救人的目的。将孕妇送到了妇产科,交给了护士,我才溜之大吉跑来看你。儿子你说,爸

昨天救了母子俩人。刚才以上厕所之名跑去那里探听孕妇的情况,孕妇生了两个孩子,母子俩平安。但她的丈夫从上海开车回来,快到家了,却被一辆大货车撞了,我去时还在抢救中。"

妻子十分生气:"你心目中老是装着别人?她丈夫还在抢救中,你是不是又想伸出援助之手?儿子有生命之危,你却在半路上做好事!你这人怎么说你好呢?心里尽想着别人!"

"老婆呀,你看儿子这次大难中有幸,说不定与我平时做好事有关咧!人来到这世上,有三种责任两种义务:一种责任要对生我者我生者负责任,赡养老人,抚养子女要尽职尽责,不能有半点怠慢;第二种责任是要对整个家族尽职尽责,不能辱没祖先,要维护家族的尊严;第三种责任是对社会负责任,对国家作贡献,遵纪守法,做一个合格的公民,做一个有利于社会的公民;尽两种义务:一是尽可能去帮助需要帮助的人和事,还有一种义务就是见义勇为,尽全力去帮助支持正义的一方。这就是人来到这个世上的目的,也是人活在世上的意义所在。"

妻子听完陈仁举的这番话,有点憋气,便讽刺性地说了句:"你像个救世主,比有些圣人还圣人?!"

儿子接着说:"妈,爸说得好,做得更好。你应该高兴才对,怎么还说这种风凉话呢?依我看,你和爸应该过去看看那位阿姨,看看那个叔叔手术怎样了?"

"我才不去咧!要去,你爸去。"妻子还在赌气。

"我一个人去不好意思,还是我俩一起去比较好。儿子明天吊完点滴之后,我同你去!"

儿子高兴地说:"妈,你就和爸一起去吧!去看看情况,如若需要帮助,我们还可以伸出援助之手呀!"

第二天上午，儿子打完点滴，又去上了厕所，他两口子到妇产科病房里找到了母子仨，一见面那位新妈妈便像见了亲人一样号啕大哭起来。哭完之后，才说："昨天感谢大哥的帮忙，不然我们母子仨早就死在公路上了。我丈夫家里有位老父亲，中了风，躺在床上半年了，我走后，无人看管，可能已不在人世了。我叫宋娟子，我母亲在我两岁时，得鼠疫死了，父亲到别家做了上门女婿，我从小就在爷爷奶奶家长大。结婚那年，他们双双过世。丈夫对我很好，结婚后，我俩在上海打工，近一年来由于公爹中风，我又怀了小孩，便回家照料公爹。家里无人帮我看管孩子，丈夫他也走了，我带着两个孩子。大哥大嫂，你们看我今后怎样生活？拜托你们看有没有人要孩子，我将送一个给人家。不然，我娘仨都只有死路一条。"说完便大声地哭起来。

妻子也是个软心肠，被宋娟子的哭声所感动。将丈夫拉到门外，小声对他说："我们给儿子接个伴吧！"陈仁举微微一笑："你做主吧！小孩十分难看护的。""这你不用管！"妻子武断地说。

她走近宋娟子身边说："大妹子，你送一个给我们吧！我们来帮你带一个。"

宋娟子感激不尽："大哥大嫂是我们家的救星，我们一家人的恩人啊！"

俩小家伙还在睡眠中，睡态可赞。

大嫂说："我们都在这住院，孩子暂时放在你这里，我来帮你带，等你出院时，就留一个给我们，好吗？"

宋娟子连连点头，她心里挂念丈夫，死了不知死因何在？公爹她走了必死无疑，一定会烂在家里。但她无能为力，想要大哥大嫂帮忙，但再难以启齿，几次话到嘴边又咽了回去。

陈仁举看妻子如此有善意，便对她说："我近日要去办两件大事，希望你能理解我！"

妻子说："什么大事？还两件嘞！"

陈仁举说："第一件大事是去看看宋娟子的公爹，如若真像宋娟子所说的那样，一定离开了人世，那就去找当地的村书记或村主任，拜托他们将老人安葬，安葬之后，宋娟子出院好回去；另一件事是去了解她丈夫的死因，如是对方的责任，还可为宋娟子弄到一笔抚养费。"

妻子说："你去做吧！宋娟子确实太可怜了，这世上再没有比她再可怜的人！"

陈仁举向宋娟子问清了她公爹的姓名和地址及她丈夫的姓名，才到交通事故处理中心去，他代表死者方向处理中心负责人了解车祸案情。要求将监控录像调出来，搞清楚车祸的来龙去脉：吴起宏本来车开得很慢，靠右边行驶，此时一辆大货车从后面超另一辆大货车时，追尾将吴起宏的小车撞出车道，小车翻出护栏飞到了深沟中。应该是对方全责。

处理中心的负责人也说："是对方全责。"

"对方全责，可以赔付多少钱?"

"你放心，一切按规定进行赔付。""这要多长时间?""有人追一周之内可以了结此事，一般情况下要两个月才能判得下来。"

他心中为宋娟子暗喜，有了这笔赔款，她就可以将孩子抚养成人了。他一边开车向宋娟子的公爹家开去，一边推想着老人的情景，按宋娟子所说，老人应该离开人世了。

她公爹家住在一个十分偏僻的堤干上，两边均是一排排破败不堪的老房子，已经有好多年未住人了，难怪连邻居也没有。他跑到一家稍微像样的房子，推门进去，看到老人已死多时。他赶忙开车，满村子里找村支书和村主任。经过近两小时的奔走，终于找到了村支书。

向村书记介绍了吴家的遭遇，将安葬吴文贵老人的事拜托给了村支书，便开着车向事故处理中心去督办钱的事。

与你共品：

文章通过两次交通事故和一次行事际遇，叙述了两个家庭所受到的困厄，彰显一个鲜明的主题。那就是"世上还是好人多"，给人以满满的正能量。文章的构思巧妙，情节曲折，人物个性鲜明，紧紧扣住了读者的心弦。

（张昌雄老师）

（此文发表在香港《文学月报》2022 年第 12 期）

众里寻他千百度，蓦然回首，那人却在灯火阑珊处。

重　逢

曾小慧从美国回来，在一所 985 高校供职，担任博士生导师。

在美国生活了 20 多年，回到中国，走到大街上，整洁宽阔的街道上车水马龙，热闹非凡，且秩序井然。就是美国的纽约也只能说是各有千秋。她一边观赏着这人间美景，一边回想着当时离开祖国时的情景：大街上到处是垃圾，道路坑坑洼洼，车马行人过往，灰尘四扬。天是灰蒙蒙的，水是腐臭污浊的，连饭菜都是有毒的……二十多年过去了，祖国已变成了人间天堂。听至亲好友们讲：近些年来，搭公汽，没有了小偷扒手，大家都十分礼貌地让座位；晚上走夜路，不管你是十七八岁的美女，还是六七十多岁的富翁，都不会遇到坏人的劫持和抢劫。

而今的中国处处是景点，处处是丰收的景象，处处洋溢着欢歌笑语。

黄明远开着车从后面超越过去，将车停在了一家商场的地下停车场里，赶忙去迎接曾小慧。

黄明远急匆匆地迎面赶过来和她打招呼："小慧，曾小慧！好多年不见，你还是这么年轻漂亮！"

小慧听到黄明远在和自己打招呼，便放慢脚步，抬起头来，望着他。黄明远比 30 多年前长得胖了许多，显得更成熟，更有男人的那种高雅气质了。便朝他莞尔一笑，声音极为轻柔地说："黄大校长，还能屈尊认识曾小慧，真是难得啊！"

"小慧呀，你别误会。你来签协议，我知道是你回国了，但在北京开会半个月，本想给你打个电话的，但 30 多年未见面，打电话觉得不够尊重。所以，今天一到学校就四处找你。我们找个地方喝个茶，吃个饭！"于是陪着小慧来到了一家茶饮厅。

走进茶饮厅，挑了间较为静谧的房间。

曾小慧一言不发地望着黄明远。黄明远望着曾小慧，一个劲地赔礼道歉，说自己对不起她，在她最艰难时没有关心她，照顾她。

曾小慧听他讲完后，呷了口咖啡，才轻言细语地说："男人负心，理由多多。说的就是你这种男人！我怀上小孩之后，为了不影响你回城，不敢张扬。而你回城后，如有一丝责任心应该马上回来，帮我将孩子处理掉，可你却好，居然把我给忘了！黄明远，你知不知道，在当时那种环境下：大姑娘怀了小孩，那是大义不道，老鼠过街。我受尽了人世间的多重折磨：无立足之地，无地自容，肉体上的折磨摧残，精神上的痛苦不堪，八方无助。孩子生下后，当时就被人抱走送给了人家，这对一个母亲来说，是一种切骨之痛啊！30 多年了，我只要一想到那一幕，内心深处就如同刀绞。你这家伙，开始写了两封信，以后连信都不写了。我回城后，你应该主动来看我，可你生怕我粘着你。到了大学，更是忘了我。你说，你是不是负心汉！"

黄明远赶忙说："都是我的错，让你受委屈了！我回家后，家里人要给我介绍对象，我不同意，就失去了自由，连给你写信的机会都给剥夺了。在大学里本想给你写信，但苦于找不到你的地址，后来到了美国，好多次想和你联系，但四处都找不到联系方式。每到夜深人静时，就会想起你。我回国后打听过你的情况，才知道你还在美国。这次签约，说到有位从美国回来的女博士叫曾小慧，我看到了你的照片，才确定是你，这大概是我们的缘分还未尽。30 多年后，又相见了。"

曾小慧说："回城的第三年，国家恢复高考，因为你不理我，我在家里被父母逼着嫁人。我心里只有你，不理介绍人。在家里实在是待不下去，住到单位上的小房间里。我在恨你爱你的极度矛盾中无奈地投入到复习备考中。其目的，你心里应该清楚：为了和你平起平坐，牵上你的大手，哪知你到了大学却一直不理我，生怕我粘上你。可一眨眼工夫，跑到了美国，这还是几年后听一位知青告诉我的。所以我大学毕业后，在大学里工作了四年后又追着你到了美国，但在美国我一直找不到你的联系方式。在美国博士毕业后，准备回国，对你已丧失了信心。但国内那个时候社会秩序混乱，特别是中国的环境污染严重，水发臭，饭菜都有毒，生活极为不安全，所以我只得在美国继续工作。一边工作一边打探你的情况，极力想和你取得联系。几年后，才听大学原来的同事告诉我，说你在南方大学担任校长，我这才匆匆辞掉美国的工作，到南方大学来供职。我的一生都在围着你转啦！"

可我追到南方大学，签约时，人事办公室的李主任告诉我，说你到北京开会去了，有半个月。这下我的那颗悬着的心才落下来，几十年都等了还怕半个月。

黄明远半低着头，不时地抬起头来瞧她一眼：他觉得漂亮无比的曾小慧，而今都已开始变老，那张漂亮脸上居然有了皱纹。自己也老了，身材发福了，早已失去了年轻人的那种活力，走路比以前缓慢多了。与曾小慧分开，弹指一挥间，38年过去，现已人老珠黄，世移时迁。当时懵懂的小知青，而今却成了博士、教授和知名的科学家。真是世事难料啊！有人说时势造英雄，此话一点不假！

曾小慧望着他，知道他的思维跑到了38年前的知青点。便大声地对他说："老黄啊，你在想嘛呢？"

黄明远才从回忆深处醒来，望着曾小慧，十分抱歉地说："对不起，对不起！顺着你的思路跑到38年前的知青点上。想当初我俩还是知青点上年纪最小的懵懂小知青。在那艰难困苦的岁月中，日子过得既艰苦又快乐，既难熬而显得漫长，又自由而感到幸福，既欲离开又恋恋不舍。每天吃过晚饭，我俩相伴到湖堤上漫步：湖水浩渺无边，被夕阳染得紫红紫红的，美丽极了。身后不远处几头水牛在缓缓地向上离去，它背上还驮着个小黑影——乡间放牛娃。"

曾小慧被黄明远勾起了知青时期最美好的记忆，于是高兴地说："湖堤外边有一条宽宽的大沟，还记不记得我俩还在那里游过泳？"

黄明远兴奋地说："我第一次亲眼看见女孩穿三点式裸露在我眼前，这情景一直刻在我脑海里。"

曾小慧羞赧地说：那个晚上，你我虽然没有突破底线，但平生中的几个第一次都发生在那个晚上，那条湖堤上，我俩游过大沟，在荷莲群中摘了好多好多的莲蓬。我俩吃饱了吃腻了才将多的莲蓬带回知青点上，被大知青们一抢而光。吃完后，追着我俩问：这是从哪偷来的？我才告诉他们，在湖中摘的。第二天他们十几人都要跟着我俩去摘。我俩被逼无奈，只得将他们带到湖堤上。他们对湖堤景色赞不绝口，特别是湖堤内那一望无际的万顷即将成熟的稻谷，黄灿灿的稻谷，沉甸甸的，挺着腰，青黄色的叶片向上竖起，像即将分娩的孕妇。这种丰收的景象，令人欣喜。他们望着大沟前方的荷莲群，绿荷中绽开着粉红色的荷花，像翩翩起舞的少女。长满莲子的绿色莲蓬夹在绿荷群中到处都是，令人口馋。莲蓬中的嫩莲子营养丰富，香甜可口。知青们看到这些美味的莲子，饿狼一般，瞪着贪婪的眼睛，欲跳进大沟，游到对面荷莲中去一饱口福。但知青中男生会游泳的都只占一半，女生中应当有会的，但怕裸露玉蚕的身子，泄了春光，站在一旁看着男生脱掉上衣，裸露出上身白皙的肌肤，穿着短裤，跳到大沟中，游到对面荷莲群中。当他们摘到莲蓬后便向堤岸边的同学示意，举起莲蓬，高声地呼喊：快下来呀，好多好多的莲蓬！听到喊声，不会水的知青用钦羡的目光望着同学脱掉上衣下水。女生中终于有两位勇者，穿着娃娃服和花短裤，走向大沟，游到了对面。岸上不会水的知青眼巴巴地望着对面绿荷中的同学一边吃一边摘，不断地蠕动着嘴唇，吞着冷涎水。

夜幕已降临，铺满西天的夕阳红已被青黑色吞没。

在大知青们下湖时，他俩已悄悄地离开，到了昨晚他俩摘莲蓬的地方——距大知青大约两里路。

他俩于荷莲群中吃饱了玩够了才上岸，穿上衣裤，踏着月色回到知青点上，那群大知青街巴佬还在湖中尽情地玩乐。

曾小慧十分感慨地说："我俩在那湖光月色中玩乐了近两个月，真是乐极生悲呀！就在我俩尽情享受着人间最美好的爱情甜果时，一个小生命闯进了我那懵懂的人生世界，将快乐和梦想击得粉碎。你回城了，我一个人在那。由于平时与其他知青来往甚少，每天生活在孤独寂寞中，肚子一天天变大，捆也捆不住，跳也跳不下来，怎么办？急死我了！"

我又接不到你的信件，孤单单地跑到湖堤上望着大沟，一边诅咒你这个负心汉，一边诅咒这条大沟。没有这条大沟，你这个负心汉不会跟我发生这种关系，我也不会搞得走投无路。一边诅咒一边哭泣，我实在不愿跳入水中结束自己如花的生命，但命运如此。我望着湖水发呆，便不由自主地跳进了水中。

就在此时，两个放牛娃看我跳入水中，赶忙将我救起，并把我带到了他们家。俩孩子说，他俩赶着两头牛正准备回家，看着我一个人独自跑到湖堤上，他们觉得不对劲。天色已黑，一个女孩子在湖堤上，一定会出危险。于是将牛拴在路边，尾随着我到了湖堤上。他们是一对孪生兄弟，那年才十二岁。他家姓黄，我把他俩的妈喊黄阿姨。黄阿姨问清楚我的情况，第二天带我去镇医院检查。医生说，月份太重，打胎会有生命危险。于是带我回她家，替我想办法：一定要马上向知青点领导请假，事由要合情合理。黄阿姨便为我编造了一个理由：就说我得了黄疸肝炎，此病传染性极大，不便回知青点，必须回家治病，并在她小叔叔（是镇上医生）那开了张证明。又将我带到黄阿姨的娘家去住，她家里只有她母亲一人，母亲姓张，对我十分好。我就住在张奶奶家里，黄阿姨又要我赶快通知我爸妈过来。爸妈过来后，与黄阿姨张奶奶商量，等小孩生下来后送人，再回到知青点上去，应该就没事了。

后来，在知青点待了两个月，其他知青都返了城，我因为得过肝炎，身体虚弱，知青点上的领导向知青安置办求情，我是最后一个返城。返城后，每逢过年过节我都会来看望黄阿姨一家及张奶奶，他们是我的再生父母。奶奶在我读大学时就去世了，我哭了多次。每年只要在国内，我都会去祭拜奶奶的。黄阿姨身体一直不太好，黄叔去世多年了，黄阿姨跟着小儿子，前几年日子过得十分艰难，我一直尽全力资助着两个救了我性命的弟弟，近几年情况还好。

黄明远，你实话告诉我，你现在的家庭怎样？

黄明远笑着说："我单身一人，几十年了。你呢！结婚了吗？"

曾小慧这才高兴地说："黄明远，你怎么现在还是单身一人呢？一个堂堂正正的高校校长，为什么还是一个人呢？我不相信！"

黄明远一脸无奈地说："你以为我的心里蛮好过，这些年，只要一静下来，就会想起你，就觉得对不起你。女人啊，在那个男尊女卑的时代，生理上的弱势，世俗的偏见，会给一个受了伤害的女人带来毁灭性的打击。我俩虽说是你情我愿，没有半点欺骗的成分，但出了这种事，我当时是无能为力，并不是不负责任，只是承担不了应承担的责任及义务。这其中有来自社会性的，但更多的是家庭方面的，搞得我毫无招架之力。那时的我，只是泥菩萨一尊，烂泥一堆，难以自保。真是对不起，让你吃尽了人世间最苦的苦头。我一直发誓此身一定要想办法来弥补你，所以我非你不娶。假如你还是单身的话，我们可以重温旧情，组成新的家庭。"

曾小慧有点喜出望外，激动地说："明远，我何尝不是单身一人啊！在国内那些年，一直想着你，恨你爱你，心里容不下别的男人。到了美国，心里老是装着你，尽管找不到你，但也容不下其他男人。有不少有本领有地位的男人追过我，我不是婉言谢绝，就是嗤之以鼻，一直守身如玉，有时也为自己可怜而可惜。但心中有你，我只能这样熬着，熬过了一天又一天，一年又一年，终于熬到 56 岁，才熬出头。终于追到了你。

可我父亲在熬的岁月里熬死了，我母亲也差点熬到阎王那里去。这下好了，终于追到了你，我母亲不会含恨九泉了。"

有高人说：人世间的事，在冥冥之中是有定数的。明远啊，你说给我听听：这几十年，就没有人给你介绍，你就没有碰到过自己喜欢的人？

黄明远笑着说："介绍女朋友的人多的是，但心中有你占着，我曾经下决心要将你挤出去，但就是挤不出去。在美国也曾经托人打听过你的情况，但一直杳无音讯。这其间，我在美国与人同过居，总觉得不是那么回事，回国后就没有了联系。说来也怪，不管多么优秀的女孩，往我面前一站，就觉得跟你不在一个层面上，好多次都是见面崩。有位智者说：初恋情人，有了那种刻骨铭心的爱，如果彼此之间没有发生过大的伤害，这一辈了彼此都会深深的记住对方。我俩之间就是这样，尽管我伤害了你，那是你情我愿的事，谈不上伤害，但客观事实却造成了极大的伤害。你恨我，应该，就是杀了我，我也无怨无悔！"

曾小慧十分关切地问黄明远："你父母还健在吗？"

黄明远十分内疚地说："父亲为了我的婚事，8 年前吃团年饭，看到我一个人回来，气不打一处来，把桌子都掀翻了。之后，倒在条椅上脑中风死亡。母亲今年 90 岁了，身体还可以。父亲走后，母亲就到小弟那里去了。"

曾小慧心里十分难过，两位父亲都是为了他俩的婚事而离开了人世。她沉默了片刻，便对黄明远说："明远，你打算怎样安排你和我之间的事？如果你内心深处真是这样考虑的，那我们就应该马上行动起来，本周之内去拿结婚证，选一个良辰吉日，把亲朋好友请过来，向他们宣布我俩的婚事！"

黄明远一边听曾小慧讲，一边站起来走向曾小慧，俩人紧紧地拥抱在一起，好久好久之后才松开。

黄明远突然问小慧："咱们的儿子现在哪？"

曾小慧十分兴奋地说："咱们儿子的儿子都快上初中了！"

"打算什么时候去接他们？"

"你慌什么？咱们正式结了婚，就去看望黄阿姨，再跟黄阿姨一起去接儿子一家。"

"好的，小慧，我一切都听你安排！"

"把儿子一家接来之后再去看望我们的两个妈妈，之后再到两个爸爸坟上去祭拜，把他们的重孙子也带去给两位太爷磕头。"

与你共品：

岁月不堪数，故人不如初，最是人间留不住，只往事不如青丝缠梳无端把韶光负。

（黄福生老师）

亲家，我们不要一分钱彩礼，结亲如结义，以后就是一家人。

我的岳母

慈善而能干的岳母溘然长辞了，老婆悲痛欲绝地泪流满面地告诉我：妈没了！

我赶忙向单位请了假，陪老婆云芷回娘家奔丧。

我开着车，一路上回忆着与云芷相识相知相爱到结婚二三十年里的故事。

那一天，下着毛毛细雨。我打着伞正准备去上班，走出大门，上大路没几步，就听见有个青年拉大嗓门在质问一位女子："你把耽误老子的时间还给老子，否则老子有你好看的。"说着便扬起手来一巴掌啪的一声，打在了女子漂亮的脸上。女子被打后便高喊救命啦！

这时，我闻声跑过去，那年轻男人长得五大三粗，看上去很有几分狠气，转过身来拦住了我："你跟老子少管闲事，不然小心老子揍你！"

我朝他瞧了瞧，一个男人在光天化日下欺侮女孩子算咋回事？"好啊！老子不欺侮女孩子，老子欺负你这狗杂种总可以吧！"说着他扬起手来朝着我脸部就是一巴掌。还好，我在部队当过特种兵，制小混混还是有一套的。我右手接过他的手，左手一拳打到他的脸上，当场就倒在了地上，还没等我回过神来，那家伙爬起来，一边抹着脸，一边逃之夭夭了。

从那以后，云芷跟我好了，她才告诉我：找她麻烦的是她以前的男朋友，因为到她家里被她妈奚落了一番，觉得很没面子，于是便找她出气，幸亏遇到了你。

我便问她：你妈好奚落女婿，这么厉害的岳母，我以后咋办？她说："你放心，我妈是个好人，只是不喜欢品质不正，整天不务正业的混混。我妈就我一个姑娘，生怕我找男朋友上当受骗，长期委托一批人监视我的行踪。我只要一结交男朋友，不出一周，她便把我男朋友了解得一清二楚。我的第一个男朋友，自己办企业，看起来很有钱，但我妈说他是个败家子，品质不好，他不可能把厂办得起来。不准我和他来往，交往了一个月，她就逼着我和他分手了。我俩的事，她昨天晚上问我，谈得怎么样了？你年纪也不小了，觉得投缘，就把他带回来，让我和你爸瞧瞧！我答应后，要我和你商量把回家的日子订好，她好准备酒菜。"

虽然云芷告诉我，她妈认可我了，但我心里还是忐忑不安，怕被奚落。可丑媳妇免不了见公婆，怕也没用，这是通往爱情的必经之路。

机会确实好，一去便遇上了和蔼可亲的岳父大人。我们俩谈得十分投机，天南海北，无拘无束地谈着，笑着。岳母从厨房里走过来对我说："饿了吧！马上吃饭。"于是将八方桌挪到正厅中，云芷帮忙端菜。岳母对云芷说："去将你爸珍藏了多年的茅台酒拿出来，我今天来陪女婿小田喝两杯。老头子你今天也要喝点，今天全家人都高兴，大家都喝点酒，酒是喜庆之物，越喝越喜庆！"

岳母亲自给我斟酒，我说平时不喝酒，您不斟多了！

岳母笑着说："儿子，你就不在妈面前打埋伏了，妈对你的人品、生活习惯、工作单位了解得是小葱拌豆腐。今天在这，你就放开着喝，我和你爸一起陪你！"本来岳父岳母不常喝酒，特别是岳母，此生只喝过两次酒，前一次是做了新屋贺新高兴。

那天在岳父岳母的款待下，还真的给喝多了，有点云里雾里的。云芷开车把我送回来，我都不知道当时是怎样离开的？不知失态没有？

车开到了转弯处，我收回思绪，朝殡仪馆驶去。

岳母对我们一家十分满意，特别体谅我这个女婿。结婚时，我家里穷得叮当响，拿不出彩礼。父母亲当着岳父岳母的面十分尴尬，觉得抬不起头。岳母见状，便对我父母说："亲家，我们不要一分钱彩礼，结亲如结义，以后就是一家人。我们不要彩礼。"岳父也接着说："我们什么也不要，只要两家人和和气气就好！"

岳母十分安详地躺在冷棺中，双眼闭得很紧。

岳母西归后，岳父像个失去母亲的孩子，失落感很重。我和妻子商量之后，对他老人家说："您就别担心了，等将岳母后事安顿完后，您就搬到我们家里去住。"听了我的话，岳父脸上有了一些变化，光亮多了。

我和云芷结婚后，岳母经常教育云芷："男主外，女主内，家里的大小事情，你要全包揽起来，特别是对待两头的亲戚要一碗水端平，有时还得偏向男方一些，至于为什么？你慢慢地去体会吧。对待丈夫，他是天，你是地，你多承受一些。天是要面子的，多给他一些面子，让他在外面说得起话，女人不可在男人面前出风头。出风头，那是当众打男人的脸，再好的家庭也会过不下去的……"

我妻子云芷不仅长得漂亮，而且能干，十分地通情达理。这一切的一切都要感谢岳母的精心教诲。两个孩子从怀上到出生都受到岳母的精心关照，从小到大都是岳父岳母看护的。就是去读高中了，两老租房子轮流陪伴着两个孩子，读大学回家，都是外公外婆打招呼，我父母离世都比较早。

岳母躺在冷棺中还有两天时间，这两天日子不好，不能哭泣，不能放鞭炮，更不能敲锣打鼓做法事，整个吊唁厅里十分安静。我一直陪伴在岳父身边，听岳父说着岳母的故事，岳父感慨地含着泪水说："你岳母是个女强人，但十分体谅我这个丈夫，几十年里没说过一句伤害我的话。记得刚嫁到我们家不到一个月，邻居家里遭火灾，连同我们家全化为灰烬，什么都没来得及抢，连换洗的衣裤都给烧了。我们当时已无家可归，我像黑了天，哭丧着脸，坐在树底下一筹莫展。你岳母走近我说：'怕什么？走，去我家里住，今年下半年，我们将新房建起来。'她当时这么安慰我，不知是从哪来的底气，在她家里住了整整八个月，我们的新房便奇迹般地修起了。"

"你说你岳母是怎样搞到这么多钱的？"岳父脸上露出了几分得意的神情。我做梦也没有想到：她到小队里捡来了一大捆丢了的竹扫帚，将每根剁成两尺长，买了线。将纳鞋底子的大针用灯火烧后弯成鱼钩，鱼钩用线缠紧，将其系在竹条上，再买了几个地笼捕小鱼小虾，再将小鱼虾安在鱼钩上，晚上将挂上小鱼小虾的竹条放在水边。第二天早上挑着箩筐去收鳝鱼，早上二百多根竹条，奇迹般地取到了近二百斤鳝鱼。我和她俩大清早挑到镇上去卖，尽管卖得便宜，但每天可以净赚近百元。经过一个夏天的努力，赚了近千元。

当时修三间茅草屋就 300 元左右。

我和你岳母不仅修起了三间新茅草屋，还添置了所有家具。第二年靠打鳝鱼赚到了一千多元，每年如此，直到水源污染，家家户户搞养殖去了，我们才停止打鳝鱼。我们家一直比别人家富裕就是靠那几年的积蓄。

你岳母知道她时间不多了，帮我准备好了寿衣寿裤寿帽寿鞋，盖尸被本来应该你和云芷扯的，她考虑到你们还在上班，替你们早已准备好。说完岳父哭得泣不成声。

出殡那天，孝子孝孙近百人，跪满了告别大厅。当主持人用那浑厚低沉的声音讲述着母亲一生的感人事迹时，孝子孝孙们都泣不成声地流着泪水。泪水打湿了大厅地上的地板砖。追悼词一念完，整个大厅里爆发出一片呼天抢地的哭声，遗体推向火炉时，外面下起了瓢泼大雨。看来老天爷也在为失去这样一位平凡而伟大的母亲大哭不止，几种声音交融在一起，形成了一台大型的交响乐，震撼天地！

与你共品：

文中的"岳母"精明能干，热情善良。文章的描写很生动，很好地展示了人物的性格特征，也表达了浓厚的缅怀和思念之意。

（张昌雄老师）

（此文发表于《文学百花苑》2022 年第 12 期）

听不到枪声，我是不会下令拆墙的！除非撤了我的校长！！

等待枪响

　　七月流火，高温如炉；七月泛水，水猛如虎。冬春两季十分安静的长江到了七月，突然间利欲膨胀，像一头疯狂的猛兽，鼓胀起整个肚皮，仗着老天日夜往大地瀑布般倒水的神威，大有将肚皮鼓胀裂开之势。整个长江堤防唯有荆江段是曾经开裂过几次的地方，就像母亲剖腹过几次的肚皮。这肚皮极易裂开，谁都明白这个理。但还有一个原因：武汉地段比较低洼，一旦裂开，就很难从洪水中站起来。因此要保住大武汉。但不到极端高危之际，万不得已之时，荆江分洪区也不会轻易地让其裂开肚皮。

　　老天不怀好意地连日大暴雨，有滋有味地泼洒不停，还不时地打着阵阵哈哈；雷公也不示弱，看到雨神如此欢狂，也开始大吼大叫起来，声音震得山摇地动；一向不甘寂寞的风神，更是助纣为虐，慢慢地来了性子，开始呼啦啦地狂奔起来，把草木抽打得低头不起，有些骨头碎者，连腰被刮断，更有甚者的是疯跑向江河湖港，将水龙绞起与堤坝作战，可怜分分的堤坝一会儿工夫就被水龙吞食了大半。这架势水龙大有吞食堤坝决不收兵之野心。人们早已知道水龙这样做的目的——吞食人们可爱的家园。人们团结起来，拿着铁锹，扛着钢筋水泥，抬着树木草垫及蛇皮袋子，与水龙风神雨神展开了殊死搏斗。

　　洪水在上涨，堤防在上升，真是魔高一尺，道高一丈。人们在江堤上抢拼了五天五夜，肆虐的洪水没能将江堤撕开和吞没。下了二十多天的雨停了，风儿屁颠颠地也没了影儿，雷公的天敌——太阳，一露面它便躲藏得连毛也见不着。人们脸上露出了胜利的曙光。

过了几天，太阳有事去了，乌云覆盖了整个天空，雷公瓮声瓮气地又出场，那风神妖里妖气地躲在雷公的后面，怂恿着雷公发出地动山摇般的吼声。于是它借着雷声疯狂起来，将人们头上的草帽斗笠都卷走了；更有甚者，把一些低塌的茅草屋掀起来，在半空中打着漩涡，还不时地发出欢狂的呼啦声，整得小孩和老人哭天抢地。大人们听到了一个令人震惊的消息，此消息有如噩耗一般，令所有人不寒而栗。于是，人们开始携儿带老地跟着成千上万的大队人马奔向安全地。人们第一次离开自己的家园，连锅盆碗盏都没有带——带不动，也不允许带。那些平日里视作宝贝的鸡鸭鹅猪，还有几亩几十亩的大鱼塘和即将收割的稻田以及高楼或茅房，一概丢光了，只带得几件换洗的衣裤，随大部队往西游动。

原先还模糊不定的坏消息，现在已经明朗化——长江水位早已高出分洪水位线1.5米，只等总理来了，就会鸣枪炸堤。

雨还在泼洒不停，老幼病残已经全部转移到安全的地方，剩下的青壮年在守着堤防，守着家园。我们这所省级示范高中有高楼七栋，上级指挥部通知，要求将教学楼第一层的墙拆掉，好让洪水穿过，必须在洪水到来之前就拆。校长将守校的男女教师108位，精准地划到每栋要拆的教学楼——责任到小组，小组分到个人。大家24小时守候，原地待命，不准离开阵地。

指挥部传来命令，马上将教学楼第一层的墙拆空，不得有误！校长将各栋负责人召来：没有我的命令谁都不能动手拆墙！老师们都觉得反正要分洪了，不如早点将墙拆了，大家好逃生。何苦白白地在这儿等，又没有吃的。校长给负责人做分析：北闸是炸堤的基点，离我们这里少说直线距离也有20公里。这20公里需要多少时间流到我们这里，请物理、数学两科老师算算。大家推算了一下，至少也需要半个小时。我们拆墙要多少时间：大家估摸了下，最多20分钟，还有10分钟的空档。我们的教学楼有六层高，据水文站预测，即使分洪，水位只在二楼上一米，我们躲到五楼六楼，应该安全。后勤组的同志想办法多搞点瓶装水及食品，袋装也可以。将灶台移到三楼以上，搞点蔬菜瓜果，还可以抓些鸡鸭来备荒……但要把账记好。

过了一阵子，指挥部派人来现场督阵了。找到校长，校长解释说：听到枪声了我们就动手拆，还把整体安排汇报给来的同志听。起初，督阵的领导觉得校长说得有道理，并将此事向上级做了汇报。又过了两个小时，指挥部打来电话，说不能等了，必须马上动手，其他地方均已开始拆了。但校长迟迟不表态，不下命令。老师们心里急，但没有校长的指示，谁也不敢越雷池半步。督阵的同志大喊大叫起来，你们动手拆呀！校长笑着对督阵领导说，你喊没有用，学校这边我说了算：听到枪声，我自然下令。不响枪，谁也不能动。督阵的领导急了，"你还听不听指挥？你是不是共产党员？下级必须服从上级。"校长笑着对领导说："一旦将墙拆空了，如果不分洪，这损失谁负？你负吗？我只管传达精神，责任自然有上面来负。那你帮忙去签字，谁签字谁负责，谁负责我听谁的！"督阵领导连连和指挥部通话，但指挥部说要向上反映，不能签字。还要校长接电话，"李校长，执行命令，哪来这么多屁话。"李校长理直气壮地说："没有人签字负责，听不到枪声，我不会下命令拆墙。除非撤了我的校长。"

又过了三个小时，天已近黑，上面又派人来督促拆墙，校长依然还是那句话。他们没有办法，拿来一纸文书要校长签字画押。李校长看完内容，毫不迟疑地签了字，签字之后督阵人员撤离了学校。

晚上，中雨淋淋，整个世界漆黑一团，没有了电灯的光亮，老师们分别守在各自的岗位上，吃了袋装食品，饮了纯水，坐在一楼的教室里，半打着瞌睡，都在为李校长担忧。万一枪响了，大家没听见怎么办？其实大家是杞人忧天，李校长是北闸人，早就与那边的几位弟兄说好，一旦准备炸堤，就电话通知他。他不可能有马失前蹄的危险。

李校长本来都安排得万无一失，但还是不断地在一楼大厅里走来走去，行坐不安。他在想真的炸了堤，分了洪学校咋办？这些学生参加高考咋办？分洪区的老百姓咋办？他们都只带了几件换洗的衣裤，还不知分了洪要多长时间才能返回家园，国家的损失一定惨重！他在内心深处开始祈祷神灵保佑，他本来不相信什么神灵，但此时此刻却想到了神灵，为了成千上万名学生，为了上百万百姓，为了国家少受损失，他在内心深处一遍遍地祈求上苍保佑。

天亮了，太阳从东方喷薄而出，驱走了乌云，雷公早就藏起来了，风儿真是两面人物，屁颠颠地安抚起受尽折腾的人们，在那湿漉漉的衣衫上头发上用它那双有凉气的手抚摸，令人倍感舒爽。

校长将后勤班子召来开会，要求大家走出楼门将老百姓丢弃的鸡鸭鹅及猪牛集中到校园里来喂养，一旦老百姓回来，让她们来认领，不能让不法分子钻空，为老百姓减少不必要的牺牲。

老师们又开始为李校长担心了，如果一旦分了洪这些家禽怎么办？有老师说，分了洪都一样，李校长是准备不分洪才这样做的。这李校长真是管得宽，他要是当个县长市长就好了，老百姓一定会大大地沾光……大家的生活这几天要改善了，这些鸡鸭鹅我们是不是可以享用？李校长说了，按市场价记账，以后还要折算钱给老百姓的。后勤人员在将这些家禽提来时，都记了账的，尽管家里没有人，也按门牌，没有门牌画上图标示清楚，分洪不分洪都要物归原主，核算到位。现在后勤人员已分工喂养。

就在人们虔诚地等待枪声的时候，传来了孟溪大院溃口的消息，那个大院本来是安全区，不是分洪之地，却因守堤失利，管涌溃堤，缓解了分洪区。但好在无人员伤亡，为大分洪区解了围。

三天过去了，洪水退了许多，枪声终于未有响起。李校长望着大家，像小孩一样甜甜地笑了。

与你共品：

1998 抗洪多悲壮，那段难以忘却的民族记忆，通过阅读这篇小说得以重温。本文笔触极其细腻，开头便将洪水肆虐、百姓慌乱转移的惨状书写出来；接着层层蓄势，上级指挥部通知、指挥部传来命令、指挥部派人来现场督战、上面又派人来督促拆墙，李校长为了减少国家的损失，始终顶住了压力，拒绝盲目拆墙。不仅如此，他还主动组织起教职工把老百姓丢弃的家禽牲畜收拢起来喂养，想着灾后物归原主。最终，洪水退去，枪声并未响起，教学楼一楼的墙、老百姓的家禽牲畜都得以保全，李校长甜蜜地笑了。本文成功地将人物形象的刻画放在一个广阔的社会背景和历史背景之下，表现人物个性，赞颂人物精神，这是本文一大亮点。

（徐收业老师）

（此文发表于《三袁文学》2022 年第 7 期）

这些老年人个个云鬓红颜，精神矍铄，均穿着白衣白裤，正在打太极拳，动作是那样的柔美舒缓。

女副院长的感悟

近三十年来，我已养成一种固定的生活模式：六点钟起床，洗漱上厕所，弄早餐，过早，收拾碗筷，打扫厅堂，准备午餐。时间就接近 7 点 20 分。上班，我尽量赶在 7∶30 到达病人房间，询问几个危重病人的情况，8∶00 到办公室开会，安排手术，8∶30 上手术台。

我刚换上手术服准备上手术台，接到检验科刘主任的电话："有个脑血栓病人昨天来检查，今天病人拿到结果后人却找不到了。这个人脑血管 90% 的被堵塞，随时都有生命危险。王副院长（兼脑外科主任）怎么办？"

我要求刘主任在医院周围找，找不到，就马上报警。求助于警力，找到后，马上送到脑外科室来。

我刚做完手术，准备去洗手消毒换衣后回家弄中餐，那个脑血栓患者找到了。

我看完片子，整个脑动脉血管被堵得死死的，就像溪沟被脏东西全部填满，只有底层的水在缓缓地流动，必须马上将这些脏东西取出来，病人才不会马上失去生命。

经过三个多小时的抢救，一切顺利，手术圆满成功。

我才长长地出了一口气，心里十分惬意，像完成了一项挺有价值的发明创造，但身体已是疲惫不堪。我拖着沉重的身躯回到办公室。我每次十二点还没回家，丈夫都会用保温瓶将饭菜送到我办公室里。

我走出手术室，外面看病的人黑压压一片，根本走不出去，我慢慢地拖着疲惫而沉重的双腿挤进人群，心中有一种说不出的滋味。怎么有这么多来看病的？是不是现在经济条件好了，身体有一点小毛病都要来上医院？可据我所知，现在虽然有了医保，但看病并不多么便宜。以前，脑外手术，也不过几千上万元，但现在动不动就是好几万，国家医保报销后，也不比以前便宜。我这样想着，被人流挤到了挂号的柜机旁。在柜机上挂号的人，尽管下午一点了，还排着长长的队。从长队中穿过去，看到交费拿药的窗口，排着十几条长队。好不容易才挤到三楼，自己办公室的那层，那里的人也是黑压压的。到办公室只有不到 10 米，足足挤了近 10 分钟才到办公室。这里哪还是医院？那就是战乱时期的避难所，节假日中的火车站。我心中升起了几个大大的惊叹号"！"。

我一边吃着丈夫送来的饭菜，本来饭菜的味道是十分可口的，但我如同嚼蜡，一边心里却在想着这么多病人怎么办？不管我们这些医生怎么努力，怎样拼命也是杯水车薪，丝毫解决不了根本问题。

饭刚吃完，小李跑过来告诉我，有个危重病人，需要马上手术。张医生身体不好，晕倒在手术台上，送到内科去住院了。那个危重病人连麻药已注射了，怎么办？我本来疲惫不堪，遇到这种情况，哪能迟疑？马上跟着去手术室。要小李在前面开道，小李在人群中高声喊："请大家让一让，有个危重病人急需抢救！请大家让一让……"终于到了手术室，我赶忙消毒，换衣服上手术台。

经过三个多小时的抢救，病人脱离了生命危险，手术很成功。

我心里却沉重得很，这么多病人，累死又能有多大的作用？极疲惫的回到家里，丈夫刚刚回来。家里什么也没有，只得邀丈夫出去吃。

丈夫三十年来对我的工作十分支持，也非常理解我，心疼我。说我的工作辛苦，家里的事都抢着去干；医院里的工作一遇到棘手的事，他就帮我出谋划策，竭尽全力的排忧解难。我一坐下来就会觉得对不起丈夫，尤其是对不起孩子天天。

"天天"半岁就送到外公外婆家，读小学才回来。回来后，爷爷奶奶跟着。读小学时，"天天"经常要我陪他去游乐园玩，我一次也没陪他去。读初中高中时，生活上有爷爷奶奶的关照。我一是插不上手，二是根本没时间；

学习上有他爸，检查作业、辅导功课都是丈夫的。丈夫性格特好，从不发脾气，和儿子的关系像朋友。俩父子谈得十分投机，很少发生争执。后来儿子上了大学，和他爸微信聊天都是长篇大论。找女朋友，第一个告诉的也是他爸。搞得我真还有点吃醋。

有时，静下来就想：当初为什么要选择学医呢？选择学医，就选择了救死扶伤。人命大于天，谁敢怠慢？而今病人特多，每天都是排着长长的队等着我。只要是一个有良知的人，能对这么多的患者熟视无睹吗？

昨天上午那个病人就是个危重病人，要马上手术，将血栓取出来，不然，随时都有可能危及生命。

此人还只有 40 岁出头，家里有老有小，是个贫困户。要马上手术了，但钱不够，怎么办？迟一分钟就会多一分钟的危险，为了救人，我将这个月的工资押上去，才将他的手术做了。

血栓取出来，像蚂蟥，它可以将血管阻死，让一个活生生的人变成僵尸。

我们这项工作，实质上就是在跟死神搏斗，从死神手中抢人。来的大多数是危重病人。心脑血管病人比癌症病人还多，死亡率也高。

心脑血管病人是可以提前预防的，就是发作了，只要不耽误时间，大多数病人是可以挽救回来的。但一拖，延误了治疗的最佳时间，即使不死，也会留下后遗症。

我同丈夫吃完晚饭从餐馆出来，接到院长的电话，说市委原副书记袁开明同志洗澡时，倒在浴室里，救护车已将他送到医院，要我马上赶过去。丈夫向我投来了心疼爱怜的目光。我给丈夫打了个招呼，就匆匆地赶过去了。本来即使不是老书记，我也会义不容辞地赶过去。袁书记通过造影，脑部动脉血管破裂，整个大脑都是淤血，要马上开颅。经过近五个小时的手术，命是保住了，但不知道什么时候才能醒来。

换了衣服，我看了下表，已是凌晨 3 点 40 分。回到家里，连洗澡的力气都没有，歪在沙发上就睡着了。

我做了一个离奇而又很现实的梦：

一个鹤发童颜的老者，自称是一位老中医。将我从排着长队的患者前邀出来，问我累不累，一天可以动多少手术，救多少个病人。我跟着他到了一座青山脚下。青山脚下有一条荡漾着碧波的沟谷。沟谷的两岸满是男男女女的老年人。走近之后，这些老年人个个云鬓红颜，精神矍铄，均穿着白衣白裤，正在打太极拳，动作是那样的柔美舒缓。

老中医站在我身旁对我说："他们不仅是运动的健将，更是养生的高手，平均年龄80岁。"

老中医接着说："百战百胜，非善之善者也；不战而屈人之兵，善之善者也。故上兵伐谋，其次伐交，其次伐兵，其下攻城。"说完，老中医就不见了。

我在青山脚下迷了路，惊吓而醒。

原来是南柯一梦，此梦是那样的真切生动。老中医的每一句话我都记得清清楚楚，梦里的青山绿水就像在哪儿见过，成千上万人打太极拳的宏大场面令人震撼。柔美富有韵味的优美动作整齐划一叫人惊叹。从老中医的话语中我悟到了解决这么多人看病的良方：今后医院的工作不仅仅只在打针配药，开刀动手术，更重要的应该是平时对健身运动的重视和推广，还要大力宣传养生工作。只有全民开展体育运动，重视养生，进行自我保健，提高免疫能力，才会减少疾病。这才叫攻心为上，不战而屈人之兵，不到万不得已不要去"攻城"。我高兴地向院长办公室走去……

与你共品：

从文中我们看到了一个辛勤工作、心系人民、牺牲了自我与家庭的女副院长。从她的工作习惯来看，她是一个自律有责任心的人。她在牺牲家庭时间献身医院时，她不累吗？她看到丈夫、儿子的亲密相处时，她不心酸吗？她贴出自己的工资给病人看病时，她又容易吗？但她却从未迟疑一次，一心只以救人为先，这份责任心、奉献感值得多少人尊重啊！

文后的梦更是突出了女副院长心中的美好愿望，这愿望不是为她自己，而是从人民大众的健康出发。她希望全世界人民都能健康长寿地活着，治病不是根本办法，大家都有一个健康的身体不生病才是最美好的！

（黄晓燕老师）

陆逊湖故事

下册 双面人

戴源正 著

团结出版社
UNITY PRESS

目录
CONTENTS

湖北五峰有个美丽的桃花渡。桃花渡的山美、水美、人更美，桃花渡的菜纯、肉纯、鸡纯、果子也纯；桃花渡的风儿爽、地儿灵、天儿蓝、太阳红；桃花渡的女人妩媚，男人豪爽、老人好客，小孩聪慧；桃花渡的星星亮晶晶，月亮黄黄亮，民心纯朴，政清人和。桃花渡到底该如何发展？改不改名？修不修十里长廊？峡谷水面要不要拓宽？养猪场到底该修到何处？这项主体工程的发展又是如何带动了旅游业的发展？桃花渡在发展过程中遇到了种种困难，处于古稀之年的孟祖清是如何解决这些问题，带领桃花渡的百姓走向春风里，成为百姓们的"贵人"？又是如何在桃花渡收获自己灵魂伴侣？或许只有走进桃花渡才能品出其中的滋味。在这个山美、水美、人情美的地方，感受黄发垂髫并怡然自乐的人间雅趣。

再到桃花渡

第一天

　　这次到桃花渡山居笔会一行三十多人，早晨七点半从省文联出发，手机导航直抵五峰桃花渡。

　　一路上大家都兴奋不已：春风已度桃花渡，世上再无桃花源。

　　三年前，阳光雨露突然青睐桃花渡，使桃花渡封尘了数亿年的宝藏一下子找到了开发的金钥匙。

　　是谁这么有本事？三十多人脑海里均冒出一个大"？"。

　　十台小车经过三个多小时的行程，距桃花渡村已经不太远了。

　　来过第一次的同志都沉浸在三年前的情景中：小车一过鱼峡口镇，就没了水泥路。路窄可还是浮土路——村委会听说省文联要来此开笔会，临时派人修补的。车子经常陷入浮土中，下车推了好几次，后来连推也推不上去了。无奈之下，只得将车子停在岔路口的人行道上，徒步好几里，才来到社长的家。

一栋两层楼长长地坐落在山头前面，房子前方有一块操场，水泥地，平坦踏实。操场的左边——即进入房子的必经之道，拴着一条半大的狼犬。见我们来了，便狂吠不止，前爪向上，后腿竖起来，做欢迎状。

几位老人站在操场中间欢迎我们的到来，和我们打过招呼之后，便回屋去搬椅凳。

走近大门处，大门横楣上挂着一块红色金字匾牌，上书"四知今典"四个大字，楷书威严正气，令人不得不想起东汉时期杨震与学生王密的故事：当时杨震任荆州刺史，东莱太守之职，提携学生王密当了县令。王密为了感谢老师，晚上给他送去十金。杨震说："我的为人你是知道的，此事不可！"王密说："这是我和您之间的事，谁知？"杨震说："你知我知，天知地知！"后来人们就叫杨震为"四知先生"。莫非杨社长是杨震的后裔？不过此事也未必，但不便打听。

当时，只知来桃花渡参加笔会，不知来社长家里，面对七十多岁的老人，我们空手进门，显得不懂礼仪，但想用红包弥补，当看到"四知先生"在此，不敢冒大不敬！

进门抬头，看见杨父七十寿匾，上书"杖国期颐"四个大字，凸显中华文化底蕴。人到七十岁，可以挂着拐杖游走天下，活到一百岁都有人看护赡养。每间房的门框门楣上均贴满了对联，彰显出文化的博大精深。

车子到了村委会迎客大楼。大楼顶上悬挂着"五峰桃花渡迎客大楼"九个大字，金碧辉煌，闪闪发光，像好客的桃花渡人的张张笑脸。

车子开到大楼前面的停车场上。下了车，我们携着行囊，拿出身份证，登记后上三楼房间，房间里设施都可比肩五星级酒店。高档俱全，只是没有空调——因为那里一年四季是恒温。

在房间里待了十几分钟，这十几分钟足以令我们感到震撼：墙上挂满了名字名画，高雅脱俗，像法国卢浮宫里的名画，像三希堂的书法作品展。茶几上放满了土特产，一小袋一小袋。红茶绿茶，小鱼干、鸡翅干、蚕蛹干、牛肉干、猪肉干、羊肉干……各种水果，一块牌子上写着"请放心地享用，一切均免费"。

微信铃响了，手机微信显示：12点准时在二楼西大厅用餐！

村支书拿着话筒站在舞台中央喊话，请大家各就各位，坐好之后，我给大家介绍一位道骨仙风之人，他是我们桃花渡的福神贵人。让我们用热烈的掌声欢迎这位贵人福神上台给大家讲话！

在经久不衰的掌声中，这位贵人健步走上台来：贵人身材高大，霜发苍苍，白髯飘飘，双眼炯炯有神，背部微驼，看上去七十出头。

诸位文人学者，作家教授，大家中午好！我叫孟祖清，祖籍湖北黄冈。从小在台湾长大，父亲孟庆德，是国民党的少将，更是中国共产党的地下工作者，受中共领导的旨意，同蒋介石一道去了台湾。在台湾从事地下活动，引起了国民党的怀疑，被限制自由四十多年。父亲离世后，我1993年将父亲的骨灰带回了湖北老家安葬。这二十多年里，一直在做大陆和台湾两地的生意，赚了些钱，想回报祖国，回报家乡人民。在几个地方考察了一段时间，觉得五峰桃花渡这个地方还处原生态，大有发展前景。在五峰县鱼峡口镇桃花村三级领导的支持下，我签下了投资合同。经过三年的开发改造，有了一些看头，在座的诸位都是名人智士，希望大家献计献策，宣传桃花渡，用文化包装桃花渡，将桃花渡打造成文化的精品，成为中国人民的桃花渡，乃至世界人民的桃花渡。

孟祖清贵人的讲话赢得了全场人员经久不息的掌声。

村支书高举酒杯，大声地说："让我们共同举起手中的酒杯，为孟祖清贵人福神的付出干杯！"

酒桌上大家心里都想知道孟祖清老人出资的数额，那应该不是个小数目？

吃完饭，村支书悄悄地告诉大家：首期投资5个亿（已到位），第二期投资8个亿，第三期投资5个亿。孟祖清老人认准了桃花渡，三期工程18个亿，九年完成，达到国家五星级旅游景区的标准。

下午三点，大家来到小会议室，讨论如何宣传桃花渡。

社长主持座谈会，他说，人家孟祖清老人已投资5个亿将桃花渡打造成了名副其实的桃花渡，而我们必须拿起手中的笔将其包装起来，推广出去。

不仅要让全国人民都知道湖北的五峰有个桃花渡，而且要让全国人民都知道湖北五峰的桃花渡有哪些亮点及土特产，她空气清新，进口的东西全是原生态，气温是恒温，是避暑的极乐之地。这里民风淳朴，热情好客，将避暑潮引到桃花渡来。把桃花渡打造成人民心目中理想的、现代化的、开放性的桃花源。

讨论时，大家发言踊跃，慷慨陈词，谈了自己今后为桃花渡进行文化包装的打算。

散会后，吃过晚饭，洗了澡，我们几人相邀到迎宾大楼下散步，凉风习习，爽身爽心，浑身舒服极了。我们几人均在念叨着："好地方，避暑的好地方！"

这个孟老头，确实有眼光，怎么就看上了这个原生态山区？气魄也大，第一期工程就花去了5个亿，九年18个亿呢！他投进去了，什么时候可以收回成本？老人家都七十多了，他没有必要考虑成本的收回；你太不了解投资商的心理了，哪有投资不考虑收回成本的？

我们一边聊天，一边走在用小圆石头铺设的羊肠小道，四通八达，人们散步穿行在桃花林中。桃花林的左边挂满了拳头大小红色的桃子，基本上成熟；右边的一片，放眼望过去，桃子还小，只有棉桃那么大。我们顺着羊肠小道穿行了很远，天色已暗，我们吹着凉风，顺着小道返回大楼。大家都在为桃花渡的巨变感到欣喜。

躺在床上，微风凉凉地从窗户网眼里钻进来，抚摸着我们的肌肤，像恋人柔柔的唇，纤纤的手，让人好生痛快。

第二天

第二天早上，阳光从两山之间跑过来，在我们的脸上轻轻地吻着，挑逗着蒙眬的睡眼，太阳在远远的山那边望着我们慵懒的身躯。好像喊着快起床，快起床。我们从睡梦中醒来，赶忙抓过手机，微信上显示出7点，此时还差3分。于是我们便起床，盥洗后到二楼大厅去吃早餐。

早餐是自助式的，主食有面条、煎饼、油条、苞谷、鸡蛋、米粥、葛根粉糊糊；菜类有藕片、山药、红薯汤、土豆片、黄瓜、豆角之类十几种；肉类有猪肉、羊排、牛肚、鱼杂、鸡杂之类。没有污染的食品味道确实不一样纯正隽永，大家早餐都吃得饱饱的。

主编在通知大家，吃完早餐到前面操场集合，上午参观游桃花渡峡谷两岸的长廊及桃花林。

刚起身前往桃花渡口，毛传平便急匆匆地跑来见我这个老朋友——上次住在他家里。"田作家，我们有三年没见面了，你像还是老样子，一点没老。"我说："你也一样，现在社会安定，生活无忧无虑，这几年绝大多数人没有老。"互相寒暄之后，我问他这三年时间，桃花渡出现天翻地覆的巨变，你能不能具体地给我介绍介绍！

他爽朗地回答说："行啦！但你在文章中不能把我写进去，即便要写也只能用化名。"我点头答应了他的请求。

对于桃花渡的改造方案，前半年极为不统一，就是村名也争论了近半年，这个村原来叫板凳坳村。镇委书记的意见是怎样对发展有利就怎样取。镇长对此有不同看法。他认为板凳坳村有着深远的历史意义，老祖宗传下来的，还跟这里的地形地貌有关联，坚决不同意改名。镇委书记懒得和他争论，将更名交给了村委会。村委会里也是两派意见，争论不休，无法订下来，最后只好要孟贵人决断。

孟贵人说了三点：一是板凳坳太土气，跟不上发展形势；二是缺乏对游客的吸引力，相比桃花渡就要逊色不少，还因为民间流传着世外桃源，桃花源和桃花渡有关联；三是板凳坳即使当时的地形地貌像板凳，但而今此状已荡然无存。桃花渡虽然暂时没有，我们马上将各个地方均栽上桃花，桃花不仅美观，可供人观赏，而且有经济效益：桃子可以卖钱，桃胶更是养颜养生养脑的天然食材，价格还不菲呢！

孟贵人的一番高论，将镇长村主任的想法彻底击倒。

你看这十里长廊现在这么气派，可当时修建也是几派意见。村民不知就里，被鼓动起来不准开工，搞得孟贵人哭笑不得，又去找县长。县长来开村民大会，大会上县长对修长廊的作用进行反复地解释说明：他说不修长廊，路不好走不说，游客来了看什么？长廊不仅是桃花渡的第一大景观，还是宣传桃花渡的天然窗口。为什么说天然？长廊一修将青山绿水峡谷都融成了一个整体，桃花是装饰物。孟贵人为桃花渡的未来考虑得十分深远，大家要相信孟贵人，相信政府，不要胡乱的阻挠甚至破坏。孟贵人的第一期工程一竣工，桃花渡就必然会火爆起来，请乡亲们全力支持，到时候我们家里天天有客人，钞票会大把大把地赚。孟祖清老人看准了我们桃花渡，这是我们村的福气，我们的大脑要清醒，好好配合孟祖清老人的行动。孟祖清老人是我们桃花渡的贵人福神，也是我们鱼峡口镇的贵人福神，希望大家不要再给贵人出难题，挡贵人开发桃花渡的道！

县长的一番解释一番要求之后，村民没有再说什么。

到桃花东渡口，峡谷水面开拓得比较宽阔，估计有 90 米宽，两岸长满了桃花树，树上结满了红色的桃子。

毛传平对我说：别看现在这么气派，当时孟贵人开发之时，村民们在村主任的带领下，仍是不准将峡谷水面拓宽，说破坏了原生态，还说上次已经订好了的事。桃花渡要发展可以，但不能破坏原生态。搞得孟贵人到处找人来做工作，最后李镇长出面找村主任谈。这不叫破坏，这叫打磨。一块璞玉再好，如不进行雕琢，就不可能成大器。何况这里的自然环境，如不进行科学合理的改造，就不可能成为世人仰慕的桃花渡。经过几天的解释说明，才同意开发。开发中要将峡谷两岸的杂草小树除掉，有些地方还要削山填谷，平整好后，才开始栽种桃花。桃花生长得特别慢，孟贵人买来的桃花都是清一色六年以上的桃花树。桃花树一栽起，一眼望过去，峡谷两岸一片桃花林，四月份桃花开了，万紫千红。孟贵人笑着说，来年的桃花会开得更胜。桃花盛开，引来了周边千百万游客的观光。但由于疫情的影响，游客仅限于本省本地区。

我和毛传平走在后面，一边听他讲述桃花渡的发展史，一边观赏着两岸挂满枝头拳头大的红色桃子。与其说是桃子，还不如说是苹果。毛传平解释说，这叫苹果桃，还有梨子桃呢！

我偶尔把目光收回来，才发现长廊里另有洞天。长廊两边都是推介土特产品的喷绘宣传画，画中有对产品详细的文字介绍，以及产品农户主的联系电话。

长廊中有卖卤鸡蛋的，高喊"灵芝煮的卤鸡蛋，味道特别好"。听到喊声我掏钱要了四个，比较便宜，四个四元。吃起来十分香，味道确实不一般。吃完后又去买了二十个，让同学们都尝尝，把这种特殊的美味写进作品里去，说不定也能为桃花渡的乡民做点贡献。走了没多久，又有卖卤鸡腿鸡翅的，还有卖卤鸽子卤鹌鹑的，卖者高喊我这是用天麻灵芝卤的，吃了可以滋补大脑，治眩晕症。

再往前走，有卖药材的，一连串的有好几个摊位，我俯下身去逐一将摊点看了看：有石斛、灵芝、桃胶、雪燕、皂角米、菊花、桑葚、决明子、壮阳草、鹿茸、淫羊藿、杜仲黄精、天麻、百合……多得数都数不过来。

卖桃胶、雪燕、皂角米的生意最好，摊前围满了人，说此三样放在一起炖煮，可以补充胶原蛋白，可以美容养颜，还可补脑，长期食用不得老年痴呆症。这里的东西全是山里野生的，品质好，价格比其他地方便宜很多。

走过卖药材的，这一段全是卖茶叶的。五峰茶在湖北早有名气，这里的五峰土家茶独具一格，硒含量高，抗癌，知道的游客都想带一点回去。问了问价钱，非常便宜，于是一人买引来了十人买，十人买引来了百人买。这就是中国人的从众心理，茶摊前围满了游客。

走过茶叶摊，来到了水果摊。各种各样的水果聚在这里开大会，主导水果还属桃子。有游客调侃着说：这里的桃子比王母娘娘蟠桃会上的还多，个头还大，不知味道能不能胜过那天上的蟠桃。给我们买几个，多少钱一个？两元一个。好的，来两个。将桃子放在削皮机上，几秒钟便削去外表，红白相间的裸桃便呈现在嘴前。一口下去，清甜爽口，好吃，好吃！众人跟着那美人买了起来，后面排上了长长的队。

水果摊过后，前面有卖葛根粉的。为了促销，给游客冲葛根糊糊。冲好之后，将两勺子野蜂蜜往糊糊里一淋，站在一旁的游客不管你怎样断定，你的嘴巴一定会扎巴不停，双眼会直直地盯着葛根糊糊。多少钱一碗？不买葛根粉，5元钱一碗，买葛根粉一袋少2元，买两袋送一碗不要钱。先喝后给钱，可以吗？可以。游客端起碗来细细品尝，好喝，清香味正。买四袋，还可以喝一碗吗？当然可以。喝完两碗后，才问葛根粉多少钱一袋？25元一袋。这一大袋中有50小袋，一小袋可以冲一碗。有蜂蜜买吗？有啊。你看，这些都是土蜂蜜，纯正得很啦！多少钱一瓶？125元一瓶。这蜂蜜可好啦！到处都是卖200元一斤，我这里只卖125元。喝葛根粉糊糊不用这土蜂蜜就没有这个味，一分钱一分货，我们这里不卖假货。内行一看就知道：如里面掺了白糖或红糖的蜂蜜，只要将瓶子倒过来看，就会发现底层的比上面的要浓，蜂蜜的浓度上下均是一致的。底层浓，说明掺了白糖或者红糖。你看她这蜂蜜倒过来底层和上面一致，这是好蜂蜜。听他这么一讲，50多瓶土蜂蜜一抢而空。

毛传平笑着对我说：桃花渡的开发，使桃花渡一下子变美了，变富了。但我们的孟贵人花了大本钱，而今还未开始赚钱咧，我们乡民心里都十分感激他。此人今年78岁了，还有这种精神拿出这么一大笔钱不说，办点事难呀！就说这两岸的桃子，经常有坏人偷摘，上一次还搞乱了一大片桃花树，派出所的同志还在破案，搞得孟贵人沮丧不已。去年孟贵人要修建养猪场，涉及毛良山的一块自留地，村里出面给他换，此人油盐不进，就是不答应，搞得孟贵人没办法，只能另找地方。结果找了一块十分偏僻的地方，多修了二十多公里的路，耽误三个月的时间。去年下半年才搞定，现在据说养了5万头猪，母猪都有800头，规模大得惊人。

正说着，便来到卖熏制品的地方，有熏猪肉、熏鱼、熏蹄髈，各种干货应有尽有。

我走近问了下价格，熏猪肉熏蹄髈比外面鲜肉的价格一斤低3元，其他的干鱼干牛肉也比新鲜的便宜几元，真是便宜。我们打算走的前一天来此买点回去。毛传平看出了我的心思，便对我说，需要带点土特产回去，开张单子，我替你去办。

走到了长廊的尽头，我便问他：这些摊子是规定好了吗？他说，是呀！你没有看那些绘画的内容，摊子就是按上面的内容对号入座的。这下我明白了。

西头也有一只渡船，游客游到长廊尽头就上渡船到对面去游玩。

渡船不大，一次只能度十多个，船上没有艄公，没有船桨或竹篙，船两头各系着一根绳索，船要过去，站在对岸的小伙子只需摁一下电动开关，船便会被拉过来。船上的人上了岸对面的人再上船。那边的姑娘按一下电动开关，船便被拉过来，十分地便利。

我和毛传平到了对岸，两岸景观大不相同。

长廊靠北边修了不少高大而美观的楼房，楼房有三层的，中间还有五六层的，依山而建，古朴雄伟，形成了一条单边街。街道宽阔，连接着长廊。长廊内也和对面的长廊一般，里面布满了喷绘宣传，但宣传的内容却是另外一番景象。

开头是桃花渡各种小吃的推介，接下来是早点餐饮业的宣传，再接下来是宾馆酒店的介绍。

毛传平带着我返回西头，走出长廊，想到小吃店去见识见识，里面果然琳琅满目，码满了各种糕点、甜食，堪比天津的小吃，成都小吃一条街也未必比这里多，游客们均在购买，生意还相当不错，但我对小吃不感兴趣，只是见见广而已。到了面食一条街，全国各地的面条在这里都有发现，桃花渡的特色在这里还没有席位。我和毛传平都觉得有些遗憾，要想办法研制出一系列的特色小吃及面食来，打上桃花渡烙印的。

毛传平告诉我，桃花渡才开发三年，这三年又充满了斗争，大家思想极为不统一。比如这一片高楼，当时就是块山地，连大树都没有一根。一说要开发，好多人就站出来反对，说是破坏了原生态，还连县里的有些领导对此也不支持。

孟贵人跑到中央去找人，中央派了几批专家来勘察此地。经过近半年的努力才强行将此山推平，修建起了这一条单边街，去年年底才竣工。由于时间太短，又遇到疫情，这么大的楼房宾馆一直空着，今年三月份才有了些游客，五月份游客才多起来。

吃午饭，为了不耽误时间，就集中在"桃花渡国际大宾馆"吃。

桃花渡国际大宾馆的大厅里，挂着以习近平为首的七位常委笑盈盈望着大厅来客的巨幅画像。大厅左边是孟贵人和县镇村三级领导的合影照，右边是桃花渡的全景图，十分地高雅气派，令人惊讶震撼！

吃过午饭，大家十分兴奋，没想到这么个荒凉的桃花渡三年就居然变成了这么雄奇高雅的地方。谈到下午的游程，村支书宣布：下午去漂流。大家欢呼雀跃起来。

于是村支书带着我们一行三十多人向长廊西头进发，当大家走出长廊，来到桃花渡的西渡口时，放眼向西望去，在西渡口上游半里路的地方停泊着二十多条橡皮船。走近橡皮船，橡皮船呈六角长方形，只可坐两人。村支书说：请大家上船去漂流。

我和毛传平在一条船上。毛传平对我说："你往上看，那上面修了一道拦水坝，把江水堵在上面，漂流时才放开，水流量大得很。坐在船上的游客才会有刺激，才喜欢这项运动。每隔 300 米有一个坎，全程二十个坎，上一坎到下一坎落差是 3 米。橡皮船从上坎往下坎冲，由于有 3 米的落差，橡皮船下去时总会溅起老高的江浪，坐在船中人就会受到一次冲浪的风险和刺激。说风险，其实没有半点风险，因水不深，只有 1 米 3，最深的地方也不过 1 米 5 米左右。加之橡皮船不会翻，我们曾经试验过，怎么也弄不翻。即使从上坎冲到下一坎，撞到两边的石头上，橡皮船也稳如泰山。"

毛传平一边讲述着，一边撑着橡皮船。橡皮船极快地漂了下来，马上就要经过坎了。

虽然危险不大，可毛传平每到下坎处，总要大声地提醒我：坐稳，此处危险！橡皮船像瀑布一般从上游冲到了下坎，这种悬空的感觉令人害怕而又惊喜。船一落下来，毛传平赶忙用竹竿抵着岸边的石头，不让橡皮船撞到石头上。我们的船儿下来，虽然从江水中穿出来，江水湿透了我们的衣裤，但够刺激，十分有趣。冰凉的江水开始有些让人打冷战，一旦全身湿透便开始爽快起来。我们的橡皮船由于毛传平是漂流高手，没有撞到石头上。我们的身后传来惊叫声，特别是女同胞的尖叫声从轰轰的流水声中穿出来，响彻峡谷。

我俩一路领先，十二里的漂流，不到一个小时便匆匆漂到了终点。

站在终点处等待后续的队伍，觉得这种漂流蛮刺激的。有时真是惊心动魄，有心脏病的一定不能来漂流。同时，在内心深处默默地感谢孟老贵人，没有他老人家的付出哪有今天的乐趣。因此，孟老贵人的确是高人，不仅手中有钱，而且很有思想和智慧。就说这漂流，本来这地方不适合搞漂流：因为江水落差不大，整个峡谷与清江水就十几米的差距。可老头在峡谷起点处修了一座水库，先把江水蓄起来，再往下放，还搞了二十坎。每一坎都可创造出的惊险和刺激所带来的乐趣。孟老贵人是个高人，可身边一定还有高手。不然在这么短的时间能搞出这么大的动作！

我正在那里沉思着，毛传平走过来告诉我，说孟老贵人身边有三个博士，其中一个女博士就是我们桃花渡的。这三个博士都是从美国回来的，很有见识。听人说，这些工程开发的方案都是他们三人拿出来的。

村支书已经走在前面了。前面是桃花渡村口下游的游泳馆，有三排，每排有三个游泳池。走过游泳池，往东边望过去，前面是一个偌大的湖泊，湖泊的四周长满了绿色荷莲，荷莲中点缀着红白两色的荷花。

我们走近湖泊，那里有几间小屋，是专门用来管理这些游船的。从小屋方向向南看过去，那里有大大小小的船只几十条。管理员告诉我们，小船两人一条，大船可坐六人。

我和毛传平始终在一起，两人上了游船。游船上有钓鱼工具，钓竿、鱼饵、渔网兜。好家伙，今天还可以重温十几年前钓鱼的乐趣了。游船穿行于荷莲中，驶向碧波荡漾的湖中心。

毛传平说：他是第二次到这里来，说原来这里只是一个小湖。可而今变化真大，开辟出了这么大一片。不仅可以观光，坐船游玩，还可以垂钓，真是想得周全。

我手提鱼竿，上好诱饵，就在湖中垂钓起来。湖中的鱼儿还真多，钩一下去，不到两分钟，鱼儿就开始咬钩了，根本不用撒窝子。正想着，鱼儿将浮子拉下去了，我想它回漂，但它却直接拉向深水中，我赶忙起竿，钓上来一条一斤多重的黄壳子大鲫鱼，大鲫鱼在船舱里活蹦乱跳。我按着大鲫鱼轻轻取下鱼钩，不是怕弄伤了鱼儿，而是怕弄伤了自己。

我垂钓，毛传平划船。就在这游动中，我一共钓起了十一条大鲫鱼，三条大黄鲴鱼。

在湖中游玩之后，我和毛传平将鱼用网袋提到了"桃花渡村迎宾大楼"，交给了负责餐饮的村干部。

回房间洗了个澡，休息了片刻，七点钟在二楼餐厅就餐。大家都喜气洋洋，有讲不完的感慨，道不尽的惊讶，说不了的震撼。

吃过晚饭，社长通知到二楼小会议室开座谈会。座谈会依然是社长主持。

他说：桃花渡这三年来的变化令他做梦也没有想到，令人振奋。今天一天的所见所闻，足以令大家感慨万千。大家心中应该有写不完的内容了吧！下面请大家交流一下感想和心得。交流顺序依旧，一个一个来，大家不要激动!

交流时，大家用得最多的词语就是惊讶和振奋，都表达了一个共同的心声，发自内心地感谢孟老贵人的付出。

座谈会开了两个多小时，大家言尽意未尽，都想敞开心扉好好和大家交流交流。

夜已经很深了，月亮圆圆地挂在深蓝色的昊空，将大地照得如白昼一般，也将三十多位文人学者的心照得敞亮敞亮的。

第三天

十一点了，家人打电话过来说，这几天温度高达39℃，秋老虎名不虚传，热得人喘不过气来。可桃花渡室内温度只有28℃，晚上26℃恒温啦！凉风习习，舒爽极了！

兴奋了一天的作家诗人们在桃花渡山风的呵护下睡得十分深沉。一觉醒来，已是七点钟了。大家躺在床上四肢朝天，阳光已从山坳里无声无息地来到了大家床前，让睡意未消的双眼有些难以睁开。半睁着眼，摸到了手机，才知道该起床了。起床之后，赶快洗漱，到二楼餐厅去吃早餐。

早餐和昨天一样，照旧丰富多样，饭菜十分可口。吃过早餐，村支书宣布了今天的游程：上午去参观养猪场，下午观光养鸡场。

有一件事，从昨天下午开始横在我心中：这个孟老贵人，78岁了，到这里仅三年，还从中经受了不少阻力，居然办了这么多事。花去了5个亿，接下来已进入第二期工程，准备投资8个亿，这八个亿干些什么工程？

在去参观养猪场的路上，我带着疑问找到了村支书。村支书告诉我：据孟老贵人讲，第一期已突破5个亿，十万头的养猪场只投了一小部分，荷花湖的投资也只投了一半。养鸡场虽然办起来了，但他准备办四个，在两个临村各办一个，已经签了合同。他还计划办果汁厂，食品罐装有限公司，以桃花渡村为中心，辐射到周边几个村，决心将此地办成全国一流的五星级旅游景区。要向景区的游客推销土特产。这个地方空气清新，气温恒定，四季如春，山水清澈并含硒量较高，是居住避暑的首选之地。

这位孟老贵人怎么就找到这块风水宝地了呢？村支书说："没有梧桐树，引不来金凤凰。桃花渡村有个在美国留学的女博士，读中学时就受到了孟老的资助。女博士从美国回来了，带孟老回家乡走了走，便发现了这里的商机，又加之孟老妻子已去世多年，生活起居需要人照顾。开始，女博士喊孟老为干爹，现在都已经叫贵人了。据说，孟老这样雄心勃勃都是因为女博士的宏图计划。现在女博士不仅是他生活上的保姆，更是工作上的助手，这些规划方案都出自女博士之手。之所以未宣传他俩的故事，主要是因为世俗观念的束缚，特别是女博士的父母极力反对，他俩至今未拿结婚证，已经生活在一起了。"

我突然明白：原来桃花渡的巨变，催化剂却是爱情。

村支书苦笑着说："我们最担心的是，女博士的父亲毛善武。孟老比他大十五岁，比她妈大十八岁。从年龄上讲，可以当她的爷爷了。她的那些内亲外戚没有一个答应的。他们认为：女儿毛姝环读了这么多书，成了美国博士，年轻美貌，什么样的男人找不到？怎么就爱上个老头爷爷了！觉得女儿给自己丢了脸，给至亲好友丢了面子。上次内亲外戚二十多人找孟老谈，强行要求孟老主动离开毛姝环，不然，要用命来拼。毛姝环虽然是博士，遇到这种情况她也束手无策，除了说好话求情之外毫无办法。孟老没有办法，一切看毛姝环的，我和姝环年龄悬殊，姝环怎么说怎么好。"

毛姝环求情无力，只得面对现实。当面向至亲好友表态：我和孟祖清的恋情不会终止，如若觉得我丢了父母的面子，丢了至亲好友的面子，从今天开始，我改姓孟，从此与毛姓杨姓（母亲）再无关联。

这样之后，女博士申请将身份证改成孟姝环，和内亲外戚和父母亲一刀两断。但她父母和至亲好友经常去找孟老的麻烦，当面骂他老流氓。孟老几次想和女博士到其他地方去发展，但合同已签。孟老只得躲避少出头露面，一个人不单独出门。上次一块涉及毛家自留地，毛家说什么也不同意，找人做工作都无济于事，最后只得放弃。不仅自己的自留地不让，毛家还暗中指使他人也不配合开发。因此孟老才将合同签到临村去。

据说，自从女博士改姓之后，她和孟老的关系就公开化了。已经拿了结婚证，为了不激怒娘家人，结婚仪式改到孟老的家乡黄冈。村里只能暗暗地派几人去参加。

女博士与家里人闹翻之后，改了姓，又听说马上要和孟老头结婚。她母亲气得不得了，流着泪水，避着老公去找女儿。

女儿听说母亲在找她，马上派人将母亲接到办公室，她想好好同母亲谈谈。

母亲见了她，收住泪水对她说："姝环，你长得貌美如花，又是博士，怎么就看上了这么个老头子呢？比我和你爸都大十好几岁，应该是你爷爷辈了。你说你跟了他，要我们怎样在这世上抬头立脚？你还是称他为干爹，我们不反对，但不能做夫妻。再说，他都78岁了，身体再好能好到90岁100岁吗？他百岁之后，你怎么办？你还得嫁人。你怎么就执迷不悟呢？"

"妈，我不是跟您和爸说了多遍吗？我这辈子非孟祖清不嫁！不管你们同意不同意，我和他结婚是必然的，人要讲缘分。我和孟祖清好是天意，是缘分。您可能未听说过：大科学家杨振宁82岁了，找了个学生翁帆28岁，他们已经在一起生活了18年，俩人在一起过得十分幸福。他们开始家里还不是反对，但俩人是真心相爱，家人反对也没有用。妈，我要告诉您，也请您转告爸，我和孟祖清已经拿了结婚证。本来是准备在桃花渡村举行婚礼的，但怕您和爸看到了听到了不高兴，因此准备下周到他老家去举行仪式……"

听完女儿的话，觉得木已成舟，大势已去，随她去吧！女儿留她吃午饭，她心里的那个结还淤在里面，吃不下去，便坚持离开了。

村支书讲完之后，心中也不知是甜是苦。如果自己是女博士的父亲，一定也会这样。这种老夫少妻的婚姻，严格说来应该是畸形的，对下层人来说，是有些伤风化的。但这种现象，现在是越来越多，见怪不怪了。话又说回来，桃花渡村如果没有她俩的爱情，孟老不可能把这么多钱撒在这里。

我对这件事也不好评价。人家一不犯法二不违纪，合乎婚姻法。但从道德和传统婚姻的角度来看，年龄悬殊这么大，确实有悖常伦。不管怎么说，他俩的婚姻爱情促成了桃花渡村的开发和变化，给老百姓带来的福祉，促进了当地经济的发展，应该是件大好事。

和村主任说着讲着便来到了养猪场。养猪场靠北山修建了一栋三层楼房，左右两边是一溜的平房，整个养猪场形成了一个撮箕形，场子上栽着一排排整齐的香樟树。据说香樟树驱蚊，利于猪的生长。香樟树下，睡着肥壮的白毛粉红色肉质的洋猪，一台小型的货车在给猪们发放苕藤，猪们见苕藤到了身边，便缓慢地爬起来享用，颇有几分绅士风度。

饲养员给我们介绍，这些猪从小就经过严格的训练，它们都十分乖，听到铃响它们便来进食、饮水。进完食，饮完水便到香樟树下去散步。要拉屎撒尿了，它们会在指定的地点去拉，决不到处拉屎拉尿。它们挺讲卫生的，不下雨下雪，它们都会在香樟树下睡觉，下雨下雪它们便会各就各位地回到自己的领地去休息。这是100斤以上猪的喂养情况，那边是100斤以下的小猪仔，它们比较好动，好打架，饲养员们拿着竹条训练它们。

我们在饲养员的讲述中来到了对面的场子里，那里密密麻麻睡满了大几十斤重的小猪仔。另一边的小猪仔正在抢着吃苕藤青菜或瓜果，它们不断地抢斗，就是吃食也是这样，不让弱者吃。因此有些长得瘦一点的，都是弱者，饲养员们往往要给它们开单餐，尽可能地让它们吃饱。

参观完了肉猪的喂养情况，再到母猪厂去参观母猪：

母猪是单间喂养的，其原因是怕母猪受到伤害，母猪一年可以下两窝小猪仔，繁殖能力可强啦！

我们走进它们的房间，它们睡的地点在高处，地平有些偏，拉的屎尿都流到了低处，然后落到了池中。每间屋里都冲洗得十分干净卫生，没有大的臭味。这些母猪生活得十分安定。

饲养员提醒游客，这些母猪马上就要产小猪了，情绪有些不好1，要大家不出声地瞧瞧。走过一段之后，饲养员告诉我们，这是刚生下小猪的猪妈妈。我们数了数，一头母猪一次可以产18头到20头小猪，产量特高。饲养员说，这都是人工授精。你们再往前走就能看到母猪人工授精的情景。

往前面行进，经过公猪的饲养区。公猪只有十多头，个头都比较大。走过去之后，就是配种研究所。两层楼，楼层比较深，前面是公猪道，按顺序进去取精。后排是母猪挨个进去人工授精，母猪一般进行2至3次，有的甚至要4至5次。电脑可以看到母猪授精的情况。

参观完养猪场，时间很快就到了吃午饭的时候。大家都为这十万头猪的猪场大发感慨。这里的猪都是吃的粮食：玉米是主食，兼以野菜豆粕之类，没喂半点带激素的饲料。按理说，这里的猪一定没有吃激素饲料的猪长得快。

村支书告诉我们："这里的养猪方法是世界上最先进最科学的喂养方法。猪舒适安定，睡觉的时间比较长，长得并不慢。一头小猪一年下来，可长到400多斤。比起那些喂激素饲料的猪来是要慢一些。吃激素饲料的猪，4个月可长到200多斤，但200多斤之后就必须马上处理掉。如果继续喂养，就不如以前长得快了。如果孟老喂的猪也将其200多斤就处理掉呢？说不定也只需要4个月。但村支书问过饲养员，他们说，4个月只能长到150斤左右。孟老的猪是在200多斤之后长得才快。这是因为他的这种方式喂出的猪一般不是太肥，所以200多斤之后还长得快些。"

两种猪的喂养方法不同，关键是喂养的饲料不一样，喂出的猪，品质是大相径庭的。一个肉中带有激素，一个不带。市场上的价格带激素的比不带激素的少个三分之一。如市场价带激素的肉一斤10元的话，不带激素的就可卖到15元。可孟老的猪肉也只卖10元，与带激素的肉一个价。

吃过午餐，大家休息到两点半，集中坐车到鸡厂参观。

鸡厂在桃花渡村的西南面，在一块山丘地带，占地面积比猪场大一倍。四周用通透的栏杆围着，栏杆里面挂着绿色的钢丝网，连小老鼠也难以钻进来。

村支书讲，孟老在打围栏时，对里面的各种动物，包括老鼠、蛇、黄鼠狼全驱赶了出去。采取清理一块，封闭一块，直到将四面围上，又布好了钢丝网后，又在里面进行最后的清查，直到没有了鼠蛇之类的小动物为止，才投入小鸡。小鸡分块管理，全场分55个板块，每个板块喂养2000只鸡，每个板块的鸡头上都用不同的漆写上了编号。每个饲养员管一个板块2000只鸡，为每一个饲养员都订好了奖惩制度，饲养员们各负其责。

每个板块设置2000个鸡窝，集中在一起，这是让鸡下蛋的地方。白天鸡子在场子上觅食，晚上鸡子听铃声到低矮的房中进食，饮水后，进笼休息。鸡都有夜盲症，天一黑，便成了瞎子。早上天刚亮，它们便吵着从笼子里出来。

鸡子从笼子里出来后，饲养员便将笼子升起来（电动的，只需按一下开关），将鸡屎处理掉，再用水龙头将塑料布冲洗干净，鸡屎是上等的磷肥，可以用来造肥料。

鸡子下蛋一般在上午，它们要下蛋便上鸡窝。饲养员每天早上才有时间拾蛋。

这里的鸡蛋是纯正的土鸡蛋,鸡子也是原生态的,没喂一丁点的激素饲料。但价格与吃激素的鸡蛋相差无几。

晚上的座谈会上,大家信心满满,都说有把握将桃花渡村的土特产宣传出去了,桃花渡村的土特产是世界上最好的产品,我们一定像打扮新娘子一般将土特产包装成为世界上最靓丽的新娘,让需求者争着来娶。

晚餐时,女博士毛姝环来给大家敬酒了。她亭亭玉立,一件粉红色的连衣裙,俨然一朵娇美的桃花。加上她那妩媚动人的脸蛋,惊艳如仙女,看上去30岁左右。她用柔和的声调,笑吟吟地望着大家,对大家说:"诸位文人墨客,到桃花渡村开山居笔会,我以桃花渡村主人的身份热忱地欢迎大家的到来,感谢大家为桃花渡村这块有待雕琢的璞玉打磨修饰,让我们举起手中的酒杯,预祝桃花渡村在大家的热血浇铸下走出大山,走出湖北,走向全中国,走向全世界干杯!"

女博士的话赢来了热烈的掌声。我坐在席位上观察了一下大家的情绪,可以肯定地说:有一半的男士只顾追着女博士欣赏,忘了佳肴美酒。

夜已经很深了,只有几只蛐蛐在欢快地唱着歌。我的心在澎湃起伏:桃花渡的巨变,与这位毛姝环美女博士的努力分不开。她与孟老先生的爱情同桃花渡的开发是休戚相关的。比如没有爱情,孟老先生会不会将巨资撒在这片穷乡僻壤里?美女博士不是为了桃花渡的开发而被逼投入他的怀抱?一个78岁的老者,如果站在这位年轻美貌的女士的角度,应该主动放弃才是。人家前程才刚刚启航,就遇到这样一位即将西归的半死之人,这是何等的残酷啊!本来爱情是自私的,他俩产生爱情可以,但不能结为婚姻。因为这种年龄如此悬殊的婚姻是畸形的,是不健康的,也是违反大众心理的,更是违背传统美德的。

不知孟老先生可曾这么想?但在历史上像这样的例子太多了,这种想法,只是我个人的拙见罢了!

天快亮了,我一直在为毛姝环女士的畸形婚姻而纠结。她这样做出了牺牲,为桃花渡的开发,为桃花渡走出大山是做出了巨大的贡献的,但她的这种精神还有负影响的一面,以后还会有众多的追随者。

第四天

我正在荷花湖里钓鱼，钓到了一条五六十斤重的大青鲩。此鱼太大，在水中游玩了半个小时，总是拉不上船，几次差点将船拉翻。正在着急之中，电话铃响了，把我从梦中叫醒。我赶忙去摸手机，电话是女儿打过来的："爸，我们这里天气热得像蒸笼，今天 39℃。据天气预报，明天要超过 40℃，您那边怎样？""我们这里十分凉爽，一点也不热，山风习习，凉快极了。""您就在那多待几天，等天气凉快些了再回来！""那怎么行？我们一起来的，必须一起回！你就别担心爸，自己照顾好自己，还有你妈，都别中暑就是了！"

接完电话，同寝室的老王邀我下去吃早餐。但我还没洗漱，便说："你先去，我马上就到。"

早餐之后，社长通知到二楼会议室开会。

社长反复强调：大家回去后，用自己手中的笔书写桃花渡的巨变和美丽，推介桃花渡的土特产，把桃花渡的精彩故事写进文章，我们的诗歌、散文、小说，特别是报告文学不仅要在《中华文学》上发表，还要力争在全国各大刊物上发表，让全国人民知晓：湖北五峰有个美丽的桃花渡。桃花渡的山美、水美、人更美，桃花渡的菜纯、肉纯、鸡纯、果子也纯；桃花渡的风儿爽、地儿灵、天儿蓝、太阳红；桃花渡的女人妩媚，男人豪爽、老人好客，小孩聪慧；桃花渡的星星亮晶晶，月亮黄黄亮，民心纯朴，政清人和。

大家可以尽情地抒写，给大家五分钟时间考虑，把回家后的写作规划报上来！

看这架势，社长是要大家拼命了。但文学创作不能搞成商业化，染上铜臭，回去后只能写报告文学。诗歌、散文当然也可以写，对于桃花渡的宣传力度远不及报告文学。

我本来从未涉足过报告文学，但这次只能邯郸学步了。

大家都交了写作规划后，正准备离开。万主编提议：不如在这里吃了午饭后再打道回府吧！这里的饭菜太可口了，大家如若无意见，就请村支书安排。大家都十分高兴，都正有此意。

现在离午餐还有两个小时，大家是回房间休息，还是坐在这里交流交流，或者到外面去走走呢？可有人说：自由活动吧！

这时，毛博士风风火火地跑过来，红光满面地对大家说："诸位文人墨客，诸位朋友，我宣布一条好消息：我父母亲同意我和孟祖清贵人的婚事了！请大家在这里多住一晚，参加我俩的婚礼。婚礼就在今天中午 12 点会议厅举行。"

全场响起了热烈的掌声。

社长找村支书商量并请战：我们今天不走了，需要我们做点什么？请尽管安排。

村支书与女博士商量之后说："女博士请帮忙写副对联。"社长便将此任务交给了谢光祖书画家。"你去帮忙作一副对联，找村支书去拿朱光纸！"谢光祖欣然遵命，万主编此时有点着急："请哪一位作家诗人为社长写一篇即兴讲话稿？"

社长的眼光在各位脸上扫了扫，说："吴作家帮忙代笔吧！"吴作家不敢接受，因社长是大诗人，她怎敢班门弄斧！于是推荐钟作家，钟作家也不敢应战。社长笑着说："你们一人写一篇，我讲话时，看谁写得好，就念谁的。"俩人无话可说，只得硬着头皮去准备。

其他就只能在一旁看热闹了。社长看这么多人无事可干，便对大家说："每人写一首诗或散文吧！都到婚礼上去显显身手，以表祝贺之意。"

这下好，搞得大家日子都不好过，写诗写散文都不难，难的是要求上台去朗诵，如若不上档次怕在众人面前丢人。但社长说了，谁敢不给面子！

大家为写好朗诵稿，都躲进房间，动脑筋去了。

一会儿工夫，一幅遒劲古朴的对联写起了。内容是：玉镜能谐温峤志，荆钗甘为伯鸾容，横批是鸾凤和鸣。在座的几位看了都啧啧称赞，竖起了大拇指。另一位书画家觉得倍感冷落，便主动提笔，将新郎新娘邀来拍了几幅婚庆照。他从中甄选一幅便开始在一张大宣纸上画起来，其速度快得惊人，几笔下去便将俩人的轮廓形象勾勒起来。又将调色盒打开，三下两下就将俩新人惟妙惟肖地呈现在了众人面前，便在右下角落了款，便拿出印章盖了，将画提起来，赢得了众人的热烈掌声，俩新人喜欢得不得了。

村支书主持婚礼，婚礼在上午 12 点整准时开始。毛博士的姑父做主婚人讲话，镇委书记是证婚人，社长作为男女方宾客代表讲话。

男女新人代表讲话，孟祖清推让给了毛姝环。毛姝环讲了他俩从认识到相爱的漫长过程：她在读初中二年级时，孟祖清到乡村中学资助学生，孟贵人一下子就选中了毛姝环。从那之后，孟老一直资助她读完大学，就是在美国留学阶段也得到过他的关怀。她一开始是感激，后来是敬仰，再后来是爱慕，最后便产生了爱情。

听完毛姝环的讲话，大家基本上对他俩的恋爱过程有所了解：他俩从相识到相爱经历了一个漫长的过程，他俩的爱情确实是真爱。孟祖清贵人之所以 78 岁了还能获得年轻女子的青睐，一是他的人格魅力，二是他乐于做善事的精神力量。这种魅力和精神力量足以感动天下任何一位年轻貌美的女子！

作家诗人关在房间里写的诗歌散文，都准备来一展身手。但这里是婚庆典礼，不是诗会，他们手中的诗文都只能困于袋中，都感遗憾。

婚礼在热情洋溢的氛围中结束，接下来大家举杯共进午餐。两位新人手挽着手，给客人行礼敬酒。孟老 78 岁了，但人逢喜事精神爽，容光焕发，神采奕奕。但我反复地观察，总觉得他俩不像一对夫妻，倒像一对父女。

用完午餐，由于已无事可做，只得同新人作别，离开桃花渡村向省城驶去。

坐在车上，我微闭着眼睛，回想着这四天的山居笔会，收获虽然颇丰，但对桃花渡的开发规划还了解得不够清晰。尽管村支书、毛传平作了一些介绍，但都比较零散。比如孟老先生开发桃花渡的第一步在哪儿？也就是说他先做了哪些，后又做了哪些，为什么要这么做？我脑子里还有些乱。

在中途下车上厕所之时，遇到了王诗人，他的一句话提醒了我：桃花渡的主体工程是什么？把主体工程搞清楚之后，其他的辅助性工程就清楚了。

上车之后，我推导出桃花渡的主体工程是对峡谷的改造拓宽，引进清江之水。他先在清江河与峡谷的交接处修了一座小型水库，水库在峡谷的上游，海拔高度与峡谷的最终落差是 100 多米。本来清江之水与峡谷之间的落差只有 10 米左右，清江之水只能平缓地流进峡谷。如若不修水库，不加高，就搞不成漂流。为了让漂流成功，他只得把水库修在高处，将水抽上去，然后再从上往下放，又将峡谷修成梯形，全长 6000 米，其间有 20 个梯坎，让漂流富有刺激性。刺激性越大，漂流越会受到游客的喜爱。

完成漂流之后，江水又流到了游泳池，这样既保证游泳池里的水是活水，又保证了它的干净卫生。江水从游泳池中流出，直接流向了荷花湖。荷花湖浩瀚无边，容水量大。四周是茂盛的荷莲，可供游人采莲，可供游人乘船观光，还可供游人垂钓，真是一举多得！这样的游乐之地，哪个游人不喜欢。

这项主体工程带动了旅游业的发展，为了配套旅游业一条龙的发展，修建了"桃花渡国际大宾馆"，餐饮小吃单边街。修建了峡谷两岸的十里长廊及东西两个桃花渡口，两个渡口是为了让游客能够转动。至于猪场鸡场以及以后的农产品深加工企业都是漂流主体工程的附属工程，这些附属工程一样也不能缺少，就像一只翱翔蓝天的老鹰，一根羽毛也不能缺少，因其本身就是一个整体。

经过近四个小时的车程，终于到家了，虽然太阳早已下班，但一出车门，热浪便过分热情地拥出来。拥抱得让人喘不过气来，几分钟时间像从水中出来的一般，全身湿淋淋的。

晚上坐在空调下，怀念着桃花渡习习的山风。

与你共品：

在桃花渡的日子，吹着自然的晚风，吃着自然的美食，感受着淳朴的乡土人情，一起探讨着桃花渡的发展。作者在这三天的观光过程中，见证了桃花渡主体工程带动下旅游业的一条龙发展，桃花渡国际大宾馆、餐饮小吃单边街、十里长廊、东西两个桃花渡口、漂流、猪场鸡场以及以后的农产品深加工企业。从这项工程所表现出来的，不仅仅是孟老的人格魅力，更是他乐于做善事的精神力量。从另一个侧面来讲，桃花渡日益变美，也带来了美丽经济，村民们走上了"生态美、产业美、生活美"的可持续发展道路。

（赵丽梦老师）

（此文发表在香港《文学月报》2022 年第 11 期）

这一天是我终生难忘的日子：劳改总场的党委书记和北京来的一位干部，在分场场长的办公室里接见了我。对我郑重宣布：齐国林同志是我党的一名地下党员。由于上线祝秉义同志的牺牲，与党组织失去联系，其中陈中云入党介绍人也被国民党杀害，在原有的档案中，没有找到档案及相关资料，让齐国林同志蒙冤受屈几十年。这次在清查地下党员的过程中，从陈中云同志留下的笔记本中找到了关于齐国林同志入党的事实……

第二天，总场党委书记为我召开了党员大会，在大会上为我昭雪平反。我在会上也对党组织对自己的关怀作了感谢的发言。

双面人物

一位古稀之年的老太婆，用双手捧着个淡绿色的，有些发灰的老式笔记本像捧着稀世珍宝般地郑重地献给我，双眼噙满了泪花，缓慢而恳切地说："您文章写得好，父亲临终时将此笔记本交给我，要我找人整理之后付梓成书，让后人能够知晓他对党对国家的一片赤子之心，留给后人作个纪念。我琢磨了许久，才下决心冒昧地来找您帮忙完成我父亲的遗愿。"说完，便跪下，要给我磕头，我赶忙扶起，答应受命。

一

老人将自己的人生经历按时间顺序写成了回忆录，我只要稍加整理，就可成文。下面就将老人精彩而坎坷的人生阅历呈现于世人之前。

老人齐国林。1914 年 12 月 17 日出生于一个没落的官宦世家，祖籍山西太原府高乡县，后寄籍湖南省长沙县。曾祖父齐莫，曾任清王朝两广总督，军机大臣。曾与曾国藩一道镇压农民起义——太平天国。祖父齐恩之，世袭二品顶戴，任皇家大臣，生有子女十三人。父亲齐馥，排行第十，人称"十少爷"，自幼在家攻读"八股"，继承孔孟之道，讲究"忠孝仁爱"。父亲没有"进学"，故未有功名。父亲年方二十，秉承父母之命，与母亲徐氏成婚，生有子女六人。齐国林排行第五。

民国十年（1921年）祖父仙逝，齐家大家庭的经济基础随着祖父的离世而濒临瓦解。大家庭的一些福利制度也难以为继，按月给每个家庭成员，包括佣人发的零用钱，祖父走后半年已取消。家庭内部开始内讧不断，扯皮之事时有发生，随之便平分祖产，各立门户。

父亲秉性忠厚，烟酒不沾，酷爱书画，善擅雕刻。家中备有整套雕刻工具，每天在家里敲敲打打，磨磨擦擦，忙个不停。家里的各色用品如花盆、镜屏、帽筒等均刻上人物、山水、花卉，涂以颜色，使之光彩夺目，栩栩如生。

父亲的雕刻艺术在城里城外颇具名气，经常有爱好者造访求赐，父亲定会有求必应，从不敷衍。雕刻艺术成了父亲日常生活中不可或缺的生命支柱。

母亲出身名门，生于江苏吴县（苏州）太湖之滨。父亲和母亲是"指腹为婚"。外祖父徐治平是清代书画名士，现湖南历史博物馆还藏有徐治平的书画珍品。母亲自幼跟着外祖父学画。颇有心得，经常指点我们兄妹学习书画。

母亲治家严谨，教育子女沿袭封建礼教，我们兄弟姊妹自小心中就埋下了对母亲的敬畏、惧怕，胜过父亲。有时还产生抗拒情绪，母亲便为之切切，经常用郑板桥的教子名言来教育我们："淌自己的汗，吃自己的饭；自己的事业自己干；靠天、靠人、靠祖宗，不算是好汉。"母亲的谆谆教诲，一直铭刻于心，深入肺腑。

二

我的童年时代，家境虽不富有，但也称得上小康。自幼娇生惯养，顽皮任性。母亲为了我念书付出很多心血。经常对我打骂罚跪。三岁便请来了启蒙老师。启蒙老师是老学究，教我们念四书五经。老师六十多岁，留长髯，戴眼镜，穿长衫马褂，青缎鞋，白布袜，道貌岸然，老气横秋。一天到晚，从无笑脸。老师的神态，让人见而生畏。每天念书六个小时，天天念书写字，使人感到烦厌。我们不喜欢读古书，而母亲却坚持要我们念。不仅如此，还叮嘱老师将我们管紧。为此，母亲对老师非常尊重，老师吃住都在我们家。三个节气（春节、端午、中秋）送"束修"，平时供烟酒。

还没有过门的大嫂，看到我和二姐对老师都有怒气，便给母亲做工作。开始母亲坚持不同意，后经大嫂不厌其烦地给母亲讲，母亲终于答应让我和二姐到天主堂小学去念书。我和二姐均考取了二年一级的插班生。从此，我和二姐就获得了自由。新的读书环境，给我们开阔了眼界，精神面貌也不同于往日。欢天喜地取代了愁眉苦脸。求知欲驱散了烦恼。我俩勤奋好学，一年终了，我和二姐的成绩均名列前茅。

这些成绩的获得离不开主观的努力，更重要的是老师的谆谆教诲和大嫂不辞辛苦的辅导。母亲目睹我和二姐的进步，乐在心里，喜上眉梢。过年时给我们添置新衣，年三十晚上还给压岁钱。大年初一，不出大门，在家里迎接来拜年的三亲六眷。年初二，母亲带着我们走亲串戚。这一天，我和二姐六弟可以得到不少的红包。

那时，大人们给小孩的红包一般均是二百至四百文铜板。俗话说："老人望种田，小孩盼过年。"过年是小孩最欢乐的时日，母亲总要带我们去舅舅家里问好。舅舅在家里教私塾，家境不富裕，两位表哥在外东走西奔，家人也无积蓄，因此舅母见到我们去了，少不了那句话："吃了晚饭回，舅舅家穷，没有大鱼大肉，烧碗豆腐吧！"

舅母烧豆腐的手艺很不错，五味调和，确实好吃。我们经常想吃豆腐就往舅舅家跑。

那时的孩子不像现在和平年代，安定团结，社会繁荣昌盛，给孩子们的求知欲望创造了良好的环境和氛围。特别是国家出台了一对夫妇只准生一胎孩子，独生子女多多，孩子们均成了天之骄子，每个家庭均当珍宝。节假日，儿童乐园，少年宫，海底世界等等，人山人海，熙熙攘攘，往来穿梭。年轻的爷爷奶奶，外公外婆，年轻的爸爸妈妈，众星捧月，陪伴着天之骄子，掌上明珠，让孩子尽情地玩乐。直到夕阳西下，林鸟归巢，孩子们还不想回家。

少年宫内是学习各种特长的地方，学书法，学绘画，学唱歌，学跳舞，学游泳……想学什么，样样都有；海底世界，让孩子们了解海洋世界，增加见识；儿童乐园，设备齐全，各式各样的电动玩具，碰碰车，单轨车，双轨车，游艇等等，这些不仅可以开启孩子们的心智，美化心灵，增长见识，还可增强体质，壮大胆量。

与我们那个时代的童年比起来，有天壤之别。那个时代有钱人的家庭能让孩子上学就是天上人间，幸福指数极高了，好多孩子衣不遮体，食不果腹，经常饥肠辘辘，能存活下来就是万幸了。我感激父母有饭吃，还有书读……

长沙是生我养我的故乡。位于洞庭湖之南，湘江的出口。土地肥沃，物产丰富，是一个美丽富饶的鱼米之乡。"湖广熟，天下足"。湖南是祖国的粮仓，通往西南的重镇，自古以来为兵家必争之地。

小时候，每逢节假日，母亲总要带着我和三姐小弟去南岳衡山游玩。南岳衡山属五岳独秀，她横跨衡阳县，是湖南旅游避暑胜地。县境东部的岣嵝峯属于南岳七十二峯之一。山上怪石嶙峋，古木参天，风景秀丽，冬暖夏凉，令人流连忘返。相传大禹治水曾登此山，山上建有禹王庙，禹王洞，禹王碑。禹王碑上刻有七十七个字，属于蝌蚪文，至今尚无人译出。山脚是岣嵝乡七里山村。这里生活着近万名勤劳善良的人们。他们日出而作，日落而息，世世代代过着安分守己，循规蹈矩的日子。

南岳衡山的寺庙终年有人拜佛，虔诚求福的善男信女，络绎不绝，香火极旺。

湖南有种风俗名叫"烧肉香"。"烧肉香"是一些家庭富有的孝子贤孙超度父母亡灵尽孝的仪式。此种风俗仅见于湖南。烧香者以铜质香炉一个，内盛檀香加沫，点烧之后，烟雾缭绕，香气扑鼻，香炉置于手臂之下，沿途三步一跪，五步一拜，敲锣打鼓，显示热闹。远道来者，大都晓行夜宿，直达山顶寺庙。朝南岳，烧肉香，只有富贵人家办得起。一人烧香，数人扶持。穷苦人民，根本不想参与此事，不仅仅是没有钱，关键是不屑于此仪式。

湖南人最喜欢求神拜佛，长沙县的寺庙大大小小有十几个，终日香火不断，其中以城隍庙最盛。城隍庙位于城南马王街，占地广阔，气势雄伟。传说，城隍爷威灵显赫，善恶分明，专管城内的好事坏事。逢年过节或者每月初一、十五的城隍庙烧香的善男信女接踵而来，庙宇内外，人山人海，人头攒动。正午时刻，大戏台开始唱大戏，锣鼓铿锵，加上殿内的钟鼓声，木鱼声，响彻云霄，震耳欲聋。戏台正对着大殿，大戏是演给菩萨们看的，人沾神的光，免费看戏。广场上人挤人，水泄不通。唱戏的与看戏的声音交混，烟火气和汗臭味随风飘荡，令人恶心要呕。善男信女和游手好闲的混杂，给小偷扒手以可乘之机。于是，"抓小偷"的喊声四起，乐此不疲。

城隍庙迎门供奉的不是满脸堆笑的弥勒佛，而是一尊青面獠牙比雷公菩萨更显凶恶的煞神，手举狼牙棒直对着进门者头顶，似乎就想迎头一棒打下来，令人毛骨悚然，不敢向内迈进。两边的四大金刚也不示弱，各显神威，瞪着大眼怒怼往里进的人们。再往里边是大殿，大殿正中坐着城隍老爷和城隍奶奶。城隍爷大眼长发，面带微笑，像一个慈祥的老人。城隍奶奶更是慈眉善目，令人敬仰膜拜。他俩座前设有供桌，供桌非常讲究，雕龙绣凤，红漆金花。供桌上除了燃着香火的香炉和火光飘飘的烛台外还摆有三盘供果。殿的上方挂满了许多盘香，桌台中央烧着清油灯，满殿内香雾缭绕，灯火辉煌。大殿两侧，供着许多泥塑菩萨，大概是城隍爷的卫士。此外，还有牛头马面，黑白无常。威威赫赫，站在两边。

母亲虽不是十分虔诚的佛教徒，但十分崇拜菩萨神仙。每逢农历初一十五，总要去城隍庙烧纸燃香，以求得城隍爷爷的保佑，令合家平安，一切顺遂。母亲去城隍庙里敬香烧纸，我和二姐小弟都跟着去，这一天是我们最好玩的日子。母亲一边烧纸敬香，一边诵"轮回"的故事。第一次听，还觉得有趣，但后来听，就觉得枯燥无味，如同嚼蜡。站在母亲背后，听着听着，就溜到大院中去了。等母亲敬完香后，满大院找我们。找到之后，便怒气冲天地对我们说："以后再也不带你们来了！"但说是这么说，以后来的时候还是带上我们。

城隍庙给我的印象最深的是庙宇大院内外各类排档：卖香烛纸马的、卖鞭炮烟火的，还有卖各类杂食小吃的；此外，还有测字算命的，代写书信的、卖唱的、说书的、散落在大院每个角落。五花八门，应有尽有。穷苦善良的人们，为了生计，都在想尽办法赚钱。

孩童时代，我特别喜欢放风筝。清明前后是放风筝的季节，放学之后，丢下书包，拿着风筝直奔城南广场，城南天心阁地势较高，先有城墙，后城墙拆去剩下一隅，没有树林，是放风筝最理想的地方，所以到天心阁来放风筝的人较多。

男女老少各有各的风筝，在这里比大小、比美观、比高低、比稳健。

长沙人放风筝很有讲究，风筝的品种多样，形态各异。大的有蝴蝶、蜈蚣、美人、马褂，小的有燕子、老鹰、各种鸟雀子，色彩纷呈，趣味无穷。放在天空，随风飘荡。移目索图，遥望蓝天，满天的活物，栩栩如生。惹得活的鸟雀老鹰跟着上下环绕，以为是同类伴侣，久久不肯离去。

风筝的制作是一门全国性的艺术。工艺流程颇有讲究：扎、糊、绘、放，四个环节，一个也不能马虎。首先是削篾，要求不粗不细、不宽不窄，重量平衡，长短合适。糊，要用上等的丝绵纸。绘，风筝上的绘画，比平摊在桌子绘画难度大多了，飞禽走兽，人物山水均有，一定要画成活物，色泽鲜美，栩栩如生。放，要控制好风力，把握好风向，风筝才能借风力冉冉上升。既要稳健，不可左右摇摆，不栽跟头。

长沙人放风筝的劲头一点也不亚于山东潍坊。

长沙有一条名叫"三山街"的地方，每年春节一过，就忙着做风筝准备出售，当时潍坊做的风筝远比不上长沙的。

放风筝也是一项体育运动，风筝飞上蓝天，视野开阔、心情愉悦、健腿、健脑，全身活动，精神专一，可消除杂念，有延年益寿之功，我自幼爱玩风筝，今虽年近古稀，仍酷爱此行。

三

我在天主教小学读完了 6 年的小学课程，1926 年秋季以优异的成绩考取了长沙私立岳云中学，结束了我欢乐的童年生活。

长沙私立岳云中学是湖南一所特好的完全中学，师资水平和教学质量为长沙各所中学之首。

三年的学习生活，紧张而有序，学校给我留下了深刻的印象，郁郁葱葱的校园，绿树成林，花草满园，既有参天的松柏、雪松，又有枝繁花艳的桃李梅杏，真可谓鸟语花香，争奇斗艳，这一片美丽的绿洲，是求学之子读书上进的伊甸园。

这三年我还收获了友情爱情，三年形影不离的同学，其中不乏良师益友，像刘芳卉、李海仁、张启发、吴德全、王秋余、郝中意、袁城玉等，那时中学很少有女生，刘芳卉、王秋余。他俩都是因为父母亲均是岳云中学的老师，刘芳卉比我大两岁，对我特别好，经常从他父亲那里借来一些书店里都看不到的书，其中有《新青年》杂志、《湘江文艺》之类，还有欧洲的哲学读本，偶尔还找来几本禁书，如《共产党宣言》，毛泽东 1927 年在衡山地区的考察报告，以及毛泽东在讲习所所讲资料。读了这些禁书和资料之后，增长很多知识，对外面的世界有了新的思考。和刘芳卉的交往从同学上升为恋人，我俩经常找机会单独会面，但在一起的时候多半谈的是国家的形势和将来。快要毕业了，刘芳卉突然流着眼泪要我到湘江边与她见面。我去时她早已等在那里。一见到我，便跑出来将我拥抱，还在我脸上亲个没完。亲过之后便哭泣起来，说她父母逼着她嫁给国民党的一位师长当二太太。她不干，但父母早已收下聘礼，已铁板钉钉。她想一死了之，我只好劝慰她，人活着就好，不能干傻事。刘芳卉哭着求我，能不能和她私逃？如果我当时同意，他就要我带她去湖北或者老家山西。但我因为没半点思想准备，又未和家里人商量，不能就这样答应她私奔。于是便对她说："等我回家商量父母之后，再决定。"她哭的天昏地暗，一定要和我私逃。为了不让她寻短见，我只好答应她。第二天晚上搭船去岳阳，再到洪湖去参加贺龙的队伍。

第二天白天，被二姐发现，将我堵在院子里，我没有办法，向二姐做了交代，二姐很坚决的阻止了我俩的行动。

刘芳卉半月后，在嫁给那个师长的途中，一头撞死在大花轿里，本来是可以抢救活的，但她割腕在先，撞头在后，等到医院时，血已流尽而亡。此后我一直处在悲痛之中，每天晚上做梦，总会梦到她。我本来就瘦，两个月下来，竟瘦得皮包骨，1 米 84 的高度，重量还不到一百斤。

刘芳卉的死我有很大的责任，二姐对此事内疚不已。父母知道内情后，让我去考陆军通信学校。本来我已经无心去考试，但在家里慑于父亲的威严，只能答应去报考。陆军通信学校建在南京，校长由蒋介石兼任。学制两年，在校期间一切由国家供给，按月发放生活费 16 元（中士待遇），毕业后分配工作。

学习以军事通信为主，开学后，头三个月入伍学习步兵课程，以班为单位，挑选教练，学习实弹射击和筑城墙、当教练等均要学一点。

入伍训练，比较艰苦，天天出操，上下午各两个小时，理论与实践相结合，课堂讲的射击，筑城学，当教练，课后就去实习。一个星期有两个半天的野外演习，作为实习时间。在这紧张的学习训练中，刘芳卉才逐步从我脑中褪去。

"紧急集合"能锻炼青年人生活起居的规范化，能够让人临急不乱，临危不惧的习惯。每周举行一次，演习时，不开灯，号声一响，要求十分钟内，全副武装，操场集合，站好队接受检查。开始第一次，短短十分钟，一瞬而过，闹出许多笑话来。有衣扣歪斜的，绑腿未打好的，鞋袜穿反的、穿错的，枪支取错的，种种丢三落四的表现都露了出来。

第二次有了第一次的教训，记住自己的步枪是放在第几排几号，一摸就着，夜晚就寝，衣服鞋子搁在一个位置，不乱丢乱放，但由于"紧急集合"时间太紧，神经处于紧张状态，尽管做好了准备，但仍免不了出错。

三个月入伍训练期满后，着重课堂教学，作息时间与普通学校相似：上午三节下午两节，晚上还上两节自习。课程；无线电学，有限电学，电报、电话原理。另外还补习英文、数字。收发报是一门主要课程，每天两小时，要求熟记号码，做到点划清晰，间隔分明，字迹清晰。这些是做一个报务员的首要条件，尤其在开机工作时，能针对气候和强力信号的干扰采取措施尽可能地调整好，排除外界的干扰以达到良好的效果，圆满完成任务。

年复一年，秋去冬来，转眼间，学年届满，毕业了。我们在南京城静候分配，1935 年 7 月，我和同学陶辉一同分配至江西南昌行营电台实习，三个月后，升为少尉报务员。

随着时间的推移，我们这些年轻人的思想、生活、要求、逐渐起了变化。两年前与刘芳卉的恋爱是被动的懵懵懂懂的，而今对异性的欣赏与追求却是一种生理上的感应，对于漂亮的有风度有魅力的姑娘心里忍不住要看上几眼。

1937 年，春暖花开时，我随部队来到武汉整训，正在这个时候认识了蔡菀。她是我初交的朋友，那是她正在税务学校学习，一周里我们只有一次会面的机会。她出生于安徽巢县，刚满 18 岁，品貌端庄，温柔贤淑，虽不算漂亮，但有着女性妩媚动人的一面。

蔡菀的胞姐蔡雯在省税局当税务员，蔡菀毕业不久，便分配到了武昌税务局。我俩往来甚密，友情不断地升华，经常看电影、逛公园，在温馨幽静的夜色中，毫不疲倦的丈量着漫无尽头的马路。我俩从不隐瞒自己的观念，在交流中坦率换取了火热的柔情。

四

卢沟桥一声炮响，引来了大批的日本鬼子，北方沦陷，但震不垮爱情的大堤，前途茫茫阻隔不了我们婚礼的进行。

婚后，蔡菀放弃了税局的工作，穿上军装，戴上军帽，随我南征北战，出生入死，在硝烟弥漫之中，东奔西跑。

八一三事变，淞沪响起了轰隆隆的炮声。我们的部队进入了抗战前线，蒙上级关照，我负责的电台留守在苏州，担任着后方的通信，苏州虽然听不到炮声，但日机整天轮番轰炸，白天不能发报。

苏州园林风景，文化古迹，闻名全国。自古为文人墨客集居之地，现今则十室九空，人心惶惶，预感大祸即将来临。豪门贵族，早已远走高飞，穷苦百姓，也随时准备逃离。

苏州位于美丽富饶的江南水乡，西滨太湖，东北靠阳澄湖，东达上海，沪宁铁路横贯东西。京杭大运河从西勾连南北，气候温和湿润，寒暖适宜，唐宋以来就享有"天堂"的美誉，是中外旅游者的神往之地。

苏州距今已有二千四百多年的历史，春秋时，吴王在此定都，以后各个朝代都曾在此设立郡府，秦设会稽郡，汉设吴郡，隋朝时以姑苏山之名首称苏州。

秀丽的山水，悠久的历史，在这座名城里留下了众多的园林别墅，僧庙寺院，豪门府第。这些名胜古迹集中了我国南方建筑的精华和不同朝代的建筑风格，形成了这座园林之城的艺术特色，享有江南园林甲天下，苏州园林甲江南的美誉。

苏州有名的胜景当属虎丘，原名海涌山，是春秋时吴王的行宫，历史悠久，虎丘四面环水，松繁梅盛，风景优美，虎丘名胜古迹众多，神话传说纷纷，享有"吴中第一名胜"之誉。

我和蔡菀在苏州住了两个多月。我俩住的房子很古老，又深又大。房主已经逃难走了，只有一个老头看守庭院，许多房间陈设考究，里面摆放着不少箱笼，房门却未上锁，可见房主临走时的仓促。

蔡菀胆子小，逢我值夜班，她也跟着去，一直陪到深夜。久而久之，她竟学会了无线电通信。虽然没有上过机器，但思想上却有了军事通信的一点点概念。两个多月婚后生活，物质生活确实匮乏，但精神生活却比较充实，俩人在一起，难以言喻，真正做到了夫唱妇随。

战争节节失利，但我军有死守淞沪的打算，近日来苏州局面混乱，部队后撤，我们也准备向武汉移动。小火轮行至丹阳，机件发生故障，无法航行，情况极为紧张，决定徒步至镇江坐火车往南京。蔡菀娇生惯养，力不能支，但又不能不走。当然比起红军长征两万五千里来那不值一提。金秋时节的深夜，寒气袭人，肚子饿得呱呱叫，饥寒交迫，无可奈何！丹阳至镇江六十华里，一船人大约六小时可达，可我们走了一整天。火车到下关，天已薄暮。当晚住在新街口一个小旅馆里。次日上午，同伴们去夫子庙逛游。六朝金粉，帝王的都城，昔日笙歌嘹亮，乐享太平，今日鸦雀无声，店门紧闭，大有山雨欲来风满楼的前兆。

南京又称金陵，虎踞龙盘，气势磅礴，自古为兵家必争之地。明太祖朱洪武和太平天国天王洪秀全在这里建立过都城，现在的煦园是太平天国"天朝宫殿"遗址的一部分，因位于宫殿两侧，故又名为西花园。清朝乾隆年间，这里是乾隆行宫的一角，太平天国建都南京后，这里是天朝政治、经济、军事、文化的中心，天王洪秀全曾在这里生活战斗过十个春秋；孙中山先生领导的辛亥革命，推翻清王朝，创建民国，成立南京临时政府，这里是临时政府的所在地。

园中的太平湖，形如花瓶。采用明城砖驳岸，颇为别致。池中有石坊一座，建工精巧，形态逼真。清朝乾隆南巡游此地赐名"不系舟"，传说当年天王洪秀全在舟上开过军事会议，孙中山先生就任临时大总统后，也常在此接待客人。

池中北端的《漪澜阁》是太平天国的机密房，现已辟为洪秀全历史文物陈列室。孙中山先生曾在此办过公，故又名《中山堂》。左边有曲拱小桥通向两岸，人在堂前平台漫步，微风吹拂，湖面水光涟漪，令人心旷神怡。

煦园几经沧桑，多番整修。这里假山环绕，湖水荡漾，亭台楼阁映辉，花木茂盛参差，景色奇丽优美，它是我国劳动人民智慧的结晶，现为重点文物单位之一。

从煦园出来，我和蔡菀再次向夫子庙走去，沿路行人寥若晨星，大白天清冷寂静，使人平添无限回忆：秦淮河畔，群芳争艳，佳人趣事，热闹非凡，目前呈现在眼前的却是一片凄凉凌乱，惶惶不安的景象。南京，这座古城即将遭到日寇残酷的蹂躏。

我和蔡菀在街头再也逗留不住，准备买票西上，前往武汉。

1937年的深秋，枫叶灿灿，我俩来到武汉，心境灰暗恐惧。武汉整座城市尽管人潮涌动，热闹非凡，但在我俩的眼中却充满了大风暴来临前的恐怖和惊骇。

当时武汉成了战时的大后方，人烟汇集，市面繁荣，办事处设在过去的日本租界。我和蔡菀租了一间小屋，暂作为栖身之处，伙食搭在房东家里。谁也不晓得在武汉能滞留多久。战事需要，原税警总团改为陆军第九军，不久即开往江西，担任反攻南昌的任务。我们电台配属102师，这时我已晋升为上尉台长，蔡菀为通信上士，随军出发。

经过一周时间的训练，蔡菀的胆子也大了起来，着上军装、背上挎包，别人都叫她小勤务兵，走起路来比我还快。

深秋的某夜，我军接到进攻南昌的急令，要去夺回南昌，但进城烧毁日军的仓库后，便撤出南昌城。

夜深人静，部队夜行军，上级规定不准抽烟，不准发出响声。夜行军对我俩而言，却是第一次。蔡菀她不怕，跟着我，与我共患难。虽然夜行军辛苦紧张，但我俩相互鼓励，相互支持，心境还不错。

部队撤出南昌城，在南昌东面20华里的地方，同日寇展开了地道战。电台组跟着师部，在地下室架设，联络军部和总司令部。工作紧张，时间性非常强，蔡菀总是坐在我身边，日日夜夜地陪着我，给了我莫大的安慰。

炮声和机枪声，我俩习惯了，一点也不畏惧。有一天敌人的大炮炸断了我们的天线，当兵的都不敢去接，只有我自己去，蔡菀要陪着去，我不让。她用一双担忧的眼神望着我，跟在我身后。我一鼓作气地爬上去，她在后面为我观动静，放哨。等天线接好后，我下来，她紧紧地拥抱着我，眼泪像山泉一般的淌下来。

激烈的战斗了十几天，日寇仗着精良的大炮和众多的飞机、坦克，以数倍于我的兵力猛扑过来。

师长沉着地守在电话机旁，望着平摊在地上的作战图，用嘶哑的，但语气坚定地发出一个个指令。

进攻！撤退！穿插！再进攻！再撤退转移！再进攻！真的是惊心动魄地生死拼杀！

102师是贵州部队，师长柏辉章，贵州遵义人，秉性彪悍，智勇双全，出征以来，还没有吃过败仗。非黄埔系中人，实属一位将才，颇具威望。

连日来，日寇强攻数次不克，后由汉奸指路，从左翼抄袭，同时派精锐部队截断了我师后路，部队已在三面包围中，处境十分危险。

中午时分，日寇几十架飞机开始轰炸。师长明白，这是步兵冲锋的前兆，日寇飞机像乌鸦似的在我军阵地上倾泻了几百吨炸弹，一颗颗树木被气浪掀倒，被炮火点燃嗞嗞呃呃地逐渐化为黑炭和灰末。硝烟笼罩着战场，战场上一片雾蒙蒙的。

日寇的步兵开始冲向我军阵地，子弹、手榴弹、各种炮弹发出可怕的爆炸声。

师长下达的命令越来越严峻果决："陈团长，你要死守住这个缺口，哪怕只剩一兵一卒也不能放弃阵地！""李团长，没有援军，军需补充不上了，你们一定要坚持，杀敌报国就在此时！"多么豪迈的语言，我听了感动得热泪盈眶。

这是一场令山岳变色，感天动地的极其惨烈的鏖战！白天，浓烟遮蔽了上空，四周弥漫着灰雾，枪炮声震耳欲聋；夜晚，炮火燃烧了树林、杂草，还有茅屋楼房，满眼尽是红光火苗。

柏师长为使全军杀开一条血路，突破日寇的封锁线，奋不顾身地亲临第一线指挥战斗，早将个人生死置之度外。

一群日军黑压压地向我军阵地扑来，609 团英勇阻敌，与日军展开了肉搏战。就在陈团长从团部赶出来时，被两颗邪恶地子弹击中了胸部和腹部，只见他那高大的身躯抖了一下，倒在了地上，殷红的鲜血顿时从他捂着伤口的指缝中涌出……

我军在万不得已的情况下后撤，时值午夜，鸡犬无声，天昏地暗，伸手不见五指。部队行至江西进贤县附近，日寇又抄后路包围我师。整个部队被冲得七零八落，电台机械也不明去向。我和蔡菀盲目地往前跑，几次流弹擦面而过，命不该死。我俩终于冲出重围，跑进一个小村子，正是东方发白的黎明时刻。村子里老百姓大部分跑光了，剩下的尽是些老婆婆。老婆婆家里空空，我俩的肚子也饥肠空空。老婆婆对我俩说："日本鬼子时常来来去去，搜去了所有粮食，鸡狗都给抢光了，往后的日子该怎么过呀！"我俩望着老人，说不出一句安慰的话来。

这里离前线不过几百米，要是日本人来了，我俩该怎样藏身？老婆婆告诉我俩：躲在杂草堆里兴许可以侥幸躲过去。

我俩一边听老婆婆讲话，一边向远处张望，发现远处来了一些当兵的，以为是日本人，吓得魂不在身。正准备跑去杂草堆里藏身，才发现他们都是一些残兵败将。我们电台组的通信兵，在通信上士率领下携着机器来到了小村庄，一会又来了不少师部的人员。停留半刻之后，一同向进贤县城奔去。

1938 年初夏，102 师在进贤县内修整训练，端午节得令向陕西宝鸡出发。传说部队可能要渡黄河，切断日寇后路，也可能在那一带打游击。

我决定要蔡菀暂时回长沙侍奉二老，免得一个女人跟着部队东奔西跑，许多不便不说，还极为不安全。婚后首次分居，谁也不知道何时能重聚。儿女情长，英雄气短。生离死别，给人带来莫大的痛苦。蔡菀走了，我有些恋恋不舍。战争年代，我们还有见面的可能吗?！

七月的季节，骄阳似火，漫长的夏日，有何可消遣？此时接上级命令，要我们开拔陕西的宝鸡——陇海铁路的终点（抗战时期的终点），那里人烟稠密，街道狭窄，垃圾成堆，灰沙满地。"无风三尺土，有雨一街泥"，正是宝鸡市容的写照。

西北地区蝎子多，蝎子毒气特大，咬一口就要溃烂一块，所以家家户户都用黄纸写上符咒贴在门上，如此蝎子就不能进屋。这种符咒怎么能将蝎子赶走呢？几十年了我一直想不通。这其中的玄机在哪？我到过陕西的大荔，那个地方是蝎子窝，遍地皆是蝎子，令人害怕，作呕。

1938年8月，102师奉令保卫大武汉。由于不渡黄河去打游击，战士们人人面带喜色，尤其是我更高兴，又可以与蔡菀相聚了。连月来，夜不成眠。计划等到了武汉请四天假，去长沙看望二老，顺便接蔡菀回武汉。那岂不是两全其美！

那个时候，银行钞票很值钱。我买一套毛哔哒中山装，只花了20元，7元钱就可买一双皮鞋。此外，给亲朋好友、二老双亲和蔡菀都买了一点礼物，以表心意。

由武汉到广州的特快列车，缓慢地驶进长沙车站月台。夏日的晚霞，红遍大地。清风徐来，使人心旷神怡。

回到家中，首先拜望了父母，再见爱妻。我突然到家，给一家人带来了喜悦和惊讶。这个难忘之夜，几十年过去了，至今犹在眼前。

久别胜新婚，这一夜，我和蔡菀谈到深夜鸡鸣，仍无睡意。春宵一刻值千金，此情此景实难描绘。次日起床较迟，午后携蔡菀拜见舅父舅母和十二婶母。在长沙留居三日，临行时给二老100元。当日抵达武汉，住长江饭店。我突发高烧，烧得胡言乱语，急坏了蔡菀。当晚请来医生，打针服药。第二天就有所好转，但几天没有进食，四肢无力，幸有蔡菀细心照顾。我好后当即回到师部，这次生病若不是蔡菀在身边，其后果肯定不堪设想。

在武汉，黄埔同学众多，战争给我们创造了联络的机会，举行了同学聚会。宴会上觥筹交错，开怀痛饮。当时同学们都是血气方刚的青年，各有各的境遇。有的同学官运亨通，有的同学穷困潦倒。大家聚在一起，对国民党蒋介石已失去信心。戳白谈心，一坐一天，过着消极的生活。有些激进的同学对时局的看法十分消极，认为要改变国家的命运，只有跟着共产党闹革命，建立一个新秩序的中国。有人倡议，我们到延安去。延安的抗大是信仰革命

036

的摇篮。共产党正在武汉招生，大家只要不怕吃苦就可去延安试试。通过那次聚会，不少同学投奔去了延安的抗大。

部队在武汉整编，大概一个月左右，又出发向江西前线。我和蔡菀商量，叫她回长沙，侍奉二老。她不同意。她说："战争年代兵荒马乱，要想夫妻团聚，不是件容易之事，我俩已经同床共枕多年，何必再分散呢？即便炮火连天，硝烟弥漫，枪弹横飞，危险不可避免，但也没什么可怕的！"她的一番话，不无道理，在她内心里包含着难舍难分的柔情。我不能让她失望，决定两人一起上战场。她虽然出身名门贵族，却无大小姐的娇气，走起路来一阵风，干起活来十分麻利。从此，我没有了一点对她的顾忌和担忧。

她大小姐变成了一位活泼可爱的小兵，一路上说说笑笑，虽然道路坎坷，有时跌撞即摔，但俩人相互搀扶，一点也不觉艰难，反而快乐无穷。

1939 年春暖花开之时，我军对日寇展开了全面的反攻。29 军的三个师：102 师在正面战场，26 师在左边，税警团师在右边，对日寇形成夹击之势。战斗打响后，从发起冲锋到撤离阵地，仅仅一个多小时。

我军的炮火惊天动地，顷刻间覆盖了敌人的阵地。红光闪闪，浓烟滚滚。天崩地裂，日月暗淡。日寇盘踞的某高地立即陷入一片火海。这是日寇的灭顶之灾，战士们犹如饿虎扑食，凶猛迅速，胜似一场狂飙式的冲锋，将敌人扫落叶一般扫光，夺回了阵地。

站在前线指挥的柏辉章师长，把眼睛紧紧贴在 40 倍的望远镜，通过弥漫的烟雾，闪光的炮火，观测最前沿的战斗。我电台组立即根据柏师长的指令将战况报给军部、总司令部以及友军部队。

这场战斗打得壮烈、凶猛，虽然收复了失去的土地，但也付出了惨痛的代价。一幕异常悲壮慷慨的情景，两千多年前的那首悲歌，似乎在我耳际轰然回响：

风萧萧兮易水寒，壮士一去兮不复还。

死去的人并不知晓痛苦，痛苦的是那些为死去活着的人啊！这活着的人也包括我和蔡菀。

所有牺牲在这片殷红、滚烫国土上的烈士们，他们都是一个个普通善良的人，他们是一棵棵扎根于祖国沃土的无名小草。但确实是真正的人民英雄，他们保家卫国的行为是激励我们这个伟大民族永远奋发向上的真正的中国之魂。

初夏季节，部队在江西南昌向进贤县进发，到进贤休整，102 师与 26 师合并，柏辉章担任师长。

全民抗战进入第三个年头，从整个局势看，我军仍处于劣势。蒋委员长终日期待的国际风云始终没有来临，我军节节后退，人心涣散，惶惶不可终日。前线将士风餐露宿，忍饥挨饿，为祖国的存亡付出血的代价，甚至生命。战区的老百姓，东逃西躲，流离失所，其惨状不忍目睹。与此同时，战时的后方重庆、昆明却依旧是歌舞升平，金迷纸醉。商女不知亡国恨哪！稍有良知者，莫不切齿痛恨！我和蔡菀只得摇头叹息！

从电台中得知蒋委员长将搞窝里斗，指斥新四军很多不是，企图找借口剿灭。得到此情报后，我十分气恼，必须将此消息传给新四军，让新四军有所防备。

为此我决定离开部队，去寻找共产党新四军。

就在我俩准备离开之际，一位电信班的同学袁城玉找到了我，要我避开蔡菀，和我谈一件十分机密的事。我要蔡菀先在家里收拾行李，准备到桂林去投奔她二姐二姐夫。她姐夫是何一寰，任职桂林行辕。

我在一茶馆里与袁城玉见面，他告诉我全国的革命形势，说蒋介石准备围剿新四军，要我将此情报想方设法发给新四军总部。发完之后，离开部队，跟他去延安。

我当时答应了他的要求，但苦于找不到机会，没有办法完成任务，只得将电台提到自己家里来发，但被一上士发现，我不敢行事，将电台放回了原处。

等到深夜，我才偷偷去电台房，将此消息发往新四军总部，但发了几次，对方总是接不上，没有办法，无奈从电台房出来，被师部的机要秘书碰见。问我怎么才下班，我说，电台出了点故障。秘书见我神色慌张，对我产生了怀疑。第二天清晨查了我晚上的发报对象，发现我几次发往新四军，虽然内容被我删去，无法复原，但知道我通共。于是将我抓起来，关在审讯室里，我始终未承认。由于我刚与袁城玉接触，无任何前科，他们拿不到证据。但对我的忠诚度产生了怀疑，撤了我台长的职务。我借此和蔡菀离开了部队。

离开部队，找到袁城玉。袁城玉是共产党的地下人员，受新四军总部的派遣来找我加入新四军。由于我是电台内行，新四军差这方面的人才。我同意了袁城玉的请求，答应他投入新四军，但我必须将妻子蔡菀安顿好，跟他到安徽去。

由于国共两党的形势紧急，袁城玉必须马上将蒋介石要围剿新四军的阴谋传给新四军，不然一场国民党军队屠杀共产党军队的惨案就会发生。为了抢在蒋发动"围剿"之前将消息送达，袁城玉向我交代好后，匆忙奔往新四军住地。

我带着妻子，按照她的要求，日夜兼程来到了桂林二姐家。二姐二姐夫十分热情地接待了我俩。

午夜，一轮明月静静地挂在天穹，月光如泻，夜色似金。我俩站在室外，尽情享受；一阵金风，彻骨的寒冷，好一阵令人惆怅的秋风啊！它携带着喊喊喳喳的秋雨，我和蔡菀信步，来到独秀峰。走进一片小树林，看见一只孤雁向南飞去，我挽着蔡菀的手臂，呆呆地思考袁城玉的情况：不知他到了新四军部队没有？新四军应该做好了对付蒋介石的准备。

"独秀峰"是一座巍然耸立的小山，位于桂林市区，广西省政府在这里办公。"独秀峰"周围有许多小的山洞，有的可容几百人。日寇的飞机空袭时，附近的老百姓和省政府的职员都跑入洞中躲避空袭，是天然防空洞。

六弟已在先一年的春天将父母亲接到了武汉，要我回家看望二老。

到桂林一周后，我便和蔡菀商量：将她留在她二姐身边，我想回武汉一趟看望父母双亲，蔡菀不太同意。我苦口婆心地劝说她，她却含着泪水哭着不让我离开。我说到武汉去后，就马上回来与她团聚，她才同意让我离开。

离开桂林，我日夜兼程地赶赴武汉。一路上一边牵挂着袁城玉的安危，一边想着蔡菀。

住在小旅馆里，躺在床上，总是想着蔡菀，我仿佛看见了她那双漂亮而深情的眼睛，浓密的秀发，闻到了她的肤香。她伸出一只手来抚摸着我的肩膀、额头、眼睛，一转身，我就翻到她那柔软的怀抱里，听见了她的心跳和我的心跳在合拍的跳动。她安慰我说："我俩结婚这么长时间了，我还不了解你吗？你赶快回来，我在桂林等着你呀！"可等我从梦中醒来，这么清晰鲜活的情景，居然是南柯一梦。

醒来后，我感慨万千：女人啦！你是上帝派下凡的天使，从上帝那里把温情和理解赋予男人，世界上再高贵再伟大的男人，再坚强再勇敢的武士，再普通再平凡的平民，都同样需要从女人的怀抱里得到温暖，得到抚慰呀！

白天我行走在旅途中，一静下来，就想到了国家的局势，日寇势力强大，国民党和共产党如果同心协力，完全可以抵御日方，加上时间一长，是可以将日寇赶出中国的，但蒋介石不琢磨怎样联合共产党对付日寇，却要将枪口对准共产党，这简直胡闹！宁可当亡国奴，也要搞窝里斗。

我常常对国民党的这一糊涂观念气愤不已：什么攘外必先安内？要亡国了，还在搞窝里斗？真是岂有此理！我必须马上找到袁城玉同学，投入到共产党的怀抱中去。

好不容易来到了武汉，来不及回六弟家看望父母二老，就向安徽云岭奔去。袁城玉应该到了云岭新四军总部，近五百公里的路程，走水路，需要近一周时间。好不容易租了一艘船，径直驶向云岭。可等我到了云岭，新四军已向黄河以北转移。但我手中钞票已不多了，租车租船已不能，只得靠双腿步行。

流光飞逝，转眼已到1940年底，我衣衫单薄，冻得难以北上，只得留下来，在芜湖码头上打工来维持生计。加之每天背包还可以御寒，想攒点钞票买件棉衣秋裤。在码头上打了近一个月工，听到了新四军在元月6日转移到皖南泾县茂林地区，被国民党包了饺子，一下子九千人化为乌有。我悲愤不已，我的好同学袁城玉，你在哪里？你为什么没有将蒋的阴谋转告给新四军。我梦中看到了日寇在哈哈大笑，大笑中国人是下等人种，窝里斗，只有蠢货才干的事。我在梦醒后，大骂蒋介石猪狗不如的东西，你一定不得好死！

骂归骂，但我到哪里去找袁城玉呀！在哪里等待，打探了近一个月。袁城玉一定是被国民党军队打死了。我双眼望蓝天，高喊袁城玉——你在哪？天地昏昏，两眼茫茫。我找不到袁城玉，更找不到人生的希望，我想去延安。但天高地远，袋中空空，眼中蒙蒙，希望之路在哪？我看透了国民党的愚昧、凶残、无耻、没落，天生的走狗相，甘愿当亡国奴、当汉奸、杀同胞……

我一下子摔落在万丈深渊中，心中没有了一丝光亮，晚上我躺在床上想到了我的蔡菀。她在我心中点燃了一丝热量，我想去不了延安，找不到共产党，我还是只有返回桂林，去找我的蔡菀。

正在我准备租车到石首时，国民党在四处搜查新四军的残余，追杀共产党。

040

我一路向桂林奔去。经过一周的颠沛，平安到达桂林，到达桂林时，已是 1941 年 6 月。在桂林住了几日，经同学曹强介绍到西南运输处贵阳电台工作。我和蔡菀辞别二姐，到了贵阳。贵阳是贵州省的政治中心，人烟稠密，街道狭窄，市容不整，缺乏都市风味，但也没有战时景象。"天无三日晴，地无三尺平，人无三分银"，正是对贵阳的写照，一点也不夸张。

贵阳电台往来电报不多，蔡菀还没有工作。由于我俩对贵阳的印象不好，思想上有不安的情绪，生活过得不舒畅。蔡菀劝我说："恰逢乱世，随遇而安吧！再说，不愁衣食，如愿足矣！"她确实心情比较开朗。我堂堂七尺丈夫，就在这里消磨岁月，实有不甘。所谓大丈夫，当立志。但我的志向又在哪?!

流光易逝，转眼又是新年。尽管国难日深，半个中国已沦陷，当时贵阳市离前沿阵地也不过千里之遥，人们依旧喜气洋洋，热热闹闹，欢庆新春佳节。大街上人群熙攘，来往的人们忙得不亦乐乎。茶楼酒店，歌场舞会，笙歌刺耳，"商女"哪知亡国恨！

1942 年的 6 月，春节刚过，西南运输处发来电报，调我到昆明无线总台任报务主任兼昆保台领班。昆明——保山是滇缅公路最重要的一段，怒江天险离保山不过数十公里，正是滇缅军各路进行反攻之际，每日电报频繁。我接任后，总台人事略有调整，给蔡菀安排了工作，工资虽然不多，比闲着总要好些。当我告知这个决定时，她乐得像小孩一样，手舞足蹈，上前将我紧紧地拥抱并亲吻。

昆明为西南边陲重镇，火车直达越南河内；公路与缅甸衔接连，抗战时期，为国际交通命脉。

昆明是祖国著名的春城，四季如春，风景秀丽，气候宜人，历史悠久，文化灿烂。市郊有碧波荡漾的滇池、大观楼、西山等名山胜景。昆明又称"花城"，一年四季，奇花吐艳，香气诱人，美不胜收。是当今最好的旅游和避暑胜地之一。

昆明滇池周围几十里，湖水清澈透明，调节着四周的气温，夏天不用扇子，冬天无须火炉。江南出现 40℃ 高温之时，昆明却凉风习习，如同初夏。由于气候温和，人们常有"春眠不觉晓"的感觉。

过去，云南盛产鸦片（又称大烟），云南人十个就有九个喜欢鸦片。大烟上瘾，就难以摆脱，天天要抽上几口，不然精神会萎靡不振，眼泪哈欠一齐来，十分难过。抽上大烟的人多数倾家荡产。鸦片是毒品，严重危害身体健康。国民党政府也曾明令禁止，但令行不止。新中国成立后，首先严禁大烟进口，对抽大烟的人采取教育和戒毒相结合，对屡教不改者给予重惩。令出如山，短时间内就将此害基本铲除，真是大快人心！

云南人个性强悍，思想狭隘，排外意识浓厚，给外地避难者反感较大。

早在 1941 年底，国民党政府迁都重庆，中央军进驻云南。对此，云南人有意见，借故造成混乱，出动云南政府宪兵，禁止中央军进入茶馆酒楼，不准其上街游荡，斗殴事件时有发生。这种局面，经过双方协商调解，慢慢地才平缓下来。

1943 年 2 月通信兵学校培训学员结业，派我任委员长昆明行营上校台长。组设昆明行营无线电台站。蔡菀随我同往。在昆明行营电台站工作期间，我一直关注着全国的局势，特别是共产党军队的状况。国民党官员十分担心共产党军队的壮大。百团大战之后，共产党军队的实力被展现出来。让国民党蒋介石心惊胆战。尽管他们用阴谋"剿杀"了新四军 9 千人马，但八路军的百团实力不可小觑。

在 102 师，我在向新四军发报时让黄秘书长抓到把柄，被关审了几天。撤职之后，我便离开 102 师。本来与共产党已取得了联系的，不料同学袁城玉一去不返，至今杳无音讯。我尽管向往共产党，但却苦于找不到共产党，只得无奈地给国民党办事。

工作之余，多么想遇到熟人，特别是共产党中的熟人。偶尔听人讲，国民党官员中有共产党。军统一直在寻找共产党，还听说昆明监狱里关着几名共产党。尽管国共两党还处于合作阶段，但国民党却一直在秘密暗杀共产党人。一山岂能容二虎？国民党本就不可能让共产党存在。但国民党政治腐败，无论是军队将领还是国家官员，没有几人是爱国爱民的，都在五抢六夺，瞒上欺下。即使赶走了日寇，老百姓也没有好日子过。很多有良知有思想的国民党人都在为此忧心如焚。共产党的政治主张先进，官兵平等。所到之处老百姓无不欢迎拥戴。共产党爱民如子，和老百姓打成一片。把老百姓的生命看得比自己还重。均认为只有共产党才能救中国。这也是很多国民党官员的心里话。但他们也苦于找不到共产党，又不能明目张胆地去寻找。军统中统的特务，嗅觉特别灵敏。大家有投靠共产党的心，可没这个胆。但都在默默地观察着自己身边的人：谁像共产党就悄悄地靠近他，但又不能明说明问。凡是像共产党做派的，就成了众星之月。但绝大多数人不是。他们不知道，真正的共产党是不露声色的。从表面上分辨不出来。我就试着观察了很久，总是拿不准，确定之后又否定，否定之后又确定。三反四复，最后还是未搞清楚，不敢越雷池半步。

五

时间如白驹过隙，瞬间已到 1945 年的 8 月。抗日局势瞬息转变，狂妄一时的日本鬼子，突然间宣布投降。8 月 15 日那天，我第一个从电信局得到鬼子投降的消息。将消息传开，人声鼎沸，个个笑逐颜开，互传喜讯。爆竹声锣鼓声，把昆明市闹得天翻地覆。中国大地高高飘起胜利的红旗。整个昆明城沉浸在人民的欢声笑语中。

十四年抗战，中国人民忍饥挨饿、生离死别、悲痛欲绝，命运凄惨。将士们保家卫国浴血奋战，置生死于度外，与日寇展开了殊死搏斗。然而，有些官员却在大发国难财：扣发军饷，贪污受贿，就在接收日本鬼子枪炮武器时，还不忘收取大量的金银财宝。奸商滑贾，勾结官府，大发横财。小买小卖发辛苦财。那些平民市井还是吃了上餐无下餐，过着十分艰苦的生活。

胜利啦！达官贵人，准备衣锦还乡，荣归故里。有的在买火车票，有的在包车包船，带着金银财宝，高高兴兴回家与至亲好友团聚。我和蔡菀 1945 年 10 月由昆明到重庆，再由重庆到武汉看望父母。蔡雯是蔡菀的大姐。姐夫蒋灏，接任了武汉税务局局长之职。此时正是用人之际，蔡菀被她大姐留下来协助税收工作。我只好单独赴南京。我是干通讯工作的，业务上与他们互不相涉。不过我离开蔡菀时，对她和她大姐说："协助工作顶多一年，一年后必须跟我走！"她和她大姐欣然同意。

到南京不久，毛泽东主席到重庆与国民党蒋介石谈判。历时43天，签下《双十协定》。毛泽东到重庆，我为其安全捏着一把汗，以蒋介石的心胸，他不会放过杀害共产党领袖的机会。我一面佩服毛泽东的胆识，一面担心他的人身安全。但只是杞人忧天，蒋介石出于各方压力竟然不敢贸然谋杀毛泽东。

当时我们就断定，蒋介石不可能按《双十协定》办事，他心里容不下共产党，内战不可避免地要发生。

尽管我是国民党员，但心里一直装着共产党。一直苦于找不到共产党，心里着急呀！

我到南京不久，奉令派往浙江奉化溪口，去组设委员长专用电台站，直接与南京通报。在溪口待了半年，蒋委员长一次也没有去，电台站后来撤除。

1948年10月又被派往上海崇明去组设电信局。建局伊始，业务尚未展开，职工不多。故此生活单调乏味。我想将蔡菀调来上海税务局工作，但几经波折，仍未成功。

是年深秋，武汉电信局总工程师祝秉义，探亲返城，路过崇明镇。那时崇明连旅馆饭店都没有，只好住在局里。由我站招待。祝秉义虽然是国民党的总工程师，但对国民党十分不满。暗地对我说："蒋介石不长了，中国不久就会是共产党的天下，你我要有预案！"我早就觉得只有共产党才能救中国，于是对他说："怎样进行预案？请兄长明示！"他笑着说："想不想参加共产党组织？""想，我做梦都在想。""想就好，今晚在江边去见一位共产党领导！去时请注意行踪。一旦发现有人跟踪，就必须想法甩掉。一定不能暴露行踪。如果10点以前到不了，就改日再约。"

晚上趁着月光，我慢步向江边走去。快到树林，我仔细观察了一番，未发现人跟踪，才往纵深走去。按老祝做的记号，一路按图索骥地前行。走了三里地左右，终于到达目的地。那里有间小棚子，四周无遮拦，里面无桌椅家什。老祝和共产党领导早已等候在此。见了我，他俩赶忙迎上来。老祝向我介绍共产党领导："这位就是我说的共产党的领导。我的上级（即上线）袁城玉同志在芜湖被特务所害，党组织为了找到我，几经周折，昨天才和我见面。见面后，我将你的情况向领导做了汇报。党组织的同志十分欣赏你，你是搞电讯工作的，对搜集情报发送消息比较便利。党组织决定同意你加入共产党组织。"说后那位共产党的领导询问了我的一些基本情况和入党动机，怕我是墙头草，缺乏政治思想基础。特别强调加入共产党组织要作好随时为党牺牲的思想准备。国民党特务残忍之极，我们搞情报工作的又在敌人眼皮底下进行，随时可能暴露，一旦暴露就会受到敌人的严刑拷打，甚至献出生命。"祝秉义同志，他是我党的一名老同志了，今天我和他俩做你的入党介绍人。本来要先写书面申请，组织批准，才能加入的，但斗争形势严酷，国民党特务清查得严，入党流程简约，口头申请即可。有关党的宣传资料及纲领政策都没法给你，只能委托你的上线祝秉义同志平时耳濡目染，言教身传了。由于条件所限，就在此举行入党仪式吧！"说完，让我举起右手站在他俩的对面，跟着他念起了入党誓词：我自愿加入中国共产党，诚心诚意为工农群众服务，为新民主主义和共产主义事业干到底。入党以后，服从组织，牺牲个人，执行命令，遵守纪律，保守秘密，永不叛党……

宣誓完毕，那位入党介绍人对我说："从现在起，你齐国林就是我党的同志了，就是一名光荣的中国共产党员，以后一切行动均要听从党的指挥。祝秉义同志就是你的上司和联络人。"

我的心情十分激动，那么渺茫的理想，一下子就变成了现实——我终于成为一名中共党员。

祝秉义反复叮嘱我："要高度保密，所做的一切连妻子情人也不能透半点风。在国民党军营里工作，要一如既往，表面工作要做好。要时刻警惕，我们的一言一行均有无数的敌特分子在监视。不可轻举妄动，没有我祝秉义的指令，不可私自行动。接头暗号是'长沙的表兄，要来看望二老'。"

1948年6月电讯局来电，要从崇明电讯站调一人到武汉。武汉总局调一人到上海。祝指示我到武汉去工作。调动之事十分顺利。我很快就回到了武汉总局，被安排在汉口分局负责电台的收发工作。在祝的部署下，将国民党的行动机密用纸条传给一位卖香烟的小姑娘。我每天早上7：30左右到对面的早餐点过早，买过香烟，将情报递给小姑娘。由于我是负责人，还没有人监视我，情报传出去比较安全。

蔡菀同我商量，她想先去广州，到那里既可以进又可以退。国共两党打得十分激烈，谁胜谁负还说不清楚。要我辞去工作和她一道前去广州。局势如若不好，就可以去台湾，还可以到美国去。当时，我由于任务在身，自己不能走，还想办法说服蔡菀暂时留在武汉。但她由于受她姐姐姐夫的影响，说什么也要同他们一道去广州。我留不住她，只得让她先去。说自己在电讯局缺人手的关键时刻一走了之，会被人说对党国不忠。再说，二老均在武汉，现在局势尽管紧张，但还没有到关键时刻。等一段时日，看情况再说。

无论我怎样挽留，蔡菀还是随其姐离开武汉去了广州。

我留在武汉一面要维持国民党电讯分局的工作，一面又要暗中截取情报，转送情报，忙得不可开交。祝秉义为了不暴露双方身份，很少和我联系，指示我办事均是通过卖香烟的小女孩传递。

1948年9月12日，国共两党在辽西会战，历时52天，国民党军队大败。我心中暗自高兴。武汉形势日趋紧张，我在祝秉义的安排指示下，暗中传递着情报。紧张而忙碌，但心情十分愉悦。就在此时，蔡菀跟随姐姐姐夫从广州转到了福州。姐夫蒋灏担任福州税务局长。要我到福州去担任税务课长。被我婉言谢绝。原因有两点：我父母均居武汉。孔子曰："父母在不远游。"从情感孝义上讲我不能弃父母不顾，自图安乐；二是我有长期从事电信的经验，在国共对峙的紧要关头，不能为党国尽力，另图安逸，人家会说我大逆不道的。再说，我除了搞电信之外，其他我一无所能。感谢姐夫的厚爱，还请姐姐姐夫谅解。婉言谢绝了他们的好意。

到了1948年底，辽西会战、淮海会战早已结束。蒋家王朝已失去根基。失败已成定局。武汉紧张之极，市面混乱到了极点，货币贬值，一日数变，直落千丈。此时，蔡菀十万火急地催我去福州，并汇款200元（合黄金4两），她说如果这一次我不去，恐怕以后无团聚之日。我和蔡菀虽属夫妻，但道不同，难与之相谋，只得分道扬镳。

我已加入中国共产党，岂有渡台之理。我必须在此紧要关头为中国共产党的解放事业做出应有的贡献，不断地、像洪水一般地将情报传给共产党。共产党军队捷报频传，国民党军队节节败退，基本上丢失了大半个中国——

长江以北的整个地区。

不管市面秩序多么混乱，小姑娘每天都按时来餐馆前卖烟。我不管起风下雨，每天坚持来过早买烟。但一切正常，无人顾及我们的行动。

1949年5月24日，无线报房电台站全体职工为了保产护局，将现有的美式超外接收机，全部换上了已经报废的老式收发报机来维持工作。这是我按照祝秉义同志的指示办的。那天上半夜，国民党守军一个班尚在继续执行保卫任务，密室内还有一批国军在热火朝天的赌博。深夜两点左右，保卫班的人陆续走完，打牌赌博的那伙人也逃得不知踪影。有不少带着袖章的解放军战士告诉我们暂时不要外出。共产党的工作组已到局。解放军战士的行动真是有点迅雷不及掩耳，诡秘而机智，神鬼不觉地便占领了电信通达的重地——武汉电信局无线报房电台站。

翌日清晨，苍穹泛出了熹微，人们在家中，被震耳欲聋的鞭炮声从睡梦中惊醒。

太阳从东方冉冉升起，人们才结队走出大门向大街上进发。到了中山大道，不少店家关门闭户，只有鸣放鞭炮小店的门敞开，继续鸣放着鞭炮。整个中山大道，往来行人寥寥无几，偶有几个戴着红袖章、拿着手枪的解放军战士，他们个个喜形于色，笑逐颜开，互相在讲着话。他们衣衫不整，军服已破，脚下布鞋飞着布片，和国民党士兵相比，真是寒酸之极。就是这样艰苦的解放军将国民党军队打得屁滚尿流。世界上的好多事真是说不清楚啊！我打内心地佩服解放军，相信天下马上就可以被解放军解放，这种战火纷飞的日子不久就会结束。

我一路跟着大队人群，顺着江汉路直奔江边。沿途除了解放军战士，老百姓很少。江汉码头上有战士守着，渡口无船。据说武昌那边正在打仗。但站在江边听不见枪声，估计没有大的战事。

江汉市民人心安定，大街小巷平静无忧，听不到也看不到什么骚动。我在想，武汉三镇能够和平解放该多好啊！

这几天老祝没有找我，那小姑娘也有几天不见了。他们都到哪里去了呢？没有祝秉义的指令，我成了没头的苍蝇，不知所措。只得干等着他来联系。可过了三天，还没踪影，我有点按捺不住，准备到汉阳去找他。

江汉码头，人如潮涌，与汉阳一江之隔，电话早已失联。因此要过江的人很多，卖票的窗口挤得水泄不通，要过江去就只有在此挤了。

我急于过江，心中急切的情绪化作一股力量，几分钟后，我便挤到了窗口。票买到手后，正待上船时，一名解放军战士一把拉住我。我不知所为，吓了一大跳，以为犯了什么错。他问我：丢了东西没有？我有些茫然，一头雾水。几分钟后才搞清楚，解放军抓到一小偷，在小偷身上搜出了四支水笔：一支金星，两支派克，一支民生。解放军问我丢了什么没有？我这才醒悟，赶忙在身上摸找：派克笔不见了。解放军要我认笔，我从他手中拿回丢失的派克。解放军笑着说："街上小偷多，过江这地方更多，要注意看好自己的东西。"我向他致谢后上了船。

武汉有两种东西特别值钱：一是进口手表，二是派克水笔。以前一只派克水笔，拍卖店里卖十个银圆。还不到三天，就卖到了二十个银圆。这么好的东西，若是到了国民党军人手中，早就归己所有。从这件事就可以看出解放军战士的高贵品质和为民办事的态度，给我挽回了二十个银圆的损失。我心里十分感谢解放军，也更加确定自己加入中国共产党是十分正确的。

在家里吃过午饭，给了父母二十个银圆，就往祝秉义父母家里跑。

祝秉义父母还能认出我来，问起祝秉义，二老含泪对我说："一周前的晚上，秉义刚回到家门口，就被人开枪打死了。那个卖烟的小姑娘也被抓走，至今未回。"

我听后十分悲痛，既而愤怒。但事已至此，悲伤已无作用，我从口袋中将二十块银圆给了二老，并叮嘱二老保重身体。二老将我送到大门口，流着眼泪望着我离去。

回到报房电台站，感到十分疲惫。觉得与党组织联系的线断了，唯一的希望只有那个入党介绍人了。我不知他姓名，他知道我的姓名。但我只能坐等待命，别无他法。如若出现什么意外，我这个地下党就将成为断了线的风筝。

武汉还只有局部地方被解放军占领，我们的生活逐渐走入正轨，整天学习，人们停止以前打牌赌博的娱乐活动。学习社会发展史，也许是信仰和思维的错位，学起来觉得枯燥无味，听不进去。尽管我已经加入了共产党组织，但当时很少接触到马列主义共产党方面的书籍。满脑子装的全是资本主义的理论体系。想的东西绝大部分还是国统区的那些内容。国民党的势力还不可小觑，但共产党的主张及信仰深得民心，加上办事的决心和毅力，只要想到二万五千里长征，就可见一斑。我坚信自己的选择正确。共产党一定可以一统天下，救民于水深火热之中。想到这里，我每天认真学习共产党的学说及马列理论，要好好向解放军战士学习。学习他们兢兢业业为劳苦大众服务，不谋私利，不畏牺牲的精神。我牢记入党誓词：拥护党的纲领，遵守党的章程，履行党员任务，执行党的决定，严守党的纪律，保守党的秘密……每天期盼着那位介绍人的出现。

六

解放军在 1949 年 4 月 21 日开始渡江，百万大军西起湖口，东至江阴，长达 500 余公里的江面上强行横渡长江，彻底摧毁了国民党的长江防线。4 月 23 日，解放了国民党十几年来的统治中心南京。5 月 14 日，解放军从武汉以东至武穴 100 余公里的江面上强渡长江。16 日、17 日解放华中重镇汉口、汉阳和武昌。

江南解放了，蒋家王朝已彻底摧毁。我欣喜若狂，感到一种前所未有的兴奋。

在一次同学宴会上我认识了陈庆梅，我俩一见如故。她是武汉人，汉口女子中学毕业，人长得漂亮，比我小十岁。

1955 年 5 月 22 日，我和陈庆梅带着我们的两个小孩，大的四岁，小的刚出生两个月，搭汽车，下午六点抵达荆州。次日早晨从沙市搭轮船，中午时分到达公安县城。从沙市到公安县城仅六十华里，坐了近四个小时。公安的码头很不理想，下船之后，到斗湖堤上一看，那就更不中看了。

1949 年 7 月 18 日，公安县解放，隶属湖北省荆州专员公署。1952 年 11 月，设置荆江县。县政府设在斗湖堤镇。1955 年 4 月，荆公合并，公安县人民政府驻斗湖堤镇，隶属荆州地方行政专员公署。"文化大革命"中行政机构曾一度改称革命委员会，但辖区及隶属一直未变。

我到公安县时，正是 1954 年荆江分洪不久，斗湖堤城区除了零星的砖瓦房屋外，85%的是茅草屋。

公安县位于湖北省南部边缘，长江中游的荆江南岸，面积 2257 平方公里，其中水域面积占 22.5%，境内十河交织，百湖棋布。东北与沙市市、江陵县隔江相望，东南与石首市接壤，西与松滋市为邻，南与湖南的安乡、澧县交界。县邮电局就设在县城内斗湖堤市区。

公安县斗湖堤镇是荆江分洪的安全区，1954 年蓄洪时，除原有安全区外，余皆一片汪洋。我们一家 1955 年调来时，很多地方水还未退尽，物质十分匮乏，市面萧条，垃圾成堆。病疫流行。除少数瓦屋外，全是茅庐草舍，上不遮雨，下积雨水，当地百姓习以为常。我们初来乍到，极不习惯。因此，牢骚满腹，恨不得马上离去。无奈只得忍气吞声混日子，庆梅经常劝我："要随遇而安，满足现实少烦恼！"她说得不无道理。所谓："人在屋檐下，谁敢不低头。"

随我同来的还有一位女同志叫付清霞，单身，毕业于江汉大学机电系。如若量才而用，应该安排她到机电科去，怎么安排她到业务部搞营业员呢？其中大有文章，究竟葫芦里卖的什么药？等会再作交代。

1956 年，我又调去担任报刊发行工作，薛传全与我共事。我搞报刊发行，收订工作。薛传全搞安全宣传，经常出差在外，家里仅我一人搞收订。那时还有"破月"订户，所以每到月底，因为要上报数字，时间性十分紧，一点也不能延误。经常加班加点。薛传全工作认真负责，生就一张爱说话的嘴，是一个好团支书。他同张畅、付局长是公安县邮电局的元勋，对公安邮局的报刊发行增订工作起到过十分积极的作用。

由于工作关系，我们相处甚笃。他的妻子唐善蓉是我们夫妻牵的红线。主要是庆梅的介绍。庆梅由于小孩拖累，没有参加工作，在他们的婚事上费了不少心。薛传全到我家吃喝闲谈，后来因我的历史问题，受到了牵连。

付清霞是一个共青团员。她和我同时调来公安县，纯属来监视我的。我被判刑改造之后，她便完成了监视任务，调回武汉电信局。正因为这样，她主动向我靠近，对我的遭遇表示同情，时常在我面前说一些落后话，引发我对时局的不满，说一些牢骚话。我一发牢骚，她便在一旁添油加醋，我丝毫没想到她在监视我，未有半点戒备之心。她将我的这些牢骚话记录下来，还整理成文，作为定我为极右的铁证。

1958 年 2 月的一天（农历正月初八），庆梅带着齐寅、齐宣、齐虎到武汉探亲去了，家里只有我一个人。外面突然间下大雨，街上行人都淋湿了衣裳。我准备雨停之后去单位上班。雨还在下，外面来了四个警察，他们穿着雨衣，手中拿着手铐。一进门二话没说，就拿出一张逮捕令在我眼前晃了一下，便将我的双手铐了。带到公安局审讯室，从此我失去了自由之身。

七

我的历史问题悬在空中，刚解放那几年，我一直期盼能查到我加入共产党的档案，期盼那个神秘人物的出现。向党组织反映了多次，均无回音。但还没把我当国民党看待，只是说我历史不清。谁知到了 55 年，组织上开始对我的话产生怀疑，并派专人监视我。我因为心里憋屈，时不时地说些怨气话，话中未免有对共产党的情绪。在 57 年春节后不久，毛泽东主席发表了《在宣传工作会议上的讲话》，广大知识分子人人欣喜若狂。按照"讲话"精神，各局各单位开展批评和自我批评。批评和自我批评是进行自我教育的有效措施之一。领导先带头搞自我批评，要求大家知无不言，言无不尽。还反复强调：批评和自我批评是提高政治思想水平的有力措施，有利于巩固人民民主专政和民主集中制，有利于社会主义革命和社会主义建设。

此会之后，大字报小字报开始满天飞。资产阶级"右派分子"这个专用称呼进入了中国历史。昨天广播员还在盛赞鸣放，传诵着莺歌燕舞。可一夜之后，则改口说在大鸣中有不少右派言论，语气中流露出肃杀之气。

街道上广播里放着的印度《拉兹之歌》突然间哑了，金嗓子周旋唱的《四季歌》也从广播中销声匿迹，仿佛在这易变的盛夏里短短几天，历史的火车头来了个一百八十度的急转弯。车上的知识分子惊慌失措，惶惶不可终日。

反右斗争的号角吹响了，知识分子的劫难降临。

2 月 4 日，我到邮局里去上班，令我万万没有想到的是，邮局的大厅里贴满了大字报。大字报的内容都是质问我的，甚至还有揭发我的反动言论，但有一多半是莫须有，完全是杜撰的不实之言。我被这突如其来的大字报特别是那些杜撰的故事所击倒。我惶恐得像个酒醉汉跌跌撞撞地走进办公室。没想到办公室里贴满了小字报，我无心去观看它。坐在椅子上，伏案沉思：我哪些地方做错了，我干了哪些反党反社会的事！为什么同事们要如此加害于我?!

第二天，小组会上，有人指着我的鼻子骂我，说我是"双料货""潜伏的美蒋特务"。勒令我老实交代。还提出一些刁钻古怪的挖空心思的事来拷问我，让我说不清楚。此时，我心如刀绞。我哪里是美蒋特务？如果不是死心塌地地相信共产党，我早就去了台湾。本来我加入共产党时间不是很长，但在思想上是做了较大斗争的。从1937年底开始，我就选定了共产党，觉得只有共产党才能救我们苦难的中国。世界观、价值观、历史观就在往共产党这方面转。老祝第一次找到我，我没有任何犹豫就满怀信心地、十分坚定地申请加入共产党。尽管每次为党组织做事传情报，都有高额风险，但我从不含糊，竭尽全力为党做事。还在加入党组织的前两年，得知蒋介石准备将新四军剿灭的消息后，我给友军八路军就发过电报。那一次被102师的秘书长发现，差一点杀头。入党之后，积极为党做事尽到了一个党员应尽的职责。心里早已做好了被敌人抓到受批受整受屈辱，甚至牺牲的思想准备。在审讯中，说我是美蒋特务。我心里在流血在呐喊！但我转过头来想老祝、小姑娘被敌人杀害，失去了生命，而我虽然被自己的同志伤害冤枉，但生命还在，这么一想，也就无所谓了。

虽然我无所谓，但审讯的同志不放过，硬说我的态度不好。经过近两个月的审讯之后，给我定性为极右，关进看守所。

在看守所里，又被犯人欺凌殴打。他们说我是国民党潜伏下来的美蒋特务，该打该揍。打得我遍体鳞伤，还不能作声喊冤枉。

在看守所的几个月里，是我一生中最难熬的日子。以前听朋友讲：戴笠之流整共产党比这残酷多了。这样一想一对比，我咬牙艰难地熬过三个多月。

可令我万万没有想到的是，其他人到了农场，只有极少数极右分子，大部分是国民党的特务。从看守所出来又转入到正规的牢房。

牢房一排排的对面街，每排大概有12间，每间有12平方米。里面关押着八个犯人。一个大通铺，离地三尺，有两个小铁窗，铁窗外面安有电网。门对面墙角下放有一粪桶，臭气逼人。被关押的人一律坐在这铺上。不准东张西望，不准讲话，要"小便"了，事先报告警卫。警卫回答"解"，才能"解"。规定说"报告警卫员小便"，有的人却把警卫员三字省略了，直接说"报告小便"。开始都没有往那方面想，后来被一警卫员听出了蹊跷，发了一通火，将那个人罚站了两个小时，以后要小便，必须全称。否则要罚站还会被打。

在牢房除了不准互相讲话外，站起时，还不准望窗户。有一天，我起来望了一下窗子，警卫员当时没有说我，但在开饭时对我讲："号子里有规定，不准望窗户，以后留意。"态度比较和气。原来是小陈，他来参军前在邮局里干过投递员，我们彼此谈得来。遇到他，今天之事也算关照。

牢房里这样规定大概有两个原因：一是怕犯人逃跑，二是怕犯人自杀（因为窗子是铁的，怕撞窗）。

我在牢房里蹲了几天，临时外出做小工三次。据说能出去干临时工，那就是天大的优差。怎么个优法：一是可以吃饱，二是可以给家里人捎口信，送些吃的来，三是可以透透新鲜空气，不嗅臭气。

在号子外做工，一天吃的食物是号子里三天的总和，在号子里我被提审过一次，我一句话也未说，反正是走过场做样子罢了。

九天之后，法院做出宣判：我被判五年有期徒刑，分到了江北农场，有几个同伴分到了沙洋农场。

出发那天，我们各自背着行李——床单被子及换洗衣服。经过大街，许多人的三亲六眷争先恐后地送东西。有的送酒肉，有的送香烟。庆梅带着三个孩子——老大齐寅8岁，齐宣4岁，齐虎才1岁，哭哭啼啼，一直送到江北。他们都用一种十分复杂的眼神望着我，眼神中充满了无奈、担忧和恐惧。

庆梅悲痛地流着泪，左手抱着齐虎，右手牵着齐宣，旁边跟着齐寅。看着他们四娘母，我的心彻底碎了，喷着鲜血。我艰难地向前行走着，想着他们四娘母以后怎么生活？走慢了，被警察大声呵斥着，推着上了小船。一上船，我就倒在船舱中。等我从船舱爬起来，船已离岸十多米。他们四娘母的身影已经在我的泪眼中变得越来越模糊。

我随着船离开了公安县，离开了他们四娘母。我丝毫没有为自己的处境考虑过。但我为他们四娘母今后的生活担忧。没有了我那点工资，没有了生活来源，他们四娘母该怎么生活？

晚上我躺在床上，回想着与庆梅第一次相识的情景：庆梅刚从高中女子学校毕业，风华正茂，花枝招展，长得十分出众，就像一群母鸡中的凤凰，高贵超凡。见了我还有些害羞。在同学们离开后，她留在我身边，像只小花猫，用一双充满风情的眼神望着我。亲切地喊我齐哥。从她口中得知她是汉口陈家大资本家的小女儿。由于家里逼她嫁给国民党一老军官去填房，当军官太太。她无奈之下，才离家出走，经熟人介绍来找我。了解我的近况后，还未等我表态，她便主动地要做我的媳妇。由于庆梅没地方去，当晚就留在我家里。说是家，实质上就我一个人。房子两室一厅，她说她就住在另一间房里。我一切随她的便。

我们相处近两个月，彼此觉得相处甚好。在报房站同事们的撮合下，结成了伉俪。过上了夫妻生活。从此与她的家庭永远地断绝了联系。

结婚不久，她便怀上了齐寅老大。我们一家三口，其乐融融，幸福无比。那里虽有战火侵扰，但我们一家十分幸运，家庭的幸福未受到什么侵害。现在想来，都觉得是那样的惬意。尽管几次为党组织传递情报是那样的恐惧惊魂，但每次情报传出后内心深处却又十分欣喜——为自己所追求的信仰做出了一点有利的事。庆梅看到我高兴，她也莫名地感到高兴。但做梦也没有想到，在她为我齐国林生了三个小孩之后，我却悲惨地无可奈何地丢下她和三个可怜的小孩！在这个举目无亲，四面楚歌的公安县。一个懦弱的女人，一个没有生计能力的女人，还带着三个小孩。我经常在梦中梦到她四娘母在一群野兽中爬行，饥肠辘辘，随时都有可能被野兽吃掉。庆梅一个伟大的母亲却在用生命保护着她的三个小孩。十分英勇地和野兽搏斗，奇迹般地打跑了野兽，迎来一群穷人的帮助。

一个多月后，庆梅带着齐宣和齐虎来看我。告诉我说齐寅在读小学，没有来。我问她怎样生活，她含着泪告诉我：她白天在蔬菜队种菜，晚上给人家织毛衣，生活勉强可以过。要我放心，好好改造，力争早日出狱！

庆梅走后，我躺在床上，半醒半梦的总能看到她坐在那张破床上，不停地在编织着毛衣，编织着心中的希望。哪怕织一件毛衣只能赚取三至五元钱，但却可以供一家四口过三到五天的生活。庆梅每天都通宵达旦地编织着毛衣。没有毛衣编织了，她就帮人家弹棉花，有时还帮人家代写书信。总之只要能赚钱的事，她都会努力地去干。为了三个孩子上学，除了编织毛衣，弹棉花，写书信外，还给人家绣花纳鞋底，做鞋子，还到医院卖过血。

我那可怜的妻子呀！一个资本家的大小姐，跟了我，遭这种罪，天理难容呀！我心疼，我愧疚，我无奈！抚养孩子、教育孩子应该是男人的事，我却把这副重担卸给了她——一位屡弱的女人。养活三个孩子，对于一个没有工作的家庭妇女来说，这怎么能够承担得起呀！但她用母爱和生命毅然决然地挑起了这副重担。

在养育三个孩子成长的漫长过程中，还没有人们想象的那样单一，在受到人们仇视的目光外，还要受到政治方面的影响——孩子读书因为父亲是美蒋特务在坐牢而不能升初中。为了儿子齐寅读书，她弯人求人说好话，把儿子送到乡镇初中。虽然增加了不少开销，但只要能让儿子读书，她觉得无论怎样付出都值得。儿子很争气，听话，爱学习，成绩优异。但在升高中时，闹起了"文化大革命"，被下放到农村去接受再教育。

老二是个姑娘，齐宣小学毕业了，升初中时，又遇到了同样的阻力。在县城上不了学，要读初中只能弯人托人找关系到附近的乡村学校去。老大是个男孩，但老二是个女生，离家远了庆梅不放心。只得带着老三到学校附近去租房子。老三在那里读小学，老二读初中。为了生存，她白天帮人家种地，晚上编织毛衣或弹棉花，或帮人代写书信，或绣花做鞋子。

三个孩子在庆梅拼命劳作精心呵护和教养下，十分健康地成长着。

八

小船将我们十二位犯人渡到了对岸的江北。步行经过马家寨、滩桥，到达江北农场总场集训。

集训期间，我就感到自己的人生完蛋了，这绝非苏东坡流放到儋州时对人生的绝望。他虽然是被流放，但他是自由的，可以吟诗作赋。可我彻底地失去了自由，处处都要受到限制。人到此时，才知"自由"的珍贵。

到了农场，那简直不是人生活的地方：八个人一盆水，洗脸洗脚就这一盆水。洗到最后就成了泥浆。开饭也是八个人一盆菜，哪里看得到一毫油水，地道的水煮盐拌。头一日，给我们接风，就是这样，以后的日子就可想而知了。要生存就必须适应环境，不然一时一刻都难熬呀！但我比其他犯人心态好，因为，我压根不是犯人。经常拿老祝和小姑娘相比，活着总比死了强！

我虽然不幸，但不幸之中又有侥幸。到农场不到一周，就被安排到剧团，凡爱好京剧的人都可以参加。我报了名，第二天就搬到了另一栋瓦房子里。京剧团分成两个剧组，一个京剧组，一个汉剧组。我被安排在京剧组。我的嗓子较好，以前就学唱过京剧。因此日子比较好过。组内有两个女犯人，能唱两句京剧，但没有演戏的经验。剧组让她们跑龙套。她们不干，领导说劳改单位，不允许讨价还价。她们只能忍气吞声，苦着脸跑龙套。此后，再没有人敢讨价还价，一切唯命是从。

总团安排：春节后先在总场演出，再下分场，再到公社大队。戏码暂定六个：1. 凤还巢，2. 拾玉镯，3. 坐宫，4. 空城计，5. 捉放宿店，6. 五家坡。由赵宗亭担任教师，着手排练。

赵宗亭是沙市京剧团的台柱，肚子里的戏不少，科班出身。他到江北也是来劳动教养的。虽然满腹怨气，但排练戏时，他都十分认真负责。每一个动作都要求得十分严格。一点不到位就会重来，直到过关，他才会露出笑脸。

空城计和坐宫由我担任主角。我对赵老师十分敬重。虽然这两个戏我非常熟练，但仍旧遇事请教。赵老师对我的表现十分满意。

数九寒冬，北风呼呼。天气冷得人够呛，看到在农田里劳作的人们，我们这帮"戏子"都十分庆幸。感谢总场成立了京剧团，因此都格外努力，每一个演员都十分地尽责。赵老师评价，我们剧团的节目比沙市京剧团的质量还高。听了赵老师的肯定，大家十分高兴。

后来听外面的人讲，三年自然灾害，老百姓连一粒米都没有，日子长达三年之久，靠挖野草吃草根树皮度日。庆梅来看我，我问她，她告诉我，她们娘四，差不多四个月未吃过米饭粥，吃苕吃萝卜，吃各种野菜，后来还吃过草根树皮。老三就差一点饿死。还是邻居的五婶给端来一碗米粥，才让老三活了过来。这样一对比，我在劳改队真是幸运，就是在最艰难的时候，每人每天都还有近一斤米。

我反复地在思考着一个问题，共产党的政策确实好，对我们这些犯人照顾得周到。在全国人民都没有饭吃的情况下，犯人们还有饭吃，这是哪一个国家也难以做到的事。苏联在二次世界大战后期，将大批量的俘虏犯人杀了。未被杀的犯人开到西伯利亚去干劳工，由于天气寒冷，生活条件极差，绝大部分犯人均死掉了。十几万人能存活下来的少之又少。我代表犯人们要感谢共产党，我当时选择加入共产党应该是极为明智的，尽管失联，还被误定为美蒋特务分子，但我亲身感受到了共产党对改造劳改人员以及反革命为普通公民的良苦用心。

我不再幻想党组织能找到有关我加入共产党组织的档案和资料，也不把离开江北农场的通知放在心上。现在虽然还和普通劳改犯一样，但就业已有报酬，每月能挣到二十五元至三十元工资，比一个刚参加工作的年轻人工资还高。我可以为养活我的子女尽一份应尽的责任了。庆梅脸上终于有了笑容，这让我高兴。

我们天天排戏，早上吊嗓白天练功。日子过得真快，倏忽之间春节都将到来，排练更加紧张。

总场春节三天彩排，演出时人山人海，大门都挤破。犯人不许进场。演出效果不错，群众反映甚佳。说实话，农场的老百姓欣赏水平不高，领导要求我们不惶腔走调，就可以凑合。但赵老师却不这样认为，要求我们对每一个唱腔，每一个动作都必须达到完美的高水平。因此对每个演员都提出极高的要求。

总场演出结束后，组内开总结会。把经验写成材料以利再战。赵老师说："这次演出总的方面是好的，时间短，能收到这样好的效果已经很不错了。老齐吃了亏，他的唱没得说，将行腔、咬字、喷口都算得上一流。一个票友能走到这一步，不下一番功夫是不能达到这种水准的。至于身段还不是那么炉火纯青，这是难免的，毕竟不是专业演员。"

我的表现得到了赵老师的高度肯定，在剧组成了重量级的人物。

农历正月初四，接到通知，要我们到分场去演出。先去三分场演三场。

三分场都是刑满就业人员。有的人把妻儿老小也接来了。农场领导对于带家属来，是十分欢迎的。这是领导一再提倡的以场为家，就业人员按劳取酬，多劳多得。他们的心情都十分爽快。

当天中午我们团三部马车将戏箱、布景装上车，向三分场出发。晚上开演，我的空城计压大轴。头一晚，演出效果不错。第二天加演几场招待群众。大队领导还给剧团送来几条纸烟。晚场我负责坐宫。演出途中，受到了老百姓的多次喝彩。三分场就业人员中内行不少。干部也对我们的演出作出了高度评价。外地演出，一切开支均由分场支付。三分场又是杀猪，又是捕鱼，招待我们。这是我们到农场以来吃的最好的饭菜。我们的心情十分爽朗，甚至十分兴奋。

第三天去二分场给就业人员演了两场，四分场也添了两场。有一场是单纯给犯人看的。在演出阶段，我们的生活都有肉鱼蛋。虽然连续演出比较累，但群众喜欢看，对我们评价高，我们个个均感快乐，一点也不觉得累。

我在剧团算是主要演员，生活上给予特殊照顾。平时吃小厨房，每月发香烟四包，两元零花钱。我拿到钱时，就很自然地想到了庆梅她四娘母，把钱积攒起来，等她来看我时给她。

各分场演出完后，又到公社（滩桥）大队演出了四场，将近二十天才回总场。

三年的自然灾害，我们的生活水平下降，一天只有 15 两米（16 两一斤）。本来平时劳改队的油水就不足，每天两顿饭本来就吃不饱。几个月下来，身体就垮下来了。消瘦得骨瘦如柴，全身没有一点力气，连走路也拖不动脚。医生说我有生命危险。领导将我送到疗养院去休养。一个多月，才赶走了病魔，身体才慢慢地好起来。感谢领导的关照，总算将这条命从死亡线上捡了回来。

1962 年蒋介石扬言要反攻大陆。江北农场接到上级命令，要把所有原国民党少校以上军官全部集中在一分场一队，随时准备送往西伯利亚镇压。当时我们根本不知道，还以为把我们集中一起可能另行优待，真是太幼稚了。

1963 年，我五年刑期已满，因为蒋介石反攻大陆之原因，我被留场就业，和未满刑人员一样劳动学习，一日三餐。一年多过去了，蒋介石未反攻大陆，我们才得以保全。

一分场一队在离沙市三十公里的"红桥"，距总场三里，与滩桥距离十里。大部分是旱田，劳动强度比剧团高多了。由于这里是清一色的反革命分子，是管制改造的重点对象，管制得比其他分场严格。劳动时间长，在农忙季节，还要加班加点，有时甚至通宵达旦。有干部说："为什么要吝惜犯人的力气呢？劳其筋骨乃是革心洗面的需要。而且只有让他们累得筋疲力尽，我们在管理上才省心——"

由于这些干部存心想为难犯人，犯人们在劫难逃。我本已刑满，但无人通知我，我只能和其他犯人一起继续当犯人。有几次我鼓足勇气去问管教干部，他们却说，"我们未接到上面的通知，你就别回了，在这里好好地干，来了通知是会通知你的。"这之后，我一直等着通知。

集中到一分场之后，首先就是盖房子——茅草房。做茅草房比较简单，泥巴加草一和，就有了砌墙的原料。我被安排去和泥巴，也就是用脚踩泥巴。黄土和黄沙满满地堆垒起来，泼上水，踩泥的人跳进去。跳进去前先挽起裤腿，打赤脚。到泥水中踩来踩去——这可不是平常的走路，没有那样轻松。泥沙加上水搅和，再用脚踩，慢慢地就变得又黏又稠。又黏又稠之后物理性能就极大地显示出来。脚踏上去之后，要拔出来，就要付出一定的力气。不断地这样踏进去拔出来，这样一天又一天地踩，人变得疲惫不堪。有时动作慢了，会被翻泥的人搞得一身稀泥。这看似轻松，实则受罪。一周下来，我病倒了。在寝室休息了两天。和我做同样事的人和我一样，双腿疼痛难忍。

现在回想起来，我现在已过古稀之年，身体很强健，精神状况也很好，还得于踩泥这种劳动。踩泥一天，相当于走一百公里的山路，真是锻炼腿部肌肉的一个好方法。难怪少年寺的和尚学武之前要先去种地挑水劈柴。这样做，一是训练心境，将浮躁之气消掉；二是锻炼身体，让体能有个循序渐进的提高过程，否则在练武中身体会吃不消。

艰苦的劳动并不能转变人的心智，更不能毁灭人生存的信心。倒是心灵的创伤将会摧垮自我。我不能超脱物我两境，达到物我两亡的境界。好几年的苦刑，判时轻松，熬却艰难。什么叫度日如年？应该只有坐过牢的人才会体会得真切深刻。更何况我还是冤狱！

漫漫长夜紧连着漫漫白昼，真时肝肠寸断。生活变成了对时间的苦挨苦磨，没有了追求，也失去了欲望。还有什么大的抱负？十小时沉重的劳动，三顿饭加上浑身上下无处不酸痛的一觉，这就是我生活的全部内容和意义了。

时间长了，我也像其他劳改犯一样，听到开饭的钟声，就狼奔豕突地跑向食堂。捧起一钵饭，双眼怒张，喉结抖动，狼吞虎咽，风卷残云般地吃光了钵子里满满的饭菜。尽管饭菜质量比较低劣，但仍然吃得香甜可口，吃完后，快活极了。

有一天，下大雨，通往食堂的小路上泥泞不堪。我一不小心摔了一跤。把一钵饭全泼在了泥路上。那正是三年自然灾害期，米饭比金子还贵重，五两米饭掺杂着蔬菜，一人一份。泼了，就不可以补上。本身每餐五两米饭，就填不饱饥饿的肚腹，如果一餐不吃，一定会饿得够呛。于是我跑到厨房拿来一个箕箕，将泥污中的米饭捧起来，放到箕箕中，到池塘里淘洗。淘洗后，放进锅里去炒，放了点盐，硬把它吃进肚里。吃进去之后，我自我调侃：齐国林啦齐国林，你怎么沦落到了今天这个地步！你前世是否做了什么缺德事呀！？

尽管我服刑期已满，但仍然过着犯人的生活，只是比犯人多了一项收入。每个月可以拿到二十五至三十元的工资。其他的与犯人完全一样。后来听说，蒋介石欲反攻大陆一直贼心不死，共产党对我们这些国民党的残余势力就一天不会放松。原来，这就是我继续围于劳改农场的原因。

时间转瞬间到了 1967 年 6 月，天气开始热起来。我干完劳动，回到寝室，听到同室的几位在讲学校里因为"文化大革命"，已经停课，还听说初中生高中学要到乡下去接受贫下中农的再教育。此话听说没多久，我们便新增了一门课：白天劳动，晚上学习"老三篇"，背诵毛主席语录。后来，管我们的干部被一伙戴着红袖章的红卫兵押到台上批斗、挨打。白天一群戴着红袖章的红卫兵押着几位干部在街上游街。打鼓敲锣，好不热闹。又过了几天，居然将大干部拉到大街上戴高帽子游行，还高喊口号。戴高帽子的干部胸前还挂着块黑牌子。干部们搞得狼狈极了。

我当时在想，怎么这些干部一下子犯了什么错误？比我老齐还冤屈。我还没被打没戴过高帽子、挂过黑牌子呀！但就在我为干部们鸣不平时，有人说我看《红楼梦》小说。我被红卫兵抓到了审讯室。我交代我是看了书，但我根本没有偷看《红楼梦》。那里哪有什么《红楼梦》？他们翻遍了寝室，找出了一本连环画。上面有四大名著的内容。红卫兵拿走了连环画，未说什么，就离开了。

我在审讯室写完交代，便到了寝室，吃过晚餐。小组开批判会。我在会上做了比较深刻的检讨。小组长姓刘，据说在国民党部队里当过团长。毕业于黄埔军校第6期。长得人高马大，平时一脸正气，对农活也很熟悉在行颇得干部信任。每年年终总结，他不是有奖金，就是记大功。

刘组长在小组会上一本正经地说："小组里出现了阶级斗争新动向。"居然有人敢传阅庸俗小说《红楼梦》，宣扬资产阶级情调，崇拜才子佳人，想愚弄人民，梦想变天复辟，利用资产阶级的情调，腐蚀人民，企图摧毁无产阶级专政。要我彻底交代思想动机和企图。我听了他的发言之后，只觉得肉麻无耻。一本连环画，画中有《红楼梦》的人物画，仅此而已。勒令我交出《红楼梦》。我只得将那本连环画的来历做了比较详尽地交代：一次出去给人做零工时，一个小朋友送给我的。我答应下次出来，便还给他。连环画拿走时，我强调组织上审查后，必须还给我，我不得失信于小孩。

后来，天天开批判会，学毛主席的《老三篇》和八万八，后来小组会上未再追究此事。

人哪，不同观念，就有不同的立场。看小说本不是什么大事，刘组长却要小题大做，还捕风捉影。那年头农场里的政治笑话并不少，《红楼梦》事件只是冰山一角。

我在劳改农场，庆梅每次来总要讲一些外面的事情，说到处是红卫兵，干部们轮流受到批斗、挨打。工厂里停了产，工人们也有不少人加入了红卫兵的队伍。这些红卫兵在一起还相互殴打，农村里的一些学生回乡戴着红卫兵的袖装，横冲直撞反封资修、破四旧，将家家户户的菩萨像砸了，寺院的菩萨也砸了。农民们不搞生产，不种地，搞在一起斗狠。她边讲边担忧，怕又会和1959年、1960年一样，没有饭吃，饿肚子。

庆梅走后，我一直在想，怎么又回到了反右时期呢。听她讲的情形，应该比反右斗争还有过之。

"文化大革命"应了祸福相倚的古训。我在"反右"时倒了霉，上了当，吃了亏。这场"文化大革命"从开始，我们就在"世外桃源"，除了多听几次报告，多看些文件，大字报和游行的热闹，没有别的事。我们依然插秧割麦子。但是，当我看到劳改单位的某些老干部被批斗被殴打的情形时，特别是听说中央的一些高级干部被批斗时，禁不住心中发凉。"文化大革命"将一些老革命老干部都弄得如此下场，那就一定比1957年的反右症候大多了。相比之下，我倒庆幸当农民的生涯了。

中国近百年来沦为半殖民地国家，受尽了外国人的欺凌。多少能人智士寻找强国之道。孙中山历尽千辛万苦，推翻了帝制，提倡的是三民主义，建立民国。民国还没有统一中国。蒋介石又搞独裁，丢掉了三民主义。日本人侵犯中国，中国人受尽凌辱。共产党倡议全国人民团结起来，抵抗日寇。逼迫蒋介石停止内战，与共产党联手抗日。日本鬼子被赶走，国民党共产党谈判失败，内战四年，老百姓深受其害。共产党统一了天下，中国人民盼望的好日子来了。但未过几天，反右开始，将一批知识分子划为另类。又遇到三年自然灾害，老百姓饥饿难耐，还饿死了不少人。刚好几年，又搞起了"文化大革命"。表面上看是反腐倡廉，而实则是在窝里斗。有哲人说：前进的道路是曲折的。我就在想，为什么要人为的搞一些曲折呢？

世界上没有一个国家有中国这样悠久的历史，这样灿烂的过去，这样一脉相承的文化。而且这种文化曾经两次达到高度的文明——唐朝贞观之治和康乾盛世。我们这个民族只要不窝里斗，就会立于世界强国之首。但中国人喜欢窝里斗。凡是整中国人整得最厉害的从来就不是外国人。日本人坏，欺凌中国人，都是汉奸的主意。没有汉奸，外国人根本不是中国人的对手。

我之所以选择共产党，因为共产党中的汉奸少，有正气，不卖国，真心实意地抗日，一心一意为老百姓办事。我才下决心加入共产党，为共产党做事，成为共产党中的一员。但我万万没有想到，我的上线牺牲，入党介绍人失联，找不到我加入共产党的依据，我只能徘徊于共产党的大门之外。尽管我的心在共产党中，但我的历史却还是国民党。这些年，我蹲在监狱里，感觉到了我们这个民族的劣根性——窝里斗。我们党的教育要重点抓，防止窝里斗。从幼儿园开始，一直抓到博士后。这种教育要像医生治病一样，对症处方。中国人不搞窝里斗了。我们的国家民族就一定会强盛于所有国家。我们的文化本来就是多元化的，从春秋战国时期就是百花齐放。那时有三教九流。但到了东汉就被儒家所控制。政府还做了规定：要一脉相承。学生发言、辩论、写文章都不得超出老师所教的范围，这叫"师承"。如果超出师承，不但学说不能成立，而且还违反了法律，要受惩治。这样之后，中国知识分子的想象力思考力就限制到了一个瓶颈中。历朝历代搞科举，也是搞的这一套，文章从内容到形式，都是固定的，不得有革新。我们国家一百多年没有出一个科学家，就是这种"师承"思想的影响。比如"地心说"，历朝历代都有知识分子摇头，但不敢提出来，不敢反对。提出来反对就要招惹是非，背大逆不道之罪名。

而今的右派分子，大部分都是有创新精神的，他们不是从骨子里反党，只是说了一些非原则性的建议和想法，就被戴上了右派分子帽子，成了坏五类。这建议和想法还是在干部的诱导下讲的。用毛主席的话开导大家："知无不言，言无不尽，言者无罪"，要大家敞开心扉来讲，还强调这种批评和自我批评有利于提高彼此的思想觉悟，有利于巩固人民民主专政，有利于民主集中制，有利于社会主义革命和社会主义建设，还有利于团结等等，好处多多。大家说了一些心里话，实实在在为单位好的话，为社会好的话，但被扣上了一顶终生难以取掉的紧箍咒，还被抓去劳改。

尽管共产党不承认我是共产党，但我一直把自己当作共产党。在劳改队里自己一直努力地按一个共产党员的标准严格要求自己。从不说没有党性的话，经常给队友们疏通思想。力争做一个新时代的地下工作者地下党员。默默地为党做一些力所能及的事。在劳改队上 21 年，我这个新时代的地下党员无时无刻不在为党做犯人的改造工作。尽管他们一个个先我刑满出狱，但我对他们的教育应该是刻骨铭心的。彻底从他们内心深处抹去了敌对思想及怨恨情绪。我是一名中共党员，我自豪，我骄傲。

九

在劳改队待了 21 年，终于迎来春暖花开，雾薄云开的日子。

这一天是我终生难忘的日子：劳改总场的党委书记和北京来了一位干部，在分场场长的办公室里接见了我。对我郑重宣布：齐国林同志是我党的一名地下党员。由于上线祝秉义同志的牺牲，与党组织失去联系，其中陈中云入党介绍人也被国民党杀害，在原有的档案中，没有找到档案及相关资料，让齐国林同志蒙冤受屈几十年。这次在清查地下党员的过程中，从陈中云同志留下的笔记本中找到了关于齐国林同志入党的事实……

第二天，总场党委书记为我召开了党员大会，在大会上为我昭雪平反。我在会上也对党组织对自己的关怀作了感谢的发言。

一周之内，我被党委书记用小吉普送回公安县邮电局。邮电局的领导为我接风洗尘，开职工大会。在大会上为我平反昭雪，并恢复我的党籍及工作籍，还补发了 21 年的工资，按每年 720 元的标准补给我 15120 元。我与庆梅商量，拿出 1 万元补交了 20 多年来的党费。

由于我年岁已高，从劳改农场回家，已过 65 岁。超出了正常为党工作的年岁。但我身体状况尚好，还可以做一些力所能及的事。党给我的工资比一般职工高出许多。从 48 岁开始算工龄。1979 年出狱时的工资就是 80 多元。20 世纪 90 年代涨到了 800 多元，几乎是同龄人的两倍。和老伴商量，将工资的一半用来扶贫。农村有些孤寡老人需要关爱资助。年底以政府的名义送温暖给他们，让他们感受到党和政府的关爱。

我觉得我的余生应该这样度过：我生是党的人，死也是党的鬼。必须为党奋斗终生。虽然老了，没有了具体的工作任务，但应该主动去做一些党和政府顾及不上的事情：比如访贫问苦，比如揭发贪腐分子，比如调解干群矛盾等，总之，要做的事情很多。

与你共品：

这篇小说具有"自叙传"色彩，以主人公"我"的生活经历作为叙述线索。真切地描述了那个年代的生活情境，有层次、也细致的表现了"我"的思想情感变化。中国革命是一个伟大的历史事件，它让人民从压迫下得到真正的解放，它为社会主义事业发展奠定了基础。但有千千万万的人为此付出了自己的青春，甚至是生命。每一个被记录下的历史事件，都不是简单的花开花落，而是也蕴含着复杂的因果和曲折的过程。《双面人物》不仅是一部革命年代的经典小说，更是一段历史的载体，一根连接过去与未来的纽带，它让我们从更细微处了解当时的社会生活、感受特殊的地域文化、走进那个时代的人的内心世界，从而更加体会到如今幸福生活来之不易。

（喻道军老师）

（此文发表在香港《文学月报》2023 年第 1 期）

她十分担心儿子会遗传他老子的劣根：他老子为了达到目的，不择手段，甚至可以认贼作父，将妻送人，做一些伤天害理的事。她想从小教儿子明辨是非，有正义感，光明正大的做一个利于国家和人民的人，这是历史赋予她的神圣使命。儿子目前还听话，她对改造儿子培养儿子树立正确的人生观充满信心，虽然她根本不知道什么是人生观，但她心里明白，什么事可做，什么事不可做，她要教育儿子做自己该做的事，不做损人利己有损国家和人民的事。关明成虽说年纪不大，但十分懂事，继母的教诲他句句记在心里。他心里知道父亲亲近日本人，给日本人做事，就是汉奸行为，他不会像父亲。他知道继母怕他像父亲那样而忧心，他向继母表态发誓：自己决不像父亲，不当汉奸，不做损人利己的事。

裂变基因

一

王中明平时非常痛恨现任保长张可贵，多次想暗算张可贵，到乡公所去告过几次阴状，均因证据不足，乡长未加理睬。后又想法在张可贵的猪饲料中下毒，毒死了张可贵的三头猪，还有一条高大威猛的看家狗，心中才舒了一口气，和缓了几年。

前些天听说武汉沦陷，日本人已到江州城，过不了多久就会到大泽乡来。这是王中明期盼已久的喜讯。他要借日本人之手扳倒张可贵，再踩上一脚，让他永世不得翻身。并对身边四岁多的儿子说："成成，你给老子记住，张可贵使阴招，夺走了你爷爷的保长之位，搞得我们王家脸面尽失，我们一定要将保长这把交椅夺回来。"

　　四岁儿子有点莫名其妙，望着父亲，"啊啊"两下，便离开父亲，跑到几个小伙伴那边去了。

　　他一个人呆呆地坐在堂屋的圈椅中，这把圈椅是父亲当保长时的宝座。如今父亲已走两年，在的话年纪还不到五十五岁，都是张可贵，将父亲活活给气死了。此仇不报，势不为人！

　　日本人进村的那天，天气突然变冷，北风呼呼，像群狼般嚎叫不已。村里人惶惶不可终日，躲在家里不敢出来。唯有王中明像个幽灵，跑到村口，举着自制的小太阳旗，在凛冽的北风里欢迎日本人的光临。

　　从早上八点一直等到下午五点，刺骨的北风差点没将他冻成冰棍。他哈了口热气，跺着脚，举着小太阳旗，丝毫不敢有半点怠慢，连午饭也不敢回家吃，妻子给他送了饭菜，他都不敢吃，怕吃着吃着日本人就来了，那不就前功尽弃了！第一次与皇军日本人见面，一定不能有半点疏忽，一定得给日本人一个好印象。

　　正在期盼着，突然由远及近地传来了皮鞋的"踏踏"声，他立刻将身子挺直，把日本旗举过头顶。

　　日本兵大约有十来个，一字形地走过来了。他急忙双腿跪在路上，大声地喊："欢迎皇军，欢迎皇军！……"

　　日本兵从他身边走过去了。他大失所望地从地上爬起来，还没站稳，后面来了两位未背枪挎着战刀的军官，他便再次双腿跪下去，高声喊："欢迎皇军，欢迎皇军！"

　　两个军官中有一人用中国话对他说："带皇军到你家去！"

　　他像条温顺的狗，摇头摆尾地将两位军官带回了家。到家后，那军官说有十人要在他家吃饭。他兴奋不已，将家里两个生蛋的母鸡捉来杀了，让妻子去弄；自己提着手网到池塘里去打鱼。天已黑，他凭着记忆往池塘里撒网。两网下去，就打到了两条三四斤重的鲩鱼回来。四岁多的儿子在帮助母亲往灶里添柴，用好奇的眼神望着妈妈说："这两个穿军服的人是我们家里的亲戚吗？"

　　妈妈说："不是的，他们是日本人，是你爸的好朋友。"

　　"把下蛋的两只母鸡都杀了，以后，我想吃蛋怎么办？"儿子噘起了小嘴。

妈妈对儿子说:"母鸡杀了可以再养,朋友得罪了,以后就买不到了。"

儿子好像听懂了妈妈的话,自言自语地说:"朋友比母鸡重要,朋友比我重要!"

全家人忙了半天,好大一桌子菜呈现在日本人面前,会说中国话的官员说:"好样的,中国人,皇军会大大地嘉奖你们的!"

王中明拿出珍藏多年的美酒,让皇军品尝,他们一边吃,一边喝,哇哇地说着话。王中明在一旁饿着肚子陪着。妻子和儿子在厨房烧水,儿子想吃鸡和鱼,但只能闻闻香气,却连一滴汤也尝不到。

皇军吃喝完了,连两个火锅里的汤都喝得干干净净。儿子只能在厨房里吃光饭。王中明还是早上吃了的,此时饥饿难耐,但还是打肿脸充胖子,强忍着给皇军斟茶递烟。

军官将另外八个皇军打发走了,家里只剩两个军官。会说中国话的军官要他将儿子带到堂屋来。军官大佐跑到厨房用一双淫邪的目光望着他妻子笑,他妻子有些害怕,低着头只管洗碗。军官从她身后一把抱着她,她大喊一声,那军官才松开手。那个会说中国话的军官可能是个翻译,他对王中明说:"今晚你和你儿子到另一间房间里睡,你妻子要陪大佐阁下睡觉。"

王中明十分惊愕地说:"那不行啦!求你们饶了我妻子吧!我可以帮大佐去找年轻漂亮的!"

"陪皇军大佐睡觉,那是你妻子的福气,你不识抬举,老子一刀劈了你!"说完抽出月亮刀来。王中明吓得魂不在身,急忙从房间出来,对大佐点头微笑,从厨房里拉着儿子的手,对儿子说:"爸爸今晚陪你睡觉!"

他妻子含着泪水,无助地望着王中明,坐在椅子上,眼里满是恐惧,浑身在发抖。

儿子一听,今晚不能和妈妈一起睡觉,便说:"不和你睡,你喜欢打鼾,像头猪,我不和你睡,要和妈妈睡。"

"儿子听话,妈今晚有事,不能陪你睡觉!"

"妈有事,我陪妈去。不和你睡觉!"

"成成,爸带你去街上玩,好吗?"

儿子一听到街上去玩,便拉着他爸的手。王中明从房间里拿出一条毯子,带着儿子出了门。

俩父子向一片树林走去，告诉儿子，走过这片树林就可看到街道了。儿子半信半疑地跟着他走进了树林。树林里风小，比林外面暖和一些。

树林一大片，天早已黑了多时，还没有走出去，儿子便困了。双眼打着架，他将儿子抱起来，靠在一棵大树坐下来，用毯子将儿子和自己包裹起来。

第二天，太阳从东方升起来，红红的灿烂夺目，风走了，寒冷还在。他俩父子才从树林返回家中。

皇军走了，妻子头发凌乱地坐在椅子上像个木偶，望着他和儿子流着泪。儿子走近妈妈身边："妈，你怎么啦！"说着用他那双稚嫩的小手帮妈妈梳理着乱麻般的头发。

王中明十分后悔，他不知道日本人这么没有良心。热情地接待他们，给他们好菜好酒，让他们好吃好喝，可他们吃了喝了，还要同妻子睡觉。动不动就要杀人，真不是个好东西！在他们身上花了大本钱，目的只有一个：那就是给父亲报仇，借这些坏东西的手将张可贵杀掉，不然亏大了。

这两天身体冻很了，在北风头上吹了一整天，骨子里像灌了铅似的沉重还伤痛。昨天早上吃了个馒头喝了一碗稀饭，直到这时还没有进一口食，肚子早就在抗议，可现在还在静坐。妻子被那畜生糟蹋得快成精神病。他用极其心疼的眼神瞧着面无表情的妻子，之后，走向厨房，弄起了早餐。

妻子在他近一周的安抚下，逐步恢复正常。怪他鬼迷心窍，主动去招惹这帮畜生。"中明啊，我们搬家吧，搬到我娘家去，不然鬼子还会来找麻烦的，你和儿子有性命之忧啊！"

王中明说："不把张可贵扳倒，老子哪里都不去，你已经迈出了第一步，还怕他来找麻烦？明天我就去找皇军大佐，为父亲报仇！"

妻子劝他，"不就一个区区保长吗？那怎么能怪人家。公爹几件事都做得欠考虑，失去了民心，丢掉保长本是情理之中的事。再说不当保长有什么损失呢？一年能攒几个钱？还麻烦事一堆。你想想，你爹当保长的几年，我们家的日子过得怎样？只是个虚面子。真是死要面子活受罪。你听我的，就别去招惹那帮狗东西了！"

无论妻子怎样劝，他就是听不进去。

第二天，天气十分寒冷，下着雪，落在地上像小球蛋一般蹦跳着，发出嗞喳喳的响声。王中明冒着球蛋踏着冰雪，一步一步地向乡公所日本军部走去。

在乡公所的大门口被日本兵拦在门外。他说："我要见皇军大佐，有重要情报——"日本兵搜遍他全身才让他进去。进去后，他见到大佐。大佐没有用正眼看他。他高声地说保长张可贵是个共产党。那个会说中国话的日本翻译，连忙将他带进里屋办公室。他一边往办公室里走，一边继续揭发张可贵的儿子是共产党的连长。

他的话还没有说完，大佐便怒火中烧，马上派人去缉拿张可贵。

不到一根烟的功夫，张可贵被抓来了。王中明还当面指证他是共产党。张可贵不承认，正在解释。王中明指证他儿子在共产党军队里当连长。张可贵无话可说，当场被杀害。

张可贵被杀之后，大佐将张可贵的保长之职给了王中明。从此王中明给日本人办事更加努力了。揭发对日本人有抵触情绪的老百姓和一批共产党，好多同志被日本人抓起来严刑拷打，有的当了汉奸，有的被杀了头。王中明知道共产党和许多老百姓都想杀他，他躲在乡公所日本大本营中，给日本人出谋献策，把自己妻子带去见大佐，要求大佐安排她和儿子住在乡公所里。

大佐十分喜欢他妻子，要求他不要再来找他妻子，他只好连连点头。

过了几天，大佐又将他招来，勒令他将他儿子带走，不要影响他俩的"夫妻关系"。

王中明只能忍痛割爱不敢有半句怨言，只得将儿子带出乡公所。他带着四岁的儿子，去找情人关芳照看。关芳是他小学的同学，从小一块长大，可以算得上是青梅竹马。关芳本来是要同他结婚的，由于王中明父亲反对，嫌关芳家里穷，地位低，门不当户不对，硬是将他俩拆开。关家为此搬出了大泽乡，来到了横堤镇。但关芳心里想着他，不肯嫁人，这下好了，他把妻子送给了大佐山本一郎，他可以名正言顺地和关芳一起生活了。

两年多后在儿子刚上小学不久，关芳见王中明好久没有回家，知道王中明坏事做多了，一定被人所害。她带他儿子逃离了大泽乡，回到自己的娘家横堤乡。

王中明这个大汉奸死了，不知是共产党所为还是国民党军统所干？那是1944年的9月，王中明被杀，日本人像瞎了一只眼，聋了一只耳朵，对抗日民众，特别是共产党的地下组织失去了精准地判断，被共产党游击队打得晕头转向，不知东西。不到一年，几次受到新四军的沉重打击，大泽乡的鬼子不得不离开大泽乡。

070　　王中明的妻子给山本一郎生了个儿子，山本一郎在儿子一岁多后便送回日本。1945年8月15日日本投降。大佐成了战俘，他妻子自缢而亡。

二

关芳搬回了横堤乡，她手中有王中明留下的金条、银圆和钞票，不出意外，可供她母子俩生活一辈子。她将金银财宝埋在房屋外面，过着十分贫寒的生活。谁也不知道她手中有钱。

为了不让儿子和王中明扯上关系，她将儿子改姓关，叫关明成。在日本人投降后，清理汉奸，她和儿子均没有受到牵连。儿子在乡公所私立小学上学，成绩一直不错。她十分担心儿子会遗传他老子的劣根：他老子为了达到目的，不择手段，甚至可以认贼作父，将妻送人，做一些伤天害理的事。她想从小教儿子明辨是非，有正义感，光明正大的做一个利于国家和人民的人，这是历史赋予她的神圣使命。儿子目前还听话，她对改造儿子培养儿子树立正确的人生观充满信心，虽然她根本不知道什么是人生观，但她心里明白，什么事可做，什么事不可做，她要教育儿子做自己该做的事，不做损人利己有损国家和人民的事。关明成虽说年纪不大，但十分懂事，继母的教诲他句句记在心里。他心里知道父亲亲近日本人，给日本人做事，就是汉奸行为，他不会像父亲。他知道继母怕他像父亲那样而忧心，他向继母表态发誓：自己决不像父亲，不当汉奸，不做损人利己的事。

关芳听了儿子的话后，十分欣慰，认为自己的付出值得。

儿子关明成从小虽然聪明过人，但十分喜欢抓别人的小辫子，特别喜欢记仇，这一点跟他父亲真是一脉相承。但他无法改变他——本性难移呀！

关明成决心听继母的话，好好学习，长大后为国家为社会作贡献。他十分痛恨日本人，认为父母均是日本人给害死的。

在国共两党争夺天下的岁月里，整天炮火掀天，老百姓朝不保夕，每天提心吊胆，惶惶不可终日。关芳带着几岁的儿子，逃到北京舅舅家里，让儿子去上小学。在那里比较安全地生活了八个月，听说横堤乡已解放，她带着儿子不远万里回到了家乡。

回到家乡的第一件事，就是把儿子读书的学校落实好，按常规儿子要上初中了，她到乡初中学校给儿子去报名，通过考试，儿子很顺利地以优异的成绩考上了乡村中学，在中学里，他的成绩一直名列前茅。

抗美援朝初期，关芳在县妇联工作。她捐出了一根金条，并鼓励儿子听学校老师的话，参加了抗美援朝的宣传队伍，为保国卫家作出应有的贡献。儿子关明成表现积极，受到学校老师的表扬。

读完初中要上高中了，高中要到市里就读，他必须在学校里住宿。关芳有些不放心，想跟着去。和儿子商量，儿子劝她："妈，我已经长大了，今年都16岁了，还要您照顾？您就放心吧！放假我就回来看望您。您就在家多多保重身体！"

听儿子这么说，她没有再坚持，因为她还有县妇联的工作，走不开身，但心里有些不踏实，怕儿子离开她时间长了变坏。

儿子到了市高中学校，成绩还是名列前茅。关明成信心百倍，发誓一定要考上一所重点大学，回报继母这么多年对自己的关爱与付出。

关芳也经常去看望儿子，儿子的成绩依然翘楚全校。三年高中毕业，他考上北京师范大学。关芳心里十分高兴，觉得自己这么多年的付出有了回报。

关明成到了大学，学习十分刻苦，各科成绩均十分优秀。老师同学都十分看重他。但他有一个毛病，十分喜欢告状。每月都有他给校长写的匿名信，信的内容均是反映某某老师作风不正派，和某某女生有特殊关系；某某领导有贪污受贿嫌疑。校领导紧张兮兮，不理睬吧，他每月一次，没完没了；理睬吧，仅凭一封匿名信，要查个水落石出，必然会劳神伤时。对此校长十分为难，就交给纪检部门去处理，让他们去调查落实。

纪检部门开始以为是老师之间的事情，发动全校师生先查出那个写匿名信的人来。查找对象重点放在老师员工身上，认为是老师所为，暗中查了半个月，终于有一天，校长无意中在橱窗里发现了关明成写的读后感，与匿名信的笔迹相似，再将匿名信拿来一比对，确定无疑，便将关明成叫来询问。他供认不讳。问他为什么要这样做？他说看不得那些搞歪门邪道的人和事。领导将他反映的事一一查证，其结果纯属杜撰，属于造谣中伤，给了他一个严重警告处分。

受到了处分，他丝毫没有吸取教训，依然照旧，投寄的档次更高了。他把这些匿名信，写到了北京市政府。市委市政府不得不派人到北师大调查落实。

调查人员一到师大，师大纪检部门的同志就向调查人员反映了关明成的情况，觉得此生脑子是不是有毛病？但他反映的问题，必须调查落实后下个结论，不然不好向上级组织交代。

不调查落实还好，一调查落实却又是捕风捉影。全是些口头传言。这下双方领导找他谈话，又给了他一个记大过处分。

他这才停止了告状，毕业分配，以他这么好的成绩，完全可以留在北京任意一所大学当老师，就因为他的档案上有因告状受了两次处分的记录，没有单位接受。他的档案从北京转到省城，从省城到市里，从市里到县里，从县里到乡镇，最后落在一所初中当教师。

三

关明成到了乡镇学校，继母关芳专程来看望他，安慰他，劝导他："儿子，既然到了乡镇初中，就要安于现状，要吸取教训，不要再写信了。现在的领导谁喜欢告状的？你是个人才，在哪里都会有所作为，是块金子在哪里都会发光！听妈的，好好教书，把心思用在培养学生上。"

关芳苦口婆心地劝告儿子。关明成一句也听不进去，母亲一走他便开始写信寄信。

关芳回去不到半个月，对儿子还是不放心，她又来劝儿子。她多么希望儿子安下心来工作，只要儿子安心在乡镇学校工作，她就在这买一套住房。儿子已二十出头，该谈婚论嫁了。她对儿子说："你只要答应妈，不再写信告状了，妈在学校周围给你买套房子，找个好姑娘结婚。趁妈现在的身体还好，生了孩子可以帮你带。儿子你就不要七想八想了，安下心来好好工作。"他妈就差给他跪下了。

关芳回去后，四处给他找女朋友。终于找了位如花似玉的高中生，没有考上大学，在政府办公室里上班。关芳请人做媒，她欣然应允，同意与关明成见见面。于是关芳将她带到了关明成身边。

关芳对姑娘和关明成说："你们慢慢聊，我去做饭。"

关芳走后，姑娘望着关明成说："关老师，听说你是北京师范大学毕业的？我高中时的班主任也是北师大毕业的，可有才了！"

关明成听后，微笑着说："县城里也有北师大的毕业生？他是什么时候毕业的？"

姑娘说："教我们的时候他只毕业了两年，他是学中文的。"

关明成哦了两下说："居然还有跟他一样的，也分到县城来了。"

"听说，他刚来也在大泽乡初中工作了一年，后来一中差老师，才将他从乡镇初中调到县一中，他来的第二年教我们，这老师可了不得呀！现在是县政协委员，是一中顶呱呱的教学高手，去年被评为全国劳模、全国优秀班主任。"

听了姑娘的介绍，他的心情开始畅快起来。他觉得自己在乡镇也有出头之日。他想将告状的那支笔埋藏起来，把心思用在培养学生的学习上。

他和姑娘谈得很投机，问姑娘尊姓大名。姑娘告诉他："我叫袁芷薇，高中毕业，在县政府办工作。"他俩各自留了电话号码（那时只有单位的）。

吃饭时，他俩相互奉菜，关芳十分高兴。觉得这下儿子有救了，等他两人结了婚，有了小孩，就没那份心思去告状了。只要不再写告状信，儿子的工作环境就会改变。一个北师大的高才生，哪能长久地落在这穷乡僻壤的小学校里呢？

吃过晚饭，在回家的路上，关芳要袁芷薇牢牢抓住儿子关明成。她还告诉小袁说自己手中有笔钱，在县城可以买一套大点的房子。要小袁想办法将他调到县城里来。小袁十分高兴。她认为只要他不再写信反映情况了，她就会马上找领导说情将他调到县城来。

小袁和他妈走后，他想写信反映自己的处境。但小袁讲的那个真实的故事，给了他想改变处境的信心，他完全没必要写了。好好工作，能调到县城也好。他给小袁印象极好，人长得确实不错，像明星，还是北师大的高才生。他觉得小袁也不错，人长得漂亮，还是高中毕业生。那时要找个女初中毕业生都难，找个女高中生，那简直是鸡群里找凤凰。

尽管他已下决心不再写信向上反映了，他想过正常人的生活，想好好工作，调到县城去工作，去和女朋友结婚，但他告状的名声已大，又在大学受过处分，很快在反右的运动中被戴上了右派的帽子，教育厅认为他的信中充满了对共产党的怨气，点名给他戴上了极右的帽子，一夜间被押到五七农场，进行劳动改造。

到了农场，每天要下地劳动。这对他来说，是一场身体上的大革命，真可谓脱胎换骨。他从未干过家务活，更别说干农活了。他根本没法干，干不好。看守人员说他是态度问题，不愿干。不愿干，就别想吃饭。他在床铺上躺着，已经有三天没有吃饭了。差点饿牺牲。天不灭关哪！他继母刚好来看望他。他起不来，站不稳，被人搀扶着去见继母。继母看他气息奄奄的样子，以为他得了重病。后来听人告诉她，是不愿干农活，农场里不给他饭吃，饿成这样的。关芳听了泪流满面，将带来的一袋饼干让他吃了，吃时让他慢慢地吃，一边吃，一边喝水，不然会便秘的。

关芳又去找农场领导说："他从小没有干过劳动活，连家务活都没干过，确实不会干。看在他是个大学生的份上，就饶了他吧。劳动我来代替儿子做，但你们应该给他饭吃。不能活活地将他饿死。他告状固然讨厌，但他已下决心不再告状，不再向上写信了，你们就饶了他吧！"

关芳跪在地上给领导求情，希望领导们能够饶了他。关芳为了儿子的性命，她一级一级地向上反映，直找到了省教育厅指导办给他戴极右帽子的那位领导。她苦口婆心教育儿子，儿子已下决心改正错误，不再写信上访，不再告状了。准备一心一意好好教书育人。二十四岁了，找了个媳妇，准备成家。你们却在此时，将他打成极右，抓到农场去改造，这是为什么？他也只不过为自己鸣不平，并没有反党反社会⋯⋯

关芳的一席话，说动了省厅领导。省厅领导才取消了他的两顶帽子，让他返回原学校继续当老师。

他这次可以说是死里逃生，重返讲坛。得亏了他继母坚持不懈地层层反映。继母对他有再造之恩，他从内心深处告诫自己必须珍惜这来之不易的工作环境。

儿子回来了，母亲关芳十分高兴，她又去找袁芷薇，告诉她儿子的右派帽子摘了，已返回乡镇初中，邀她一同去看望儿子。袁芷薇有点为难，觉得和关明成结婚会影响自己的前途，还不想马上订下来。她想等一段时间，看他是否真的改过自新了。

袁芷薇碍于关妈的面子，不好推辞，还是跟着关妈去了。见到关明成，她大吃一惊，原先那个帅气的关明成而今又黑又瘦，与原来判若两人。她简直不敢相信自己的眼睛。问起原因来，关明成苦笑一下说："主要是饿的，不是妈去，我可能就回不来了。""他们怎么这样狠心，劳动改造，也得给人饭吃！这下好了，两顶右派帽子都摘了，灾难从此离你而去。你在这好好工作，我去找人将你调到县城工作。"袁芷薇信心百倍地对他说。

关芳看着两个孩子谈得十分投机，心中甚是高兴。吃饭时告诉他俩，只要明成能调到县城工作，我立马给你们在学校附近买一套私房。

一家三口谈得兴致勃勃，对未来充满希望。

关明城回到学校，和以前判若两人，十分低调，再也不考虑给谁写信了，对学校安排的工作认认真真去完成，学校还给他安排了一项重要任务，给新教师上辅导课。他的课上得真好，他知识渊博，博古通今，头头是道言之凿凿，令人佩服。教师们私下啧啧称赞：真不愧是北师大的高才生。

他的这种名声传到县教育局局长的耳中，刚好县里需要高水平的辅导教师，便将他调到教育辅导站。

在辅导站工作，他轻车熟路，工作上得心应手。小袁也十分高兴，将关明成带回家与父母见面。父母也十分满意。双方商订好黄道吉日，准备马上结婚。

袁芷薇见了公婆关芳："妈，关明成已调到教育局辅导站近半年了，住在一间小屋里，我们总不能在那点小地方结婚吧！"

关芳笑盈盈对儿媳说："小袁哪，这是钥匙，因为你们都忙，房子就在教育辅导站的隔壁。已经装修好了，敞几天后就可以搬进去住了。"说完带着小袁直奔新房。

新房一套小型四合院，占地面积两千多平方米，房子上下两层有近两百个平方，四合院的两边有一块菜地。儿子调来的第四天，我就找到了这户人家，刚好他们全家调到上海去，房子卖了近两年，一直找不到买主。

"妈，您用了多少钱？"

"不多，加上装修，一共一千元。"

"妈，你手中一下子能拿出一千元，你真是大财主呀！"

"小袁，你不要张扬，在外面千万别说妈手中有钱！一旦被坏人盯住，日子就不好过了呀！"

俩妈相视一笑！

"小袁哪，你和明成去民政局登记，把结婚证拿了，我好安排结婚仪式呀！"

"妈，你怎么这么急呀！我和明成已经商量好了，等他有时间了就去拿，本周内完成。"

关明成辅导工作深受学员的赞誉，人人对他尊重有加。他觉得自己工作有价值。因此工作上十分卖劲。

结婚那天，只请了两边家里所有的亲戚，在家里摆了两桌酒席，让教育辅导站的李站长主持婚礼，宣读结婚证，俩人拜了天地及两边的父母，又俩人互拜之后进了洞房。

关芳作为母亲，完成了人生中一项伟大的工程。

四

一家三口其乐融融，日子过得顺溜溜。小袁已经怀上宝宝，关芳马上就要做奶奶了。心里喜滋滋的。从早到晚在四合院中跑上跑下，忙得不亦乐乎。

关明成在工作之余，又开始担心国家的命运来：前天的《人民日报》上登了一则消息：湖北麻城县亩产过三万斤。这明显在说谎话，几位同事均摇头，说："这哪有可能？"

还有一些话不堪入耳，什么跑步进入共产主义社会？到处办炼钢厂，还说每个小队都在开食堂，人们走到哪里都有饭吃，怎么政府领导一下子像乱了套。

晚上他躺在床上，这不合情理的一幕幕从眼前放映。不行，作为一个受过高等教育的中国人，不能眼睁睁地看着国家往泥坑里走。他开始搜集证据，驳斥报纸上的这些违背自然发展规律的不实之语。给省长省委书记写信，提出自己的担忧。他说到处开食堂，浪费粮食严重，每天每个小队食堂均要倒掉四分之一的食物。一边在浪费粮食，一边在吹嘘亩产万斤粮，一亩地无论怎样也不可能收到万斤粮。我断定这么下去，不出一年就会闹饥荒。请首长下来作一下实地考察，赶快扼制这种行为。

此封信，省委省政府收到后，心中好笑，他们何尝不知道这些，但无能为力。中央有政策，谁敢说真话。省政府秘书科给他回了信，要他干好自己的本职工作，此事自然有人负责管理，要吸取上次的教训。

他忍了几天，实在是忍不住了，又将寄给省里的信寄给党中央。但却是泥牛入海渺无消息。他一边向上反映一边要母亲偷偷买些粮食囤起来，越多越好。关芳听了他的话，每天往菜市场跑，米谷堆满了半边屋。

时间只过了半年，各地开始闹起了饥荒。

各种食物，就像六月的江水，每天都在翻倍地向上涨，小队里的种子都被抢购一空，来年的日子，谁也顾不了了，关键是要渡过眼前的难关。1958年的年底农村人都在吃野菜挖草根，无粮食过年，1959年的正月期间，将耕牛都杀光了。有些猪仔只有二三十斤，就被宰杀了，整个社会笼罩在饥饿中，成群结队的乞讨队伍从湖南过来了。

关明成的推断十分准确，他和继母在家里谈论着国家的形势，继母十分佩服儿子的眼光。别人家早已无米，吃着野菜水草草根树皮之类。孩子们不肯吃，饥饿得嗷嗷直哭，关芳有些心软，想伸手搭救搭救，可关明成说："妈，暂时不能布施，要算算账，这段时间多长？我估计可能有近两年时间。这两年时间我们需要多少粮食？还能剩多少？剩余的才可以施救给其他人。"

关芳说："儿子，你算吧，妈算不好。"

关明成算了算说："我们一天需要四斤粮食，两年只算700天，那就是

2800斤，您一共买了多少斤粮食？"

关芳说：："一共是四千多斤，可拿出一千多斤来救济他人，先是左邻右舍。"

"妈，要等到最艰难的时候布施才有作用，钢要用在刀刃上。"

俩妈正在说着话，袁芷薇从房间里走出来，望着他俩有些为难地说："我娘家里早就断粮了，现在有钱买不到粮食。妈，能不能借点粮食给我父母！"

关明成说："妈，给岳父母点粮食，给多少呢？芷薇，你说！"

"给100斤，让他们去煮点菜粥度日吧。"

关芳说："给200斤，别让亲家一家人饿肚子。明成，明天你给送过去，先背一袋过去，免得让人家看见了不好。"

人们都在饥饿中等待着春天的来临，春天可以使万物复苏，让各种植物从地里长出来，可以给垂死的生命获得希望。眼下春天虽然到了，但地里还是光秃秃的，小草还没有泛青，黄黄的小脑袋刚从土壤里探出个头。杨树柳树那嫩黄的芽苞也没有从树皮中钻出。有饭吃的时候，日子过得比马跑得还快，可没饭吃的时候，日子总是难以挨过去。以前夜晚时间过得很快，现在是长夜漫漫，饥饿使得人分秒难熬。

路上有老人倒在了地上，有小孩被丢在路旁哭泣。关芳好心肠，她一出门就从路上捡回两个七八岁的孩子，将两碗粥给两个孩子喝吃，两个孩子饿得睁不开眼睛，一见粥，睁开双眼，双手捧着碗，把粥一口气喝光了。

关明成对关芳说："您先给一碗，喝多了会伤胃的。"关芳连连点头，对两孩子说："孩子，等会儿再吃，好吗？"两孩子用感激的眼光望着这位善良的奶奶，连连点头，不断地舔着嘴唇。

这两个孩子在家里待着，白天关芳要他俩提篮子到外去挖野菜和草根，俩孩子十分乖巧，每天提空篮子出去，晚上回来总是有半篮子的野菜和草根。

关芳十分高兴，在粥里面加上一些野菜和草根，也没觉得不好吃的。

过了一个半月，春天穿着绿衣花衣来了，饥饿难耐的人们有了希望，人们提着篮子，将绿色挖回家，放进粥里，作为调料品。日子一天一天艰难地过去。到了育种的时候，国家拨了一点种子，第一次竟被人从苗田里偷走了一些。麦苗及红花苕子也被饥饿不堪的人们割去充了饥。

关明成一直在想，国家怎么就没有懂农业的人呢？亩产万斤粮，撒谎还上报，居然就有人相信，还全国推广；搞大食堂，浪费粮食；大办钢厂，将各家各户的金银钢铁用具全收了去，砍光了树，能炼出钢铁来吗？他写信反映没用是小，还极有可能招惹麻烦，引火烧身。作为受过高等教育的中国人怎么能够看着国家这样逆水行舟呢？

大路上每天都有饿得奄奄一息的大人和小孩，如果现在不抓紧搞好育苗工作，下半年还会这样，还会饿死人的。他抽时间到附近的农村走了几回，搞到了一手材料，把偷苗田偷谷芽的事件，写信告诉上级农业部门，要求上面派人来督办，否则下半年真的会饿死人的。

就在给农业部写信之际，党中央在庐山召开了会议，纠正了"大跃进"中几项错误。其中就有开办大食堂，开办炼钢厂等浮夸风。

农业部里的同志表扬了他，当时胡耀邦还给他回了信，要他继续关注农村底层的动向，及时向他汇报。他十分兴奋，觉得党中央十分关心老百姓的疾苦。

妻子芷薇给他生了个大胖小子，家里充满了喜庆，但在这样的饥荒大环境里，他交代母亲不要放鞭炮，不要请客。两头的家人在一起吃下饭就够了。但一定不能怠慢了坐月子的芷薇。想办法去弄点鸡蛋来。那时鸡子基本绝种，只有他家院里还有几只鸡。鸡是给芷薇留的，有鸡汤喝，才会有奶给孩子吃。孩子有了奶吃，身体才会健康。

人们十分艰难地度过了1959年，1960年的日子比1959年底稍微好一点，估计过了1960年，就会有饭了，起码有粥喝了。果不其然1961年迎来了大丰收，全国上下基本上度过了三年自然灾害期。

1962年下半年，辅导站精简了，关明成被调到县一中工作。工作性质全变了，原来是节假日很少休息，教育的对象是老师。现在节假日可休息了，与芷薇同步，他十分高兴。儿子两岁多了，十分乖巧，能说会道，十分可爱。周日一家三口可以去市游乐场玩了。关芳继母在家守着。院子里养着二十多只鸡，还在院子外喂养了两头猪。她整天忙得不可开交，但心里高兴，虽然自己一辈子未结婚，但现在儿孙齐全，儿子儿媳对自己比对亲娘还好，她知足了。因此她十分卖力地为儿子儿媳做事，让他们好好工作。

关明成所在的 A 县是农业大县，棉花长势特好，普遍超过了一米五，青绿色的桃子挂满枝头，极少数桃子裂开了嘴，露出了雪白的云朵，再过几天就有棉花捡了。早稻已收割，晚稻苗长势喜人，中稻黄灿灿的，均垂着沉甸甸的头，露在上面的只有稻叶，像保护神一般护卫着沉甸甸的稻谷，一派丰收的景象。经历过了饥饿年代的人们格外珍惜这来之不易的丰收年成。

关明成班上的学生绝大多数是农民的儿女，家里的情况好转令学生们的精神面貌为之大变。整天乐呵呵的。听起课来用心专一，作业完成得好，成绩提高得快。关明成的心情十分愉快。回到家里妻贤子乖。家里的事母亲包揽无余。且各项事情规范有序。家里的桌椅板凳擦得油光敞亮的，地板拖得干干净净。一家四口其乐融融。他十分感谢母亲，感谢共产党，虽然自己的父母是大汉奸，但由于养母的精心呵护，改名换姓，几次搬家，隐瞒了自己汉奸儿子的身份，又培养自己读书。自己艰难时刻，又是养母舍生相救，为自己取消了两顶帽子，并帮助自己找到了贤惠的妻子，还将自己从乡下调到县城。这一切的一切都得感谢养母。想到这一切，他走近母亲身边，用十分孝顺的眼神望着母亲说："妈，你就悠着点，留点事我和芷薇来做。现在情况好，您就多静养身体，把猪卖了，就养几只鸡算了。好好休息休息，保养好身体。我这里有北京的同学给您买的几门养生产品，一门是山东的阿胶，一门是田三七粉，还有深海鱼油，要芷薇按说明书告诉您服用。"

"芷薇，将养身产品拿出来给妈看！"

芷薇应声将阿胶和田三七拿出来给妈看，关芳满意地笑着说："我身体还好，不要你们操心。"

"妈，这是山东正宗的阿胶，我给你看后告诉您每天服用，田三七是活血的，每天用蜂蜜调服，这深海鱼油每天晚饭后吃两粒。你只要坚持吃，您就可以延年益寿，活过一百岁。"

儿媳的一番话，说得关芳心里美滋滋的。芷薇对母亲说："以后饭菜我来做，您下午好好休息。"关芳高兴地说："好的，你弄晚餐，我给你打下手。"

一家人十分和睦，家里的事情抢着干，连三岁的儿子都在一旁递东西，还十分孝顺地说："我长大了，不让奶奶做事，让奶奶好好休息，让奶奶活过一百岁！"说得全家人都开怀大笑。

五

日子在不知不觉中过去，一转眼就到了 1964 年的冬天。芷薇又生了个儿子叫平平，都有一岁半了。

北风嚎叫了一整夜，第二天早上才开始下雪，雪花满天飞舞，早已将大地覆盖。第三天太阳出场了，比往日还要红艳，圆圆的脸蛋像个大大的红色蛋黄，十分温柔地从地平线上冉冉升起，雪开始融化，向阳的地方雪溃烂得一塌糊涂，像溶解了的猪食残汤。人们一不小心便将鞋子甚至靴子灌满了污水。门前屋后的必经之路人们已用铁锹和竹扫帚扫出一条通道，将雪堆到了两边。此时雪堆已在逐步变小，白色也变成了蛋黄色，只有躲在篱笆两边的雪还在依旧耀眼，白碧无暇。

芷薇接到了姥姥去世的噩耗，想带着老大去吊孝。关芳赶忙制止："把天天就留在家里。外面天太冷，你和明成去好了。两个小子我可以招架得过来，你就放心地去。"

"妈，天天都五岁多了，会走会跑的，去没有问题；明成不知道有没有时间，再说小家伙平平交给您，就够您忙的了。"

关芳着急起来，她是怕小孩子到灵堂里去，怕遇到幽灵。孩子火气低，缺乏抵御幽灵的能力。一旦遇到幽灵，怕病魔缠身。但此话儿媳不赞同，年轻人都不信这样的事。怎么办，孙子天天是万万不能去的！可她阻止不了，咋办？

她急忙换了靴子，踏着冰雪，就往学校去找明成。

到了学校，找到了明成。明成正要去上课："妈，有急事？这么冷的天你怎么来了？"

"明成，芷薇的姥姥放寿了，你能不能请假与芷薇一同去？"

"我上午还有课，上完课可以陪她去。"

"那好，但不带天天去可以吗？"关芳有些紧张地望着明成说。

关明成知道妈的意思，儿子小不宜到死人的地方去。对关芳说，"妈，你就别操心了，有我和芷薇看护，应该不会有什么问题，你就放心吧！再说，您看护好小家伙就可以了。"

关芳一听儿子这么说，大失所望。流着泪水说："好，你俩坚持要带天天去，我阻止不了你们！"悻悻然地回家了。

芷薇要出门了，可到处找不到妈。正在着急，关芳回来了，脸上还挂着眼泪。"妈，你去哪里了！我和天天要出门了。"

关芳赶忙说："等等，成明说，等课上完了就和你一道去。"

芷薇说："妈，你找他干吗！他有课，没时间。我和天天去，没事的。您就别为此事操心了！您的这种担心没必要。那是唯心，是封建迷信，您就别信它。"

关芳琢磨着，要带天天去，她已无能为力，让他去吧。便对芷薇说："你和天天也应该等他爸一同去呀！"

"我到学校去等他！"芷薇有些感激地说："我们去要有几天才能回来，您一人在家，注意安全，照看好小家伙。明成今天去磕个头，就要他回来，帮您带平平。"

他们一家三口，踏着冰雪，迎着太阳向姥姥家奔去。平时到姥姥家的路平坦，好走，两个小时就可以到。下雪后有些路不好走，又带着天天，可能要两个多小时。

下午一点左右，才到达姥姥家。至亲们都来了。芷薇的父母也在这里。正与三位舅舅商量着丧事流程。见他们一家三口到来，十分高兴，特别是芷薇的父母已有三个多月未见到天天了。见了天天更是喜出望外，外公把天天抱起来，在他小脸上狠狠地吻了一下："我孙子长得好帅气，又聪明伶俐！"小家伙也在外公脸上亲个不停。外婆拉着天天的手，望着天天认真地说："天天三个月未见，长高不少嘞！"

见面之后，一家人给姥姥磕头。磕完以后，芷薇拜见舅舅舅妈，姨妈姨父。拜见后，小姨父将关明成叫到一间小屋里关上门，将写好的一叠纸交给他，并神秘兮兮地说："近年来，我们大队出了几件怪事，全写在这里面了。麻烦你帮忙重新整理一下，向公安机关反映。不然，咱们老百姓日子真是过不下去了。但你必须保证为我们保密，不能说是我写的状子。你也得要公安机关保密，不然会死人的。"

关明成一听，有点毛骨悚然。

乡里按传统风俗：一天吃两餐，下午四点半左右开饭。关明成吃了晚饭，便急匆匆赶回去了。连夜看完了小姨父给的那叠纸。

第一叠纸上大致内容是这样的：大队支书房子翻修，翻修的两位师傅发现了一个天大的秘密，房屋顶上藏着一个木头盒子，盒子里面装着整盒人民币。两位师傅估算了一下有 5000 元。便将此盒取走。被支书 6 岁的儿子看见了，告诉了支书。晚上支书十分热情地请两位师傅来家喝酒。两位师傅本不想去喝酒，但又怕引起支书的怀疑，所以心里恐惧极了。按惯例房子翻修完后在老板家里吃餐饭，喝点酒是自然之事。于是两人将衣服的灰尘拍打干净后，洗了把脸。支书亲自陪他俩喝了两小杯酒，吃了饭，各自回到家里。

那姓吴的茅匠师傅在洗澡时，倒在地上，喊肚子疼。在送往医院的路上就死了。另一个症状与前者一模一样，发作的时间也相差无几。只是死得快一些，还没有来得及送医院就走了。姓吴的发病时告诉妻子：说他俩将支书屋上装钱的木盒子埋在了一颗大槐树下，应该无人知道。他们俩偷走了木盒子，支书应该知道了，才对他们下狠手，在酒中下了毒。要她不要管那个木盒子。如果支书发现你取走了木盒子里的钱，一定会杀人灭口。把此事转告他小哥，要小哥想办法报案。公安人员来了，坚持要开棺验尸。一验尸他俩被毒死的真相就会大白于天下。刚说完就咽气了。

第二叠纸记载了这样一件事：俩茅匠师傅死后三个月的一天夜里，大雪纷飞。大队会计何仁义死在了自家房里，说是二氧化碳中毒身亡。据知情人讲，应该是食物中毒而亡。那天也是在支书家里喝了酒回家，第二天早上死在了房间里。发现时，全身已僵硬，推测死亡时间在深夜 2 点左右。

知情人推测下一个死亡目标肯定是财经队长和出纳两人。财经队长听了传闻，吓得魂不附体，得了精神病。整天疑神疑鬼，不敢走出家里。出纳是个女同志，平时十分谨慎。她知道内情，提出辞去出纳之职。每天要丈夫陪着她。丈夫有事，就要至亲好朋友脚跟脚手跟手，让杀人灭口的坏家伙没有杀她的机会。据说也快成神经病了。

通过这些内容的分析推断：那个支部书记应该是最大的犯罪嫌疑人，也是当时唯一的犯罪嫌疑人。他将内容理清之后，就给公安部门写了一封信。

他怕落入到内线人手中，于是将此信发给了五位副局长和一位局长。他们不可能个个都是坏人的内线吧！

公安局局长据他所举报的情况，派人明察暗访。将财经大队长、出纳两人带到公安局保护，向他们讲明政策，告诉他们要想保住性命，就必须要将想杀他们的人绳之以法，他们才会平安无事。几天后，两人将解放十几年来的收支情况彻底曝光。再将十几年来的账找来对号，支出没有什么问题，主要是收入有近半数未上账。这些钱被支书等人全部私分了，很快将此案破获。

支部书记知道自己在劫难逃，在查账阶段，投河自尽。

沙厂大队的案子成了炸开各个大队违法私分的暗道，查处了一大批贪官污吏，惊动了全省乃至全中国。以四清工作深入到乡镇大队，老百姓拍手称快。谁也不知道此事的"始作俑者"是关明成。

关明成不仅是位优秀的中学教师，还是位老百姓忠实的代言人。从此，只要有干部胡作非为、损害人民利益、损害国家利益的行为，关明成将他们的所作所为记载下来，再去一次次核实，一旦属实。他便奋笔疾书，将实情反映上去。如遇到不作为者，他会层层向上反映。如若得不到解决或不予理睬，他就反映到中央办公厅，胡耀邦当时就给他回过信。表扬他一身正气，不畏强权说真话，是个难得的好同志。

以后的两年多里，他在琢磨一件事：要想国家强盛，党风民风纯正，就必须提高人民群众的文化素质。怎样提高？尽管各地在办夜校，办耕读学校，开展扫盲工作。但由于有文化的人太少。夜校和耕读学校又没有课本教材，全靠老师在黑板上传授几个字，速度太慢，效果太差。他想将人们喜爱的唐诗宋词中的短小诗词标注后翻译成白话文诗词，这样让人们读起来朗朗上口，又能正确理解诗词含意。激发人们学习文化的兴趣。他还想编一些三算一拼的内容，指导人们学拼音，把拼音学会了，就可以看拼音自学诗词，自看文章了。比教识字效果好多了。先培训老师学会三算一拼，教师去教中小学生，再由中小学生去教自己的父母。他几次向教育部门谈自己的想法和建议，得到了主管部门的肯定，要他赶快将教材编写出来。

他编写完诗词教材。那时要印刷教材只能向学校借用油印机，自己出纸张油墨，一套教材印出来需要耗费大量的精力和金钱。在妻子孩子的帮助下，耗费半个月才印出了50本。交给各乡镇教育组去发放、推广。接下来着手编辑三算一拼的教材。他将小学教材找来，借鉴了部分内容，为了通俗易学，他以儿子为实验对象，儿子好掌握的内容须编入，儿子都难学懂的内容，他干脆将其删掉，重新改编，把珠算和笔算相结合，用口算代替笔算，把笔算直接转化为珠算。特别是最难学的除法，一下子就简单多了。从未读过书的人一看就会。他欣喜若狂日夜加班加点，力求快一点将此教材搞出来发到夜校和耕读学校里去，好让老百姓学到文化，提高知识水平，对干部有监督的能力。

六

就在他埋头编印扫盲教材的同时，国家形势已发生了天翻地覆的变化。首先是取消了高中升学考试，其次，学校停课闹起了革命。学园里到处是大字报小字报。一批学生住在学校，整天在策划着批斗老师。学生里出现两派：一派是保皇派东方红兵团，口号是誓死捍卫毛主席，把所谓被走资派篡夺了的权力夺回来；另一派是反封资修的造反派驱虎豹兵团。学校里开始给校长党委书记写大字报，给老师写小字报，满校园铺天盖地。学生中的另一派便站出来，保卫校长和党委书记，说校长是好样的，革命的楷模，不能批。两派高举着红语录，戴上了红卫兵的红袖章。

一群学生闯进了关明成的办公室，将关明成抓了起来，关在一间小屋里批斗。关明成和他们辩论。几个回合下来，红卫兵们觉得批判老师有些理亏。老师既不是走资派，又没有搞封资修那一套，更谈不上复辟，为什么要整老师呢？

两天后又来了几位学生，说自己是反封资修兵团的团长。并反复强调说此团长应该由他来担任才对。他感到十分愕然，问为什么？他们说："您有智慧，口才好，我们拥戴您当我们的头！"

关明成说："我手中的教材还没有编写完，我每天刻写到两点，早晨七点起床，上午刻写到12点，下午油印，你们能不能派几个人过来帮我完成后，我再考虑是否可以答应你们！"

兵团团长说："可以，我和几位红卫兵来帮您。但您必须答应我们的要求。"

"那好，先干完再说！"

经过三天的刻写油印装帧，50本三算一拼教材完成后，关明成只得答应他们，当起反封资修兵团的团长。既然是兵团，就应该有章程纲领，有行动计划，有纪律要求。

他将兵团负责干部召集起来讨论以上内容，一条一条写进章程中。规定了三项基本原则四个维护一条执行，谁也不能突破。谁突破了交司法部惩处。第一条一切行动听党中央的指挥，任何人不得违背；第二条，反对封建迷信，只能说服教育，不准动手抢劫、打骂、损坏民物公物。第三条，批斗走资派，要选择有民愤的走资派，不称职的走资派，贪污受贿的走资派，作风不正、思想不纯的走资派，但只能文斗不能武斗。四个维护：维护红卫兵的正面形象，维护国家利益老百姓的利益，维护三大纪律八项注意的执行，维护毛主席在群众中的威信，不能给毛主席脸上摸黑。执行兵团司令部的命令。

这些条条框框一订下来，有些学生开始有了想法，并提出如果东方红兵团要和他们武斗怎么办？

关明成明确地说："只能文斗，不能搞武斗。如果对方要武斗，我出面和他们理论，不让他们动武。大家放心吧！一个巴掌拍不响嘛！"

按照毛主席党中央的要求，将各级各层的走资派通知到兵团总部来，先学习党中央的政策，安排批斗流程。批斗之前派红卫兵分组去调查这些走资派任职期间的所作所为。有瑕疵的都记下来，批斗时有证据。

就在这时，接到了红卫兵兵团国庆节前派一批骨干到北京天安门广场去见毛主席的通知。关明成不想去，一是因为自己年纪大了，二是因为他心里还惦记着扫盲的事。趁着红卫兵到北京去了，他到各乡镇农村去考察考察。主要是考察夜校及耕读学校的办学现状。跑了几个乡镇，十几个耕读学校和夜校都停课了，说干部每天在受批斗。乡镇大队无人管事，老百姓只能各自行事，谁还来教书扫盲，谁还来学习文化知识！他转过身来到工厂里去转了转，工厂早已停工，工人们唉声叹气，不生产吃啥子。刚过了几年好日子，现在又有人发疯了。无缘无故地停产停工，工资不发，我们吃什么，工人们一团怨气。

关明成也觉得是这样，好端端的，为什么要停产停工。但执政干部已经作不了主，工厂已经瘫痪，无人主事。他去问了一下具体情况，这个工厂现在是谁在管事？工人们告诉他，谁也没管。他叫那些人去找厂长。工人们感到奇怪，你是什么人？怎么管起我们厂子里的事来了！他说："我是管红卫兵的，红卫兵管你们的厂长，因此，我就可以管你们的厂长。"

厂长来了，一脸沮丧的样子，听说被红卫兵抓去批斗了一天一夜。身体都被批斗病了。厂长见了他说："如今是什么世道？我就是个小厂长，被说成是走资派，隔三岔五的拉出去批斗。听说还是好的，其他地方的走资派不仅被批斗，还被打断了筋骨。"

关明成说："你只要听我的话，要工厂马上开工，和以前一样照旧生产，我保证你再不受批斗，更不会挨打。"

"我比县委书记说话管用，我是反封资修兵团的团长关明成。"

厂长一听，赶快下跪说："小人有眼不识泰山！感谢您的保护，前几天在批斗台上，有个职工的儿子手里拿着枪要上去揍我。您手下的红卫兵说只能文斗不能动武，这是我们团长定下的铁规。你们赶快滚，不然我们就将你们父母抓上来批斗，他们未将你教育好，该批斗。"听完红卫兵的话那几个小子灰溜溜地跑了。

工厂立马恢复了生产。

红兵团小将们从北京回来，开始到处抓领导日夜批斗。关明成说："不管怎么抓，不能违反毛主席的指示：'抓革命，促生产。'"工人农民不能参加生产，怎么生活？喝西北风啊！因此他手下的红卫兵，没有人再只开批斗会，不管生产的。他经常骑着自行车到各乡镇视察。只要有地方停工开批斗会的，他就会找那里的红卫兵负责人问原因。轻者批评，重者开除红卫兵团籍。

有一次在一大队部操场上开批斗会，人不多，正开着。有一个被开除局的小混混宋小五，他见台上被批斗的是现任支书，喊了一声毛主席万岁之后，跑上台去就将支书狠狠揍了两拳。当场被红卫兵捉住，送到了公安部门，被关进看守所。后来被判三年有期徒刑。以后开批斗会，没有人敢打干部了。

东方红兵团同反封资修的驱虎豹兵团抢夺地盘。双方派代表协商。关明成文化水平高，政策水平更高，对方只能按照关团长的意见行事。不管你东方红兵团要管哪些单位，我驱虎豹兵团都可以让给你们，但一条你们必须按照党中央毛主席的指示办事：抓革命促生产两不误；不准武斗，不准干一些偷鸡摸狗、过去土匪都不屑于干的事。如果做有辱党的形象，给毛主席脸上抹了黑，不说我关明成到中央告你们的状。到时候给你们一一结账。

东方红兵团的吴团长向关团长学习，后来两个兵团便合成了一个兵团。A县的造反派红卫兵，不做损害国家和人民的事。

有人说关团长的红卫兵有点像解放军，从不做危害老百姓的事，还有不少红卫兵为家乡人民做好事，做善事。这些红卫兵都是学生，绝大部分是高中生。在当时是文化层次十分高的一群年轻人。老百姓十分喜欢这批有文化的年轻人。在他们的清查下，还查出了隐藏十几年的国民党特务。这批年轻人在关明成的带领下，为老百姓做了很多善事好事，深得老百姓的爱戴。

后来关明成被选为革委会副主任，主持县里的日常工作。

上任一周便提出在政府各个科室开办夜校：一是便于学习党的政策方针，二是有利于提高干部的文化素质及办事能力。在他的提议下，夜校开办起来了。一半时间学习党中央毛主席的指示，还有一半时间他将扫盲教材印发给大家学习阅读。开展三算（即口算笔算结合珠算，使之更简便容易）一拼的学习活动，三个月干部们的文化程度均得到了很大提高，都十分感激这位北师大的高才生。

办夜校得到了广大干部的赞许，他又提出恢复终止了的农村夜校和耕读学校，得到了大家的支持。于是全县的乡镇大队均如火如荼地开展了起来。但好景不长，林彪"九一三"事件后，在全国掀起了批林批孔的政治风暴。干部中有人将他编写的诗词教材与孔孟之道联系起来，关明成被撤职反省。他尽管论辩能力极强，但无人听他申辩。加之他是造反派起家当上革委会副主任的，更是雪上加霜，还不由分说将他关押起来。

他坐在看守所里，不让他读书写字，他连申诉的机会都剥夺了。直到县委书记来看他，他才有了申诉的机会。他反复陈述了自己是为了阻止红卫兵打砸抢行为才答应当红卫兵团长的。当了团长还订了好几条铁规。大家都是有目共睹的。之所以我们县里的走资派未被红卫兵殴打都是因为我的刻意保护。他的申诉书得到了县委干部的一致肯定。但中央有政策，造反派一律不能继续担任领导工作，至于教材之事与孔孟应该说是扯不上关系的。但孔孟是中国传统文化的代表，照这样讲，只要是读过书的大都跟孔孟有关系。那不是都要被关起来审查。于是经过反复的讨论，最后将他无罪释放。他回到阔别七年的县一中。像做梦一般，现在终于醒了。他对自己这几年的付出一点也不后悔，他觉得值。

七

回到家里，妻子调侃他："县长大人回来了，欢迎大驾光临！"

"芷薇呀，当初不是你支持我那样做的吗？就别取笑我了！"

芷薇哪里是在取笑，是在为他打抱不平：一心一意为国家为人民，含辛茹苦，日夜操劳，到头来说关起来就关起来。那些人良心何在？"明成，以后，别折腾了，好好教你的书，把三个孩子培养好。"

关明成连连点头，眼里噙满了泪水。他回想起这几年的付出，心里十分委屈。

关明成人虽在学校里，但他一直关心着国家的前途命运。对于出台的一系列政策感到困惑，什么割资本主义尾巴，什么宁要社会主义的草，不要资本主义的苗。怎么苗子就是资本主义的了？不管是社会主义还是资本主义，人是个活物，要吃要喝才是硬道理。闹革命搞社会主义难道不需要吃饭，革命的目的应该是让人人有饭吃有衣穿能过上好日子。他对此事还未想明白，又刮起了"反击右倾翻案风"。他实在是看不准国家政策的走势。他极力支持的扫盲教育和耕读学校也偃旗息鼓。作为一介教师，对此无能为力，连反映的资格也没有。他知道就是自己冒风险向上级反映，估计也无人理睬。

此时，他反复告诫自己，一定要淡定。坐观其变，搞清楚国家的走势之后，再行动。

时间如白驹过隙，一转眼就到了1975年底。天地间突变昏黄。北风从西伯利亚赶来。像狮虎一般地吼叫着。紧跟着天下起了鹅毛大雪，飘飘扬扬铺天盖地，一个夜晚把整个大地盖上了一床厚厚的银色大被。

关明成每天晚上心神不宁，怎么也睡不着，起来打开收音机，听到了周总理逝世的噩耗。他顿时像失去娘娣般悲痛起来。含着泪水将此噩耗告诉了全家人。一时间全家人均处于万分悲痛中，泣不成声起来。

第二天清晨，他到学校准备向领导请假去北京参加总理的葬礼。但学校还没有放寒假，再说，没有中央及上级领导的通知，自己私自跑到北京去，即使到了北京，也参加不了总理的葬礼。他摇了摇头，上完课后，就抱着收音机听：毛主席、朱老总均为总理的逝世失态痛哭，全国人民均在为失去敬爱的总理而悲痛哭泣。

好不容易等到总理的葬礼，灵车从中南海出发，路经十里长安街。长安街两边站满了送行的人群，哭声犹如钱塘大潮，震彻云霄。

当他从收音机里听到总理的遗嘱时，总理的高贵品质深深地感动着他：一是不保留一粒骨灰，将骨灰抛撒向中华大地。总理为中华的崛起奋斗了一生，真正做到了鞠躬尽瘁死而后已，死了也要让自己的骨灰融入中华大地；第二是不要对后事处理搞半点特殊化，不要超过任何人，一个国家总理为国家操劳了一辈子，到临死前都在叮嘱家属不得搞半点特殊化；第三不要开追悼会，不要搞遗体告别。总理这种平民化的品质，任何时代的宰相总理均没有一个有这么高尚的境界，任何人也做不到。

周总理伟大的人格力量一直深深地感动着他。他从周总理身上看到了中国共产党的品质——为了国家利益，为了人民利益，真正做到了无私无畏。他想写申请入党，但有一大顾虑：他曾经是汉奸的儿子，入党必须要进行政审。查出他父亲是汉奸怎么办？他纠结了很久。有一天把这个想法告诉了母亲关芳。母亲说："你不要写入党申请，如果这样做，可能入党不成，把隐瞒了几十年的汉奸帽子给找出来了，那不是引火烧身，自找苦吃吗？"

过了年关，他说自己一介平民，对于国家民族的命运只能望洋兴叹，杞人忧天罢了。他想帮助国家做一些力所能及的事，欲编注一部诗词大辞典。从诗经到清朝时间的诗词全编选进来，加注并翻译。用3—5年的时间完成。为了让人们读得懂喜欢读，诗词必须上口好理解，欲将此大辞典分为四部，按时间来划分。

就在他日夜兼程编撰诗稿时，国家发生了很多大事，朱老总7月6日与世长辞，全国人民正在悲痛之中，唐山发生7.8级特大地震，一夜之间死了不少人。紧接着毛主席他老人家在 9 月 9 日驾鹤西归。关明成含着泪水，从编撰中走出来。三位伟人相继去世，中国将去向何方？他含着泪水，望着蓝天，内心深处发出莫名的呼叫——他怕国家发生内乱。妻子担心他，看着他有些反常的样子，怕他脑子出毛病。便劝他说："明成啦，你不是国家领导人，毛主席他老人家走了，自有接班人，你操哪门子心！"

就在他万分担忧之时，传来了四人帮被抓的消息。全国人民皆大欢喜。他一下子从忧愁转为欣喜。虽然自己曾经是红卫兵团的头，但四人帮的有些做法，他当时就有看法，确实不理解：批林就批林，为什么要把孔子孟子扯出来一块儿批？搞社会主义不能富有。还割什么资本主义尾巴，反击右倾翻案风暴等等这一条条政策，让人莫名其妙。看不懂中央的做法。搞了半天，原来是四人帮在作祟。这下好了，四人帮倒台了，他为国家的命运重新回到正确的轨道上而欣喜若狂。尽管没过几天，他被公安部门抓了。但他一点也不害怕，虽然自己当了几年的红卫兵团的团长，但他没干过一件有损国家和人民利益的事。相反，他多次阻止了打砸抢事件的发生，维护了工厂的正常生产，农村里农民的正常生活。他所管辖的县基本上未受到红卫兵的冲击。

他被关在审讯室里一周后，被无罪释放，回到了县一中。

回到家里，晚上妻子为他的回家准备了丰盛的晚宴。他一边喝酒，一边谈起了近三十年所经历的事。这其中有辛酸，有喜悦，也有无奈。总的看来，还是值得的。这一切都要归功于老妈关芳。没有老妈舍命相救，就没有自己的今天，没有老妈的关怀备至，就不会遇到你袁芷薇。不遇到你袁芷薇，说不定还在那个偏僻的乡镇初中。感谢你袁芷薇给我的爱，给自己生了三个如此聪慧的儿子。而今儿子关业清已经高中毕业，从知青点上回到了县城供销社工作。二儿子关业平 14 岁了，初中毕业，下半年上高中，琴棋书画样样出色，文化成绩一直名列前茅；小儿子 10 岁了，读小学五年级，成绩还不错，向二哥学习，每天忙忙碌碌的，奶奶看到他们三兄弟，高兴得睡着了都在笑。

袁芷薇接着说：这一切都要感谢婆婆，我俩共同为老妈的付出敬一杯酒。关芳十分高兴，赶忙站起来接过儿媳手中的酒，对他两口子说：我也要感谢你们俩口子，这么多年对我是孝敬有加。这还要感谢我们关家祖先，哪辈子修来的福分啦！来，为关家后继有人，发达兴旺干杯！

关明成对三个儿子的文化学习一直抓得十分紧。不仅重视课本知识的学习，而且教他们学习古文化、四书五经，教他们怎样为人处事，给他们讲人类发展史，告诉他们生存的法则，教育他们要不断地使自己强大起来，让自己在不断的学习中变成强者。

他一直担心二儿子关业平太乖巧了，怕他在品质上出问题。母亲关芳也多次提醒他，要抽出时间经常找二儿子谈心，告诉他，一个人靠小聪明是成不了大事的。俗话说：小胜靠智，大胜靠德。作为男孩子从小就要有担当，只要是正义的，有利于国家和人民大众的事，自己就要敢于出头，承担责任。哪怕是坐牢，甚至有杀身之祸，也不能逃避。

吃晚饭时，他给三个儿子讲了一个人耐人寻味的故事，要三个儿子选择答案：十多年前，乡下渔村人均住在一排排的茅草房里，茅草房都是一间连着一间。有一年底，一高姓人家，晚上炸年货，起火将房子烧着了，火势熊熊，还有北风助威。整个村子的人们惊恐万分。如果不及时施救，顷刻之间村子里二百多户人家将会化为灰烬。李姓家有五兄弟，听到惊叫声，应声而出，老大果断地作出一个大胆的决定：A、五个兄弟和父母将自己家的东西搬出来；B、五兄弟跑去失火现场施救，要父母留在家里将一些重要物品抢出来；C、五弟留下来陪着父母，将自家的物品搬出来，老大带着四兄弟在起火的第五家开始施救，想办法阻断火势蔓延。

你们考虑两分钟后回答。老大心中早已成竹在胸，但不能抢先回答，抬起头来瞟了眼二弟和三弟，微笑着静观其变。二弟两分钟刚到，站起来回答："我选 A！"二弟选后，又补充说："之所以选 A，是因为这场火灾没法施救，茅草房一间连着一间，唯一的办法就是赶紧将自己的物品抢出来，将损失降到最低。"小弟笑了笑说："我选 B，其理由是两者该可兼顾。即使救不了，房子被烧了，李家那边去了四位兄弟，已经尽职尽责了，家里的东西也抢出来了。这样不是一举两得吗？"最后轮到老大了。老大笑着说："我选 C，其理由小弟已经给我做了解释，只是选 C，可以阻断火势蔓延，不仅减少了自家的损失，也减少了渔村人的损失。"

关成明最后量出答案，他说："实际上那场火灾，正是你大哥的 C 答案。"在李家四兄弟的倡议下，村民们及时从家里拿来了垫被，浸水后，盖在第五家房顶上，保全了五家以外的渔村房子。

后来，全村人十分感谢李家老大，都竖起大拇指，称赞他聪明有胆识。推选他当上了村主任及村支书，后来还当上了县长。

三个儿子选择之后，显然老二的思想局限性较大，他只考虑自身的利益，未从大众的利益角度考虑问题。

关明成对二儿子说："你怎么就想到了要选 A 呢？这就暴露了你的本位思想比较严重。有本位思想不一定就是件坏事，但如果都像你这样考虑问题，那谁来为社会为民众考虑呢？像救火之事，自顾自地，那两百多户茅草房顷刻之间就会化为乌有。但偏偏有人不像这样考虑，才将大火阻断而扑灭。共产党的天下是千百万先烈用鲜血和生命换来的。周总理的一生，就是一个典型的代表，他在读书时就提倡'为中华崛起而读书'。他的一生就是为中华崛起奋斗拼搏的一生。你们三兄弟，从现在起就要立志，特别是业平，你从现在开始，多读一些伟人的传记，学学他们的处事原则。人的心有多大，事业就会有多大。我给你们三兄弟给一个发展方向：考虑问题从为国为民方向着想，想好了写一篇文章交给我。男子汉大丈夫，别小家子气，心里别只装着自身利益。人来到这个世界，就是来改造社会，为民众作贡献的。你们知不知道？人为什么从小就要读书？人以外的其他动物为什么不读书？你们一定会说：动物不会读书。是的，动物确实不会读书。动物是来辅助人类改造社会，推动社会发展的。人如果不读书，就会变得浅薄粗俗，没有能力，就成了一般动物。人读书的目的就是为了增长见识，提高改造社会的本领。有了本领才能带领广大民众推动社会的发展。"

晚上，三个儿子都将文章交给了他。他看完后，觉得老大写得不错，老二还没有从自我方面跳出来，老三由于太小，文章从头到尾均在喊口号。他把三个儿子叫到自己身边，语重心长地对他们说："给自己的一生订一个规划。从前人堆里找一个偶像，作为自己成长的参照物。写规划，我给你们做一个提示：这一生打算做什么？怎么做？近期做什么？目标是什么？中期目标，近期目标都要与终生奋斗的远期目标一致。下去找一本伟人传记，要认认真真地读。我给你们从学校图书馆借几本来，你们选择。读完后，写一篇比较长的读后感。"

三个儿子将自己的人生规划写成了文章，以二儿子关业平写得最好。他想当一名世界顶尖级别的科学家。有远期目标，近期目标，写得具体实在。老二天赋过人，就是心眼小了一些，但心眼这东西天生有一半，后天的环境教育也有一半。要改变它，非一日之功！前面的救火之事让他懂得了人活着的基本意义。以后，读伟人的自传，看在他的心中能不能树立起一个光辉灿烂的偶像？若能，偶像的力量应该是巨大的。一个人对偶像的崇拜，应该是一种信仰，信仰是可以改变人的一生的。

四人帮倒台之后，学校开始抓教育质量，未过多久，恢复了高考制度。终止了推荐上大学的推荐制。他十分欣喜，老大业清才下学不久，赶上了1977年的高考。为了让老大足够的时间学习，要儿子向单位请了假，住在一中复习备考。遇到难题，他不能解惑的，就请其他老师指点。经过近两个月的复习备考，数理化内容已拉完，英语成绩以前是他的强项，政治他日夜读背，完全有信心通过高考了。

高考那天，风凉日爽，关业清在他爸的陪同下，走进了庄严肃穆的考场。开始有些紧张，但看清考题后，心里才平静下来。"在学习雷锋的日子里"，这个题目是他爸要他训练了多次的作文题。他爸指导他修改过多遍，文章内容他记忆犹新。

关业清十分高兴，他奋笔疾书，只用了一个小时，就将文章写完。为了使文字工整，他又从头到尾抄了一遍，二个多小时的时间，还有半个小时，他便开始默记政治内容及英语单词了。直到时间到了，他才将试卷交了上去。

接着两天的考试，关业清考得得心应手。考完后，父子俩谈得极为高兴。关明成认为老大应该可以考上北大，但只在心里没有说出来。要儿子马上回单位向领导报到上班，并反复强调一定要给领导一个好印象。老大从小就十分听话，高高兴兴地回了单位。

十天多后，高考成绩揭晓，关业清以365分的总成绩，名列全省第一名。全家人欢呼雀跃。可就在全家人沉浸在幸福之中时，传来了关业清因政审不合格而被拦在了大学门槛之外的消息。

关业明赶紧去找县里的县长书记，由老县长亲自出面，还写了证明材料，证明其父亲关明成在文革期间有立功表现，无任何政治污点。关业清的政审才合格。才顺利地踏进了北大校门。

大儿子走时，关明成教育儿子到大学里要抓紧时间好好学习，切记不要像老爸当年意气用事，影响学习不说，还影响分配工作误了自己。

大儿子走后，他把主要精力放在二儿子身上。在一中他担任着高考教研大组长、班主任。努力为国家培养人才，夜以继日，呕心沥血地日复一日地连续不停地工作着。

偶尔回家吃饭，他总要将两儿子找来谈心，教育他俩努力学习，用心学习，俩儿子看着大哥上了北大，对他俩来说，是一种鞭策，更是一种莫大的鼓励。俩兄弟十分刻苦用功，成绩在班上名列前茅。

很快二儿子关业平就以全省理科状元的身份被清华录取，全家人喜不胜收。

关业明语重心长地对二儿子讲：心里要有信仰，做人格局要大。到学校后，全身心地伏在各科文化学习上，千万别犯老爸当年的错误。向你大哥学习，听党的话，在政治上要积极要求进步，力争在大学期间加入中国共产党。终身为党作贡献，为人民作贡献。二儿子被他的一番话感动得热泪盈眶。第二天一早，二儿子踏上了去北京的列车。

大儿子专程从北京打电话征求父母亲的意见，学校要他做出选择：可以公费到美国留学，可以到西藏去支边。要求父母亲给予指点。他一切听从父母亲的。

晚上为大儿子何去何从开了个家庭会。要奶奶也参加。妻子说："公费留学美国，这是好事，我倾向于业清去美国深造。"奶奶接着说："如果国家要他到西藏去，说明这是组织上对他的重点培养。我看，到哪个国家留学，最终还是得回国做事，如听从组织的安排到西藏去锻炼几年回来，国家一定会对他委以重用。"关明成有些茫然了，打电话问儿子，到西藏去是组织上的安排，还是二选一？儿子回电话，组织上找他谈话，如果去西藏支边，以代理县委书记的身份，在那工作3-5年之后调回北京工作；如若不去西藏，可以选择公派去美国留学。关明成这下明白了，全家人均明白。按奶奶的意见办事。同意听从组织的安排，到西藏去挂职锻炼。

小儿子马上就要升高中了，成绩有点忽上忽下，比老二要差一些，和他大哥的成绩差不多。他大哥考大学时，竞争没有现在强，考试的内容比较窄浅，比较单一。按小儿子现在的状态，要考上北大清华有一定的难度。他在想，怎样才能提高小儿子的智商？他的文化基础好，本身就比较努力，潜力不是很大。他想搞一下试验，从现在开始，让小儿子晚上跑步，跑步可以促进睡眠。睡好了，就可以促进大脑的清晰度。大脑的清晰度提高了，就可以提高记忆力，提高智商。于是他要求妻子每天晚陪着小儿子跑步，每天跑四十分钟后再回去洗澡。有时他和妻子轮换着陪跑，一天也不准落下。同时调整饮食结构，让儿子每天吃两个鸡蛋。半个月下来，小儿子的精神状态比以前好多了。每次考试，小儿子都排在全校第一名，比第二名均多 20 多分。暑假期间，小儿子坚持自学完了高中一年级的数理化。

小儿子以优异的成绩考上了县一中，并且分到他爸关明成班上。关明成依然要求小儿子，每天坚持跑步四十分钟，坚持每天吃两个鸡蛋。小儿子的记忆力惊人，文科类的学科，他一个晚上可以一字不漏地记住一本书。在高中仅学了两年，作为少年大学生参加高考，奇迹般地考到了省前十名。但他没有去上大学，坚持第二年考北大清华。

大儿子在西藏工作了四年，回到北京，分到团中央任职。27 岁的关业清已晋升为副厅级干部；二儿子被公派到了美国，未征求父母奶奶的意见，仅和大哥通了下气。大哥交代他到美国后要好好学习国外的先进技术，学成之后，回国报效祖国。二儿子高兴地离开北京到了美国纽约。小儿子马上就要参加高考了，正在紧锣密鼓地复习备考。

关明成觉得小儿子的精神状态特好，学习基础扎实，考上清华北大应该没有问题。小儿子复习备考抓得十分紧，每晚陪他跑步早成常规化。他叮嘱小儿子一直跑到高考完。

小儿子果然不负众望，以全省理科第一名的优异成绩考上了清华。全家人喜不自胜，将消息告知老大老二，还有一些亲朋好友。消息传开，关家三兄弟全是省状元，人人读北大清华。世人为之震惊。

改革开放第七个年头，人民的生活水平有了明显的提高。爆竹声声送春归，焰火闪闪迎新年。雪花随着朔风欢天喜地从天上踏着舞步缓缓地下到人间，一身洁白无瑕令人总是想起高贵的人品和纯洁的情谊。

关明成和妻子俩人心有灵犀般地记起今年正月初三是奶奶七十岁生日。两口子想为他们操劳了一辈子的母亲好好过个生日，也好将老大老二召回来，全家人团聚团聚。

和母亲一商量，母亲不肯为她做生。他俩劝说了半天，母亲却说："做八不做七，若七十岁做了生日，就活不过七十三。"母亲这样说，执意不肯，他两口子也不好再往下说。不做生可以，一家人给您做寿，在一起聚聚总可以吧！母亲强调说："只限于家里人，不能请亲朋好友。"

关明成便马上通知老大老二今年必须回家过年，给奶奶拜寿。奶奶今年正月初三七十大寿，俩儿子答应回家过年。

关明成为母亲做了一块寿匾，妻子用丝线刺绣，寿匾长 3.9 米，宽 1.5 米，中间有四个大字：杖国期颐，右边纵垂下一副对联：母恩如山子孙赡养达期颐，姚德如神后嗣照料到百年。左边落款：母亲七十大寿题赠；儿子关明成书，儿媳袁芷薇绣。

正月初三那天，爆竹阵阵为奶奶七十大寿营造了氛围，奶奶正襟危坐在大厅的寿匾下面，地上铺着红色地毯，关明成站在前排，三个儿子从大到小地排着队，妻子袁芷薇殿后。

拜寿开始，关明成率先给奶奶拜寿：祝母亲大人福如东海长流水，寿比南山不老松！念完寿辞，给母亲大人磕了三个响头。轮到大儿子关业清给奶奶拜寿了：祝奶奶福满门，寿无涯，健康长寿，永远快乐；接下来是老二关业平了，关业平先跪在地上，口中念到：日月昌明松鹤长寿，笑口常开天伦永享；小儿子赶忙上前跪下给奶奶拜寿，口中念到：祝奶奶蟠桃捧日三千岁，古柏参天八百围，天天快乐。轮到袁芷薇了，她先跪在地上，先给婆婆磕了个响头，口中才念念有词：祝母亲大人岁月吉祥添福寿，长命百岁世间留。

寿拜完之后，奶奶关芳起身点头回谢。十分高兴地对子孙说："我要感谢明成给我带来了幸福，给我关家带来了美好的前程。你们个个是我们关家的骄傲，是我们国家的骄傲。希望你们不断地努力，回报我们美好的祖国！我代表关家感谢你们！

奶奶话讲完后，开始摆酒席。关明成十分高兴地提议：今天这顿饭即是奶奶的寿宴，也是我们关家六年来第一次团聚宴。在这个赋有里程碑的宴会上，我想到了一个主题：关业清你们的大哥今年二十八岁，古人说：三十而立。关业清在事业上已经立起来了，但从家庭的角度看，还没有起步。关业清你作为关家的长子，应该做好两个弟弟的表率，让关家不仅要当下兴旺，还要让关家后继有人啦！"奶奶用期待的目光望着关业清，微笑着说："28岁，要找对象了。谈女朋友没有？来讲给奶奶听！"关业清说："奶奶，您急什么？马上给你带回来，让您高兴高兴！"

关明成对老大老三都不担心，担心老二。怕他博士毕业后，找借口不回国。因此在老二走时，他一直将老二送到飞机场。上飞机前还在叮嘱：你是公派生，是带着祖国和人民的委托到美国学习世界尖端科学的，你在那里一定要刻苦钻研，学成之后，随时准备返回祖国，切不可像某些北大清华生一去不复返，让家人背骂名。关业平理解父亲的苦衷，连连点头，要父亲放心，学成之后一定回国报效祖国和人民。

八

光阴荏苒，转眼已过三年。

关明成一家，三个儿子蒸蒸日上，老大31岁，已到江州市担任市委书记，年轻有为，前途无量。奶奶十分高兴。关家终于出了高级干部。经常对关明成讲："你再忙，也要经常给老大写信，通电话，教育老大清廉为官，依法依规行事。"老太婆曾经当过县妇联主任，对为官之道略懂一点。她觉得孙子还只有31岁，就当上了地委书记，了不起啊！但一定不能出半点纰漏和差错。为官一方，必须造福于民，但又要上下兼顾，不容易啊！

老二在美国博士毕业了，关明成多次要他回国。他说："回国容易，但回国后，科研环境差，回国后荒芜几年不搞科研，就等于还给了人家，等国内环境改善了，他一定回国！"

老二找借口不回国，长期待在美国。中美关系一旦发生变化，他就会成为美国对付中国的帮凶。此事关明成和奶奶是这么认为的，但奶奶比关明成更着急。经常为此事要关明成找老大咨询，要求老大给老二做工作让他早一点回国。

老三在清华，学习成绩非常优秀。学校打算公派他到美国留学。小儿子到美国去留学，关明成根本不担心他不回。小儿子性格温和，不会搞投机取巧之事，诚实厚道，学成之后，会如期回国报效祖国的。

关明成整天地忙于抓高考，出考题，刻印试卷，分析学生的失分原因。每天忙得不亦乐乎。偶尔忙里偷闲，一是要回家陪母亲说说话。母亲七十多岁了，身体硬朗，只是十分寂寞，想有人陪她说说话；陪妻子走走路，晚上躺在床上还会想想三个儿子。由于工作相当辛苦，躺在床上想着儿子想着想着就进入了梦乡。

他们家里过着世外桃源的生活。母亲和妻子全力支撑着整个家庭的吃喝拉撒。每年喂两头猪，卖一头杀一头。喂了50多只鸡，关在后院中养着。还有一块菜地，近一亩五分地，蔬菜自给自足不需要上街买。生活得十分和谐幸福。尽管江河湖港渠沟的水均已污染，但他们家吃喝用自来水。对自来水不放心，还安装了净水器。市场上的蔬菜污染，鱼肉喂的是带激素的饲料。但他家里除了买一点鱼外，其他基本上不用买。因此家里人几十年来连感冒都很少犯，十分健康。奶奶今年体检，比年轻人还合格。

经济发展打破了许多禁区，农村每个村里都有老百姓的借款，少则几十万多则几百万。村支部书记及村干部均在村里拿空款利息。村委会上公开按官职大小在会计那里记空债。书记20万，村主任12万，其他的以此类推放空债，拿5分利息。书记每年拿空利息10万元，村主任拿6万元——几年下来，每个村都亏空了大笔的账。

村民们跑来找关明成写状子，他由于工作太忙，还担心引火烧身，婉言谢绝了。后来听说，有个民办教师斗胆将这些丑恶现象，罗列成文后，送交到了县、市、省三级政府，不久就得到了扼制，查处了一大批贪腐干部。农村各村的债务才归零。

对于此事，他一直耿耿于怀，觉得自己变了。为民为国之事变得畏首畏尾了。他知道自己不比以前，自己的言行要为三个儿子负责。特别是老大，做任何事情都要顾及老大，只要对老大有一丁点负面影响的事都不能做。

那些年，老二关业平曾从美国打来长途，说国内饮水和食品很不安全，要求全家人移民到美国去。关明成当即狠狠地批评了老二："你不要听外面胡说八道！"

对老二虽这么说，但他心里对国家的前途十分担忧。他不止一次和老大谈起国内的困境。儿子已是省级干部，对国家的政策怀抱希望。他十分理解儿子。但希望领导人知道下面的这些情况。

妻子袁芷薇已到点退休，大儿子被调任海南省任省委副书记，早已结婚，儿媳妇已身怀六甲。袁芷薇作为公婆在儿子儿媳的双双邀请下，准备去南海市照顾儿媳。临行前将两头猪处理掉，只留下三十多只鸡。菜园里的菜，她反复叮嘱母亲不要再种菜了，好好保重身体。但还是不放心，母亲虽然身体还较硬朗，但毕竟是八十多岁的老人了，就怕摔倒，必须有人看着。于是请了个保姆，把一切都交代好了，才放心地离开。

关明成也快退休了。学校准备返聘他再工作三年。他婉言谢绝了。他的心里关心着国家的前途和命运。他想退休后到处走走，将一些负面现象写成文后，寄给各级领导。为领导提供一些真实的资料。

他想社会风气早一点好起来，只有好起来了，他的老二老三才能从美国回到国内来。此事不如愿，他会死不瞑目的。老二已 34 岁，在美国找了位北京的姑娘，是一位理科博士生。由于国内环境污染严重，老二两口子均不愿回来，就在美国结了婚。

退休之后，他跟母亲打了招呼，就骑着自行车，在县城周围的几个村转了转。不转还好，一转，让他悲哀不已：他亲眼看到乡镇干部逼着农民交租交税，将农民家里的耕牛和猪都牵走了。他用照相机拍下了这一土匪行为。农民本来就苦不堪言，被他们牵牛赶猪抢粮，搞得鸡飞狗跳。他赶忙打电话咨询大儿子。大儿子关业清告诉他："我们省里没有这么严重，像这种土匪行为，只在极少数乡镇才时有发生。"

他拿着照片去找县长，县长对他说："上面有政策，要农民交租交税，我们无权不执行！"

他干脆将照片及说明材料寄到了省政府。省政府领导给予了回复："农民种地交租，是天经地义之事。"但实在交不起怎么办？强行收租税，让农民怎么生活？省政府官员也只能摇头犯难。他又将材料寄往北京。中央对此极为重视。不久，有代表在两会上提出，国家很快就免去了税，连以前未交的也一笔勾销。

他十分高兴，觉得这是中国几千年来的壮举。只有共产党领导下的国家才能做得到，他为农民感谢政府。几年之后，农民不但不需要交租税，而且还有补助。农民兄弟们一起欢呼雀跃，感谢共产党，感谢政府的好政策。

农民问题解决了，他心中感到高兴。但环境污染严重，威胁着国民的身体健康。他走访了几个远离长江的村子。这些村子原来靠一条贯穿全县的内河饮水。这条一百五十里长的母亲河。在经济发展过程中，被截断去养殖，有些地方因泡黄麻、丢死牲畜被污染得臭气熏天。两岸的村民没有饮水。起初就在自家院门前钻一口鸭巴子井。鸭巴子井只有十来米深，水质呈黄色，村民们都饮用这种尿黄色的水。两三年下来，村里的男人有三分之二得了癌症。未得癌的也染上一些怪病，满村里找不出一个健康的男性来。几个村里只有女性维系着整个村子。

后来，有位好心人自己掏腰包为村民打了几口深井。他将井中水取了一瓶化验，此井水除了锰含量超标外，其他基本合格，可以饮用。如若不是好心人打了这几口深井，他估计全村女性，长期饮用这种尿黄色的水，也会生病。他心里十分感谢那位好心人。

孙子即将上小学，袁芷薇从南海市回来。她关心着婆婆关芳。婆婆已经85岁了，虽然身子骨还硬朗，还在与保姆一起种菜、喂鸡，但听保姆讲，婆婆这几年大不如以往，经常打瞌睡。保姆与婆婆相处得非常融洽。保姆把婆婆照顾得无微不至，细心周到。她回来后，保姆主动提出想离开回家去。但袁芷薇和婆婆都不同意。说她回来后，就买两头猪来喂养，把菜园子种好，还准备多喂一些鸡。要保姆多陪陪婆婆说话，散步。保姆被她和婆婆挽留下来。

老二从美国传来好消息，儿媳生了个大胖小子。要母亲过去带孩子。晚上与关明成商量，关明成不同意她去。但必须找一个合情合理的理由，不然老二会不高兴的。于是就说奶奶今年86岁了，身体不太好。奶奶需要她照顾。看能不能请岳父母过去带？老二虽然不太高兴，但奶奶年纪大了，身体不好是实际情况，只能要媳妇请岳父母过去。

老三也有33岁，应该谈婚论嫁了。袁芷薇给老三打电话问他的个人情况。老三说："您就别担心我了，我今年回家过年，把您的儿媳妇带回来过年好不好？"袁芷薇一听，带回来过年，马上把好消息告诉婆婆。婆婆听说老三回来过年，还带孙媳妇回来，喜不自胜。连连说："好啊！好啊！问没问他，该不是洋媳妇吧？"

于是袁芷薇赶忙打电话过去问："你媳妇是哪里的？"老三笑着说："妈，是个洋媳妇！""你奶奶就怕是个洋媳妇，小儿子，你怎么就找了个洋媳妇呢？"老三笑着说："逗您玩的，是上海的，长得可漂亮呢！""那好啊，奶奶这下一定高兴了！"

全国两会刚开完，就传出了一系列利民政策。等省市县三级两会一开完，就要在全国范围内开展起来。

利民政策主要内容是打黑除恶，环境治理，精准扶贫。推行起来，简称331工程。具体内容为三打三抓三治理，一精准扶贫。三打指的是打击黑道黑社会，打击保护伞，打击制假窝点；三抓指的是抓毒犯，抓嫖娼，抓赌博；三治理指的是治理水源，治理环境，治理土壤；一精准扶贫即将资金给真正的贫困户，防止落入干部的腰包，张冠李戴。

这项综合工程深得民心，各级各战线同时进行。以前严打只是一阵风，吹过之后就过去了。那些黑社会的干将们、保护伞一通气便逃之夭夭。十天半月后，胡汉三返乡，变本加厉，老百姓便会在经济和身体上双受损，许多小老板，看老皇历主动去向黑道交保护费。破天荒黑道第一次居然不敢收。几个月下来，打砸抢几乎销声匿迹，就连小偷扒手也不见了。老百姓高兴地说：这才叫太平盛世！环境污染经过几个月的治理，得到了根本性的改观。臭水变清澈了，垃圾逃跑了，城市干净了，到处摆满了花。农村干净了，青山绿水。天也变蓝了，人也变美了。

关明成心里琢磨着，国内的环境污染治理好了，吃喝安全了，这两小子就可以回国了。他扳着指头算了算，老二都快38了，老三快34了。应该赶快回到中国来。中国这些年的发展，有了很大的起色，已经不是前十几年。现在有不少科学家博士从美国回到了中国。他和老三通了电话。老三告诉他："爸，我和媳妇小芸正在做回国的准备。年底就可以回家结婚。结婚之后去上海工作。您别担心！""老三，你把你回国的打算告诉你二哥没有？""我和他也讲了，邀他一起回国。他说正在北京找合作伙伴。听他的口气，可能明年上半年就可以回国。"

关明成一听俩儿子都准备回国，喜出望外。马上把这好消息告诉了母亲和妻子。全家人兴奋不已。

九

时间飞逝，眨眼间就到了年底。虽然已是寒冬时节，但太阳还像初秋一般，十分热情地忘了换背景。连续上了一个多月的班，把江河湖泊烤得皮包骨。人们抓住时机，将困在浅水中的鱼捞去，获得意想不到的收获。

年轻人还穿着夹衣单裤，老年人都在谈论着天气的反常。老天突然之间察觉到了失职，于是命令北风带着千军万马，驾着寒风从西伯利亚咆哮着席卷而来。把热气吓得向南方逃窜。紧接着，天兵天将铺天盖地地占领了整个大地。顷刻之间，大地覆盖上了白皑皑的雪被。

87岁的奶奶望着屋外的大雪，十分高兴地说："瑞雪兆丰年。下得好哇！下得好哇！"

儿媳袁芷薇也连连点头说："这场雪下得真好啊！虫子都没来得及藏起来，就被这突如其来的冰冻给冻死了。土地被雪覆盖之后变得酥松，明年一定是个大丰收年！"

关明成笑着说："我们家更是喜事连连！老三两口子将回国工作，回国结婚，这是双喜；老二一家也在明年上半年回国发展，这又是一喜；老大晋升为省委书记，这又是一喜；我的《古诗词鉴赏》已结集出版，又是一喜。真可谓五喜临门啦！"

妻子袁芷薇望着纷纷扬扬的大雪对母亲说："妈，老三老二他们从美国回来，下这么大的雪，不会对他们有阻碍吧？"母亲说："应该不会吧，只要不起凌。不起凌就不会对他们造成阻拦。"

关明成说："虽然雪下得大，但地温比较高，雪一会儿就会化掉。再说，雪天易晴。只要气温不陡降就不会起凌。不起凌，路上就好走。他们回来应该没问题！"

雪下了两天两夜，太阳终于升起来了。除了避风处的雪还原封不动地待在那里，被风吹得到的，被太阳晒得到的雪慢慢地化成了水。全家人望着东升的太阳，开心极了，老二老三他们终于可以畅通无阻地回家了。

老太太站在阳台上，望着东升的太阳，心里美滋滋的。不由自主地掰起了指头，算起了自己的年龄，深感惊讶。人生真是如梦！转瞬间自己马上就是满87进88岁了。回想自己的一生，虽然未结过婚，甚感遗憾。但是现在已儿孙满堂，她内心深处已是十分满足。儿子关明成已经65岁，在她的精心呵护和教育下，深明大义，为国为民做了不少好事善事，在社会上赢得了良好的口碑。特别是他对三个儿子的教育和培养，更是令人骄傲，更令人羡慕。三个儿子个个都是国家之栋梁，两个知名科学家，一个国家高官。三个儿子都有一个特点：正义、爱国爱民有孝心。

她一边喜洋洋地从阳台走向大厅，刚准备坐下，由于裤子太长，一下子被脚踩着，摔倒在沙发茶几的中间，头部撞在了茶几上，起了一个大疱，腿疼得厉害。她知道自己的腿一定是摔断了，听到响声，关明成赶快从房间里跑出来，袁芷薇从阳台上跑进来，两人同时将老太太从地上扶起，老太太喊腿疼、头痛。

关明成赶忙用手机与人民医院联系上，并对老太太说："妈，您就忍着点，一会儿救护车就到。您别动，一会到医院去！"

几分钟后，救护车将老太太送到了人民医院。医生询问了受伤情况，便对关明成说：先去拍片，等拍片后再来商量。关明成心领神会，推着母亲去拍片。推断母亲的腿肯定出了大问题。

老太太的右腿骨折，脑部只是皮外伤，但老太太疼得额头直冒汗。医生忙给老太太打麻药，将腿部上位还原，到住院部住下。尽管老太太一百二十个不愿意，但已身不由己，必须听医生的话，躺在病床上静养。

几天之后，三孙子带着孙媳妇回来了。听说奶奶在医院里住院，两人双双赶来医院看望奶奶。

老太太十分高兴，望着三孙子三孙媳妇，喜出望外地说："小孙子，你们快去准备婚礼，我没事，我还要去参加你俩的婚礼呐！"

老三关业乐在正月初三，奶奶的生日那天，在家举行婚礼。老太太坐着轮椅，回到家里参加了三孙子的婚礼。高兴得连连说：小孙子，祝你们白头偕老，早生贵子！说完傻乎乎地大笑不已。关明成看到母亲有些不太正常，赶忙走近母亲身边，对母亲说："您高兴，别大笑，小心笑坏了身子。""你别管我，我太高兴了！让我好好地笑吧！"正说着，二孙子从美国回来了，带着妻子和俩孩子。见到老太太，全家人一起跪在地上给奶奶拜寿。

给奶奶拜完寿后，便给父母汇报：他们一家已回到祖国北京。他和妻子已经组建了自己的公司，两个小孩都在读小学。

全家人听完都兴奋不已，在爆竹声中为奶奶拜寿。为老三两口子祝福，祝愿他俩执子之手，早出精品，白头偕老，事业与家庭双丰收！

关家大院里灯火通明，欢声笑语经久不绝。

老太太一直处于兴奋状态中，整夜难眠。她觉得自己是世界上最成功的女人，也是最幸福的女人！将有着汉奸血统的家族在她的精心改造下，成了全国少有的利国利民的家庭。她将笑对王家的列祖列宗，笑对关家的列祖列宗。在她瞑目之前将关明成叫到自己床边，要求他将二孙子三孙子的姓改为"王"姓。

关明成摇着头不同意，说没有必要。老太太说：让她死后好向他父亲交代。

关明成无奈，只得答应母亲。老太太在儿子关明成答应之后，微笑着离开了人世。

与你共品：

从为日本效忠的汉奸，到北京师范大学的高才生，再到国家之栋梁。一家三代的命运截然不同。小说以一家三代不同的经历为主线，用质朴的语言描述了父亲、儿子、孙子在不同的年代下，在不同家庭环境的熏陶下，忘掉了父系所存在的劣根性，三代人的生活交织在一起，奏响了改革开放的春风。在中国共产党的带领下，他们都有着共同的特点：正义、爱国爱民、有孝心。这不仅是一家三代基因的裂变，更代表着中华民族的裂变。这种优秀的民族精神是我们最深厚的文化软实力，也是我们民族屹立于世界之林的基因。

（赵丽梦老师）

那天，舅舅走后，我看见父亲在和母亲谈话，气氛十分肃穆。父亲轻言细语地对母亲说："香莲啊，我知道你看到儿子被揍心里疼，我作为父亲何尝不心疼！古人说'儿不教不知义，玉不琢不成器'啊！老大在三个孩子中是风向标，他不能走歪呀！他歪了，其他两个也就难以成才，那我李家便完蛋了。"

父亲的故事

一

一位古稀之年的老头，每天踩着一辆三轮车，穿行于海口的大街小巷。他高高的个头略显清瘦，从后面看，你一定会把他当成二十多岁的小伙；可从正面看，他脸上黝黑泛黄，皱纹满面，两只眼泡躺在眼皮下，像两座小山，格外显眼，俨然是一名70多岁的老头。他精神矍铄，嗓音洪亮。

三轮车箱里放着家电，奔往小区楼盘。转来时，车厢不是码着包装盒，就是放着旧家电。每天清晨便拉着包装盒或旧家电，到收购市场去出售。收购门市部几位老板都认识他，望着他，老远便打招呼：李老早啊！他笑着点头，将包装盒卸下来过秤，或将旧家电移下来，向老板介绍，这家电还可以用的，四百元拿来的，你就给个五百吧！老板说：太贵了，四百五吧！李老头沉默了片刻说：好吧，四百五就四百五。成交！

卖掉包装盒或旧家电，便奔向家电公司门市部，将电器按指定的地点送过去。客户家里买了新家电，旧家电必须处理，于是对李老头说：回收旧的吗？回收，看多少钱？给个五百吧！这老头虽年纪大了点，可个性还蛮好的。他耐心地望着客户，慢条斯理地说：您有了新的，旧的便宜点，我给您带回去，三百元怎么样？客户沉默了半晌，和妻子商量了下。好吧，三百给你。前天我表妹的一台冰箱，比我这个旧多了，都卖了五百。老李听他这样说，您就放着吧，我今天就不带它走了。客户听他不肯带走，有点慌了。不带走，没地方放。于是妻子发话了，三百元拿走吧！此事成了。可家电包得严严实实，客户妻子说：您帮忙把这包装拆了，帮我们安上位，这包装盒您拿去，还可卖几个小钱。好嘞，他乐呵呵地帮忙拆掉包装，再将冰箱安上位。

一个包装盒可以卖个二三十元。

他一天来回两三趟，回到家里还比较早。他从不到餐馆里吃饭，除非别人请客，他舍不得将钱甩在餐馆里。炒了两个小菜，一碟花生米，喝了一小杯白酒，便开始记账：卖了两台家电，赚了300元，包装盒赚140元，工钱210元。一天收入为650元。他觉得今天机会不好，跑了两家四台旧空调的钱，至少去了500元。

今天是月末，算了下总账：该月比上月强，赚了2.5万多元。他发出满意的微笑，觉得儿子一点也不知行情，反对他做这个行当，从骨子里瞧他不起，怕影响自己大学教授的形象。殊不知，儿子每月的工资还不一定有他的多。

<h1 style="text-align:center">二</h1>

记得刚来儿子这里，每天待在家里闲着，尽管自己72了，但还从未整天整天的闲着，这样会闲死人的。他必须走出去，了解海口的经济状况。他每天都看海南的新闻，看看海南自贸区什么时候真正开始实施。他想先摸国家实施自贸区的具体规划。他一边听新闻，一边找市民聊天，摸海南的经济走向。他在儿子家里实在是闲不住了，在校园里闲逛，遇到有的家里需要换水龙头，他知道后，自告奋勇地去帮人家换。工具还是从老家带来的，有几家的电视坏了，冰箱出了毛病，空调不制冷了，他总是喜滋滋地帮人家去维修。他一生勤劳，见多识广，干的行当又多，像家里的家电出了毛病，水电不正常，厕所堵塞什么的，即使是房屋出了大毛病，他可以当医生的。家属们都非常喜欢他，都亲切地叫他李老。他在和家属聊天的同时，总是忘不了要询

问海口在怎样发展。当他听到海南自贸区的具体实施可能要等到 2024 年后才能开始推进，他的心都冷了半截，他只得小打小闹起来。

李老成天无偿地给教师们帮忙，同时在学院的地下室里找了个空地方，偷偷地捡矿泉水瓶及纯水瓶，也捡点破烂包装盒，背着儿子儿媳妇，挑到收购门市部去卖。一个月下来还可以赚个两千多元。

有一天，儿子发现他挑着一担废弃物往学校大门走去。儿子十分气愤地追上他：爸，你这是干什么？怎么捡起破烂来了呢？晚上儿子儿媳妇狠狠说了他一顿，说他辱没了他俩的脸面。他一声未吭，脸都气白了，一晚上未睡，决心到外面租个地方过自己的日子。

他来海口本就不是来养老的，他要出去到处走走，摸摸这里的商业行情。这些想法他不敢也不愿意告诉儿子儿媳妇。

他确信即使海口不成为经济自贸区，他也可以找到商机。大的商机可能找不到，小商机还能逃到哪里去？一年抓个二三十万元应该不是问题。

他走了，给儿子儿媳妇留了张纸条：我给你们丢了面子，我走了，走到一个离你们较远的地方，去过自己想过的生活，你们就别找我了！

儿子儿媳妇看了字条，打手机不接便四处去找。海口这么大，到哪里去找？儿子对媳妇说，算了，别找了，他不会有事的。我爸是个生意精，又去找商机了。我可以肯定，他不出十天，一定会找到适合他发财的机遇。

晚上，儿子向媳妇讲起了他老爸的故事：

父亲这一辈子不容易，新中国成立前一年的夏天，出生在一个富农家庭。一出生就遭到世人的歧视，从小就被贫下中农的子女追着打。他七岁的时候，别人家的孩子都上了学，他这个富农子弟，连上学的资格都没有。一天他偷偷在学校的窗户边听老师讲课，被老师发现后，将他邀进了教室。后来，一群贫下中农的子弟将他围在回家的路上殴打了一顿，打得鼻青脸肿。被祖母发现了，全家人抱着哭了一场。老师知道后，将几位打手留下来罚站。从那之后，父亲才能顺利地读下去。由于家里兄弟姊妹多，父亲读完小学三年级，便辍学帮祖母在家里干活。那时，父亲还不到十一岁，就成了祖母的重要帮手，烧火做饭、洗衣、喂猪、帮队里放牛。祖父因为是富农分子，经常被拉去批斗，过年过节都会派去镇上扫大街。祖父身体不好，在父亲 14 岁那年，就吐血身亡了。

祖父去世后，父亲便挑起全家人生活的重担。穷人的孩子早当家，"文化大革命"开始，斗争矛头主要在干部，对于地富子弟已经有点"关照"不暇。祖父死了，祖母的成分是中农。心灵上的政治压力减轻了很多。那时农村虽然渡过了 1959、1960 年的灾荒之年，但吃饭问题依然未彻底解决，大多数农户还得靠吃菜饭萝卜饭维持生活。父亲也不知是饿怕了，还是本能的原因，一天晚上，他把全家 7 口人召集起来开会。他说，想要吃饱饭，过好日子，必须分工合作，搞好家庭副业。祖母身体不好，除了照顾两个小叔小姑外，管理全家人的衣裤鞋袜缝补及床上的添置；二叔负责四头猪的食料，管理一百多只鸡鸭鹅；三叔负责全家人的烧火做饭；四姑负责洗全家人的衣裤，读好书；父亲掌管家里的财政大权，负责管理菜园子，统筹中心工作。工是分了，如若遇到中心工作（什么是中心工作，比如捡粮食，搞三抢等等家庭以外的事），大家必须无条件地服从安排，听从指挥。

分工之后，各负其责，但必须互相帮衬。干得好的有奖励：二叔的猪，如若个个长得膘肥体壮，按国策卖一个，自己家里杀一个。家里人多，父亲要求二叔，自家杀的那头猪必须在二百五十斤以上，超过了二百八十斤有奖。奖的额度是 20 元以内的奖品，奖品由二叔自己定。现在鸡鸭鹅的总数是一百六十八只，若超过十只再奖 10 元。三叔的饭菜做得好，大家认可，可以得奖 15 元。四姑衣服洗得及时干净，书读得好，在班级前五名，可以得奖 10 元。父亲的菜园子，若比周围的都种得好，还有卖的，可得奖 15 元。财政大权掌管得好，每年有余的钱，按余钱的十分之一给奖。未给祖母设奖，但得了奖励的，主动孝敬祖母，数额自己定。

制度宣布之后，兄弟姊妹十分称职，都在竭尽全力做好自己的事。遇到一些公益活动，父亲一声号令，兄弟姊妹积极响应：捡麦子豌豆，两个叔叔和一个姑姑，飞快在田中跑动，眼明手快，所到之处，所掉麦穗和豌豆像收割机一般全被颗粒归袋。回到家里比战利品，二叔最多，四姑最少。四姑总是翘着小嘴不高兴，父亲总是安慰四姑。四姑不错，年纪这么小，居然能捡到那么多，值得表扬。

一年秋天，为了将棉梗省出来，父亲便带着两兄弟去湖里割柴草，将柴草晒干之后，挑回来烧火做饭，然后将棉梗挑到镇上去卖钱。

家里由于父亲善于经营管理，在队里成了殷实之家。每年菜园子里的红薯、白菜、洋姜用板车拉到镇上去卖，鸡鸭鹅猪卖的钱是大头，每年都有近八百元的收入，那时的八百元，相当现在的30万。

小日子过得有滋有味，小叔和幺姑也上了学，祖母的身体比以前好多了，三叔四姑都已长大成人。父亲考虑到房子少了，准备修几间草房（那时，我们那里都是土砖草房），为二叔三叔结婚做准备。父亲手中有了钱，修起房子来像撑伞，一个秋天就将六间草房修起了。房子显得十分气派，引起了大队小队干部的重视，说：阶级敌人的子女居然比咱贫下中农的子女搞得好，一下子修了六间屋，那还了得。查一查他的来路！小队干部将父亲带去审问，父亲根本不惧怕他们。告诉他们：土砖是自己在稻田里挖的，草是队里分的，找几家亲戚借了点，屋上的檩子是屋前屋后长的，几块木门是自己做的，没用多少钱啦！说得队干部哑口无言，只得将父亲放了。

我媳妇十分感兴趣说：爸真有经济头脑。在那个禁锢的时代，政治压迫的时代，思想封闭的时代，穷得叮当响的时代，爸都能将这个家经营得丰衣足食，其乐融融。真是不简单！

三

又过了两年，一股割资本主义尾巴的政治风暴席卷全国，刮到了我家生活的大队。

阳春三月，春寒未退，太阳还不那么雄势。

一天上午，大队干部领着一伙人扛着锄头，到各家各户的自留地上统计审查经济作物。那时，我们那个地方家家户户种烟叶，等烟叶收完到城里卖了换新衣服回来过年。这下可好，烟叶只准留二十株，超过的一律当场击毙。那些不食烟火的干部高声对大家讲：我们无产阶级搞社会主义不能富有，这是我们的本质。因此，想用烟叶换钱的以后没门。一锄头下去薅在了大家的心里，薅得血淋淋的。那天晚上不仅地富反坏右的子女哭了，贫下中农的子女也哭了。孩子们都哭了。

后来听说，薅烟叶，第二天在十小队里，遇到了一位抗美援朝的老革命，当场举起锄头要将那些大队干部的头薅掉。谁敢再薅烟叶，老子就砸破他的头。说着将举起的锄头砸在地上，那几个干部吓得魂飞魄散，灰溜溜地跑了。

媳妇在一旁听着听着，气愤起来，那些干部真是太混账了。谁说的，社会主义不能富有，真是愚蠢之极。把孩子们想新衣服的念想阻断了。这样的事情恐怕古今中外找不出第二，愚蠢到了家！躺在床上都在念叨、气恼。

烟叶被锄完后，又要清理鸡子鸭子鹅及猪的数量，按所谓的规定：鸡子不得超过 8 只，鸭子不得超过 10 只，鹅两只，猪两头，超过了的一律充公。我们家被强行抢走了 25 只鸡，18 只鸭，10 只鹅，两头猪。

但祖母眼睁睁地看着好几家将鸡鸭鹅的数量少报，他们一藏二瞒三掖着。但李家是专政对象，硬挺硬，一只也不敢多。祖母十分气愤，上前去和干部理论，被几位干部推坐在地上，祖母浑身气得发抖，当场就倒在地上，抬到医院住了五天就一命呜呼了。

祖母走后，全家人都悲痛万分。特别是父亲，觉得对不起祖母。这么些年让祖母吃苦了，祖母本是中农家庭，嫁到他们李家来。以祖母的条件，完全可以嫁到贫下中农家里的，但跟了祖父一个地主分子，经常跟着怄气，在世人面前抬不起头，一辈子没有享半点福。这次的离世，完全是被那些仗势欺人的狗干部们给气死的。

祖母走了，尸体必须火化，可好多老人就没有火化。但他们家是专政对象，无话可说。尽管祖母在世一直怕火化，但她死后，父亲无能为力，只得按政策办事。

把祖母抬去火化的路上，父亲一路上悲痛欲绝，哭嚎着走向火葬场，历数着祖母为了李家勤扒苦做的事迹，令旁人也跟着哭泣起来。父亲小时候背着书包去读书，在路上被一伙大父亲几岁的孩子打了，祖母以一个中农子女的身份找到几个孩子的家里，将父亲领着，要求赔偿医药费，不赔就不走。对方说："你个地主婆子还这么嚣张！"祖母理直气壮地说："我出生中农，你欺人太甚，你儿子打伤了人，不赔医药费，我和我儿子今天就坐在你家里，你敢怎样？"逼着对方当时赔礼道歉，给了 2 元钱的医药费，从此再无人敢欺侮父亲。

　　祖父去世了，大队干部将我们家仍然看作地主家庭，通知祖母去开会去扫街。祖母说，我是中农，这个家是我的，我的孩子们都是中农，不理他们，他们强行将祖母押去开会。后来，舅爷爷知道后找到大队干部说祖母是在家招女婿，女婿是地主，地主死了，她们家就是中农，再没有地主分子。此事一直闹到公社里，但一直没断清楚，从此以后再没有人敢要她去开会扫街。

　　父亲一边哭嚎着，一边想着祖母做人的那种骨气和精神。祖母走后，父亲悲痛了很久，全家人也悲痛了很久，都念想着祖母身前的一些事。

　　祖母走后，大事小事全落到了父亲头上。父亲整天忙里忙外。那时父亲已定亲，我妈经常主动跑到家里来帮忙，两人都到了结婚年龄。

　　母亲经常往父亲家里跑，引来了风言风语，大队干部还将父亲带去审问。父亲理直气壮地告诉他们：我和香莲都已到了结婚年龄，可以结婚了。大队干部十分严厉地对父亲说：不管你俩有多大年纪，不拿结婚证就不能在一起。父亲答应马上写申请结婚。

　　父亲拿着结婚申请，找大队干部时，回答却令人无语，说国家有新政策，提倡晚婚晚育，男的要27，女的要24。父亲那年已是25岁了，按以往的规定已经超过结婚年龄。若是贫下中农的子女，完全可以不拿结婚证就可以结婚生子，但作为专政对象的子女，那是不能越雷池半步的。跟我父亲年龄相仿的，人家孩子都可打酱油了，可我父亲却只能干巴巴地等着。但一天不拿结婚证，我妈还不能往父亲家里跑，家务活全落在了小姑身上。

　　割资本主义尾巴割得父亲一筹莫展，什么也不能干，这一大家子尽管以前还有点积蓄，但还是要细水长流，省着点。平时只得靠吃菜饭和萝卜饭过日子。

　　过了两年父亲才结婚。母亲是地主家的女儿，比父亲小两岁。结婚时，贫下中农的子女结婚是可以请客的，可我父母结婚因为男女双方都是敌对分子的子女，不能请客。两家人在一起吃了餐饭就算举行了婚礼。

　　结婚不久，母亲便怀上了我，父亲知道后十分高兴。在高兴之余，觉得让母亲吃菜饭会影响胎儿的发育，于是跟四姑讲：嫂子有了身孕，不能吃菜饭。要求她单独给嫂子做。同时向全家人讲，利用多出的两间小屋养鸡，让母亲生了小孩有鸡子吃。又反复强调大家千万别将小屋喂养鸡子的事讲出去。

四

光阴如白驹过隙，悄悄地来到了 1977 年的春天。和煦的春风缓缓地抚摸着大地的心房，将起拨迟缓的心脏打了一剂强心针，令大地振作起来。各种令人振奋的信息从北京传来，激活了垂头丧气的人们。人们在信息中亢奋：首先是我父亲听到摘除地富反坏右帽子的信息，他可以享受到与贫下中农平等的待遇；其次是父亲梦寐以求的分田到户有了政策；还可以自由经商了。父亲欣喜若狂，地富反坏右分子的子女们奔走相告，弹冠相庆：我们的孩子解放了，可以当兵，可以读中学，读大学了！他们发自内心的高兴，为自己更为子孙。

父亲是个执行力极强的人，一听到信息，马上行动起来。带着全家人到湖渠沟溪里种植茭白，在自家的屋里用棉籽壳培育菌种，养起了菌子。

市场还没有完全放开，父亲的生意做到镇上，开起了菜市场门店，生意好得不得了。市场管理部门的人来找我父亲，我父亲给他们讲中央的政策，讲来讲去，他们觉得没底气干涉开店，要父亲交了点管理费便离开了。

菜门店开了不到半年就分田到户了，农民们盼到了各显神通的好政策。大家都在专心致志种好自己的田，父亲在采摘茭白时，窥到了大的商机，他发现晚上鱼儿都会游到沟岸边觅食，他弄了个三节电池的电筒朝水中一照，水中的鱼儿看得真真切切。于是他找来了一竿七齿叉，杀起水中的鱼来极为容易，一叉一个。遇上大的用手钩钩起。一个晚上，他不费吹灰之力就捞得各种鱼 50 多斤。第二天挑到镇上去卖。有人问他，是哪里弄这么多鱼？他只是微微一笑，说是帮别人卖的。

第二天晚上，他领着两个弟弟，带着四妹，挑上箩筐和蛇皮袋，手中一人拿着一竿七齿叉，到湖堤沟中杀鱼。三路人马，每路人马差不多都杀了近百斤。三兄弟各挑一担回来，神不知鬼不觉的。第二天天还没大亮，三兄弟就一人挑一担往镇上去卖鱼。见了熟人问，就说是帮渔厂在卖鱼。

由于鱼来得容易，别人卖 2 元一斤，他们只卖 1 元 8 角一斤。不到中午就卖完了。三兄弟高兴极了，此生意持续了十年之久，直到湖水河水都污染了，鱼儿灭了才停下来。

分的田，本来是做三家分的，但种起来都由父亲统筹规划，别人家都种棉花和稻谷，我们家的田种的是药材，柴胡和补肾草，水田里套养鳝鱼和泥鳅，还有一块田养的螃蟹。

父亲将分到的田安排给二叔三叔后，自己却在另辟天地。他骑着刚买的歪把子凤凰自行车，在乡镇四周去转了转。这一转不打紧，转出了商机。他准备在大桥头旁开一家代销店，将母亲请来瞧了瞧，觉得此地可以开。于是在此租了两间瓦房，找师傅来修了修，做了一块大招牌——得金代销店，挂在了门的正上方。在旧货市场拉来了货柜，进了货源，便开张做起了生意。刚好，不远处是一所学校，小学和初中。我和弟弟便在这里上学。一年后，我升到了初中。在这里，我读完初中升高中时，父母亲才离开此地，将代销店移到镇中学旁，弟弟便转到镇初中，小妹在那里读小学四年级。在弟弟升高中，小妹升初中时，父母亲便将代销店移到了县城实验初中旁。小妹从镇上转到实验初中，校长说什么就是不让进，弯了好几个人才作为旁听生进去，后来转为借读生，升学考试还得回镇中学去。小妹因为是旁听生、借读生，哭了好几回，每次哭鼻子，父亲总是对她说：只要能进学校进班学习，就是胜利，别人家的孩子就连旁听生借读生都只能是做梦，我们的小妹这么有福气。毛主席在北大就是个旁听生，只要自己努力，旁听生借读生也可以超越正取生正规生的。一席话把小妹说得雨过天晴，满脸彩虹。

媳妇听得十分专注，对父亲的这些经历所折服。她说：我们虽然生活在城镇，但我父母除了拿点死工资，一点外快都捞不着，主要是没有捞外快的思想。

我说这些也与生活的环境有关。爸的这种生意头脑不是与生俱来的，而是生活逼出来的。当时如果成分好，祖父祖母的情况好一些，爸不会这么早就挑起这个家庭的重担。重担在身，令他不得不去想办法把生活过好。

媳妇不这么看，她说爸的这种行为不仅是生活所迫，而是与生俱来。小两口为此争得面红耳赤。

父亲的思路十分清晰，他想把我们全家逐步往城市方向移，以做生意作为桥梁。到哪里都需要钱来生活，钱这个东西虽然是身外之物，但少了它是万万不行的。因为父亲牢牢把住这一点，哪里有钱赚，才往哪里奔。但无论怎样奔，方向总是从农村走向城市。

为了向城市发展，他对我们三姊妹的读书抓得特紧。有时在一起吃饭，他总是要给我们上课。说文化这东西比钱重要，你们一定要争分夺秒地刻苦学习。人一旦掌握了文化，脑子就好使了，可以借鉴世界上那些聪明人的成功经验，使自己能站在前人的肩膀上往上升。爸这辈子家里穷，又受政治上的限制，无法多读书，爸就只能在这小地方小打小闹。你们三姊妹就不同了，我和你妈支持你们读书，也没有了政治限制，但你们不能自己限制自己。成绩差了，升不了学，考不上大学就会囿在这个广阔的天地里。这个广阔的天地好是好，它是庸人生活的地方，本来聪明人基本上都是从这广阔的天地间走出去的，但有一点你们要清楚：必须走出去，老是留在农村，和那么多人抢饭吃，那饭能有好的吃吗？能吃得饱吗？因此，你们必须从农村走出去。凭什么才能走出农村？走出农村叫鲤鱼跳龙门。现在只有一条路，那就是靠读书，读书就是一张登天的梯子。你们一定要积极主动地乐意地往上爬，爬上去了，就鲤鱼跳了农门。

农民在我们这个社会，是生活在天底下最底层的人。你们看，我们这地方，平均每人只有一亩一分地，比社会上说的一亩三分地的自留地还少，仅凭一亩一分地怎样能生活得好！

孩子们啦，你们只有刻苦钻研搞好学习，跳出农村，把你们的一亩一分地让给那些跳不出去的乡亲父老，兄弟姊妹。

父亲之所以这么培养我们读书，都是因为他的这种思想。平时对我们看得十分紧，我小时候有些模糊，跟着几个不愿读书的小伙伴，每天与上学的小伙伴一同去上学，可人家进了学校，我们几个却跑到河滩上去玩游戏。中午按时回家，吃了中午饭又按时去河滩里玩水，去豌豆田里掰豌豆角吃。

就这样玩了近两个月，父亲终于有一天知道了，跑到河滩上抓到了我。从小桥上将我一下子扔进了河水里，河水很深，我差一点就淹死了。

父亲将我扔进河水里，站在桥上，心里有些慌乱。他还是怕我淹死，只是一时冲动。见我好长时间未从水中冒头，他已脱了鞋袜，眼睁睁望着溅起水花处，正准备跳下去救我时，我从水底冒出了头。

我从河水里爬到岸边，他又赶过去，将我提到岸上，让我扑在地上，用手在我后臂上拍打，我吐出了一大滩水后才缓过神来。

回到家里，将我关在房里，晚上当着弟弟和妹妹的面，让我扑在板凳上，露出光屁股，用一根竹条，狠狠地抽打，我疼得大喊大叫。

妈跑过来解交。父亲却说：这都是你惯的，你还好意思说情，于是下手更重了。

"喂，你这人真是，这些孩子我惯过谁呀！你打吧，你是他父亲有权打！"母亲有些气恼，但知道父亲的个性，没有再说什么，含着泪水，躲在邻居家里去了。

父亲一边使劲地抽打，一边教育着我，还让弟弟妹妹在一旁看着听着。这显然是杀一儆百，也叫杀鸡给猴看。

直到我屁股打开了花，他才停手。好多天，我不能坐，写检讨也只能站着写，写完之后，他便带着我去学校向老师赔礼道歉，恳求老师收下。

从那以后，谁还敢逃学！

从那以后，他经常往学校里跑，还留了老师家的电话，为了不让老师太吃亏，还逢年过节给老师送礼。但送礼之事，绝对不让我们知道。一天舅舅来家里做客，拿酒时，母亲叮嘱说：这是给老师留着的。

那天，舅舅走后，我看见父亲在和母亲谈话，气氛十分肃穆。父亲轻言细语地对母亲说："香莲啊，我知道你看到儿子被揍心里疼，我作为父亲何尝不心疼！古人说'儿不教不知义，玉不琢不成器'啊！老大在三个孩子中是风向标，他不能走歪呀！他歪了，其他两个也就难以成才，那我李家便完蛋了。"

我李家被一顶地主帽子压了几十年，现在好了，帽子没了，一切都公平了，平等了，但我们自身不能出毛病啦！现在的社会好啊，政策宽泛，人人都成了八仙，可以各显神通了。但神通从何而来？八仙的本领靠修炼。孩子们要想有本领，就要靠读书，像修行一般要十分虔诚地读书。这个社会好就好在给普通人打通了一条通往蓝天和大海的通道，这条通道要有本领才会成其为通道。一般人走不出去，唯有读书人才能有这个本领从这个通道里走出去，飞出去。

我站在门边被父亲瞧见了，便要我进去。

祥富，你今年都十二岁了，我像你这么大，已经顶起了家里的半边天。还过五年你就要上大学了，上大学是要有本领的，黄老的老大前几年考上了人民大学，今年分到了国务院。人家以前也是地主，挨了几十年的压，但现在好了，儿子说不定几年后就会当上国家领导人。而我们李家原来也是地主，人家的孩子能考上人民大学，还分到了国务院，而我们李家的孩子却逃学不走正道，这会让世人耻笑！你知道爸为什么狠狠地揍你，爸是恨铁不成钢啊！我们李家尽管成分不好，但在世人心目中应该比黄家的地位高多了，而黄家的儿子有出息，到了国务院，成了国家领导人，而我李德金的儿子却是个混混！儿子，你说，爸爸心里是个什么滋味？

儿子从现在起，你必须明白这几个道理：人要有敬畏之心。瞒着家里两个月未去上学，你心里已经没有敬畏之心，天不怕地不怕，跟着一群小混混在外玩，做坏事，已经到了不可救药的地步。矫枉必须过正，不狠狠地揍你，恐怕已经教育不过来了。不用竹条将你狂野无羁的行为止住，那你的一生就毁了。你看那几个和你玩的混混，最终的结果会是什么？我们会看得到的。

儿子，近墨者黑，你应该懂呀！就是跟着坏人就必然会学坏，人来到这个世上是有责任的：一是要对家庭负责任，为了家庭的兴旺发达要发奋图强；二是要对社会对国家负责任。社会国家需要有本领的建设者，维护者。你必须发奋图强，在心目中必须明白：家庭利益必须无条件地服从于国家利益，从小就要明白这个道理。只有明白了这些道理，才会努力不懈地读书，就可以考上大学。考上了大学就能在大学里学到先进的科学技术，掌握了科学的先进技术，你就有了建设国家保卫国家的本领。有了保家卫国的本领，你就可以对家庭负责任，给父母养老送终了。这是一举两得的事，所以说，你必须好好读书考上大学。

儿子，还有一点要告诉你：一个人光有本事还不够，还必须有纯正的优秀品质。有了纯正的优秀品质才能去办大事，才有可能办成大事。怎样使自己有纯正的品质呢？首先要择人为伍。就是要选择品质纯正的人为朋友，不和品质低下的人来往，这叫近朱者赤。平时，要尊老爱幼，真诚待人，处事讲原则，明辨是非，遵纪守规，这样你就慢慢地品质会纯正起来。

儿子，今天讲得够多，从明天起，我会带你去参加一周的劳动。到农田里去扯秧栽秧，去感受当农民的辛劳，对你的成长是会有很多好处的。

媳妇感慨地说："爸懂得很多，你的顽皮让爸担尽了心。打你，确实是恨铁不成钢。特别是黄家的儿子分到了国务院，对他的压力特大，再加上你又如此地不听话，逃了两个月的学，真是目无王法，该打。如果我是你爸，也会狠狠地揍你。"

"老公，你现在还怕不怕那根细细的竹条？"

我笑着说："只要看到那根竹条，心里便会想到我爸抽打我的情景，屁股就会隐隐作痛。真是一朝被蛇咬，十年怕井绳。"

我笑着问媳妇："你这辈子被爸妈打过吗？"

媳妇笑着说："谁像你，比孙猴子还顽皮。我十分听话，读书成绩一直是上游，爸妈为什么要打我？"

第二天，吃过晚饭，父亲将我们三姊妹叫到一起，给我们订了人生规划：先征求我们的意见。我是老大，要我先写，不得苟且。

我写好后，交给父亲。父亲认真地看了几遍，脸上有了阳光，但严肃地对我说：自己写的，就一定要算数。不算数，生活会惩罚你的！并要我拿给弟弟和小妹看。

于是弟弟和小妹也按照我的格式写出了自己的人生规划，交给父亲。父亲对我们说："这都是你们写的，不得有半点懈怠。再每人写一份本学期各科考试成绩的预估分数。我们只得按父亲的要求去做。"

听到这里，媳妇感慨地说："爸真是一个奇人，那个时候，我们城里孩子谁懂得什么人生规划，还将规划写得如此具体。真是不可思议，爸从哪儿学来的。"

媳妇还想听，并催促我："能不能简洁一点！但她又十分矛盾，讲简洁了，她又好奇，要详细追问，简洁点就简洁点吧！"

期中考试成绩揭晓后，父亲特地到学校咨询了我们三人的具体分数，晚上将我们喊在一起，要各自对照预估分数看有多少出入。

对照之后，又要我们预估下学期期末考试的具体分数。还说以后这种做法要形成常规，不可减略和放弃。

有一次，小妹的数学成绩比预估的少 10 分，父亲和她在一起分析了半个小时，找出了达不到的真正原因，还要她写出改进措施。

别看爸那时只读了三年书，怎么对老师的这一套方法搞得如此清楚。我读大学时，爸和我在一起吃饭，那天爸高兴，我喝了一小口酒后，壮着胆问爸：您怎么比老师知道得还多，什么人生规划，什么质量分析？父亲笑了笑说：爸一直在坚持学习，我买了几本清华学子谈高考的书。

后来我在爸的床头柜里找到了这几本书。

你爸这人虽然在学校里读书时间不长，但他一直在坚持学习，做事特别有计划，看问题看得准。希望你们离开农村，离开农村的唯一办法就是读书。为了你们把书读好，他自己还买来了几本关于考大学的书，希望你们能像清华学子一样将各科成绩搞好。用清华学子的学习办法来要求你们，爸真是太有头脑了。有了这么有远见有头脑的爸爸，何愁儿女不成材？

媳妇大发感慨，觉得生活在城里的父亲反不及农村的爸。

父亲一方面教育我们兄妹好好读书，一方面对我们的品德进行规范塑造。他经常对我们讲，一个人不管在哪方面有所成功，品质都是第一的。古人说："德不配位，必有灾殃。"品质不好即便暂时成功，也会是昙花一现。做人是有底线的，像汪精卫和蒋介石争地位，不择手段，投靠日本，成了大汉奸，最终不得好死。蒋介石得了天下，不听孙中山的，反对三民主义，搞独裁，结果丢了天下。他们都是大人物，高层人士。我们生活在中底层，做人也要有底线。不做有损国家利益的事，不做对大多数人有害的事，不做损人利己的事。要做一番事业，男同志要有担当。只要是利国利民的事，就是有生命风险，也要敢于承担，关键时刻挺身而出。女同志也要有是非观念，平时含而不露，关键时候支持正义。

生活在这个和平年代，我们必须与政府保持高度的一致，国家的需要就是你们年轻人的使命。一个家庭只有尊老爱幼，互相支持，互相理解，积极向上——向国家需要的方向努力，家庭不会不发达兴旺，每个家庭都和睦相处，都能为国家做贡献，国家就会强盛起来。只有国家强盛了，我们的家庭才会幸福，日子才会一天比一天过得好。

媳妇若有所思地说：你们几兄妹都能够从农村走出来，每个人身上都没有农村人的那种孤僻和自卑，也没有那种狂妄和粗野。总之没有农村人的那种多心眼小心眼，时刻怕上当受骗的拘谨。都是受爸的影响，我为你有这样的父亲感到骄傲。

夜已深，媳妇还处在兴趣中，我说："睡吧，已经 12 点了。"

媳妇听出瘾来了，对我说："反正睡不着，你能不能接着讲？"我说："行啦，你真是个瘾大公司！"

为了在城里落脚，父亲买了一套一百五十多平方米的楼房。以后，我们一家人就可以住在县城里了。父母一旦不做生意，就可以长住县城。但父亲是个生意精，不会就停下来养老，这不是钱的问题，是他的性格所致。

我大三那年回家过年，父亲带着我们两兄弟到祖父祖母坟上去整理坟墓：扯杂草、砍构树。当看到沟渠里的水污黑时，大发感慨。这么多年，一点变化都没有，就只是把清澈之水变成了污秽之源，这么下去怎么得了？回家的时候，看见内河里的水也污秽不堪，发出阵阵臭气。一百多里长贯穿整个县的母亲河，被搞得乌七八糟，还被截成了一段段，老百姓到哪里去找饮用水。父亲望着被截断的内河，看着眼前发臭的河水，气得满眼是泪水，一句话也说不出来。父亲无可奈何中，更多的是担忧。沉默了半个小时后才对我说，更像是自言自语：两岸的百姓还怎么活呀！

第二天清晨，他骑着自行车，沿着这条母亲河岸进行考察。先是到上游，以前流动的河水，而今已成死水、污水。沿途都有小死猪小死狗小死猫翻在河面上，发出腐臭之味。

有些地段已被割断，成了一格一格的养鱼池，没有养鱼的地段早被黄麻染黄，河水黄浊，难怪鱼儿们早已没了踪影。

他去咨询了几家乡民：河水污染成这样，你们的饮用水是怎样解决的？

乡民说："我们打的井。"说着便指着屋外边有一米高的钢管，钢管顶端有一"7"字形压把手。紧靠它的有一根 50 厘米高的水管，水管的顶部有个水龙头。

"打下去多深？"

乡民回答："大约十米左右。"

十米左右，这水怎么能够饮用呢？他拿出早已准备好的纯净水瓶将井水灌入。他要将井水送到疫防站去化验。

化验结果出来后，他将结果向县政府相关部门反映，要求政府出面救救这两岸近 20 万人的生命。

那年暑假，我回到县城父母身边，母亲对父亲讲，她的几个老表都得了癌症，活不了几天了。父亲说，内河两岸已不适宜住人了。听说，几个村的青壮年男性死了三分之二，那没有得怪病的还能跑得动的全是出门在外的。主要是水源污染了，又没有自来水。打的井，十分浅，重金属含量高，吃了怎么不得癌症？

父亲对母亲说："香莲，我想为村民打几口深井，救他们一命，你说行吗？"我在一旁听了拍手叫好，母亲自然是同意的。

年底回家，问父亲打井的事。父亲说，已经打了八口，东边的四口原来是洞庭湖，后来淤起来的，打井十分难以成功，试了八处都失败了，后来均移到原来的高台上才勉强成功。河西的四口比较顺利，但水质都一般般，比县城的自来水要好，但只能算 B 级水。

母亲告诉我，说父亲打井花去了这几年来的大部分积蓄，心里难受极了。但父亲说：取之于民，用之于民，值得。我们都相信父亲一定会找机会将花去的钱赚回来的。

我大学毕业后分到海口，每年只回家一次。听读大学的弟弟讲了父亲做生意的传奇故事：湖水河水沟渠全被污染了，鱼儿们早没了生存的空间，就是人也没有了生存的环境，几次呼吁政府提高全民的环保意识。父亲由于经常做一些公益事业，被推荐当上了政协委员。经常参与提案申报工作，治理水源，净化水源成了当务之急。

听到这里，媳妇对父亲的义举啧啧称赞：我们应以有如此伟大的父亲而自豪。

这个时候，北京的雾霾严重，导致出门必须戴口罩，大车小车一律下岗，中毒事件接二连三地发生，紧接着部分地区也开始弥漫雾霾。如果国家再不引起重视，再不着手治理，不仅国家不保，人民的生命均不保。父亲不断地向政府领导反映，终于有了回复，政府准备着手治理贯穿全县的母亲河。

父亲听到消息，马上开着货车将全县的甘蔗购买起来，同时收购水果和鸡蛋。在两岸民工集聚的地方租赁仓库,将这些收购来的物资码入仓库,派人严防死守。就在这时,几万民工便浩浩荡荡地开来,住到两岸农户家里。

他急急地将销货的人员找来签君子协议,分人到点,承包到人,自负盈亏。甘蔗4毛钱一根收购来的,1块钱一根承包给点上,点上出售时不得超过2元。鸡蛋3毛一个收来,8毛一只承包,出售时不得超过1块5毛。水果在原价的基础上翻倍,但出售时不得超过两倍,卖不出去的,原价回收。

两个月的时间,弟弟给父亲算了一下账,父亲至少赚了六十万元。但问起父亲来,他笑而不答。

母亲告诉我,这次将打井花去的钱赚回来了,父亲十分高兴。

五

媳妇边听边对爸的生意头脑赞叹不已,他在什么地方都可以发现商机。发现商机还能出奇招赚钱,是常人意想不到的。如果你不读大学出来,跟着爸,你会不会也像爸一样这么有生意头脑?我望着她,不敢说能。爸的这种行为如媳妇说的那样:与生俱来。但媳妇十分辩证地说:这种经济思维或者说生意思维是天生的,但来源于生活,两者都缺一不可。

第二天,媳妇还想听我讲爸的故事:我亲身经历的已经按时间的先后顺序讲完了,再讲,就只得将听来的贩给媳妇了。

弟弟还给我讲了一个更传奇的故事:

暑假期间,父亲收购了上万只蛋,天气热,怕坏,他搞来了五个大冰箱,把温度调到15度,将购来的鸡蛋放在里面。让母亲煮成盐茶鸡蛋,晚上他和父亲一人提着一桶鸡蛋,桶底放着一块冰,上面放冷却后的盐茶鸡蛋,坐小船划到一个孤岛上。那里岗哨林立,但父亲早已打通关节,一路放行,到了赌场,里面有几百人,地方大得很。他和父亲一前一后,到了赌场,赌徒们嗅到鸡蛋香味,都跑过来抢。父亲说:十元钱两个,大家准备好钱。一张钱两个蛋(那时还没有百零),没有十元的就用五十元的,五十元4个。一桶不到十分钟便抢得精光。一个晚上他和父亲各卖了四桶,共计一千二百多个。还有两处未去,父亲走时,赌徒中有人对父亲说:明天搞点卤鸡卤鸭还有猪头肉来最好带点酒来。父亲连连说好嘞。离开时已是凌晨四点。

第二天母亲卤了鸡子鸭子和猪头，切成一小块一小块，每块十元。一个猪头可以卖260元，一只鸭子鸡子卖100元，一瓶酒20元。母亲找人帮忙卤了10个猪头，50只鸡30只鸭。一天卖卤鸡卤鸭卤猪头，一天卖盐茶蛋，轮流地卖。在酒坊里每天打50斤白酒，分装在纯水瓶中。卖了一整个暑假，老弟回大学都推迟了五天。本来还准备多做几天的，但赌场被人告密给抄了。

父亲后来回忆说，此生最好做的生意，就是在赌博场，最赚钱的生意也是赌博场。至于这二十多天究竟赚了多少钱，只有父亲清楚，母亲从不过问钱的事。据大弟预估在40万元以上。那时的40万，应该是现在的千万。

媳妇听着听着兴奋起来，你们家应该很有钱啦！我说，比一般家庭有钱。

父亲有生意头脑，会做生意。但他格局小，把钱看得太重，只会做小生意。几次，几位大老板邀他入伙做棉花生意，来了几次他都摇头，不愿意拿钱投资，不喜欢与人合作，他怕扯皮，还因为他看透了人心。他说他有自己的主见，与人合作不成。因此他只能单打独斗，做小生意。但小小生意赚大钱，他做的这些小生意，投资小，回报丰厚。他手中到底有多少钱，我们都不知道。他手中从不缺钱，我们三姊妹要什么给什么，但一定要是正当的。我买车子买房子一口气就拿出了二百多万元，嗝都没打一下。我弟弟买房子买车子六百多万元，上海的房价太高，他二话没说，一口气付清，小妹买房子他出了一半二百万元。领养的两个子女也是帮他们买房子买车子。至于他手中现在还有多少，谁也不知道。

六

他有钱，但平时特吝啬，吝啬得够档次，堪比法国电视电影中的阿巴贡还吝啬，但两者有着本质的区别。父亲不损人，不违背常理，只是对自己不愿意多花一分钱。

父亲第一次送我上大学，由于下雪火车晚点近三个小时。我和父亲站在通道中，北风呼呼地吹，冷得令人瑟瑟发抖。我实在冻得不行了，上牙敲着下牙，对父亲说：找……找一个旅社待……待。父亲却说，要去你自己去，我不去！我抬头看父亲，父亲浑身也在发抖。我又对父亲说：还……有……三个……小……时，这样……站……下去……会冻死……人。父亲瞄了我一眼说，要去你去，我不去！说完在北风中走来走去，对我说：走动，快走动，就不会冷了。

父亲不肯离开这风洞的通道，其用意是不愿意出钱去开房。他不去，我哪敢去，只得陪着他吹北风。你可能不知道冻死的人有多痛苦?！我不断地跺着脚，活动着身子，但寒冷而残忍的北风钻进你的全身，将你浑身的热量吸走，全身没了一丝热量，我一边在瑟瑟发抖，一边担心能不能等到火车的到来。父亲这时叫我裹紧上衣，用双手紧紧地抱住自己，跑动跑动。我下意识地按父亲的指令抱紧上身，再看父亲早已将双手抱在胸前，时间一分一秒地过去，是那样的缓慢。我的手抱着胸前，不停地跑着，失去的知觉，好像有了一点感觉。但膝盖冷得生疼，父亲却若无其事。但他脸色有些苍白，显然身体出了毛病，他毕竟是年过半百的老人。爸，还有两个小时，去开个房吧，这样下去会出问题的。父亲煞白的脸上出现了一丝固执的神情，要去你去，我是不会去的。

就这样，我和父亲双手紧紧地抱着胸前，努力地踏着脚步，终于等到了火车的到来。上车时，父亲差一点摔倒，不是我扶得快，一定出了大事。父亲送我到了学院，离开我的视线时，我清楚地发现父亲的双腿有些僵硬，像机器人在走路。我担心父亲会倒在路上，赶过去送他，他摆着手，要我回去。见我不走，便抬高声音大声地说：回去！别跟着我。我被他少有的暴怒吓着了，才悻悻然离开。父亲走后，我大病了一场，在医院里躺了一周。后来听说父亲回家后也病了一场，但没有住院，连一颗药丸子都没吃，拖了两个多月才好。

他对自己吝啬，一生从不到餐馆吃饭，还抢面子说：餐馆的饭菜不卫生，不要到那里去吃。也从不住旅馆，有几次出差，他都选择蹲候车室，不管多冷，也不管多热。出门不上馆不住宿，我们当地还给父亲编了歌谣：李得金，生意精；会抓钱，吝啬心；不上馆，不吃荤；睡车站，颤惊惊；钱是命，不花心；守住钱，喜盈盈。

其实，这个歌谣对父亲不公平。父亲只对自己吝啬，对别人一向大方。

他经常做公益事业，我知道的就有好几件：我的同学张小乐，他父亲出车祸走了，母亲在他一岁时嫁了人，他跟着爷爷奶奶。奶奶在他八岁时也去世了，爷爷一人带着他，生活有些艰难。父亲知道后，到他家里去，资助他读书，给他家送油送米。他爷爷后来得了癌症，在临死前将他托付给父亲，父亲将他收为义子，供他读书，从小学读到大学，帮他找工作，给他买房子买车子，比对自己的儿子还好。

前村有位老奶奶，本来有五个小孩，但不赡养她。老奶奶被她子女赶出家门，住在一个小棚子里。小棚子既不遮风也不挡雨，老奶奶住在里面真是活遭罪。父亲知道后将她接到我们家，安排在小屋里住，给她钱，让她到我们家里吃饭，老奶奶不愿意，父亲就给她油米菜，让她自己弄。老奶奶前几年才去世，去世后均是父母亲安葬的。

还有一名孤儿，到处游玩，浑身上下臭熏熏的，父亲问清情况后，让人给他洗澡，换上新衣裳，后来又收他为义子，送他去上学，所有开支全是父亲出的，后来父亲还给他买了房子，现在还在管他。还有小打小闹的施舍就更多了。他每年年底，总要亲自给家乡的孤寡老人送米送油送过年物资。

父亲是个十分重感情的人，他只读过三年书，有几位发小，以前关系还不错，那时经常来往，还互相帮衬过。有个叫张承发的发小，说准备去投资一项大买卖，找父亲借50万元。父亲当时手中只有30万，就全给了他。他做生意亏了，一夜之间全家蒸发，至今不见踪影，已经二十五年了。

还有一位发小，十分老实，对人也十分诚挚，是值得交的那种人。他给儿子在城里买房子差10万元，父亲二话没说，就给他10万元。但十年过去了，至今不谈还钱的事，这几年面都见不着了。有一次见了面，抬头就走。10万元买了个仇人，父亲为此事还经常叹气摇头。还有借2万、3万、5万的，不在少数，都是肉包子打狗，有去无回，有的还成了仇人。

经过这些事后，父亲近几年变得格外谨慎小心，有时对我和弟弟都不信任。他手中的钱生怕落在我和弟弟的手里，他用手机不会转钱，我说帮他弄，他摇摇头，宁可跑到银行里去转，也不会让我和弟弟沾边。现在再有人找他借钱，就是天王老子他也不理会了。

母亲走后，他一下子苍老了许多，背都有些驼了。

平时父亲与母亲的感情十分深厚，母亲突然离世，父亲悲痛欲绝，痛哭流涕。后悔自己太在意生意了，要母亲管理着两个超市，几年没去搞身体检查，以至于母亲有高血压、高血脂都不知道。才导致母亲突发脑出血倒在办公室里，经人抬到救护车上，到医院检查时，就没了生命体征。

母亲的突然离世，将父亲那热衷于生意、热衷于金钱的欲望打得粉碎。他含着泪水把两个超市中的一个转租给了别人，这两个超市是他和母亲经营了十八年的事业呀！不是万念俱灰，他不可能将此中之一转租出去的。手中的一个超市，他也无心情去打理，经常委托手下的去弄。导致一年下来，在原来的基础上减了一半的营业额，少赚了三分之二。照此下去，就有亏本的可能。等到母亲的周年祭日过后，他将手中的超市也转租给了手下。

他一个人待在家，整天整夜回忆他和母亲生活的 40 年时光。说母亲为他辛苦了一辈子，为他生了三个儿女，为李家付出了毕生的精力，是李家的大功臣。想着想着就泪流满面，还自言自语地和母亲说着话，"香莲啊，我李德金对不起你啊！说好了到安徽的黄山，到西安的华山，到海南的三亚，还有好多好多景点去观光旅游，但一次也没有成行。"说着说着就睡着了。

醒来后，说和母亲一道去三亚旅游了，还到了天涯海角，看到了波涛汹涌的大海，还在大海边光着脚丫子，卷着裤脚，到海水中淌水，海滩上的沙粒好细好细，脚踏上软绵绵的，舒服极了。

他俩还住进了高级大宾馆，大宾馆耸立在半空中，拉开窗帘可以看到远方的大海，窗子下方是葱郁的椰林。椰树上结满了一团团的椰子。椰林的左边是长方形的游泳池，游泳池中的水是碧蓝碧蓝的。那里有不少的大人小孩在游泳池中像鱼儿一样游动，游泳池边也有不少人躺在长条藤椅上晒太阳，看那样子爽快极了。

早晨，他俩还看到了海上日出，太阳圆圆的，红红的从海的尽头中跳出来，映红了大海，景色好壮观好壮观啦！

他俩回来时，还坐上了飞机，一切都是那样真实。但醒来后，他摸着沙发，看到自己就躺在沙发上，才知道是南柯一梦。

两位叔叔和姑姑一起来看望他，听他讲这些离奇的梦境，怕他出问题，给他请了位五十多岁的保姆照顾他的起居。他死活不同意，那保姆十分尴尬，

126

只得离他而去。

他一个人待在家里，经常懒得去弄吃的，有时饿得不行了，才起身去弄碗面条来充饥。

姑姑知道后，每天来给他弄吃的，帮他收拾房间，洗衣服，和他说说话，安慰他，陪他出去到院子里散散步，慢慢地他的心情好了许多。但经常想起母亲，只要一想到母亲他就泪流满面，说对不起母亲。

后来，姑姑把父亲的情况和两位叔叔商量，想要父亲离开这个屋子，免得他睹物思情，经常想起母亲。

都来给父亲做工作，要他到叔叔家里去住，他哪儿也不去。后来姑姑姑父来劝，要他到姑姑那里去住，姑姑有一套小房子从未住过人，让他去那里。姑姑离得近，好打招呼，父亲终于同意到那里去住。

父亲到了那里，姑姑姑父轮流来陪他，给他天南地北地聊，聊着聊着他的心情好多了。在家里待不住了，又到镇上去转悠，转着转着，他又想做点小生意。

姑姑姑父不让他去干，他却偷偷地考察，觉得养龙虾确实有前景，可以租点田来养龙虾。他还跑到汉江市去吃龙虾，去摸行情。吃了龙虾，觉得汉江市的龙虾好吃，名不虚传。

回来后，找养殖龙虾的农户摸底，看龙虾的经济价值究竟如何。他搞清楚之后，确实可以养龙虾。他想租赁50亩地来养龙虾。

姑姑姑父知道后，与两位叔叔商议：不让父亲去养龙虾，他在家里又会想起母亲，一想起母亲，他就一蹶不振。毕竟近70岁的人啦，精神状态不好，说走就会走的。让他去做自己喜欢的事，他会高兴的，人活着就是要高兴。让他去养吧！他年纪大了，不比以前，他们准备轮换地跟着他，怕他有什么不测好照应。

父亲是个办事雷厉风行的人，说干就干起来了，找到陆逊湖边租赁50亩水稻田，开始了养龙虾的生涯。

他全身心地投入，在那里养了三年龙虾，估计情况没有他当初估计的那样。三年下来，听两位叔叔讲，他只保了个本。

姑姑姑父，还有两位叔叔劝他回去休息。俗话说：人活七十古来稀，你今年 72 岁了，辛苦了一辈子，也该休息了。

他也觉得自己已不是以前了，身子骨经常出状况，腰椎间盘突出，疼得连腰都撑不起来，腿脚有时也麻木。他想好好去修整下身体。

他想找位老中医给自己处方，好好调养调养，调养好了还想搞一番事业。

他说人啦，能遇到这么好的时代，难得呀！如果不好好抓住时机，好好体现自己的价值，怎么能对得起我们这个时代！因此，他一定得振作起来，像太阳学习，哪怕就要落山了，也要让自己夕阳西照，让热量映红西方，为明天的到来做好铺垫。让后人传为佳话，为子孙作表率。

他回到姑姑那间小楼房里，一边调养身体，一边研究学习习主席的著作，研究国家的政策。

半年后，他发现海南那边是国家以后发展的重点——经济自由贸易区。因此，他向姑姑姑父谈了自己的想法，也得到了两位叔叔的支持，来到了海口。来海口后，先来熟悉行情，了解海口乃至海南的整体发展状况，来确定自己努力的方向。

父亲的这些想法，是姑父前天打电话才告诉我的，难怪父亲在家里闲不住呢？他是来海口发展的，是来寻找商机的。我估计父亲目前想做的可能不会满足于收点废品什么的，还在寻找适合他的，比较大的商机。

媳妇听完了公公的故事，对公公有了比较全面的认识。她激动地说："爸这辈子确实不容易，他应该是一个完人，一个平凡人中的伟人。他严于律己，宽以待人。他对自己苛刻吝啬从不乱花一分钱，对一些公益事业出手大方，对一些贫困之人舍得奉献爱心。他十分有头脑有主见，重视培养子女，对子女的教育十分严格。他想子女成为品学兼优的人才，他一生十分看重感情，对妈念念不忘，好长时间都走不出悲痛，的确是个完人！"

他这次来海口我们都没有想到，他是来寻找商机的，72 岁了，还在想着做生意，做较大的生意。他做生意赚来的钱不是为自己，而是为了子女及社会需要帮助的人。我们应该为有这样的父亲骄傲，更应该将父亲的这种品德精神传承下去。

老公呀，我还有一个想法：爸 72 岁了，一个人孤单只影，身边需要有一个贴心的人关照。我心中有一个阿姨刚 60 岁，前几年丈夫去世了，一个人生活，没有孩子，每月还有 5000 多元的退休费，身体状况良好，人很精明能干，给爸当帮手，照看爸的生活起居十分适合。你去做爸的工作，我来找黄阿姨谈。

儿子李祥富听了媳妇的一番话，沉默了片刻，觉得媳妇说得有道理，答应去试试。

老公呀，这几天家里的事我顶着，你去找老爸，找到了我和你一起去跟爸做检讨，然后劝爸在海口买一套自己的房子，两室一厅就够了。钱我们来出，只要他同意，地方由他老人家选。如若他不同意，告诉他现在买房子，商机大着呢！马上海南省就会变经济贸易区，成为世界的购物中心，世界各国的好商品统统在这里免关税，现在正是购房的大好时机。现在房价还不太高，如果不买，一旦价涨起来，那就要吃大亏了。我想他一定会同意的。

等他同意买房子之后再谈找老伴的事。

李祥富对媳妇的规划心领神会，在海口市转了两天，才在一楼盘开业处找到了父亲。先十分诚恳地给爸作了检讨，告诉他：说准备给爸买一套房子，地方由他订。开始他不同意，他按媳妇的说法，买房有商机，现在买，一定会赚大钱。并讲了原因，父亲听完，表示赞同，但钱不要他们出。李祥富未和父亲理论，于是和媳妇按父亲指订的地方购了一套两室一厅的房子。房子预订后，又要父亲去看，父亲点头后，他俩才办手续。

就在办手续之时，爸突然来了精神，要求买两套房子放在这里。他说这里面一定会大有钱赚，其他地方的房子不能买，海南的房子可以多买。他每天骑着三轮车到各个楼盘去转，摸准了房价，准备分别在两个地方各买一套。但卖房的说要有海南的户口，否则不卖。他晚上跑来和我们商量，要求将他的户口转过来。我答应了他的要求，要姑姑将他的户口簿邮寄过来，将他的户口上在我们的户口簿上，再去买房。房子买好后，媳妇要我进行下一个方案——为爸找老伴。

房子买完之后，装修房子的事就交给了父亲。

父亲找老伴的事，媳妇小黄不好启齿，要李祥富去试探。

李祥富借着看房子装修的机会，跟父亲说："芷芳（李祥富媳妇）说您72 岁了，一个人生活有些孤寂，必须有个人来给您做伴。"李祥富说到这里，抬眼望着父亲，父亲居然没有反应，沉默了片刻后说："到哪里去找？我都这岁数了！"儿子一听父亲没有反对，高兴地说：爸，芷芳心中有适合的，刚好60岁，有退休工资，每月5000多元，前几年丈夫过世了，没有孩子，比较单一。您若同意，我来和芷芳说，约个时间你俩见见面。父亲说，别慌，我将两套房子买定后再说。

媳妇小黄去找那个阿姨谈，那个阿姨也说让我偷偷地考察考察再说。

那个阿姨想买个冰箱，小黄建议她去找她公爹用三轮车拉。阿姨答应后，便跑到他家门口，看到三轮车，就高喊李大爷。李德金应声出来，问她，有啥事？她说，我买了台冰箱，需要人拉，您帮忙拉拉吧！李德金本来很忙，但有人求他，他不好搁面子，于是要她上车，向电器超市驶去。

将冰箱拉回来后，要搬进电梯才能搬回家。搬回家后，又要李德金将包装拆掉，帮她安上位，还将旧冰箱请他拉出去处理，连包装盒旧冰箱一并给了他，就算抵了工钱。她还留他在家吃晚饭，李德金说什么也不同意。说了几声谢谢之后，便回到了他的那个小家。

李德金走后，那位阿姨反复琢磨，总觉得李德金太老了，走在一起别人会认为是她父亲的。

晚上小黄跑过来问那阿姨，阿姨有些为难，不愿意找这么大年纪的老人做伴。那个阿姨说，我心中有一个比我大两岁，身体蛮好，为人也好，丈夫死了好几年，一个人怕孤单，想找个老伴过日子。我来找她谈谈，看她同不同意。

那个阿姨姓林，两个小孩都在外地，早已成家。她本人有5000元的工资，吃穿不愁。

跟李德金一通气，他十万个不同意。反复说，我这把年纪谁要？差了的我看不来，好的又瞧不起我。算了，你们就别操心了。

为父亲找老伴的事就暂时搁下来了。

媳妇小黄对方阿姨还抱有一线希望，她每天跑到她那里去，跟她讲公爹的故事，讲得方阿姨有点厌烦了，要她别再缠着她了。她还要考察一段时间。大她12岁，身体还强健，人确实不错。她开始主动到李德金住的地方找他聊天，先是找他帮忙修水管换水龙头，留他在家里吃饭。慢慢地，方阿姨觉得李德金确实如小黄所说的那样优秀。后来还知道他又在海口买了两套楼房。

本来老了，钱再多也没有用，但钱多心里踏实。这老头又这么有良心，对前面的老伴如此念念不忘，遇到这么有良心的好人也确实难得。于是下决心去向李德金靠拢，每天请他到自己家里去吃饭。李德金也心领神会，跟着到了她家里。

房子装修竣工，验收房子时，除了儿子儿媳妇外，还多了位中年女性，站在李德金的身边。虽然年龄差距只有 12 岁，但看上去比李德金年轻很多。

与你共品：

初看标题只觉得奇怪，为何要以这么普通且宏大的词语作为标题呢？古往今来多少文人墨客描写父亲，书中的描写已很难再掀起读者的波澜了。可是我第一次认认真真看完这篇小说时，我已被书中所蕴含的真挚情感所感动。全文以"我"的视角展现了父亲精明能干、吃苦耐劳、对时政敏感善于发现商机的一面，也展现了爱子深沉严父的一面。在文中所有的人物都活灵活现，虽然处于"文革"时代，家庭中所有成员无不团结一致，既有小爱也不失大爱。全文构思巧妙，开头结尾都出现了"冰箱"，其中却又不同，开头出现的是旧冰箱结尾是新冰箱，寓示着父亲对美好新生活的向往，也体现着"我"嘴上虽不说，但我也担忧着父亲因母亲的逝世而一蹶不振，结尾处我也替父亲感到高兴。

（喻道军老师）

刘大婆百思不得其解，她觉得这就是天意。老伴死时，该有这种下场。为什么？刘大婆为此事食之无味，行之无力，睡之无意。躺在床上翻来覆去，反复琢磨着这件事……她这样想来想去，心中突然豁然开朗，明白了世间之事，真的一切都有报应。

132

夙　愿

一

牟老汉是位十分要强的人，一生中凭借自己的能干、厚道、生意头脑，在当地叱咤风云几十年，将一对儿女培养得出类拔萃。一个去了美国，一个到了德国，而且都是世界级顶尖的科学家，各自还领导着一个科研团队。

老人住在医院里，嘴里不断念叨着昕儿，小芳。昕儿是他的儿子牟开昕，小芳是他的女儿牟小芳。

老伴陪伴在他左右，安慰他说："已经给他俩兄妹打了电话，电话也接通了。他们能回来，一定会回来看你的！你就别念叨了！"

听了老伴的话，他安静了片刻。不知是喊累了，还是病魔折腾的原因，慢慢地入了梦乡，在梦中也在不断地喊着儿子和女儿。

老伴摇了摇头，说："这老头，自己都快要去见阎王了，还纠结着这两个白眼狼！"

牟老汉一生为了这两个孩子，付出了多少心血，而今自己要走了，想见见自己的孩子有错吗？可这两个孩子真是一妈所生，一个样，一不回来就都不回来，也不考虑考虑老人的心境！

其实，早在两个月前，他俩的爸爸检查出得了肺癌，还是晚期，癌细胞已经扩散到了全身。时间不长了，希望他兄妹俩无论如何抽点时间回来看看爸爸。但这两个家伙都说无法抽身，他们的科研团队不让他俩回来，忠孝不能两全啦！

可他爸虽然得了癌症，身体快不行了，但头脑还十分清晰。两人都在国外，不孝就算了，怎么个忠法？他们忠于的是美国，是德国呀！与咱们中国有一点关系吗？完全是胡说八道，搞得不好就是个十足的大汉奸！牟老汉十分后悔，当初为什么要千方百计送他们出国？有一天真的当了汉奸，还会辱没祖先，祸害国人哪！

牟老汉醒了，不断地说着后悔的话。老伴小声劝慰他："老伴啦，你就不想他们了，现在后悔有用吗？我和你当初就犯了个根本性错误：对他俩说叨太少，只关心他俩的学习成绩。如果脑子出了毛病，学习成绩越好，就越有可能做对不起国家的事。美国就是中国的死敌，他们一直在帮助美国人德国人，在与中国为敌。你我这中国的爹妈，在他俩的心目中算得了啥？一个敌国的爹妈！"

老伴越说越气，"好了，好了！我们不说他俩，好好养病吧！"

牟老汉用十分低微的声音对老伴说："我们自己的小孩，品质应该不坏，我们不能把他们想得这么坏。为别国服务，这都是我俩的错，谁叫我们将他们送到国外去的？他俩不去国外，能直接为别人服务吗……"

"老伴，你就别讲了！我们讲点别的什么，你想吃什么？我给你去弄。"

"我想吃四十年前你给我做的鲫鱼汤，那汤真好喝。四十年了，我再没有吃到过这种鲫鱼汤。你还记不记得，那天下小雨，天都快黑了，你说家里没菜，我说去钓几条鱼回来炖汤喝，昕儿小芳今天回家。我赶紧跑到那边陆逊湖的大沟里，窝子一整理好，撒了一把米，将第三个窝子搞定。在第一个窝子垂钓，里面冒着泡泡，凭经验，我知道里面来了一群大鲫鱼。于是将钩放下去，就有鱼儿咬。我一连钓起来十三条，每条鲫鱼都在一斤左右。提回来，你做了一大钵鲫鱼汤，那鱼呀！那汤呀！鲜嫩可口，晚上我还喝了三两酒。四十年了，还记忆犹新。"

牟老汉说起往事，病也好了7分，眼睛有了神光。

老伴赶忙对牟老汉说：你等着，我去给你弄。于是对护士说："我回去弄点吃的就来，你帮忙照顾下！"于是搭了辆的士向菜市场奔去。买了条一斤多重的大黄壳子鲫鱼，又买了生姜佐料，到家里去弄好了。

牟老汉喝着鲫鱼汤，回想着四十年前的情景。反复地说：时移物非，味道不一样了。老伴以为是汤里少放了盐，要来加点盐。牟老汉连连摆手，小声地说：今天的鱼和四十年前的鱼哪能相比，当时俩孩子都在身边，看他俩兄妹吃得津津有味的样子，我和你还能吃得不畅快？现在的鱼虽然和当时的大小差不多，但味道怎能相提并论！

老伴这才明白了他的意思，牟老头读过好几年私塾，还读过中学。是喝过墨水的读书人，在当地还算得上是风流才子，这十里八乡的对联家神大都出于他的手。改革开放，他这个读书人在生意场上大显身手，赚了不少钱，两个小孩都能上中学进大学深造，也就在情理之中了。

吃完了饭，喝了几口鱼汤，牟老汉感到十分惬意。自己的一生虽然没有干出什么惊天动地的事来，但培养两位出类拔萃的科学家，也算是有点成就。他所担心的是儿子女儿不能按他的意愿回到中国来，直接为中华的崛起出力做贡献。更让他担心的是他怕儿子女儿所在的国家跟中国作对，搞成对立面，成为敌人，那他一辈子的努力就白搭了。白搭了都是小，还怕成为汉奸。他俩成了汉奸，他就成了汉奸他爹，就无意中辱没了祖宗。他多么想儿子女儿能马上回到中国来，即使对他的死活不管，只要他们回中国来，他都会感谢他们，说明他兄妹没有忘本。

有人说：他兄妹不回国一定有他们的道理。以前说中国只重视演艺界的名人，科学家回国不被重视，说什么搞科研的还不如卖盐茶鸡蛋的。这几年国内的科研环境应该不会比国外的差，不是回来了很多科学家吗？他们兄妹怎么就不能回国呢？

他这么想着，就恼火起他兄妹来。一恼火，浑身上下就开始疼痛起来。

老伴赶忙给儿子女儿打电话，打了好一会，儿子的手机打通了。她对儿子说："你爸疼得大汗淋漓，快不行了，你赶快回来一趟，不然再也没有机会见到你爸了！"

儿子沉默了片刻后说："妈，没有办法，我确实丢不开，也请不动假，这段时间没有办法回来。"

老伴十分激怒地说："昕儿，什么事比你爸还重要！没有你爸的全力支持，你能到得了美国吗？人要讲良心，讲孝心啊！"

老伴的话还没说完，儿子便关了机。老伴大骂这个白眼狼，遭天打雷霹的东西！

接着又给女儿打电话，女儿的手机通了，但迟迟没人接。老伴满腹牢骚，不断地拨打女儿的手机。半个小时后，女儿终于接了电话，"妈，爸怎么样了？"

"你爸快不行了！可能就是这几天的事，你想办法回来送送你爸行吗？妈求你了！"

女儿小芳半晌不说话，十分钟过去了才传过来一串话："妈，非常对不起！我的科研团队不让我走，没有办法。妈，您就放过我吧！爸是个有大局思想的人，他会原谅女儿的。"说完便关了机。

老伴望着手机，半天回不过神来。她十分恨自己当时应该阻拦牟老汉的决定，俩孩子无论如何也要留一个在身边。这下好，俩孩子一个都不在身边不说，还一个也不在国内。忙了一辈子，尽跟别人国家做嫁衣，到头来还会背上汉奸父母的罪名。人家都说牟老汉就是个有智慧的人，会赚钱，把赚来的钱用在培养人才上，让家庭兴旺发达，真是有远见！可如今搞得这样凄凉，儿子女儿一个也回来不了。牟老汉要是这几天走了，像孤老一般，和如今的孤老都不能比。如今的孤老社区照顾得十分周到，过得很幸福，过年过节都有人来看望，要什么给什么，吃穿不愁还有人看护。

老伴突然冒出一个念头，牟老汉走后，她将申请五保户，到养老院去生活，只当没有儿子女儿的。去和孤老们住在一个地方。

牟老汉疼得满头大汗，她叮嘱护士找医生来，要医生想办法止住疼痛，想尽一切办法，要多少钱，她都出的。

医生去开了杜冷丁，让牟老汉服了，牟老汉慢慢地安静下来，进入梦乡。

老伴估计牟老汉可能就在近两天，赶忙打电话要侄男侄女过来，又将两个外甥也喊了来，守候在牟老汉身边。

天亮时分，牟老汉悄悄地将头偏向门那边，一双眼睛睁得大大的，可已驾鹤西归了。

老伴没有哭，而是不断地安慰已走的牟老汉："老伴，你一路走好！我将家里的事安排好后，就随你而来。你等着我呀！"

几位侄男侄女还有外甥围在牟老汉身边，一筹莫展，他们都不知道怎样做？

老伴才对后生们说："赶快去请人来给老爷子擦洗身子换寿衣戴寿帽。不然，一旦冷却，寿衣就无法穿上去了。"同时要人与殡仪馆的负责人联系。

给牟老汉擦洗完后，换上了寿衣寿鞋，戴好寿帽，还烧了落气纸。冷棺到了，几位侄子外甥将老人装进冷棺中，抬到灵车上，向殡仪馆的方向驶去。

老天突然下起了大雨，唰唰唰的，一眨眼工夫，天地间雾气翻腾，地下的雨水四处溅流，一会儿工夫便积了半尺来深。灵车上有位年近花甲的中年妇人十分感慨地说："牟大哥还真不是一般的人，感动了上苍。上苍居然泪流满面，哭泣不止，还电闪雷鸣。"

灵车走得十分缓慢，车上的侄男侄女都在哭泣。

大侄女小英的哭声压倒了外面的轰轰雨声，她在历数着伯父对她们一家的帮助和支持：

小英十二岁那年的秋天，父亲得了急性阑尾炎，在家里疼了两天，已经快不行了。伯父知道后，十万火急地赶来，将父亲送到医院抢救。医生说："肠子都快腐烂了，再迟一点，人就没救了。"父亲及时动了手术，将肠子清洗后，父亲才得救。住院费由伯父出了。之后，我们家没钱还伯父，小英的儿子两岁时，得了急性肺炎，家里没钱，只能在家里用土方子治疗。儿子高烧不下，伯父知道后，叫来救护车，把儿子送到医院急救。儿子的病好了，但医药费仍由伯父出了。当时没钱，后来有了钱给伯父，伯父也不要。伯父自己开办的米厂，将米厂半送半卖地给了我们。伯父啊，您是我家里的救星，是我们全家人的大恩人啦！这么些年来，如果没有您的帮助和支持，我们家现在不知会是什么样子。伯父，我们一家人感谢您啦！以后，您走了，我们再遇到什么困难，到哪里去找您啦……

到了告别厅，虽然牟老大人的儿子女儿没有回来，但有侄男侄女、外甥们、表侄们几十人，济济一堂，站在牟老大人的身边。念悼词的女主持人用柔和的声音讲诵着，老人家一生的功绩和成就，事迹感人，声音凄婉悠扬，厅里哭声一片，几十个孝子都伤心不已，泣不成声。

出殡了，一大群孝男孝女从告别厅出来，雨住了，太阳公公赤红的脸悬挂在东方的天幕上。

两个侄男一个抱着遗像，一个抱着骨灰坛。按照牟老大人的遗嘱：将骨灰撒到家乡生他养他的山川里，不留一粒骨灰，不立墓碑。让自己永远长眠于家乡的山岚河流，不与活着的人争地盘。

二

牟老汉走了，老伴刘大婆回到家里，心里空荡荡的，家里冷清清的。她已有两个晚上未合眼了，可此时还一点睡意都没有。坐上床上，她感慨万千。老头子走了，带走了她的一切。她以后该怎样生活？谁来照顾自己？她觉得自己还不如孤老五保户。孤老五保户有政府对他们的关照，而自己却无人看管，她成了一条即将死去的野狗。

有人在敲大门，她知道是侄女来陪伴自己，赶忙从床上下来去开大门。侄女小英十分高兴地对她说："伯妈，您给一把钥匙我，免得您起来开门。我和小妹说好了，轮流来陪伴您。您就放心，我们会好好照顾您的。"

侄女小英一边说，一边就准备去洗澡。

小英洗完澡，来到伯妈床边坐着和伯妈闲聊。刘大婆十分感激地对小英说："如果没有你们这些孝顺的侄男侄女，我和大伯比孤老都不如。这次多亏你们都来帮忙，丧事办得热热闹闹的。他俩兄妹连个电话都没打回来，真是寒心！"

"哥姐他俩兄妹都是办大事的，科学家，了不得呀！不像我们都是没有出息的无事人，孝敬伯父也是我们应尽的职责，您就别纠结此事了。辛苦两个多月，也够您受得了，您就赶紧休息睡觉吧！我就在您身边的躺椅上睡。"

刘大婆还有些感伤，没有作声，就闭上眼睛睡了。小英也睡了。

第二天早上醒来已是七点多了，小英赶忙去给伯妈弄早餐。弄完早餐后，自己先吃了点，便来叫伯妈。伯妈刚起床，看到小英将早餐已弄好，端了上来，等自己去享用。刘大婆感动得双眼噙满了泪水。

吃过早餐，小英向伯妈道别，说自己上班去了，碗筷留着她中午回来洗。刘大婆感激不尽，哪能将这些力所能及的事还留着侄女呢？

刘大婆吃完早餐，洗了碗筷，收拾了整个屋子，便走到门前望着老伴栽的几株花草。本来一直是郁郁葱葱的，有一段日子没人给它及时浇水施肥，开始全身上下有了黄叶。刘大婆非常着急，自己一点都不懂，怕弄巧成拙。只得等晚上小英回来，请她实施抢救。

刘大婆想将屋子收拾一下，但这段时间老伴生病到走，她也够累的了。自己也是近 80 岁的人了，气衰力竭。她走了一圈，坐在沙发上，就睡着了。等到醒来，已快中午。她想为小英做中饭打前站，准备好黄瓜和包菜，她想到菜市场去买条鱼回来，于是将老伴用过的拐杖挂着上菜市场。菜市场离她家很近，只有十几分钟的路程。她买了条活蹦乱跳的大鲫鱼，就往回走。一路上回想着老伴在世的情景：老伴是个极智慧的人，干什么事情提前就做好铺垫。做棉花生意，别人都亏得一塌糊涂，只有他悠然自得，钱也赚了，人也轻松。开米厂，前几年就在考察，摸行情。棉花生意不干了，开办过塑管厂，最后转向开米厂。开米厂整套设备别人用了两百多万元，他只用了别人的三分之一，办得比别人还好。为自己订下的规划是奋斗到 76 岁，就将米厂转让出去。在米厂还未转之前就做好了方方面面的准备，一是摸清了市场行情，二是设备处理时的折旧价格，三是找受主，四是不搞赊账。这些事情他都考虑得烂熟于心。因此，刘大婆跟着牟老汉一辈子没受过穷。

可怎么也想不通的是他这么聪明的人，怎么就会将自己俩子女安排去了国外。俩子女居然在他得病两个月都不回来看望他，就连打电话也不耐烦。走时，如果不是有两个侄男侄女，连个抱相的人都没有。死得十分凄惨，令人寒心。这都不说，死了还带着忧心，纠结俩儿女会当汉奸，自己会成为汉奸的家属，辱没祖宗，受到世人的唾骂。死时怎么也不肯闭眼。

刘大婆百思不得其解，她觉得这就是天意。老伴死时，该有这种下场。为什么？刘大婆为此事食之无味，行之无力，睡之无意。躺在床上翻来覆去，反复琢磨着这件事。

有一天夜里，四周寂静无比，小英早已睡着。她脑子里突然冒出一个细节：那年她母亲故寿了，她要求俩孩子去看看外婆最后一眼，牟老汉知道后大发脾气，不准俩孩子知道此事。说这会影响他兄妹的学习，离期末考试时间本来不长，会使他俩兄妹分心。如果见了外婆最后一面，会时常想到外婆死时那狰狞的面孔，对俩孩子会有终生的影响。她说不过牟老汉，只得依他。

想起这件事，她觉得孩子们不回来看他，这是报应。

他又想到了另一件类似的事：他的父亲去世，俩孩子在国外读书，他硬是将老太爷去世的噩耗未告诉俩孩子。还反复强调：老人过世，是自然的事，不能影响后人的学习和工作。让俩孩子知道后有什么用？回来不值得，不回来又不像话。老太爷过世后一年，才告诉俩孩子老太爷过世了。

她这样想来想去，心中突然豁然开朗，明白了世间之事，真的一切都有报应。她又想起了要孩子读书，特别是对儿子小昕。那年小昕读初一，逃学，在外面玩了半个月。他知道后，将小昕的屁股打得皮开肉绽，鲜血直流，还不准任何人求情。她眼睁睁地看着这倔牛将儿子打成这样，不敢开口求情。当时，只要她开口求情，儿子又要多挨几竹条，她只得含着眼泪，在一边哭泣。

打完之后，将儿子关在房间里，站着写检讨。检讨写得稍有差错，便又要加倍罚写。一周之后，他挑粪，要儿子用小桶挑水陪着自己；他锄草就要儿子帮助用手扯草。这样足足要儿子陪他劳动了一个月，儿子瘦弱的身子骨被他折磨得像个光滑的伞架。

一天夜里，狂风大雨，他带着儿子去湖堤上抢险。儿子年纪小，个子矮，哪来的力气抢险。他要儿子站在一旁看着人们抢险。告诫儿子："这种场面可以增长见识，增加社会阅历，你不会白看的。"儿子站在一旁，被雨水淋湿全身，冻得瑟瑟发抖，上牙咬着下牙。他看到儿子冻成这样才把儿子带回家。儿子感冒了一周。

后来儿子在作文中写道："我以前太不懂事，经过这一个多月的受罚和体验，我深深地感到了人生活在世上确实不容易。从现在起我一定发奋读书，力争走出农村这个苦难之地……"

儿子不回国的原因从小就定了向的。但他也太过分了，平时不回国看父母，也就算了，但父亲病了，你无论有多么特殊的情况也应该回来。也许儿

139

子心里还一直在记恨他父亲。本来他父亲是一片好心，打他罚他都是为了他好。但儿子会不会这样想？

有人说："父子是前世的冤家。"走在一起，父亲总是一副君主相，什么都得听他的；儿子又倔，偏不听！特别是儿子大了，明白事理了，心中有自己的打算。加之时代变了，父亲的想法已过时，儿子的思想又比较新潮。父亲的想法令儿子无法接受，特别是君主式的指令令儿子嗤之以鼻。不当面对抗，那是修养，但压在内心的不屑一顾，还带些鄙视。在读书的那些年里，因为父亲是靠山，不仅仅是经济上的，还有社会性的。没有母亲的孩子是颗草，没有父亲的小孩是条受人欺侮的小狗。没有父亲就没有尊严，经常会被同龄人欺压。所以儿子对父亲的反抗只能压在内心。长大了，不需要父亲保护了，经济上独立了，又加上还不够懂事成熟。这个时候就会表露出对父亲的不满。即使不经常见面，但内心深处就会冷落父亲。父亲的病痛，甚至死亡他当然会无关痛痒。中国人那种传统的观念和思想在他心中已荡然无存。什么姑舅姨，什么君君臣臣，父父子子，早已淡化，甚至在心底十分对抗。

牟开昕尽管五十多岁了，思想观念应该沉淀好了，但他毕竟生活在美国，受美国三观的影响，对父母的爱打折扣也就在情理之中。刘大婆这么想着，脑子一下子敞亮起来。她虽然曾经生活在农村，但和牟初阳结婚后，30多岁就离开了农村，到了县城。在集体单位工作了多年，改革开放几十年，她和牟初阳下海经商，赚了不少钱。儿子女儿上学读书对他们来说，未感困难。从感情上来说，倒是对他俩是火药桶。她的观点：必须在俩孩子中选一个留在身边。但牟初阳坚决要让俩孩子出国，说出国学成后他们会回来的。两口子经常为此争吵不休，有时还几天你不理我，我不理你，相互生闷气。

在这件事上，牟初阳输了，彻底地输了。儿子在美国，一谈要他回国，便关机不再理他；女儿也是这样，要她回国，她说：我哥怎么不回国？要回我们一起回，不回就都不回。牟老汉没有办法，自己病了要他们回来见见面，俩兄妹都说没时间，请不动假。自己要走了还纠结着此事。

刘大婆在这件事上比牟初阳有先见之明。她说："我一辈子都听他的，根本斗不过他，但在这件事上自己赢了，彻底地赢了。"牟初阳就在断气的前几个小时都在给她赔礼道歉，她已经够本了，心满意足了。她的余生应该怎样过？牟老汉也未提及。她已经没了依靠，就是找个人谈谈都难以找到。侄男侄女毕竟跟自己隔一层，如果靠他们来给自己养老送终，有些不靠谱。她想要甥男甥女来看护自己，给自己养老送终，可平时和他们接触得太少，还没有侄男侄女仗得住。这件事，她心里没辙。

晚上和小英谈起此事，小英十分生气。伯妈，您怎么把我和小敏看成外人了呢？您是我们的伯妈，这是我们应该做的。这么多年，我们不是像一家人吗？伯父在世时，这么些年，该是支持了我们多少？他老人家一走，我们就翻脸不认人了？伯妈，您多虑了，我和小敏一定轮换着天天陪伴您左右。要吃什么，想吃什么，我们一定给您买，给您弄。要去哪里玩，我们就是请假也会陪您出去的。

刘大婆听了侄女小英的话，十分舒爽。人家小英小敏对自己这么贴心贴肺的，比自己的子女都好，我该怎么来回报她们呢？这么想着，老伴走时给了他一张银行卡，还有一个存折，说是有200万元。存折上有150万元，其余的在卡上。她想将卡上的钱分给小英小敏，但转念一想，怕给早了有变故。等到自己身体出了故障再给不迟。这笔钱原打算儿子女儿回来了给他俩兄妹的，可他俩兄妹一个也没有回来，还连电话都不主动打一个。她只得将这点积蓄全给这两位侄女。

她下定决心，自己百年之后将房子给俩侄女。可房子特大，应该说是一套别墅，350多个平方米，上下两层。要卖的话，可以值500多万，但500多万谁买？这个小县城里，谁能拿得出这500多万元来，即便有，谁也不愿意拿这么多钱来买此房呀！

她这么想着，但现在还不是时候，自己虽然近八十了，但身体各方面都好。她想就这样打算着，不到时候是万万不能有所行动的。

三

三月的早晨，煦暖的春风柔柔地扇着。像温柔的少女，轻轻地多情地抚摸着大地。像魔术师似的，抚摸着，抚摸着，于是大地那枯槁的身躯便开始泛绿，小草从土壤中探出了嫩黄色的小脑袋。各种花草也醒来了，伸长枝条，打着哈欠，露出绿的肌肤，绽开了鲜艳的笑脸。县城周围一片绿色，绿色中点缀着大红花朵，好似绿毯中摆放的鲜花。

刘大婆在绿色中欣赏着盆中的鲜花，自言自语地说："这么美丽的家乡，他俩兄妹为什么不回来看看？那美国有这里漂亮吗？她那德国有这么美丽吗？这俩兄妹为什么不回国看看？咱们国家变得多么美了，哪个国家也难以和我们相比啊！他们都不太愿意接电话，更不愿意传视频，我怎么就生了这么两个猪狗不如的东西！"

刘大婆在下面小区里转了一圈上楼来，坐在沙发上，有些乏力，半闭着双眼，回想着儿子女儿小时候的情景：

儿子这家伙从小就顽皮，不喜欢上学，常跟比他大几岁的孩子一起玩，爬树，撮鸟蛋，到湖沟里抓小鱼。有一天不知从什么地方抓回来一串小鲫鱼，他爸看到了，一脸不高兴的样子，瞪着两只大眼睛，恶狠狠地对他说："干这种捞鱼摸虾的事，是最没有出息的人才干的，抓乌龟、脚鱼是乞丐才干的事。以后，跟老子好好读书，不准再参与干这种没出息的事！"

这之后，儿子就再没有提小鱼回来了。每天早出晚归，浑身晒得像赶鸭佬，加之又长得瘦，活像只小猴子。

儿子特别喜欢到内河里去打扑腾。十几个男孩子，脱得赤条条的，在内河里玩得欢天喜地。有一天，邻居家里的小刚和昕儿在一起玩水，别人都上了岸，可小刚却不见上来。天已黑，大家都知道小刚被留在河里了，但没有一个人敢转向跳进河水里去救他，就连喊救命都不敢喊，就各自回家了。

小刚父母发现小刚没回来，就来家里问昕儿。昕儿却说："没看见他。""你们不是在一块玩的吗？""今天没有。"

小刚的父母又去问另外的几个小孩，都说小刚在河里没上岸。后来将小刚的尸体打捞上来，父母哭得天昏地暗。

昕儿说谎话，被他爸知道，把他叫到书房里问他："为什么不及时将小刚未上岸的消息告诉他父母？"他说："怕爸打我，没敢说真话。"他爸又问他："你知道说了假话，会是什么结果？"他说："我知道，我觉得小刚这么长时间没上岸，早就淹死了。说谎话与不说谎话有什么区别呢？"

从那次昕儿说了假话，他爸就觉得自己的儿子品质天生就不太好，太自私自利，缺乏担当，孩子看极小。

读小学时，昕儿经常旷课，不做作业。他爸开始跟他细说细讲，可他总是坦白痞子，屡教不改。他爸才为他准备了一根细细的竹条，削得光滑无签。

有一天他上午没去学校，而是在河边玩沙粒。他爸发现后，要他写出不上学的原因。他懒得写，他爸将那根细细的竹条拿出来给他看，他根本瞧不起这根竹条的威力，眼神有些不屑。他爸将他按压在凳子上，扒开他的内裤，在他白嫩的屁股就是一细竹条，开始还不太在乎，接着又是几竹条，最后打得皮开肉绽后，才知道这竹条的厉害。

从那以后，犯了错误，一听说要吃竹条，他马上跪在地上求饶。

有了这根竹条，昕儿听话多了，以后再没听说旷课的事。小学的后三年，这根竹条一直高搁无用。到了初中，不知是不是时间久了忘了，还是屁股上的伤疤全好了，以为竹条下岗了。可令他万万没有想到的是：初一下学期，几位同时升到初中的嫡亲同学，他们觉得这春天里是一年中最好玩的季节。于是邀着去钓鱼玩水，打沙土仗。每天早晨七点钟背书包往学校方向走，中午吃饭按时回来，晚上同学放学，他们和上学的同学们走到一块，没有人怀疑他们几人没上学。

直到期中考试过后，学校里召开家长会。老师还以为昕儿转学了，告诉他爸：牟开昕，此期只在开学时来过两次。

他爸差点气死，回来将他抓到书房里，狠狠地打在他那嫩屁股上，直打得皮开肉绽，鲜血淋漓。

从那以后，还要他跟着他爸干农活。干不了就要他站在一旁看着，晚上回家写感想。

到学校去，让他留了一级。在他爸的督促鞭策下，他只得听话，好好读书，再不得和那些混混玩了。

初中毕业之后，他奇迹般的升到了县一中火箭班。在火箭班里埋头苦学，不苟言笑。偶尔回家，也很少说话，像变了一个人。是懂事了，还是有了记恨心？从那以后他爸再没有打骂他，也没有狠狠地教育批评他，但他与他爸的关系却成了路人。他爸有时和他开玩笑："我家昕儿有出息了，考个清华如囊中探物，牟家的门楣要生辉了！"他苦着脸，一言不发，瞧了瞧他爸，不置可否。

考上了清华，接到了通知书，他脸上才露出了一丝笑容。考上了清华，不需要钱不打电话不写信回来。

清华还没毕业，就考上了美国的耶鲁大学，全额奖学金。这些都是他的好同学告诉他爸妈的。

在家里待了一周，每天早出晚归，和同学在一起，忙得不可开交。到美国去时，与爸妈说了两句话："爸，妈，我走了，你们保重身体！"

这样一去就30多年没回来，平时很少和爸妈打电话，发微信。他结婚也只是给小芳说了声，爸妈根本就不知道。这家伙一踏出国门，就成了外人。

女儿小芳一直十分听话，爱学习。从小学开始，学习一直名列前茅。平时家里事多，她妈心疼女儿，不让女儿耽误学习。家里一大摊子事，从来都她妈一人所为。家里喂有3头猪，50多只鸡，有两亩地的自留地，这么多事全由她妈一人顶着。

她读小学还给家里寻过几次猪菜，初中了，学习任务重，她妈就不让帮忙，要她好好学习，长大了到城市里去工作。小芳当时的理想就是到城市找一份有工资的工作，她妈觉得自己在农村里太辛苦，太劳累，她要支持女儿将读书作为找到好工作的桥梁。

刘大婆拼死拼活的顶着这个家，她一定要将女儿顶到城市里去。至于培养儿子是他爸的事，培养女儿才是自己分内的事。女儿十分争气，读书特行。

到了高中，女儿住校了，她经常给女儿去送东西。老师都夸耀女儿牟小芳品学兼优，是清华北大的苗子，成绩比她哥牟开昕还稳定。

她妈听了之后，高兴是高兴，但觉得女儿也会离开家乡到很远很远的大城市去读书去深造。晚上和丈夫牟初阳谈起女儿的成绩，牟初阳对女儿的看法比对儿子的看法要好得多。说儿子的品德不够纯正，还怕以后摔跤，跌跟头。女儿不一样，品质纯正，又聪慧，做事有担当。

老牟啊，女儿这么优秀，她考北大清华，老师们都说没问题。如果让女儿读了北大清华，女儿不也要出国？女儿儿子都出了国，如果将来不回来怎么办？他俩兄妹不回来，我和你就成孤老。她想要女儿停学，但又像不合情理。看到女儿这样优秀又不好意思开口，便把心里的话咽下去了。

牟初阳笑着说："他们在国外不回国，我们也可以跟着他们到国外去的呀！你怕什么？儿子女儿都优秀，高兴都来不及，你却还愁起来了。你神经未出问题吧？"

"你才神经有问题咧！"刘三妹白了丈夫一眼，会心地笑了。

女儿牟小芳以全省第一名的总成绩考上了北大清华，由于北大偏重于文科，女儿小芳的理科成绩特好，于是报了清华，俩兄妹到了同一所大学。刘三妹知道后，几天饭也吃不下去，跟女儿说："清华毕业了，不要出国，就留在国内找工作。"女儿有点莫名其妙，对妈说："您担心什么咧？在国内国外，我都把您接到身边养您，好不好？"牟初阳知道后，坚决支持女儿读清华，出国深造，成为世界级的顶级科学家。

晚上，她妈找她爸吵了一夜：说他总是喜欢和她作对，如果儿子女儿都不回国，我看你老了谁来管你？牟初阳说："你怎么变得这样不通情达理？女儿这么优秀，应该成为国家的栋梁之材，不让她出国，在国内能学到真才实学吗？让她出国深造，学成之后，回来报效祖国不是更好吗？"

"我说不过你，但你会为你的错误观点付出代价的！两个孩子，无论如何也得留一个在自己身边。你倒好，不帮忙做工作，反而支持，真是糊涂虫！"

他俩争吵了半夜，也没争出个高低来，关键要看女儿自己：愿意出国爸妈谁也控制不了，不愿出国一切都好说。

儿子高女儿小芳两届，俩兄妹在清华同了两年学，儿子牟开昕便去了美国。女儿看哥哥去了美国，也发誓一定要到美国去。但由于女儿学的材料工程系，说这个专业德国才是世界第一。因此，女儿去了德国。

去了德国后，就和她哥一个样，一个月难得写一封信，不需要家里人的帮助，不可能打电话回来。过年过节也总是爸妈先和他们联系，万万没有想到，特别是令牟初阳没想到儿子女儿都会一去不复返。30多年了，一个也没有回来，一个也不愿意回来。万万没有想到连自己生病，离世想看一眼他俩兄妹都成了终生的遗憾。牟初阳在咽气前都在向刘三妹做检讨，说自己一生精明，对此事犯了糊涂！

侄女小敏小英轮换来陪她，她确实生活得十分幸福。俩侄女比亲闺女还好，每天陪她聊天，她们天南海北地聊，但聊得更多的是德国和美国。侄女一谈到美国又要对中国采取制裁，采取经济封锁，她的心就像刀绞一般难受。自己的儿子就是美国制裁中国的刽子手。牟开昕，你赶快跟老子回来，别卖祖求荣了。你爸死了，你妈还在，你不能辱没祖宗八代呀！

俩侄女看到伯妈如此疾愤，从此俩人互相提醒，不再聊此话题，让老人的心情平静下来。可老人经常喜欢主动提起，她虽然年纪大点，但应用手机的水平可是高手，什么购物呀，转钱呀，互相传递微信呀，用视频对话呀，当她打字发短信发微信时一旦看到了中国人，特别是那些北大清华学子在美国干一些卖祖求荣的勾当，老人就怒火中烧，大骂卖国贼，大骂坏东西，就会联想到自己的儿子牟开昕。女儿在德国还好一些。

俩侄女经常在一起交换对伯妈的总体看法：都认为伯妈这样下去怕得抑郁症。她十分怕儿子女儿背叛中国，让自己当汉奸母亲，更可怕的是辱没牟家祖宗。这种思想每天都在折磨着老人，老人毕竟79岁了，怎么经得起这种折磨和压力呢？他们想给老人换一台老人手机，老人对此十分敏感，一定不会同意。她要靠手机消磨时光，还要靠这智能手机维持日常生活，老人一定不会同意。怎么办？

俩姊妹琢磨了几天，却一点办法也没有。

后来，小英对小妹说："我们给她老人家进行一些必要的解释，说他们即使当了汉奸，也不会连累您和牟家。为什么？儿大不顺母呀！只要您不当汉奸，儿子女儿的行为，您当母亲的是没有责任的，他兄妹都是50多岁的人，还读了这么多书的大科学家能听母亲的吗？"

她俩姊妹联合起来一个口径地劝慰老人，老人的情绪果然好多了。

老人每天生活在这花园式的别墅小区中，心情十分爽朗。每天走走路，她嫌运动量小了一些，就跑去跳广场舞。一边跳，一边高兴地哼着歌。完全忘记了老伴，也忘记了美国的儿子，德国的女儿。每天早晚和侄女在一起有说有笑地，生活过得十分惬意。

有一次，老人从手机上看到一条微信：说美国人要加收中国的关税，中国人也要以牙还牙，两个国家之间对抗起来了。中国显然不是美国的对手，其原因就是中国人不帮中国，反而帮美国人来欺侮中国人。老人的情绪又高涨起来，整夜睡不着觉，还不断地骂儿子白眼狼，汉奸！

俩侄女双双跑到房间里给她做解释：中国人有 500 多万在美国，我们国家的高层人士快有一半的子女在美国，清华北大在美国的留学生有 80% 的在为美国效力，不仅仅只有您的儿子，您就别再纠结此事了。这样反复解释后，她老人家才慢慢地平静下来。

四

　　时间随着气流从北向南慢慢移动，时光不知不觉中就到了五月，祖国大地到处呈现出一派生机盎然的景象：高楼大厦鳞次栉比，美轮美奂坐落在繁花绿草中；黑色平坦宽阔的高速公路奔跑着各种各样的大车小车，高铁像长龙风驰电掣般地在眼前闪过；隆隆的声音引来了飞机在蓝天白云间像鸟儿展翅飞翔。

　　老人伫立在花园般的别墅群中，仰头凝视着周围的一切。她老人家兴奋不已，"美呀！实在是太美了！"老人家对眼前的景象难以言表。于是，她拿起手机将这美景拍了下来，她要将这天堂一样的美景拍下来传给她的儿子和女儿，让他们也感受下祖国的美。

　　晚上她将拍下的照片传给了美国的儿子，传给了德国的女儿，又将这些照片传给了俩侄女，让她们也感受下生活在美好环境中的体会。

　　女儿晚上给她回了几个字："美如天堂。"她用期待的口吻对女儿说："你们回来呀！"儿子却没理她。为此她气了几天，骂了几天。

　　晚上侄女给她带来了好消息：她还以为是女儿要回来了呢！可让她万万没想到的是她住的这个别墅小区要拆迁，说这里要修建国际大机场。小区里的居民明天上午到小区礼堂开会，宣布拆迁的具体政策。

　　老人一时无语，她高兴不起来。住了二十几年的别墅马上要拆掉，她心里有些憋屈。但国家要在这建飞机场，这么好的事，她没有理由不支持。她确实舍不得这房子，但这房子确实太大，她一个老太太住，实在是太浪费了。她早就想将此房卖了，再买一套小一点的房子住。这下好，要拆迁了。拆迁之后，不知道在哪儿给他们还建？

　　她心里在反复琢磨：总的说来都是好事，国家建飞机场，好事；大房子变为小房子适用，好事；多的部分还可补房子或给钱，好事。这么多好事，她当然高兴。

刘大婆回到家里，将衣服收起来，分成春夏秋冬四季，分别用四个大袋子装好。又将鞋子分成拖鞋、凉鞋、布鞋、健力鞋、运动鞋、皮鞋、长筒靴，用布袋装好。又将手提袋作了认真地清理，大大小小的手提袋一共有十六个，都是这十五年来用过的，把过了时的，陈旧了的清出来，搜到袋中，将其扔掉。

扔着扔着，她脑子里突然想起一件事：老头子在确诊为癌症之后，给儿子写了一封遗书。内容她没有看，老头子交代一定要亲手交给儿子。

她赶忙在几个小手提袋中寻找，终于在一个小手提袋中找到了这份遗书。

她十分欣喜地打开遗书：

吾儿开昕：

爸不久于人世，你不愿见我，心里还在记恨我。我不想做任何解释。

你在美国30多年，西方的观念早已让你将中国的传统文化丢弃干净。可你那黑头发黑眼睛黄皮肤没变，血管里还流淌着炎黄的血液，你还是中华的子孙。

就因为你还是中华的子孙，我不得不提醒你：你被人忽悠了，蒙骗了！骗者告诉你，科学家无国界。说这话的人知道自己是在忽悠骗人。现仅举一例就可以立辨真伪：一个人帮邻居打造了一把锋利的斧子，邻居用这把斧子砍杀了打造斧子人的两位兄弟。科学家无国界吗？此话忽悠了众多的中国科学家，他们每天都在拼死拼活的在为邻居打造斧子。因为邻居需要斧子去砍杀人，包括造斧子人的亲兄弟；二是有奶便是娘，告诉有本领的人，谁给钱就给谁打造斧子，谁给的钱多就给谁打造得多。这个邻居给的钱多，因此大家都去给他打造斧子。邻居用斧子去砍杀人包括他的亲兄弟，他还会给邻居打造，因为邻居给的钱多。甚至现在还有一种怪现象：邻居即使给的钱少，他们也要帮邻居打造斧子。因为这斧子是去宰杀他的亲兄弟的。有人忽悠他，你的亲兄弟被邻居宰杀了，你的生活会过得更好。于是他每天起早贪黑为邻居打造斧子，不追求报酬，只希望早一点将兄弟砍杀。

开昕呀！这几种观念是专门忽悠中国人中的聪明人的。因此，中国人中的聪明人都在为邻居打造斧子，还乐此不疲。你这30多年是不是在做这种事？

有个外国人评论中国人，说中国人是低等民族，长期互相残杀，帮助敌人宰杀自己的同胞。这样的民族不是低等民族是什么？这话让人无言以对。

我当时支持你出国深造，是为了让你去学习外国的先进技术，学成之后回来报效祖国。哪知你被人忽悠，一去不返。长期为邻居打造宰杀自己民族同胞的斧子，可自己还蒙在鼓里不知晓。这太可怕了，我于心不忍，在临死前提醒你，不然，我会死不瞑目的。

我们的中国今非昔比，各方面都跑到了世界的前列，不比美国差。你回来吧！启动资金，你老妈可以提供，她手中有近一个亿的资产，足以支撑你建起一个偌大的公司，一个高档次的科技团队。为自家人打造最先进的斧子吧！

即将离世的中国老人——你的老爸

二〇二〇年九月

老太婆觉得老伴这封信写得好啊！要赶快想办法递给儿子，让他明白自己在做什么。也许，懂得了自己的所作所为会有所悔悟。

她老人家在家里开始清理不要的东西，家具哪些可要，哪些要丢。衣服，凡是牟老汉的全丢。被子行李，留三套后全丢。如有人要一律奉送。

小区领导通知去礼堂开会，要大家签拆迁合同。面积还面积，占地面积大的，周围各放三米，三米以外的一律按市场价计算，35万元667平方米。这样，别墅上下两层356平方米，面积补面积，土地有10亩，6000多平方米，国家给钱为350万元。

刘大婆十分高兴，她准备将这350万元分给两个侄女及几个外甥。

两个外甥也十分高兴，姑妈这下发财了，我们大家也跟着高兴，还可沾点油水。但两个侄女压根不像这样想，倒是两个外甥男外甥女他们总觉得姑妈得了这么多钱，他们知道姑妈怎么都会给他们点，这样一番议论之后，每天都往姑妈家里跑。但愿姑妈发慈悲之心，给他们几颗糖果吃。

刘大婆对于他们的行为心知肚明，但不好得罪他们，他们毕竟是自己娘家的人。

俩侄女看到伯妈娘家的人来了，便对刘大婆说，您这几天如有人陪您的话，我们两姊妹是不是可以不来了？

刘大婆赶忙说："他们晚上又不在这过夜，你们还是一如既往吧！"

小英十分高兴地说："伯妈，我们十分愿意陪您，只要您不嫌弃我们，我们会天天陪着您的。"

刘大婆说："你们这是说哪里话，我岂能嫌弃你们！"

俩姊妹每天轮流陪伯妈，和伯妈说一些闲话，伯妈也十分高兴地和她们聊，聊得最多的还是拆迁之事。刘大婆告诉她俩：土地就可以补350万元，房子356平方米，可以换同样面积的房子四套或三套，到时候给你们俩姊妹一人一套。小英说："伯妈，我们陪您，是我俩应尽的义务和责任，无须回报，您还是送给您娘家人吧！"

刘大婆说："我的余生就拜托你们姊妹了，说什么不要呢！不要我也会强迫你们要，明天我就找律师写遗书，到公证处去公证，强迫你们要。"

小英说："伯妈，您这样做，别人会怎样看待我俩姊妹？"

刘大婆说："我不管别人怎样看，谁关照我，就给谁？这是我的权力！"

第二天，小敏来了，刘大婆也对她说了同样的话。小敏也不要，这令刘大婆十分感动。两个甥男甥女都抢着要，可她们俩姊妹却完全不一样。这就是人与人之间的差别。

刘大婆觉得自己的余生一定会过得很幸福，遇上了两个好侄女。

小英小敏俩人一见面，就觉得此事应向在美国的堂哥和在德国的堂姐说说了。不然，伯妈将此屋分给了你我之后，以后一定会有皮扯。小英说：如果哪一天伯妈一走，即使有遗书，到时可能也难以说清楚。小敏也觉得姐说得对，于是将在美国堂哥的电话拨通，告诉他家里的一切。小敏也打通了在德国堂姐的电话。

她俩将电话拨通之事，未告诉伯妈。

一个月后的一天，堂哥一家奇迹般地从美国回来了，还带回来了两个侄儿侄女。据堂哥介绍，两位侄儿侄女都成了家，有了小孩，小孩都在上中学。

第二天的晚上，堂姐也从德国回来了。

刘大婆一见儿子儿媳妇，还有孙子和孙女，十分高兴。但问起牟开昕，你们怎么这个时候回来？你爸病了两个多月，打电话你们都不回来，你们居然连电话也不愿意接，话还没说完就将电话挂了。现在全家都回来，究竟是为了何事？有什么事比你爸还重要？

牟开昕被母亲问得哑口无言，连连做检讨，认错。可刘大婆一点也没解气，不是看在儿媳妇和两个孙子份上，一定要大骂这个不孝之子。

女儿回来，躲开母亲的视线，几天不敢来见母亲，第三天才由小英带来见她母亲。刘大婆一见女儿，气不打一处来，这是什么风把你兄妹全吹回来了，是什么比你爸还重要！你们这两个不孝的白眼狼，全跟老子滚，老子没有你们这样的白眼狼儿女！

牟开昕一家和妹妹只得到宾馆去住。

刘大婆在推想，这两个白眼狼，他们是怎么知道拆迁这件事的？跑去追问小英和小敏。小英一个劲地笑："伯妈，您的儿子女儿还有儿媳孙子都回来了，您应该感到高兴才是。您发什么火，把他们都逼到宾馆里去，您不心疼儿子儿媳妇，也该心疼两个孙儿孙女啊！他们第一次到中国来，第一次来看奶奶，就被奶奶赶出了家门！你就先消消气，再去将他们接回来住。您不好意思去，我和小敏去，家里的事不用您操心，饭菜我和小敏来做，您只管高兴就得了！"

听了小英的一席话，觉得自己是有些过分，便笑着对小英说："你这鬼丫头，就数你会说话！"

小英和小敏到宾馆里去说服堂哥堂姐。堂哥觉得自己确实对不起爸爸，两三个月，这么长时间也没有抽时间回来看爸爸。爸爸走时，我们都没能赶回来见他老人家一面。对妈的最后一次电话，由于事情太忙，话还没有说完便关了机，后来一直忙，居然忘了再打电话向妈解释。

小芳更是觉得对不住父母，平时连电话都少打。当时恰好在实验的关键时刻，科研团队又缺人手，硬是请不动假。说着便哭了起来。

他们商量先到父亲坟上祭拜，然后再去看母亲。

刘大婆在小英和小敏的开导下，终于原谅了他俩兄妹。在俩堂妹的热情款待下，吃了一餐几十年来都未有过的热闹中餐，只是缺了父亲。

酒桌上，全家人一边喝酒，一边回忆着父亲关怀他俩兄妹的感人事迹。

说得满桌人都泪流满面。

下桌之后，牟开昕走近老妈，想咨询有关拆迁的事。

老妈知道儿子说话的意思，没有直接告诉他，而是追问他们这次回来的真实目的。儿子有些支吾其词，老妈有些气愤起来。

儿子看到老妈这个样子，好多话都不敢说。

晚上找到堂妹小英，将自己的打算告诉了小英，希望小英能够代为转告。小英说，此事得慢慢来，拆迁之事也才刚刚启动。

牟开昕说："我们不可在此久留，得马上赶回去。"

小英说："你再急也没用，伯妈对你们没回来看望伯父，就是伯父在弥留之际也没赶回来见他一面，并且电话都不接，这样伤了伯妈的心。伯妈心中的伤还没有愈合，你们又来伤害她，你们忍心吗？我确实不忍去向伯妈讲你提出的这种要求。这样吧！你们有事先回去，我找机会向伯妈表述，等伯妈的心情好一些了，你再回来办此事！你看怎么样？"

牟开昕有些无奈地说："还能怎么样呢？就按你说的办。"

小芳不知道她哥此次回来的目的是什么？她觉得此房子妈说给她一套，她不反对。不给，她也不会伸手去要。但还是想让小英摸清哥嫂的意图。

小英只是告诉她，你哥嫂这次回来就是想将此房处理掉，说他有一个大项目需要一大笔钱。小芳想摸清这次拆迁，她家一共可以捞到多少钱？

小英隐瞒了土地的 350 万元，只告诉她房子大约可以值 500 万元左右。堂哥想出售后，500 万元全部带走。

小芳鄙视一笑，就这点钱，他们有必要全家人跑回来？这区区 500 万人民币，我牟小芳一个纸片也不要。我返程的票已买好，明天下午就回德国去。

她有一个请求：想今晚陪老妈睡一夜。

刘大婆听了十分高兴，乐意和女儿睡一晚上。

晚上，小芳躺在妈妈身边，说了很多令妈妈感动的话。对父亲的去世，感到十分痛心。一边和老妈说话，一边流着眼泪。说以前只顾拼命工作，忘了对亲人的关照和问候，实在对不起妈妈，我以后会好好弥补妈妈的。只是爸爸已逝，造成了终生的遗憾。我对不起爸爸，希望爸爸在九泉之下原谅女儿。女儿没有爸爸开明的思想，女儿就出不了国，就没有今天的成就。

最后刘大婆告诉女儿："小芳，你爸临终前都在担忧：怕你和你哥在国外对抗中国，当汉奸，他死不瞑目啊！你们回来吧！中国一切都好，不比美国差，更不比德国差！"

小芳，你有时间，到中国的上海北京深圳去走走，国家发展得多好啊！老百姓人人都过上了幸福生活，不是你们刚出国时的样子了。

小芳连连点头，答应去祖国的几大城市走走，她将飞机票往后移了五天。

五天之后，和老妈传视频，告诉老妈，她走访了三大城市：上海、杭州和深圳，祖国的变化确实大，变美了，变得高度文明了。她答应老妈的请求，她回德国后去好好说服丈夫和俩小孩。

刘大婆答应女儿，你若回国工作，我将手中的全部积蓄500多万元给你，房子给一套。如若你哥在你前面回来，我就将这些都给他。

小芳说："妈，我不要您的一分钱，我回国是要比较两国的工作环境和收入高低，不是为了您那点小费。"

刘大婆觉得女儿手中有钱，500多万元在她眼中就小菜一碟。

女儿小芳回德国了，刘大婆觉得女儿回国的可能性较大。她对我们的国家充满了信心，这么好的环境，怎能不回国！中国才是自己的家，无论工资的高低都在为自己家里做事。别的国家再好，也是帮人家打工。刘大婆将这些大道理用微信发给了女儿，她要女儿明白这些道理。

儿子一家走了，他还会回来的，他想将老妈的房子变成现金带到美国去。但就这点钱，换成美元少得可怜。他们此时缺钱，不然他那倒闭的公司就站不起来，会彻底的消亡。他没有办法，只得厚着脸皮找老妈说好话。但老妈这脾气，他十分清楚。这次老爸的去世由于公司即将破产之故，搞得他焦头烂额。没有回来不说，连电话也有点不耐烦接，伤害了死去的爸，更伤害了个性强硬的老妈。老妈的工作做不通，他将陷入茫然无助的困境中。

按理说，他应该回国，现在的中国不是前三十年的情形了。国泰民安，老百姓都过上了幸福美满的生活。他应该和小芳一样到祖国的几大城市去走走，看哪一点不如国外？从外貌上评论：全世界不摆第一，第二是没得说。论工作环境，首先是安全，安全全世界第一，很少有恶性事件发生。工资待遇与国外相比也已经相差无几，再说在国内的消费比国外的低。

做人不能忘本，国外再好是给人家帮工，国内再差是给自己家里做事。在自己家里做事的感觉是不能跟国外打工相比的，那是给别人帮忙，给别人家帮忙能踏实吗？人家不需要你了，就会要说滚蛋的。在自己家里，谁也没有权力要你走，踏实多了。

一旦世界局势动荡，你帮工的那个国家成了我们国家的敌人，竞争对手，你就成了敌国的帮凶——杀自己同胞的帮凶。

刘大婆日夜想着这些问题，她多么希望儿子女儿明白这些道理。她反复要求俩侄女经常和她堂哥通电话，发微信，把国内一些好消息发给他，动摇他在美国生活的决心，提醒他别再当汉奸！

刘大婆要求小英将她的资产分配方案转告给牟开昕：谁先回国，此栋别墅就给谁。不回国，一分钱也别想要。我不能将他爸的血汗钱拿去支助一个汉奸。

五

女儿小芳回到德国后，将在中国看到的一切转发给丈夫，丈夫也感到不可思议。于是两口子开始通过大使馆，在中国的上海、深圳找单位。单位找好就立即回国，两个小孩要看他们的意愿。先在德国待一段时间，等她和丈夫工作稳定之后，再将两个孩子接回中国。

刘大婆一得知此消息，便喜出望外，要求小英马上将此消息转发给儿子。儿子如果想要这栋别墅的话，一定会想办法回国的。

果不其然，小英将此条消息转发给牟开昕堂哥，堂哥紧张起来，如果妹妹抢在他的前面，那他回国的意义便不大了。

牟开昕根本就不想回国，回国只是个幌子，他要的是这栋别墅的所有价值——500多万人民币。他想阻止妹妹小芳回国，说自己已经在办理回国手续，已经和上海一家科研公司联系好了，下周就可签合同。

妹妹小芳听了哥的话，更加坚定了回国的信念。但她根本不是为了拿到那500万元，而是觉得中国比德国好才回来的。她一边和中方相关公司联系，一边向德国方面申请辞职。

德国公司接到她的辞职申请，不肯放她。因为她是公司研发团队的主力，她走了，一时半会还找不到合适的人接替。因此，辞职申请只能一直压着。

拆迁之事已在紧锣密鼓地进行，拆迁办要求小区居民先到外面去租赁房子，小区下个月就要开始拆了。但居民们要求先将拆迁款到位后，居民们才有钱到外面去租赁房子。

拆迁办就只有按居民要求办事，各家各户签好合同后，拆迁办按合同给各家各户到位。

可就在这个节骨眼上，牟开昕又回来了，他向老妈恳求，说自己要回来开一家大公司，需要两千多万元，还差1千万元，需要老妈支持。

刘大婆十分理性，认为儿子本不想回国，压根就没回国办公司的意愿。于是便说："你的公司在哪个城市，我必须先去考察，情况属实，才能按你的要求到位，如若骗了老妈，你就别想在这里要到一分钱。"

牟开昕望着老妈，无可奈何。他本想骗过老妈，拿了钱就回美国的。但现在看来，骗老妈这一招已经失败，还得另想主意。

牟开昕找到小英，要小英给自己出主意。小英本来就对这个唯利是图的堂哥有想法，现在来帮助他欺骗伯妈，她才不会干呢！于是对他说："昕哥，在美国生活如此艰难，怎么不趁早回到国内。只要你回到国内，钱的事就不是问题了。伯妈不是说得够清楚的了！"

牟开昕不想回国，即使国内再好，就是天堂，他也铁了心地要留在美国。即使在美国混不下去了，到其他国家，他也不会回中国。他用一双祈求的眼神望着小英，祈求小英到老妈面前去求情。小英说："你不答应回国，什么话也别说了。"小英急忙逃离了他，他像一只丧家之犬，呆呆地站在那里好一会，小英已走多时，他还站在那里发呆。

要钱的事搁浅，他已毫无回天之力，只得拉着行李箱，回到了美国。

儿子走了，刘大婆心里很不是滋味。牟老汉得了癌后，悄悄地告诉她："家里有三样价值连城的宝贝，一件是清朝时期江南八怪之首的金农临摹的五牛图（唐朝韩滉的五牛图），另一件是明朝时期的帝王绿翡翠盘，还有一件是明朝时期的青花瓷坛。你记性不好，将所藏地址收好，这是我用高价在民间收购来的。当时的钱就花去了三百多万，估计现在至少可卖近亿元。不到万不得已，你不能透半点风，不然怕引来杀身之祸。"

儿子女儿如果回国，你就将这些宝物分给他们，要他俩兄妹不要将这些宝物藏在家里，能出手便出手，换成钱之后心里踏实。如果儿子不回国，你一分钱也不能给他。从小我只重视了他的学习，未重视他的品德教育。他的人品与他的智慧比起来不匹配，他迟早在做人上会栽跟斗的。他之所以不回来看我，在内心深处还在恨我，恨我那时候对他太狠。这家伙十分记仇，我估计他不会回国。女儿小芳品质行为要比他哥纯正一些，她如果肯回国，就将这些宝物交给她，让她去处理。提醒她，不要将此东西放在家里。如果不缺钱，就将此三件宝物捐给国家。

刘大婆回想着丈夫的话，觉得老头对儿子的看法十分准确。儿子只想在家里搞点钱走，根本就不打算回来。不回来，他就别想从家里要到半分钱。但她想到用余钱诱惑儿子回来，她觉得儿子在国外迟早会成为一大汉奸。为了钱，他什么事都可以做。他爸得病了他说没时间，爸要走了他也没时间。这下看到家里这点钱了，他却有了时间，不到一个月，就回来了两次。她要小英转告他："老妈手中有两千万元，只要他回国，就一分不少地全给他！"

小英将此话告诉了他，他开始不太相信。小英说："伯妈从不说假话，没有两千万元，绝不可能要我转告你！"

牟开昕还是有点不相信，问小英："她哪里弄来这么多钱？"

小英说："伯父做生意赚了很多钱，这别墅就是他赚来的。听伯妈说，做棉花生意五年就赚了两千万元，后来开塑管厂又赚了很多钱。最后塑管厂处理给了别人，又得了一大笔钱。伯妈手中现在不说两千万，就是五千万元也不稀奇！"

这些话告诉了堂哥，小英还怕堂哥为了钱，对伯妈下毒手，每天和小敏轮流跟着伯妈。怕堂哥突然从美国回来，对伯妈不利。

牟开昕他居然没有马上回来，估计他在权衡利弊。在美国他混得并不好，小芳不屑一顾的区区 500 万，他时刻觊觎着想立马拿走。现在老妈手中有两千万元，这对他来说，应该有着极大的诱惑力。他应该马上会回来，但他从骨子里不愿意离开美国，他只是想将老妈手中的钱要到手后再溜之大吉。可老妈偏不上他的当，牢牢地控制着底线，让他一点办法都没有。但老妈又不断地吊着他的胃口，让他欲罢不能，欲求难得。

刘大婆这几天犯难了：马上就要拆迁，自己就要离开这豪华宽敞的别墅。但这三件宝贝该如何保管？一不能泄露天机，二不能放在原地，必须转移出去。放在哪里保险呢？连个房子都没有了，租赁的房子，能将这些宝贝转过去吗？老人家琢磨了好些天，觉得必须先买一套小房，简单地装修一下，然后自己用手提袋每天提一样过去，家里装上监控器，这样才会保险。

晚上与小英商量，说自己要买一套百平方米的房子，买好后马上进行装修，必须赶在拆迁前。

小英和小敏商量，小敏在家里弄饭菜、洗衣服，小英带着伯妈去看房子。由于刘大婆心里有事，没有细挑精选，随便挑了一套 110 平方米的房子，交了钱，办了手续，就找装修公司签合同开始装修起来。

听人说，装房子一般要两到三个月，刘大婆给公司两个月的时间必须装起，提前一天加 200 元的奖励，推迟一天罚款 200 元。

小英这才看到了伯妈做事的风格，一个近 80 岁的老太婆，做事如此干练，令人佩服。

六

牟开昕经不起这两千万元的诱惑，又从美国回来了。一回来就找小英，要小英帮忙做老妈的工作。小英说："你自己的亲妈，要钱，你自己去找，我去了也不好开口啊！"

牟开昕才厚着脸皮，跑到老妈身边，恳求着对老妈说："妈，我是您的亲儿子，现在遇到了困难，您就出手帮帮我吧！您说您手中有两千万，能不能给我救个急？以后，我会想办法还您的。"刘大婆冷笑了一下，说："你爸也是你亲爸，你是怎样对你亲爸的？我现在近 80 了，你对我是怎样关心的？我支持你啊，是有条件的。你爸说，从美国回来，家里所有的资产全给你，不从美国回来，分文没有！"

他绝望地望着老妈，半天没抬起头来，最后朝老妈撂下一句话："想我回国，你就别做梦了。但你该给我的必须给我，不然走着瞧！"

刘大婆知道儿子会到法院去和她走司法程序。刘大婆不怕，她要小英去请了位律师，将儿子的所作所为告诉律师。

律师听后说：您放心，他一分钱也拿不到。就凭他不敬孝道，不养老，就没有资格要家产。以后就是您百年之后，他也没有资格分遗产。

小芳夫妇从德国回到了上海，和一家科研大公司签订了合同，安顿下来后，回家来看望老妈。小芳知道她哥想同老妈打官司，赶忙打电话给哥哥。

小芳说："哥呀，你在美国干了30多年，怎么就缺钱缺得想起老妈的几个养老费了呢？那有几个钱？你在美国混不下去了，中国的国门是敞开的。我和你妹夫回来，副总理还接见了我们。工资待遇比德国的还高，工作环境也好。在国内工作何乐而不为呢？你可以考虑回国，妈说了，只要你回来，家里的所有资产全给你，我一分钱也不会要。再说，我不需要那么多钱。如果你回来，我和你妹夫还可以资助你。"

小妹的一番劝导，牟开昕没再说什么，但回国的事他总是不表态。小妹也不好强求，人各有志。再说他要回国总得有个过程，慢慢来吧！小芳自我安慰着自己。她要以身作则，让哥哥实实在在地感觉到中国不比美国差。到那时，你不要他回国他也会回国的。

房子装好了，还提前了两天，刘大婆奖励了他们四百元。刘大婆十分精明，房子一装完，就将有线电视、监控器全装上了，还将监控器连接在手机上。家里以后有什么动静，老太婆都会一清二楚。将门钥匙换好后，她每天都要到新房子里来，其目的是要将家里的那三件宝贝转移过来，一声不响地无声无息地将其转移到新房子里。她将衣柜顶层重新安了一层板，让里面形成一个夹层，夹层的门在背后，一般人是无法发现的。

刘大婆就把翡翠盘放在夹层中，夹层里面又分了几格，其中最顶头的一格放着那张《五牛图》，只是那个青花坛把刘大婆折腾了好几个夜晚。此事又不能说给侄女听，只得晚上琢磨，白天一个人进行实验。将床脚处用两块木板封起，将青花坛封在里面，必要时再撬开。

这三件宝贝，在刘大婆精心策划下安排得天衣无缝，就是小英小敏也一无所知。

小芳回国后，刘大婆十分高兴，要小英小敏多弄几个菜，将小芳和丈夫请在家里吃饭。一家人一边吃饭一边谈论牟开昕，都说他应该马上回国，留在美国做什么？这么差钱，还不赶快回国！

刘大婆想起了四十年前的一件事：那天天降大雨，电闪雷鸣。开昕他一个人躲在床上，将自己用被子捂着，但屋里到处漏雨，他睡的床上也在滴滴答答的漏个不停。床上全湿了，他的身上也湿了。他爸上堤抢险去了，我那天带着小芳去了姥姥家，晚上没回来。

等我和小芳第二天从姥姥家回来，昕儿发起了高烧。他爸还在堤上，在家里拖了半个月他感冒才好。

他后来逃学，被他爸爸狠狠地抽打，打得屁股开花，之后又要他陪着挑粪、挑水，还将他带到堤上观看抢险的情景。他小时候吃了很多苦，目睹了中国社会底层人的生活。经过几十年的改革开放，以前的那种情形早已不见了，但他一提回国就心有余悸。小芳呀，你想办法将哥哥邀请到你们上海，去体验体验现在咱们中国人的生活。经常发一些生活视频，工作环境方面的视频给他，让他感受。只有他彻底地了解了中国，他就不会对咱们中国有抵触情绪了。

吃完饭，小芳和丈夫要赶回上海。走时，老妈对她俩说："按照你爸和我的要求，谁先回来，房子就给谁？你先回来了，理当将此房子给你们。这栋别墅350平方米，拆迁还建，政府给356个平方米的面积，可以分到三套房。这三套房如果卖的话，可以卖到500万元，不管你们卖与不卖，这三套房子给你们。"

小芳连忙说："我和钟明不要老妈一分钱，我们有钱，根本不差钱。我们不要，给哥哥留着，他迟早要回来的。"

小芳两口子走了，家里恢复了往日的平静。

新房子的所有窗户开着，满屋放着木炭和吸甲醛的草类植物。

小区内已经有人开始往外搬家了，刘大婆向拆迁办的领导申请最后一个搬。因为新房子还需要一周时间，进去早了怕中毒患癌症。拆迁办领导十分理解，并对刘大婆说："您只要在规定的时间搬完就行。"离规定的时间还有十天，刘大婆爽朗地说："没问题，一定不影响领导的整体安排！"

七

时间过得真快，一眨眼工夫就到了 70 周年的国庆节。刘大婆所在的小县城所有街道全穿上了新装，每栋楼房全身都闪烁着七彩电光，美丽极了！广场上空放起了满天的焰火，电子鞭炮震耳于聋，不绝于耳。

刘大婆在小英小敏的陪伴下，欣赏着节日的喜庆，刘大婆对此情此景赞不绝口。要小英赶快将此奇景拍下传给在美国的堂哥，刘大婆自己将此奇景传给了上海的女儿。女儿也把上海的喜庆奇景传给了老妈。

女儿女婿还在微信中喊着"中国万岁"！

刘大婆也在视频中喊着"彩楼焰火鞭炮声声，国强民富气象万千"。

"老妈，您还会吟诗！我来陪老妈吟两句：'焰火七彩藏梦想，鞭炮声声传吉祥。祖国处处呈春天，阳光时时暖心房。'"

刘大婆十分兴奋地说："好诗，快将此诗传给你哥，让他也高兴高兴。"

"老妈，您就太偏心了吧，什么时候都不忘哥哥。"

"你这丫头，你哥还在美国，你老妈是想他回国啦！你不是已经回国了吗？我们要想办法将你哥拉回国内来，这也是你爸的心愿呀！"

"我和您开玩笑的！要是爸在就好了！"

"是啊，你爸是个苦命，这么好的日子，他都无福享受！"

"算了，不提这不高兴的事了！"

夜很深了，焰火之后，四周华灯灿烂，鞭炮声停了，四周一片寂静。刘大婆在侄女小敏的陪同下，回到了客厅。她今天比以往任何时候都高兴，侄女女儿将咱们中国的胜景传给了在美国的儿子。儿子看了一定会有所触动，说不定能被这美丽的胜景所吸引，说不定就会下决心回到祖国温暖的怀抱！说不定……

国庆节之后，拆迁工作催得紧，刘大婆开始搬家了。几套旧家具，虽然旧点，但陈色十分好，古色古香，非常漂亮。可没有地方放，只得送给小英和小敏俩姊妹，她俩一人得了一套。这些旧家具全是红木的比现在的档次高，还有一些小东西，也没地方放，只得将其扔掉。

牟开昕好久没有和小英联系了，昨天晚上是堂嫂打来的电话。说堂哥开昕被美国政府抓走了，可能要坐牢。问是什么原因？堂嫂说："欠了人家100万美元，还不起，被对方告上了法庭，被判了三年徒刑。"

这下，大家才明白牟开昕为什么要500万元要得这么急，原来是被迫无奈。

刘大婆一听说儿子因欠人家的债而被判刑坐牢，十分难过，后悔当初没有给他钱。

小英和堂嫂通了电话，堂嫂说："只要能还钱，开昕马上就可以保释出来。"

小英又问："若给你们汇钱，应该怎样做，你们才可以收到。"

堂嫂说："先到国内的中国银行将人民币兑换成美元，就可以转到我的卡上。"

堂嫂用微信将手中的美国银行卡号传给了小英，小英和伯妈急慌慌地跑到中国银行将100万美元转了过去。

牟开昕很快就被保释出了狱。出狱后，妻子告诉他：是老妈救了他。他当时还有些激动，过了片刻之后，对妻子说："当时给我，哪会有这番折腾呢？"

妻子是个明理之人，于是便说："一个近80岁的中国老人，能够给你100万美金，已经十分了不得了。你还能说什么呢？这么多年，我们在美国打拼，攒了多少钱？两个老人在中国居然能攒100万美金，还有一套值500万元的大别墅。不说在中国，就是在美国，中下等公民谁能做得到？我俩年富力强，在美国奋斗了30多年，我们不仅没有存款，还欠了一屁股债，还要老人为我们还账，我们应该感激不尽才是。怎么可以说些无良心的话呢？以后，我俩一定要好好地孝顺老妈。老爸从得病到走近三个月，我们却没有回国看望老人家，我们做儿女的良心何在！俗话说：'养老送终是儿女应尽的职责和义务，你养老了吗？你为老人送终了吗？'"妻子越说越义正词严，令开昕无地自容。

中国改革开放四十年，变化极大，各个领域都发展得十分健康有序，我俩也是应该回国去考察了。我的父母和兄弟姊妹也在不断地劝我们回国，按照中国的传统说法："叶落归根。"也应该考虑回去了，你我今年都快 60 岁了。老了，就不适宜在国外混了。杨振宁不早就回国了吗？现在身体还健康，回国去，还可以干一番事业。如若干不动了，再回去，那还有何面目见人！别人会指我们脊梁骨骂我们汉奸的。再说，还不考虑回国，你老妈，我父母亲都担心我俩在国外当叛徒汉奸啊！我俩一天不回去，几位老人就一天不得安宁。开昕呀，你好好考虑考虑吧！

牟开昕无论妻子怎样开导他，劝慰他，他就是不想回国。

小时候，社会家庭对他的伤害够多的了。地方上的贫穷落后，老爸对他教育上的苛刻：毒打，罚劳动，感受抢湖堤的情景，在他幼小的心灵深处造成了极大的阴影，使他 30 多年都挥之不去。

他是一个极端记仇的人，老爸得病到去世，由于他心中还在记恨他老爸，本来可以回来的，他却刻意不回来。回来后，到老爸坟上，他却不肯给老爸磕个头，只是冷冷地瞧着老爸那张微笑着的照片，连一声对不起都不愿意说，他觉得不应该说。如果不是这么多人来老爸坟上祭拜，他一个人不可能来。

现在妻子劝他回国，他一时半会不会答应。哪怕老妈救了他，他心里一点感激之情都没有。他曾对老妈撂下过一句话："该给我的必须给我，我们走着瞧！"后来，老妈为了救他，把 100 万美金给了他，他觉得这是他应得的。他的回国，除非小芳两口子在上海工作得特好，感动了他，他才有可能回国。

刘大婆又将遗书给儿子的事全给忘了，她从小手提袋里掏出遗书，要求小英用手机拍照后，给儿了传了过去。

儿子收到遗书后，与妻子看了若干遍，于是答应马上起身回国。回国后，先在国内的上海、深圳找地方。

北风接到冬天的指令，在广袤的大地上怒吼着，那威力胜过非洲草原上的狮群。它这样反复地吼叫着，几天之内，就将树上的枯枝黄叶给刷掉了。高大茂密的树林一下子就变成了一片枯骨木架，绿油油的草地变成了枯黄色，没有了一点生气。

北风的吼叫声变得平和了许多，天灰蒙蒙的，此时却呈现出一片蛋黄色。老人说："要下雪了！要下雪了！"于是乎，飘飘扬扬的雪花满天飞舞起来，一时间大地盖上了一层厚厚的雪被。枯枯的树枝上挂满了雪花，像小鸟一般，随着微风的吹拂不断地滑落到雪被上。这样雪花不断地挂住，不断地滑落，慢慢地由雪花变成冰花倒挂在枯树枝上，形成了一道冰锥风景线。

刘大婆拄着老伴用过的拐杖，站在走廊里望着冰天雪地，感慨地说："瑞雪兆丰年，明年必定是个好年成啊！"

小英还没有下班，这么多的雪，她能回得来吗？刘大婆心中存满了疑虑。儿子小昕在美国还好吗？美国也下雪了吗？女儿小芳在上海下雪没？她赶紧看外面美丽的雪景，特别是冰锥倒挂树枝上的奇景给女儿拍了过去。女儿马上就给老妈发了过来，告诉她，上海没有下雪，太阳公公还在值日咧。

刘大婆对女儿说："这场雪下得好啊，瑞雪兆丰年！冻死了虫子，冰松了土地，明年一定是个丰收年。"

"老妈还蛮有情怀，关心农村，想着农民，时刻不忘初心。"

"你这死丫头说什么呢？你老妈是农民出身，生在农村长在农村，怎么不关心农村呢？喂，你哥最近说到你家的，他什么时候来？"

"老妈，您太关心哥了吧！"

"你哥是我儿子，我能不关心吗？他还在美国，又过得不好，我这老妈子怎么不关心不担心呢？他回到了你那里，你再忙都要抽时间将他带到上海各地去走走，让他从内心深处改变对咱们中国的看法。看法改变了，他就有可能回来。你爸为了他在美国，死不瞑目啊，他如果还不回来，我也会死不瞑目的。"

"您就别说了，哥到了我这里，我一定带他到上海各个地方去走走，让他去感受我们国家这几十年的变化。"小芳的一番话，说得刘大婆十分高兴。

儿子想要钱开公司，没问题，只要肯回来。我这老太婆可以支助他，老头子说家里这三件宝贝可以值一个亿。有了这一个亿，他什么公司还开不起来！她越想越兴奋，索性跟儿媳妇打起电话来。一是告诉她我们中国下大雪了，预示着来年是个大丰收年；二是要儿媳妇转告儿子，只要他肯回国，他办公司的启动资金都由老妈拿，老妈手中有一个亿的资金。她要儿媳妇保密，不要对外人说，怕不安全。儿媳妇心领神会，连连说"好""一定一定"。

晚上，儿媳妇将此情报告诉了小昕。小昕十分欣喜，马上办理回国手续。第三天他两口子便飞到了上海，欣赏了上海国际大都市的形象，连连称赞，竖起大拇指，世界第一。又去参观了小芳两口子的研发公司，更是感慨万千，决定回国。

要小芳给他俩夫妇找接收单位，开昕两口子是搞生化的，到上海来，相当受欢迎。开昕有老妈手中的一个亿做后盾，想自己开研发公司，研发新药。

牟开昕夫妇的这一想法，首先得到了妹妹妹夫的赞同和支持。几位同学朋友也都觉得他们的想法十分正确，都愿意支持他俩。

于是他俩夫妇考虑成熟后，就向上海市人民政府打出请示报告。上海市委书记市长喜出望外，十分高兴地接待了他们。并当场拍板将 100 亩土地免费赠送，还叫来了规划局及设计部门的领导，当场指令他们：全力配合牟开昕夫妇建好公司大楼，建好工厂。

刘大婆知道后高兴不已，赶忙将家中的三件宝贝交给了儿子儿媳妇。儿子儿媳妇对老妈感激不尽，双双下跪接过了那三件宝贝。

三个月后，一家国际新药研发公司从美国移到了上海市。半年之后，一座国际制药厂在上海市拔地而起……

与你共品：

小说作者聚焦中式家庭生活，通过父亲的一生既看到了父爱无声的伟大，也折射出传统教育的失败之处。父亲只注重孩子的学习成绩而没有注重成长过程中人格的培养，这不仅是家庭教育的缺失，更是社会的悲哀。人性的冷漠在金钱的诱惑下展现得淋漓尽致，小说会完结，但悲剧会重复上演。

小说讲述的是一位父亲对儿女教育失败的故事。小说讲述的又不单单是一位父亲教育失败的故事……

（喻道军老师）

在特定的历史背景下，重新开启高考，改变了许多年轻人的命运。然而很多人也因为这一特殊的历史背景而发生了巨大的人生变化。在面临人生的几大重要选择下。本文的主人公在这一特殊历史背景下面临种种选择，面对种种纠结和选择过后，最终以遗憾收场。

双眼微微地睁着

杨红玉从小就特别聪明伶俐，记忆力特好，两三岁就能熟背上百首唐诗宋词，七八岁就能填词赋诗。上了学，不仅文科成绩优异，而且理科成绩也是班上的顶级高手。这在女孩中特别少见，英语上到哪就能背到哪，应用到哪，老师个个喜欢她。

这么优异的成绩，可惜没有遇到好时代，那个年代没有考大学一说。成绩再拔尖，不兴考，只凭推荐。她只得望其兴叹。

她家是异乡人，1958年下半年全家从湖南逃荒到此，举目无亲。

一

1974年杨红玉高中毕业，回家种田，乡亲父老怜香惜玉，觉得这么娇艳俏丽的女孩，落在农村就像白天鹅掉进了烂泥塘中，屈颜毁材，暴殄天物，老天爷这是在造孽呀！

小队里的婆婆妈妈们生怕这只白天鹅被他人抢走，于是将杨红玉介绍给自己城里的亲戚。那个时代，城镇里的年轻人均瞧不上农村人。即使有人瞧得起的也只有三种人：残疾人，长得癞不溜秋的，没有人要的游手好闲的二流子。

这三种人中有人喜欢上了农村的哪家漂亮姑娘，姑娘家不得谈条件，不得要彩礼，漂亮的农村姑娘主动送上城镇户口的男方家。

杨红玉可不比一般的乡村漂亮妹子，心高气傲，不说是城镇的那三种年轻人，就是城镇里出类拔萃的俊小伙她也不会用正眼去瞧。

生怕肥水外流的大妈们四处一张罗，引来了一群采花蜜蜂。他们排队似的往杨红玉家跑，她妈在门缝里瞄着门外，长得帅气的才让其进屋，她妈先问清对方的基本情况。情况好，约时间和杨红玉见面。来敲门的人多，能见到杨红玉的可就凤毛麟角了。

区政府有位叫黄哲富的团委书记，跑到苗田边，见到了正在扯秧的杨红玉，被杨红玉惊艳俊俏的容貌摄去了魂魄，跟着杨玉红不肯离开。杨红玉那妖媚得体的举止，优雅俏皮的谈吐，令黄团书神魂颠倒，不知东西。

杨红玉内心深处有几分喜欢他，但像猫捉耗子般的玩玩他，欲擒故纵，故纵欲擒。她邀他一同到小河里去挑水，让他挑，她在后面跟着，笑他那挑水的姿势，怎么像只肥硕的鸭子？你这么个大男人，说你像鸭子都是够抬举你了，认真说起来，应该像只企鹅。黄团书在家里从未干过事，这是头一回挑水，左晃右歪的，确实像只企鹅。

黄团书喘着粗气，嘿嘿地笑着。

杨红玉说：你平时未干过农活，挑水也没挑过？你们这些干部真是毛主席说的那样，四体不勤，五谷不分！

你再说，小心我撂挑子！杨红玉哈哈大笑，你撂挑子，我会将此举传为佳话，你敢吗？黄团书说：你人长得漂亮，嘴比人更厉害咧！

黄团书，你以后要经常到这里来挑水，锻炼锻炼，锻炼好了，才像共产党的干部！明天你还来吗？黄团书将扁担往上托了托，吃力地转了下肩说：累死我了！只要我心爱的漂亮媳妇喜欢，我就天天来。谁是你媳妇？你呀！你不做我媳妇，谁这么卖力地挑水呀！好啊，做你媳妇，可你要经得起考验才行，明天早晨五点半来帮我插秧！黄团书迟疑了片刻，又换了下肩，才喘着粗气说：来，一定来。

晚上，黄团书把闹钟上到四点，生怕起床迟了，五点赶不到。他还留有余时。

四点半，他便骑上自行车，半个小时的冲刺，十八里的路程，终于骑到了田头。他赶忙把自行车锁在田边空地处，小跑步地跑到了杨红玉的身边。

杨红玉看他到了，笑吟吟地调侃他：看不出来，我们的黄团书还是个蛮讲信用的，有点像李隆基。黄团书被她这么一调侃，更加对杨红玉充满了信心，便回敬道：你这个杨红玉也够厉害的，变着法儿整李隆基！杨红玉冲他诡秘地一笑，说：这是周瑜打黄盖，一个愿打一个愿挨。说完哈哈大笑，笑得黄团书心里甜酥酥。

黄团书在杨红玉的指点下，下田开始插秧。杨红玉告诉他怎样握秧，怎样插秧，然后自己靠着他插。他怎么也插不好，她一边插一边对他说：看我怎样拿，怎样插，你就怎样做。开始杨红玉还在耐心地告诉他，看他笨得像头猪，怎么也教不会，便对他说，你慢慢看慢慢学，我可不等你了。杨红玉栽起秧来像台插秧机，拿秧的手平着水面，插秧的手连续不断往田里按，一会会就将黄团书甩在了前头老远（插秧是后退的）。

黄团书的魂儿留在了杨红玉身上，隔三岔五地跑来杨红玉家里，帮助她做家务事，这个纨绔子弟，在家里娇生惯养，从不做事，可到了杨红玉这里什么事都干。喂猪、扫地、烧火劈柴无所不干。俩人说说笑笑，快活极了。

时间如流水，很快就到了1977年的暑假，高考制度恢复，有文化的青年都在找复习资料，准备参加高考。

黄团书到处为杨红玉也为自己觅高考复习资料，弯人托人从各所大学里找，终于找来几本。白天，黄团书、杨红玉俩人均请了假，在黄团书的家里开始复习备考。

黄团书的父母均是政府的干部，十分喜欢这个美如天仙的准媳妇，希望他们能双双考上大学，于是为他俩当服务员。晚上也不让杨红玉回家，留在黄团书家里，杨红玉十分担心黄团书不规矩，找她的麻烦，便对黄团书说：不回去可以，我得一人住一间房，你必须订保证，不准胡来。黄团书没有办法，平时对杨红玉就有些惧怕，杨红玉说出的话，他不敢不同意。

黄团书毕竟年轻气盛，血气方刚。看到这么性感卓异的女朋友怎么能不动心呢？每次杨红玉洗澡，他都会在外面守着。一是想偷偷饱饱眼福，二是怕杨红玉春光外泄，伤了元气。好不容易等到杨红玉洗了澡出来，他都忍不住地将其抱抱亲亲。杨红玉总是用手拦住他的嘴，让他只能臆想。

平时两人在一起复习时，杨红玉穿着粉红色起白牡丹花的连衣裙，不仅倾国倾城，而且还有一股淡淡的体香。黄团书像只馋猫，只能舔舔鱼身，嗅嗅腥味，毫无心思搞学习。尽管杨红玉告诫他，不要顽皮，好好动脑筋搞复习，只有半个月就要大考了。

他没有办法，尽管垂涎欲滴，但也不能越雷池半步。有时忍不住了，想摸摸玉体，都会遭到婉言教诲。令人敢想不敢碰。

晚上就更难熬了，他每夜均要几次去瞧门缝，但绝对不敢敲门。第二天一大早，杨红玉起床时，他才开始进入梦乡。

他妈给他俩做好了早餐，去喊他起床，他却还在呼呼大睡。杨红玉对他也防着七分，不敢轻易走进他的房间。早晨去叫他，都用椅子将开着的门抵着，再近床前去叫他。他开始假装未醒，等杨红玉走近床边来掀他床单时，他突然坐起，将杨红玉的手臂一把抓住就往里拉。杨红玉毕竟是干过农活的身板，力气大，一下子就挣脱了他。他却赶忙将一丝不挂的身子露在杨红玉眼前，但杨红玉哪有心思去观看他那光着的身子，抽出手臂便逃到门外。

以后，杨红玉便不敢进屋叫他，只是站在客厅里叫他。

黄团书成天成夜地迷恋杨红玉，哪有半点心思搞复习，加之他本身就是区里的团委书记，听说马上就要任副区长了，学不学一个样。

杨红玉必须考上大学，离开不适合她生存的农村，再加上她从小就爱学习，学习基础也好。她每天争分夺秒地复习着各科文化。

半个月的时间很快就过去了。高考那几天，她异常兴奋，每科均考得顺畅而开心。高考完后，她欲离开黄团书家，黄团书说怎么也不让她离开。黄团书的妈叮嘱他，煮熟的鸭子不能让她飞了，一定要将她煮成熟饭，不然，一上大学，就可能终生遗憾。

黄团书本有此意，加上妈妈的叮嘱，更是狂风暴雨也难阻，当着众人的面要杨红玉回他家。杨红玉说，时间还长着呢！这段时间太紧，又不知结果是咋样，等分数下来后，我们再去谈情说爱，即使突破底线，也由你。

黄团书信誓旦旦的决心被杨红玉一解释，一婉言，便像穿了洞的皮球。回家被妈骂了一顿：没出息的东西，还当区长呢？

她回到家里，向父母汇报这段时间在黄哲富的家里的情况：受到了他爸妈的热情接待，特别是他妈妈，一日三餐为他俩做服务工作，衣服都不让她洗。过几天，您送点土特产去当面谢谢人家。您一人不好去，哪天我陪您去。

　　我们湖北的天气，夏天热气腾腾，一到中午路上行人均少，农村人干活均得躲开毒辣的太阳，想出门都得乘早上太阳还没升起来便起身。杨红玉和母亲提着一篮鸡蛋，两只母鸡，往小镇上去黄哲富家。

　　十八里的路程，走了两个小时，妈俩均满头大汗。到了黄哲富家，说明了来意，便将鸡蛋和母鸡给了黄哲富妈。他妈说什么也不收，我们两家已是准亲家了，伺候儿子媳妇是分内之事，还要亲家感谢哪门子。但盛情难却，大老远的提来了，要你们提回去没道理。黄妈收下了，留他俩妈在家过了早。她妈俩执意要起身回家，说家里还有事，便告辞。走时，黄妈无论如何要杨红玉在高考成绩揭晓之前来家里做客，说上次因为要复习备考，没带她出去逛。下次来了一定带她去县城里转转，给她买几件得体的衣服。和杨红玉说完了话，又去拉着杨红玉母亲的手，谈起了黄哲富和杨红玉的婚事：俩孩子都有意，又好得如漆似胶，看能不能在杨红玉上大学之前把婚事办了。听说结婚不影响上大学，再说，他俩已达到了结婚的年龄，黄哲富已经 26 岁了，像他这样的年纪，小孩都可打酱油了，红玉这孩子也二十出头了。杨红玉妈笑嘻嘻地答应回去和她商量好了，再答复。

　　十多天过去了，高考揭晓。杨红玉考了全区第一名，她在黄哲富的建议下，填了人民大学中文系。黄哲富马上要当副区长了，考试只是给杨红玉当陪考，考了个专科院校，未填志愿。

　　杨红玉被人民大学录取，乡亲父老为她这只白天鹅从烂尾塘中飞上了蓝天都感到无比的高兴。黄哲富表面上为她高兴，可暗地里却在担忧，特别是他的父母，觉得这女孩太优异了，黄家恐怕没有这个福气。

　　还有三天，杨红玉就要起身离开这个养育她的陆逊湖畔，到她梦寐以求的天堂。黄哲富则每天跟着她，多么想找机会用情感这东西拴住她的心。但每天来贺喜的亲朋好友络绎不绝，即使到晚上，杨红玉都在接待客人，与客人们话别。客人们走了，黄哲富想找机会单独和她聊聊，但杨母却脚跟脚地跟着，将黄哲富安排到一间房里去休息，并大声让黄哲富听到，她要与即将离开家的女儿睡两个晚上，就像女儿要远嫁似的。

黄哲富心里闷闷不乐。

杨红玉走的那天，黄哲富将她送到人民大学。在路上尽管他俩一路说着情话，但到了人民大学，杨红玉住进了寝室，八个人住在一起，黄哲富住宾馆里，那时不像现在这么开放，随便不能将女朋友带进宾馆。两人在外面吃了晚饭，手牵着手，回到学生宿舍，他只得悻悻然地回到宾馆，一切企图均已落空。

晚上躺在床上，他觉得情况不妙。在这样的大学里，优秀的男士多的是，他一个乡镇干部，怎么会长久地留在她心里咧？如果将生米煮成了熟饭，在感情上就加深了一层保护膜，也许还可以让她牵挂上自己。现如今，和她结识了近两年，表面看起来像情侣关系，但实质上油水不融。若一旦跳出了那个环境，油遇到了油，就会融为一体，他这个水就与之无一点关系。但事已至此，他已回天无力，只得认命了。如若她是个有良心、重感情的女人，当然说不定还有一线希望。这样想着想着进入了梦乡。

梦到自己在北京的百货大楼给杨红玉买了一件连衣裙，此件连衣裙十分漂亮，玫瑰红底色上面印着绿色的牡丹，衣底褊和袖褊嵌着一圈金黄色的边，显得十分高雅俏丽。试过的小姑娘穿着是那样潇洒飘逸，他想若穿在杨红玉身上，那一定会靓丽得倾国倾城。但不知怎么搞的，此连衣裙忽然之间不翼而飞，不胫而走，怎么也找不到了。他到处寻呀，四处找呀！最后找醒了，却是南柯一梦。

他觉得此兆头不好，杨红玉一定就像梦里的连衣裙，在自己手中溜之大吉。他想哭，但欲哭无泪；他想喊，但无从喊起。

第二天，杨红玉送他到火车站，他拉着她的手，觉得她的手好漂亮好漂亮哟！他实在是舍不得松手，于是在众目睽睽之下反复地亲吻着她那婉约白皙的纤手。她十分温柔地让他尽情地享受着爱情的滋润，最后将她拉到自己的怀中，紧紧地抱了抱，开始饿狼一般地在她脸上一阵狂吻，再将嘴唇移到她的樱桃小嘴上，时间在众人的惊讶中一秒一秒地过去。她闭上了眼睛让他尽情地发挥。她在想，无论他怎样享受自己，都是应该的，毕竟将他的欲火压到了线内。她同时感到庆幸，保住了女人最珍贵的底线。

二

黄哲富走了，给杨红玉留下了很多念想。报到进班之后，她就开始把这里的一草一木告诉她心中的白马王子。她在告诫自己，一定要在四年时间里守身如玉，让自己原装整版地呈现给黄哲富，这个为她做出过牺牲的男人。在信中反复表白心境，要他放心，她绝对不是那种忘恩负义的女人。她心里只有黄哲富，除了黄哲富，任何优秀的男人也休想飞进她的家门。回忆在他家里复习备考的 30 个日日夜夜，她的成功饱含着他的心血，还有他父母的期许，特别是他妈妈的关怀和服侍。她要好好用感恩的心去回报准公公公婆。寒假回家第一个就去看望他的两位大人，还要好好地亲吻心中唯一的男人——黄哲富。也让黄哲富好好地享受自己，再也不设防护墙。

写着写着她居然流下了眼泪。她心中十分感谢黄哲富，觉得自己守住了底线，得罪了黄哲富，黄哲富一定会觉得自己不近人情。她的所作所为一定给对方造成了伤害，要是以后和他分手了，他一定会骂自己一辈了。但此时她觉得自己百分之百的不会和他分手。

在中文系里上了几次大课，她的周围挤满了男生，有两位男生直接撞到了她。她连忙往后退，后面的男生离得也较近，她大声地喊道：你们这是在干什么？这么宽的地方，有必要这么挤吗？几位男生傻傻地笑起来，其中有一位眼睛火辣辣地望着杨红玉说：我们几人想沾点美女的仙气！其他几位也笑着附和说：不只是仙气，还有香气呢？

杨红玉红着脸，瞪着大大的双眼，那样子更漂亮了，风趣地说：仙气要到天上去才有，香气，花园里有啊！你们不到那里去，在这里挤什么？

几位男生看杨红玉不是只软柿子，而是枝棘玫瑰，便纷纷地散去。

这群男生刚走，来了位湖北老乡，上来打招呼：美女，你那惊世骇俗的倩影，可是我们人大的一大风景线啦！

杨红玉嫣然一笑，赶忙说：哪里，哪里，漂亮的女孩多的是，我算老几？我们认识一下吧：我叫陈兴诚，是数学系的，家是湖北宜昌。杨红玉微笑着，脸红红的，有点羞涩地说：我叫杨红玉，中文系，家是湖北荆州的。陈兴诚说：我们是真老乡嘞！今天我有时间，我们老乡找个地方聚聚餐吧！杨红玉望着陈兴诚热情的样子说，好啊！但还请几位湖北老乡过来一块聚聚吧！陈兴诚说，我也正有此意。那好，先订好餐厅，再去邀人。那就 5 号餐厅吧！

一会儿工夫，陈兴诚和杨红玉各自邀来了三个老乡。通报各自的基本情况：陈兴诚带来的三个同学，有两个是宜昌地区的，一个是武汉的；杨红玉带来的三人，两人是荆州的，一个是黄石的。

八个同学第一次在人大相聚，大家心情十分高兴。陈兴诚第一个说对人大的印象：真像刘姥姥进大观园，建筑宏伟，地貌广阔。不怕你们笑话，几天了，我还没搞清楚东南西北。杨红玉接着说：我也是这样，走在里面，不知东西，比我们那里的县城还大。那位武汉的男同学说：这哪算大，你们到过华师吗？华师比人大还大，武汉大学、华中科技大学都比人民大学大。大家感到惊讶，湖北居然有比人民大学大的学校，还有两三所。另外两位女同学说，你们去过图书馆没有，图书馆大得很咧，里面的图书比我们县的图书馆还大，图书要多上几倍。大家都对人民大学的一切感到惊奇，特别是图书馆和图书馆里的图书。

第一次聚会就在惊奇中结束了。

杨红玉一边专心致志的学习各科课程，一边牵挂着黄哲富。每半月一次书信，每次都写得情真意切。令黄哲富着迷一般地兴奋，每次回信都绞尽脑汁地将情书写得诗情画意，充满了万种风韵。他的书信也让杨红玉感动不已。

陈兴诚几次邀杨红玉单独坐坐，都被杨红玉婉言谢绝。

陈兴诚将此事向湖北的几位同学透露了一丝缝隙。几位湖北老乡给他出点子：追女孩要有毅力，有恒心，还要脸皮厚呀！陈兴诚被杨红玉迷住了，他满脑子是杨红玉那妩媚动人的身姿，连做梦也是她那优雅风趣的谈吐。一天见不到杨红玉，他就坐立不安，心里像丢了魂一般，两腿不由自主地往中文系里跑，望见了杨红玉的背影，他就不顾一切地往里闯。被中文系的师生们大笑不已，杨红玉不知为何笑，当她看见陈兴诚后才明白过来，脸都羞红了。大家看到杨红玉脸红了，笑声更大了。

陈兴诚跑过来，直接奔到了杨红玉的座位旁，整个大厅响起了热烈的掌声。搞得杨红玉一头雾水，漂亮的脸上倏地红霞一片。她转过头来，对陈兴诚大声说：你跑这来干吗？

陈兴诚说：想见你呗！

你疯了，跑到我这里来，让大家误会。

这不是误会！我真的太喜欢你了。

你这人简直不可理喻，你喜欢我，还得问我喜不喜欢你呀！你快走，别影响大家上课。你不走是不是，我走。

陈兴诚的内心就是要让杨红玉走。杨红玉一走，陈兴诚便马上跟着出了课厅。

杨红玉转过身来，对陈兴诚说：你怎么像个无赖？跑到课厅里来干吗？你不愿上课，我还要上课呢！

陈兴诚不管杨红玉说什么，也不管她愿意不愿意，就一把抓住她的手往外走。杨红玉想甩掉他的手，但由于他抓得太紧，她无法甩掉。被他拉着带到了校外一家小酒馆里。

杨红玉本不想跟他出来的，但这个陈兴诚像个癫皮狗，她回课厅，他一定又会跟着进去，那样更会搞得下不了台。杨红玉用一双责怪的眼神望着陈兴诚，陈兴诚望着她责怪的眼神觉得她此时比平时更漂亮，这种漂亮难以言表，只能意会。陈兴诚，你这人怎么这么无赖！简直不可理喻！以后我们不要再来往了！说完杨红玉匆匆出了小酒馆。

陈兴诚也跟着出来，想追上去再跟着。

杨红玉转过头来，大声说，别跟着我！

陈兴诚站在那里，好久好久望着杨红玉的背影，望了好一会，他还在那里望着。心里在想：这么惊艳俏丽的姑娘怎么就跟我无缘呢？想到这里，他把头垂了下来，半天都难以抬起来。

天早已暗下来了，他还在那儿站着，好像他站在那里是给杨红玉看的，是想感动杨红玉吗？但杨红玉不会知道，就是知道，也不会为之感动。

武汉的那个同学跑到她的宿舍下，喊她出来，她待了很长时间，武汉的男同学接二连三地喊她出去见面，她怕搞出影响来，不得已出来见了那个男同学。那个男同学对她说：你也太欺侮人了吧，不同意就不同意呗，干吗要骂人咧，你去救救陈兴诚吧！他一直站在小酒馆旁，已经有四五个小时了，看样子，脑袋瓜子出了问题，你去劝劝他吧！她不得已去见了陈兴诚一面，你这人怎么这样呢？一点也不像男子汉所为？陈兴诚才起身离开。

杨红玉回到寝室连晚饭也没去吃，她在想，这个陈兴诚怎么不像个男人，简直就是个地痞流氓！晚上流着眼泪给黄哲富写信，但她不敢将今天发生的故事告诉黄哲富，怕黄哲富担心。她只在书信中讲了个不相关的故事：

古时候，有一个楚国人，到吴国的干遂购得一把心爱的宝剑，高高兴兴地准备回楚国，可渡江船至江心时，有两只蛟龙夹在船的两旁，伺机向船上的人进攻。船上的人惊恐万分，楚人马上挽起袖子撩起衣服，拔出宝剑，厉声说："蛟龙有什么可怕的，正好让它试试我的宝剑，我要它变成腐肉朽骨，让船上的人们不要害怕。此时，楚人在想如果丢弃宝剑逃命，即使侥幸活下来也是可耻的。"于是跳入水中举起宝剑向蛟龙猛刺，两只蛟龙都被他杀死了，船中的人才安然无恙。

黄哲富接到信后，不知信中所云，急慌慌地跑到人大，与杨红玉见面。两人在校园里走了好几遍，其目的是想告诉那些想入非非的男同学——人家早已名花有主。让他们别打杨红玉的主意。

这次风波之后，再也没有男同学撩逗追风了。

时光荏苒，时间一晃就到了毕业年级。那是大学关键性的一年。男女同学都想找个帅气漂亮的同窗作为伴侣，都在公开地、悄悄地、默默地急于寻找适合自己的伴侣。杨红玉因家中有黄哲富，不想更换，处于局外人。

本来同系的同学都知道她家里有郎君，其他系的看到她太优秀了，成绩优异，人长得比仙女还美丽。那楚楚动人的身姿，那俊俏的脸蛋哪有男生不动心的。陈兴诚为之伤过心，再不敢正眼瞧她，另外几个外系的帅小伙，有点贼心不死，跃跃欲试。于是投石问路：只要一见到她便往她身边凑。她像一只小老鼠，总是躲着男生。有个男生跟了她一周，总是无法与她交流，以为她不喜欢自己，讲给同学听。有个同学长得特别帅气，高大伟岸，一头飘逸的美发有点像青年时期的毛泽东。凭着自己的基本功，和多次追女生的经验，凑近她，念了两句诗："不识庐山真面目，只缘身在此山中。"她听后，嫣然一笑，回敬了一句："曾经沧海难为水，除却巫山不是云。"那位同学听后便溜之大吉。

174

后来又有位同学来尝试，便对她小声说："野火烧不尽，春风吹又生。"她莞尔一笑，红着脸说："打起黄莺儿，莫教枝上啼。"那同学瞄了她一眼，有点莫名其妙，于是满脸羞色，像斗败的叫鸡公，择路而逃。

从此男同学都以为她名花有主，便放弃了追她的念头。

她心中驻着黄哲富，她要为他守身如玉。将自己整版地交给黄哲富，每天晚上都要扳着指头算时日。毕业论文已经交上去了，马上就要进行答辩。在北京的时日不多了，她多么希望黄哲富来北京陪她在北京的几大景点去转转。在人大四年了，平时为了学习，更为了安全，她一个人不敢单独去逛街，就是和几个女同学一起也会引来横祸。记得来的第二年春季，刚上学，几位女同学邀在一起到王府井去逛逛，买点必需品：衣服、书籍，还有化妆品之类，只逛了一半，在百货商场出来，就遇上了一伙男士，将她围着，说些不堪入耳的污秽之语，若不是钟小华及时报警，她就有可能被那伙流氓抢走。

从那次之后，她不敢上街，更不敢到景点去玩，一直把自己圈在人大校园内。即使在人大校园里，也经常遇到侵扰。为此，她恨自己长得如此漂亮干吗？从小到大，没有别的女孩活得洒脱，她为此苦恼极了。

整天圈在校园里，学习累了就给黄哲富写书信。黄哲富已经升任副县长，工作上比较忙，还有一定的压力。书信写密了，怕影响他的工作。

黄元斌导师要她到他办公室，说有要事和她谈。她不知何事？急匆匆地赶过去。

黄导师是她心目中的男神，高大英俊，举手投足是那样的帅气潇洒，说起话来文彩飞扬，诙谐幽默，颇有几分毛泽东的风范。她一见到黄导师就会想黄哲富怎么就没有他这样帅气呢？同样是男人，长相上的区别怎么这么大？两人在一起那简直有虎狼之别，狮狗之差呀！但黄哲富对自己有情有义，忠贞不贰。如果自己滋生别念，不说社会上的人会指责她，就是自己在良心上也过不去。与其那样受憋，不如回到他身边，和他过一辈子。

到了黄导师的办公室，黄导师见了她十分客气，给她倒了杯水，要她坐下。一双聪慧的炯炯有神的大眼睛望着她，眼神中充满了欣赏，还像带有几分期盼。直看得杨红玉把头低下，他才缓缓地对她说："马上要毕业了，打算把自己放在哪？"

杨红玉这才抬起头来望着黄导师，吞吞吐吐地回答："我想回家乡，回到男朋友身边去！"

黄导师十分愕然地看着她说："你这么好的条件，怎么就不考虑留在北京呢？能到北京生活，该是多少人梦寐以求的事，你怎么这样糊涂?!"

黄导师一边说，一边盯着她看，看得她有些不自在。她在想，此导师今天好像想打自己的主意。在他手中当四年学生，他还从未像今天用这种眼神看自己。但出于礼貌，还因为骨子里崇拜他，她心里虽然知道，但她一点也不讨厌他，相反还有点求之不得。

黄导师压低声音对她说："前几天听说中文系差一名教师，我已向组织部门推荐了你，并提交校党委会研究。昨天人事处的小丁告诉我，党委已经通过。留校与否，这关乎你一生的幸福，不可苟且。你好好考虑考虑，晚上我们一起吃饭，再谈此事。"

杨红玉从黄导办公室出来，想着与黄哲富的那些日子，现在如若留在人大，他会发疯的。没有他这几年的支持与帮助，自己难以将学业完成得这么好。再说，当时考大学，没有他提供资料，他母亲的关照，他的陪学，自己也不一定能考上人大。这几年读书，他不仅对自己的关心照顾，每次接送看望，还对自己父母的关照。想到这里，她必须回去和黄哲富牵手，不容选择。再说，县城十分需要她这样有文化的人。

晚上，黄导要她到他家里去吃晚饭。黄导住在教师楼中，面积大约八九十平方米，两室一厅。家里有个老太婆在照顾他的起居。她一进屋就对那个保姆说："刘嫂，这是我的学生，快毕业了，今天来家里做客，多弄几个菜，我们俩师生要好好聊聊。"刘嫂高兴地说："好嘞！"

杨红玉在他客厅里走动，在观赏着墙上的书画。红玉，来坐！说着给她斟了杯茶，并对她说："这是杭州龙井，味道可好着呢，尝尝吧！留人大的事，考虑得怎么样了?"

杨红玉呷了口龙井，觉得就这样，没有什么特别的味道。望着有种异样眼神的黄导，觉得黄导太帅气了，真是人中翘楚啊！心里十分激动。又呷了口茶，才缓慢地说："黄导，让您操心了！我不能背众多的骂名啦！我没有选择，必须回去!"

黄导看她心意已决，便不再谈留校的话题，"好了，今天不谈此事，到我书房里来看看吧！"

　　杨红玉起身进了他的书房，与其说是书房，还不如说是卧寝。杨红玉进去之后，黄导便将房门给关上，走到杨红玉身边用一种轻薄的眼神瞧着她，将一双大手放在了她的头上，笑盈盈地对她说："你是我终生看到的最漂亮的女孩，真是太漂亮了！"说着将一只胳膊挽住了杨红玉软绵绵的腰身。

　　杨红玉本能地从他怀里挣脱，"黄导您别这样。"跑到书柜边，黄导赶过去说："宝贝，别这样，这种机会你我难得。"说着又将杨红玉抱着。

　　杨红玉闭上眼睛，十分享受地任黄导在红艳艳的脸上和樱桃小嘴上亲吻。亲吻了一阵，便将她抱到床上去玩耍。

　　保姆将饭菜做好之后，全端放在了餐桌上，见他俩还在房里，不敢声扬，只得回到自己的房间等待着。

　　杨红玉有些担心地抱着黄导，黄导劝慰她说："和我成了情人关系，以后一年来过一两次就行，不会影响你和男朋友的关系。但现在要避好孕，不然，你的身体会受到伤害的。"赶快要她去喝冰水，然后才回到餐桌边喝红酒。

　　前天，人大招毕办的主任找她谈分配问题，希望她留在人大。尽管这是她求之不得的好事，但她心里装着黄哲富，必须与他商量。电话打过去，黄哲富也难以敲定，最后说了句，你如若心中有我就回来，回来你点哪个单位就安排到哪个单位。她答应他回家乡，回到黄哲富的怀抱。于是回绝了人大招毕办。

三

　　毕业了，学校已放假，黄哲富从武汉过来接她，带着她在北京城转了三天。在这三天中，黄哲富告诉她，她父母这几年做小生意，赚了点钱，委托他在县城郊区买了两间小瓦房，现已从农村搬过来住了，你以后就不住乡下了。

　　杨红玉十分感激他。黄哲富因为只请了四天假，要回去了。

　　回去的那天，天气特别冷，北京下了一场大雪。他俩提着行李箱，搭乘火车一同回武汉，武汉这边也在下小雪。到了武汉，黄哲富的一朋友从荆州开车过来接他俩。

路上有些冰冻，车子打滑。朋友开车，车子开得十分慢，路上他俩坐在后排，有说有笑地，朋友一边开车，一边插话打补丁，气氛十分和谐。可到了渡口，车子刹不住，直接滑到长江里去了。黄哲富看势不妙，将车窗打开，在入水的一霎间，将杨红玉推出车外。杨红玉虽落水，但水不深，被人救上了岸。黄哲富和那位朋友均滑到了长江中深水区，由于天气太冷，周边又没有救助器械，等请来救援队，可怜的黄哲富与那位朋友已双双毙命。救上岸来，抢救了半天，两人均已无生命征兆。

杨红玉坐在黄哲富旁痛哭流泪，她心里十分清楚，黄哲富完全是为了救她才失去逃生机会的，他把生的希望留给了杨红玉，把死的悲哀留给了自己。杨红玉哭得死去活来。她几次晕了过去，被送进了医院。

黄哲富父母过来，将儿子接回去火化时，杨红玉还在医院未醒过来。一醒过来便喊黄哲富的名字，等她完全明白过来后，便要求去看黄哲富一面。

在火化室的外面，杨红玉呼天抢地，喊得声嘶力竭，在座的人无不泪流满面。杨红玉由于极度悲伤，又晕过去了，躺在医院里，一有知觉便大喊黄哲富。

黄哲富走了，她在医院待了两天，清醒过来，睁着红肿的双眼，头发蓬乱地回到家里，向父母叙述了黄哲富死去的整个过程。她要去看望黄哲富的父母，她要代替黄哲富赡养两位老人。

杨红玉以十分沉痛的心情送走了黄哲富，身体极为虚脱。被分配到了一中任教，报到之日，她带着愧疚的心情，两眼红肿，十分憔悴地迈进了黄哲富的家。见了他妈便双膝跪在地上，哭着说，妈，我对不住您和爸。哲富是为了我才遭遇不幸，以后你们就是我的亲爸亲妈。说着眼泪扑簌簌地往下淌。黄妈妈的双眼也是红肿的，十分疼爱地望着她，孩子，一切都是天意，你没有错。走近将她扶起，我的好闺女，哲富走了，他没有福气，以后，不要再责备自己了，从今天起，你就是俺的亲闺女，我就是你亲妈。

在以后的日子里，杨红玉就是再忙，每个月都要去看黄妈黄爸两次。哲富的爸妈也十分喜欢她。

杨红玉尽管两眼红肿，面容憔悴，走路也失去了往常的挺拔。但她那亭亭玉立的身姿还是那样的楚楚动人，风情万种，走到哪，人们的眼光就跟到哪。

这世上的女孩子呀，都是父母所生，为什么丑美的悬殊会有这么大？有些女孩，无论怎样涂脂抹粉，穿着怎样时尚，但世人见了总是要摇头恶心。像杨红玉受了那么大的打击，尽管疲惫不堪，双眼还红肿，又没有丝毫修饰，走出来依然绰约高雅，惊世不俗。

到了一中，教师员工投来了怜悯的目光。再说，这就是黄副县长的女朋友，长得实在是漂亮。可惜黄副县长无福享受，掉在河里淹死了。可惜呀，刚三十岁，这么漂亮的女孩，看谁有福气……

她走进办公室，老师们鼓起了热烈的掌声。她抬起头来回敬：老师们好！便到办公桌前整理带来的学习工具，字典词典及笔记本备课本、材料纸……

男老师们停下了手中的工作，用眼瞟着杨红玉，心里在想入非非。这么鲜嫩俏丽，气质如此脱俗，谁要是娶到她，那才叫三生有幸，还不教人羡慕死，抱着这样的女人睡觉，该是何等的享受！

女教师也在用眼瞟着杨红玉，心里嫉妒，但又惊羡她的美丽高雅。世界上居然有这么俊俏的姑娘，简直完美无瑕，胜过天仙。脑子里冒出"红颜祸水"四个字来，这一来，一定会牵动男同胞的花花心，只怕一中以后难以安宁了。

给学生上课，一走进教室，同学们都投来了惊悚之光。班上长得漂亮的女生心里妒羡，这才是魔鬼身材，高挑匀称亭亭绰约，比四大美女也会胜出三分，今后谁还会说自己长得美！

男生见了，目瞪口呆，遐想联翩。居然有这么漂亮的女老师，太好玩了。有点顽皮的男生不怀好意的联合起来找美女老师演恶作剧：杨老师，您说祝英台是上女厕所还是男厕所？

杨红玉听到此问，脸上顿时泛起一抹红霞。觉得此问不好回答，还不能回答，更不能讨论。她沉静了一分钟，大声说：同学们，这个问题不在本堂课讨论的范畴。

教室里顿时喧哗起来，请杨老师回答！……她站在讲台上，足足让学生们叫喊了三分钟，才敲黑板刷将喧哗声压下来。

她大声地说：这个问题放在课后大家去讨论，课堂上不能提及与上课内容无关的内容！不然课本上的知识就上不完了。

总算等到下课了，她累得浑身上下都是汗，赶忙回到寝室去擦汗，心里便对上课充满了恐惧感，便打电话向当县长的叔叔说自己不喜欢当中学教师，看能不能想办法调她去师范学校工作？那里的学生一定比高中生听话。

晚上，她躺在床上，回想课堂上的闹剧，也忍俊不禁。一个女生长年累月扮成男生，上厕所当然要到男厕所，她可以蹲着大小便，但长期这样，跟她相好的同学难道不会产生怀疑吗？每天看着男生拉尿，那还不羞死人啦！她那夜一直处于兴奋状态，梦见了伟岸高大、风度翩翩、儒雅倜傥、风流飘逸的黄元斌导师。比黄哲富长得高大俊逸，她紧紧地把他搂在自己的怀里，喃喃自语："我终于见到了你，我好幸福好幸福！"早晨醒来，自己却紧紧地抱着个枕头，才知是"黄粱美梦"，还引发她流了好多眼泪。

到教室给学生们上课，她还有些胆怯。但学生们没有继续开她的玩笑，那是因为昨天下课后班里几位女生狠狠地批评了那几个恶作剧的男生："杨老师，刚刚大学毕业，还未结婚，你们提这样的怪问题，把杨老师漂亮的脸蛋都羞红了，还影响了大家的学习。以后我们必须尊重老师，不能胡闹！"所以今天的课上得特别顺畅。

上完课，她长长地嘘了一口气，心里在说：谢天谢地！学生们怎么一下子就懂事了呢？刚收拾完办公桌上的东西，准备去食堂吃饭，来了位女同事。微笑着对她说："杨老师，有个帅小伙，人品也不错，愿不愿意见个面！"她看了一眼女同事，说："黄老师，谢谢您！我男朋友去世才两个月，我心里全是他，哪有心思谈恋爱？"女同事走时，她对女同事说："要他等等，一年之后吧！"女同事十分理解，说："好吧，要他等等！"

四

一中大门内两边各长着一排高大参天，枝繁叶茂的雪松，在这个充满雨水的仲夏里更加郁郁葱葱。

大门中间是一条 50 米宽阔的大道，大道两旁各摆放着无数个花钵。花钵中栽种着开放各色的花朵，花钵的顶头各放着一个直径两米的花盆。花盆中栽种的美丽的牡丹花，左边开放着是红色的，右边开放着是白色的。为美丽的一中锦上添花。

杨红玉下班之后走在校门口，正在欣赏着一中的美景，接到了爸爸的电话：要她回家一趟。

晚饭后，她匆匆赶回家中。一进门，爸妈就迎上来跟她说："今天来的是市委书记的儿子，北大毕业，一表人才，比你长三岁，是刘姨出面做的介绍，你一定要好好地表现啰！"她望着满怀期待的父母笑了笑，表示积极配合。

不一会儿，刘姨领着市委书记的儿子来了。那人长得高高大大的，有几分帅气，但看上去比较老气，不像只有 27 岁的年轻人，坐定后，刘姨介绍："这位是市委书记的公子，今年 27 岁，叫王光银，北大毕业，在团市委任副书记；这位是我的侄女，去年从人民大学毕业，今年 25 岁，在 B 县一中当老师，叫杨红玉。你们俩先认识一下，我们到楼下面去逛逛。"

屋里只有他俩，王光银十分大胆地望着杨红玉，口中念道："会当凌绝顶，一览众山小。"一边念一边盯着她那高耸的胸部。杨红玉被他看得有点不好意思。便说："喝茶，喝茶！"王光银才回过神来，端起茶杯呷了一口，便放下，起身往杨红玉身边触。杨红玉赶忙站起来，王光银便拉住她的手，杨红玉挣也挣不脱，王光银用力将杨红玉搂抱在怀里，用嘴亲她的脸嘴，被杨红玉用左手扇了一个耳光，王光银继续在她脸上亲着，杨红玉又扇了他一个耳光。王光银这才放手，十分气恼："你怎么这么没教养！简直不可理喻！"便拂袖而去。杨红玉不知所措，也不知为什么会扇他俩耳光，勇气不知从何而来？心理学上讲，这就是女性一种本能的自我保护，是因为她事先丝毫没有这方面的心理准备所致。

晚上，杨红玉躺在床上，摸着被亲吻的脸嘴，其实自己内心深处有一种莫名其妙的幸福感。为什么就扬起手来给了他两个耳光呢？当时，确实像条件反射似的，脑子根本就不知道，更谈不上发指令。

她已不是第一次被异性亲吻，却搞得如此不愉快，她从内心深处并没有讨厌他，相反的是还有几分喜欢他。他那高大俊美的身材，颇有几分男子汉气概，比黄哲富帅气。梦中情人——黄导师不是像这样吗？她有些后悔，但确实是无意识的。可这种想法已成永恒，不可能挽回败局。以后还能不能遇到如此满意的对象？

她就是想不明白，他怎么这么着急呢？谈恋爱哪能一见面，彼此一点儿也不熟悉，就这样迫不及待？即使第一次想这样，也必须有一个语言沟通交流的过程啦！先对对诗，说说情话，再摸摸手……这么过渡一下，或许自己就可能不会条件反射地动手打他了。事后，她自己一直觉得奇怪，怎么动手打对方呢？动手打人，她还是第一次。可从未想到要动手打人啦，她觉得有点对不起那个人。但也觉得那个人太色了，这哪是在谈恋爱，那简直就是强奸行为，完全不需要这样的，其目的就可以达到。男人们真可笑，两耳光让他长长记性，不然以后还会那样。

她晚上总是想起情人黄元斌导师，但人家有家有老婆，只能和她偷情，而不能正大光明的生活。

过了一个多月，爸妈的好友王阿姨给杨红玉介绍男朋友。

王阿姨和往常一样，先介绍男方："这是小张，今年 28 岁，大学毕业，在天津人事局上班，爸妈是市财政局的。"后介绍女方："这就是照片上的杨红玉，我的侄女，今年 25 岁，现在 B 县一中当老师，她爸妈都是税务部门的领导。你们先谈谈，交流交流思想感情，我们到楼下去。"

屋里只有他俩。小张先自我介绍："我叫张成俊，是中国公安大学毕业的，分配到天津人事局工作。"杨红玉望着小张，觉得他有点像大学里的一位同学，有点女人气质，讲话尤其像，奶声奶气的。她平日里最讨厌的就是这样男不男女不女的男生，于是说："其实，我在大学里有对象，他现在人民大学当老师。不好意思，王阿姨不知道，才让你大老远地过来，浪费时间。"说着起身送客，张成俊不好意思再待在那里，便起身结束了今天的见面会。

三个月之后，又有人来介绍男朋友。那是一位老教师，说他有个侄儿，与她同一年大学毕业，人品极好，为了照顾父母，才放弃省城的工作，分到乡镇高中当老师。杨红玉一听，脑壳都大了，乡镇高中老师，"见鬼去吧"！老教师的侄儿已经在一中偷偷欣赏了她几遍，但她那高冷的态度令他不寒而栗，回头就离开了一中。

又过了一段时日，爸妈给她介绍一位本科大学生，那大学生见了她，浑身上下像在打战，一句话也不说，天气本来就不冷，他却像冷得不行。接茶杯时，由于手在颤抖，杯子没接住，掉在地上打碎了，后来他走后，爸妈都觉得这兆头不好，这桩相亲就画上了句号。

半年后，杨红玉调到师范学校任教导主任。她工作能力极强，校长副校长都很佩服她。经常在一起议论她，天仙般美丽，超常地能干，谁要是娶了她，那福气盈三代。于是，四处帮她觅丈夫。

那是一个阳光灿烂的日子，红艳艳的桃花开满了桃园，白皑皑的李花纯洁无瑕，铺满了桃园一角。

一位气质高雅的市长夫人领着一位身材伟岸，英俊潇洒的年轻人，来到了师范学校接待室。杨红玉一见从内心深处感到有几分喜欢。听了市长夫人的介绍，更是喜出望外。这位年轻人北京大学毕业，在北京团市委工作。处级干部，姓陈名望祖，今年三十一岁，家是 A 市人，父母均在市委工作。看了杨红玉照片后，觉得不错，才匆匆赶过来。如果谈得好，马上结婚，结了婚就可以将杨红玉调到北京去。

杨红玉听了十分高兴，与其见面，觉得像情人黄元斌导师，文质彬彬，诗意盎然，见到她便诵起诗来："关关雎鸠，在河之洲，窈窕淑女，君子好逑……"她便对道："桃之夭夭，灼灼其华，之子于归，宜其室家……""金风玉露一相逢，便胜却人间无数……""我既媚君姿，君亦悦我颜……""身无彩凤双飞翼，心有灵犀一点通。"但两人含情脉脉，相互欣赏，彼此均觉得十分满意。但交往了几天，觉得这人有点不靠谱，亲吻拥抱之后就要和她发生关系。杨红玉执意要等到拿结婚证。那白马王子也怪，不就拿个结婚证吗？双方又没有障碍，可他宁可天天缠着杨红玉，要和她发生关系，就是不提结婚的事，两人争执不休。杨红玉觉得不妙，甩下一串诗，"两情若是真挚时，又岂在今朝日暮"，便当即离开酒店。

第二天一清早，陈望祖已离开 B 县宾馆，逃之夭夭了。在桌上留下两句诗："君恨我生早，我恨君来迟。"后来才知道，此人早已结婚，只是看杨红玉漂亮想玩玩而已。

这件事对杨红玉的打击十分之大，她不再接受谈男朋友，把自己完全封闭起来。

冬天已到，暑气仍然，北风偷偷地光临带着灼热的秋天。

喜鹊在门前的杨树上喳喳地叫个不停。杨红玉在办公室里休息，听见喜鹊的叫声，感到无尽的兴奋。她在想，喜鹊喳喳叫，好事在明早，正在心里念着，突然有人敲门，进来一位年轻教师，五官端正，中等偏高的个头，生得有点老诚。见了杨红玉，彬彬有礼地说："杨主任，不好意思，我是教中文的李小光。有篇拙作，请杨主任指点！"说完，两眼直直地望着杨红玉。杨红玉被他灼热的目光烫得双颊红艳。赶忙站起来："你就是李小光老师，久闻大名，今天幸睹真容！你的散文《原来的日子》文采飞扬，只是太短了，读起来不过瘾。"李小光将手中的文章拘谨地递给杨红玉："请杨大主任指教！""李老师太谦虚了，我这水平，也就只能欣赏欣赏。"说着接过文章："好吧，明天还给你！"李小光本想再待会的，看杨红玉示意他离开，便悻悻然地退出了办公室。

杨红玉等李小光走后，便关上门，认真地欣赏李小光的文章来——《我的初恋情人》。杨红玉一下子被文章的题目所吸引，她一口气读完全文，感叹许久：这位主人翁从长相上看像自己，从情节上看又像与自己不搭界。李小光把文章给自己看是什么意思？她在心里打着问号。

第二天，她对李小光说："把这篇文章给我看，里面的人物和情节是真实的还是虚构的？"李小光说："暂时是虚构的，以后应该是真实的。"杨红玉早已听出真谛，便说："祝你梦想成真！"李小光有些尴尬地笑了笑："现在还说不准，争取吧！"

杨红玉把视线投在了李小光的身上，查了他的档案，得知他是上一届的学友（推荐的最后一届），比她小１岁，未婚。但她总觉得李小光长得太老气横秋了，一点也不像年轻人。于是摇了摇头，后来琢磨了片刻，口中喃喃自语"有才气"。下午五点多了，李小光打来电话，约杨红玉共进晚餐。杨红玉迟疑了许久，才勉强答应。

李小光兴致勃勃地跑过来，邀她一起去。杨红玉朝他看了看说："李老师，你先去，告诉我地方，我有点事忙完就来。"李小光告诉她地方之后，便在外面等着她。

杨红玉什么事也没做，只是在盘算吃饭应不应该去？去了，风声就出去了，就好比岸边的船，一旦离岸向前，再要后退就难了。不去吧，还有机会，慢慢吊着他。那个时代，还无手机，不去，也得去退信。刚一出门，就看见了李小光。便告诉他："十分对不起，家里来了客人，晚饭就不陪你了!"李小光一听，以为她又要去相亲，便说："那就改日吧!"

杨红玉回到家里，考虑了半夜，总觉得李小光不是自己的意中人。但转念一想，像他这么有才气，年纪又与自己般配的已经凤毛麟角。于是下定决心和李小光接触接触，先摸摸他的人品和性格再说。

第二天上早自习，杨红玉刚到办公室，李小光就跟了进来，对她说："今天去吃午饭吧？吃了午饭，我们去看电影。"杨红玉朝他笑了笑："怎么？这餐饭等不及了!""是的，我等了好多年，一直不敢请。你昨天答应了我，我好激动哦！怎么不急呢？"杨红玉看他高兴的样子："既然是这样，奉陪!"李小光伸出手来"我们一言为定"！杨红玉故意将已伸出的手缩了回来，笑嘻嘻地说："好呗，一言为定!"

午饭两人在一家小餐馆吃饭。俩人面对面地坐着。李小光含情脉脉地望着她，还将手搭在杨红玉白嫩润滑漂亮柔软的手背上。杨红玉像触电一般，赶忙将手缩回来。李小光风趣地说："好漂亮仙女一般的美指!"杨红玉腼腆地笑了笑。她长这么大还是第一次被男人摸手背，心里紧张，面部羞涩。但更显风情万种。李小光乘胜出击：夹起一块鱼糕放在杨红玉的碗中。杨红玉朝李小光看了看，也回敬了一块。俩人互相奉菜，气氛和谐，爱意较浓。李小光站起来到杨红玉坐的那边，把手搭在杨红玉的肩上。杨红玉紧张起来，站起身说："李老师，别这样！大庭广众之下，规范行为!"要了杯开水，脸色阴沉地望着李小光说："以后我们之间多增进了解，我们是校友，现在又是同事，没必要请吃，今天我买单!"李小光有点慌乱地说："今天是我请你的客，由我来，再说我一个男士怎能让女士掏腰包呢？"杨红玉没再说话，在李小光买单的同时，走出了小餐馆。

李小光和杨红玉接触了几次，开始还信誓旦旦，慢慢地就像有了沙眼的皮球。杨红玉一次又一次地抑制住李小光的进攻。李小光望着眼前这位大美人却束手无策，毫无办法。断断续续地交往了两年之久，却连杨红玉的心思也没摸透，经常是丈二和尚摸不着头脑。你说她喜欢吧，她特别矜持，连手都不让碰；你说她不喜欢不愿意吧，但每次约会都能到场，即使有事到不了也会十分客气地说明缘由。就这样不冷不热的，两年多了，毫无实质性的进展。有一天，李小光在几位同学的唆使下，一改以前的儒雅君子风度。在杨红玉到酒店来时，躲在一旁等她走近时，冷不防将她抱住，看她的反应，强烈便放手，不强烈就亲吻她，甚至摸她的敏感区域。

可杨红玉这一次却像知道了什么，特别小心地走进酒店，老远就喊："李小光老师，你在哪？"但却站在那里不往前行。李小光看她站在那里喊他，只得从里面跑出来。第一个计划泡汤，第二个计划是劝她喝酒，借酒深入。

李小光从袋中取出一瓶法国干红。便对杨红玉说："这是我一同学专门为我俩提来的法国干红，说杨大主任喝点红酒会更漂亮，仙女都会逊色几分。"杨红玉说："我从未喝过酒，无论是红酒还是白酒，酒精过敏。我八岁的时候，我叔逗我玩，将白开水中掺了点白酒，逗我喝。我喝了，全身起红点点，到医院住了三天院。以后，对酒一直不敢试。我喝白开水，以水当酒陪你喝。"李小光没法，只得走第一步了。他望着杨红玉说："美酒美人美时光，此时不醉待何时？"一瓶红酒他三下五除二，几下子便进入了肠胃，满脸通红，趁着酒性，将杨红玉的美手抓在手上不肯放。杨红玉看他喝成这样，有几分怜悯，便让他去摸去捏。李小光看她这样，以为时机已到，便将她的手用力往胸前拽，企图用嘴去亲吻她的嘴脸。没想到杨红玉用另一只手挡住了，并有几分恼怒地说："李小光，怎么行为又变形了？"说完便抓住他的手用力地抽回来，起身去买单。李小光赶过去要掏钱，被杨红玉抢了先。

在回家的路上，李小光趁酒势装醉，走路歪歪倒倒的，杨红玉扶着他的胳膊，走向师范宿舍楼。在路上李小光几次用手去触摸杨红玉的胸部，均被杨红玉拦住。到了李小光的宿舍，李小光开门进屋，一把抓住杨红玉的胳膊往里拽。杨红玉厉声说："李小光老师，行为要规范，讲点规矩！"李小光只得松手。

杨红玉回到家里，琢磨着李小光这个人。人品不错，个性较好，很有才气，但缺乏气质，长相差了点。如果嫁给他，有点亏了自己。自己心目中的白马王子远不是这样，不嫁给他，理想之人难找。"天呀！我的白马王子你在哪？你怎么还不现身啦！"她在内心深处呼唤。

第二天早晨起来，她想了解一下李小光的家庭状况。委托父母亲到李小光的家乡玉湖去了解了解。

杨红玉与李小光长期处于近距离，但在情感方面始终坚持冰点，两人每天都会有几个小时在一起，最近好像称呼均变，两人已经互相直呼其名了。杨红玉对于李小光来说，就像一条活蹦乱跳的美人鱼在罩子中，只能看着，但没法触摸。杨红玉刻意将自己全副武装，只露出两只漂亮的眼睛，留给对方琢磨。每次在一起吃饭喝茶聊天都是春暖花开，气氛融洽，两人均会天南海北地滔滔不绝。但一谈到情感方面就只能浅尝辄止，温度一下子降为零度以下，一片冰天雪地。杨红玉将情感世界抱得紧紧的，让李小光想尽办法也无从下手。他就是一只小老鼠，被杨红玉这只猫玩得筋疲力尽。逃不掉，关键是他想被猫玩，心甘情愿，肝脑涂地。交往两年多了，连一个"爱"字说出口的机会都没有觅到，哪里谈得上拥有对方享受对方？现代心理学家研究，在如今社会，男女之间很难保持纯朋友关系。他俩交往了两年多，本来的共同愿景就是爱情，为什么两年多的时间里还没有觅到"爱"的气息。李小光的忍耐性真好！杨红玉私下里都有些佩服。

李小光家里，父母均在农村，身体健康，三个弟弟已经成人未成家，家里算得上一贫如洗，土砖草房三间，蓬荜无辉。两个小弟准备到女方去倒插门，唯有大弟准备在家成婚。

杨红玉听后，陷入沉默中。母亲说："玉儿，你自己拿主意，情况就这样。"父亲接着说："家庭的好坏不重要，重要的是李小光这个人，你们交往两年多，玉儿，你应该有底。你年纪不小了，个人问题不能再往下拖了！"

杨红玉通过两年多的斟酌，反复地分析比较，觉得李小光人品的确不错，才华也出众，只是在气质风度上差了点。于是决定利用放暑假期间和他单独去玩玩，把终生托付给小她 1 岁的学友李小光。她心里有些激动，她要赶快把这个决定告诉给李小光，让他早一点高兴高兴。

天有风云难测，人有祸福多变。杨红玉正兴高采烈地激动不已地奔向李小光，她要一改以前的矜持为放纵，好好亲亲李小光，也让李小光好好地尽情地亲亲自己。她心中的激情就像三峡大坝蓄满的洪水马上就要开闸奔腾。她抑制不住心中的狂喜，一路上小姑娘般地颠颠地朝李小光奔去。

她狂奔于师范前的马路上，李小光车祸身亡的噩耗传来，像晴天霹雳般地将她那颗狂喜的心炸得粉碎。她一下子晕倒在大路上，被一群学生抬到了医务室。

李小光骑着一辆摩托车，在转弯处与一辆大货车同行。李小光骑得比较快，一下子撞入大货车的底部，一根横杠子将其脖子割断，当场死亡。

李小光死后，杨红玉没精打采地度过了一年多。她和李小光没有过切肤之情，但她对他也算用情至深。李小光和她交往的几年中，她守身如玉，一次又一次地让他在失望中带有希望。老吊着他的胃口，让他老是能瞧着吊在眼前的奶酪，连香气都嗅得着，但就是吃不着。让她在煎熬中充满期待。早知道他会这样，她会献宝于他，好好地爱他，让他好好地感受一下爱的温暖和快乐。不让他将爱的遗憾带到天国去。现在说什么都晚了。李小光走后的一年多里，她一直生活在悔恨中，她总觉得欠了他什么，经常在梦中遇到他，向他道歉。但他还是那样老实，十分听话。

六

杨红玉年纪越来越大，找对象的机遇越来越渺茫。单身男人都是离过婚的，她根本不爱。35 岁以上的男士未婚的已成为稀有动物。即便有也一定在哪方面有严重毛病。因此她下决心，单身一辈子。也有闺蜜劝她，找个认可的男人做情人，不影响别人的家庭，享受一下男女之间的鱼水之欢。托了一回人生，男欢女爱还是要尝试一下的。不然真够亏呀！但她觉得那样不道德，哪还有脸见人啦！

她不这样看亏不亏，但生理上的需求确实令她难以忍受，每天晚上躺在床上这种感觉就愈加强烈。以前还过得去，现在一天比一天强烈。但她矜持惯了，不好主动去找男士，即使有男士主动找她，她又会违心的拒绝。躺在床上才又后悔。就这样熬过了一天又一天，一年又一年。42 岁那年，她心里从来就没有忘记导师情人。自从成了他的情人，她心里一直装着他，总是把他当着自己男友的标杆，所以一直找不成功。这是她一生中最崇拜的男神，听说他老伴早已去世，她想专程去看望他，摸一摸黄导师的情况。她向单位请了十天假，便来到人民大学，找到了黄导师。黄导师虽然七十出头，但精神矍铄，看上去只有六十多岁，还是那样风流倜傥，只是背部比以前驼了些。俩人本是情人关系，久别胜新婚。黄导师单身十年，杨红玉又未结过婚。俩人钟情重义，申请院党委同意，拿结婚证结婚。结婚那天，黄导师请来了亲朋好友，办了两桌酒席，便算正式结了婚。

　　结婚之后，俩人幸福无比。两月后，杨红玉的工作关系也调到了人民大学。说来也怪，黄导师七十一岁，居然还能让杨红玉怀上小孩。怀上小孩本来是件好事，但黄导师说什么就是不同意她生下来，并督着杨红玉将孩子拿掉。杨红玉为此哭了几天，胳膊拧不过大腿，失去了唯一可以做妈妈的机会。从此以前那种和谐快乐的家庭氛围荡然无存。

　　时间过得真快，一转眼，黄导师七十四岁了，就在他生日那天，他感到头疼得厉害，杨红玉马上将他送往学院医院。

　　黄导师脑中风，杨红玉陪着他，半个月后黄导师才慢慢醒过来，但左边瘫痪，失去了知觉，话也讲不转。杨红玉每天以泪洗面，日夜陪伴在他身旁。

　　在医院住了三个多月，黄导师坐着轮椅回到家。杨红玉每天给黄导师擦洗按摩，希望他早日康复。可是不到半年，黄导师又出现第二次脑中风，情况比第一次严重多了。在医院住了半年，出院只有一周的时间，在上厕所时，又出现了第三次中风，成了植物人。

　　躺在床上五年未醒过来。杨红玉每天围着黄导师转，给他擦洗身子，喂茶水，喂饭菜；她每天含着泪和他讲话，给他讲故事，给他唱歌……但终因无力回天，五年后的一天上午，给他喂茶水时，发现没有一点反应，马上打电话要医生过来检查，发现黄导师已走。时年七十九岁。

七

　　杨红玉为黄导师处理完后事，就一病不起。在病床上，吟诵着《长恨歌》："……回头下望人寰处，不见长安见尘雾。唯将旧物表深情，钿合金钗寄将去。钿留一股合一扇，钗擘黄金合分钿。但教心似金钿坚，天上人间会相见。临别殷勤重寄词，词中有誓两心知。七月七日长生殿，夜半无人私语时：'在天愿作比翼鸟，在地愿为连理枝。'天长地久有时尽，此恨绵绵无绝期。"

190

在铺天盖地的大雪天里，许多美好的梦境均被白皑皑的雪被覆盖得严严实实，杨红玉带着满腹的遗憾离开了这个日益美好的人世间。曾经迷人的双眼还微微地睁着。

与你共品：

小说描写了杨红玉在情感上坎坷的一生，塑造了一个善良知恩图报却又终其一生无法和爱人厮守的悲苦形象。杨红玉的美丽为她吸引了青年才俊的目光，为她带来了自己爱情。在人大的求学路途中邂逅了很多的风景，拜倒在黄导师的潇洒之下。可以说杨红玉是一个复杂的女性形象，既有面对初恋的不舍，也有对更优秀人的崇拜。没有坚定自己内心，很多结局是可以预料的。性格决定自己命运。因为坚持读书，收获了好的成绩，但是在爱情中的犹豫又为之后的悲剧埋下了伏笔。最后的微微睁眼也是对这一生的遗憾和不舍。

（喻道军老师）

我们五年下来赚了六十万元。彻底地脱了贫，用铁的事实告诉了那些说我往泥坑里跳的朋友。当时我一方面是他们家里确实需要有人帮助，另一方面是慧慧的那种为家庭全力付出的精神，白天上班晚上拖砖瓦坯子，作为一个女孩子干这么繁重的体力活，对家庭没有强烈的责任感是做不到的。我当时就在想，她有这种移山填海的精卫精神是不会长久地穷下去的。我正是看中了她的这种精神，才咬定青山不放松。现在我们能够脱贫致富还要感谢改革开放的政策，让努力奋斗的人有了鱼跃的大海，鸟飞的高空。……我们正说着，王校长过来了，牵着一个六七岁的小男孩，看见了我和慧慧，把身子转向了一边。我本想和他打个招呼，但他将头扭到一边，有意躲着我俩。我们便悄悄地从他身边走了过去。但我们四岁的儿子盼盼蹦跳着跑过去，喊了声他们7岁的儿子：小哥哥，小哥哥！他终于回过头来白发苍苍地微笑着望着俩小孩。俩小孩一见如故，手牵着手，跑到我们前面去了。

选　择

1959 年底，一场大的饥荒席卷全国。饥饿像瘟神一般，每时每刻都纠缠着折磨着每一个有生命体征的人。

饥饿首先吃光了所有的粮食及能进口的食物。吃光了野菜及草根、树皮、树叶；吃光了水面上的菱藤及荷叶莲梗、蒿草芦叶；再吃光了水底中的藻类及草类，大鱼小鱼及虾蛙。这些东西吃光了，便开始隔三岔五地宰杀耕牛驴马。

一

我们住在陆逊湖边，靠着湖底吃不光的大鱼小鱼及虾蛙，还有水草、菱

191

藤荷莲，没有人饿死。但每天早晨起来，都能看到大路上有从湖南那边过来逃荒的乡民们。

"多乖的小孩，瘦成皮包骨，令人心疼啦！"财经队长袁伯摸着我的头说，"这颗大脑袋就像用木棍顶着似的，怎么饿成这样子？孩子，几天没吃带米的粥了？"我说："一个星期。""人家都说你是神童，两三岁就可以背诵唐诗宋词几百首，你现在还能背吗？"我点了点头。"多聪明的小孩，六七岁，正是顽皮的时候，可现在除了这双大眼睛挺精神外，就像一只小猴子。"走时，又摸了摸我的脑袋说："我来给你们家想想办法。"听了袁伯的话，仿佛闻到了米饭的香味，饥饿感一下子减轻了许多。

晚上，我们刚睡下，就听见有人敲后门。母亲赶忙起来，叫醒了我。我跟在母亲后面。母亲将门打开，袁伯轻轻地将一大袋沉甸甸的东西拖进了门内，对母亲说："这是100斤大米，给孩子们煮点粥吃！"说完便悄悄地退出门外走了。母亲望着袁伯的身影连连说："谢谢！谢谢！"母亲关上门，对我说："有救了，你们几弟兄有救了。"这袋米比雪中之炭更金贵！我心中的喜悦无以言表。袁伯真是我们家的救星啊！

第二天，天刚亮，父亲从镇上赶回来，挑着一袋萝卜和一袋野菜，还没进门就说："镇上什么也没有买的，不说大米，就是红薯和洋芋（土豆）都没有。一个月的工资仅买了这点萝卜和野菜。"母亲等父亲进屋后，将袁伯送米之事告诉了父亲。父亲十分感激。晚上把家里存放了多年的两瓶白酒找出来，去拜谢袁伯。袁伯小声地对父亲说："谢什么？你们这户厚道人家，我这个财经队长不能眼睁睁地看着你们饿肚子，特别是你的那四个小子，饿得令人心疼呀！不要声张，别人知道了不好。"父亲点头会意，连连称谢告别。

翌晨太阳从东方冒出来，高兴得满脸通红，还映红了半边天。袁伯很早来到我们家，很直接对我父亲说："你家老大聪慧精明，讨人喜欢，比我家闺女小莲大3岁。可不可以考虑做亲家？"父亲一听，十分高兴地说："当然可以，承蒙袁兄瞧得起我老大。这是我老大的福气。"连忙招我过来，叫我喊"爹"。我赶忙跑过来，父亲示意我跪下。我一边喊爹一边跪在了袁伯的面前。袁伯摸着我的头，赶忙将我扶起来，对我说："以后就是我儿子了。一个女婿半个儿。"父亲接过来说："一个女婿一整个儿！我儿子就是您的儿子！"说着两位父亲哈哈大笑起来。接下来便约定了订婚的日子。

在这大荒之年，订婚仪式举行得十分简约：主婚人讲话，双方父母代表讲话，我和小莲双双给双方父母磕头。相互交换了生辰八字，还彼此交换了信物：我将母亲的一枝银钗给了小莲，小莲给了我一支高级钢笔。这样我10岁就算订了娃娃亲，从此我和小莲之间便有了婚约。

在我十岁之前，每年的春节，给岳父岳母拜年均是父亲陪同我去的。拜年的礼品我和父亲各提一半：烟酒点心之类的。十岁之后，我便一个人到岳父家里去拜年。岳父十分喜欢我，每次去了均要我写春联。别人家的春联均在大年三十就贴出去了，而岳父家里要等我来后才将准备好的红纸拿出来要我写。本来我的字写得并不好，但岳父一定要我写。我从小下象棋就有点名气，岳父便请来了大队里的象棋高手和我对弈。请来的人下输了，他总是要高兴地奚落他们："你们连个小孩都下不赢，还不到墙上撞死算了！"说完哈哈大笑。还到处夸耀我："我那女婿刚十岁，琴棋书画样样出色，将来一定了不得。"

天有不测风云，人有祸福难料。我十二岁那年，突然脖子上有两粒淋巴开始肿大疼痛。用膏药敷了几天，仍不见好转。找乡下的土郎中扎火针，用童子尿敷了几周，除多了一块伤疤外，毫无作用。下午开始发低烧。以为是打摆子（疟疾），做打摆子诊治，越治越严重。浑身乏力，吃饭无口味，甚至后来吃什么呕什么，15岁那年还倒了床。社会上传言：田家的那个神童得了绝症，活不长了，躺在床上已经起不来了。岳父听了十分着急跑到家里来看我。见我睡在床上发低烧，瘦骨嶙峋，气息奄奄，病得很沉重。和父亲说了一会话，十分担忧地走了。后来我到安乡去治病，每天偏着头，疼得晕头晕脑。岳父见了我，便会躲到一边，不再像以前那样主动地叫我，笑嘻嘻地逗问我。

我病好后，脖子上留下了一大疤痕。岳父是个十分要面子的人，对此极为不高兴。几年过去了，岳父一直耿耿于怀。

二

一九七四年，我已过二十。在农村，无论男女，到了十八九岁，就可以谈婚论嫁了。在先一年的腊月间，两家的父母，对我和小莲的婚事就达成共识：婚期订在这年的腊月十八日。这个日子是请两位算命先生共同推算出来的，标准的黄道吉日。日子订了，家里就要在各方面做准备。我是老大，家里几十年来未办过喜事。这一次一定要办得红红火火，热热闹闹。在有房子的前提下首先必须备齐家具：雕龙画凤的宁波床——床架上还要有花草飞鸟及古代名人方面的水彩画，整个床色彩缤纷，美丽如画。与之配套的写字台、梳妆台、衣柜及条椅、书柜等均已齐备。还托人买了辆歪龙头凤凰牌自行车、莺歌牌收音机。

其次是办酒席用的鸡鸭鱼肉。鸡鸭平时家里多喂养些就成，鱼可以临时购买，唯独猪肉要提前做准备。家里必须喂养两头猪仔，一头卖给国家，达到 120 斤以上就行，这是国家的硬性规定；另一头才能杀了自家用。怕喂的时间短了猪仔太小，不够结婚过年用。因此必须在先一年的七八月间买一头半大的猪仔来喂养。母亲做裁缝，长年在外做上工。信息比较灵通，看上了一头洋猪。此洋猪条子十分俊俏，头齐尾齐。买来后，一半粮食一半菜。猪吃得好，长得快，每天长一斤出头。到了八月间，就长到了四百来斤。人人见了这洋猪，都说腊月间一定可以长到五六百斤。

结婚的准备工作基本就绪。再就是女方的聘礼了：母亲知道行情。父亲一定要在行市的基础上加码，理由是：我们与袁家的亲事具有特殊含义。59年下半年是饿死人的年月，人家送来 100 斤大米，救了我们全家人的性命。如果彩礼少了，怎么对得起那份沉甸甸的救命情义啊！于是竭尽家里所有，备齐了当时最贵重的彩礼。那时的钱，父亲说买彩礼花了 500 多元，千万别小看了那时的 500 多元，若换算成现在的钱，至少值 10 万元以上。另外还准备了 500 元的礼金。

八月十五日那天，火红的太阳刚升起一树高，乌黑的云彩镀上了金黄色的彩边。我挑着一对新箩筐，箩筐里装满了彩礼和 500 元礼金，送到女方家中。岳父用没精打采的眼光朝我瞧了瞧说："现在国家有新政策，小莲的年纪还不到，婚期就改到明年吧？跟你父亲讲。这些东西你挑回去！"我有点丈二和尚摸不着头脑，愣了半晌才说："东西挑来了，哪有挑回去的道理。"说完，我便转身匆匆离去。

回来父亲对我说："小莲她父亲不是一般的人啦！当初是因为喜欢你。你从小聪明，两三岁就能背诵唐诗宋词几十篇，七八岁下象棋成人都不是你的对手，大家都说你是神童。小莲父亲才关注你，关注我们这一家人，才将一百斤大米送过来。为的是想你做他的女婿，猜想你将来会大有作为。你后来生病，得了一个大疤痕不说，还怕你的病未痊愈，所以将婚期一拖再拖，目的是怕你发病。以后，女方他们不提及结婚之事，我们就不提。一切听从小莲父亲的。"

三

那年的初秋之际，"烈日炎炎似火烧"，整个大地翻滚着热浪。狗狗卧在树荫下，张着口，伸出火红的长舌条，喘着粗气，两只眼睛望着过往的行人。老人们在树荫底下谈论着："立秋都好几天了，怎么还这么热，硬要下一场大雨压压这热魔了！"俗话说，秋后十八暴，可怎么不灵验了？立秋那天只是下了一小阵雨……正说着，天上已是乌云密布，一阵大风将热浪卷走，顿时凉风洗面，浑身上下像洗凉水澡一样的舒服爽朗。风雨欲来风满楼，紧接着倾盆大雨，将大地的火气浇灭。雨声雷声万马奔腾般的振聋发聩。一会儿时间便将尘世间刷洗得干干净净。

雨刚停下来，大队综合厂的李厂长便来通知去厂部开会。全大队所有手艺人（主要是木匠、裁缝）十三人挤在厂部办公室里：大家都知道，这是一股割资本主义尾巴的政治风暴，要清算剥削账。我和母亲长年在外做上工（给人家缝衣服），算了1758元。三天之内必须还清，没有现钱，可以用财物抵。我们家所有值钱的全抵上了（包括结婚用的400多斤的大洋猪，宁波床以及缝纫机、自行车、收音机等）。

家里经过那次打劫，一点积蓄都没了。社会上开始有了不少传言，说我的生命不长了，人太聪明了，会早死的。看他长得像棵枯水杉，风都吹得倒。那小子得的九子阳是治不好的，说不定哪天一发病就会走的……他家里这次又被抄了家，一点值钱的东西都被综合厂没收了……我那准岳母娘走到哪说到哪，听她那口风希望我马上死掉；准岳父一直处于沉默期，关注着我的身体状况。

　　裁缝手艺被人如此作践，我下决心寻找新的出路。不久，大队办学校缺老师，我毛遂自荐去当了老师，那是我梦寐以求的事。到了学校，对于教学这个行当，我并不陌生。虽然我小学都没有上完，但我一直在学习之中，将初中的课本从同学手中借来读写摘抄，还学完了初中至高中的数学课程，找知青买了两本《初等数学》（代数、几何各一本）。进行了比较系统的学习。经过几年的努力，我完全可以胜任中学数学课程的教学。当时学校缺教数学的，我自告奋勇地去当起了初中数学教师。好多人认为我一个小学未毕业的裁缝师傅，怎么可以教初中的数学？每天都有不少有点文化的人来听我的课。他们对我的评价还不错：通俗易懂，只是英语字母读得不准，但这是数学，无所谓。

四

　　到了第二年，支部书记的女儿刘泽香高中毕业回乡当老师，和我在一个办公室。我们在一起互帮互学，十分谈得来。母亲病了她去看望，把母亲叫干妈。经常在我家里帮助做家务，我母亲十分喜欢她。她业余时间基本上跟着我，把我喊哥哥。我因为从小就订了婚，婚期如不是女方父亲往后推早就结婚了。我对她说："泽香，我们俩难得有结果，你不要痴心了，这样会误了你青春的。"她说："只要你一天不结婚，我就一天不离开你。""这样别人会说闲话的。"她说："我是你妹妹，谁说闲话？哥，你怎么像个兔子，没长胆啦！""不是我没有胆，而是怕耽误了你，影响了你。""哥，我不怪你，还不行吗？"

　　那年的9月份，泽香被派到县共大学校去进修。天气还有些热，人们还穿着短袖短裤。她穿着一件崭新的粉红色开满小黄花的连衣裙，露出白皙的小腿，脚上穿一双乳白色的镶嵌着金丝的凉鞋。笑盈盈地望着我，有点羞赧地要我送她去上学。

　　我们一人骑一辆自行车，行李东西全部放在我车上。我以哥哥的名义送她到共大。那里说是共大，条件还不如我们大队办的学校。学校安排了间宿舍，八人住在一起。

将她安顿好后，太阳已落山我才返回。她依依不舍地望着我，眼里噙满了泪水："哥哥再见！哥哥再见！哥哥再见！……"

暑假放假，泽香打电话要我去接她。我向学校请假，骑自行车前往共大。她求我陪他一起到县城里去玩。我们一路上向县城方向骑，三四十里路程，中途要经过一半的湖区，前后有时望不到人影。她总是将车停下来，跑来抱着我说："哥哥，我爱你！"含情脉脉地望着我。我因为有小莲，不敢将她拥抱在怀里。对于她的吻，不敢回应。她总是撒娇地说："哥哥，你怎么这么胆小？这里又没有人看见，亲亲我，抱抱我，有什么难呢？"我说："你是我妹妹，哥哥怎么敢欺侮妹妹呢？""你好坏，我是你情妹妹，这样你可以亲我了吧？"说着在我脸上亲了几下。我们一路上逗逗打打骑到了县城。"你需要什么，哥哥跟你买！"她笑着说："哥哥不爱情妹妹，情妹妹不要！"泽香怕我给她买东西，在商场门前没停下就骑过去了，我跟在后面较远。在饭馆里我们吃了晚饭再往回家的路上骑。一路上她在前我在后，她总是在没有人来往的地方停下来等我，下车将我拥抱一下之后才高兴地上车。我要小便了就躲在后面老远，时间长了，她笑嘻嘻地说："哥哥拉尿怎么要这么长时间，把情妹妹都等急了。"我们一路上情意绵绵地总算到家了。她径直来到我家里，整个暑假就住在我家里不回去。我母亲特别喜欢她，因为她不仅嘴甜，而且十分会做家务事。做饭比我母亲行，我母亲很少在家吃饭，做饭就更少。割资本主义尾巴被罚了款后不做上工了，在家里做。有泽香帮忙做家务烧火做饭，母亲真是喜出望外，巴不得泽香长期住在家里。

暑假很快就过去了。我接到公社教育组的通知，推荐上大学的工作马上拉开序幕。每个大队推荐一至两名回乡知识青年上大学。校长将我报了上去，并且亲自将申报材料写好一同上报。本来一切均很顺利的，我当时教初中数学和高中的政治。谁也没有想到我小学没毕业，不是中学生，不够推荐资格。我小学有个同班同学她读了几天初中，我由于生病下学，她知道内情将举报信写到了公社教育组。公社教育组几位同志本来我们都认识，知道我是沙场大队学校的教导主任，带初中数学课。他们谁也没有想到我没上过初中，于是派人来调查。将填报的华中师大改为荆州师专，但那位女同学坐在教育组告状，他们没有办法，又劝我将师专改为县师范。县师范是"社来社去"，没有明确规定学历。没有人告状了，但大队要开支委会通过。泽香父亲是支书，她答应去找她父亲说情，一定要将我推荐出去。后来我在她父亲的保举下，在校长的鼎力支持下，走进了县师范学校的大门。

五

1976 年的 12 月中旬，寒风夹着雪花，将广袤的大地盖上了厚厚的棉被。一位年青的邮递员踏着厚雪给我递来了上师范的通知书。全家人都十分高兴，父亲反复叮嘱我走时先去小莲家里向她父亲做交代。我提着两瓶黄山大曲和一条游泳牌香烟，深一脚浅一脚地到小莲家去辞行，并向他父母表态：我和小莲的婚姻牢不可破，两年毕业后回来成婚。请二老放心。走时还给二老磕了个头。小莲父亲曾多次为难我，十分不好意思地对我说："我有些地方做得不好，你就不要往心里去。"我赶忙说哪能哪能。

到了师范学校，我格外兴奋，一个小学未读完的乡村孩子，终于可以到县师范学校读书了。我在夜里发誓一定要把中师当大学来读。身体极度亢奋，每天只需要睡 3 个小时的觉。学校里每天晚上 10 点钟就熄灯了，我每天将自己移到厕所里站着看书到凌晨两点。早晨 5 点起床，跑步到江堤上，望着太阳从地平线上升起。然后坐在江堤边学习，到点跑步返回学校。这时好多同学才刚起床。我在师范两年的业余时间里学完了大学本科中文系四年的教材。

在师范学习第一年，加入了中国共产党。这在我人生中实现了两件比登天还难的大事：一件是推荐上师范，对于一个未上过初中的人来说应是难于上青天；我父亲是五类分子，国民党的三青团员、教官、祖父保长，我在大队办的学校曾五次申请入团都未被批准，而在师范仅一年竟入了党。那时 1978 年 3 月还处于阶级斗争的尾声，地富反坏右还没有明文取消。我真是太幸运了。但我知道这两件事都得益于泽香和她父亲，还有我那位情如兄弟的校长。

我进入师范之后，与泽香的书信联系比较频繁。信中我一直把她当妹妹，她却一直把我当男朋友、情哥哥。写来的书信充满了少女的激情和率真，字里行间喷发出的爱情之火可以熔化铁石心肠。但我害怕伤害我深爱的女人，始终冰冷如铁，令她无可奈何。她坚持钟情于我，令我坐立不安。我甚至怕收到她那激情四射饱含着爱情之火的情书，更怕她邀请我到她那里去玩。她那灼灼逼人的眼神令人难以躲闪。她那噘着红唇在我脸上的狂吻，令我为难极了。迎合吧，就会突破底线；不迎合吧，她又坚持不放，让我难以保持冷漠和拒绝。

好不容易到了暑假，泽香结业了，放假那天我去接她。她穿一件大红色开着稀朗兰花的低胸口连衣裙，见了我像小狗狗一般奔跑过来，那双漂亮的大眼睛含情脉脉地直直地望着我，令我浑身不自在，又张开双臂将我拥抱，并在我脸上一阵狂吻，还娇嗔地说："哥哥，我的情哥哥，你怎么老是一块冰，简直就是一块钢铁，我怎么火热都不能将你熔化！"我说："泽香，别闹了，别人看到不好。"她却说："管他呢，我心里眼里只有我的情哥哥，我的世界里只有我的情哥哥！"回到大队里，她又住进我家里，帮我母亲干家务。我母亲高兴极了，将泽香抱在怀里不肯松开，甚至还激动得流下了泪水。

暑假里的一天，天气十分炎热，连续晴了十好几天，连屋里的桌椅板凳都冒着热气。路上没有行人，田里的庄稼人均躲到了树荫下。我小学的同学李刚骑着一辆崭新的自行车来到了我家，他是刚从西安回来的。告诉我他从武汉钢铁学院毕业，分到了西安，想调回来，但必须在家乡找位女朋友结婚，才有理由申请回湖北。拜托我给他找一女朋友，农村户口不限。他说现在湖北省凡是大学生的家属都可以转户口。我想到了泽香，但泽香心里只有我，而我又不能保证能娶她。小莲那里我不能提出解除婚约，就不能和泽香结婚，怎么办？我试图和泽香商量，在泽香给李刚盛饭时，我赶出来，问她对李刚的感觉怎样？李刚他可以带家属转户口。跟我，我不能保证能够娶你，更不能保证能给你转户口。她听了这话，恼怒地说："你怎么这样昧良心啦！我心里只有你，容不下别人！""跟我，我会耽误你的。不能保证你有好归宿！"一向坚强的泽香哭了，哭得我无地自容。不能娶我心爱的女人，而要将爱我爱到骨髓里的女人拱手奉给别人，我的眼圈也湿润了。泽香看我在流泪，她突然拿出手帕擦干了眼泪，然后对我说："听你的，听哥哥的!"这几个字不像是从嘴里说出来的，却像是从口里抽出来摔在地上的，震撼心灵。我像个老父亲，牵着泽香的手把她交给了李刚。将我和泽香之间的情感画上了个不圆的句号，这其中饱含着多少惋惜和无奈呀!

这一天，是我失去泽香的黑道之日。从这一天起，由于我缺乏男人应有的担当，将我心爱的爱我爱到骨髓里的女人送到了别人怀里，将我俩的爱情故事引向了荒芜的沼泽地，让我追悔莫及地痛苦了一辈子。

以后的一年多里我便失去了泽香的音讯，和她的那段情感连同她那红色连衣裙的倩影深深地藏在了我的心底，令我好多好多夜难以入眠!

六

两年的师范生活一晃就要结束了。在毕业前的一个月里，学校安排我带队到一中去实习。到一中去的连我共八个同学，来自语数理化四个班，每班两人。被分到高一年级的八个班。我分在第一班，实习时间只有一周。周五上午三四节是我上汇报课的时间，班主任语文教师肖老师也来了，先看了我的教案。在两个地方帮我做了一些调整，鼓励我说："不要有顾虑，不要想得太多，专心执教。"发现我的喉咙有些问题，并建议我赶快吃点润喉片之类的药物。但时间快到，已来不及了。于是肖老师帮我找一中的几位教师讨喉痛片，没有成功。老师为我的汇报课捏着一把汗。

第一节课按教案推进，效果不错。但刚一上完，我就咳嗽不已，只几下，喉咙就沙哑了，发不出声来。第二节课只能由一中的教师去上。

在分配时，一中管教学的副校长说我的教学天赋不好，建议我到行政去发展。肖老师向他反复解释甚至讲情：不存在天赋不好，是感冒所至。副校长又说："我看了他的档案，此同学聪明是聪明，但语文基础不太好，他根本未读过中学，是一个裁缝师傅。他20岁之后才开始教学，而且教的是数学，学习语文还不到一年。对于语文课堂教学一点基础都没有。这样一个完全没有语文课堂学习经历和语文教学体验的人，怎么可以留在我们一中呢?"被一中淘汰出局后，肖老师感到十分遗憾，十分惋惜。这真是天意所然，我从不感冒的，刚刚在这个时候发生！后又安慰我说："是金子到哪里也会发光！到A小的初中部去，就只有那里了！"全县没有独立的初中，都是戴帽或穿靴（小学带初中叫戴帽，高中兼初中叫穿靴）。失去了到一中工作的机会，对我以后的工作走向定了位，圈定了在中差生的圈子中跋涉一辈子的命运。

毕业后，到A小报了到，便回到了家。到家后就直奔小莲家。找到了小莲，约她到我家吃晚饭，晚上一同到大队会计家里开结婚证明。

那天满天星斗，热浪腾腾，一丝风儿都没有。圆月朗照，亮如白昼。我们手牵着手，两人都十分兴奋。我问小莲："明天什么时候起身？"小莲说："吃了早餐你来约我？"我说："早一点吧？我们先到县人民医院去检查下身体，而今结婚都这样！"小莲脸色突变，愣了好一会，才愤愤地说："我才不去呢？要去你自己去！"我说："检查一下，对你我双方都有好处，恐怕身体哪个部位需要我们注意呢？""反正我不去！"快到她家了，她头也没回，匆匆地跑进家门，把门重重地关上。我才想起社会上的风言风语，十分热闹，觉得此事有些不妙。

翌晨，近处远处的公鸡啼叫不停，天还在蒙蒙中，她和她母亲来我家敲门，要求解除婚约。她母亲大吵大闹，骂我是个教书匠，臭老九，不稀罕。我父亲要我跟她们去，反复叮嘱我，听小莲父亲的。我去后，反复向她们解释，过一段时间我会将小莲带到县城去的，但她母亲说话尖刻，她也坚决要解除婚约。她父亲说："这都是我的错，不然早就结婚了，哪有解约之说。小莲，她们俩母子都要解约，我也只得同意。但有一事要对你说清楚：我们两家结亲已有19年之久，你们田家不知该送了多少礼物，算也算不清楚，就用那一袋米作抵押吧，从此我们两家互不相欠。"我赶忙下跪，说："您对我家的大恩大德我们将永生不忘！"

七

到了A小，安顿下来后，接受了学校安排的工作：初中三年级一个班的班主任，两个班的语文课，初中部的部长，语文教研组长。工作任务比较重。

工作了刚两周，收到了泽香一封厚厚的信。晚上拆开看时，我感动得流泪。因自己做了一件十分错误的事，把泽香折磨了一年多，真是太对不起泽香！决定周日到泽香那里去，与她相会。好好地拥抱拥抱她，弥补过去对她的冷漠。好不容易熬到了周六，晚上又将她情深义重的信拿出来读。越读越惭愧，越读越激情满怀，越读越对美好的爱情生活充满了梦想，甚至还设想和泽香生的小孩一定会十分美貌聪慧。

到厨房第一个吃了早餐。赶忙推出自行车，锁门，正准备骑上车向泽香所在的学校方向奔去。这时，一个十分熟悉的声音叫停了我。我扭头望去，是一起在大队办学校工作过的李华（李刚的亲哥哥）。李华像知道我出门的意图："田心正，准备出门啦？"我说是，李华接着说："泽香和李刚这个月18号结婚，要我专程来接你回去喝喜酒！"我一听，这怎么可能呢？我愣了半晌，才说："在哪里结婚？""在我爸妈的家里，到时你一定要去啊！听说你还是他们的红娘。"我连连点头，是啊！

李华走后，我一直停在门外，进退两难。去吧，人家马上就要结婚了。不去，泽香的信写得情深义重，怎么办？在门外足足站了半个多小时，才回过神来。心里猜想着李华来的目的，他一定估计我会在星期日到泽香那里去，才匆匆赶过来向我说这番话，阻止我去见泽香。如果我去了，泽香就会跟着我，结束她和李刚的故事。但我去了，做人就像太差劲：哪有介绍给人家的姑娘，又从人家手中抢回来的道理呢？但是我俩才是真爱。真爱是可以去追求的。于是我骑上车向泽香方向奔去。骑到途中，李华在那里，像是在那里等着我，很热情地邀我去他家里坐坐。并说，他在这里做点小生意，李刚的调动有望了，估计下半年就可以调回县城。感谢我的牵线！这次是泽香找她哥哥泽炎出的面，单位都安排好了。我哪有心事听他胡诌，骑上车往自己家里的方向奔去，李华骑着车一直跟在我身后。本来我知道李刚和泽香根本就不是他所说的那样，但在内心深处总觉得我去把泽香拉过来，这样做像有点不太仁义。我径直回到了自己家里。心里一直在深深地忏悔：泽香妹妹，哥哥对不起你，你原谅哥哥吧！可惜那个年代没有手机，连电话一个大队才有一部。如若有手机，悲剧就万万不会发生。李华他怎么拦也难以拦住啊！

晚上我回到学校，又反复琢磨着此事。不去，心中觉得对不起泽香，自己心里还是有些遗憾和惋惜。去吧，又觉得对不起李刚，更觉得这么做，不太道德，会令人耻笑。

泽香因为未接到我的信，专程跑到Ａ小来找我。说是我妹妹。我赶忙回避，要同事们说我出差了。她没有办法，在学校里走了一圈，悻悻地离开了。过了一周她又来了，我一直躲着她。下决心不和她见面。后来我躺在床上细细地回忆：当时，真是鬼迷心窍，竟躲起来了，为什么不出面和她见见面呢？她走了自己又后悔。人啦，关键时候总是犯糊涂！就为了维护道德的纯净，却辜负了泽香的一片真情，还害了她一辈子。

后来听说，泽香不听到我结婚的消息，她不可能结婚。因此婚期一推再推，一直打探着我的婚姻信息。

八

同寝室的同学李明华，看我这几天行坐不安，便问我是不是失恋了。我说无所谓失恋不失恋，和农村的女朋友解除了婚约，现在已孤身一人。他却瞒着我，模仿我的笔迹和语气给我同班同学马凤秀写了封信。约她来Ａ小一聚。第一封寄出20天了不见回音，他又写了第二封信。

马凤秀收到信后欣然前来，我有点丈二和尚摸不着头脑。李明华才把模仿写信的事告诉我，要我热情接待。马凤秀还带来了她的幺幺。吃过中饭后，我和马凤秀单独谈了近一个小时，双方都十分满意。因为以前在班上我是班长，她是团支书，彼此了解。由于家里都有朋友，现在都是未婚单身。一碰便产生了爱情的火花。两人说好了，放了寒假我去接她到我家过年，年后我与她一同给她父母拜年并求婚。

和马凤秀确立关系后，每周给她一封情书。将小说中的句子也找来抄写在情书中；马凤秀也情意绵绵，每次的信比我写的还长。我们沉浸在幸福的热恋中。虽然不能见面，但满眼里全是对方，每天梦里总在一起。在信中还谈到了毕业前一个晚上的事：那晚明月高照，凤秀利用打牙祭晚上到湖边稻田里捉泥鳅鳝鱼的机会，安排我和她一同去捉泥鳅鳝鱼。她提着木桶，我拿着木钳排叉，行走在稻田埂上。她对我说：今晚的月亮真圆真亮啊！说着便放下木桶，将我紧紧地抱住，并说我太喜欢你了，你喜不喜欢我？我说喜欢。但我农村有女朋友，这次回家就要结婚，我不能对你有非分之想。她不管三七二十一，在我身上忙活起来。我用力制止她的进攻，并告诉她：女孩子如若在结婚前就出了问题，社会上管她叫破鞋。丈夫知道了会挨打的，我不能害你。现在想来，早知有今天，那晚我就吃了冷饭，她早就成了我的女人，还用得着别人代笔写信吗！

后来不知怎么地，慢慢地她的回信却不那么守时了，有时一个月才能收到一封，内容也简略了不少。性爱方面的话语不见了，恋人之间的浪漫气息像淘米似的淘得苍白无色，文字上已索然无味。最后一个月，连平淡寡语的信影也收不到了。我在心里想：怎么一下子就转移了视线？还猜想着她信中的理由：弟弟在战场上受伤了，全家人都很着急。我还写了很多安慰的话，后来想来十分可笑，自作多情，人家早已移情别恋。

时间过得真慢，熬了很久才到寒假。放假后，我被临时抽到宣传部，复议右派的工作。腊月26才放假，我本来推想马凤秀一定是移情别恋名花有主了，但心里还是不甘，必须去看个究竟。于是我骑上自行车，带了点拜年礼品，直奔马凤秀家。到了她家，马凤秀冷漠得是那么陌生，十分反常。她原本是个十分热情爽朗的女孩，此时脸上没了一丝笑容。见了我，只是说了声坐，就跑开了。我来时就做好了思想准备，她这样对我已在意料之中。她母亲过来问我的家庭情况，便告诉我："我凤秀找了男朋友，男朋友的亲叔叔是地区的地委书记。今天二十六了，你赶快回去过年吧，你父母会望的。"我说，我想见见凤秀。她母亲说："你们的事都过去了！你走吧，她不会见你的！"我推出自行车，头也不回地离开了我终生难忘的那个背信弃义趋炎附势令我第一次受辱的地方。

回到家里，父亲安慰我说：这样也好，免得结了婚扯皮；母亲却说："你跟老子长得一表人才，又有才学，还是党员，工作单位也不错，怎么就被人家当猴耍了呢？大过年的，牵个蹲着厕尿的回来也好啊！"我无地自容，像自己做了什么见不得人的事，羞愧不已，低着头。整个春节期间，在家里很少讲话，内心深处愤愤不平地痛恨着马凤秀。你已经有了对象，名花有主了，就应该来信告诉我，白白浪费了我近半年的时光，耽误了我找对象的时机。

九

春季开学，我不得不开始寻找自己的婚姻，把单身的信息透露给同事们。于是引来了校长的关心。校长对我的关心没有单刀直入，而是每天跑过来和我下棋。我刚到学校，有一种想把工作搞好的欲望。心中有一种对教育火辣辣的情怀，哪有心思下棋？我告诉校长，我曾经将县里第五届象棋冠军打败。您找我下棋是对我的抬举，但我没有心思和您下，我有好多事情要做，要学习。我原来是教数学的，现在教语文，没有经验不说，语文功底也不深厚，确实没有时间陪您下棋。校长笑吟吟地对我说："磨刀不误砍柴工，和我下棋，聊聊天对你今后的工作有好处。"

他不断地询问我个人和家庭情况，要我讲小时候的故事给他听。我只得照办：我十二岁得了九子阳（现在叫淋巴结核），上不了学，就一边看病一边跟着母亲做裁缝。18岁才把病看好，颈部留下了这么一块大疤。校长好奇地询问："是怎样形成这样一个大疤的呢?"我向校长说起：到湖南安乡，找胡医生用爆灯火的方法将皮烧去一块，然后将四分之一颗的药丸放在黑膏药上，敷在去皮处。4个小时药丸就将去皮处烧出一个洞。每天换一次药，阳子（淋巴）就从洞中敷出来。三年里，一共敷出了近四百颗。病好了就留下了这么大一块疤痕。校长说："疤痕不会影响你什么，不要自卑!"

接下来校长开始介绍他的成长经历，说他和教育局陆局长是同班同学，又是发小，几十年来，关系一直很好。十年前，陆局长刚担任局长，就把他从郑公老家调到了县城。后来又让他当了校长。人的一生中必须有几个知己。老同学当了局长，第一个想到的就是他。只要有空缺，就会想方设法让他去补上。不然，光凭自己独自打拼，一辈子也上不来。还告诉我他有两个姑娘：一个1959年生的，一个1961年生的，都在他身边。但至今为止，户口还没解决。这点小事不好去找陆局长，要等待时机。教育战线每年都有指标转户口。

他想在学校里办一个服装厂，说我是搞裁缝出生的，在这方面有经验，要求我去管服装厂。我因为不喜欢做裁缝，八九年时间搞腻了。一说起裁缝来就晕头。赶忙对校长说："我就是不喜欢做缝纫才改行教书的，您可另选他人。社会上多的是这方面的人才，我可帮忙找人。"他说："办校服装厂，可以提高学校的办学品位。老师学生均统一服装，那该多精神呢？你可以兼职帮忙负责筹备，以后帮忙搞宏观管理。"我说行，只要不脱离教书，我服从安排。和校长谈得十分投机。

有一天校长突然说："明天中午到我家里去吃饭，把我俩姑娘介绍你认识，到时候你教她们裁缝手艺。"我满口答应了，看他那笑容可掬的样子，有一种如愿以偿的欣喜。中饭时，俩姑娘都回来了。小姑娘比较活泼，长得也相当不错，老远就和我打招呼，和我聊天。大姑娘总是低着头，一言不发。我当时以为她害羞，便不断地向她微笑，想和她搭讪。但她一点反应都没有。吃饭时，小姑娘热情地帮忙盛饭，大姑娘默默地自顾自地吃，一言不发，眼睛时不时地瞄一下我。但我从她的眼神里窥到了一丝神经上的毛病。她的眼神有点直直地，不那么灵活，与她二十二岁的身份不合。吃完饭后，我和小姑娘说了几句话，正想告辞离开。校长说："吃得怎么样？"我说吃得很好。校长说："这都是老大弄的，老大的手艺还行吧？"我说相当不错。校长说："我把她许配给你，你看怎么样？"我思想上还没有一点准备，愣了半响才说："我们先接触接触，您大姑娘比我小6岁，还不知道她怎么想？""我老大叫巧芝，小的叫冬芝。巧芝的事，我可以跟她做主的，你们接触一段时间再定。"

后来接触了几次，发现巧芝说话不太正常，高一句低一句，脾气特大。后来看着我就躲。校长这才说，看来你们之间没有缘分。但未过几天，巧芝突然找到我，把我喊老公。我说你怎么这样呢？她说你就是我老公嘛！校长说："巧芝现在十分喜欢你，你们再交往一段时间吧！"

工会主席何老师是陆局长的夫人，见了我小声说："小田，我告诉你一个秘密，但不能跟任何人讲。"我连连点头，觉得是关系到我和校长女儿的。何老师继续说："他大姑娘有精神病，到红卫医院去过三次。每年春上都发病，发了病打人骂人，毫无知觉和控制力。你千万不要答应啦！不仅影响你这一代，还会遗传到下几代！你千万不能意气用事！"我才如梦初醒。后来我找何老师帮忙介绍女朋友，何老师满口答应。

巧芝又来找我了，我对她讲了很多她不爱听的话，批评她缺少知识，怎么能在还没有拿结婚证之前就当众人的面叫老公呢？她又开始讨厌起我来，说再也不理我了。我说我再也不想理你了，你喜欢瞎说。她十分气恼，朝我吐了一口唾沫。

校长见了我，便对我说，看来你和巧芝不太合适，我心中有个美女，是我们城里的四大美人之一，不要着急，我把她带过来和你见面。

十

一个大雪纷飞的早晨，郭老师跑来告诉我，说要给我介绍对象，晚上七点在他家里见面。我当时正在和同寝室的李明华讲梦中的故事。在一个大湖的围堤沟里钓了一条三斤重的大国鳊。放在篓子里，蹦跳都没蹦跳一下。李明华说："田兄，好兆头！这下一定可以成功。"那天日子过得特别慢，好不容易熬到晚上七点。我带着几分欣喜跑到郭老师家里。对象早已到了，见我进去，赶忙点头打招呼。我坐下后，郭老师两口子便躲进了房间。我们两人开始自我介绍。她说她叫刘慧慧，家里有六口人，爸妈和她们兄弟姊妹四人。大姐脑子有毛病，从小到大一直是妈照看，父亲有病，是搬运工人，一个妹妹高中毕业后刚到镇供销社工作，小弟在读高中，本人在橡胶厂工作。听了她的介绍，我觉得她家确实困难，只有她和妹妹两人拿工资。她说话不太连贯，还认为她是个结巴子呢！后来郭老师爱人告诉我，她长得比较胖，衣服穿得特别少，冷得有点发抖打战所致。第一眼看见她就有一种似曾相识的感觉，正如贾宝玉见林黛玉一般。当时我想到了父亲的叮嘱：找媳妇，不要找长得太漂亮的，更不能找个子太矮小的。太漂亮了，自己未有能力，到时候会管不住，出乱子的；太矮小了，对后代有影响。看着刘慧慧身材偏高偏胖，形象不丑拿得出门，是父亲说的那种类型。因此，无论她怎样结巴，无论她家里有多贫困，无论她在哪个差单位，我就认定了她。当时，我俩约定本周日到她家里去见她父母亲。

翌晨，我从食堂里吃完早餐回寝室，范老师站在我门口，一见到我就把我拉到操场边说："你怎么把婚姻当儿戏？我知道那天晚上你相亲的对象，她家里是那块方出了名的贫困户。家里还有个痴呆的姐姐，生活不能自理，要她妈妈看护。父亲长年躺在床上，弟弟妹妹读书连学费都交不起，家里这几年都是靠她一人拿工资养活全家。她确实不简单，晚上和星期天都在砖瓦厂拉砖瓦坯子。你和她搞对象，就等于到深渊里去救人，连自己也要搭进去的。这辈子都难以爬上岸，你不能去！小田，听我的，否则，后悔都来不及！"我十分为难地说："谢谢您的提醒，但我已经答应她了，先去看看吧。"范老师两眼一直死死地盯着我："小田，你别意气用事！她弟弟是我原来的学生，我没骗你呀！你别去，真的别去！"我骑上车，走了好远，范老师还在大声地喊："回来，别去！"

刚骑出校园，遇到了黄老师，她是我另一个语文课班的班主任。"小田老师，哪里去？"我说去杨厂相亲！她赶忙对我说："此事要慎重，我这里有个好姑娘，长得十分漂亮；家境不错：爸爸是农业局的局长，妈妈是地税局的科长；她本人在县政府办公室工作。你今天不去了，先与小罗见下面！"我十分为难地说："前些天答应了她，如不去那不是不讲信用吗？黄老师，要见面，我晚上回来后订？"黄老师笑着说："讲信用是好样的，小心掉入沼坑啰！"

刘慧慧坐在我自行车衣架上，我们一路上说说笑笑，那天晚上讲话结结巴巴的毛病已不翼而飞。一路上讲她在工厂工作的情形，讲的是那样的绘声绘色，像单口相声一般，口齿十分伶俐。一会儿就到了她的家。到家后，她家里还来了几位至亲好友，都出来迎接，打招呼。慧慧给我介绍："这是我幺幺（我妈妈的亲妹妹），这是我的闺蜜小莹，这是我妹妹小芳，这是我大姐，这是我弟弟建设。"我心里在想怎么不见她爸爸妈妈呢？她回过头来告诉我："我爸拉货去了，我妈在厨房里。"我心里在嘀咕：说他爸倒床七年，怎么去拉货了？她妈在厨房里，怎么可以不出来打打招呼呢？莫非是不认可我这个新来的女婿。倒是我进厨房去和她妈打了个招呼。她妈冷若冰霜的样子令人浑身冒冷汗。

由于她妈的冷漠，令其他人也不好意思与我说话。慧慧跟我说："你坐，我上街去办点事了就来陪你！"我说我和你同去，便将大提包从车架上提下来放在方桌上，骑上自行车和慧慧一同到了街上。

她是来买酒买佐料的，买完后，在回来的路上我问慧慧：你妈是不是不认可我？慧慧说："她说你长得太瘦，怕你有病。还对你的那块疤痕有看法，所以你来后她才不出来打招呼。"我说，既然你妈不认可我，我就回去算了。慧慧说："只要你没有病，她就会认可你的。她是我爸病了，她受够了，又怕我讨个病号回来。"这样说我就留下来，让你妈看看我的酒量饭量吧，看我是不是像病秧子。慧慧说："我已经跟她做过多次解释，她还是有些半信半疑，非要亲自看看你。你到屋后我们去江边挑水，让我妈看看你怎么样？"我说好呀！慧慧说："这担水桶挑满是120斤。"我同慧慧一连挑了五担。慧慧只是跟着我，120斤对我那时来说只是小菜一碟。挑完水，她爸回来了。将驴系在前边的树林里，转身来竖板车。我赶忙去帮忙。她爸对我很热情，对我老家陆逊湖一带十分熟悉。问了一些我家里的情况，对我父亲读了那么多书，满腹经纶，而被迫去种田的遭遇十分同情。现在快六十岁了，身体不太好。她爸才讲起自己近七年来一直躺在床上，偶尔出去干点活，回来就吐血。家里这几年全靠慧慧一人拿工资过日子，有时实在过不下去了，还逼着慧慧晚上去拉砖坯瓦坯赚点小费来贴补家用。现在好了，小芳高中毕业后，到供销社上班，多了个人拿工资；小弟今年16岁了，马上就高中毕业，可以替他拉车了。家里的困难应该是暂时的。还反复要慧慧跟我讲，将家里的这些困难都告诉我，让我有心理准备。这种事不能有半点隐瞒，更不能有半点勉强。我听了后，十分同情慧慧，于是接着说："若您一家人能接受我，我会尽全力为这个家出力的。"我当时说话十分谨慎，不敢说半点大话。要是在农村，我觉得自己是有本事的：什么事都会做，天大的事都能敢说敢为。现在一个教书匠，什么能力也没有，一月就这么点工资——37.5元。什么事也不能干，一分钱的外快也捞不着。只能向她爸表这样没有底气的态。和她爸谈着谈着，太阳却跑到山下去了，只有余光红艳艳地映染着西边世界，预示着明天将是一个大好晴天。

吃饭时，她爸硬要我坐在上席的右手边，说是这里的规矩：姑爷子必须坐在上席大首位。她爸身体不好不能喝酒，就以茶代酒。一斤大曲酒，只有幺幺和小弟一人倒了点，还不到二两，剩下的我一人全喝了。喝了八两多酒，吃了三大青花碗饭，桌子上只有我一人了，但我确实还未吃饱。我是师范学生中出了名的饭桶，一餐可以吃三斤米的饭，一顿可以吃一两的黑馒头 25 个，还要喝上六碗神仙汤。我的酒量也是第一流的，喝两斤半 52 度的高度酒不醉。慧慧将锅里仅剩的锅巴都盛来我吃了，把在场的人吃得惊讶不已。这么瘦，怎么这样能吃能喝呢？她妈这下突然笑着对我说："小田呀，你这酒量饭量真像慧慧她爸年轻时，我以为你这么瘦，身体有病呢？这下我放心了，小田，对不起！我先未和你打招呼，你不要见怪！"我赶忙说：　"哪里，哪里！"

十一

天下着毛毛雨，微风吹在身上有些寒冷。我从食堂吃了早餐回寝室，校长找到我，十分不高兴地问我："昨天去相亲了？"我说是。"对象怎样？家里情况很糟糕？"我苦笑了下说："一般般吧。"校长铁青着脸对我说："我前些日子给你讲了这么多，难道我的家境还不如你那对象？我女儿小你 6 岁，你说不适合。我有个表妹，比你小 3 岁，是县城里的一枝花，今天晚上你们见见面！"我本来就不想再相什么亲，见什么面了，但看到校长那副架势，不答应可不行啦！在权威的高压下，我只能先答应见面之后再想办法应付女方，于是点头答应。

吃中饭时，黄老师说："今天中午 12 点在我家见面。"我头都是晕的，不答应盛情难却。只得硬着头皮跟黄老师去。刚坐下，就来了位亭亭玉立的高挑姑娘，长得简直比仙女还漂亮，是我平生中见到的最美丽的姑娘。她进屋朝我非常礼貌地笑了笑，我浑身上下开始打寒战，像小时见了水中大鱼时打鱼摆子一般。心里却在骂自己：没用的东西，漂亮姑娘你也怕成这样！黄老师赶忙走过来介绍："这是罗凤鸾，是县政府办公室的副科长；这位是我班上的语文教师，共产党员，初中部部长田心正老师。"罗凤鸾马上站起来向我点头，我也赶快站起来回敬。我怕她看到我颈部的那块大疤痕，把头一直扭向右边。黄老师说："你们谈，我去买点菜！"罗凤鸾到底是政府的副科长，很大方，主动地介绍了自己和家庭的情况。她比我小五岁，高中毕业后，在政府办公室工作，爸爸在农业局，妈妈在地税局，一个弟弟在一中读高中。她说完后，我一边听她介绍一边在琢磨父亲的话：漂亮媳妇，自己没本事将来会出乱子的。想到此，望着她，男人本能的信心早已逃遁到刘慧慧那里去了。我便告诉她，昨天去杨厂相亲，遇到对象家里十分贫寒：她父亲倒床七年，母亲带着一个痴呆大姐，妹妹刚到供销社当临时工，弟弟在读高中，全家人就靠她那点工资过日子。她白天在橡胶厂上班，晚上和星期日都要到砖瓦厂去拉砖瓦坯子，这样才能勉强维持家里的生活。我有点不忍心视而不见，见难而退。昨天我琢磨了半夜，才决定明知山有虎偏向虎山行，想用我一点微薄的收入去帮帮她们家庭。罗凤鸾听了也很同情，最后便说："你想去帮助弱者，这是应该的。是我也会这样选择。"我们聊得十分投机，她走时还对我彬彬有礼地说了句："祝你们幸福美满！再见。"我第一次感觉到了什么叫高素质。罗凤鸾的美好形象和高雅的气质一直留在我心中，成了我为人处事的楷模，成了我心中的女神。后来有人问我，见了这么优秀的女朋友居然不动心？这是什么心态！英雄难过美人关，你还算不上是个英雄，怎么就能过美人关？黄老师一直说我不像个男人："怎么可以把爱情去送人情呢？人家家里贫寒有困难可以用金钱去接济去支助，但不可以牺牲爱情改变自己美好的人生啦！"后来回想当初，确实有些莫名其妙，性格使然吧。

晚餐到校长家里，校长表妹长得更是风姿绰约，比罗凤鸾丰满一点，楚楚动人中隐含着万种风情，一双水灵灵的大眼睛溜溜地转个不停，好像在叙述着内心的喜悦，笑盈盈地。我内心深处有些震撼，但已无见到罗凤鸾时打寒战的感觉了，只是有些不太自在，不敢正眼看她。校长先作了一番介绍之后，便走出家门。我和她表妹坐在沙发上。我一直将头低着，凭感觉知道她一直在盯着我看。我的头一直偏向右边，生怕被她瞧见那块大疤痕。她开始介绍自己：她叫钟成芳，今年24岁，在玻璃厂上班，初中毕业。家里父母均在木器厂工作，兄弟姊妹五人，她是老三，小妹在读初中，老四是个弟弟，在读高中，家境一般。她介绍后，我对她正视了片刻，心里觉得她虽然漂亮，但有一种少妇的气质。在男人面前十分大胆，毫无少女的矜持与拘束，显得十分成熟。就像田里的西瓜，熟得裂了缝，更像树上的枣子红透了。若与她结婚，马上就会有小孩生。我有些心动，但心里挂着刘慧慧，便压住了欲火。于是便缓慢地对她说：我的情况想必你表哥已对你介绍了，我就不再啰唆。

昨天去杨厂相亲，对象刘慧慧家里十分糟糕，需要人帮助，我当时就表态答应了人家。像她这样的家庭，我如果反悔，那岂不是又伤害了人家？伤害这样造孽的家庭，那就是犯罪，伤害这样全力以赴做苦力支撑家庭过日子的刘慧慧更是于心不忍。钟成芳马上说："不勉强。你说的那个对象刘慧慧和我关系较好，的确她家里需要有人去帮助去支持。"我看她也十分同情刘慧慧，便说，既然你们是朋友，还要请你帮忙，对你表哥说："你瞧不上我，说我颈部那个大疤痕丑死了，你看不上。免得你表哥怪我不识抬举。此事我就拜托你了！"

钟成芳望着我看了一会又说："田老师，你只是觉得刘慧慧家里需要人帮助，你才要和她结婚的？"我说："也不全是这样，爱情是需要时间的，更需要培养。我现在只是同情她，但对她全力承担家庭重任的品质有好感，这种好感是可以培养出真爱来的。"钟成芳似乎未听我讲，便接着说："你们之间如果没有爱情，那是难以过得下去的。你想啦！家里困难，你没有经济实力，怎么能够帮助她家？除非你家底雄厚，可以拿出一笔钱来支助她家。你家里情况只是一般，谈什么支助呢？到时候你帮助不了她家，你们之间又没有爱情做桥梁，你自己去推导结果吧！田老师，你好好考虑考虑。我听我表哥常说你有才华，又诚实厚道，今天一见果真如此。但你太过于天真，即使有爱情，维持爱情是需要经济基础的，你这样牺牲爱情去帮助一个贫困的家庭，那是要付出代价的。如果想通了这个道理，我们过几天再谈。"我被她的分析彻底折服了，同意过两天再来谈。走时她对我含情脉脉地送来了秋波，我的内心深处处于矛盾状态。我该如何选择？如果选择了钟成芳，但刘慧慧那里又该怎样推脱？整个晚上，我的思维乱极了。确实如钟成芳所说：要救人于水深火热之中，没有经济实力，那是吹牛，是骗子！

翌日，吃早餐时，范老师跑过来跟我讲："小田，我没骗你吧，刘慧慧家里日子都过不下去。你别傻了，明摆着的是个火坑，怎么要眼睁睁地往里跳呢？"然后，将我拉到僻静处跟我小声说："我有个侄姑娘，长得花枝招展，今年24岁，比你小3岁，家庭情况好得很，今天晚上到我家里来见见面？"面对范老师的无比关心我别无选择，只得点头答应。心里在想到时想办法应付就是了。

晚上，我还是采取老办法来对付她，让她不好意思与我提及谈朋友的事，让她理解我的苦心。果然，那个漂亮的女孩长得如花似玉，风情绵绵，等我把实情一讲完，她那张十分漂亮的脸蛋立马阴沉下来："我没有时间听你胡扯！"说完噘着嘴，满脸怒气地冲出门去。范老师赶出去送她，我便回到了自己家里。

两天后，与钟成芳再次会面。她对我十分主动，双眼含情脉脉地望着我，对我说："我长这么大还未听说过像你这样对待婚姻爱情的，怎么能看到人家家里贫困，日子过得艰难，就想无私无畏地去帮助人家？还把自己的爱情都带进去，随便就将自己的感情牺牲掉。真是新时代的肖剑秋，这就像故事中讲的那样：一个人看见水中的人已快淹死，就奋不顾身地跳下水去救人，结果把人没救上来，倒把自己的性命搭进去了。你没有经济实力，怎么去解救人家的贫困？你只能把自己的爱情搭进去消亡。"钟成芳滔滔不绝地对我的做法大加评论，像位高深的哲学家。她在我眼里怎么看也不像在和我谈爱情，谈恋爱？她的一举一动均显得十分成熟老练，对问题的看法也有十分独到的见解。我被她的一番话说得有点心上心下。她看我处在沉思中，又开始劝说："对于贫困人家，日子不好过的人家，我们先要发展自己，让自己的经济实力强势起来，你才能去帮助人家。就像去救落水之人，如果你水性不好，你是无法救的。要救只能搭上性命，这样叫无意义的牺牲。如果我们的牺牲能够改变别人的命运，那还值得。像那些为革命牺牲的同志，他们的牺牲是为了信仰，为了革命取得胜利。你这样无辜地去牺牲爱情毫无意义可言。"说完，她给我倒了杯水，情意绵绵地望我。我被她彻底地说服了。也被她的论辩能力、分析能力彻底地征服了，我从内心深处佩服她。心里在想：如果和她生活在一起，她这么优秀，能说会辩，那在家里我必定是"沙漏锅"一个。但又十分佩服她的这种分析问题的能力。她不应该只是当个工人，应该去当个哲学教师。看着我被征服了的样子，她高兴地说："明天晚上七点我们一起去看电影，我去买票。"我欣然答应了她，但心里还牵挂着刘慧慧那头该怎样和她说。

晚上七点，她早早地就来到了学校，守着我吃完晚饭，和我一同走出校门。到了电影院，她挽着我的手，成双成对地走进了电影院。我俩的座位靠右边中间，一坐下来，还未开始放映，她就将头躺在我的左肩上，十分享受的样子。我心里总有些不踏实，时刻牵挂着杨厂那边。今晚放的是《庐山恋》，整个电影充满了浪漫的情调。看到男女角色亲吻和拥抱，她便把嘴伸过来，用手把我的头扳过来在我脸上吻个不停。电影放完后，她要求我送她回家。她的家在江堤边，离电影院有三里多路，我欣然同意，送她回家。一路上，她挽着我的手腕，在无人的地方还停下来将我拥抱和亲吻，见我有些呆板迟疑，便说："你还是个老师，怎么这么传统？像个书迂子。"抱着我在我脸上嘴上一顿狂吻。快到她家了，她邀我去她家过夜，我婉言谢绝了，对她说："以后多的是时间，有的是机会。"她娇嗔地对我说："亲爱的，下次和你约会，不准像今天这样木呆，一定要像个男人，不然，本小姐要生气了！"说完在我脸上亲了口，便扬起手来说再见。

回到寝室，想到她的主动充满了激情浪漫，自己很是享受。这样下去，刘慧慧那边必须尽早退信，免得延误时间，耽误了人家。

十二

五一节，父亲到我这里来了，说身体有些不舒服。我调了课，向教导处请了假，带父亲去人民医院检查。医生用手摸按父亲的肝区，半天才说：肝上长了个瘤子，已经有点大了，是恶性还是良性，还得到大医院里去做进一步的检查。我赶忙和武汉的同学联系，要他们帮忙了解大医院看病检查的一般流程。

到武汉来回至少五天，必须亲自去向校长请假。我拿着请假条，到校长家里找校长签字。正准备敲门，听到里面钟成芳在和校长讲话，声音比较小，但站在门边可以听清每一个字："田心正已经上钩，但要他马上结婚有点难……"我本想离开，但听到田心正三个字，我的脚就定在了那里，挪不动了。"你必须尽快和他上床，还过段时间，肚子一大，就露馅了……"

我听到这里，便知晓了一切。钟成芳之所以这么主动，就因为已经有了宝宝，要给宝宝找个爹来掩丑。我心里十分庆幸，那天晚上，幸好推脱，不然的话，问题就复杂了。

第二次她约我见面时，我跟她说："钟成芳，你怀了宝宝，给宝宝想找个爹来掩丑，你找错对象了。"她听了惊讶得瞪大那双漂亮的眼睛，感到不可思议："你是怎样知道的?"我说我会看相。我第一次见到你,就怀疑你不是少女,第二次觉得你怀了孕。为了不伤害你,我今天特意向你说明。你放心我一定守口如瓶,不会对任何人讲,但你得另谋其人。她听了我的话,怔怔地望着我离开,哑然无语。

父亲的病不能再往下拖了,必须到武汉去检查,我又拿着请假条去找校长签字。校长十分严肃地对我说:"中考在即你不能去,一去至少五天,孩子们耽误不起呀!"我说您不批我理解,能不能在中考结束后,在阅卷期间去,我不参加阅卷。因为函授学习就在中考阅卷完后集中。如果参加阅卷,就没有时间回家看望父亲了。校长当场答应,后来还在教师大会上表扬我以学校大局为重,未请假带父亲去看病。但中考阅卷他就不参加,让他去尽孝道看父亲。请教导处做好安排。我十分感激,还怕校长报复我呢!

十三

李华又来找我了,和我谈泽香与李刚的事。他说:"泽香一直不肯结婚,后来得知她要等你结婚后她才结婚。我这次来,专程代表李刚兄弟来求你早点结婚,让泽香死心。泽香心里只有你。"我说:"如果泽香心里只有我,他们结了婚也会出毛病的。现在的问题还不在于我:自从李刚和泽香建立恋爱关系之后,我从来未和泽香见面,也从来未写过一封信给泽香。你几次来找我,就像是我在中间起了坏作用。我当初给他俩做介绍,我只是把泽香介绍给了李刚,以后的事我一概不知。要说知道他们的事,也是听你说的。你以后不要来找我。我结婚不结婚与他们两人八不相干。"我对李华的造访极为不满,不是他从中干扰,泽香早就回到了我的怀抱。

李华走后,我又想到了泽香怎么这么固执,心中还深深地爱着我。我对不起泽香啊!但现在我已无回天之力。

十四

送走了李华,我想到刘慧慧,从她家里回来,已经快两月了,一直未和她联系。吃了晚饭，我骑车找到她的单位，她在砖瓦厂拖砖瓦坯子。她这样为支撑家庭拼命的精神令我感动，同时也心疼她太辛苦。听到她在拖坯子时，我就有一种强烈的要无私无畏地去帮助她的责任感。

夏初的天气，已开始热起来。我从学校出发，到砖瓦厂浑身已经汗湿透。厂区灯火明亮，拖砖坯瓦坯的板车在厂区穿梭般地来回跑动。我在那里寻找了几分钟才看到刘慧慧，她身着白色的工作服，胸前戴着一个黑色的兜兜，正在将码着的砖移到板车上。我走拢去，小声地喊了声：刘慧慧——。她转过头来，望着我。十分惭愧地对我说："这两个月厂里白天忙，晚上这边也忙，没有时间和你联系。我还以为你被人抢走了呢？听广梅（郭老师的爱人）说和你相亲的人有好几个。"我说不会，怎么能抢得走呢？我早就被你被你们家里人给俘虏了。但是主动的，不是被动的，谁也抢不去。

她笑着说："你这人怪呢！我谈了几位，到我家里一来，就跑得无影无踪了。我还以为你也和他们一样呢！但你跟他们不同，自己却来了。"

我替她拉了两车，还真有点难拉，很费力气的。她一个女孩，干这么重的活，真是苦了她呀！我有些怜香惜玉起来。晚上11点了，她才收工，我陪她回单位寝室。为了不耽误她休息，跟她招了下手，便回到了学校。

晚上，我想到以后晚上不集中备课或开会，就去和她一起拖砖瓦坯子，为她家里尽点微薄之力。

由于我没有时间，父亲由三弟带到武汉看病，父亲怕用钱。没做手术回来了，医生说这个瘤子是阴性的还是阳性的，还得打开肚子，将瘤子割一点下来进行活检，才知道是阴性是阳性。医生说要拿掉这个瘤子需要两百元。我们四弟兄：我是老大，还没有结婚；老二结了婚，他们俩口子都是农民，79年的农村是最穷的时候，干一天的活只能赚八分钱；老三被逼到别人家去倒插门了；老四在路上修理自行车，过着饥一餐饱一顿的生活。父亲深知我们的情况，怕用钱，便从医院跑出来了。父亲的病如果不动手术，即使是阴性的，也会被瘤子撑死的。父亲回家后，尽管他每天坚持锻炼，但随着瘤子一天天长大，进食的情况就一天比一天差。但还一直关心着我的婚事，搭信来要我安心工作，赶快找个媳妇结婚。

中考已临近，学校为了争名次，我们连周日也在上课，三个毕业班，我就带了两个班，还有一个班也在我的统一安排下。包括试卷、押宝题都是我一人所为。因此，我的努力关系到整个学校的命运。考差了，初中部要撤掉。前几年，年年是老末，今年如果再是老末，秋季就不得再招初中生了。我们这些教初中的老师就要随初中的撤掉而调走。一旦调到其他学校，因为在这里的成绩差，会被人瞧不起，还会在分班上受到歧视。因此，我不得苟且，晚上帮慧慧拖砖瓦坯子也只去了几次，就被迫停止了。

钟成芳这几天又跑到学校来找我，一把鼻涕一把泪的求我，说她舍不得将小孩拿掉，必须为孩子找个爸爸才行。央求我做点好事，将她娶了，不然孩子就会保不住。

我望着她哭笑不得：钟成芳，你为什么不去找孩子他爸呢？他应该对你负责。找我干吗？于是她给我下跪。我说你下跪也没用，你必须去找孩子他爸，他应该会承担责任。她说："他爸是有家室的，怎么能和我结婚呢？"我说，既然他有家室，你就应该将这个孩子拿掉。不然，谁会跟别人养孩子呢？

她突然大声地对我说："田老师，你可以在没有爱情的情况下舍身去帮助人家，怎么就不能帮人家抚养小孩呢？""你真是强词夺理！那和这是有着本质区别的。一个是无法避免的困难，一个是寻欢作乐伤风败俗弄出的麻烦。我可以去帮助一个规规矩矩的贫困人家，绝不可以去帮助一个有悖天理有损风化的不义之人。你什么也不用说，没有一个傻瓜能够替人顶这不光彩的黑锅的。这个孩子即使让他出生，他将来怎么做人？他出生了，你的家里人怎么做人？社会上的人怎么看你？哪个男人能够睁着双眼受这种屈辱？你不要瞎想了，至少，我是不会干这种事的。"

她突然一反常态，冷笑地对我说："你如果不答应，你知不知道会有怎样的后果？"我没想过，我也想不出来会有什么不好的后果。她说你就会离开县城到十分偏远的乡村去。我有点气愤了，睁大眼睛对她说：要到偏远的乡村，也比干这种事强。她瞟了我一眼说："那你是铁了心了！"是的，即使杀了我，我也不会干。她瞪着一双大大的眼睛有点发狠地说："那你就等着瞧吧！"

十五

过了几天，工会何主席来跟我说："校长要拿你开刀，要把你调到黄山头大队办小学去。罗列了你好多好多罪名。还好，你在学校的表现我都清楚，他把你说不坏。早就盯上了你，要你为他所用。我告诉你一个办法，一切都可以迎刃而解。刘慧慧是姜部长的侄女儿，只要刘慧慧去找她姨姨，王校长就不敢把你怎样。"晚上我把王校长要将我调到黄山头去的事告诉了刘慧慧，她沉思了好一会才说："你搞你的，我姨姨会帮你的。"

离中考只有一周时间，下午突然通知开教师大会，在会上校长列举了我好多好多莫须有的罪名，当场就撤销了我的初中部长及教研组长的职务，还扬言，像这样的老师绝对再不能在我们 A 小工作了。言下之意是让我滚出 A 小，但他的话还不是最高指示。

拿掉了肩上的两副担子，我轻松了许多，准备和刘慧慧去拿结婚证。当时拿结婚证须单位盖公章，工会的何主席暗中支持我，帮我去盖了。我和慧慧领了结婚证。结束了那段纷乱相亲的日子。中考一完就准备举行结婚仪式。但不管王校长怎样对我，我必须对学生负责，对家长负责。认认真真地把复习备考工作做到极致。好不容易 7 月 24 日中考开始了，孩子们的情绪十分高昂。三天考完，将估分工作完成后，按照上次王校长在大会上同意我回去看父亲的协议，我离开学校回家看望父亲了。

我前脚到家，后脚学校要我回去阅卷的人就到了。我坚持未回，心里一直在想，有全校教师的作证，他食言也没有用。下午，教育局又来了两位科长，勒令我马上回去。我这才与父亲告辞，回到教育局。他们将我限制起来，要我写检查，威胁我，态度不好，要将我送司法机关审查。我想到了封建社会那些冤假错案，想不通的是为什么这些所谓的共产党的干部，怎么就可以这样为所欲为？一个小小的校长居然可以将一个无辜的正直的人关在这里，给他戴上无数顶莫须有的脏帽子。

几位科长看了我写的检讨，说你这不叫检讨，这全是在狡辩。我说这都是事实，我并没有不听安排，也没有消极怠工。我田某没有一点错，全校教师可以作证，两个班的学生可以作证，家长们可以作证。局里的几位小科长盛气凌人，你还不老实。我说我是共产党员，不是犯人，你们怎么这样对我？来了个副局长，看了我写的材料，说，真是这样吗？绝无半点不实。于是给王校长打了个电话，人家田老师说你在老师大会上同意他不参加中考阅卷的，你怎么记性这么差，全校教师都知道。你年纪不大啦，怎么像得了痴呆症呢？搞些悖理的事。于是要我回去。

我回去后，在学校照了个面，便到慧慧那里去了，将遭遇告诉了慧慧。慧慧说：共产党的干部还是有清白人的。我把你的情况跟姨姨讲了。姨姨告诉了姨父。姨父听了十分气愤，觉得他手下干部的所作所为不可思议，要好好整顿。于是和文教卫的几位局长说了一些单位干部的不正之风，要求各单位要加强党风建设，纪检干部要经常到各单位找群众座谈，发现有损党的形象的言论和行为要及时查处。

机关工委对党员的考核一年两次，这次到了 A 小。王校长居然将我的党员资格给抹了。工委的领导说："田心正，1978 年 3 月入党，怎么在你这儿就没有存根了？"王校长说："上次工委来不是给取消了吗？""上次是什么时候？因为什么事取消？要取消我们工委应该知道，你们学校不能就这样给取消了。取消也应该有材料，是因为犯了什么错误，还要上报教育局和工委批准才能取消。"于是工委的领导找群众进行座谈，教师们对田心正同志的表现大加赞赏，王校长为此还做了深刻的检讨。

这之后，王校长找陆局长要求将我调出 A 小，否则他将辞去校长职务不干了。陆局长因为夫人是 A 小的工会主席，对我的情况也听何主席说起过。王校长的要求陆局长不但没有同意，还提醒他：老同学，你像这样小肚鸡肠，报复一个优秀青年教师，一个年轻的共产党员，你就会激起民愤，到时不是你辞职而是被免职。你应该好自为之！王校长在局长面前没有得到任何支持，阴谋未得逞，低着头从局长办公室走出来，心里还想着从哪些方面去抓我的软肋。

何主席遇到我，把我拉到一旁，十分神秘地说："前天，王校长在和他表妹斗嘴，挺认真的。我去找他有事，走到门边听到她表妹在一边哭泣，一边恳求：'孩子不能拿掉，前天到医院检查，医生说是个男孩。表哥，不管你怎么说，我是不会拿掉孩子的！'王校长无可奈何，要她表妹到他老家乡下去躲到孩子出生后再回城，他表妹答应了，要他经常去看望她。以后，王校长在学校里的时间一定不会太多。"何主席说完，反复地叮嘱我："小田，你一定要守口如瓶！绝不能透出半点风！！"

十六

　　我和刘慧慧准备在国庆节举行婚庆仪式。家里正在打宁波床，其他的家具均有。但在学校里必须有房子才行，按照惯例，结婚的青年教师都可以分得一间30多平方米的房子，但我现在还和李明华住一间，而且这一间是个旧房子，面积比新房子小多了。李明华对我说："我去找校长。"李明华是支委，说话比较灵。王校长果然同意李明华搬到新房子里去，要我继续留在旧房子里。李明华说："新房子没有多远，你搬出去，我留在旧房子里。王校长问起来，是我个人行为，他也管不着。"于是李明华将新房子让给了我，自己留在了旧房子里。

　　房子问题解决了，其他的小问题还真不是问题。

　　很快国庆节就到了，婚庆仪式订在国庆节的晚上。想借一间教室用用。李明华找后勤主任，后勤主任却说："校长昨天就说了，谁借教室和礼堂都不行，把教室礼堂均锁上，任何人也不能借。"李明华跟何主席讲，何主席去找王校长。王校长昨天下午就离开了学校，联系不上。何主席亲自去找后勤主任。后勤主任说王校长反复交代，任何人来借都不能同意。何主席讲："王校长他不在学校，你把教室给我打开，有问题我来跟他讲。"后勤主任说不行，必须有王校长的亲笔签字才能借。何主席说："你将这间教室给我打开，王校长那边我来讲，不关你的事。"后勤主任死活不开。何主席说："不管他的，给我将锁撬了，有责任算我的。"李明华要我一个朋友来撬，他是别单位的，免得王校长管不了何主席找撬锁的算账。我朋友三下两下就撬开了锁。后勤主任跑来大吵大闹，坐在教室门口就是不走。何主席没有办法，又去撬开了第二个教室，才勉强把事情搞成功。后勤主任为此哭闹了大半天，李明华才将他劝走。

婚庆仪式十分简单，我和刘慧慧胸前各戴了一朵大红花。主持人宣布婚庆仪式开始，先请证婚人何主席讲话，再由新郎新娘讲恋爱经过，请姨姨代表双方父母讲话，请亲友代表发言，最后发喜糖，送新郎新娘入洞房，整个婚庆仪式十分简短。

婚庆仪式结束之后，必须抹平教室撬锁之事。为了减少不必要的纠纷，给后勤主任送去了一袋喜糖，让他来将教室的门锁还原，钱由李明华先垫付，教室里面也还原，一切和以前无异。但后勤主任还是把撬锁之事告诉了王校长。王校长火冒三丈，将我叫去，狠狠地批了一顿。还勒令我写出深刻的检讨。何主席知道后，跑去找王校长："锁是我撬的，不关小田的事。要写也应该我写，小田，你不理他的。此事要怎样处理都是我的事。"王校长还要找我算账，何主席说："王先明，你怎么变成这个样子了，别人结婚用一下教室，你作为校长理当支持，你还先就交代李德新不开教室。这个学校是国家的，是大家的，不是你王先明一个人的。你清醒点，心里放明白点！"何主席是陆局长的夫人，王校长哪怕跟陆局长关系再好，也不能太得罪何主席。此事有何主席顶着就算过去了。

我父亲由于没钱动手术，肝上的瘤子长大之后，压迫胃部，吃不下食物，活活饿死了。父亲死后按学校规定，学校应该派人送花圈吊孝，送福利 50 元的，但何主席向校长说情讲理，王校长就是不批，不签字。后来有人将此事反映到了教育局，教育局派人督办才将 50 元福利补回来。

王校长在进修学校里看到了我的作业本，居然是 A 小的备课本。此备课本一元一个，用 A 小的备课本做作业，罚款 3 元。还在教师大会上说我偷用学校的备课本，要我写检查，还要搞纪律处分。要学校办公室将处分书上报教育局。其实是三个备课本的余页合成的一个备课本。

散会后，我找到了何主席，一是感谢她这几年对自己的关照和扶持，二是感谢她出面为自己找到了称心如意的妻子，三是感谢她为了我的事惹来很多麻烦。商量何主席：在这所学校恐怕是待不下去了，老像这样斗下去，对双方都不利，请何主席帮忙当参谋，看能不能调离此校到湖中去。何主席说："是的，你的想法很好，王先明报复心太强，你在这里搞不安，我来和陆局长讲讲要他将你调到湖中去。"我无比感激地说："那就麻烦何主席。何主席您就是我的再生父母，我会将您的大恩大德永远永远地铭记在心中，终生感激您的。"何主席说："不用谢，这是我分内的事。"

十七

泽香听说我已经结婚，哭了一夜，几天后才同意结婚。结婚仪式说是我们大队里近几年来搞得最隆重的婚礼。我在内心深处希望她彻底地忘掉我，祝福她和李刚好好地过日子。

半个月后，几位老乡告诉我，泽香和李刚结婚后，由于泽香整天地哭泣，李刚十分生气。俩人天天在家里打架。我听后，十分难受。泽香，我的傻妹妹，你怎么这么痴情啊！我早已把你从内心深处移到了情感外，你就好好地和李刚过日子吧！

又过了两个月，听说泽香和李刚离了婚，离婚后离家往四川那边尼姑庵去了。具体到了哪个尼姑庵还不知道。

深夜，我在深深地自责中，向她去的方向跪着，向天大喊了三声：泽香，是我害了你呀……喊过之后我的心里像刀绞一般难过。在以后的日子里，我一直生活在深深的自责中。

十八

有一天，在校园里我突然看到了钟成芳，抱着个小孩往校长家里去了。她终于还是将小孩生下来了，还抱到了学校，抱到了王校长家里。

我由于要参加华师函授学习，结婚一周后，便到了武汉。在那里，我听到了一个传闻：说王校长贪污受贿被抓，还说数额不小。说是五年前以修学校厕所之名，找每个学生收了 50 元的厕所费未上账，与出纳会计私分了。还有近三年校园内修路又找学生每人收了 100 元。两次一共 50 多万，加上收受贿赂 20 多万，一共有 70 多万。他自己坦白有个情人，还给他生了个儿子。儿子刚出生不久……

我听了为自己庆幸，差一点就被他拉到泥坑里去了，心里更加感谢何主席。

十九

我被调到了湖堤镇中学，慧慧的工厂倒闭了，生计进入盲区，没有了生活来源。我突然想到"穷则思变"四个字。已经穷到了极点，应该考虑新的出路，进行改革。究竟应该怎样改革，往哪方面去改？我的脑子里又闪出四个字：无商不富。现在政策好，要翻身，就要在生意上做文章。做什么生意呢？我和慧慧琢磨了几天。她突然想到她们厂里有几十万的皮鞋，现在还在仓库里。可以去找厂里袁会计问问。袁会计告诉她："仓库里还有30几万元的皮鞋，可以找厂长谈，帮厂里卖鞋子。"于是我和慧慧跑到厂长家里去找厂长。厂长说什么也不干。我说您作为厂长，总要考虑职工的生活。您有钱做楼房，而您的职工却没有饭吃。到您府上讨点残羹剩菜，您总得给一点。您仓库里的鞋子堆在那里，时间一长还能卖得出钱来吗？您不给残羹剩饭么，给点鞋子我们帮您去卖！卖出的钱给厂里，您说给点工资就给点工资，不给我们也会卖的，还可以赚点差价活命。您就做点好事，发点善心给我们写个便条吧！我们拉点鞋子出去卖，卖了杀猪回账，保证不差厂里半分钱。在慧慧和我的恳求下他终于发了善心，给我们写了个便条，发给1000元的鞋子。我俩喜出望外，到厂部仓库里找袁会计，袁会计说：我给你们发2000元的鞋子，你们卖完了再来结账。

有了2000元的鞋子，我只对布匹衣服有研究，对于鞋子是个外行。但我想将鞋子原价出售，再将钱拿去买布。鞋子原价卖，一天半就将2000元的鞋子卖光了。第二天我们便到附近的批发部里进了2000元的布匹。但2000元的布匹放在大街上就这么一点点，别人都是一万多两万多的货，摆上一大条才好卖。我们这点货，像个可怜虫。两天过去了，一尺布也没卖出去。慧慧没了信心，天天在家里待着不肯将板车拉出去。我劝说了几天她才又出来，但依旧如此。

晚上，我两对摆布摊之事有无前景进行讨论：慧慧说，关键是摊子小了，布的种类少，才卖不出去的。那些大摊子，一天卖一千多元，利润在40%左右。如若将摊子铺大，赚钱还是蛮可观的，但到哪里去搞钱呢？货款要抵押，我们一无所有，怎么办？我叮嘱她，即使一尺也卖不出去也要去，看能不能引起大摊户的同情，帮忙贷点款。慧慧说先得同他们把关系搞好，一般情况下不可能：你摊子大了，会影响她们的生意。

夜很深了，我俩才揣着个大"？"进入梦乡。

一天，我送中饭时，有个大老板她有两万多的货，每天能卖上 1000 多元。她认出了我："您是不是湖中的田老师？"我说："是啊！""哎呀，我搬了几个领导都没能将儿子调到您班上去，今天见到您，给我帮个忙，我儿子想到您班上去行吗？"我想到了前段时间校长主任来找我，说县社陈主任的儿子想到我班上来，要求我收下。我当时提了个要求："能不能将我妻子安排到学校里搞点事？但两位领导支支吾吾没有表态。我说你们不答应，此生也别想进我班！"校长主任不敢轻易得罪我：差班在我手中均变成了好班，不少顽皮生变成了优等生。如若他们换掉我，麻烦事会更多。班上副县级干部的子女都有好几个，我思考了几分钟，对她说："这不难，答应我一个条件，就能进来。""真的！"我说真的就真的。"您说什么条件？"我说很简单，给我帮忙贷 5000 元的款，能做到您儿子今天晚上就可以调进去。"我答应您，明天早上到位。"我说："好啊，今晚你儿子就到我班上来，晚上 7 点来找我。"我平日里还是十分尊重学校领导的，只是他们的做法太欺侮人了。学校里安排了二十多个临时工，我一个教学骨干，用他们的话说"学校的顶梁柱"，但我妻子单位倒闭，一家四口，仅凭我的那点工资，我和慧慧三年未过早，每天饿着肚子在兢兢业业的工作。听说此校校长是王局长的侄儿，故意不安排我妻子的。我听了十分恼火，才不给他们面子。

我们的布摊子一下子增加到 7000 元，也开始有人来买布了。第一个月，纯赚了 5800 元。再将这 5800 元投进去，第二个月居然赚了 8000 元。半年下来，赚了三万元。一下子还清了所有欠账，将家居也换了，全家的破旧衣服换成了时髦的新衣服。为了赚到更多的钱，慧慧还到处去开辟新的货源渠道，到广州、杭州的绍兴、湖南的湘潭，也到武汉的汉正街，专找别人摊子上没有的货进，卖别人摊子上没有的货，好卖，价格也可以高一些。同时还和缝纫厂联系，帮他们提供货源。这样，虽然人辛苦一些，但利润却是丰厚的。我们五年下来赚了六十万元。彻底地脱了贫，用铁的事实告诉了那些说我往泥坑里跳的朋友。当时我一方面是他们家里确实需要有人帮助，另一方面是慧慧的那种为家庭全力付出的精神，白天上班晚上拖砖瓦坯子，作为一个女孩子干这么繁重的体力活，对家庭没有强烈的责任感是做不到的。我当时就在想，她有这种移山填海的精卫精神是不会长久地穷下去的。我正是看中了她的这种精神，才咬定青山不放松。现在我们能够脱贫致富还要感谢改革开放的政策，让努力奋斗的人有了鱼跃的大海，鸟飞的高空。

有一天，我和慧慧送小孩上幼儿园，远远地就看见了钟成芳在扫大街，扫地的样子比一般人好看，柔美潇洒，舞蹈式的。我心里十分不是滋味，难怪有人说，女孩子内心的聪慧远比外表的美丽强一百倍。这么漂亮的姑娘，怎么就当了表哥的情人？还十分愚蠢地为比她大近20岁的有家室的表哥生了个儿子！推算起来她儿子已经有7岁了。王校长不知出狱没有？他们是否走到了一块？想当初她是那么能言善辩，俨然一位哲学家，怎么能够让她去扫大街呢？扫大街不是浪费人才吗？她应该有与自己相匹配的工作，现在政策好，为什么不去创业，自己去当老板呢？我心中对她充满了惋惜，但我只能望洋兴叹！对慧慧说：钟成芳你认识啦？她说："我们起先在一个单位工作，后来她分到了玻璃厂，以后见面的时间就少了，好像有好几年未见到她了。"我说你没看见，那个扫街的，不是她吗？慧慧十分惊讶："她怎么会去扫大街呢？她不是在玻璃厂工作吗？听说她还当上了玻璃厂的办公室主任。但名声不好，喜欢乱搞男女关系。"我们正说着，王校长过来了，牵着一个6、7岁的小男孩，看见了我和慧慧，把身子转向了一边。我本想和他打个招呼，但他将头扭到一边，有意躲着我俩。我们便悄悄地从他身边走了过去。但我们四岁的儿子盼盼蹦跳着跑过去，喊了声他们7岁的儿子：小哥哥，小哥哥！他终于回过头来白发苍苍地微笑着望着俩小孩。俩小孩一见如故，手牵着手，跑到我们前面去了。

这时，太阳从乌云中跳出来，光芒万丈，绘成一幅十分美妙的旭日东升图。

与你共品：

每个人的一生中都会面临许许多多需要我们去选择的时候，罗伯特·弗罗斯特说"我将轻轻叹息，叙述这一切，许多许多年以后：林子里有两条路，我选择了行人稀少的那一条，它改变了我的一生。"现实面前，太多太多温柔的理想被现实击得粉碎，于是人们的选择大都随波逐流、利益为上。而文中的我始终坚持了心中最单纯的执着与善良，从一袋米恩情的回馈到看到坚强隐忍的慧慧而想施以援手。这中间他本有很多选择的机会，但他始终不忘初心，坚持心中的善，始终相信通过自己的上进、奋斗会换来美好的结局。众人皆认为选择慧慧是不智之举，但他们用铁的事实告诉了那些说他往泥坑里跳的朋友，他们用自己的本心和双手绘就了一副美好蓝图。

（黄晓燕老师）

你们的爷爷送给我一个法宝，四个字：智圆行义，是个成语，他说智慧的最高境界就是圆满。何为圆满？我们在处理各种繁杂的事务时首先考虑的是顺畅和谐，处理完无后遗症，把事情用智慧处理稳妥，那才是智慧的最高境界。成语的后面两个字，是前两字的基础和前提，要求行为要正大。什么是正大呢？正大就是光明、正义，有了这个前提，用智慧去处理纷繁复杂的事让它变得圆满就容易了。

生日礼物

逝者如斯夫，不舍昼夜。曾广才望着镜子中白发苍苍的自己，感喟人生的短暂。一晃，人的一生就如河水般快流到了尽头。外面寒风呼呼，屋内却暖气烘烘。他从沙发上站起来，心情爽朗地走向办公桌。办公桌上有一精美别致的台历，他将台历翻了翻，翻到 12 月 24 日。这天是自己 78 岁的生日。

曾老有一个令人瞩目的人生规划，不，应该是家庭规划。已经要秘书写好方案，准备今年的生日那天向子女们宣告自己未来十年夕阳西照回报社会的打算。

四个儿子，两个女儿，将他们召集到生日那天晚上开会，向他们宣布具体的方案，让他们参与到这个感恩的宏伟规划中去。

这个家族规划，已经推迟了三年，应该在他 75 岁生日时就启动的，那是因为外界的干扰。这次他已作好心理准备，无论遇到多大的干扰，也不能再往后推了。

一

他坐到那把旋转椅上，慢慢地旋转椅子，思绪也在脑子里慢慢地旋转，旋转到了他人生拼搏的起点：

十七岁那年的冬天，老天下着雨，北风像野兽般发出撕心裂肺的嚎叫声。家里已断炊两天了，父亲上山挖野菜和草根去了。他从金安湖钓鱼回来，浑身被雨水淋湿透了，进房换衣裤。母亲在厨房里杀鱼。和父亲一同上山挖野菜的李叔慌张地闯入家中，进门就大喊出事了，出事了！他和母亲跑到堂屋里，李叔含着泪水说：你爸被山顶掉下的一块石头压在了山腰，已不见人影。说完，他和李叔赶到出事点，母亲也跟在后面。李叔说，就是这块大石头，你父亲就在里面。石头太大，父亲已不见踪影。他哭泣着和李叔一起用力去搬那块巨石，巨石纹丝不动，那简直就是蚂蚁撼大树，一点希望也没有。

父亲被埋在了山腰，他和母亲，还有一个 10 岁的小妹，还得活命啊！家里早已没有粮食，野菜草根均被乡亲们挖光了，湖里的鱼也钓不到了。眼看就要饿出人命。不得已，母亲对他和小妹说，走，咱们去逃荒乞讨，不能眼睁睁地饿死在家里。他挑着一担箩筐，母亲和小妹各提着一个包袱，向北沿路开始了乞讨生涯。

听说湖北那边有吃的，他们一家三口一边乞讨，一边挖田头地边的野菜草根充饥。一连几天讨不到一口吃的，死亡的阴影笼罩着乞讨的队伍，更笼罩着他们一家三口。小妹不知是否吃了有毒的野菜，呕吐不止，走不动了，倒在了地上。好心的大娘端来了一小碗野菜汤给小妹喝了，小妹才勉强从地上爬起来行走。

他们一路向北乞讨行走，沿路上均有死人倒在路边。母亲叫他和小妹别看，把头抬起来看远点，一旦发现地上有青绿色，便过去将草和野菜像见了宝贝一样高兴地拔起来，装入箩筐，在讨不到吃的时候充饥。

经过半个月的向北乞讨，到了湖北境地，他们一边乞讨一边琢磨，这何日是个头啊！母亲提醒他和小妹，到了湖北，注意寻找落脚的地方。

一家三口向湖边的渔村走去，母亲说湖边野菜多水草多，可以活命。他和小妹跟着母亲，发现了一个草棚。他进去看了看，是个牛棚，好像有段日子没住牛了，里面比较干燥。母亲进去瞧了瞧说，就住在这里。两间牛棚，住这还比较宽敞。他们在这里码起了锅灶，锅是从老家带过来的。长期吃野菜草根，没盐无味，生冷难咽，咽下去后，胃部反应特大，反酸烧心，还拉肚子。

有了锅灶，可以吃热食。

母亲带着小妹白天去乞讨，晚上回牛棚过夜，曾广才四处找事做。湖北老乡们十分同情他们，说自己的日子也过得十分艰难，这牛棚里的六条牛都被村民们吃了，湖里的鱼也打捞得差不多了。你们既然来了，就住下来，湖里能吃的东西可多着呢，不会饿死人。

第三天，曾广才找到了事做，帮渔民们捕鱼，没有工钱，混口饭吃。他十分满意，格外卖力，老板十分喜欢他。

一家三口住在牛棚里，无人干涉，离得近的那户人家还给他们送来了一小罐盐。他们一家人喜出望外，感激不尽，菜汤里放一丁点盐，味道就是不一样。小妹喜滋滋的，笑眯眯地说，好喝，好喝；母亲也十分高兴，吃得津津有味。

日子一天一天地悄然离去。全家人已从死亡线上挣脱出来，心情舒畅多了，身体好了起来。曾广才经过这两个月的补养，有了饭吃，原来皮包骨的瘦小子现在出落成高大俊美的男子汉，被渔村大队支书的女儿看上了。在她母亲的撮合下，很快就做了支书家的上门女婿。母亲和小妹也被岳父母安顿到她家旁的两间小房里，比起以前来，生活环境改善了许多。

小两口结婚后恩爱有加，相敬如宾。很快妻子便怀上了宝宝。

岳父岳母十分高兴，两家人成了一家亲。母亲帮忙操持家务，烧火做饭，饲养鸡鸭鹅猪。小妹到大队小学上学读书。

很快，儿子降生了。两家人一个家里过，分工明确，互帮互助，和谐融洽，其乐融融。

"文化大革命"开始，当支部书记的岳父被红卫兵拉上台去批斗，曾广才奋不顾身，用生命保护着岳父的安全，不准任何人动武。岳父每次上台接受批判，几位红卫兵想对岳父动武，但看到曾广才攥着拳头守候在旁，只得慌忙走开，因此岳父从未和其他人一样被殴打。岳父对曾广才的表现十分满意，从内心深处感激他。认为这个女婿不错，人品特好，有担当，以后有机会一定得好好培养培养。

二

"文化大革命"结束后，岳父依然是支书。一天把他两口子叫到跟前，郑重地问他俩：你们想不想离开这个渔村？他俩均未回过神来，他望着妻子，妻子望着他，既而他俩同时把目光移向父亲，有点莫名其妙地等待父亲的后话。

县里要在镇上建一个粉丝厂，现在已经启动，需要招聘人员，我想你们可以去应聘。

爸，我们又没有熟人，找谁去应聘？

爸笑了笑说：我可以帮你们。但你们要做好心理准备，明天上午去招聘办公室应聘，签劳动合同。下周去正式上班，要住在那里。这几天在家准备一下换洗的衣裤、日常用品等等，到厂里上班后会很忙，厂里暂时没什么人，回家的时间比较少。小孩喂奶的事，这几天就要断奶，斌斌都两岁了，可以不吃奶了。家里有你婆婆和你妈操持，我放心，你们也应该放心。老大诚成五岁了，比较顽皮，要把他看紧点，把这小子交给你妈看着，老二斌斌，你婆婆多辛苦点，小妹放学回来帮帮他俩的忙。

第二天一大早，他俩便按岳父的指令到了新建的粉丝厂应聘。

粉丝厂四周围着，大门上悬着六个大字——古荆州粉丝厂，下面还有落款，字写得比较潦草。曾广才看了半天，又要妻子红英帮忙推敲，推了半天只认出一个"杨"字。

走进大门，里面是一大片待建的土地，右边有一排临时搭建的矮房子。走到正前方，看见矮房子正面均挂着牌子：古荆州粉丝厂临时办公室；古荆州粉丝厂接待室；古荆州粉丝厂招聘办公室。

他俩再没往前行，径直进了招聘办公室。一位四十多岁的男士接待了他们。你们是李厂长介绍来的吗？这里有两份合同，你们按要求填吧，不清楚不明白的地方就问我。

他俩第一次见到这种场合，战战兢兢的，笔都拿不稳。好在听此人说，岳父是李厂长，心里有了一点底气。曾广才告诉红英，先写基本情况，有一项要填学历时，才知红英是高中生，自己才是个初中肄业生。喂，红英，你还是高中生？红英瞟了他一眼，你今天才知道？！曾广才清楚，那个时代的高中毕业生那真是凤毛麟角，少之又少，特别是女孩子。他觉得太幸运了，居然找了只金凤凰——名副其实的金凤凰。

填完表格签完合同后，他俩到镇上去转了一转。这是他第一次到镇上，看到什么都新奇，比刘姥姥进大观园还惊讶不已。

红英带着他逛遍了镇上的大街小巷，还在餐馆里吃了中餐，红英点了他平时喜欢吃的猪肉和鸡蛋。他觉得那味道真是美极了，醇厚味长。那顿午餐，几十年过去了，至今记忆犹新。

夜里，他经常这样想：红英如此有文化，又美丽俊俏，怎么就看上了他这个乞讨青年？真是不可思议！看上他之后，一直对他尊重有加，跟他说话总是细声小气，生怕把语气说重了。结婚好几年他俩还从未红过脸，工作上的事与她商量。她总是说：给老公提点建议，你自己去思考去决断吧。但她每次都是在他拿捏不准时才出马。人们常说，上天有眷顾之德，此话一点不假。此生一直得到上天的关怀照顾，他感到自己是无比的幸福。

岳父是厂里的一把手，支书兼厂长。

他俩上班之后，红英到了财务科，暂时负责。父亲说等厂建起后再安排人手过来，叮嘱她管好账目和钱款；曾广才担任厂建的副指挥长，当岳父的副手。

古荆州粉丝厂经过一年的努力，厂房均已竣工，招聘工人已迫在眉睫，岳父把招聘工作交给了曾广才夫妻俩。曾广才在前台，李红英在后台当参谋，招聘按照岳父的规划，分三批到位。第一批招普通员工50人，骨干员工50人，招来的员工均签劳动合同，是农村户口的一律转成商品粮。因此农村青年居多，每天排着长队，等待笔试。不能笔试的待笔试结束时一起面试。

初中毕业生留在厂部，根据个人特长安排具体工作。

小学毕业生及未上过学的，视身体状况，分配相适应的工作。

三天紧张的招聘工作结束，挑选出了 100 名员工。在 100 名员工中选出 7 名干部，并将 7 名干部派到其他粉丝厂参观学习，半个月回来后，组建起 7 个车间。车间工人由这 7 个车间主任挑选，采取自我选择和车间安排相结合。定下来后，每个车间均按厂部统一规定的时间等待启动。

粉丝厂即将启动投入生产了。这几天省市县的大领导一批接一批地过来，李厂长应接不暇。后来才听说，"古荆州粉丝厂"这六个字还是杨成武将军亲手题的。这一题字，给粉丝厂带来了灵气，听说中央都知道了我们这个小镇的粉丝厂，还发话一定要把此厂办好，要办成乡镇企业的榜样，向全国乡镇企业推广。银行也十分支持，要钱基本上不挡手。李厂长喜出望外，每天兴致勃勃，将各块工作安排得井然有序，迅速而平稳地向前推进。曾广才在岳父的教诲下，夜以继日，兢兢业业，各项工作都一丝不苟。岳父对他这个女婿十分满意。

经过近两个月的忙活，在上级领导的督促下，在一个春暖花开、花香四溢、阳光灿烂的日子里，由省市两级领导揭牌正式投产了。

七大车间按流程正式启动，一切运转正常，第一批粉丝出来了，将样品送到省里去检验，结果是品质超常。

省市领导下来视察，鼓励大家好好干，粉丝质量甚好，可以拿到广交会上去参展，还可以参加全国的粉丝大赛。

曾广才带着古荆州粉丝牌的粉丝参加了广交会，一下子签订两万斤合同，价格十分可观。又拿到了全国粉丝大赛的金奖。

一下子古荆州粉丝厂在全国火了，在国外也火了，两万斤粉丝引来五万斤的订单。

三

那时的干部基本上是 50 岁一刀切。岳父已过花甲之年，找曾广才促膝谈心，想把位置交给女婿。向上级做了汇报，上级批准后，岳父找他第二次促膝谈心，语重心长地说了很多掏心窝子的话。

广才呀，我将位置给你，岳父放心。但现在厂里比较火爆，一切均在走上坡路，你一定要头脑清晰，行为要正大。古人云，"厚者富，清者贵"。说得一点不假，纵观历史都是这样，无一例外。越是走上坡路，头脑越是要冷静清醒，才不会乱方寸。当领导的要有担当，行为正义就不要怕压力，不管是大领导还是小领导，凡是到下面瞎指挥，说大话的，你只能听听而已，不能当真。如果遇到逼着你去做坏事做傻事，甚至做违法乱纪的事，你必须淡定，采取拖的办法，时间可以解决难题。千万不要盲目地跟着往火坑里跳，当别人的棋子，给坏人背黑锅。人厚道诚实，但绝不能被人当枪使。被人当枪使，那绝不是厚道，更不是诚实，那是傻瓜，咱们不干！

此厂现在火爆了，也许会有很多领导伸手捞好处，摘桃子的，你要守住底线。遇到这样的事和我联系，我会帮你的，千万不要瞒着我！我就你一个女婿，常言说，一个女婿半个儿啊，一切都指望着你。再说，我们还要对社会负责，不能因为我们的行为失误给国家、给人民带来损失；我们还要对子孙负责，不给子孙留骂名，任何时候要对得起帮我们辛苦工作的员工，没有他们的努力就难有今天的辉煌。

工作上我送给你四个字：智圆行义。这是一个成语，告诉我们智慧的最高境界就是圆满。当领导干部的，特别是当一把手的要以"稳"为中心，把事情办圆满了自然就稳了。因此，智慧的最高境界是圆满，我们的一言一行必须正大，何为正大？正大就是要正义、阳光，对任何人任何事情都要公平合理，不搞阴谋诡计。尽管世界上有很多搞阴谋诡计的野心家会得到暂时的利益，得到暂时的成功，但终究不长久。

我们的社会由于贫穷落后，有时为了生存，养成了造假的习惯。我们办工厂的，特别是制造进口东西的工厂，不能昧良心搞假，搞假会害死人的。不管在利润上有多大的诱惑，我们都要有定力，不可越雷池半步，越过去了会全军覆没的。记住孔夫子的话：德不配位，必有灾殃！

我说了半天，广才你能不能谈点感受？广才点头示意：

感谢岳父对我的教诲，我会牢牢记住您的话的。希望您经常来厂子里走走看看，帮厂子把把脉，帮我把把关。我会经常向您汇报请教的，一定不辜负您的期望，不辜负组织对我的信任。我会对我们全家人负责的，为孩子们树立榜样。永生永世不忘您一家对我的恩情。

曾广才按照父亲的旨意，将工厂方方面面管理得滴水不漏，每月发往全国各地的货成千上万吨，发往国外的也有上千吨，厂里的收入十分可观，全厂员工无不欢欣鼓舞。

四

时光荏苒，日月如梭。一转眼就到了二十世纪九十年代中后期，全国上下掀起了一股国企改制的热潮。

李青云（岳父）跑来厂部找曾广才，将他知道的改制政策告诉他。大城市里面的千人大厂万人大厂都在改制，成千上万的工人下岗，国家的这一举措不知是什么意图。要曾广才暂时坐观静变，不要跟着洋人造反，少安毋躁，稳着方寸，一心一意抓生产。

谈到生产，他向岳父汇报近几个月的销售情况：市场上的红薯粉条卖得很火爆，最近又出现了土豆粉条，将豌豆粉丝挤得没有什么市场了。几处的销售渠道均已转向，停止了订单，国外早已停摆。我最近跟省外的几家大厂联系，他们的情况更糟。厂已经基本垮掉，改制是一个方面，关键是要寻找新的出路。

岳父也感叹世事变化，厂子怎样才能发展下去？一旦粉丝卖不出去，厂子就要垮掉，即使不改制，工人们也会逼着解散。

曾广才想到改弦更张，怎样改弦更张？他希望岳父和他一起考虑，不能坐以待毙！

岳父赞同他的想法，他把妻子叫来，摸清财务上的情况，妻子红英告诉他，账上还有500多万元，还有欠账500多万元，可以维持半年。

李青云叮嘱说，马上派人收回这500多万元，制订裁员方案。向员工们讲清楚，粉丝销售不出去，要求大家帮助厂里卖粉丝，以后的工资发一半粉丝。这样看能不能维持一年。这一年中派人到外地去摸制造红薯粉条与土豆粉条的情况，看能不能改豌豆为土豆、红薯。如果这些设备可以利用的话，情况就好了。但当着员工们一定不能谈国家的改制，更不能讲厂里要改制。改制，大批工人要下岗，因为是国家政策，工人们就会心猿意马，出现撤台撤厂现象。一旦那样，局面就不可控了……

曾广才觉得岳父言之有理，红英心里在担心这样下去，厂子维持不了多久。发一半工资，一半粉丝，发一两个月，工人们还可以承受，一旦每月这样，工人们一定会起哄。关键是滞销问题不能解决，人家制造的土豆、红薯粉条便宜，也好吃，实用。当然我们也可以改豌豆原料为土豆红薯，但这些大设备就都用不上了，再说。我们的工人自己在家里就可以生产，人家还来你工厂上班吗？

红英对土豆红薯粉条搞得如此清楚，那条路我们走不通，怎么办？

就在紧张关头，镇的领导通知曾广才和岳父李青云到镇委会开座谈会。

会上县里来了两位国企改制办的领导，说粉丝厂属于大型的集体企业，按国家政策要改成私营企业。谁来当这个私营企业的老板？只有现任厂长曾广才担任这个厂长才合适。

他俩询问了下目前工厂的运作情况，曾广才实事求是地做了汇报："粉丝的销售情况，近三个月来南方受到了江浙一带红薯粉条的影响，北方一带受到了土豆粉条的抢占，基本上处于滞销，停销的状态。全厂职工将面临下岗，工厂濒临倒闭。我们正不知所措，在这个时候将此厂改为私营企业，还说要我来当这个私营企业的老板，这不是要陷我于水火之中吗？我哪有这个能耐担得起这副重担呀！"

曾广才说完后，岳父李青云接着说："怎么个改制法？要曾广才当私企的老板有哪些责任和义务？请领导说得具体一点……"

改制办的刘主任说："明天派两人到你们厂里去看看账，了解一下经营状况。请你们回去后做好清账的准备，但要注意保密，不能让职工知道。"

第二天上午，两位改制办的领导一声不响地来到了办公室，将财务的账本翻了翻，看了下前一年的收支平衡表，核实了几组数据，便离开了。下午要曾广才和李青云再去商量。

改制办的刘主任讲了改制的几点要求：由集体企业改为私营企业，原则上由现任厂长改任私营企业厂长；账面上还有 512 万元，欠账 500 多万不在内，这 512 万元要还银行贷款 100 万元，剩 412 万元用来安置 509 人（职工）。这两件事完成后，此厂就成曾广才的了。这是国家要曾广才同志发财，将来发迹后不忘了回报社会和国家。

"曾广才同志你敢不敢接这个榜？想清楚了就在这份协议书上签字。"说着便将一份协议书递给曾广才。

曾广才望着岳父李青云，想征求岳父大人的意见。岳父大人对他说："既然组织上这么信任你，在这危难时刻将此重任交给你，你怎么能够不接呢？再说你不接，谁敢接！"说完便转向改制办的两位领导和在座的镇领导，大声地说："协议上要补上四个字——'严格保密'。大家想想，以前工人们是为国家办事出力，一下子为私营企业办事，为资本家曾广才出力，工人们的思想一下子能转得过弯来吗？如若有人泄了密，曾广才搞不下去，就会将麻烦事推给镇里和县里去，给领导增添不必要的麻烦……"

改制协议书在岳父李青云的鼎力支持下，很快就签订了。

改制办的两位领导将银行的领导请来，从粉丝厂的账上划走了100万。此厂已成了曾广才个人的了，但此事无人知晓，除了岳父和妻子红英知道外。

曾广才说：国家不是全面改制吗？能不能将改制的其他工厂买过来，另起炉灶，也许能闯出一条路来。

岳父说可以，这个想法可以。趁我们手中还有500多万现金，可以买几个小厂。荆沙有几个纺纱厂改制，厂长老付只用了200万元就将几千人的纺纱厂接过来了，纺纱厂前景比较好。还有床单厂、油脂厂、预制厂、砖瓦厂都面临着改制。我们现在让工人们自行解决吃饭问题，一半工资一半粉丝也只能维持三个月，有门路的员工可以离岗寻找新的出路。粉丝无销路，粉丝厂办不下去了。

一个月里走了三分之一的工人，走时，厂方发给一个月的基本工资，并向工人们道歉，请求他们原谅。工人们都泪流满面，十分理解厂方的处境，二话没说，默默地走了。

第二个月又走了一批，500多人的大厂，现在只剩下200多人。负担减轻了一半，厂里还是坚持发一半工资一半粉丝。

第三个月走得只剩99人，七个车间关闭了三个。这九十多人都觉得厂子基本垮掉了，老赖在厂里不走，有些不好意思。到第四个月基本上走得只有特意留下来的十几个人了。

工人们走了，500万元的欠账收了一大半，维持了三个月的工资，厂方账务上还有500多万元，这足以吞并几个小厂。

在岳父的帮助下，他们稳打稳扎，和在湖里捕鱼一般，看准了才下网。他们先后将县里最大的预制厂收购，将几百人的棉纺厂收购。安排人稳住这两个大厂，利用原有的技术人员，只将财务人员换成自己的，这方面的工作交给红英。红英对财务工作十分娴熟，掌握了财务，稳定了技术人才。曾广才加强进料和推销的管理，亲自战斗在一线。不到一年的时光，两个厂里的形势又是一派大好，年收入在原来的基础上翻了一倍。

家里六个子女有三人大学毕业，他将老大李诚成招回来管理棉纺厂，将第二个儿子曾昭富安排回来管理预制厂，将老三李诚善安排去考教育方面的研究生，等他毕业后，回来开办一所学校。另外三个小家伙，给他们的任务是考上好大学，毕业后回来创业。

老大老二各掌管一个工厂，自己就可以腾出手来捉鲢鱼了。每次有了捉鲢鱼的机遇均要向岳父讨教，征求岳父的意见，然后要妻子把关，最后妻子说可以，他才出手。他陆续买下了县车站、县砖瓦厂、县土建公司三个单位。三个单位买下后，开职工大会，稳定民心，再更换财务人员，觉得人品不错的，采取掺沙子，交换单位的策略。此块工作均由红英全权负责。红英领导的财务人员个个是精英，人人是忠臣。财务上可以说是滴水不漏，账目管理得规范清晰。红英觉得摊子大了，人手有点不够，于是将在广州工作的小妹招回来给她当助理。小妹还带回了帅气的妹夫。妹夫是博士生，学法律的，小妹要求妹夫也一同回来给哥当帮手。

曾广才没有财务上的任何顾虑，又有了法律顾问，任何事情按章按规按法去行事，一切均四平八稳。

另外三个小家伙大学毕业了。他将原来的粉丝厂改建成一所初中，此学校交给老四曾昭禾来掌控，财务上的投入与回报依然由红英掌控。又去武汉办了所幼儿园，将此园交给了五妹。暂时六妹还在等待中，先帮姐姐到武汉去办幼儿园，幼儿园办妥之后，再将小妹放在杭州办幼儿园。财务上的事由小姑把控。

一切按流程到位，六个单位运转顺利，均办得风生水起，由于建房的原因，自己早已开办了建筑公司。一边盘地修商品房，一边维持着六个单位的维修改建工作。

曾广才实际上掌控着七个公司（单位）。经过近二十年的发展，总资产应该过百亿。但他自己心中没有底，只有他妻子红英知道。他已经 78 岁了，想为社会做点贡献，实打实的为人民做点好事。他个人的人生规划到 88 岁。李嘉诚 88 岁离岗养生，他 88 岁也应该离岗养生了。让秘书拟好人生最后阶段的规划。他手中没有钱，钱在老伴那里管着，但老伴十分理解他，支持他。他的想法得到了老伴的认可，只要他按规划启动，钱不是问题。他想几个子女均各占着一个单位，手中都有上亿的资产，让他们都懂得感恩，回报社会，回报人民。如果没有感恩的情怀，那是要栽跟头的。他想利用自己 78 岁的生日，启动感恩工程。他们四兄弟两姐妹，按照财力的大小来规定感恩礼物额。老大老二旗鼓相当，老三老四各有千秋，只有俩丫头才刚刚起步，特别是幺丫头，脚跟还未站稳，暂时不参加，待日后再说。

五

78 岁的生日，只有一天时间了，他要老大以他的名义向三弟兄两妹子发邀请函，意思是老大牵头给老爸做寿。看他们谁敢怠慢？邀请函一发出，五位兄弟姐妹全回来了，三个媳妇两个女婿也跟着来了，有的还带来了小朋友。

感恩节订在生日前一天的晚上进行，由老大主持会议，老爸主讲。

老大宣布感恩仪式开始。他讲了为什么今年老爸的生日要搞个感恩节活动。老爸今年 78 岁了，李嘉诚 88 岁离岗，老爸若 88 岁离岗就只有 10 年时光，老爸想在这十年中了此凤愿，希望我们这些子女帮助老爸来完成。

接下来由老爸讲话——

曾广才笑吟吟地望着这群儿女，大声地说，孩子们，你们生活得幸不幸福？孩子们面面相觑，不知老爸心中卖的什么药？沉默了片刻才回答说：幸福！你们知不知道这幸福是怎样来的？老大回答说：还不是沾爸妈的光呗！

曾广才放慢语气，从台上走下来，望着孩子们语气凝重地说：你们只答对了一少半，只能得 35 分。我再问你们，我和奶奶小姑从湖南逃荒到此，奶奶疼不疼爱我和你们的小姑？但我和你们的小姑为什么还要乞讨？奶奶她自身不保，比我和你们的小姑还饿得多，每次讨来点野菜汤都先给小姑和我喝，自己多次饿倒在路上。这是为什么？

那个时候国家形势不好，刚解放，国家穷，又捆着肚子抗美援朝近三年，国库亏空；更加上苏联逼债，国家更穷，老百姓焉能不更穷？又遇到三年自然灾害。

孩子们，你们现在生活得幸福，关键是我们的国家渡过了难关，好起来了。国家富了，国民才能富有。在任何时候都是先有国再有家，苏联解体后，乌克兰的人民现在过的什么日子？男人们做苦力，没人格，连生存权都没有，女孩子跟外国人代孕……说到这里，曾老停了片刻。孩子们均十分难过，但心里都明白了国家强盛的重要性。

孩子们，我们现在生活好幸福，首先要感谢我们的国家，感谢我们的政府，感谢我们的共产党组织。尽管还有很多地方不尽人意，但我们的国家领导人在努力地改变现状。近十年来，国家的变化多大？毛主席为干部制订的工作宗旨——为人民服务在逐步突显。你们看哪一项政策不是围绕老百姓制订的。习主席在基层工作过，知道底层社会的疾苦，制订政策项项都对底层民众有利。打黑除恶，以前几十年都未做到位。1983年打过一阵子，地方上的黑佬大，还没行动，早已逃之夭夭，风声一过又回来变本加厉欺行霸市，搞得民众苦不堪言，比旧社会还旧社会。这些年打黑除恶，打掉了不少保护伞，抓了不少黑恶势力的头子，世道一下子变得清明了。有些黑恶势力还想东山再起，但他们看错了皇历，一动便被抓。现在的底层民众才真正过上了自由平等的生活。

国家将黑恶势力打掉之后，又制订了一项扶贫政策：精准扶贫。以前国家也拿过不少钱，由于政令不通，钱大部分落入到了干部的手中，落到了黑恶势力头子的手中。老百姓一个子儿也没看到，现在搞精准扶贫，先摸清特困户，名册上报，上面派工作组来亲自将钱物直接给特困户。特困户签名摄像上报，让贫困家庭真正享受到了国家的温暖。

我年纪大了，想到下面去走走看看，已向民政部门申请将我们那个乡镇的精准扶贫工作揽下来，也借此机会了解下底层民众的疾苦。还有一项工作，几十年了，长期积在我心中耿耿于怀：粉丝厂的那些职工，我有时回想起来，觉得对不住他们。厂里一说有困难，他们便二话没说，一个个离开了粉丝厂，生怕给我们添麻烦。我想要张秘书将名单摸齐后，我和司机小冯逐户去看望，去感谢他们对粉丝厂的真诚付出。如果没有他们的拼命工作，就没有我们的第一桶金。没有这第一桶金，你们能有今天的局面吗？

孩子们，你们现在的情况都好，从内心深处要感恩政府，感恩社会。要知道你们的社会地位，你们的亿万财富都来自国家和人民，要守住、要发展，任何时候都要靠国家政策。政策现在是透明的，但我们必须把握好，要牢牢记住，任何时候政治是关键。政治经商，政治办厂，政治办学校，政治是我们企业人商业人的命脉，任何时候不能忘记，不能偷税漏税，更不能违背国家的政策。

俗语云：富不过三代。为什么？你们应该琢磨琢磨：孔夫子说：德不配位必有灾殃。富不过三代，说的就是这个"德"字。第一代人靠德打天下，靠德赢天下；第二代人享受天下时，德就有点打盹了，就和月亮一样，圆了就会逐渐变缺；第三代人就变得无影无踪了。古训的告诫，我们不得不引起重视，也就是你们这一代人要将"德"字守住，不让它变缺，在传给你们的后代时，这个"德"要是圆的、满的。唯有这样，才能富过三代。

我今天讲的关键，不是让大家如何保住三代不变，而是告诫你们如何做才能不使"德"这个月亮永远不缺不残？！

你们的爷爷送给我一个法宝，四个字：智圆行义，是个成语，他说智慧的最高境界就是圆满。何为圆满？我们在处理各种繁杂的事务时首先考虑的是顺畅和谐，处理完无后遗症，把事情用智慧处理稳妥，那才是智慧的最高境界。成语的后面两个字，是前两字的基础和前提，要求行为要正大。什么是正大呢？正大就是光明、正义，有了这个前提，用智慧去处理纷繁复杂的事让它变得圆满就容易了。我今天也把这个成语传递给你们，希望你们认真按此义去做，就会打破富不过三代的一般规律，历史上有富过八代的家族。

和你们谈了这么多，该言归正传了。我要张秘书搞了项十年的人生规划，要求大家以感恩的心态参与到我的行动中来：下面请你们的大哥宣布具体内容。

老大清了下嗓音，大声地宣读起来：

"为了配合支持老爸的扶贫行动，我宣布感恩款项：从今年爸的生日开始，连续十年每年大家按以下数目如数打入老爸的银行卡上，不准拖延和欠账。老大老二各150万元，老三老四各100万元，老五50万元，老六给爸妈各买一部华为顶级手机，飞天茅台酒一件。"

宣布完毕，大家鼓掌，以视尊重。

掌声停下来后，老大继续宣布：老爸明天中午在家里设宴感谢六家子孙，六家子孙准备给寿星磕头拜寿。说完又是一阵掌声。

第二天上午，五家子孙用手机都如数将钱款打给了曾广才老人，只有老六两口子整整忙活了一上午。先是征求爸妈的意见，手机的大小、款式、颜色，订下来后，到手机店去购买，再托人去市场上购来了一件飞天茅台，才兴冲冲地赶回来参加老爸的寿宴。

寿宴开始之前，是六家子女给老爸拜寿，拜寿之前还必须有一段精美的祝寿词。曾广才坐在正上方，红光满面，两眼炯炯有神地望着拜寿的子孙们——他们的小孩跪在他们的身后，给爷爷拜寿，气氛庄严而充满生机。

酒桌上，曾广才因为高兴，二十多年未饮酒了，今天破天荒地饮了两小杯。一杯是六对孩子共敬的寿酒，另一杯是夫人红英敬的。他神采奕奕满脸笑容地连连说"谢谢"！感谢夫人和孩子们对他的敬重。

六

他拿着精准扶贫的花名册，在阳光的陪同下，司机小陈开车向精准扶贫的最远一户驶去。

那户人家，原来是一户不错的家庭。家里有两个小孩，大孩子已经八岁，小的也有三四岁了，两个老人年纪也不大，刚过了六旬。只因两个小孩的爸爸去年到上海那边打工，回家的路上出了车祸，在医院里抢救了近一个月去世了。去世后，孩子的母亲在家里生活了半年便逃离家庭，离开两个孩子无影无踪了。两个老人带着两个孙子日子还过得去，不想老头子腰椎出了毛病，躺在床上起不来了。老太婆本来就有风湿病，每天拄着拐杖操持着家务，看管着孙子。大孙子原来在村小学读书，因为爷爷病了，奶奶需要帮手，便辍了学。

曾老在他家里转了转，觉得此家不是个单纯的特困户，钱还不能解决问题，必须治好老头的病，才能彻底地改变他家的命运。又去了几家，家里都有病人，这些病人的病大多数都是腰腿方面的毛病。于是他回去找了两名老医生，一位是专治腰椎病的专家，一位是筋络专家。每天将他俩带在车上，有病的治病，无病的扶贫，有造血功能的家庭，帮助他们自我造血，以达到脱贫致富。

第三天一早，他们一行四人便向第一天去的那家驶去。治腰椎的专家只为老头按摩了一阵，贴了张膏药，老头子便能起床行走了。老两口子高兴得热泪盈眶，走时还给了他们三千元的扶贫款。

曾老一行又到了另一家特困户家。家里四壁如洗，两位老人年纪偏大，行动都十分困难。一个孙子八岁了，没钱读书，在家里服侍老人，儿子30多岁得了癌症，躺在床上哼哼唧唧。全家人仅靠儿媳妇一人在超市里打工度日。

对于这么一个家庭，怎么办？儿子得了癌症已有三年之久，曾老和两位医生到床前去看了看那年轻人。曾老总觉得他不像得了绝症，便和两位医生商量，把他弄到医院里去检查，看究竟是不是癌症？

于是与两位老人商量，将他儿子抬到车上，到人民医院一检查，结果出来令人欣喜，根本不是什么癌症。医生开了点药，在回家的路上那年轻人就好了大半。马上就能坐起来了，还不断地说，肚子不疼了，腿脚也不疼了，只是觉得肚子饿。回家后，吃了两大碗流食，马上就能行走。医生交代，由于长时间进食少，开始只能吃流食，明后天就可以吃饭了。

曾老走时，给了他家2000元。两位老人连喊几声：活菩萨呀！我们的儿子得救了，我们这个家也得救了，我们的孙子也得救了！一边说，一边老泪纵横。

曾老十分高兴，他认为他的行动有实效。他内心知道这就叫积德行善。人生在世能做这样的善事，那是三生有幸啊！

回来的路上，两位医生都说曾老怎么想到来做这样的善事？您真是大善人啊！曾老说，我们的政府才是大善人！没有政府出台精准扶贫政策，我个老头子怎么想到来扶贫啦！现在的政策真好，纵观历史，中华五千年的文明，老百姓真正享太平，享幸福的时代还只有现在！我这一辈子沾了政府的光，现在老了，一直想为国家为政府分点忧，尽管自己能力有限，但力尽所能，力所能及地去为老百姓做点好事，替国家、替政府分点忧。

第二天上午八点钟了，曾老打电话要司机小冯过来，在花名册上查了查，发现有个姓关的特困户，花名册上没有。他想去调查调查，要小冯直奔沙场村5组。到了那个组，一问，都说该户人家有几天没看见两老出入了。跑去一打听才知道，两老近八十岁了，老太婆躺在床上五年了。那年抢湖堤之险，老太婆是个热心肠，七十多了还像年轻人一样，跑去抢险，在救一年轻人时，摔在路边的石头上，摔坏了腰椎，又没有钱去看医生，躺在床上一躺就是五年啦。老头子原来身体还硬朗，但风湿病发了，腿脚疼得厉害，不能下地劳动了，吃饭也成了问题。组里有人去过他家，还给过他家一些粮食和蔬菜，但这吃不了几天就没了。靠老头到外面寻点野菜什么的糊糊嘴，这几天门都没开，不知还有没有人在？

曾老前去敲门，屋里传出来了回音，虽然声音微弱，但说明人还活着。他们进去后，屋里一股霉气、臭气令人作呕。他们都知道两位老人一定饿了，饿得没有说话的力气了。曾老吩咐小冯开车去餐馆里买点饭菜来。

关大爷和老伴已有三天没有进食了，只是喝水在维系生命。两位医生在小冯未来时，给老太婆看病。据老太婆所言，她的腰椎应该可以治好，现在她由于饥饿狠了，无力气翻身看病，只得等小冯送食物来后再看病。关大爷的风湿病虽然难治，但只要不再受冻，注意保暖，慢慢地可以恢复，生活应该可以自理。

等两老吃饭之时，曾老到另外两家去扶贫，扶贫完后，又返回关大爷家。

两老吃完了饭，精神状态一下了好多了。俗话说：人是铁，饭是钢。一点不假。老太婆坐起来让医生给看腰部，专家戴着口罩给她仔细地摸了摸，按了按，要她下床走走，她说不行，她有五年没下床走路了。医生坚持让她下床，她才勉强支起身下床来走，居然走得很稳。老太婆高兴得不得了，流着泪说着感激的话。

曾老离开时，给了关大爷两老5000元扶贫费。叮嘱他俩不要对外人说给钱之事，要她明天上街去买点米和菜，两老好好过日子。并告诉他俩每月都会给他们送扶贫费。这是国家的政策，不必感谢他。

经过两个月的扶贫，得出了一个结论。有一多半家庭之所以贫困，都是因为病痛。如果和以前每个村都有卫生所就好了，村民们有了病要去城镇医院较远，又没有钱，只能拖着，拖着拖着就拖成了大病。成了大病没法干活，导致家贫无助。

在回家的路上，看见一老太婆坐在路边捡菜叶子吃，曾老十分惊奇，下车去询问，才知是儿媳妇从家里赶出来的，已经有两天未吃东西了。曾老心中十分难过，找到了当地支部书记，让他去处理这个忤逆不孝的儿媳妇。

在这个村里，我们发现像这样虐待老人的例子有三起，这个村的民风不好。曾老只能摇头，打电话向镇委书记反映，村支部书记到这三家去做工作。做了工作应该可以好几天，应该采取措施将老人们集中，让子女们出钱赡养，村里集中派人服侍。但子女们能否出钱是关键，镇里村里应该拿出具体方案，不然老人们无生存的基本保障。

夜很深了，曾老还在被白天那些不肖子孙的行为所纠结。

七

乡镇扶贫基本上差不多了，曾老的重点要转移到原粉丝厂的职工那里去了。造访原粉丝厂的老职工们，不像扶贫工作，挨家挨户地给钱，而是要准备些物资。给钱他们，他们不会要。那些工人讲骨气，不会无缘无故要别人钱的。作为老厂长老朋友，来看看他们，送点物资什么的应该是可以接受的。曾老要小冯到超市去购物资，按照每户400元的额度，购来的物资先放在仓库里，每天用小车拉一部分出去。

原来在粉丝厂工作的500多人里，他摸清了300多户，其中有三分之一的人生活得比较艰辛。他要亲自一家一家地去拜访，去拜访他们，让他们能脱贫，生活上有个温饱。有位叫黄发贵的工人，今年近70岁了。原来是蛋白车间的主任，躺在床上两年了，全靠老伴喂几十只鸡，养两头猪来维系生活。这两年猪瘟，猪死了，三十多只鸡已难以维持生活。黄发贵年纪不大，照说完全可以生活自理，一点小病，由于无钱找医生，只得躺在床上等死。一个儿子40岁了，在外打工，还是单身。

曾老一行进了他家，他老伴听说是曾厂长来了，连忙跑出来迎接。黄发贵见了曾老，十分高兴。曾厂长这么多年了，还记得我这个车间主任，您真是我的贵人啊！就跟您吃了十几年的饱饭。

黄主任，我给你请来了医生，给你看看，你配合配合。好嘞！笑得像个小孩。医生给摸了摸，按了按，当场就让他下地行走。他不敢，但医生反复说没问题，你只管下地来，走给曾老看。于是咬紧牙关下地来，迈出左脚，居然走得十分稳健。后来他反复地走了几遍，自己都有些不解。神呀，真神呀！怎么说好就好了呢？医生从药箱里拿出几贴膏药来，告诉他老伴贴，让他将床换成木板床，平时不要坐沙发，就坐硬凳子椅子，以后就不会再那样了。

黄发贵的老伴一下子跪在了曾老面前，曾老赶紧将其扶起。问他，这周围还有哪些职工在这里住？他老伴告诉曾老：说有李启发、黄仁春、钟小林，他们就住在前面的巷子里，车子应该过得去。

曾老走时，将车上的物资提了两大包给黄发贵，还送了3000元红包，说是一点心意，感谢他们过去的付出。老两口送出来，感动得热泪盈眶。

离开黄发贵家，向前面的小巷子里开去。距很远就听到有个女人在高声骂人：你个老不死的婆娘，老活着对后人不利，河里没有盖子，树上可以挂绳，哪里死不得！你活着干吗？你个老不死的……

曾老脸上失去了笑容，脸皮绷得紧紧的，继而大声地说：你们听，这是谁家的女人在骂老人？过去看看！

小冯将车开过去，刚停下，骂声戛然而止。刚才不是有人在骂人吗？怎么停下来了？曾老气愤地说。那位骂人的妇人走过来，指着曾老说：你还不是该死了，老了活着还有什么用？小冯实在听不过去了，跑上来扇了那妇人一个耳光。那妇人便开始发起怒来，拿起一根木棍就要向小冯打来。两位医生赶忙上前将她拦住，曾老打电话将那个社区的负责人叫来。社区的负责人上来给曾老赔不是，将那个泼妇带到了社区。

按照黄发贵老伴说的，找到了李启发的家。李启发身体十分健朗，刚刚钓鱼回家，见曾厂长来了，十分高兴。曾厂长，您怎么到我们这难民区里来了呢？曾老风趣地说，你看今天起的什么风？不是东南风吗？我曾某二十多年了，一直还记得你们这些功臣啦！记得那年下连阴雨，一下就是二十多天，几万吨粉丝没了阳光，全靠那台烘干机，把你们累得不行。二十多天，未睡个囫囵觉，昼夜守在车间里，困了就坐在椅子上打打盹，硬是坚持将几万吨粉丝烘干了才回家休息。你在我心里就是英雄，大英雄啊！说着说着黄仁贵、钟小林来了，看到老厂长高兴得泪流满面。

那时全靠你们支撑着这个厂，后来粉丝销售不出去了，没有办法，大家都只有看水流舟无能为力。而你们也失去了生活的平台，怕给厂里增添负担，悄悄地离开了厂子，你们都是好人啦！今天来看看你们，给大家送点过年物资，也算我曾某未忘记你们这些在我创业中流过汗出过力的兄弟们啊！我今年78岁了，人生马上就要画上句号了，才有时间坐下来回忆过去，想起你们这些老朋友老功臣啦，来迟了请你们不要见怪！

司机小冯从车后备厢里提出三大包过年物资：有鱼、猪肉、羊肉、牛肉，还有木耳、菌类等等过年食材。这点东西不成敬意，只能聊表心意！

老厂长还能记得我们，我们就心满意足了。还给我们送来了这么多过年物资，谢谢了，老厂长！个个流着泪目送着老厂长上车离去。

晚上，有位原粉丝厂的职工，告诉曾老一个消息，说原来管设备的申厂长，40岁的儿子得了肺癌，正在到处借钱救儿子。曾老听到这个消息后，半夜未睡觉，讲给老伴听。老伴说，申厂长是个好人，工作起来是个拼命三郎。这么好的人，儿子怎么就得了癌症？你明天早一点去，免得他四处借钱。需要多少钱，我们来承担。

第二天一大早吃过早餐，还只有七点多，曾老就到了申厂长家，问清了他儿子的病情之后，将一张银行卡交给了申厂长。这是150万元，密码是715815，在取款机上就可以取。申厂长俩老感激不尽，曾厂长，您是我们家的贵人啦！您是救我儿子命的活菩萨呀！

曾老走后，两老站在那里，很久很久才回到家里，儿子这下有救了！赶快将钱给儿子送过去。因为肺癌还是早期，没有扩散，只要动手术拿掉长癌的那页肺，儿子的生命就可以保住。

曾老每天造访原粉丝厂的职工，乐此不疲。但当他每天都可看到忤逆不孝的子孙给老人们带来的痛苦，他心中燃起了要拯救这些老人的火种。这种念想一天比一天强烈。他想这样做的目的可以一举两得：一是将身体羸弱的老人监护起来，解决他们的温饱问题；二是可以为老人们的子女安排工作，让他们来服侍老人，这样可以解决很多贫困家庭。他知道自己没有能力让全中国的穷人过上好日子，但他可以造福一方，让这一方的百姓过上小康生活。他想用自己的行动带动那些先富起来的那批人都像他一样来造福一方。如果那些先富起来的人都来造福一方，那中国就没有穷人了，美国佬想不让中国人过好生活也不能啦！

他这样想着，想着，信心便从心底升起，他要用自己的夕阳余晖去解救那些生活在水深火热中的人们，给他们以生存的信心，给他们以幸福生活。

曾老加快了扶贫的进度，加快了造访老职工的步伐。一天去几个地方，一天造访几家到几十家，从早到晚，中午都不休息，他要早一点完成这项工作，转入拯救那些有家难归的老人们。那些忤逆不孝的子孙，哪能凭一时施压就能将他们教育过来？教育是件漫长的事，要从小开始，一旦长大成人，要彻底改变他们谈何容易！但是，他坚信只要自己努力，是可以救助很多老人。

八

曾老通过这一段时间访友扶贫，了解到了社会底层老人的疾苦。他坚持马上着手启动养老院，要秘书写申请，亲自到民政局咨询政策。

申请批下来后，需要政府部门给土地。进行了近一个月的选址征地。征地手续办完后，还要等待一段时间，要报省国土资源厅批准后，才能交钱使用。利用这段时间，他要先对养老院进行考察学习。带着司机小冯到武汉到上海看了几家养老院，听人说日本的养老院是全世界最完善的养老院，他带了两位帮手一同前往日本。

到了日本的大阪、东京、京都等地，考察了日本近十家养老院。

日本的养老院与国内的相比，应该是各有千秋。但日本的房间设施更实用、更方便。房间里可以放水进来洗澡、游泳，床是可以升高的。日本对有病在身的，身体移动不方便的老人，有特别护理房。里面的床可以将人平移到洗澡盆中去，洗完澡又移过来，不需要病人起身，更不需要护理员抬和搀扶。其他设施两国的养老院基本相差无几，但日本的护理员对病人的态度极好，我们中国的还需要培训和教育。

回国后，到县设计院去了几趟，与设计师谈了多次，总是觉得他们缺乏水平是一个方面，主要是缺乏耐心。这几天飞到上海，在那里请了设计师，把他心中的设想讲给设计师听后，设计师按他的思路和理念，马上就设计出了草图。把草图留给曾老，要曾老再提修改意见。光修改图纸曾老就改了若干遍，最后订稿。订稿之后，他又跑到周边的几家档次高一点的养老院考察，拍了几大堆照片，他要将别人的优点吸取过来，摒弃不完善的设计。经过几番比对，终于订下来。

这种反复琢磨，反复修改是曾老一生办事的风格。他办企业，没有失败的经历，只有成功的案例。他经常教育子女在诚信的基础上，切忌盲目、慌乱，要稳打稳扎，冷静决策，重视开局。开局不怕慢，设计是关键。把握好这几条，一般不会出现败局。

设计订下来了，开始土建。自己的建筑公司，动工那天，红旗飘飘，艳阳高照，请来了民政局局长剪彩。在众人的掌声中破土开工。

经过近半年的土建，现已竣工。曾老按照设计对院区进行了科学合理的美化，栽种了几十种果树，老人们住在里面一年四季都有水果吃。购买了老人适用的各种健身器材，在房间里安装上了国外国内较为实用的设施。

食堂那一块也是十分关键的，先由营养师为老人科学配菜，然后才交给厨师去烹调。老人不仅要爱吃，只有爱吃了，才能吃好，还要吃得健康。把厨师召集起来，反复按照日本的做法，少炒菜或不炒菜，多蒸菜，少油少盐，不用味精，菜谱多样化。经过一周的学习，实践，做出来的饭菜让工作人员先尝尝，觉得行了才停止。

聘请保健医生十三人，先学习针灸疗法，再学推拿捏按灸。

曾老后来感觉出了一种微妙的东西：那就是人心。当医生也好，当厨师也罢，最关键的是不能心浮气躁。年老人也好，年轻人也罢，都得沉下心来服务每一位老人。没有这种心态，无论你怎样培训上课，甚至教育，都是白费的。做服务工作第一是态度，态度好说话就会有礼貌，就会柔美有情感，做事就会按要求到位。被服务的老人才会满意，才会高兴。

因此，曾老在百忙中抽时间给服务人员上课，他上课就讲心态，不愿意在这里工作的，可以提前申请，我们不会勉强大家。如果心不愿意，人还在这里工作，这样会伤害自己，更会伤害老人。对院里有意见的可以跟负责这块工作的领导提，提出来解决，没有解决不了的事。还未启动开业，曾老的培训工作已上位多天了。

曾老选了个良辰吉日，邀请了民政部门领导参加，由负责这块工作的王副县长剪彩。老人们由子女送来这里，按已安排的床号对号入座。中午所有送老人来的子女或者亲友一并在院进餐，让大家体验体验这里的生活。吃饭前曾老发表了热情洋溢的祝酒词，希望老人的子女亲友关注我们的养老院，经常来看望老人，多给我们提意见！

关于收费问题，曾老摸清楚每个老人的家境状况后再订。已经有一个初步方案：农村的老人只收生活费（每月400元），家境十分贫困的免收生活费，有工资的除交生活费外，每月交2500元的入住费。要司机小冯将关大爷俩老以及在路上遇到的被儿媳妇赶出家门的老人们均接到了养老院。

费用的问题等老人们在这里生活一个月之后再谈。由于床位有限，先解决家境差的，特别是被子女赶出来，无家可归的老人优先。长期保持十个空房，准备随时收纳那些孤苦伶仃的老人。

老人们在这里生活得十分愉悦，统一的作息时间。晚上九点半熄灯就寝，当然也可以早睡，早晨七点起床，八点过早，十一点半午餐，一点钟午睡，两点半钟起床，晚餐五点。开始有些老人还不习惯，半个月后，大家都适应了，个个精神抖擞。老人在这里吃得好，吃得健康。睡得好，睡得健康。玩得好，琴棋书画，唱歌跳舞，吹拉弹唱，跑步游泳，打球钓鱼，各取所乐，玩得开心，玩得健康。老人们高兴得不得了。在一起有说有笑，谈天扯白，天南海北任意发挥。

一个月到了，收费时，子女们说：这个养老院是全市最高档的，收费是最低的。我们为老人们感到高兴，衷心感谢曾广才老人真诚地付出！

九

大年三十中午，六家子女回来了五家，仅有在武汉的老五一家未到，不知是什么原因？曾广才老两口心里一直牵挂着。电话中总说他们已出城在路上了，团年饭等到下午三点老五一家还未到家，在别人家的鞭炮声中，曾老一大家子实在等不齐了，才开席放鞭炮。吃了团年饭，曾广才将全家人召集到客厅里，宣布一项好消息，子孙们都望着他，他老伴笑眯眯地朝着他直笑。我们家的养老院建成了！大家鼓掌！120亩地十万平方米的房子，漂亮得很，在中国堪称一流。曾广才从不说大话，今天居然说全国第一流，子孙们欢呼雀跃起来，都想去看看，开开眼界，饱饱眼福。曾老说别慌，等老五一家回来后我们一起去！

老二站起来问老爸，您花了多少钱？曾广才笑着说，总数我不知道，问你妈吧！老伴红英眨了眨眼说，此事保密！老二再问，是亏本经营吗？曾广才笑着说：收支基本平衡，农村老人只交400元生活费，特困老人免收，城镇老人基本上都有退休金，除收400元生活费外，每月另交2500元。这2500元对他们来说压力不大，都能承受得起，生活费每月400元，虽然伙食开得好一点，但他们都吃得少，余下的钱可以付齐食堂人员和医务人员的工资。

我建养老院，起初就没有考虑能收回成本，这是一件积德行善，功德千秋的好事。不求回报，只求能够可持续性生存下去。

曾广才刚讲到这里，老伴提出一个极为合理的要求：老曾呀，我们搬到养老院去住！享受享受那里的阳光雨露和清新空气。老曾你想过没有，我们的年纪一天比一天大，老字已至，住在这里没有保健医生，不安全啦！给别人造幸福的同时，也要给自己谋健康，再说只有我俩健康了，才会让我们的养老院长久地发展下去呀！说得对，说得对呀！

其实老曾也有这种想法，只是怕老伴舍不得这里，毕竟在这里住了四十多年，习惯了，不想移动地方。既然老伴提出来了，曾广才求之不得。便说，夫人这么想，等过完年，正月十六我们就搬过去。再说我们过去住，与老人们同吃同住，有利于院里的管理，对老人们享受幸福生活的质量也是一种保障。

正说着话，老五一家三口回来了。还没坐下，老五就神秘兮兮地说：武汉疫情爆发了。据内部透露：明天上午八点封城。本来我们准备初二回来的，听到消息立马跑回来了，不然明年都不知道什么时候可以回来。听说已经死了不少人，开始都以为是感冒，但一发热就咳嗽，一咳嗽就喘不过气了，喘不过气来就有可能死亡。瘟疫嘛，传染性特大。

曾广才一听说传染性特大，叮嘱他们一家三口，吃了饭到房间里去休息，最好暂时不要到处走动，怕他们将传染源带过来。老五将舌条伸出来，表示抗议，但不敢吱声。曾老还要求全家人均戴上口罩，老五说这比武汉还搞得严格。说是这么说，他们一家三口要对全家人负责。人命关天，谁敢怠慢！

老三和老六两家人来告辞了，说他们必须今夜赶回去，不然，明早就走不了嘞。曾老一听说老三老六两家人要连夜走，就反复叮嘱：不管怎样你们一定要沉着，心里不能慌乱，特别是开车的同志，心平气和地开，不要赶时间。武汉明早封城，你们可以不走武汉，从江西过去还近些。既然要走，就不留你们了，赶快上路。于是几位兄弟还提来两袋熟食，两袋水果，以防路上饥饿口渴。说完关车门启动，两家人随着车子消失在夜幕笼罩下的此起彼伏噼噼啪啪的鞭炮声中。

老三老六两家人走后，曾广才突然发现商机：疫情突如其来，口罩必戴，全国人民均要求戴。口罩无积蓄，更无准备，此口罩必定大缺。疫情既然爆发了，就不是一天两天的事。他急忙将老大老二找来，研究疫情，马上制作口罩。他分析这场疫情非同寻常，今年是庚子年，他深深地记得这个年号。他一家三口从湖南逃荒过来的那年，就是庚子年，全国饿死了不少人啦！再往前推60年，那年"庚子赔款"，不仅受尽了外国人的屈辱，还遭遇到了瘟疫，死了成千上万的人，今年又逢庚子年，非同小可。能够尽快组建一个口罩工厂，生产出口罩来，以解政府的燃眉之急为上策。但说是这么说，差设备，差技术，差原材料，谈何容易！

老大诚诚四处打电话摸行情，找原材料。老二曾昭富在上海大纱厂里有同学。一个电话打过去，传来了好消息：设备有，也不贵；原材料有，多得很，技术人员也可以从上海派过来。但疫情的中心在武汉，怕过来不了，用微信的方式教技术，教制作流程，给技术员高额报酬。很快，原材料发过来了，技术员也将制作流程发过来了，全套设备及操作流程也物流过来了。

老大老二联手，两兄弟分工合作。老大在地方上招聘缝纫工。老二安装设备，培训工人。五天之内准备就绪，第六天开始生产口罩。曾广才十分高兴，对俩儿子说：这是报效国家，报效人民的好时机。生产出来的第一批口罩先拿去检验，合格后，第一批五万只捐献给国家。曾广才老两口又发动老四老五两家人去收购蔬菜。将收购来的蔬菜送到各个社区。这些蔬菜一律不要钱，全部赠送。

曾广才老人有商人的头脑及眼光，能率先发现商机，但却将商机变为报效国家报效人民的机遇，不但不赚钱还亏本赠送。他说当初政府要我们少数人先富起来，先富起来之后，那就是要为国家分忧，帮助贫穷的人民共同富起来。不能像有些人，国家让他先富起来，他却把钱弄到美国去了，弄到瑞士去了。

有些商人抓住国家人民有难之时，大发国难财，囤积居奇。而曾广才老人虽然发现了商机囤积居奇，可其目的不是要获取高额利润，而是要捐献给人民，让人民能及时地预防疫情，不让病毒传染蔓延。曾广才的这种做法，老大是支持的，老二却另有想法，他说商人嘛，哪有不赚钱的道理呢？但父亲的话他不敢不听，却时刻准备瞄准时机卖一批出去，把本钱捞回来。他要大哥老大不要向父母透风。

疫情越来越严重，全省封城封路封小区，发展到了全国封城封道路。尽管疫情如此严重，全国上下秩序井然，柴米油盐酱醋茶按需分配，过上了真正的共产主义生活。曾广才一家人供给全县城二十万人口三个多月的蔬菜所需，无偿地为社会提供了二十万只口罩。

四个月的疫情过去了，他才稍稍松了一口气。中国的疫情过去了，国外的疫情蔓延开来，管控得没有中国好，感染的人数一天比一天多。特别是坏透了顶的国家，死亡人数每天都在上升，听说，这死者中绝大多数是 60 岁以上的老人。还听说不给老人治疗，感染上了的老人只能听天由命。曾老听了这些传言，十分气愤：像这样的国家，还有资格提人权。真扯淡！

与你共品：

　　"当你有足够的能力时，你会想去做什么？"街头采访时常把这一话题搬上银幕。我想，最好的方式就是"回馈"。回馈国家、回馈社会、回馈那些曾给过你温暖的人们。文章通过曾老这一老者形象，讲述了他心中想要回馈社会的心愿。曾老是从"苦"过来继而尝到了"甜"的人，"苦"与"甜"他都经历过，他深深地知道"苦"的滋味不好受于是想把"甜"的种子带给大家，他爱他的祖国，积极响应国家政策；他感念曾经义气的粉丝厂员工们，于是78岁的他也要一家家送温暖；他牢记"智圆行义"的家训，并把它传承下去。我们透过曾老，看见了一个实干家的高大形象：正直、感恩，内心有一颗滚烫炙热的红心！

（黄晓燕老师）

后　记

对于文学的向往，始于少年。

十一岁那年，疾病缠身，无法上学读书，只能躺在床上与病魔作斗争。每天在疼痛中煎熬，无奈之下，找来小说阅读。

小说像神奇的魔术，令我陶醉，使我愉悦，便忘了病痛。

在九年的缝纫生涯中，想方设法到处搜借小说。三年多里，浏览了二百多部古今中外的长篇小说。

小说中曲折离奇的故事，帮我赶走了病魔，迎来了新生，还在心田里播下了文学的种子。

踏上教育讲坛后，又因生计，逼着教学空隙经商六载，终于爬出"小人谋食"的泥潭；又因教育缺人，被推上领导之位。从公办到民办，几十年如一日，琐事缠身，无法移情别恋，只能暗自兴叹，徒有羡鱼情；又加之玄学的影响，工作之余，被引力拉入天文地理的浩瀚之宇，不能自拔。

时光荏苒，白驹过隙无声，弹指间已近古稀之年。因疫情之故，住在宾馆里隔离，想起儿时读书的美好感觉，无意中将封存发黄的文学梦翻找出来。拿起笔，却画梦如影，多年的远离，连起码的印象——文字都写不全了，安能写出作品来？

我深知文学梦在云端，无天梯无飞机，还看不见摸不着。但内心深处在呐喊。躺在床上辗转难眠，几经争斗，又提起笔来，不求成功，只想玩玩，混混时光，回忆一下过去，装饰一下教育者的门面也好。

经过近两个月的煎熬，胡乱地写出了三十多篇拙劣的故事。回到家乡，朋友们看后均摇头：这种水平，还想当作家，真是自不量力，癞蛤蟆想吃天鹅肉！

管中放水需要压力，才能喷流。我羞愧后突然感到了压力，决不让朋友们失望，并大言不惭地说：不想当将军的士兵，不是好兵。要当好兵，除了自身的努力，还需有高人引路扶持，点拨开悟。

我找到了教育界的前辈刘松林校长，他是中国作协会员，我拜他为师。他带我到了县作协。

县作协的领导热情地接待了我。介绍我认识了一批省级作协会员，得到了谭主席、杨副主席等领导的鼎力支持。谭主席、杨主席不仅帮忙修改文章，指点迷津，还向各大杂志社推荐我的作品，还介绍我参加《中华文学》的创作班。将我这条脚板涡的鲫鱼引到了沟河中。

在起步的原始期，得到了《厦门文艺》的主编曾纪鑫先生的点拨扶持。他为了让我尽快地入门上路，曾几次为我修改文章，修改后，要求我对照原稿找出修改的原因，让我悟出其中的奥秘。我有进步，他十分高兴。为了鼓励我，并向各大杂志推荐我的作品。在他的帮助下，不仅在《厦门文艺》上发了不少作品，还在其他杂志上发了好几篇。

在这三部作品成书的过程中，除了上面提到的曾纪鑫主编、刘松林校长、谭维帖主席、杨美女士及作协的其他帮助过我的同志，还要特别感谢张昌雄校长和夏正平校长修改校审写评语；特别感谢博雅中学的喻道军主任，他带头并组织语文教师为作品校审写评语；特别感谢朱绪芳女士的辛勤付出，打印近百万字，不厌其烦地校对、打印并投递稿件。还要感谢程诗华、杨春喜、周高萍、田贤威、周贤琼、赵慧玲以及为作品出过力的所有同志。

由于水平有限，作品中一定存在着不少错误，还请读者指正！